Einaudi Tasc

Dello stesso autore negli Einaudi Tascabili

Una questione privata. I ventitre giorni della città di Alba
Primavera di bellezza
Diciotto racconti
La paga del sabato
La malora

Beppe Fenoglio
Il partigiano Johnny

Con un saggio di Dante Isella

Einaudi

ISBN 88-06-13470-1

Nota dell'editore

Il partigiano Johnny è un romanzo lasciato incompiuto da Fenoglio e pubblicato postumo, per la prima volta, nel 1968 presso Einaudi a cura di Lorenzo Mondo: il titolo stesso fu scelto in sede editoriale senza che ci fossero indicazioni dell'autore.

Il testo è stato tramandato nelle carte di Fenoglio in due redazioni differenti. L'edizione Mondo le utilizzava entrambe, contaminandole in un montaggio suggestivo, ma deliberatamente scevro da preoccupazioni filologiche. La successiva edizione critica diretta da Maria Corti, in cui *Il partigiano Johnny* era curato da Maria Antonietta Grignani (Einaudi, 1978), forniva invece le due redazioni distintamente, una dopo l'altra. Il terzo assetto testuale è stato proposto recentemente da Dante Isella nell'edizione dei *Romanzi e racconti* di Fenoglio («Biblioteca della Pléiade», Einaudi-Gallimard, 1992). Qui il curatore ha montato le due redazioni utilizzando i capitoli I-XX dalla prima e i capitoli XXI-XXXIX dalla seconda. In questo modo il primo blocco narrativo è dato dall'unica redazione che lo testimonia, mentre per il secondo, in cui si dispone delle due redazioni alternative, si privilegia quella posteriore nel *work in progress* dell'autore.

In questa edizione per gli «Einaudi Tascabili» riproduciamo quest'ultima soluzione, che permette di leggere *Il partigiano Johnny* nel suo piú ampio sviluppo narrativo. Resta e deve restare indiscusso che *Il partigiano Johnny* è un testo ricostruito e che entrambe le redazioni costituiscono fasi provvisorie di un progetto di romanzo che Fenoglio non ha mai portato a termine.

Dalla succitata edizione nella «Biblioteca della Pléiade» abbiamo altresí ripreso il saggio *La lingua del «Partigiano Johnny»* di Dante Isella e, sintetizzate, la Cronologia della vita e delle opere di Fenoglio, e la Bibliografia, qui riportati in appendice.

Il partigiano Johnny

I

I

Johnny stava osservando la sua città dalla finestra della villetta collinare che la sua famiglia s'era precipitata ad affittargli per imboscarlo dopo il suo imprevisto, insperato rientro dalla lontana, tragica Roma fra le settemplici maglie tedesche. Lo spettacolo dell'8 settembre locale, la resa di una caserma con dentro un intero reggimento davanti a due autoblindo tedesche not entirely manned, la deportazione in Germania in vagoni piombati avevano tutti convinto, familiari ed hangers-on, che Johnny non sarebbe mai tornato; nella piú felice delle ipotesi stava viaggiando per la Germania in uno di quei medesimi vagoni piombati partito da una qualsiasi stazione dell'Italia centrale. Aleggiava da sempre intorno a Johnny una vaga, gratuita, ma pleased and pleasing reputazione d'impraticità, di testa fra le nubi, di letteratura in vita... Johnny invece era irrotto in casa di primissima mattina, passando come una lurida ventata fra lo svenimento di sua madre e la scultorea stupefazione del padre. S'era vertiginosamente spogliato e rivestito del suo migliore abito borghese (quell'antica vigogna), passeggiando su e giú in quella ritrovata attillatezza, comodità e pulizia, mentre i suoi l'inseguivano pazzamente nel breve circuito. La città era inabitabile, la città era un'anticamera della scampata Germania, la città coi suoi bravi bandi di Graziani affissi a tutte le cantonate, attraversata pochi giorni fa da fiumane di sbandati dell'Armata in Francia, la città con un drappello tedesco nel primario albergo, e continue irruzioni di tedeschi da Asti e Torino su camionette che riempivano di terrifici sibili le strade deserte e grige, proditoriate. Assolutamente inabitabile, per un soldato sbandato e pur soggetto al bando di Graziani. Il tempo per suo padre di correre ad ottenere il permesso dal proprietario della villetta collinare, il tempo per lui di arraffare alla cieca una mezza dozzina di libri dai suoi scaffali, e di chiedere dei reduci amici, il tempo per sua madre di gridargli dietro: – Mangia e dormi, dormi e mangia, e nessun cattivo pensiero, – e poi sulla collina, in imboscamento.

Per una settimana aveva mangiato molto, dormito di piú, nervosamente letto dal Pilgrim's Progress, dalle tragedie di Marlowe e dalle poesie di Browning, ma senza sollievo, con un'irosa sensazione di peggioramento. E aveva visto molto paesaggio, come un interno rinfresco, molto paesaggio (talvolta quarti d'ora e piú su un solo dettaglio di esso), tentando di escludervi i segni e gli indizi degli uomini. La villetta era stupida e pretenziosa, ma sorgeva s'uno sperone in livrea d'amore autunnale, dominante a strapiombo il corso del fiume all'uscita della città, scorrente tra basse sponde come una inalterabile colata di piombo, solennemente limaccioso per le prime piogge d'autunno. In the stillness of night, il suo suono s'arrampicava frusciante su per lo sperone sino alle finestre della villetta, come per un agguato. Ma Johnny amava il fiume, che l'aveva cresciuto, con le colline. Le colline incombevano tutt'intorno, serravano tutt'intorno, sempre piú flou autunnalmente, in un musicale vorticare di lenti vapori, talvolta le stesse colline nulla piú che vapori. Le colline incombevano sulla pianura fluviale e sulla città, malsanamente rilucenti sotto un sole guasto. Spiccavano le moli della cattedrale e della caserma, cotta l'una, fumosa l'altra, e all'osservante Johnny parevano entrambe due monumenti insensati.

Le giornate d'autunno, pur d'autunno, erano insopportabilmente lunghe, il guadagno fatto col dormire diurno si dilapidò presto per l'insonnia notturna, ora egli passava nottate fumando, accavallando le gambe e leggendo un gran fondo di lettura. So mornings were diseased and nightmared. Il paesaggio ora lo nauseava, scontato il gusto del ritrovamento della terra natale e vitale. La letteratura lo nauseava. Come da quel surfeit di cibo e di sonno gli si cancellò tutto della vita militare, in capo ad una settimana non sapeva piú da che parte si cominciasse a smontare un mitragliatore, ciò che una settimana prima sapeva fare ad occhi bendati. Ed era male; qualcosa, dentro pungente e icefying, l'avvertiva che era male, le armi sarebbero rientrate nella sua vita, magari per la finestra, ad onta d'ogni strenua decisione o sacro voto contrari.

Sentiva acutamente, morbosamente, la mancanza della radio, i suoi almeno per il momento non avevano potuto far niente in questo senso. Prese a smaniare per sentire la voce di Candidus, gluttoning on his own accent. Quasi ogni giorno saliva suo padre, for several requests-annotation e riferirgli le notizie locali e nazionali, quelle del bisbiglio e della diffusione radiofonica. Dalla sua voce opaca, irrimediabilmente anarrativa, Johnny seppe cosí della liberazione di Mussolini sul Gran Sasso ad opera di Skorzeny (gliel'hanno strappato come una bandiera di palio, non sono nemmeno stati capaci di spararcgli in extremis, nemmeno di nasconderlo sicuramente), della costituzione in Germania di un governo nazionale fascista, dell'annuncio a Radio Roma restituitagli dai tedeschi fatto da Pavolini (Johnny vide con straordinaria chiarezza e vicinanza la faccia meteca del gerarca e pensò con gelida fulmineità alla sua eliminazione fisica), della strage di Cefalonia. In città, raccontava suo padre, non succedeva nulla, e proprio per questo la gente si fidava sempre meno, si chiudeva sempre piú in se stessa, morbosamente. – Chi tiene l'ordine pubblico? – I carabinieri facevano servizio, ma con evidente riluttanza, ultimamente con un gelo lampante. Chi altro era arrivato dallo sbandamento? Per dire i peggio-dislocati: Sicco dalla Francia, Frankie da Spoleto, il tale dal Brennero... «pensa agli uomini sorpresi in Grecia, in Jugoslavia, per tacer della Russia...» Gege era morto: come, non sapeva? era arrivato il mortorio dal Montenegro, fin dall'estate: la famiglia sosteneva che era caduto in guerra, ma da tutti si sapeva che era finito suicida, s'era sparato in bocca. Cosí, Gege;

l'assurdo veterinario, l'uomo che l'aveva istradato al dream-boyness, nessuno piú vi sarebbe stato, dopo Gege, che corresse con le braccia ad ali di gabbiano.

Il cugino Luciano era felicemente rientrato da Milano, con una marcia notturna nel deep delle risaie vercellesi, parallelamente all'autostrada su cui rombavano le autocolonne tedesche. Ora era a casa, certo, nella sua casa fuori porta, alle falde della collina di cui Johnny abitava il vertice. Suo padre ripartiva: – E per nessun motivo ti muovi di quassú. Resisti. Se non vuoi pensare a te, pensa a noi, a tua madre: she agonized these last days.

Ma la sera stessa Johnny decise di andare a trovare il cugino, in ora atramente propizia, tagliando per la molliccia collina. Non poteva piú sopportare l'incubosa solitudine e la fissa visione della terra sfacentesi nell'umido buio come un pugno d'arena sotto una tacita acqua inesorabile. Camminava alla cieca. Ma come facevano gli uomini a riconquistare cosí le posizioni travolgentemente perdute, riacquisire tutta la loro capacità di comandare, punire ed uccidere, di piegare sotto la loro legge marziale, e con esigue, risibili armi, enormi masse di uomini ed infinite distese di terra?

Il cugino non era affatto cambiato, solo un'accentuata stempiatura gli ampliava la già vasta fronte... l'abitudine militare riafferrò Johnny e lo costrinse ad immaginarsi il cugino in uniforme militare d'ufficiale, ma il ritratto non gli venne compiuto. Poteva invece vederlo, all'opposto – un istintivo, ironico opposto – ragazzino, con le sue lunghe calze nere, alte alla coscia, automaticamente, illogicamente, suggerentigli Silvio Pellico.

– Io ero di servizio alla Stazione Centrale l'8 settembre, e i primi due tedeschi arrivati in camionetta li abbiamo ben fatti fuori, – diceva il cugino. – Fu semplicissimo, quasi la punizione di una incredibile sfacciataggine, presentarsi in due a conquistare la stazione di Milano. C'erano borghesi con noi, fra i quali un avvocato. Davvero, un'atmosfera sognosa, inebriante da Cinque Giornate. E nota che l'avvocato era tutt'altro che giovane, un vecchierello, s'era messo ai miei ordini declamando «Cedant togae armis», e sparava, lui personalmente, e tutto mi pareva un domino di carnevale. Poi ti volti e intorno non ti vedi piú nessuno, mentre i tedeschi facevano sempre massa, sempre piú. – Peccato dover buttare la divisa nuova di zecca, buttarla per la pelle, costata tanti soldi all'Unione Militare.

La zia stava cincischiando ai tasti della radio, Johnny si ricordò di quel loro antico acquisto, l'avevano comprata apposta per sentirsi la prima del «Nerone» di Mascagni, lo zio era musicomane, avevano per l'audizione e la seduta davanti all'esoterico apparecchio invitato tutto il parentado.

Lo zio, un uomo montagnoso e jelly, sotto la flagrante condanna della carne, squittí di paura, hand-menaced la moglie che regolava il tasto del volume, in un imprevedibile falsetto le domandò se le garbava la fine di quel tale, sorpreso da una ronda fascista in sentir Radio Londra, e arrestato e tenuto per notti in una misteriosa segreta, coi piedi nudi in acqua gelida. Johnny s'attendeva Radio Londra, ma sentí una diversa sigla musicale d'apertura e poi l'annunzio della Voce dell'America. Il cugino Luciano grinned humorously appena fuori dell'alone della luce, la zia disse esplicita: – Noi preferiamo la Voce dell'America. Siamo stufi degli inglesi, sono porconi come tutti noi d'Europa. Gli americani sono un'altra cosa, no? piú pulita.

Lo speaker americano aveva una bella voce, affascinante nella sua correttiva vibrazione twang, ma le notizie were under his voice. Il grande sbarco di Salerno, iniziato nella previsione di una volata a Roma, s'era insabbiato ai primi contrafforti costieri-montani. Luciano, che aveva seguito a casa la vicenda, diceva che avevano addirittura corso il pericolo d'esser ributtati a mare, ed erano comunque cascati belli belli nella guerra di posizione, e Johnny si disse che la sua brava parte doveva averla fatta la divisione vista in transito per Savona. Inutile, ad occhio si vedeva che era gente da far la sua parte. Il distante ricordo glieli magnificava, titanici soldati, depurati dal lezzo.

Seguí un commento di Fiorello La Guardia. – Chi è costui? – Il sindaco di New York, pensa, – istruí la preparatissima zia, che non viveva piú che per i turni della Voce dell'America: – È un italiano, un emigrante, uno dei nostri tempi. Immagina la strada che deve aver fatta per arrivare ad essere sindaco di New York! – Scoppiò nel fono la voce di La Guardia, intollerabile a Johnny nella sua sbracata inflessione siculo-inglese, un repellente ibrido di corvino sudore siciliano e di amara antisepsi anglosassone. Parlava con accidentata violenza, scortecciando le parole, pareva che le schegge di quello scortecciamento rimbalzassero secche, ferenti, contro la griglia dell'apparecchio. La voce pitched, ispirata non sapevi se dal disprezzo per i suoi antichi compatrioti o dall'odio mortale per i tedeschi: tutto per lui era facile, immediato, definitivo, mortale. Urlò: – A-tacateli, a-tacateli! A-tacateli con ba-toni e con co-telli! – Johnny e il cugino scattarono in piedi per l'indignazione e lo spregio. Urlavano a loro volta. Attaccarli con ba-toni e con co-telli! Ma lui non li ha visti i panzer della Goering! Se costui è sindaco di New York...! Gli americani a Salerno hanno ben altro che bastoni e coltelli, ma non fanno un passo avanti! Imbecille! Sporco imbecille! Cafone! – La zia s'era alzata, muta e rigida e gonfia nella sua irriservata, martirica, silente-aggressiva ammirazione per l'America e le cose americane, La Guardia compreso. Poi si placò e risedette all'apparecchio, l'orecchio teso a districare e tesaurizzare l'ultimo urlio di La Guardia, mentre lo zio, tremando in tutta la sua mole gelatinosa, le sibilava di spegnere, che l'importante era già stato detto e sentito. Non gli badò, scrollò le spalle allo smaniare sudoroso dell'omone con la respirazione fischiante del bimbo ossesso, girò il tasto nella dissolvenza dell'ultima nota della chiusura musicale. Johnny e il cugino passeggiavano con infinita rabbia l'angusta cucinetta, s'arrestarono insieme sotto il di lei sguardo critico ed amante. Sollevò nella luce la sua consunta argentea testa, disse: – È terribile avere ora dei figli della vostra età –. Johnny si sentí touché, si disse che doveva cominciare a pensare ai suoi genitori, curarsi maggiormente di loro e del loro spirito, ora realizzava appieno l'invecchiamento di suo padre.

Si congedò, Luciano disse di tornare la prima sera sicura

e che non avesse di meglio, la zia accennò a conferma, con la sua animosa sobrietà, ma lo zio salutò con una balbuziente freddezza. – Vieni tu, Luciano, da me un pomeriggio... – aveva bisbigliato Johnny, ma il vecchio udí, disse spelling: – Luciano non si muove, non si muoverà mai piú –. Ma il cugino uscí per accompagnarlo un breve e cieco tratto sulla strada della collina brulicante di buio frappé. E non si dissero parola.

Il primo autunno appariva all'agonia, a fine Settembre la trentenne natura si contorceva nei fits della menopausa, nera tristezza piombata sulle colline derubate dei naturali colori, una trucità da mozzare il fiato nella plumbea colata del fiume annegoso, lambente le basse sponde d'infida malta, tra i pioppeti lontani, tetri e come moltiplicantisi come mazzo di carte in prestidigitazione ai suoi occhi surmenagés. E il vento soffiava a una frequenza non di stagione, a velocità e forza innaturale, decisamente demoniaco nelle lunghe notti.

Dalla finestra Johnny scrutava il rettifilo grigio-asfalto che dalla collina degradava in città, fino all'evidentissimo confine coll'acciottolato della città. A vista d'occhio, il movimento ed il traffico s'era diradato, epidemicamente, e quel poco s'era sensibilmente accelerato, i passanti quasi apparivano velocitati, comicamente, come personaggi nei films di Ridolini, e nel ridicolo era una clandestina punta d'angoscia, viperina.

Vide distintamente, a grande distanza, suo padre salire alla villetta, ancora sull'asfalto suburbano, colpí Johnny la stanchezza, la non-joy del suo cammino. Lo seguí per tutto il tratto scoperto, il cuore liquefacenteglisi per l'amore e la pietà del vecchio... «È terribile ora avere dei figli della vostra età». Ogni suo passo parlava di angoscia e di abnegazione, ed il figlio alto e lontano sentiva che non avrebbe mai potuto ripagarlo, nemmeno in parte centesimale, nemmeno col conservarsi vivo. L'unica maniera di ripagarlo, pensava ora, sarebbe stata d'amare suo figlio come il padre aveva amato lui: a lui non ne verrà niente, ma il conto sarà pareggiato nel libro mastro della vita. Tremava per la voglia ed il disegno di riceverlo bene, adeguatamente, ma come il padre si sottrasse alla sua vista imboccando i primi scalini della villetta, allora Johnny automaticamente, e con una grinning ansia, pensò se aveva portato le sigarette.

Sí, ma una razione inferiore al consueto, e un fascio di giornali. Johnny accese convulsamente una sigaretta e stirò un giornale. Il gioco si faceva, il fascismo si riprendeva lentamente ma sicuramente, con una organicità che non gli si sarebbe mai riconosciuta. Tutti i giornali stavano riallineandosi, spazzati via i direttori effimeri dell'interregno, che avevano scritto l'articolo di fondo sulla libertà, la salutare tragedia, il riaccostamento agli eterni, imprescindibili valori occidentali. Una foto di un riorganizzato reparto militare, uomini di Graziani, che avevano rinnegato il giuramento al re per tener fede alla foederis arca germanica: apparivano atletici, estremamente efficienti, infinitamente di piú dei consimili reparti del fu Regio Esercito, modernissimi, germanlike, tutti con sorrisi di esplodente fiducia, con un risultato visivo verminoso, apertamente, deliberatamente fratricida. L'acme però era contenuto nelle foto dei legionari della Ettore Muti, che infilavano armi ultramoderne nei vecchi dominoes della marcia su Roma, parabellum a tracolla di neri maglioni da sciatori, col fregio stagnoso del teschio. Ma reparti sbilanciati, all'esame, composti di vecchi e bambini, veterani, novizi e mascottes.

Johnny sollevò gli occhi dal giornale a suo padre. Sedeva con una certa ritenuta scompostezza sulla cheap sedia di vimini, la sua testa leggermente oscillante nella discreta luce del rapidly-decaying pomeriggio. L'angoscia, la disperazione, il veder nero gli conferivano una petrea configurazione d'egizio o d'atzeco uomo: i sentimenti elementari a galla, congelavano tutti in una antichissima iconicità, annullando, constatava Johnny, secoli di progresso nell'atteggiamento.

Si risprofondò nel giornale, un altro. Il fascio ricontrollava le grandi città, dalle quali si sarebbe riallargato nelle piccole e nelle campagne come una macchia d'olio asfissiante. Tutti i fogli sottolineavano in particolare che gli operai stavano agli editti, avevano tutti ripreso il lavoro e lo compievano regolarmente. Si riorganizzavano dunque, sarebbero stati lontani e duri a morire, e nella visione di questa riorganizzazione e resistenza alla definitiva morte Johnny non vedeva tanto la bovina, esangue faccia del Duce liberato da Skorzeny, ma la faccia di Pavolini e di molti altri come lui, mai visti ma ora immaginabili agevolmente, come tirabili a cliché.

Lasciò che i giornali gli scivolassero a terra, con un angoscioso planare di uccelli sparati. – Di nuovo in città? – Suo padre subito si ricompose per la fatica e la nobiltà del parlare. Nulla lo impressionava e tuttavia gli piaceva come parlare. – Nulla, se togli che sono arrivate, pare, due macchine di tedeschi e di fascisti all'hotel. È vero che una di queste sere sei sceso a casa degli zii? Hai fatto malissimo. Tu non ti devi muovere. Ci vuole pazienza, ma non ti devi muovere. Pensa a noi che a casa pensiamo a te che sei quassú e questo un po' ci conforta nelle nostre preoccupazioni, e tu invece... – Io qui impazzisco! – Eh? – urlò suo padre in irosa angoscia. – Io qui impazzisco! Quassú da solo! Ed anche perché non vedo il pericolo nel scendere un minuto in città. – Non vedi il pericolo? Sei pazzo! Perché finora non è successo niente! Ma tante ne succederanno che non ne avremo mai piú gli occhi asciutti. E come credi che si viva in città, per volerci tanto scendere? In città viviamo come topi, quasi non abbiamo più amici, nessuno si fida più dell'altro. Non ci fidiamo piú degli stessi carabinieri in servizio, tremiamo d'incontrarli. E se facciamo un discorso, contaci che c'è un argomento di spie. I fascisti rialzano la testa. Sai che il figlio del federale e quello della Dicat sono andati a far l'allievo ufficiale in una nuova scuola fascista? Sai che l'avvocato e suo figlio si sono arruolati in una brigata nera? – Che vuoi che sappia da quassú? – ma subito l'afferrò, lo fulminò l'idea fissa dell'eliminazione fisica. Si vedeva benissimo come giustiziere di quei suoi connazionali, no compaesani, ecco che li giustiziava in quelle loro ribalde divise di parte. Non erano andati a indivisarsi e armarsi per gli inglesi, l'avevano deciso e l'avrebbero fatto per loro, gli italiani, gli altri. Ebbene gli italiani li avrebbero tutti ammazzati, grazie ad una mano italiana essi non sarebbero stati carne per piombo inglese... – Hai visto i miei professori? Vengono a trovarmi? – Non li ho visti piú, ma certo verranno. Non ho tanto piacere, sinceramente, che tu ti veda col professor Cocito. Parla troppo, senza precauzioni, e poi tutti sanno che è comunista –. Cocito comunista? Comunista? Ma che significava, e che comportava esattamente l'essere comunista? Johnny non ne sapeva nulla, all'infuori della stretta relazione con la Russia. – Ora va, si fa tardi, e Johnny guardò l'innaturale sera incombere sulla piana, soffocando come uno spegnitoio tutti i riflessi sui tetti della città. Le colline, esse naufragavano nel violaceo. – Sí, ma prometti, a me e a tua madre, che non ti muoverai piú di qui. Se vuoi farti una sgambata, hai la tua collina, in un'ora intelligente.

Johnny promise e guardò suo padre scendere, con l'accentuazione delle sue congenite spalle curve, per il sentiero che si floueva nel crepuscolo.

Per un freddo improvviso rientrò. Sentiva intorno a sé, ed in sé, una precarietà, una miseria per cui tutto lui era sottilizzato, depauperato, spaventosamente ridotto rispetto ad una normale dimensione umana. E uno stimolo sessuale, repentino e clamoroso, giunse a complicare tutto, portare tutto all'acme della crisi. Bisognava scendere in città anche per quello, a costo di trovare tedeschi e fascisti nei polverosi salottini démodés. La cosa gli appariva lercia ma irrifiutabile, in una livida squallorosità di intervento medico. Ciò enfiò la sua miseria umana, lo fece apparire a se stesso come un ributtante otre gonfio di serioso nulla.

Colava a picco nella prescienza e previsione della sera e della notte. Un accanito ma non vizioso fumare gli avrebbe rapidamente dilapidato la già minore razione di tabacco, e l'insonnia per l'eccesso di sonno nella rehabilitation, i pensieri insensati e vorticosi, lo stimolo sessuale che certamente sarebbe rispuntato con una dentuta acrimonia... Si disse con violenza, quasi sillabando a se stesso: – Ti ricordi quand'eri soldato? Smaniavi per la mancanza di solitudine, eri spesso al punto di vomito per la vita in comune. Ti ricordi i sogni che sognavi mentre ti facevano l'ordine chiuso o Fraglia t'imbottiva la testa col meccanismo della mitragliatrice? Sognavi d'esser solo e disengagé, in una camera pressapoco come questa, aperto alla vista del fiume e della collina, e tradurre a piacimento un qualsiasi classico inglese –. Ora esistevano tutte queste premesse e possibilità, le armi e gli uomini collettivi lontani, oltre le colline, oltre il fiume, nelle grandi città fantomatiche, nelle immense pianure nebulose e abbrividenti...

Si trovò in pugno, ma come miracolosamente, il tomo delle tragedie di Marlowe. Si sedette con una forzata, smorfiata determinazione, aprí e spianò il libro al principio della Famosa Tragedia del Ricco Ebreo di Malta. L'avrebbe tradotto, consumato la sera a tradurlo: non visivamente, ma con penna, l'avrebbe messo in carta con una scrittura elementare, minuziosa e calcata, la grafia come un ceppo di salvezza.

Sebbene il mondo pensi morto il Machiavelli
L'anima sua è sol migrata oltr'Alpe;
E, ora che il Guisa è morto...

Springò in piedi, alto sul fuoco della miseria, dell'impossibilità, serrò il libro con uno schiaffo secco come se volesse schiacciarci tra i fogli tutti i pidocchi di quella sua miseria. Salí al piano superiore, socchiuse appena la finestra aperta alla tarda sera piemontese, all'acquatile vibrazione del fogliame sotto vento. Si coricò sulle lenzuola fredde, immediatamente ma fallacemente placanti, sperò di addormentarsi subito e ritrovarsi sveglio nell'alto mattino, ma come al piú grande dei miracoli. – I want a woman, I need a girl, – he pleaded beyond the ceiling, ma come a purificare e garantire la sua implorazione. – I want but to get her young tasteless breathing!

2

Egli stava cosí presso e fisso alla ragazza della collina da poterne quasi microscopizzare il diaspro scagliato d'oro delle pupille, eppure la voce di lei gli veniva come attraverso numerose filtrazioni. – Ti sono piaciuta? – she stammered. – Infinitamente. Sei... sei stupendamente praticabile –. Ma poi Johnny si aderse e gridò: – Ma io non mi sento un uomo! – Lei goggled: – Tu ti fai torto... – e ancora, Johnny, piú forte e indifferente e sordo alla ragazza, ripeté: – Io non mi sento un uomo!

Erano scesi dalla collina al fiume, per il varco fra i due tunnels ferroviari, in una dolorosa orgia di giallo. Ogniqualvolta il cammino era agevole e unhindered, Johnny le passava dietro, fisso alla sua unica treccia, una trecciona greve ed immobile sulle spalle ampie e scarne, tasteless hair, e d'un colore che by that vision Johnny capí che cosa intendessero gli inglesi con «auburn». La ragazza era appena appena piú giovane di lui, e portava la trecciona come un segno di ammaliata, trattenuta adolescenza. Era presente un ultimo sole autunnale, che traeva barbagli lividi dalla lamina del fiume, e indugiante sui pioppi come sulle chiome di vegliarde: si udiva un verso sporadico d'un invisibile airone, e tutta l'acqua taceva tranne dove dalle alte rocche vi franava, di quando in quando, uno scivolo di tufo. Ella disse: – Se non fossi una donna, vorrei essere una donna. E ancora una donna. E poi ancora una donna. Ma se non potessi vorrei essere un airone.

Poi intonò: – My moment with you is now ending, – ma

con un riferimento implicito seppur gratuito, ed allora Johnny fu aggredito dalla coscienza del sesso di lei, era con lei ed in lei, e non, come gli pareva d'aver sentito per tutto il pomeriggio, una cosa extra lei, una astratta cosa, forse sospesa a mezz'aria come uno spirito, ma una cosa concreta e bassa, reale, ad attendere la carezza della mano di lei, come una conferma e un possesso. Ed ella disclosed like a rose, agevolando con destri moti minimi il lavoro di Johnny.

Ora tutto era muto, muto l'airone e come congelato il tufo franante dalle alte nicchie delle rocche, solo l'acqua aveva preso suono, e sospirava, come se tutta la sua materia fosse sospiro. Ma non c'era gale, per i loro corpi improtetti. E Johnny ripeté, adagio e piú dolorosamente: – Io non mi sento un uomo! – Torniamo a casa, – lei disse: – in collina. Torniamo e mettiamo «Covering the Waterfront».

Ma non fecero a tempo a sollevare i ginocchi.

Il ronzio degli apparecchi arrivò come un natural componente dell'immensa sinfonia in sordina: ma aumentò; si enucleò e diversificò, boasted nella sua natura meccanica, e le due macchine (inglesi? americane?) apparirono distinte, basse, folli, sfiorando le colline dell'oltrefiume. Picchiarono sul ponte, direttamente, poi ricabrarono come dopo l'agnizione dell'intattità e importanza, volarono lungo il fiume, bassissimi, si rialzarono sopra loro due per scavalcare le rocche, ma anche sotto la cabrata tremarono tutte le fronde e le erbe, e loro due. Ella si eresse sui ginocchi e si coprí, inefficaci le dita atterrite. Johnny la strappò al riparo dell'arginello, stendendo le mani sulla residua sua pelle nuda. – Ritornano, ma non sarà niente, per noi. Ce l'hanno col ponte. Damn'm!

Riecheggiò il loro rombo, come precipitante al filo delle rocche, saettarono in ripassaggio sulla normale dell'alveo. Di nuovo l'incresparsi fischiante dei rami, l'erba impazzita a staffilarli nella loro cieca pronità, poi Johnny li vide di coda, a dieci metri dal pelo dell'acqua, micidialmente puntati sul ponte. Mandarono avanti uno scroscio di mitragliere come a schiarirsi la vista e poi bombardarono. Una cadde nel lastroso specchio d'acqua avanti il ponte, l'altra sul greto in un flourish di massi, ma immediatamente dopo sul ponte fiorirono due tuberi di polvere cremosa, eccezionalmente ferma, a mascherare la sicura, orrida piaga. I velivoli erano già librati sulle colline oltrefluviali, placati e leggeri come apungiglionati, ora già fusi nell'aere senza fondo, mentre dalla sponda destra saliva il coro grillante della stupefazione del dolore di tutta la città. Lei finiva di vestirsi con unsteady hands. – Non voglio che abbiano distrutto il ponte! – disse. Ma eccolo riapparire fra gli squarci del riluttante polverone, la terza e la quarta arcata, delle sue sei, sfasciate. Damn them!

Ruppe la promessa una sera di primo ottobre, la tetraggine sulle colline da sfuggirsi come un colera. Scese sulla città come un assalto di sorpresa, scegliendo nel buio l'accesso piú anormale e sicuro. Appena al limite della città, un'ombra piú nera si stagliò nell'ombra uniforme, gigantesca; e Johnny stascò le mani. Ma il colosso voleva semplicemente fuoco, Johnny gliene diede scostando la faccia dall'alone della fiammella per non esser visto e non vedere. E cosí vide ai piedi della scarpata ferroviaria un fagottone mobile e guizzante, una donna, guizzante nel primo freddo. Quell'informe macchia lattescente gli diede un tremendo malessere, ma egli filò diritto lontano dal quartiere dei postriboli.

Le strade erano rigorosamente deserte, rigorosamente oscurate per quanto competeva agli uomini, soltanto la postuma luce del cielo traeva dalle selci lividi riflessi. Marciava rasente ai muri, cosí sentiva talvolta fuoriuscire dalle case sigillate voci stanche, talvolta disperate pur nella soffocazione, sempre con un gracchiare nevrotico come puntale. Fuggendo per la piazza, vide un attimo la sua casa, con dentro i suoi genitori ignari e fidenti, forse making the best enjoying of their own solitary wake proprio il rimerito dei loro sacrifici da parte di Johnny, disciplinato e sensato nella sua sicura collina. Accelerò fortemente per strapparsi al cordone ombelicale del rimorso, per togliersi d'un colpo dagli occhi la facciata della sua casa, cosí precaria e come franante nella tenebra.

Puntò al caffè del padre di Guido, sulla moderna piazza principale, signalled dalle lame di luce che filtravano dalla consunta mascheratura. Il locale era malandato, come volutamente trascurato, il numero degli inservienti drasticamente ridotto, le bacheche dei vini e liquori ghignavano dai numerosi, troppi vuoti. Due coppie giocavano a carte, sistemate in modo da aver entrambe la porta sott'occhio, mute e determinate, giocavano come una disciplina. Gli mosse incontro il padre di Guido, con un'aria di diretta recriminazione e rampogna sulla faccia funerea. – Guido è rientrato dall'8 settembre? – Ebbe una licenza il giorno 7 e sua madre ed io facemmo in modo che gliela prorogassero. Era a casa l'otto, ha avuto una bella fortuna... – Ora dov'è? – Il caffettiere risucchiò tutta la sua esangue faccia sulla bocca: in collina, ma dove? – Mi date un surrogato? – Egli negò con la testa, non lo faceva per picca, sí, voleva espellerlo immediatamente, era troppo buon amico di suo padre. – Ditemi solo se avete visto il professor Chiodi –. Chiodi normalmente mealed al main hotel e poi passava al suo caffè per il surrogato. Ma le abitudini erano state derangeate dopo l'armistizio. Era reperibile, con fortuna, all'Albergo Nazionale, un albergo nella città vecchia, con una raggera di uscite di sicurezza che si perdevano definitivamente nei dedali del borgo feudale e di là negli aperti campi prefluviali. Johnny uscí per la nuova destinazione, pensando con un triste sollievo alle solenni e liete notti di piena estate in cui lui e tutti gli altri, i morti i prigionieri i nascosti di oggi, gli uomini che furono ragazzi quando egli era un ragazzo, giocavano a tingolo per tutta la città e i paraggi dell'Albergo Nazionale erano uno dei principali resorts, mentre l'altra generazione era con le donne della sua generazione nei giacigli degli argini e delle colline... Marciava di buon passo, con un ineliminabile residuo di gait militare, e gli pareva di non muoversi in una città, ma sopra un termitaio ronzante di vita sotterranea eppure spasmodicamente teso ai suoni ed ai rumori soprani.

Il professore era al Nazionale, nell'ultima saletta che comunicava con le vecchie scuderie e per di lí per un zig-zag di vicoli agli argini. La scarsa luce incendiò sproporzionatamente le lenti di Chiodi quando si voltò al suono del suo passo ansioso. Chiodi non era solo, stava con Y, un mezzo amico, ed un totale taciturno; militare, l'aveva scapolata soltanto da Alessandria, dove serviva nell'autocentro, una comune trip di scampo, indegna di spendervi una riga di relazione. Chiodi s'era alzato, nella sua orsina massiccità di montanino corretto da anni di esistenza pianurale. Gli diede un abbraccio filosofico, dicendo come il rivederlo fisicamente gli piacesse, distruggendo la prescienza della comunicazione. Sedettero, mentre Chiodi in polemica euforia gli inibiva di relazionarli sul suo scampo da Roma. – Non ne parlerò, – disse Johnny: – mi limiterò ad offrir da bere a saldo e stralcio d'ogni mio debito con la fortuna –. Ma non vollero, perché non esisteva piú niente di bevibile... – Se fossi morto, – disse Chiodi: – avrei speso per te le parole del Fedone: anzitempo all'Ade, egregie cose... – e tutti risero harshly.

Seguí un silenzio gravoso e misero, irrimediabile forse, e Johnny nascose la sua delusa appallingness col lungo, meticoloso schiacciamento della sigaretta nella antica e sbreccata ceneriera pubblicitaria, mentre con la coda dell'occhio coglieva la morosa stanchezza che allentava il profilo di Chiodi, sprizzante innaturalmente, anche in riposo, intelligenza dialettica e disciplina filosofica, appoggiata alla larga mano troppo villosa. – E... Cocito? – domandò Johnny, alla fine.

Un rumore di autoveicolo squassò la viuzza esterna, terremotando i muri della saletta. Tutt'e tre restarono sospesi, con le dure bocche mollemente sospese nell'attimo dell'apprensione, poi il motore si allontanò, aveva ora solo piú un'innocua e petulante risonanza di modesto autotrasporto a gasogeno, forse atterrito della sua stessa rumorosità.

– Cocito può venire e non venire, – disse Chiodi. – È vero che è comunista? – Sempre stato, – disse Chiodi pronto, come apologetico –. A Johnny non riusciva di applicare aderentemente la natura comunistica a quel professorino di liceo, che conosceva bene soltanto Baudelaire e D'Annunzio. E Y pareva risentire particolarmente l'argomento. – Devi sapere, – continuò Chiodi: – che già all'università lo chiamavano Cocitoff –. Johnny domandò se non avesse influito su Cocito la sua esperienza in Jugoslavia, a fronte dei comunisti di Tito. – Certamente. Anzi, non dimenticherò mai quel che mi disse quando lo rivedemmo al liceo in licenza dalla Croazia. Mi gridò: – Dovresti vedere il liceo di Zagabria! Tutti al largo, preside, professori, alunni e bidelli, tutti partigiani! – Poi in città qui frequentava massimamente quattro soldati del suo reggimento: quattro comunisti. Ne ricordo particolarmente uno; un toscano con una barba quadra e nerissima, uno scultore in borghese, credo di poter dire che fosse piú grande come modello che come artista. Nelle ore possibili erano sempre insieme, sulla seconda panchina dei giardini pubblici, e qualche volta Cocito invitava anche me. Ma loro li chiamava compagni, a me si rivolgeva semplicemente come amico. Notate la distinzione concettuale.

Una pausa, durante la quale Y con occhi stretti epperò fiammeggianti pareva fissare nel vuoto l'effigie di Cocito, con una atterrita repulsione, come davanti a un uomo noto che si fosse volontariamente inoculata la lebbra. Chiodi invece pareva issofatto piombato in un doloroso assorbimento, ma si riscosse a dire con un tono alto che fece fremere la saletta. – Oh, una cosa interessantissima! Sapete che essi, voglio dire Cocito ed i quattro soldati, il 25 luglio speravano che Badoglio non controllasse la situazione? Sí, perché cosí si verificavano proprio le condizioni essenziali postulate da Lenin: quando un governo fallisce, dev'essere il popolo ad insorgere e ad impossessarsi dell'imperium. – Ma è stato un pio desiderio, – disse Johnny, con un'acredine che fece specie a lui stesso: – Io non mi sono mai annoiato tanto come la notte del 25 luglio a Roma proprio in servizio d'ordine pubblico. – Poi Chiodi non disse altro, ruotò il polso per convergere l'orologio alla mainstream of light e disse: – Cocito non viene piú. Non è stata la sua sera. Meglio andarcene anche noi –. Si alzò il primo, artriticamente. – Appena a casa, mi leggo un'oretta il mio Kierkegaard e poi dormo fino al lontanissimo, miracoloso domani –. Johnny si ricordò e disse: – È ancora con Kierkegaard? – Figlio mio, Kierkegaard può benissimo esaurire una vita –. E Y: – Io sono un orecchiante, ma... è igienico darsi a Kierkegaard di questi tempi? Chiodi sospirò, nella ineluttabilità della prestazione professionale: – Vedi, l'angoscia è la categoria del possibile. Quindi è infuturamento, si compone di miriadi di possibilità, di aperture sul futuro. Da una parte l'angoscia, è vero, ti ributta sul tuo essere, e te ne viene amarezza, ma d'altra parte essa è il necessario «sprung», cioè salto verso il futuro...

Cocito lo si vide some days after, con Chiodi e un serto di ex-alunni sotto i portici del vecchio caffè... con davanti gli ersatz aperitivi, con sopra uno splendido sole ottobrino, tutti in armonia ed in sincronismo apparente, letificato. E Cocito saettò sull'arrivante Johnny i suoi occhiali. Era occhialuto come Chiodi: ma a Chiodi le lenti rivelavano, magnificavano la pupilla in una tersità cristallina, mentre le lenti di Cocito avevano effetto intorbidante per l'osservatore, gli sfumavano la pupilla in una chiazza misteriosa. Si era immassicciato vieppiú, ma anche agilitato, pareva, e la sua testa aveva assunto la rotondità e l'allure profilica della leoninità. Shook hands with an acheful intensity and pleasure. E Johnny lo fissava con un fascino nuovo: lo vedeva come in divisa, come un prete, comunque un separato. Però Cocito riprese a far quanto prima, e cioè chiasso e simpatia, restava in lui ancora quel certo taglio di cinismo intellettuale che ne aveva fatto un idolo del Liceo. E subito apparve strano, quasi offensivo a Johnny che Cocito pensasse di trovarsi meglio con quei quattro lontani soldati che coi suoi colleghi ed allievi.

Erano riuniti nella vecchia piazza principale, al pieno sole ed ai tavolini del primiero caffè, malgrado il pericolo non fosse non solo diminuito ma sicuramente aumentato, malgrado si sapesse che nelle grandi città non c'erano piú o quasi renitenti, i giornali fascisti strombazzassero la restaurazione delle vecchie gloriose caserme, la riapparizione in massa del vecchio glorioso grigioverde, e dalla Toscana fosse piombato come un fulmine che un renitente stanato era stato fucilato nel giro di ventiquattr'ore. La notizia rimaneva sull'Italia come una gigantesca nube nera: tutti ormai avevano capito che cos'erano disposti a fare i fascisti, la cosa era spaventosa come un breach of code. Ma essi erano lí.

– Naturale, – disse Chiodi, fosco in viso per il riverbero esterno dell'intima depressione, e non perché fosse nell'insunny del portico: – Basta che un fascista armato d'un vecchio catenaccio si presenti in una qualunque località, e gli viene facile arruolare e incolonnare tutta quella gioventú... – Ma il rimedio lo conosciamo ormai tutti, – disse Cocito, con una voce nuova, il cui midollo s'era inserito nella sua fiera ma grattante voce di Liceo. Chiodi non parlò, evidentemente s'erano polemizzati poco prima. E cosí riprese Cocito: – Basterà che uno qualsiasi di questi renitenti, armato anche lui di catenaccio, o di roncola o di temperino, apposti il fascista sulla sua strada di prepotenza, e gli si cali addosso. Alle spalle, beninteso, perché non si deve affrontare il fascista viso aperto, egli non lo merita, egli deve essere attaccato con le medesime precauzioni che un uomo deve prendere con un animale. Gli si cala addosso, lo ammazza e lo trascina per i piedi in un posticino dove seppellirlo, cancellarlo dalla faccia della terra. E sarebbe consigliabile portarsi dietro una scopetta con la quale cancellare per l'eternità persino l'impronta ultima dei suoi piedi sulla polvere delle nostre strade.

– Questo è quel che oggi si chiama un partigiano, – disse un ex-alunno. – Tu resti il primo ed il migliore, – gli disse Cocito, mentre un lampo di sarcastica soddisfazione gli fendeva le lenti nebulose. Ma tutti erano intenti, ognuno per suo conto, a pesare nella sua aerea sospensione quella nuova parola, nuova nell'acquisizione italiana, cosí tremenda e splendida nell'aria dorata. E Cocito proseguí: – Tutto sta nell'intendersi sul vero significato della parola partigiano, – sbirciando Chiodi cosí sideways che la sua pupilla occhieggiò netta fuori dalla lente. E Chiodi disse con forza sospirosa: – Partigiano è, sarà chiunque combatterà i fascisti –. Cocito lampeggiò uno sguardo circolare su tutti quelli che avevano istantaneamente accettata la definizione di Chiodi. Poi disse. – Ognuno di voi è infallantemente sicuro di riuscire un partigiano. Non dico un buon partigiano, perché partigiano, come poeta, è parola assoluta, rigettante ogni gradualità –. Johnny sbirciava Chiodi, finiva di bere il suo aperitivo, con heavy repugnance. E Cocito: – Facciamo un esamino, di tipo scolastico, se volete, sul partigiano. Possiamo accettare la definizione di Chiodi per cui partigiano è colui che spara con buona mira, con mira definitiva, sui fascisti? Tu, Johnny: avvisti un fascista od un tedesco e ti appresti a spararagli, sempre in onore e fulfilment della definizione. Però, si presenta un però: sparandogli ed uccidendolo, può accadere che dopo un paio d'ore irrompa nella località o nei paraggi una colonna fascista o tedesca e per rappresaglia la metta a ferro e fuoco, uccidendo dieci, venti, tutti gli abitanti di essa località. A conoscenza di una simile possibilità, tu Johnny spareresti ugualmente? – No, – disse Johnny d'impeto e Cocito rise dietro gli occhiali. – Continuiamo per questa strada irta ma istruttiva, converrete. Johnny, se tuo padre fosse fascista, e fascista attivo, al punto da poter compromettere la sicurezza tua e della tua formazione partigiana, tu ti senti di ucciderlo? – Johnny chinò la testa, ma un altro disse, con una certa foga stammering: – Ma professore, lei fa soltanto casi estremi. – La vita del partigiano è tutta e solo fatta di casi estremi. Procediamo. Johnny, se tu avessi una sorella, useresti questa tua sorella, impiegheresti il sesso di questa tua sorella per accalappiare un ufficiale fascista o tedesco e farlo portare al fatto in luogo ragionevolmente comodo; dove tu già sei appostato per farlo fuori? – Nes suno pronunciò quel no che del resto già urlava da solo nel desertico silenzio, e allora Cocito agitò le mani come a sbriciolare qualcosa. Ma Chiodi si eresse faticosamente sulla sua sedia: – Il professore intende dire che non si può essere partigiani senza un preciso sustrato ideologico. La libertà in sé non gli pare piú sufficiente struttura ideologica. In ultima istanza, il professore vuol dire che non si sarà partigiani se non si sarà comunisti.

– Infatti, – disse Cocito: – diversamente sarete soltanto dei Robin Hood. Johnny, mi permetto pronosticare che sarai uno splendido Robin Hood. Ma come Robin Hood sarai infinitamente meno utile, meno serio, meno meritevole, e, bada bene, meno bello, dell'ultimo partigiano comunista. – Chiodi goggled. – Sai, Cocito, – disse con una calma mortale: – mi ripugni. Mi ripugni al pari d'un gesuita. – E tu sei infantile, – disse Cocito, con la medesima amante-mortale calma. – E voi tutti siete infantili, tutti voi, – disse Cocito scrollando la sua testa leonina e cennando a scostarli tutti, come un adulto una corona di stancanti bambini. Ma uno disse: – Io non capisco, professore, come lei se la pigli tanto. Noi uccideremo fascisti, ed un fascista ucciso da un Robin Hood non serve egregiamente la causa comunista? – E poi si sciolsero, perché Y disse, con hoarse epperò sofferto umorismo, che correvano l'infantile rischio di esser tutti catturati, mentre disquisivano sull'essenza e finalità del partigiano, dal primo fascista che fosse spuntato all'angolo del caffè con un moschetto a tracolla. E Chiodi si voltò un'ultima volta e disse, con la faccia stanca, aggravata dalla barba trascurata: – Ragazzi, teniamo di vista la libertà. – E per quelle famose armi con cui appostare i fascisti? – Chiodi goggled: – Cocito ne ha. Cocito l'8 settembre ha interrato tutte le armi del suo reparto. Può armare una banda di punto in bianco –. Ma essi scossero la testa. – Nessuna di quelle armi sarà mia. Io non seguirò Cocito. Ma allora, le armi? – Le armi si devono conquistare, per esempio disarmando i carabinieri! – E li lasciò nella stupefazione, nell'enormità del suggerimento. Come? ci si doveva brace up, per superare, stracciare il complesso dell'arma tradizionalmente, secolarmente tutoria, strappare ad essa le armi necessarie, sacre all'ordine pubblico...

Johnny scese ancora in città, e sempre nottetempo, alla nascita esatta della notte, ma non vide piú né Chiodi né Cocito, e forse nemmeno li cercò. Una di tali notti fu irresistibilmente attratto dal cinema e ci entrò, con un certo qual presentimento di mettle. Proiettavano «La Venere cieca» con Viviane Romance, ancora in sexy shape affiancata dalla faccia meteca e sierosa, intollerabile, di Georges Flamant. Il locale, con la solita aria di scadimento propria d'ogni esercizio, con una frustatezza polverosa persino sullo schermo, era pressoché deserto, e negli intervalli di luce i radi astanti si guardavano frowningly l'un l'altro, come a rimproverarsi reciprocamente quella follia del cinema, sotto pena del bando di Graziani.

Johnny sedeva in galleria, alto sulla platea rada. Al punto in cui smuoiono insieme il fortunale e la furia sessuale del capitano Flamant, ci fu nel vestibolo un disperato stampede, un soffocato e disperato fiatare, una voce secca d'imperio e di ferocia, qualcosa come la sorda esplosione d'una repentina violenza. Uno spettatore si alzò con un rumore immenso, gridò ai fascisti che erano irrotti a rastrellare, si abbatté contro un muro, contro una sbarrata uscita di sicurezza. Durava quel rumore nel vestibolo, ma essi ancora non irrompevano in sala, disertata da quelli che già avevano infilato le uscite di sicurezza che laggiú esistevano, e Johnny pensò in agonia alla fatalità d'aver scelto la chiusa sbarrata galleria anziché la salvatrice platea. Gli altri smaniavano contro i muri e la porta che resisteva, rimbombando ai loro colpi. L'operatore aveva tagliato la pellicola, senza dar luce in sala. Johnny si trovò a ridosso del parapetto, sulla lontana platea che l'attendeva per la morte fra le sedie o paurose ed egualmente catturanti, egualmente death-sentencing-and-allowing fratture. Ma era deciso a buttarsi piuttosto che a lasciarsi prendere. Aveva scavalcato il parapetto ed era precipite sulla platea, orribile e salvatrice con la sua spaventosa bocca di denti di ferro e pietra e legno. Ma non staccò le mani dall'ultimo ferro, perché non erano i fascisti, solo qualcosa come un tentativo di furto alla cassa. Tutto ciò che era repentino, proditorio, esplodente con urla era fascista.

Johnny uscí dal cinema, di corsa, vedendosi mortalmente pallido e sentendosi jelly. Prese per la collina, iroso con se stesso, remorseful verso i suoi genitori, per tutto il tragitto frantumando mentalmente il corpo di Viviane Romance che ora gli appariva una sporca illecebra fascista per la perdizione. Non sarebbe piú sceso in città, pensava salendo alla collina nella notte violetta, se lascerò quella collina sarà soltanto per salire su una piú alta, nell'arcangelico regno dei partigiani.

3

La pistola l'aveva. Pure, a sentirsela piatta e greve e cosí magistralmente foggiata nella tasca interna, non si sentiva affatto addizionato, e la sentiva estranea ed irritante, non già l'arma monoblocco del suo sogno. Per le strade semideserte ed uggiose – ora la gente conoscente non lo fissava piú, lui come gli altri sbandati o renitenti, con la recriminazione premurosa ed amichevole delle prime volte, ora lo fissava con tedio e lontananza, con l'aria di ti capiti ciò che vuole, purché lontano e fuori di me – andava, pensando solamente al posto in cui occultarla, sino al grande giorno, essendogli del tutto estraneo il pensiero, e forse la capacità, di doverla usare adesso, al primo angolo. Camminava, comunque, con un nuovo sentimento, un sentimento di diversità da tutti quanti incontrava: con mille probabilità nessuno di quelli viaggiava con una pistola sul cuore, il cuore pulsante come attonito contro la sua piatta e gelida superficie, e gli pareva che questa astratta e ascosa durezza della pistola e la sua fatalità gli si dovessero riflettere nel passo e nel viso. Doveva «apparire» diverso. Ma poi, come la sveglia coscienza gli ricordò che si trattava soltanto di un trasporto d'un'arma da un luogo all'altro di nascondiglio, la diversità gli svaní come una luce smorzata, ed egli apparí a se stesso grigio e passivo come il riflesso di tutto nel tardo pomeriggio novembrino.

Deviò verso la periferia e poi diritto al fiume: voleva andarsene a metà argine fra il ponte e le rocce bianche, a fumarsi una sigaretta (l'ultima del programma pomeridiano) chino sui ginocchi tra l'erba già intirizzita, gli occhi a trafiggere l'invulnerabile velo delle acque. Ma quando stepped sull'ultimo argine, lo attrasse irresistibilmente la visione del ponte squarciato, la sua lacerazione ancora fresca e come cruenta nel cielo di ghisa ed immediatamente vicino. E cosí la visione del nuovo lavoro del traghetto. Risalí dunque la riva fino a un cinquanta passi dall'imbarcadero del traghetto.

C'era gente, sul pallido greto, insolitamente sporco, per quella novità fascinosa e sospensiva del traghetto, come a respirare con sospese, centellinanti gole, aria medievale. I traghettatori lavoravano, con evidente presunzione di sé, con compostezza ed enfasi, e con identica presunzione i traghettati sbarcavano come da una singolare avventura. Johnny si costruí un tumulo-scanno di pietre, tonde pietre d'essiccata inzaccheratura, vi si sedette ed accese la sigaretta: l'avrebbe fatta durare il piú a lungo possibile, l'avrebbe fumata con quella lentezza che era in tutto, nel passaggio delle acque, nel lavoro del traghetto, nel passaggio delle labili nubi nel cielo fatiscente. E guardò finché l'aria fu cosí vaga che la stessa precisa, ancorché sconciata, mole del ponte si scontornò tutta in un flou come pietoso di quella grande piaga, e l'aria della sera prese ad increspare ed accelerare l'acqua scura e a far gemere i pioppi incombenti.

Rimanevano in pochi, ora, con Johnny, ad indugiare sul greto ingrigito, ed in una pausa del vento il silenzio fu tale che si percepí netto, quasi slamming, lo sciaguattare dell'acqua centrale del fiume contro i natanti rossi-antiruggine del traghetto. Quando sullo stradale oltrefiume si sentí, con una ingannevole fluidità e tenuità di suono, il rumore di una autocolonna piuttosto lunga. Era difficile contare esattamente per lo schermo dei pioppi, ma erano piú di venti autocarri, ed il loro colore, nonché il colore degli uomini montati, cosí come il loro fluido, era tedesco. Due, tre persone di qua dal fiume, li riconobbero, scrambled off to the town, i ciottoli del greto schizzando centrifugamente sotto il loro passo mordente e precipitoso. Allora un uomo che stava con Johnny, alzatosi lentamente, un uomo di tipo operaio, d'indefinibile età, con in testa un basco che pareva calcar dalla nascita tanto lo calettava con bisunta precisione ed inamovibilità, s'accostò di piú e disse: – Ma sono matti quelli laggiú a scappare cosí. Non sanno ancora che i tedeschi sparano a chi scappa?

Disse Johnny, ma con un disinteresse pauroso: – Questo è vero, è meglio starsene fermi, giocarcela cosí... – Sentí sul viso, caldo, lo sguardo apprezzativo ed insieme perplesso dell'operaio. Ma sull'altra sponda i tedeschi non facevano nulla di nulla, come se la gente centrifugata sull'altra sponda non fosse rientrata nel loro campo visivo, parevano assorti, turisticamente, nella visione del ponte bombardato e del traghetto immobilizzato nel mezzo del fiume, Johnny poteva cogliere da lontano l'angosciata sospensione nella mente e nei muscoli dei traghettatori e traghettati aware. Un giovane perse la testa e si tuffò dal natante, di piedi, poi emerse e nuotava con facilità nel correntone principale, seguendolo in lontananza, come se non giudicasse sicuro ancora l'approdo sul greto occupato da Johnny. Allora l'operaio consigliò in un soffio di chinarsi almeno, e lui e Johnny s'accucciarono sul greto, l'operaio anzi si accese una metà di sigaretta e la fumava nascondendola sotto una mano a cupola, come a non esser preso in fallo. I tedeschi continuavano la contemplazione, e non c'era nei loro gesti lontani, radi e lenti, l'irritazione per l'ostacolo imprevisto, ma soltanto contemplazione, turistica. – Se i tedeschi erano diretti da noi, benedetti gli inglesi che ci hanno rovinato il ponte, – disse l'operaio. Poi Johnny tornò con gli occhi al termine della mainstream, l'uomo fuggito a nuoto era già lontano a terra, scrambling sull'ultimo tratto visibile di greto, verso il buio dei boschi rivaschi. I tedeschi avevano ora riacceso i motori, che tenevano un minimo misterioso, l'inimicizia e la straneità anche nelle vibrazioni dei congegni ci sentivano Johnny e l'operaio, e poi ripartirono, proprio come turisti che abbiano esaurito secondo programma una visita d'arte. E fu abbastanza presto che si vide la coda della colonna, in strada aperta, verso Torino. Tutto si mosse, la gente ed il traghetto e l'aria medesima, come riprendendosi da una ibernazione. Johnny si rialzò, cosí l'operaio un po' reumaticamente e disse: – Non erano per noi. Si son fermati a considerare il ponte, il risultato dei nemici inglesi. Ma dovranno ben venire una volta o l'altra, arriveranno certamente dalla parte di terra –. Aveva, con un'aria del meccanico inurbato, una certa aria tutto-sopportante, una forma di invincibilità, un cosí certo presagio della primavera che segue all'inverno, che Johnny gliene fu grato. Ma quando l'uomo accennò a partire insieme verso la città, e l'invito era nel passo e non fu detto a parole, Johnny nicchiò, disse con una voce grattante che doveva prendere per il sud. E cosí fece, aggirando sugli argini lo spesso della città e investendola poi da sud: come comatosa nel crepuscolo, apparente tozza e gelatinosa per paura, esattamente come il suo vecchio zio, come investita solo ora dal riverbero di quella repentina apparizione dei tedeschi. La stessa mole potente del campanile romanico della cattedrale looked jelly and under height-level, senza piú il suo eterno indizio di generale sopravvivenza, e sul quadrante sfacentesi le lancette, l'ombra delle lancette segnava le sei.

Tornò a casa, che gli apparve piú nuova ed insolita dopo la breve licenza in collina che chiuse il suo lungo servizio militare. I suoi stavano già cenando, sentí per le scale il chiocchiare delle posate, scorato. Suo padre si limitò a scrollare il capo per la sua imprudenza, ma sua madre insorse contro di lui per quel suo mettersi con volontaria leggerezza alla perdizione, e allora Johnny scoprí l'unico modo di placarla, invece di minimizzare il pericolo, disse pianamente: – Ho visto i tedeschi –. I due rimasero con le posate alte, distanti dal loro malinconico pasto. – Erano tutta una colonna, si sono fermati venti buoni minuti al di là del ponte. Non hanno fatto assolutamente niente. – E tu dov'eri? – inghiottendo lo stupore che i tedeschi non avessero fatto niente. – Al fiume, dalla parte di qua.

Si dispose a mangiare, con l'ultima voglia di questo mondo. Suo padre disse che il suo amico Bonardi, al suo ex-distributore di carburante al limite nord della città aveva ricevuto la visita notturna dei partigiani. Cercavano carburante, si accontentarono di due mezze damigiane di solvente, che era proprio tutto quello che l'amico possedeva. – Com'erano? – domandò Johnny col cuore in gola. Tutto era possibile fuorché fossero uomini come tutti gli altri. Suo padre riferí, con la voce piú opaca, che erano vestiti di bianco, indossavano le tute degli sciatori alpini... – Debbono essere sbandati della quarta armata, gente che non ha potuto o voluto raggiunger casa sua. E a sentir Bonardi non sono affatto stinchi di santo. Non volevano credere che non avesse piú benzina e l'hanno minacciato e maltrattato. Bonardi dice che gli hanno messo tanta paura come e piú dei tedeschi e dei fascisti –. Crollò la testa: – Sarà violenza da tutte le parti, e noi siamo nel mare –. E allora Johnny pensò alla disperata tristezza d'esser vecchi, come suo padre e Bonardi, vecchi e bianchi e rugginosi uomini nello scatenamento della gioventú agile e superba e feroce, tale come essi erano nella preistorica primavera del 1915. Non poteva nemmeno sopportar l'idea indotta di suo padre preso in quel gorgo e minacciato e maltrattato, sia dagli uni che dagli altri. Guardava la sua testa pendula sul piatto, nella squallida riconoscenza dell'età.

Sua madre accennò al giuramento alla repubblica. Qualcuno l'aveva già prestato: una pura formalità; l'andata in treno al comando di Bra, il giuramento, una stretta di mano, il tutto in una svirulentata atmosfera di severo cameratismo, in pieno fair play. Qualcuno l'aveva già fatto, si sapeva malgrado la segretezza interessata: un avvocato, un direttore didattico, un geometra con un appalto Todt in vista... – Possono crepare se aspettano il giuramento da me, – disse Johnny out of his munched bread. Sua madre disse, senza tonalità: – Non te l'ho detto per consigliarti in questo senso. E poi non tocca ancora a te. Vogliono il giuramento dagli ufficiali, per ora. E tu non sei uscito ufficiale.

Ora che fai? domandarono quando lo videro alzarsi. Rispose che si metteva in giro alla ricerca del professor Chiodi. – Debbo pur tenere qualche contatto, qualcosa sta maturando, ed è impossibile, ed illogico, tenersi soli, – e poi tornava a dormire, ma nel suo letto di casa. Le teste dei genitori pendolarono sul piatto, ma non reagirono, si abbandonavano al vortice dell'azzardo.

Appena uscito, una dura pressione sul petto gli rammentò la pistola. Ruotò per rincasare a nasconderla, ma non lo fece per il puzzlement insolubile rapidamente del nascondiglio, e cosí se la tenne addosso, pareva dovergli dare una grim thrill da rendergli tollerabile quel notturno deprimente vagabondare. He was not quite sure to meet Chiodi, to be willing to meet Chiodi. Nell'ombra incrociò un vigile urbano, cosí miserabile nella sua inutile divisa, e cosí cosciente di ciò, nel suo passo unofficial, quasi furtivo tutta la consapevolezza della sua miserabile inutilità.

Andava all'Albergo Nazionale, dove sapeva esser ripiegato il professore dopo che i tedeschi haunted sporadicamente il main hotel, nel freddo che pareva intaccare gli intonaci. Ma trovò Chiodi prima, proprio per quella strada, lo riconobbe allo scuro per il passo strascicato, dall'artrite esacerbata dai freddi primi. Ed era accompagnato, un giovane alto e smilzo, molto meccanico e compressato nel movimento delle braccia e delle gambe. Era Sicco, e muoveva dall'uno angolo della bocca all'altro la sua pipetta spenta. – E Cocitoff? – bisbigliò Johnny. – È già al largo, presso Bra, ad organizzare la sua banda rossa –. A Johnny il cuore diede un tuffo, subito represso dalla compatta freddità della pistola. Non ci fosse stato Sicco, gliene avrebbe parlato della pistola, forse anche esibita. Chiodi disse: – Non fosse per questa mia dannata artrite, sarei con lui già da stasera. Ferma restando la mia discriminazione pregiudiziale. Ma l'interessante è cominciare a battersi, poi si vedrà. Invece io son fottuto per tutto l'inverno. Debbo aspettare primavera, – e lo disse come se fosse la prima primavera dopo il Doomsday: – sempre che torni ragionevolmente a posto con le gambe. – Perché dalle parti di Bra? – indagò Johnny, la mente riandandogli a quei luoghi, visti e transitati tante volte andando e tornando da Torino, le colline rosse a sinistra della nazionale, terra buona da fornace, tutte a strapiombo e a canyons, rivestite in cima da un verde altrettanto acceso, come se il sottostante rosso terragno triplicasse la brillantezza del verde, dando un composito eye-catching spettacolo di terra mascherata. – Ogni parte è buona, Johnny. – Quando ci andrò, mi dirigerò sulle Langhe. Non so, ma la mia linea paterna viene di là.

Il professore annunziò che Sicco aveva qualcosa di interessante da dire e piú da fare. E Sicco prese la parola, avrebbe certamente parlato con la sua sillabata minuzia e con un terribile risparmio di mimica, qualcosa di paperesco nel ritmico scattare del collo esile. Disse: – Domattina, col primo treno, vado a Bra a prestare il mio bravo giuramento... Aspetta ad insultarmi, Johnny. Col treno del pomeriggio sarò a Cuneo e otterrò un permesso bilingue, un Ausch... – Ausweisung, – precisò Chiodi. – Cosí provveduto, prenderò ad agire per il Comitato di Liberazione, come rappresentante del partito liberale –. Bene disse Johnny, e bene disse Chiodi, e aggiunse: – Voi uomini dei Comitati avrete dei momenti terribili, quali forse non avranno nemmeno i partigiani combattenti –. Sicco annuí, con modestia, serrando appena le labbra sulla cannuccia della pipa, sembrava pronto per quei momenti, senza la minima trasparente apprensione...

Poi Chiodi si lamentò dell'effetto del freddo sulle sue gambe, the black, houndlike mute of cold raiding the frosty pavé, e Sicco propose di ritirarsi in un caffeuccio fuori mano, abbastanza sicuro, ma, come egli stesso ammise, pochissimo allettante, sporco, con qualche giocatore di carte che giocava con una feroce determinazione, con i vuoti degli scaffali ghignanti... E allora Chiodi con una bellissima giravolta di humour propose il postribolo elegante come la hall piú consigliabile, a scambiar due disimpegnanti chiacchiere con le meretrici aspasie – «le donne piú leali del mondo» – senza la minima preoccupazione per il sesso. I due aderirono, Sicco solo pregando di non trattenersi troppo, dovendo lui prendere il primo treno nell'appalling earliness di domattina. Lo riavvicinava a Johnny, infinitamente piú che in passato, quella sua quieta, sobria aspettativa del giuramento, la certezza che avrebbe conservato la stessa aria beneducata e distante davanti agli ufficiali fascisti che avrebbero raccolto il suo giuramento, fornendogli gli strumenti piú adatti per il miglior svolgimento del suo volontario compito antifascista. Chiodi disse: – E non ci sarà nemmeno da aver troppa paura d'essere intrappolati nel postribolo. Se arrivano i fascisti, io opino che non ci faranno un bel niente, prevarrà la solidarietà postribolare dei maschi italiani, e finiremo con fare una bella mano collettiva, al di fuori ed al di là della politica –. Ridendo andarono al postribolo elegante.

Era perfettamente deserto, e con nessuna speranza di frequenza, tanto che le signorine erano interamente e regolarmente vestite in comune borghese e giocavano a poker, fumando, nel tinello. La governante milanese salutò calorosamente Johnny, riverí moderatamente il professore e del tutto freddamente Sicco, che non cessava di poppare alla sua pipetta fredda. Era palesemente preoccupata per la piega degli affari, ma la stessa nobiltà ed antichezza della professione pareva ispirarle ritegno e dignità nella geremiade, ma alla fine s'indusse a sfogarsi con la stessa ampiezza e abbandono di una qualsiasi rivendugliola in crisi. Il primo gravissimo colpo era venuto dall'armistizio e sbandamento, non piú signori ufficiali né sottufficiali; secondo e piú grave, non tanto nel volume quanto nell'indicità, la flessione nella frequenza dei borghesi. – Trovano fuori, trovano fuori come non mai! – si lamentava: – Colpa della guerra. E nessuno pensa piú alla morale, non c'è piú religione, e tutte..., le ragazze e le maritate. Fuori ormai c'è il libero amore, c'è in pieno. E noi andiamo... – A voi stesse, – concluse Chiodi.

Le donne non apparivano demoralizzate, giocavano in souple noncuranza, fumando a rapide corte boccate come beccatine, solo ogni tanto dardeggiando sugli ospiti sguardi obliqui, perfettamente unintenzionali. Finchè Sicco lasciò cadere la pipetta, s'alzò interito e accennò alla bionda a capotavola. – Perdonate l'infrazione, – disse: – ma... il fatto si è che sono talmente vestite... – Ti comprendo e ti giustifico, – disse Chiodi: – potrebbe esser l'ultima –. E Johnny: – L'amplesso all'ombra della ghigliottina. With the big blonde.

La brunetta, la piú sottile e meno professionale delle due residue, depose le carte e esibí un pacchetto di R 6. Le troncò il gesto d'offerta l'obliquo micidiale sguardo della compagna. Chiodi disse: – Fumi tedesco, – leggermente. E la compagna allora esplose, una grossa, netta veneta con gli occhi naturalmente esaltati. – Ha l'amico nella repubblica, questa... – Puttana, – disse Johnny con un sorriso liquido, molto graziosamente. E la veneta fece la mossa di colpirla di manrovescio. Intervenne la governante, con un orgasmo subito ad alto pitch. – Signorine, non ricominciamo. Smettetela, brutte... Siete qui per lavorare. È la mancanza di lavoro che vi mette i grilli in testa.

La veneta disse: – L'ho visto io il suo amico, è inutile che neghi. Alla stazione di Bra, al cambio dei treni. Una faccia di m... come non ho mai vista la compagna, e n'ho viste nei miei tredici anni. Faceva il bello ed il bullo, sempre con la mano sulla pistola mezza sfoderata. La prossima volta digli che se la cacci tutta dietro la pistola, ma non tanto che non si possa piú premere il grilletto!

La brunetta era a testa bassa, offrendola al fumo emergente della sigaretta come in una inalazione sacrificale, e la paura scuoteva percettibilmente le sue magre spalle. – Quel che mi cuoce, – insisteva la grossa: – è che io le facevo l'amica e la protettrice, la facevo dormire con me tutte le notti e la accarezzavo per ore. Lei lo sa, signorina, lei qualcosa ha sempre sospettato. E questa... ha l'amico nella repubblica. Ma verrà presto il giorno che un partigiano lo fa secco. Sí, sí, io non ho mica paura che tu mi denunci, perché, sai, faccio sempre in tempo a prenderti per l'inforcatura e aprirti fino alla testa come uno stecco –. Johnny guardò a Chiodi per il segnale ombratile che gliene venne dalla sua mano ora sospesa nell'alone della lampada. – Signore! Signore! I' vo gridando pace, pace, pace! Per la vulva non deve succedere nessuna tragedia. Alla vulva non si comanda né si attribuiscono responsabilità. Io faccio voti perché questa guerra speciale, che vedrà morti a non finire e d'ogni specie, si concluda senza almeno che alcuno debba morire per la sua vulva. Voglia il cielo che la strage sia solamente degli uomini, e le vulve possano impunemente, senza discriminazione, fortificare i combattenti, confortare i morituri, ed essere infine premio totale ai vincitori.

– Che schifo! – epitomò la veneta, incombendo come un carneo macigno sulla brunetta muta e dolorosa. E la governante, grata al professore: – Il professore, perché si tratta d'un professore, ha parlato stampato. Badate soltanto al vostro lavoro ed al vostro guadagno, la vostra cosa non fa politica, e i c... non vestono divisa. Chi ha un'idea, se la tenga dentro.

La veneta non aggiunse altro, solo ripeté la mossa del manrovescio, ma stavolta con una certa tenerezza nella sospensione, una cura particolare, da lasciar capire che quella notte stessa se la sarebbe ripresa nel letto, e l'avrebbe accarezzata fino a luce. Ma proprio allora s'accorsero della ridiscesa di Sicco e della ragazza bionda, da qualche minuto, e la ragazza disse con una voce indotta e faltering: – Io prego sempre per i partigiani. Tutte le sere dico una preghiera per i partigiani, – e alla decisa parola vi fu un fremito, e come un aliare nella densa e ferma atmosfera della casa. E Johnny sentí che era doloroso non esser ancora partigiano, ed esser escluso dalla fruizione di quella preghiera di meretrice.

Si strinsero la mano prima di separarsi, Chiodi per la sua veglia filosofica, Sicco per il suo breve, forse incuboso sonno da troncarsi alle cinque di mattina per la stazione gelida e fumosa e per il treno che doveva portarlo faccia faccia cogli ufficiali fascisti, altrettanto mitici quanto i loro antagonisti partigiani.

Johnny andò verso una tetra notte previa d'un goalless giorno vuoto e fremitoso, e senza fine. Nel greve cielo dove le stelle erano appuntate come sul velluto, un aereo gemeva, con una infinita coscienza di minuscolità, sempre all'orlo del naufragio. Era l'apparecchio di sconosciuta nazionalità, forse waged e pilotato da un moderno aeronautico capitano Nemo, che la voce popolare asseriva mitragliasse tutte le luci violanti l'oscuramento, in una fanatica istanza di tenebra assoluta.

4

L'indomani, di prima mattina, Johnny salí alla soffitta sottotetto a seppellir la pistola, il cervello sickening nell'immaginare il tempo che ci sarebbe rimasta sepolta. Salendo l'impervia insidiosa scaletta verso il cupo corrugato digradare dei tetti bassi, ripensava al tempo infantile, quando la soffitta era il piú soddisfacente ed avventuroso dei suoi resorts indoor. L'incombere muschioso dei tetti, lo sbarramento delle tramezze e delle assi, la stessa grezzezza dei muri, la folta, indisturbata popolazione di vespe e scarafaggi, la sparsa presenza di lamiere e latte come parte di una generale corazzatura, l'aria ferma e tiepida attraversata dal ronzio delle vespe come da allentati sciami di frecce, l'assenza e addirittura la impensabilità delle femmine, tutto contribuiva, allora, a fargli pensare e vedere la soffitta come un congeniale teatro d'avventura, o almeno come un qualsiasi posto al mondo dove non si avesse a far altro che vigilare e combattere. Talvolta si alloggiava nella cunetta dell'abbaino vertiginosamente alto sul sagrato, dominante i muri massicci della cattedrale, e con travolgente facilità s'immaginava, s'immedesimava in un difensore (la sua congenita, Ettorica preferenza per la difensiva), che respingeva da luogo vantaggioso un molteplice assalto. Poteva, in fondo, pensare di sparare ed uccidere uomini bianchi, ma la cosa gli costava un tremito di coscienza che finiva con influire negativamente sulla mira; allora passava ai pellirosse ed ai negri d'Africa, ma la cosa non era ancora perfetta e heart-setting quite, si metteva a posto soltanto con l'applicare ai rossi ed ai neri assaltanti i piú vistosi ed atroci warpaints. Ma ora è questione di bianchi, si disse, mentre riponeva la pistola avvolta di bambagia e cartone in un incavo d'una travata e mascherava il ripieno senza apprensione, anzi con un certo qual diletto ispiratogli dalla fantasia arredativa. Ma tutto gli era avvelenato dal pensiero di star seppellendo una pistola da servirgli chissà quando.

Era, sulla soffitta, un freddo astratto e artificiale, da frigorifero. Ridiscese la scaletta, rammentando la giustezza degli scalini al suo passo di bambino: ora il suo piede nella discesa titubava per lo scarso dislivello d'ognuno e la ripidità precipitevole.

Suo padre era giusto rientrato dalla spesa, con un'avvilita ed insieme volitiva aria d'attendente. Sua madre era indisposta, la guerra mondiale pareva pesare tutta sul suo fegato, non si muoveva quasi piú, quasi piú niente faceva senza tener la mano compressa sul fianco condannato. Ma oggi la depressione dei suoi genitori era abissale, onniprendente, sfidante ogni mascheratura. Johnny volle sapere da sua madre, provando una aprioristica irritazione per la narrativa lentezza, costituzionale e insieme voluta di suo padre, per il suo inconscio procedimento ermeneutico. Oggi sua madre era colpita speechless da qualcosa di piú delle fitte da epatite. Ora la bella faccia inespressiva di suo padre stava aprendosi alla rivelazione. – Tu ieri sera hai visto una colonna di tedeschi, hai detto. – L'ho vista e l'ho detto. – E sai da dove arrivavano? Non lo sai. Da B... Ci sei passato una volta da B., con noi, tu eri piccolo, quando avevamo la 509... – Che hanno fatto i tedeschi a B...? – Rappresaglia.

Per pochi morti che i partigiani, arroccati sui roccioni del paese, gli avevano fatto, il giorno dopo avevano bruciato, ammazzato, rastrellato, saccheggiato... – Due preti anche, di cui uno rafficato tra le fiamme che l'avrebbero ugualmente ucciso.

A Johnny la visione di ieri, precisandoglisi, gli si sfasò tuttavia orribilmente, mentre nettissima era ancora la visione dei rappresagliatori quietamente affacciati alle sponde dei loro autocarri, a guardare en touriste il paesaggio, in quella crepuscolare fermata fuori programma. Ed era orribile la lampante inclinazione dei suoi genitori ad esecrare in primis quegli incoscienti tiratori partigiani, giocanti alla guerra coi tedeschi. Sua madre mosse dolorosamente a trar partito della spesa. – Dio non li terrà lontano da noi, nemmeno lui. Johnny, torna subito in collina.

Qualcosa accadde molto presto, nei primissimi giorni di Dicembre, anche se fu un qualcosa di mezza diplomazia e di mezza violenza. Quel giorno Johnny fortunatamente era fuori porta, in casa del cugino a sollevarlo esiguamente dalla noia assassina della seclusione perfettamente osservata, e lo zio era stranamente, morbosamente inapprensivo, assorbito nella centesima lettura integrale de *I Miserabili*, l'unico motivo fermo che lo riportasse, commerciante in ritiro e conservatore, alla sua tradita gioventú socialmassimalista. Guardavano per l'appannata finestra giú per l'intirizzito pendio giú fino alle pallide mura della città, lo scatolo della radio vibrante nella mesmerica attesa della Voce dell'America, ogni tanto lo zio sollevava l'enorme testa dalle consunte pagine del suo libro dei libri e sentenziava con voce tremula per l'ammirazione per l'altro secolo e l'irrisione al presente. – Victor Hugo. Scrittori come questo nascevano soltanto ai miei tempi, – e i due cugini a precipitarsi a dirsi d'accordo, to stop him not to break il lavorio ronzante dei loro cervelli troppo pieni e troppo vuoti.

Tutto accadde in quei momenti sonnolenti e nevrotici insieme, nella cubica chiusura della città. In parziale applicazione del bando di Graziani, un forte nucleo di armati repubblicani arrivarono all'improvviso da Cuneo per prelevare i renitenti alla leva, che non s'erano nemmeno degnati di rispondere al bando. Nella loro scontata ed accurata assenza, nella disperata necessità di non lasciar correre con tutte le immani conseguenze future, estesero la responsabilità politica dei renitenti lontani ai loro genitori in casa e con l'aiuto di torvi ed atterriti carabinieri trasportarono i familiari al carcere mandamentale, dozen of them rimanendo poi in attesa dell'inevitabile risultato della pressione psico-sentimentale. Nelle prime ore del pomeriggio i repubblicani lasciarono l'addomesticata città, lasciando il mandato di custodia ai carabinieri locali rinforzati da un nucleo staccato da Bra.

Verso le sei arrivò alla casa di campagna un biglietto vergato nella elementare, atarassica grafia della madre di Johnny. Assolutamente non muoversi, non scendere nella città atterrita eppur ribollente, i carabinieri atterriti eppur durissimi, pregare la zia di ospitalità senza termine.

Johnny scese immediatamente in città, nell'ombra serotina, nell'eccitazione dell'accostamento alla grande e misteriosa scatola dell'agitazione. L'alberatura della circonvallazione si squassava innaturalmente, con un suonaccio di bufera. Sentí dietro di sé un precipite passo sull'asfalto, e ruotò verso di esso. Era Luciano, fuggito di casa, anch'egli alla ricerca del riacquisto della sua misura di uomo, gli fu in un attimo al fianco, silenzioso, determinato e fedele. Gli altri avevano rotto le regole del gioco, tutto un codice secolare, essi scendevano a vedere, a protestare, a cancellare l'infrazione.

Le strade periferiche erano assolutamente deserte e mute, ma dal centro della città filtrava un brusio grillante, eppure estremamente cardiaco. Ed era misterioso e *cardiaco* il senso di duplicare le orme dei fascisti sui selciati cittadini. La coscienza dell'inevitabile azione di forza già li possedeva interamente, fibrosa, rasserenante, indurente. Johnny smaniò al pensiero della sua pistola sepolta, recuperabile soltanto dietro lo sbarramento minaccioso e lagrimante dei suoi familiari. Il cugino disse: – Io ho la mia pistola d'ordinanza.

Nelle strade del centro, un movimento topesco, guizzante, schermistico, di gente tutta giovane. Vi si amalgamarono, nessuna faccia nota in particolare, ma tutti giovani e cittadini: ce l'avevano coi carabinieri, sui quali rovesciavano ora tutti gli epiteti e gli insulti della tradizione popolaresca, aggiungendovi un nuovo, infinitamente piú pesante «traditori». Quasi tutti avevano un'arma, pistole e pistoloni, modernissime e catenacci, e qualcuno presentava sul dietro la deformazione bubbonica della bomba a mano. Era inebriante l'intesa immediata, un'intesa del sangue, al disopra degli urli e degli odî. Il piú anziano fra loro, ben sotto i cinquant'anni ad ogni modo, mentre tutti gli altri già planned per l'attacco al carcere e la liberazione, con le buone o le cattive, dei familiari incarcerati, continuava a maledire i carabinieri, con un congenito odio per tutte le polizie, ma con un allegro carattere di urlio in fiera.

Parlavano tutt'insieme, oppure tutto miracolosamente confluiva in un rapido, perfetto, chiaro accordo. I piú erano armati di cimeli di famiglia o della terrosa eredità della quarta armata in fuga torrenziale. Spuntò in piazza il comandante il corpo civico, grasso, iperteso e strabico, plantigrado sui suoi ciabattanti gambali, tutti i fregi rilucenti nella calante notte. Alzò una mano e disse con la piú paterna delle voci: – Scioglietevi, ragazzi. Ragazzi, date retta a me, scioglietevi. Non è un ordine, si capisce, è un consiglio da padre di famiglia. Tornate a casa, ragazzi –. Gli rispose una risata generale, di piena ilarità, appena percorsa da qualche vena di acredine, ma l'uomo traballò sotto di essa: il sant'uomo delle multe al football, il principe della polizietta urbana, frapponeva la sua divisa petty come uno stop a chi avrebbe decisamente sputato sulle greche dei generali. L'offesa gli rafforzò la voce e gli ristabilí un po' la tottering figura, gli suggerí un mezz'ordine al posto del dichiarato consiglio: ma allora dal notturno gruppo uscí un ragazzo, certamente un ratto delle case popolari (quel misto di lazzaretto e di casbah sul maleolente torrente), prolungato in avanti da un incredibile pistolone ottocentesco che all'alzo del cane diede un click esagerato, agghiacciante. Il piccoletto glielo puntò al centro dell'epa official, gli ordinò il dietrofront, marshalled him col pistolone alle reni fino ai portici del municipio, lo ficcò nel corpo di guardia di UNPA remembrance. – E guai a te se rificchi fuori il naso! – Tutti risero secco e breve, ora era la volta dei carabinieri.

Marciarono sulla loro caserma, senza mai voltarsi, nella meravigliosa indifferenza al numero di sé. La gente si sporgeva da usci e finestre, irresistibilmente scacciati da un letargo morboso e volontario che datava dall'8 settembre. Da ogni uscio giovani confluivano nel grande collettore, anziani approvavano con un grim silenzio, altri consigliavano prudenza e astuzia, con voce prudente ed astuta. Nella piazza principale altri gruppi avanzavano dai quattro getti cardinali, confluivano e si coagulavano con una silenziosa sincronia. Il ragazzo che s'accostò a gomito a Johnny spallava una carabina da caccia di gran pregio, e Johnny rismaniò per la sua pistola assurdamente occultata.

Tenevano tutta l'ultima strada precedente la caserma, con una compattezza elastica, gli estremi radendo i vuoti, sfiorando i volti delle donne affinestrate, occhieggianti, sessualmente eccitate. Un ragazzo, il primo fra tutti, marciava brandendo un megafono.

La caserma stava incastonata in un compatto isolato, ma ora appariva come la piú solitaria costruzione al mondo, una fortezza lunare, nella sua nera sigillatezza, e la sua ombra tetra si proiettava nettissima, in macabri frazionamenti, sulla strada bianca di luna decembrina. Si disposero tutti di fronte, compressi ed imbottigliati nei quattro metri della strada, bloccata subito al fondo dall'assicciata dello sferisterio. Prendendo, consolidando il suo posto o footholding, Johnny pensò che se i carabinieri, nell'impeto dell'odio o della paura, avessero rafficato, sarebbe stata una strage. E Luciano lo disse a voce alta, adulta, senza incrinature. Ma nessuno commentò o si spostò, ognuno uno in quella culsaccata falange. Intanto il ragazzo sconosciuto aveva già imboccato il megafono, alzandolo come un'arma contro il cancello fitto che recingeva, prima che la facciata della caserma, il suo front-garden, un assurdo e inattendibile vezzo verde sulla facciata truce.

– Carabinieri!

La voce rimbalzò contro i muri e le grate delle finestre, piú letale ed atterrente d'una scarica a bruciapelo, il megafono ingrossava la voce del ragazzo, la snaturava in potenza. Ma un perfetto silenzio isolò e fortezzò ancor piú la caserma.

– Carabinieri Re-a-li!

Ancora non venne risposta, ma dalle grate cieche si potevano indovinare le armi brandeggianti come rami al vento.

– Carabinieri, parlo con voi. Io so che voi mi sentite, Carabinieri. Vogliamo soltanto liberare i carcerati. Dateci le chiavi della prigione o telefonate ai secondini. Non vi sarà fatto alcun male, a voi Carabinieri. È stata una porcheria dei fascisti, voi lo sapete bene quanto noi, e noi vogliamo soltanto annullarla. Avanti, Carabinieri, dateci la risposta che aspettiamo.

Nulla, ancora nulla, finché un ragazzo si spazientí, sfiondò una bomba a mano al di là del cancello, mirando alla facciata. Ma cadde ben prima, folgorò in un alone rosso un giovane ciliegio del giardino, che comparve attimico come ai raggi X. Allora da un mezzanino della caserma partí una mitragliata, ammonitoria, alta, che si spiaccicò contro la lontana muraglia dello sferisterio. Essi dropped nella polvere bianchissima, raggelata. Un uomo strappò il megafono al ragazzo, svicolò al riparo del muretto di cinta, brandendo alto il megafono come un periscopio. La sua voce era adulta, e nemmeno lo snaturamento del megafono la privava della sua congenita dialettica, della sua diplomazia nativa. – Carabinieri, voi volete segnare il vostro destino. La mitragliatrice non ci ha fatto né caldo né freddo. Noi non siamo ragazzini, siamo PARTIGIANI, partigiani della montagna, scesi in città a cancellare la macchia... Abbiamo mitragliatrici anche noi, Carabinieri, e cannoni, e autoblindo. Se ci costringerete ad attaccare, la faremo finita in un minuto. Ma allora voi non avrete piú scuse. Capito, Carabinieri? Siamo partigiani. Tra noi vi sono anche Carabinieri, vostri commilitoni –. Finí, e si voltò con una faccia ansiosa, stupendamente richiedente giudizio del bluff.

Si sentiva crocchiare il silenzio, l'elettrico friggere degli atomi del silenzio, poi si udí uno scatto alla porta della caserma, e ne uscí una figura invisibilizzata quasi dalla stessa intensità della luce lunare. Brandiva una torcia elettrica, se ne irrorò tutta la persona per esibire la sua uniforme d'ufficiale, avanzò al cancello, nel disperato crocchiare della ghiaia. L'uomo del megafono gli mosse incontro. Lo si udí parlare indecifrabilmente ma duro quando l'ufficiale fece la mossa di puntarlo con la torcia elettrica, lo si vide trattener rudemente l'ufficiale quando questi s'avviò verso il gruppo. Le loro parole giungevano secche ma incomprensibili, come folate di vento di palude. Non dovettero accordarsi, perché si scostarono oppostamente, con un ritmico passo di preduellanti. L'uomo tornando disse a voce altissima. – Tutti pronti! Fate avanzare l'autoblindo!

Alla crisi del bluff i carabinieri si arresero. I ribelli invasero il giardino, i carabinieri senz'armi visibili indosso si disposero con un'affettata indolenza contro il muro della caserma, accendendosi sigarette con mano irosa e malferma. In un minuto, a quei chiarori di sigaretta, s'avvidero che non si trattava di partigiani veri, dalla montagna, ma di ragazzini, per lo piú, ragazzini contravvenzionali, da sgomentarsi e scompisciarsi con la faccia feroce e la voce grossa, armati di ridicoli cimeli di famiglia... Allora abbassarono e tennero la faccia sul petto, ma non bastava a mascherare la vergogna ed il livore, il cociore del bluff. Johnny, che aveva relented alla loro sorte di salariati difensori dell'ordine, si reindurí a quell'impudico rivelamento. Ma intervenne quando uno dei suoi, un uomo oltre i trent'anni, attaccò un carabiniere, come tutti gli altri fumante e miserabilmente sullen, e gli inflisse un pugno ed un calcio. – Lascialo. – Glieli ho dati per mio padre! – Questi te li ha dati mio padre! – Che ha fatto a tuo padre? – Già, che ho fatto io a tuo padre? – si lamentò il carabiniere. – Tu niente. Ma altri carabinieri, carabinieri come te, l'arrestarono per un furto non commesso da lui e per farlo confessare lo picchiarono sul petto con sacchetti di sabbia! Da allora non finí di tossire fino alla morte.

La cosa pugnalò Johnny, facendolo apparire a se stesso come un uomo non fatto di carne e di sangue, ma fatto come un compensato di fibre di fogli di libro. Ma non c'era già piú tempo, all-calling il grosso s'avviava alle prigioni, con innucleato in esso l'ufficiale e tre carabinieri. L'ufficiale marciava come cieco, come necessariamente fidandosi della guida del gruppo in cui era solidamente incorporato, e già ansimava sonoramente.

Fin qui tutto era parso come un fatto comunale, uno stuolo di ragazzi di una data città aveva fatto il diavolo a quattro unicamente per rimediare ad una porcheria consumata in detta città, ma oltre metà della strada alle carceri intonarono con prodigiosa spontaneità e sincronia l'Inno di Mameli, come per annunciarsi da lontano ai carcerati ed ai secondini. Dopo un tratto anche i carabinieri si unirono al coro, ma forse muovevano la bocca senza suono.

Intasarono il budello tra il carcere e la chiesa contigua, continuando l'inno, udendolo riprendere e ripetere da dentro le muraglie, mentre l'ufficiale bussava al portale imbullettato. I secondini non si persuadevano, nemmeno a riscontrare l'ufficiale allo spioncino, pensavano di dover interpretare a rovescio ciò che diceva l'ufficiale sotto la pressione delle pistole. L'inno smorí rantolosamente per ceder le gole ad un urlo d'insofferenza. I secondini aprirono, rannicchiandosi poi ai lati per non esser travolti dal trionfante stampede. Le dozzine di carcerati erano già aggruppati nel cortilaccio e per le scale, per il ribrezzo delle celle e la loro insufficienza. Si abbracciarono e si baciarono, – Johnny, bacia mia madre, per favore, che ti ci voglio vedere, – disse uno dei renitenti, Johnny eseguí, mentre pacche rovesciavansi sulla sua schiena. Tutti i liberati badavano a dir forte che i secondini erano stati buoni e gentili, comprensivi ed umanissimi. L'ufficiale, con voce soffocata, diceva a tutti e a nessuno in particolare: – Attenti, per carità, che non escano i detenuti comuni, attenti! – Le guardie carcerarie, guaienti, scondinzolanti, sudati omini del sud, serpeggiavano in ogni dove, sfruttando il terreno a loro noto e precluso alla grandissima maggioranza, a mani giunte, maledicendo il dovere e l'ordine, benedicendo l'idea e il fatto e gli attori, snivellingly pregando chi parlava in dialetto d'esprimersi in italiano for their ears' sake.

Contro il muro salnitroso e maleolente uno parlava: – Doveva esser fatto ed è stato fatto bene. Ma ci saranno conseguenze. I fascisti non possono sorvolare, o sono perduti.

Dobbiamo aspettarci una rappresaglia in grande stile nel giro di ventiquattr'ore. All'ufficiale non possiamo far niente, ma puoi giurare che rientrato in caserma s'attacca al telefono e fa la sua brava relazione ai fascisti –. Lo sogguardarono, esaurito, cascante, amarziale, e sentivano che avrebbe raccolto le ultime sue forze proprio per far quello. – È meglio per tutti andare a dormire in collina, o almeno almeno cambiare alloggio. E restare invisibili per tutta la giornata di domani.

Tutto finiva, rimanevano ormai in pochi, tesi al lontanantesi, subsiding peana di vittoria e di libertà, uscirono dal cortilaccio perché il portale si richiudesse sui detenuti comuni e sui secondini. They tottered a little, nella soave stanchezza dopo la prima grande rivolta. Era stato davvero un grande scrollo, e l'ufficiale era il ritratto di una Italia eretta ed incrollabile per secoli. Incredibile, ma vero.
– T'accompagnerei un pezzetto, ma sono stanco, – disse a suo cugino. – Vieni domani a passar tutto il giorno da me in collina?

Andò verso casa, cosí lentamente come non aveva mai camminato, con un languore addosso e dentro che gli imponeva di sorridere, abbandonatamente, stupidamente. Nel fiero freddo del Dicembre nordico, si muoveva come incapsulato in una campana di temperatura d'ultimo maggio. A casa bevve d'un fiato un bicchier d'acqua, la sua gelidità lo riscosse completamente, come da un sogno, agitato. Nel corridoio gli venne incontro il respiro dei suoi genitori, alterno, filato. S'arrestò e sostò a lungo sotto il sortilegio di quel loro notturno alitare. – Non ho mai badato al loro respiro, questo respiro che un giorno si spegnerà... – Erano cosí buoni a dormire, mentre lui viveva la sua vita e attaccava la forza pubblica ed i suoi stabilimenti, praticamente armato, piú armato dove e quando inerme... Della durezza del sonno di suo padre si poteva fidare, ma non di quello di sua madre, dormente sempre con un occhio solo. Lo chiamò infatti alla soglia della loro camera, senza sollevarsi gli domandò che c'era stato, aveva sentito un grande clamore, un gran cantare e batter di mani, ma forse era stata un'illusione... – Che è capitato? – Niente è capitato. – Eppure... – Se qualcosa è capitato, lo sapremo domattina. – Domattina... – Se dormi, domattina è fra un minuto secondo.

Si coricò, si sistemò prono, sentendosi pesare come non mai sul cedevole letto, mai come in quel momento ebbe la sensazione netta, plastica del suo enorme pesare, della sua spaventosa concretezza di uomo.

La mattina, tutta la città parlava del fatto di forza della sera prima, e come se prevalesse la solleticata fantasia, tutto il merito e la responsabilità venivano riversati su autentici per quanto fantomatici partigiani dall'alta collina, effettivamente muniti di autoblinda (chi non l'aveva vista stazionante in staticità dinamica alla porta della città, col pezzo brandeggiante?) e capeggiati da ufficiali delle truppe alpine, fra i quali un tenente Johnny... – Tu c'eri? – domandò sua madre, ma con appena una punta di interrogazione. Johnny sventolò una mano, per significare la levità del suo intervento e lo scetticismo sulle conseguenze. Bussò in quel punto l'usciere principale del municipio, un uomo di vecchia scuola ecclesiastica, molto abile e prudente e bilanciato, che non aspettava che la fine di tutto per reimpiantare la sezione del P. P. Voleva parlare col padre di Johnny, ma non aveva difficoltà a parlare in presenza di tutta la famiglia, una cosí distinta ed ammirevole e... sventurata famiglia. La bottiglia del rabarbaro tremò e tinní nelle mani di sua madre, quando il vecchio sillabò «sventurata», ma il vecchio ora sorrideva e si scusava, con uno sventolio della bianca mano. Disse che dovevano attendersi rappresaglia per il fatto della sera ed egli sapeva che la rappresaglia si sarebbe tradotta nella simultanea cattura, come ostaggi a tempo indeterminato, di una ventina di persone cittadine. La lista era stata redatta e consegnata a chi di ragione dal vecchio avvocato fascista Cerutti, prima di arruolarsi nella lontana brigata nera in cui ora rinverdiva. Tutto era predisposto, egli conosceva l'ora in cui si sarebbero mosse le varie squadre d'arresto. – Va bene, grazie, ma... – disse opacamente il padre di Johnny. – Lei è il quinto della lista, – disse allora l'usciere, ma con una voce minimizzante. – Io!?

– Mio marito!? – Mio padre!? – E perché? – Socialista. – Io!? – Mio marito socialista!?

Johnny ebbe un attacco di riso, isterico, sciabordante nel pianto iroso. Suo padre socialista! Va bene, a sentir lui, le rarissime volte che ci si era abbandonato, l'assassinio di Giacomo Matteotti gli era sempre rimasto sullo stomaco, il ritratto crepuscolare del Martire e «l'idea che è in me non muore» erano forse le uniche cose che avessero di volta in volta l'enorme capacità di commuoverlo fantasticamente, ma... socialista! Suo padre era ammutito, forse soltanto concentrato a ripescare in una remota nebbia la vecchia faccia viziosa dell'avvocato Cerutti, ma sua madre ebbe un attacco d'angoscia e d'epatite. Ma l'usciere intervenne, tranquillante e blando, la sua voce piacevolizzata e rasserenantata dalla dolcedine dell'olio di rabarbaro. – Non andate in crisi, per amor di Dio! Non è una sciocchezza, ma nemmeno una tragedia. Date retta a me. Fate il piccolo sacrificio che vi consiglio. Andate tutti e tre in collina, nella villetta dove è riparato vostro figlio dopo l'8 settembre –. Essi tre sollevarono la testa, insieme, per quella sua nozione, si spiegava col suo essere l'uomo della curia. – Può darsi benissimo che dobbiate fermarvici non piú d'una settimana. Chiudete bene la casa, ed io prometto di passarci una volta al giorno, a vedere che non sia successo niente. M'impegno.

Fu deciso sul posto, decise sua madre con la sua totalitaria fiducia negli uomini paraecclesiastici, per essa i non tradibili maestri di saggezza mondana. – Lo sapremo soltanto io ed il signor vicario generale, – disse l'usciere. – È mio desiderio che lo sappia anche il signor vicario generale, – disse sua madre, col suo inconsapevole genio del protocollo. – Spero non dobbiate fermarvici piú d'una settimana, ma non muovetevi senza mio avviso, aspettate un mio avviso, – ed eluse i ringraziamenti, recessionalmente.

Johnny raccomandò a sua madre unicamente le scarpe da neve, lo disse un'esitazione piú forte di lui, ma non fu questo il cerino che infiammò la nitroglicerina dell'intuito materno, era internamente assordita dall'attenzione nel programma di stivar le valigie. Johnny salí leggermente in soffitta e ritirò la pistola.

All'una pomeridiana erano già in collina, dopo un viaggio quieto e faticoso, punteggiato soltanto dalle preoccupazioni finanziarie di sua madre. – I nostri soldi se ne vanno piú in fretta del previsto –. Disse suo padre: – I soldi si rifanno, la pelle a nessuno è successo di rifarla –. Disse Johnny: – Non datevi pensiero dei soldi. A cose finite, io lavorerò. E per l'estate dovrebbe esser tutto finito.

La villetta aveva un'aria nuova, inselvatichita. E tutto intorno aveva un'aria nuova, integralmente jemale, il fiume e la pianura e la collina, tutto con un presagio di cimitero senza primaverile resurrezione. La città appariva tra i vapori fermi della bruma, grigiastra d'apprensione, nel coma dell'attesa nera. Aveva un cosí ferale aspetto che consolava l'esserne fuori. In quanto a Marida, i loro posti, le siepi e i sentieri e le nicchie della collina:

When yellow leaves, or none or few, do hang
Upon those boughs, which shake against the cold,
Bare ruin'd choirs, when late the sweet bird sang...

Si pentí a vedere sua madre con la sua epatite a faticare a preparare il letto anche per lui, quel letto che, salvo un autotradimento all'ultima ora, non avrebbe mai occupato. Ma poteva dirglielo?

Il pomeriggio e la sera precipitarono, niagaricamente. Tutto morí, tranne il buio ed il vento, un vento forte che segò i nervi a sua madre. Aveva di Radio Londra un bisogno adrenalinico e stupefacente insieme, ebbe una crisi per la mancanza della radio. Suo padre invece stava comodamente alloggiandosi nel nuovo psicologico, con la sua opaca sinuosa adattabilità. Andarono prestissimo a letto, suo padre sfregandosi le mani in un accesso di energica euforia fisica ed in un bagno di sicurezza infrangibile, dicendo con una incredibile voce infantilizzata e canterellante: – Che bello star coricati con questo vento fuori!

Johnny aveva detto che rimaneva un poco a leggere, ma quando ogni rumore si spense upstairs, scostò il libro di

Marlowe ed elbowed down, a scrivere la lettera, patetico alla sua brevità e businesslikeness. Era principalmente intesa per sua madre, ed era un male, sebbene il minore: non poteva nemmeno sopportare il pensiero di assistere de visu al duello in lei tra l'amore creativo ed il possessivo. Era heartrending pensare a quella che sarebbe stata la mattinata di lei sulla dreary collina, davanti a quella lettera anche troppo breve e sostenuta che sarebbe forse restata il solo di lei life-piece per tutta la restante vita, se a lui... l'avventura si chiudeva male. Allora ripassò il dito sul foglio, come a lasciarvi un ulteriore segno di sé, per la sicura scoperta da parte di sua madre, allora, se... Ma sua madre era una donna forte e coraggiosa, and mainly from her he knew to draw the things for his opening adventure, ed in piú un'erta vena d'orgoglio religioso.

Per gli ultimi movimenti si fidò del suo passo felpato, rigorosamente muto, un suo dono coltivato. Tutto andò bene, la pistola già sul petto, ma monoblocco ora, come un muscolo incorporato e già agente. Solo le scarpe da neve andò ad infilarsele fuori, nel vento urlante ed ubriacante.

Partí verso le somme colline, la terra ancestrale che l'avrebbe aiutato nel suo immoto possibile, nel vortice del vento nero, sentendo com'è grande un uomo quando è nella sua normale dimensione umana. E nel momento in cui partí si sentí investito – nor death itself would have been divestiture – in nome dell'autentico popolo d'Italia, ad opporsi in ogni modo al fascismo, a giudicare ed eseguire, a decidere militarmente e civilmente. Era inebriante tanta somma di potere, ma infinitamente piú inebriante la coscienza dell'uso legittimo che ne avrebbe fatto.

Ed anche fisicamente non era mai stato cosí uomo, piegava erculeo il vento e la terra.

5

Erano le 4 p. m. e Johnny stava sulle alte colline, funeree nella coltre della neve senza piú barbagli, come corrotta dall'incipiente dusk da chiazzante lebbra arsenicale. Murazzano stava in fronte a lui, e, com'egli riteneva il paese all'estremo lembo delle Langhe, il cuore gli decadde. Oltre le Langhe non intendeva procedere, per non rompere l'ambito atavico, e fino a Murazzano non aveva incontrato partigiano, né ombra né orma, esistenti sí ma astratti come il Polo Nord.

Il vespro precipitava e la stanchezza l'assalí, con una presa proditoria e logica. Viaggiava dalla mattina, a piedi su neve e lastro-ghiaccio, salvo un breve tratto sulle medie colline in corriera, una mobile capanna di miseria e di gelo. Poi nuovamente a piedi, verso le top-hills. I pochissimi che incontrò per strada, uomini che l'accostante pericolo e diffidenza ingenita rendeva aspri e snivelling ad un tempo, camminanti come lui col mento annidato nel petto a ridurre il bersaglio e il sadismo al vile vento, già l'occhieggiavano come se già riconoscessero in lui il partigiano. A un certo punto, sulla corriera, non erano rimasti che in tre: Johnny, l'autista ed un carabiniere anziano. L'autista non era piú evoluto e cosciente d'un antico carrettiere; il carabiniere era un uomo tarchiato e moroso, visibilmente, ostentatamente inerme, con una barba di parecchi giorni che gli gramignava le solide guance. Non si dissero parola l'un l'altro.

Le quattro ribatterono al campanile di Murazzano, l'unico oggetto, con la torre, che emergesse dal basso sudario brumoso che avviluppava il lazzarico paese. Johnny oathed, sighed, poi marciò ad aggirare il poggetto dietro il quale si stendeva l'ultima, diritta strada al paese. Lo scottava dentro, e poi lo raggelava, pensare che stasera, la sera del suo peanico, fatidico giorno d'ingresso nei partigiani, avrebbe bussato ad una locanda per il pernottamento, non ancora partigiano, ma ancora miserabile viandante qualunque. E se il locandiere, squadrata la sua già diversificata faccia, gli avesse richiusa la porta in faccia...?

Ma aggirato il poggetto, vide subito un grosso fabbricato, cubico su un'ampia rotonda di cemento sgombra da neve, regimisticamente identico a tutti i granai del popolo d'Italia, e sulla rotonda un autocarro sotto carico, swarmed about da uomini uniformati ed armati, uno solo di essi attento con felina indolenza alla strada di Johnny. Questi erano partigiani! Non lo trasse in inganno il prevalere del grigioverde nelle loro rimediate e composite divise, anzi qualcuno di essi vestiva in completo grigioverde, ma non era il grigioverde fascista. Il grigioverde fascista, perché fascista, aveva assunto automaticamente una diversa sfumatura (shade), come se il portante fascista gli avesse fatto smarrire e la natura e la saturazione e la brillantezza. Questi erano partigiani, and sunshine reshone over all the dusk-dommed world.

Johnny scattò verso di loro con tanto slancio che insospettí l'uomo rivolto alla strada. Era in completo grigioverde, miserabile quindi come un comune soldato del Regio Esercito in critiche condizioni ambientali, con la miseria ed i patemi della sua vita partigiana ad imprimere una matusalemmica vecchiaia sulla sua faccia semisepolta nel frusto passamontagna. Era una doma preda del freddo e Johnny notò che a spallarsi il moschetto e a coprire Johnny impiegò tempo bastante a restarne ucciso tre volte, fosse stato un fascista. Gli diede il chi va là ed il fermo là, con un accento cosí disperatamente siciliano, liberantesi dai suoi denti come dalla meccanica stretta di una macchina per maglieria, che Johnny se ne risentí, stupí ed accorò incredibilmente. Tutto aveva da essere cosí nordico, cosí protestante... La perplessità gli costò un secondo e piú vibrante avviso, mentre alcuni degli uomini caricanti si voltavano pronti a sostenere il compagno.

– Voi siete partigiani, – disse Johnny senza la menoma inflessione interrogativa. Dovette dare un sunto di se stesso, in quella elettrizzata atmosfera, e mai forse gli era riuscito d'esser piú conciso ed esauriente. – Voglio entrare nei partigiani, con voi –. Gli uomini s'erano rivoltati al carico: gli uomini del nord avevano tutti un aspetto operaio o contadino, quanto ne traspariva dal loro intabarramento, tra rurale e sciatorio, e tutti armati ma miserevolmente. – Voglio entrare nei partigiani, con voi.

Gli uomini caricavano sacchi di grano e vaste, luride trance di lardo. Sulla porta della depredazione e del magazzino, stava un anziano, scarmigliato dal vento e dall'angoscia, evidentemente il custode e responsabile del deposito. Diceva: – Non prelevate tutto, lasciatemi una parte di roba con cui possa tener buoni i fascisti, quando verranno a controllarmi. Cosí mi rovinate, cosí apparirà che non vi ho fatto la minima resistenza e pertanto sono dalla vostra...

Johnny passò dalla neve stradale al cemento della rotonda, come se il cemento rappresentasse l'investitura partigiana, ora era vicinissimo al camion, sfiorato dagli uomini nell'andirivieni del carico. Il siciliano s'accorse del trapasso e marciò verso di lui, irritato e vendicativo. – Chi ti disse d'entrare? – Non posso ancora? – soffiò Johnny. E allora un partigiano, un piccolo scuro ragazzo, cosí magro che gli accentuava la magrezza lo spropositato imbottimento di un full-sized pelliccione invernale, si voltò sospirando, e come si voltò regalò a Johnny tutta la sua faccia, un testo integrale di sintomatologia criminale lombrosiana, e con un cenno pressoché irato accennò a Johnny di join them. E Johnny paced another pace, ringing on the investiture-concrete. – Ma, Tito, che ne sapessi di lui? – protestò il siciliano, piú che mai le parole uscendogli di bocca, come da una gualchiera, il discorso come lacerato dalla dentiera d'una macchina. – Non ti convenisse farlo aspettare, parlarne prima col commissario? – La parola shot ineffectually per Johnny nell'atmosfera già buia e cristallizzata. Il piccolo dalla faccia dillingeriana desautorò il commissario suo superiore con un identico cenno della testa, spontaneo e meccanico come un tic, e Johnny entrò finalmente nei partigiani, quasi pestando i calli al perplesso e insoddisfatto siciliano. E s'inoltrò nel folto, nella scia del piccolo partigiano che l'aveva accettato e garantito individualmente. E nel folto vide bene le stelle rosse ricucite sui baveri e sulle visiere dei piú. Stava constatando come ognuno di quegli uomini, suoi nuovi compagni, gli fosse abissalmente inferiore per distinzione fisica, proprio come fatti d'altra carne e d'altre ossa, quando il camion bofonchiò e si mosse. Lo pilotava un partigiano in completa uniforme di pompiere, con uno sbracato accento ligure, anch'esso cosí delusivo e sconfortante... Johnny assisteva all'incerta manovra non piú euforico certo di quanto apparisse il custode del granaio collettivo, che veniva ora lasciato alla sua spogliazione e responsabilità in capite.

L'autocarro manovrò ad agganciare un rimorchio rimasto sino allora invisibile a Johnny dietro uno spigolo del granaio. I partigiani, una ventina, assaltarono la motrice per alloggiarsi in quella ed evitare il rimorchio, molto precariamente agganciato alla macchina. Tre partigiani, i tre soldati siciliani, identici, come mimeografati, s'accostarono rassegnatamente al rimorchio e ci salirono nell'irrazionale impaccio delle tiranti vecchie divise. S'era cosí operata una tacita separazione razziale: dal suo posto sulla motrice Johnny scrutava i tre meridionali che ora si appostavano con una morosa accuratezza per meglio resistere ai sobbalzi ed alla forza centrifuga. La strada, per quel tratto che se ne vedeva nel caotico dusk, s'annunziava, a poco dire, acrobatica. Sulla motrice gli uomini, scalpiccianti sulle viscide trance di lardo stese sul pianale come squali affettati, sospiravano alla prossima loro totale passività nelle mani del pilota. – Dove si va? – domandò Johnny al suo avallante. – Alla base, – rispose Tito, con una scontata indifferenza per il termine che Johnny non digeriva ancora. A seguire il dito di Tito, la base era un paese bizzarramente foggiato a barca antica fissato sulla cresta di una eccelsa collina come sul maroso d'un mare procelloso fermato d'un colpo. Una ragnatela di serali vapori avvolgeva, vagolando, le sue case spente, ora impigliandosi al campanile ora sfumante nel cielo iscurentesi. La collina della base era immensa, larga e mammellosa, digradante in potenti sbalzi al fondovalle già notturno nelle macchie e negli anfratti. Il cuore di Johnny decadde, si squagliava, ecco non era già piú consistente della neve intorno corrotta dall'arsenicale precoce, ingannevole disgelo. Ma che s'aspettava che fossero i partigiani? Questi, gli arcangeli?

L'autocarro partí, verso la strada che nelle interruzioni visive si indovinava collegata a quei tourniquets dissolventisi sugli sbalzi poderosi della collina-base. E tosto, contro il buio, contro il gelo, contro il mestiere di partigiano, gli uomini a bordo intonarono Bandiera Rossa. Un coro violento e disjected, le strofe non bene note ed egualmente a tutti, zeppo pertanto di interpolazioni individuali, che pure concorrevano ad aumentare la terribilità del canto. Erano comunisti, ecco che erano: ma erano partigiani, e questo poteva e doveva bastargli. – Commies, Red Star... but so far as they fight fascists... – pensò in inglese, con un relish speciale, polemico al canto imperversante. Il termine «commissario» gli tornò in mente ora con una evidenza solida e colorata, come una tabella rossa su un fondo bianco di neve. Qualcosa di affine, o di identico, a quel funzionario politico al seguito delle truppe rosse che i corrispondenti di guerra fascisti chiamavano politruc... «I will see afterwards», – si disse Johnny, in un subitaneo annientamento da fatica. Ma l'emblankment mentale non era tale da escludere l'attenzione alla guida e l'apprensione per essa. La strada era impossibile, e il pompiere guidava su di essa come un asso ubriaco o uno smarrito dilettante; Johnny, al pari di ogni altro uomo a bordo, non si sentiva piú vivo che per il momento e la disponibilità all'immancabile catastrofe. In quella tremebonda statuarietà egli fissava i tre siciliani sballottati sul rimorchio serpentino, aggrappati e soli come marinai «marooned».

La strada mordeva; essa stessa esausta e mordace l'altissima costa, striata di nerissima tenebra su uno spettrale bianco neve: il buio saliva ai sommi greppi come a uno inscampabile agguato, ad ogni tornante spariva e riappariva il paese della base, orribilmente fantomatizzantesi nella notte precipite.

Il disastro accadde in un unico imprevedibile tratto pianeggiante tra due ertissime rampe. La motrice slittò, il cavo resisté con una disperazione piú umana che metallica, il rimorchio coi suoi tre avventanti imbarcati sbandò a filo della ripa, si corresse, parve salvarsi, poi il cavo sfilò con un gemito orribile, il rimorchio derivò e ribaltò: nell'attimo dell'ultimo equilibrio due uomini si tuffarono dalla parte giusta, il terzo, l'oppositore di Johnny, tardò, saltò nella ripa, e la sponda del rimorchio gli atterrò sulla schiena. Gli uomini bussarono retoricamente all'ingraticciata finestrella della cabina, il pompiere frenò, procedé con una paurosa serpentina per qualche metro ancora.

Il siciliano era morto sul colpo, al lume di zolfini gli si vedeva sulla schiena l'orribile, slabbrata piaga. I due corregionali gli stavano piantati a un sommo come già due ceri funebri. Disse Tito: – Possiamo lasciarlo qui fino a domani mattina? Io direi, tanto nessuno può piú fargli né bene né male –. C'era nel tono di Tito un rispetto profondo, quasi una protocollarità fra stato e stato sovrano. I due, pienamente investiti, assentirono coi loro aguzzi, foschi menti, solo tolsero al morto il fucile e le scarpe: quest'ultima privazione fecero con una pietà riguardosa eppur decisa, come ad evitare un preciso sciacallaggio settentrionale. Poi si riprese la montata, mentre Johnny si diceva che aveva imparato che nei partigiani non si moriva soltanto per i fascisti, e la cosa lo congelò piú che il vento vilissimo e già pieno notturno.

Capitò altro prima d'arrivare: il ligure pasticciò una marcia e le ruote non morsero a una rampa e il macchinone slittò all'indietro. Scesero tutti, qualcuno cacciò la giacca o il pellicciotto sotto le ruote, perché vi rimordessero: tutto in una atmosfera di fatalismo, di fatica e di determinazione incrollabile, il vento vorticando le bestemmie e quasi i corpi degli uomini. – Porci tedeschi e fascisti, – disse Tito quietamente, con la sua voce dry e compatta, che nemmeno quel vento riusciva a disject. Ecco, bisognava prendersela soltanto con i fascisti, non con la natura, né il pilota ligure, né l'autocarro... Questo spuntò e andò a fermarsi parecchio piú a monte; ad attendere di ricaricare gli appiedati, il suo ronfo l'unica sua medesima indicazione nella travolgente notte. Ricuperarono lentissimamente, nei tratti scoperti il vento ti piegava in due come una barra di ferro celata nel buio all'altezza del solar plexus. Camminando al camion, Johnny chiese a Tito dei capi. – Li vedrai. – Dove sono? – Tito scattò la testa verso i due globi rossastri che perforavano il fumicato vapore in coincidenza del paese di base. – E come sono? – Tito non rispose, ma Johnny aveva notato la bluntness con cui egli riceveva e trasmetteva la parola «capo».

Smontarono in paese, in quel theatrical set-up di fantomatici volumi che era il paese, concretizzato solo dal quieto e sporco ardere di luci rossastre nelle case civili. Le finestre erano lillipuziane, sbreccate e basse sul livello stradale, con quella feature caratteristica dei villaggi alpini. Il selciato era irto e asperrimo anche sotto un fondo strato di neve, là dove questa non era gelidificata. Johnny pregò soltanto che venisse mattino, forse il mattino gli avrebbe fatto veder tutto diverso, l'avrebbe rescued da quella atra onda di miseria e di rischio che ora lo sommergeva tutto.

Entrò coi compagni di viaggio, e vi cenò a pane e carne, in uno spoglio stanzone, alla luce bianchissima, candente e oscillante di acetilene. E mangiando osservò gli altri, per trovarsi confermato e peggiorato in quella scoperta che nessuno era lontanamente della sua classe, fisica e non, a meno che un giorno o poco piú di quella disperata vita animale-giunglare non imprimesse su tutti, anche su un genio d'imminente sbocciatura, quel marchio bestiale. Gli altri non gli badavano piú, dopo che si furono voltati a esaminare l'indifferentemente annunciato nuovo, con un bovino giro della testa e un lento lampo negli occhi. Johnny ora cercava, con una pertinacia defatigante, di non perdere il contatto e tampoco la vista di Tito: il piccolo dalla fisonomia lombrosiana, dopo l'esame circolare, era ancora il favorito, l'unico con cui Johnny potesse sentirsi matey. E la constatazione brividiva di stupore ora che Tito era tutto e chiaro visibile nella spietata luce del carburo, la testa libera dal mefisto.

Aveva un naso esageratamente minuscolo, ma malignamente piantato nella esagerata infossatura delle occhiaie, la fronte irregolare e bozzosa e come divorata dalla piantatura fitta e volgare dei capelli neri e senza lustro, con qualche striscia già innaturalmente bianca, repellente come bisce morte dissanguate e imprigionate nel catrame. La bocca era torta ed il mento sfuggente. Tutto il corpo era di una nevrotica picciolità, e doveva essere anormalmente villoso. Eppure da lui fluiva una direttezza, una dryness e cordialità paradossali, da stropicciarsene gli occhi. Ed aveva, per sua medesima ammissione, diciannove anni appena compiuti; e la scoperta si enormizzò per Johnny, e per la prima volta gli fece dubitare dei suoi ventidue anni. Non poteva sentirsi maggiore di Tito, anzi doveva apparirsi un ragazzetto al confronto.

Tito s'alzò dal tavolone e gli mosse incontro, corrugando le spesse ciglia alla prontezza automatica con cui Johnny gli aveva ricopiato il gesto ed il movimento. – Io vado a dormire, – disse, – e a te conviene seguirmi. Ora assegnano la guardia e tu che sei nuovo ci saresti subito dentro. E tu non dovresti averne molta voglia stasera.

Dormivano in un grezzo grosso fabbricato fuori paese, una piú nera nave ormeggiata sulla nera cresta del nulla. La tenebra non poté che Johnny non scoprisse che era una chiesa: rantolare di uomini e crepitar di paglia riempiva la navata. Fuori, il vento infuriava, come vedesse la possibilità di sbrecciare il muro della chiesa. Tito disse: – Sí, è una chiesa. Sconsacrata però. – Sconsacrata da quando? – L'hanno sconsacrata il giorno dopo che ci hanno trovati a dormirci. Sai, abbiamo parecchie pendenze col parroco –. Subito dopo Johnny sentí lo scatto secco del fildiferro troncato e l'arido sparpagliarsi della paglia. Tito operava al buio con una sicurezza e disinvoltura acquisite; tutto nel buio si riduceva ad un fatto acustico, prima che tattile. Tito gli consigliò di seppellirsi nella paglia, e allora Johnny reagí, out of too much thank-fulness. – Non devi credere di dovermi far la bambinaia, Tito. Sai, io vengo dall'esercito –. Tito non aveva mai conosciuto l'esercito, ma nel settore acustico parve a Johnny che la precisazione non gli avesse prodotto il menomo effetto. Ed il rumorino ora era di sprezzante sufficienza? I giovanissimi, i ventenni come Tito conoscevano e giudicavano l'esercito soltanto dietro l'8 settembre, era naturale quindi che si considerassero clementi a commentare senza parole, al piú con un sollevo di ciglia, ogni cosa o detto attinente all'esercito.

Comunque era bene continuare la conversazione, quasi sforzarla alla continuità, questo impediva a Johnny di trovarsi tête-à-tête con altri pensieri, piú pesanti e reali. – Che c'è col parroco, Tito? – A te te n'importa della religione? – Diciamo che mi importa assai di piú dei rapporti fra uomo e uomo, – disse Johnny. Tito esitò un momento, ed in quella minima pausa il russio degli uomini aveva un tono di rantolo mortale, i gemiti della paglia parevano indicare l'acme di mortali collassi. – Il parroco... il parroco è... un cretino, – concluse Tito con triste abruptness. Johnny goggled bitterly. – È un tipo che non si sa adattare... Possibile? – osservò Johnny; – in un prete cattolico? – Assomiglia, – continuò Tito, – alla maggioranza di questi maledetti carabinieri. Non gli brucia per il fascismo, gli brucia che il potere sia passato a noi. E si fanno ammazzare, vedrai a Carrú, si fanno ammazzare, e noi li ammazziamo, ma imparerai che non c'è niente di piú triste che togliere dal mondo un cretino. – Ed ora il parroco ha capito? – Non pare. Per diffidato l'hanno diffidato, ma... – Johnny was so rapidly getting accustomed to acustic sight che poté «udire» Tito scuoter la testa. – Io so che cos'è, – proseguí Tito, dopo: – È quella bandiera rossa con falce e martello dirimpetto alla sua chiesa, la vedrai domattina, che lo fa impazzire, che lo farà morire –. Disse la parola ultima con tanta indifferenza che

Johnny si sentí incoraggiato a fargli la domanda piú intima. – Tu sei comunista, Tito? – Io no, – sbottò lui: – Io sono niente e sono tutto. Io sono soltanto contro i fascisti. Sono nella Stella Rossa perché la formazione che ho incocciata era rossa, il merito è loro d'averla organizzata e d'avermela presentata a me che tanto la cercavo, come finora non ho cercato niente altrettanto intensamente. Ma a cose finite, se sarò vivo, vengano a dirmi che sono comunista!

Era cosí, si disse Johnny, sentendo perder edge in lui la constatazione che in lui era cosí amara e principale ora e che lui si era espressa in inglese: «I'm in the wrong sector of the right side». Tito subito dopo gli augurò la buona notte, e l'augurio corretto gli suonò appallingly anomalo nell'ambiente.

Appena fu solo, Tito giacente lí ma a continentale distanza, *quei* pensieri lo aggredirono, come non avessero atteso che Tito sparisse, che Johnny restasse privo di un testimone e di un alleato. – I'm in the wrong sector of the right side, – si ripeté. Ma dovevano esserci sulle colline altre formazioni, formazioni... «azzurre», ecco, nelle quali egli non potesse cosí dolorosamente avvertire lo stacco qualitativo, non aver piú motivo a quella superiore diversità che al momento lo angosciava, lo torturava, come nella laida risata di una frode trionfante. Il suo occhio, radarico nella concreta tenebra, pareva illuminare e scrutinare l'umanità circostante, inferiore, miserabilmente abbandonata nel sonno plumbeo. Con questa gente ora gli era sorte di combattere e... morire. Se catturato in massa, con questa gente avrebbe dovuto spartire il muro o il greppio e il piombo fascista.

Avvertí un'immediata sensazione di pericolo. Fino a stamane, o meglio a ieri, si trovava in una posizione fluida, rimediabile da ogni mortale impatto mediante finzioni o sotterfugi o astuzie, con un ragionevole margine di probabilità di scampo, ma ora era patentato e bollato, se catturato non avrebbe piú avuto la minima chance ed il minimo diritto alla discussione, era schierato nel grande dualismo a prezzo dell'immediata, indisquisibile esecuzione.

La tenebra era sinistra, la romba del vento sinistra, come

scoperchiante il buio rifugio ad una lampeggiante irruzione di vista illuminata sentenza e di facilitata strage per giustizia, la tenebra ed il vento contenevano e convogliavano un egual carico di agguato e di rischio attimically prior to just seen death. L'abbandonato sonno degli altri, non lo rassicurava, anzi era come il collasso davanti all'insostenibile show del pericolo, erano altrettanti cadaveri in attesa del protocollare colpo di grazia. Sperò che la spossatezza, quanto legittima e neghittosa, una tale spossatezza da annientarlo negli arti e nel cervello, l'avesse vinta, vinta fino all'alto mattino. Ma la spossatezza, annunciata da tanti araldi, non scese schierata in campo, e Johnny si alzò, incespicando orribilmente, avanzò all'ombra della porta, rough and tenacious in denegating egression.

Fuori, la tenebra era completa, ma quanto piú rassicurante della sorella interna. Johnny paced some paces in the concrete void, ed era rassicurante, incoraggiante, euforico, sentire che nella tenebra si era come sul ciglione dell'abisso del nulla, da guadagnare d'un sol passo contro l'avventante pericolo e morte... Si incavò, si nicchiò tutto e in quel cavo, vittorioso contro l'immensità del vento furente, accese una sigaretta al primo colpo. Allo scratch ed alla cosmica evidenza della punta rosseggiante corrispose il secco frusciare di una raggelata divisa. La sentinella muoveva su di lui, ed era uno dei due siciliani. – Hai sigarette confezionate? Ah, tu sei il nuovo. Dammene una. Me l'accendessi tu.

Johnny si ridistendeva, lieto dell'insonnia, comodo a fumare contro la cieca muraglia della chiesa sul nulla, cosí granulata da risentirne la sua pelle fin oltre la stoffa. Domandò al siciliano se gli restava molto di turno, si sentiva cosí bene che anelava a rimpiazzarlo. – Io non ho turno fisso. Io smonto quando proprio non ne posso piú. – Come sarebbe? – Stanotte non mi toccava affatto, ma io son montato e monto lo stesso. Sai, io vengo dall'esercito, l'avrai capito. I ragazzi qui non montano la guardia, incoscienti fottuti. Vanno al turno e dopo dieci minuti tornano a dormire o vanno altrove e cosí nessuno fa sentinella effettiva. Ti stupisce, eh? ti scandalizza. Ma io non sto senza guardia e se nessuno ci monta ci monto io, a costo d'esaurirmici. Ci son troppi marmocchi nei partigiani, e troppo pochi soldati veri, d'esperienza militare. E ci vorrebbe invece tutta gente uscita dall'esercito. Purtroppo, quasi tutti quelli che hanno fatto l'esercito non ne hanno voglia piú. Guarda se ti vedi intorno un vero ufficiale dell'esercito! – Ci saranno sí, – disse Johnny: – ma in altre formazioni, sarà che non vogliono nemmeno sentir parlare di brigate rosse –. Ma il siciliano: – E dove stanno le altre formazioni? Tu me lo sai indicare? – No, perché altrimenti non finivo qui. – Verranno magari le altre formazioni, ma per ora non ci sono, secondo che mi risulta. Dimmi dov'è una formazione di veri soldati e veri ufficiali ex esercito, ed io ci vado, fosse magari in bocca al traditore Graziani. – Eppure ci sono, – disse Johnny, ma semplicemente come un sobrio augurio a se stesso ed al soldato insistente. Poi si dispose a rientrare, lieto e grato di quegli indizi che pervadevano sornioni ed irresistibili il suo corpo d'una sonnolenza totale. Rientrò nel cieco blocco interno, dicendosi: – Porci fascisti, – con una pacata, adulta convinzione, cercando invano, ma con gratitudine, la prona forma di Tito.

Al mattino, tutto fu infinitamente meno peggiore. Un sole discreto ma spazioso ripuliva la neve, quasi rinverginandola, e a tutto dava colore, brillantava addirittura le policrome divise dei partigiani. E dal paese tutto fluiva un brusio normale, letificante perché normale, finendo con suonare come festivo, data l'epoca e la situazione. Donne già circolavano, da e per il forno e la fontana, guardavano ed erano guardate dai partigiani con una cordialità sorridente, anche se il loro sorriso era un po' costretto agli angoli della bocca dal presentimento di ciò che i partigiani potevano da un giorno all'altro costare a loro stesse, ai loro uomini ed al loro tetto. I partigiani wore different faces, though not a whit diminuito il salto qualitativo...

– Che si fa oggi? – domandò a Tito con una certa quale businesslike briskness. – Ci annoiamo come al solito, – disse sobriamente Tito. E Johnny fu stupefatto. – Vi annoiate? – Imparerai presto che quando non si è in azione il partigiano è il mestiere piú noioso al mondo. – E non si può uscire in azione tutti i giorni? – Puoi chiederlo allo stato maggiore che conoscerai oggi stesso, credo. Chiedilo al commissario Némega, al capitano Zucca ed al tenente Biondo –. Johnny notò che Tito pronunziava i gradi con una ironia scortecciante eppure sommamente indiretta.

Passarono giusto davanti al comando, ex casa comunale. Dalla sua facciata pendeva a cascata, enorme, pletorica, una bandiera rossa con falce e martello, e ridondava dal balcone in drappeggi ultrapesanti, come dannosi al solo contatto. Johnny ne fu urtato ed ammirato insieme, ma bisbigliò: – Pazzi imbecilli! Un ufficiale fascista con un binoccolo la vedrebbe da Roma –. Passarono davanti alla chiesa, chiusa, nay sigillata, con un'aria amara ed offesa e rivincitaria insieme, as fearfully and hatefully resenting on her ruddy facade i lontani riflessi del bandierone rosso.

Ora camminavano verso la suprema specola, sul ciglione assolutamente nudo ed un poco riverberante. E Johnny seguí con l'occhio tutta la giogaia dell'immensa collina, gli parve l'accosciata e posante moglie di Polifemo... L'occhio si perdeva abissalmente nello sbalzante digradare, ai fondovalle, alle pinete ed alle macchie intorno ai raggelati corsi d'acqua; anche a chilometri di distanza eventuali fascisti dovevano apparire come nudi.

– Tu che hai fatto il corso ufficiali, – disse Tito a bruciapelo: – che ne pensi? – Della posizione? – Tito fermò concordemente la mano villosa che stava circularizing il paesaggio. – Magnifica. Senonché... – Tito anticipava la concorde critica con un grim sorriso di soddisfazione... Senonché, – concluse Johnny, – non possiamo illuderci d'essere un'isola armata. Non ho ancora visto nulla di nulla, ma ad armi e munizioni dobbiamo star maluccio. Quindi questa magnifica posizione diventerà la nostra piramidale tomba se i fascisti, o peggio i tedeschi, ci circonderanno alla base. – Perfetto, – si disse Tito: – e ciò perché? Perché qui si sta andando a rovescio del raziocinio. Qui si formano le guarnigioni come nell'esercito regolare, qui si tiene conto dello spazio occupato, come nella guerra del '15. Pazzi maledetti, ci faranno morire tutti per la loro maledetta pazzia! I partigiani sono l'opposto diametrale dei reparti regolari, lo capirebbe anche un bambino. Dobbiamo inapparire, agire e risparire, mai fermi, sempre ubiquitous, e pochi e mai in divisa. Dobbiamo saper compiere il sacrificio della divisa, ma vaglielo a far capire! Ora vedrai che carnevale di divise. Dobbiamo dare la puntura alle spalle e svanire, polverizzarci e tornare alla carica alla stessa misteriosa maniera. I fascisti superstiti debbono aver l'impressione che i loro morti sono stati provocati da un albero, da una frana, da... un'influenza nell'aria, debbono impazzire e suicidarsi per non vederci mai. Invece no: pazzi maledetti, formano la guarnigione regolare e sognano il giorno in cui le cose staranno in modo da consentire le parate –. Johnny sighed. – È certamente un mestiere difficilissimo, e gli italiani lo fanno per la prima volta. – Sí, ma noi moriremo di questi errori, e per la stessa natura del popolo italiano la lezione non verrà raccolta. Io m'imbestialisco per queste cose e già d'ora son convinto che la cosa migliore sarà di uscirne vivi. Ma siamo talmente al principio, e la fine è cosí lontana, che nessuno di noi la vedrà –. Era, ciononostante, sessualmente malinconico pensarsi morti, sepolti in un cantuccio di quella immensa collina, mentre fuori nella scoppiante primavera i successori, gli immemori, disparaging maybe, trionfanti successori, in altre divise, altre armi, altre mentalità, chiudevano i pugni intorno alla vittoria.

Apparirono sul ciglione alcuni partigiani, incuranti ed incurati da loro, uno calzava in testa un sombrero, estremamente stridente in quell'artico paesaggio e pertanto immediato centro trigonometrico. Vararono per il vertiginoso pendio una slitta da fieno e fecero sport.

Erano appena le nove. – Il tempo proprio non passa, da partigiani.

Johnny e Tito made again per il paese, Johnny pensando con un intermittente fastidio alla sua non piú tardevole chiamata al comando. Il paese era cosí minuscolo, ed anche talmente settorizzato, che in esso i partigiani apparivano sciamanti, e sí che assommava ad una quarantina l'organico di quella embrionale brigata. A un capo del paese un ribelle stava quartando un vitello per il rancio. Johnny si letificò animalmente, sentendosi una fame vorace, as new for a new dimensioned man. Nell'aria solatia e cristallina le carni aperte apparivano brillantate: il macellaio, incredibilmente insanguinato e furiosamente contratto in quella inesperta fatica di pura memoria visiva, si volse al loro passaggio con un fastidio non dissimulato. Era un contadino, giovane, balzato i primi giorni nei partigiani, come in una allegra e feroce rivolta al suo destino di servitú alla terra: leonino e di fronte angustissima, negli occhi glaciali un'unica scintilla soltanto nell'effusione della ferocia. Parve risentire estremamente il goalless, walking passaggio dei due partigiani, uno dei quali nuovo e d'aspetto inequivocabilmente cittadino, passanti a bocca torta davanti alla sua all-serving fatica. Tito lo salutò con non dissimulata condiscendenza, lui gli rispose prima con una ridicola diffidenza e poi con una rauca foga. A qualche passo, Tito disse che i contadini lui non poteva sopportarli. – Nelle formazioni partigiane, preciso. Nei partigiani io non vorrei altri che studenti ed operai. Gente che lavora pulito, e con lavoro intendo dire ammazzamento, e lavora pulito perché ammazzando ha sempre la mosca sotto il naso, tu capisci. I contadini no: i contadini ci godono, e quindi la fanno lunga, e quindi anche confusionaria e pasticciante. Essi ammazzano urlando e smenando come con la volpe presa che faceva danno alla terra o al pollaio, capisci? E l'uomo come quella volpe deve far mille morti.

Ripassavano davanti al comando. A una delle finestrette, appena fuori dell'immota greve onda del bandierone rosso, s'affacciò un ometto, e quanto di lui spuntava dal davanzale era perfettamente rivestito della divisa messa in moda dai fascisti. C'era da rischiare un arresto cardiaco ad alzar gli occhi a caso e veder di colpo prominere quel berretto fascista fregiato del gladio, ma il viso sotto di esso era cosí pulcinellescamente arrendevole e furbesco, cosí tremolante e nel contempo cosí conscio che quella stessa tremolantezza gli faceva da usbergo, che il moto d'orgasmica stupefazione si spegneva, come avvenne per Johnny, in una semicomica censura personale per quell'impossibile orgasmo. Come riferí Tito, si trattava del primo prigioniero fascista regolare catturato dalla brigata, somewhere outside Mondoví; e la sua apparenza era cosí marchianamente inferiore, le circostanze della cattura state cosí vergognosamente facili, la fame cosí evidente ispiratrice del suo allineamento, che era parso contrario ad ogni legge virile procedere ad una esecuzione. Viveva prigioniero da tre settimane, lavando i piatti due volte al giorno, la sua fine segnata soltanto se si verificava una morte partigiana, lui in inadeguato olocausto. E Johnny pensò che anche davanti all'arma esecutrice lui non avrebbe cessato di fare le sue mossette e le smorfie alla Totò, nel diabolico, tremolante disegno intimo di far cadere l'arma dal boja per riso convulsivo. Dalla finestretta alla quale stava sempre affacciato, finiti i piatti, non lasciava passare il menomo partigiano senza fargli piovere sul capo il piú fiorito dei saluti e senza chiamarlo «capo», ciò che fece anche al passaggio di Johnny e Tito.

Si ritraeva soltanto al passaggio dei meridionali, i suoi capitali nemici del comune Sud. Quelli volevano fucilarlo, s'erano offerti come giustizieri, in una taciturna, olivastra determinazione di lavar quella macchia dallo scudo del Sud, ma non avevano trovato sostegno, nemmeno nel commissario Némega.

Johnny fu chiamato al comando nel tardi di quello stesso mattino. Ve l'aspettavano il commissario Némega, il capitano Zucca ed il tenente Biondo. Il capitano Zucca vestiva un immacolato impermeabile bianco su un vestito borghese e calcava in testa un berretto da ufficiale col fregio dei bersaglieri. Se era ufficiale, era certo il piú grezzo e menial-looking ufficiale di tutto il fu esercito. Questo non contava gran che, Johnny s'era già orientato da tempo sulle gerarchie naturali, ma non poté non avvertire l'urto di quella troppo eccessiva, indebita attribuzione. Il capitano, in un malcerto e faticoso autimposto italiano, gli chiese conferma of his being ufficiale allievo. Poi disse che in capo a un mese poteva essere caposquadra, naturalmente superando certe prove.

Il tenente Biondo... non era certamente un tenente, nell'esercito era, per sua ammissione, un fresco sergente. Pareva una bella e piú giovane copia del sergente maggiore Sainaghi, la stessa sanissima magrezza, la stessa faccia sbiadita e determinata, quella stessa naturale daintiness della non accarezzata divisa, con in meno il rispetto cieco del regolamento ed uno spirito di iniziativa che Sainaghi non possedeva non soltanto, ma che gli sarebbe parso di pessimo gusto. Ed il Biondo, con sollievo ed ammirazione dell'aspettante Johnny, si limitò a sanzionare con un disagiato cenno del capo la di lui immissione nei partigiani. Poi i due «militari» uscirono in una composita fretta, metà di scontata stufezza per le disquisizioni solite del commissario, e metà per un disagiato complesso d'inferiorità e di incongenialità, non soltanto gerarchica, verso il commissario Némega.

Il commissario Némega aveva trent'anni, un buon vestito borghese, una figura smilza e di poca forza eppure dainty, ed una testa molto somigliante, tranne le incisioni del vizio, a quella di Osvaldo Valenti. Gli raggiava nel viso una finissima ilarità, come per la riuscita dell'equivoco, come a realizzazione e commento di aver preso in trappola con una rete dozzinale ed una volgare compagnia un pesce di pregio. – Cosí contiamo finalmente un intellettuale nelle nostre file, un elemento del ceto superiore... – Aveva una voce brillantinata, birignaosa, della quale si compiaceva libidinosamente e che usava con una perizia tutta scoperta. – Conosci lingue estere? – L'inglese. – Bene? – Come un lord, – disse Johnny, per ferirlo nello spirito di classe. – Ci servirà enormemente, – disse il commissario, addolcendo la sua secca affermazione di strumentalità nel violettato di quella sua voce. – Non ora, ma piú tardi gli alleati ci aiuteranno... – Lei s'illude. – E perché mai? – domandò Némega con la massima sospirosità finora attinta. – Non li vedo gli inglesi a rifornire i partigiani comunisti. – Mi consta che con Tito l'hanno fatto e lo fanno. – Già, – ammise Johnny, ma senza senso di scacco, tutto gli appariva d'un tono di stucchevole accademicità.

– Inoltre, mi sembri il tipo pennaiolo. Ebbene, non ora, ma quando la nostra brigata sarà adulta e la piú potente formazione su tutte le Langhe, noi stamperemo un giornale, per gli uomini, per i simpatizzanti e il popolo in generale e tu sarai fra i redattori di questo giornale. Non certamente l'articolo di fondo, ma potrai incaricarti di... pezzi di colore partigiano.

Johnny shrunk violently. – Io non farò nulla di simile. La penna l'ho lasciata a casa e non ci penso a sintassi e grammatica. Per tutto il tempo che starò qui non intendo stringere in mano che un fucile. – Anche se il fucile ti stesse in mano infinitamente peggio della penna? – insinuò Némega con la terribile fluidità della sprecata, violata strumentalità. – I expect and confide in a very next proof, – disse Johnny. Némega sorvolò, pensando al tempo che gli restava davanti; nessun'altra faccia, nella memoria esperta di Johnny, conteneva piú di quella il senso della finale vittoria, su tutto e tutti. Il pensiero, poi, l'obiettivo, di spuntarla con Johnny, pareva interessar Némega al culmine della libidine. Ora s'era spostato dalla scrivania sindacale e muoveva con passi, accorti e studiati almeno quanto la voce, verso la porta, illudendo Johnny del release. Ma disse ancora: – Come commissario di guerra, io tengo un corso di marxismo. Non è esteso a tutti gli uomini della brigata, ovviamente, e neppure mi illudo sui frutti che potrò cogliere da certuni elementi ammessi, ma gradirò moltissimo la tua frequenza ed attenzione –. Johnny refused flatly, e il no provocò un acciaioso lampo negli occhi sbiaditi del commissario. Oltre la voce ed il passo sapeva modulare anche lo sguardo. – Non sono qui per nessun corso, escluso un corso di addestramento per eventuali armi nuove, quelle che lei spera dagli inglesi. Io sono qui per i fascisti, unicamente. Tutto il resto è cosa di dopo. Il dopo, – disse Némega: – è cosa della quale conoscerai tutto il necessario appunto seguendo il mio corso. – Non m'interessa –. Némega alettò una mano, minuta e lampantemente forceless, al di là di un mi-

nute-long astious grip. He confided in future, as christians.
– Comunque, con te non piglierò mai ruggine. Sei impegnativo, grazie a Dio, almeno per il livello del discorso. Da quando non dovevo piú ricercar le parole...?

– Really, I'm in the wrong sector of the right side.

6

And action did not come, che ti scaraventasse giú da quella cima gradualmente ossessiva, ti liberasse dalla tarlante insoddisfazione, dalla tetra noia partigiana, ti portasse almeno per un giorno fuori della pratica sfera d'influenza di Némega, che lo legasse possibilmente di piú con Tito.

Non si oziava, anzi si era obbligati a vere e proprie performances di forza e di fondo, non passò mezza giornata che non si fosse chiamati a trainare l'autocarro arenato in qualche punto della impossibile strada, e spesseggiavano le marce di perlustrazione e le andate per il vettovagliamento. Alla sussistenza era preposto un uomo già quarantenne, il decano di tutta la brigata, chiamato indifferentemente Mario o il maresciallo. Era sorprendentemente somigliante all'ascaro perfetto a Porta Pia che Johnny ricordava fra tutto nel nightmare 25 luglio romano, ma la sua inflessione di voce era quanto di piú nordico si potesse desiderare o deprecare. Per quanto, a sentir Tito, non fosse mai uscito in azione, il maresciallo era, col Biondo, l'unico proprietario di un'arma automatica: uno sten inglese, il primo della sconfinata serie posteriore e come il maresciallo ne fosse in quell'epoca in possesso era una favola da meritare l'indagine dell'Intelligence Service. Sebbene non l'usasse, nemmeno lo prestava, e non si poteva neppure sperare di sottrarlo al suo cadavere. Se sí, ci sarebbe stato un omerico carosello intorno al suo cadavere nient'affatto achilleo, a giudicare dalla visiva cupidigia di tutti per quello sten.

Qualche volta Johnny scortò il maresciallo, con altri, nelle requisizioni. La gente concedeva con mani lente, rincresciose di quanto porgevano, ritirando il buono di requisizione e rimirandolo come oggetto chimerico, e quasi nessuno si tratteneva dal fornire all'impassibile maresciallo, annotante in silenzio, ulteriori indirizzi di gente che poteva fornire di piú e di meglio. Era la lenta, forcipata nascita della coscienza fiscale in Italia? pensava Johnny.

Un giorno scortò il maresciallo, con un altro partigiano, Geo, alto ancor piú di Johnny e con un generale aspetto tbc, scortò il maresciallo a requisire un vitello presso un proprietario. Il vecchio era un epigono dell'antica razza d'alta collina, c'era in lui un che di cencioso e lurido e di zingarescamente nobiliare: tutto imbottito di stracci fetenti, ma al collo portava una sciarpa di purissima seta bianca annodata da un anello d'oro. Abramicamente stava seduto nel centro della cucina, attorniato in state da tutte le sue generazioni di donne. Di fronte a lui si piantò Mario, prosaico e businesslike, amaramente superiore come un sottufficiale di colonia al cospetto di un barocco notabile di tribú. Johnny e Geo eyed the women: era strano come si notasse, ci fosse il salto netto di una generazione: le donne erano sessantenni o quindicenni. Le anziane stavano interite e perplesse, le giovani rilassate e curiose. Il vecchio era preparato, indicò la contigua stalla con la sua orrida mano, ma chiese che gliene veniva in cambio. – Vi firmo il buono di requisizione, – disse Mario, producendo il blocchetto, con una spudorata disinvoltura, da agente daziario. Il vecchio lo lasciò fare seguendo con occhi acquosi la corsa del lapis di Mario sulla carta, ma proprio come se quella scrittura non segnasse affatto il destino del suo vitello. Mario staccò il buono con fulminea destrezza e pulitezza, con uno slap intimidente e lo porse inespressivamente al vecchio che lo accolse fra le sue mani sformate e subito ne staccò gli illetterati occhi dicendo in faccia al maresciallo: – Questo non vale niente, con questo nemmeno mi... – e lo strappò con quelle sue mani. Forse ci fu un cenno di Mario, che Johnny non colse, ma Geo fu addosso al vecchio, presolo per la sciarpa di seta. Gli incombeva addosso come la carestia sopra la fetida, laida crassità. Le donne non intervennero, nemmeno con l'atteso singhiozzare, si limitarono ad abbracciare le ragazze, quasi annegandole nell'onda delle loro sottane, solidificate e puzzanti di caprigno. Johnny, che aveva oscillato un attimo fra lo sdegno per quella immediata brutalità ed il disgusto per la calcolata, laida avarizia del vecchio, sentí pena per la solitudine estrema del vecchio. Ma in quel momento Geo allentò la stretta intorno al collo paonazzo sotto la patina unwashed. E il maresciallo gli diede del tu. – Hai fatto malissimo a non credere alla validità dei nostri buoni. Sono garantiti dal popolo italiano, che è poi il tuo popolo. Alla fine della guerra saranno tutti onorati fino all'ultimo centesimo. Non avevi che da riporlo, il mio buono, fra tutte le altre tue luride carte, nel sanctum dei tuoi luridi interessi, ed alla fine ti trovavi liquidato fino all'ultimo centesimo. Ora no, ora ti portiamo via il vitello, senza rilasciarti il buono. Cosí impari. E ti andrà bene se me ne dimenticherò e ti staccherò il regolare buono quando verrò a requisire il secondo dei tuoi quattro vitelli.

C'erano a volte allarmi, ma tutti falsi: i partigiani si risparpagliavano tra sollevati e delusi dopo aver sciamato alla specola, con gli occhi erranti e insieme mesmerizzati su ciascun punto della terra, su ogni punto possibile al piede od alla ruota dei fascisti. Dappertutto, dalla neve, non rispondeva che il muto grido della inviolata natura. I fascisti avevano ancora altro da pensare, stavano organizzandosi: sarebbero saliti poi, a schiacciarli tutti d'un sol piede, per ora stavano ritirati nella pianura imbottigliata di brume, nella amara febbrilità dell'organizzazione, scattando a volte i brucianti occhi dal grigio, esaltante mare delle carte e dei piani e prospetti verso la mirifica alta visione dell'azione perfezionata, i partigiani stesi nel loro gore-sangue, penduli da diecimila rami, la gente strisciante, inginocchiata, agguattata, saliente da quell'orizzontalità soltanto per il braccio teso nel saluto romano.

Némega stesso era pressoché invisibile, per giorni e notti non varcava la soglia del comune, che era il sanctum della sua idea, a volte Johnny passando per meniali, armate incombenze, sentiva nella scuola elementare (uno stanzone nudo e polveroso, vagamente simile ad una tavola valdese) filtrar dalla finestra il ronzio della sua voce: stanca e didattica, come se non valesse la pena, con quell'uditorio, di spiegare la voce sapiente e cromatica che avrebbe meritato il partigiano Johnny.

Il capitano Zucca spariva sempre piú di frequente, ora era ormai generalmente assente. Partiva con la sua sanguigna freddezza, dopo essersi semplicemente cavato il berretto militare, perfettamente decoroso e plausibile sotto l'anonimo involucro dell'impermeabile bianco, privato alle asole delle stellette rosse. Come la cima prese a ossessionarlo, Johnny imparò ad invidiare Zucca: Zucca scendeva, a veder gente civile, prendeva corriere, balzava giú da treni, viveva nella civiltà, per quanto insidiosa, trabocchettata ad ogni metro... Johnny era morbosamente stufo di ritirarsi alle sette di sera, per non spartire la stanzaccia dell'osteria, bassotravata, irrespirabile, dove si stipavano ogni sera i partigiani liberi da turni, ed in quello stivaggio certi pretendevano di poter comodamente giocare a carte, là dove tutto era razionato, spazio e respiro, sotto il livello vitale. Le case borghesi erano sigillate come sepolcri, l'ingresso vi era rigidamente e tacitamente precluso dal terrore medesimo degli occupanti, e Némega approvava la separatezza dei borghesi, per non indurre nei suoi uomini nostalgie, reminiscenze, comodità... E fuori, fischiava eternamente un vento nero, come originantesi dalla radice stessa del cuore folle dell'umanità.

Johnny si sentiva sporco, orribilmente, gli era presto venuto un automatico, frequente ripping della pelle, come una isterica reazione alla gommosa immobilità. A differenza della maggioranza si lavava ogni mattina, con una scure spaccando il ghiaccio in uno stagnetto presso la specola, ma non serviva piú, l'acqua micidialmente fredda, che a depurare la sua faccia dalla grommosità notturna, dalla velenosa patina della paglia fermentata e del respiro altrui. I capelli ormai lunghissimi gli pesavano intollerabilmente sulla nuca, ma piú che il peso gli ripugnava la loro radente lanosità. Non era però ancora preparato ad affrontare il partigiano barbiere, che nel bel mezzo della piazzetta, con una schifosa aria di boia per burla, scorciava i capelli con cesoje da sarto seguendo il giro di una scodella che il paziente miserabilmente teneva assicurata alla sua calotta cranica con la propria mano, col repellente risultato psicologico di apparire complice strumentale in quella degradazione. Tito, un Tito anche lui in crisi fino al punto della taciturnità volontaria, gli leggeva dentro e gli diceva soltanto: «Porci fascisti». Era già un sollievo, anzi un bene e decisivo, che Tito gli dormisse sempre a fianco, pensare che i rantoli ed i rivoltamenti ed i cattivi odori erano almeno di Tito.

Né il rigidissimo freddo agiva da ibernante per quel malessere; Johnny osservò che non pochi compagni avevano preso a grattarsi le dita, prima con clandestina scattità, gli occhi nuotanti nello sforzo e nel sollievo, poi con una aperta, bestemmiante sistematicità. Nemmeno la solitudine, sola consentita dai turni di guardia, gli consentiva pensieri, oh quanto disarticolati e fugaci, al di fuori di quella sovrana preoccupazione fisica. – I'm feeling so beastly, so beastly! – Cosí si lamentava, passandosi la mano libera dall'arma sulla faccia nel terrore di trovarci incorporata e non piú nemmeno chirurgicamente asportabile quella patina di animalità, di sottoumanità che gli specchiava la faccia degli altri, di quelli che erano partigiani da un mese prima di lui. Forse anche tutti gli altri erano saliti con una umana, civile faccia come la sua; e quel mese di anticipo gliel'aveva camusata e disumanata a quel modo che l'aveva tanto colpito all'arrivo, che gli aveva fatto pensare ad un incuboso suo atterraggio in una frodosa torma di pezzenti e malandrini. Spesso sentiva ora la necessità di richiamare, evocare il suo lontanissimo mondo civile, e per l'esorcismo gli veniva spontaneo di intonare, nelle sue ore di guardia, una canzone di allora, una superiore, riscattante canzone. Quella notte crooned: «Long ago and far away», sperando, volendo che uscendo da lui gli ridondasse addosso come un balsamo, malinconico ma efficace. Le note affogarono nel vento rapinoso, atterrarono ciecamente in qualche anfratto, sotto il peso della coscienza della loro stessa insensatezza...

Andò dal tenente Biondo per una licenza. Il tempo di scendere e risalire da Murazzano, il paese meno distante dalla base e paese di petty villeggiatura in tempi normali, con una farmacia ed un negozietto di cose voluttuarie. Il Biondo lo smistò da Némega, con una certa piú triste che irosa ammissione di secondarietà. E Johnny fremette davanti all'effettivo responsabile militare che doveva dipendere dal commissario anche per una quisquilia come una licenza d'un paio d'ore ad un suo uomo. Johnny marched al comune; la neve cedevole era no carpet per l'asprissimo pavé. Némega era sull'uscio del suo sanctum, come se ci fosse apparso appena allora, inconsistentizzato ed insieme appesantito come da un surfeit di lavoro intellettuale. – Commissario, posso scendere un paio d'ore a Murazzano? – A che fare? – Spese. Qualche articolo di prima necessità igienica. – Sarebbe? – Borotalco, saponetta, colonia... Némega rifiutò piattamente. – Io mi sento molto sporco e malesserato. Non intendo certo scapparmene! – insufflò Johnny. – Lo so. Gli uomini accoglierebbero non male la prima chance di caccia al disertore. Ma tu capisci che sulla medesima motivazione dovrei concedere licenze a tutti. Non credere di essere il solo a sentirti sporco e malesserato. E cosí non sarebbe piú una brigata partigiana, ma una torma di serve in commissioni... – Johnny agitò un dito alle sue spalle come se sapesse d'aver dietro schierata tutta la formazione. – Che ne dirà d'una bella scabbia collettiva? – Bene, ti dirò che è preventivata, ma preventivata nei mali minimi. Dunque volevi la licenza per acquisto di generi di conforto, diciamo cosí. Dimmi Johnny; sei salito tra noi con soldi di scorta? – Naturalmente. – Questo è male, mister. Questo denota lampante incompletezza di animus partigiano, una sostanziale, inferiore concezione della vita partigiana. Equivale a portare un abito borghese nel tascapane militare, tu m'intendi. Dovevi come noi salire in collina senza un centesimo. Avresti capito tutto assai di piú e fatto piú interamente il tuo dovere. E quando vai per requisire non faresti lo schizzinoso e il tenero ed il superiore, come mi riferisce di te il maresciallo intendente. – Ma poi aggiunse conciliante, come se avesse letto negli occhi di Johnny l'amara constatazione che lui Némega stava avvelenandogli tutta la dura, conquistata minuto per minuto vita partigiana: – Avrai modo di far le tue spesucce. Presto ci muoveremo, non ci sarà piú giorno senza azione. Farai un saltino dal camion al primo paese e comprerai tutto quello che ti pare ti occorra. Oh, dimenticavo, – e lo disse in un modo per cui non potesse assolutamente sfuggire a Johnny che se ne era dimenticato di proposito, con una studiata, maligna rappresaglia: – Dimenticavo, da un bel pezzo in verità, che hai il modo d'ingannare il tuo tempo libero, che quassú puoi fare esercizio d'inglese. Ecco che drizzi le orecchie. Abbiamo qui fra noi due prigionieri evasi dai campi di concentramento. Sorry, non sono inglesi purosangue. Sono sudafricani. Un surrogato paracoloniale, – commentò con un twist delle sue labbra magre e molto colorate.

– Com'è che non li ho mai visti. Dove sono?

– Conducono vita da cavernicoli. Per loro propria elezione, – aggiunse in fretta. – In omaggio alla coalizione mondiale antinazifascista io volevo assorbirli nella formazione, avevo persino escogitato per loro i rispettivi nomi di battaglia. Non ridere, sarebbero stati Victory I° e Victory II°. Ma non hanno voluto, hanno semplicemente declinato di combattere. Ma poiché per il vitto dipendono da noi, li ho messi alle cucine, come inservienti, ed essi non hanno fatto obbiezioni. Li troverai certamente alle cucine.

Marciando alle cucine, Johnny incrociò Regis. – Perché non mi hai detto mai che abbiamo due sudafricani? – gli disse rudemente. – Scusa, ma chi se n'è mai fregato dei due sudafricani?

Le cucine erano allogate in una lunga e bassa catapecchia verso il wild interno del paese; vi si accedeva per un vicolo selvaggio, che la folta neve mascherava appena. Johnny, solcandolo, se l'immaginò di piena estate, con la sua esclusiva vita di ortiche e vespe e ramarri nel perpetuo, ma ineffettivo ondare del vento. Ma di piena estate, pensò Johnny, sarebbe stato lí, solo se morto e sepolto.

Incrociò sull'uscio il regolare cuciniere partigiano, un quarantenne di aspetto equivoco ma di alacre attività, che usciva per acqua con due secchi a bilancere. Alla domanda sui due sudafricani, rispose che gli inglesi erano dentro, anodinamente.

In un angolo di muffita penombra Johnny distinse due larghe schiene vestite di cachi: non il classico khakhi metropolitano, ma un cachi svariante in un inferiore verde oliva. Le uniformi erano all'ablativo, ma tutte rimediate e rammendate con una certa qual disperata cura, con tenace, quasi snobistico puntiglio. Le grosse teste, innestate al torso per colli taurini di complessione grigiastra, erano clipped con una rudezza ed umiltà fratesche. «How territorial do they both look!» pensò Johnny, inclinandosi su loro. Stavano pelando patate, sgelate, chiazzate di violaceo, lavoravano con sistematica, grinding lentezza, con una patetica ricerca di economia e rendimento.

Johnny parlò abruptly. – A bit unwarlike, isn't, to be peeling potatoes? – Si voltarono lenti, guardarono in su, senza la minima sorpresa di sentir la loro lingua, in un attimo ripresero il ritmo della pelatura. Quello d'aspetto piú anziano ed imposing che disse di chiamarsi Burgess, domandò semplicemente se anche Johnny era partigiano. – Yes. What army service, then? – Artirl'ry. – Where were you caught? – Marsah Matruh, 1942. – By Graziani's troops? – Rommel's, – precisò Burgess, rather martellatamente. – Where was the camp you ran out of on the armistice day? – Near Vercelli, – disse Burgess, prodigiosamente riuscendo a saltare tutte le vocali del nome.

– Near the rice-marshes, – disse l'altro, con una voce bizzarramente immatura. Aveva la stessa corporatura di Burgess, poco meno della sua età, ma dava indicazione di una totale flessibilità morale, una infantile inermità, splendente dai suoi liquidi occhi adolescenti. Si chiamava Grisenthwaite, Johnny dovette farselo ripetere ed infine ripiegare sulla sillabazione. Grisenthwaite sillabò docilmente il suo cognome, e poi: – Have you got any spare razor blade for me? – Sorry, I haven't. The chief here tells me you're unwilling to fight. May I know why? – Naturalmente rispose Burgess. – We have enough of fighting, me boy, 'cause we have been through too much fighting, big big fighting in the sands. Mself I'll never put my finger on a trigger whatsoever. So will my pal here Grisenthwaite. The fighting engine's broken inside us. Furthermore... – Speak straight, Burgess. – No, that's all, I think –. Johnny disse adagio, pesantemente: – Men, you are wreckedly here, aren't you?

– Yea, – di Burgess, e un dondolio confermativo di Grisenthwaite. Erano cosí diretti e scoperti nei sentimenti, che Johnny se ne irritò. – Stop your damned peeling on, will you? – Obbedirono con una sorta di automatica prontezza. – How did you feel in the camps? – Gli occhi di Grisenthwaite si drenarono in un lampo di nostalgia, e Burgess disse con una alterazione nella sua metronomica voce. – Not badly. Fairly well, I'd say. Left out smoking, – e Grisenthwaite concordò con la testa. – Tobacco shortage? – s'informò Johnny. – No tobacco shortage. We received R.C. packages quite regularly. 'Twas a bias of the italian campcommander. He was not particularly fascist, but he had got his own ideas about war-prisoners. Positively war-prisoners are not to smoke, he would state. Something like a branded chastisement... – And you? – We once struck, but he undemorded. – Blockhead! – Kind of a fanatic – disse Burgess mitemente. E Johnny produsse il suo pacchetto di sigarette. – Have a pair, – ma i due scossero la testa, e Burgess: – Why to rouse again an unmaintanable vice? – Poi sospirò e disse: – Had we known, we would have never left the camp.

– We ran out through the marshes, – s'inserí inaspettatamente Grisenthwaite: – a knee deep into muddy water. – Had we known the following, – continuò Burgess, con soffocato rimorso, – we should have stuck quietly at the camp. But the war looked at a few days-maturity... Damn ourselves! – scattò e poi si ricompose in tetra moroseness, inclinandosi a riafferrare coltello e patate. Grisenthwaite eyed the rentring cuciniere, not at all interested. – Say, me boy: the fascists... er... you call them republicans now... – Yes? – What are the fascists going to do us, if and when they re-catch us? Will they shoot us on the spot or simply lock us in their camps again? – Johnny abbassò gli occhi su Burgess, una grossa vena gli palpitava sul grosso, unhealty collo, nudo, sforzato, come teso all'immediata esecuzione. Johnny disse: – They won't shoot you, I think, provided, of course, you are not caught red-handed, with weapons on hand, I mean... – e davanti alla loro deprecante assicurante mimica, si precipitò ad aggiungere: – I know, this will never be. They will simply lock you again. And so be easy.

7

Tito stava scrivendo a casa. Era già striking che scrivesse ai suoi di casa, apparendo egli parentless, e di nascita spontanea, ma ciò che ancor piú colpí Johnny fu la sua pretesa che quella missiva arrivasse a casa. Come pensava di farla recapitare? La situazione era tale che pensare che poste funzionassero era una frivola assurdità. Invece, Tito gli spiegò, le poste funzionavano anche dai paesi controllati dai partigiani, tal quale in tempi normali. La cosa colpí Johnny appunto come uno stroke di frivola assurdità: gli parve fosse come funzionasse un servizio postale all'inferno.

Scriveva piegato sul muretto del comando, in una posizione che orribilmente accentuava, svelava la singolarità, anormalità della sua complessione fisica, ed il granulato della superficie del muretto incideva inevitabilmente sulla sua grafia già stenta, già grossolana. La fredda brezza che investiva frontalmente il luogo non aveva potere di sommuovere percettibilmente la grossa, concreta ciocca di volgari capelli pendula sulla china fronte bozzata. – È consigliabile, – ora avvertiva: – scrivere in cifra. Bisognava accordarsi prima, come ho fatto io alla partenza, sul testo. Per esempio, i miei sanno che quando scrivo «padrone» alludo al comando partigiano, con «lavoro normale» intendo dire che non ho corso e non corro pericoli, e cosí avanti. Ora hai voglia di scrivere a casa anche tu, eh? Ma se non ti sei accordato prima coi tuoi, te lo sconsiglio, è troppo rischioso.

Agli uffici postali i fascisti hanno i loro agenti, che poi passano le lettere interessanti agli uffici politici.

Era metà febbraio, e l'azione venne, ma nello stile piú squallido, meno poetico e meno incoraggiante per il futuro. Era acerbo mattino, con un freddo subdolo, mirante alla spina dorsale, il sole della prossima primavera stava riscuotendosi dietro impossibili coltroni di foschia centroinvernale. Johnny tremava, di nervi piú che di freddo. Il tenente Biondo gli arrivò a lato e lo squadrò istantaneamente. Avrebbe diretto l'azione e aveva una faccia dispeptica, proprio l'espressione che Johnny s'attendeva da un suo comandante sul campo, una vera faccia da esercito, dell'esercito che Johnny desiderava entrare in, se era la disgraziata sorte del mondo che eserciti continuassero ad esistere. Andarono insieme verso il camion, frenato sulla strada a oriente, proprio al vertice della discesa. Sopra ancora non c'era che un uomo, vastamente impellicciato, al pulsante d'una mitragliatrice precariamente piazzata sulla cabina; ora la provava in souplesse, la brandeggiava ai quattro punti cardinali, sú al vuoto irridente cielo. Gli uomini arrivarono alla spicciolata, silenziosi e come rattrappiti. Erano tutti imbottiti, e goffi e tremendi a un tempo, con un che di uraliano sulle loro facce sigillate, portavano le armi come un peso di forzati. Tito apparí, diminutivo e teso, saltò sul camion senza uno sguardo né una parola per Johnny. A questi si presentò quel tipo tbc che chiamavano Geo, gli porse in silenzio, come per un'intesa, un moschetto da cavalleria e due caricatori. Erano cosí male armati, erano cosí disarmati che esisteva un'arma ogni due-tre uomini, se la passavano a turno. Johnny soppesava i due caricatori nella mano, astratti e pesanti, nella maschia rilucenza del bronzo. Arrivò il commissario, assonnato e thin-lipped e frettoloso, come un capostazione di quarta classe che non può esimersi dal presenziare la partenza d'un merci nel piú bleak mattino d'inverno. Raccomandò al Biondo di tesaurizzare le munizioni della mitragliatrice, sbirciò Johnny senza augurio, se ne sparí assai prima che l'autocarro partisse. Johnny risoppesò i due caricatori, Tito vide e disse: – Ne hai piú che d'avanzo. Oggi abbiamo una probabilità su dieci di sparare –. La notizia, la precisazione colpí Johnny negativamente: se bisognava cominciare, si cominciasse quella stessa mattina, effettivamente. Intanto guardava gli uomini distribuiti sul cassone, gli apparvero tremendamente estranei. Da loro seppe che andavano semplicemente a svuotare gli ex depositi militari a Carrú, per far la scorta agli uomini che il capitano Zucca stava arruolando e istruendo nelle pianure nebbiose e fiatanti. Aggiunse Tito: – Spareremo soltanto se i carabinieri si metteranno in mezzo. Idioti. Perché non se ne vanno a casa? È per lo stipendio? Ma finirà col costargli troppo caro lo stipendio e il non saper far altro. Ma non è detto che sparino. Però il maresciallo è carogna. Se sparano è per obbedire a lui, per paura di lui. Bisogna spazzare questi idioti carabinieri per arrivare ai fascisti. Sarebbe bestiale morire per una palla di carabiniere prima di vedersela coi fascisti.

Partirono in folle, discesero in folle, per la grata posteriore della cabina si vedeva a tratti la nuca magra e incordata del tenente Biondo, le ruote sventagliavano fischiando, a corrompere la neve bianca sulle banchine, il vento della corsa produceva provvisoria apnea, imbalsamava, ibernandole, le facce. Tutto era equilibrismo acrobatico. Nella svolta che immetteva al piano il camion sbandò, crollò su Johnny il suo vicino, l'urtò non con la persona ma con l'arma, gli conficcò la punta del moschetto nel collo. Quando si riprese equilibrio, Johnny sbirciò il moschetto dell'altro e vide che era fuori sicura. L'urtante stava sbirciandolo a sua volta, dalla sua tarchiata lowness, con azzurri, bestiali occhi acuiti e rimpiccioliti dal freddo e dalla resistenza all'aria della corsa.

Lo risollevò la corsa dell'autocarro al piano, con gli uomini allineati al loro spondale, attenti alla campagna parallela: una buona, energetica impressione di silurante, a tutta macchina sul doomed nemico. Arrivarono al concentrico di Carrú alle 9 suonate, ma il grosso paese era praticamente sepolcrato, come al corrente dell'incursione. Anche ciò che era aperto, ed era pochissimo, appariva chiuso, sigillato, come il moltissimo sprangato. L'autocarro entrò in paese con una velocità violentante, con un alto tormento sul selciato, radendo le case, e Johnny vide a volo ad una cortina appena scostata il viso orripilato ma solidale d'un uomo anziano. Ad un'ultima svolta, che per Johnny si sarebbe eternamente identificata con la dozzinale insegna di barbiere che vi pendeva, l'autocarro rallentò fin quasi a fermarsi; come dalla terra sbucò una ragazza bionda, tozza, in calzoni, perfettamente russa, ma con un particolare cattolico estremamente stridente: portava fra i capelli un'infula dorata, come le bimbe che nelle accademie di parrocchia fungono da angeletti. Fece un cenno cifrato verso la cabina, al Biondo, e com'era apparsa sparí.

Con una frenata di disastroso suono, il camion s'apparellelò ai depositi. Erano ciclopici e fatiscenti in tutta la loro smisurata superficie di squallido eternit, nanifacenti gli uomini che dal camion balzavano verso essi, nell'effuso lezzo acrido del materiale militare immagazzinato. Ma si sentiva anche un murmure idilliaco, come d'acqua corrente lí presso, sotto tenui canalizzazioni di ghiaccio, proprio lí presso. Dentro, il lezzo era throat-seizing, decisamente tossico, ed il materiale in quantità enormi, l'avevano non esaurito i saccheggi dei borghesi dall'armistizio, i prelievi tedeschi e poi le successive incursioni partigiane, opposed dai carabinieri.

Johnny accelerò verso la roba. Vasta, booming, moltiplicantesi all'infinito era l'eco dei passi, soffocato ogni altro suono, ordini e chiamate. Johnny deviò al reparto delle pellicce, tutto materiale inteso per il fronte russo, gli fece specie affondare le mani in quel cumulo morbido e fetido. Caricavano rovesciatamente sul camion, sarebbero tornati assisi su strati di roba, molto al di fuori delle sponde, quando, puntuale e carillonesca, come un semplice avviso fonico arrivò dentro la prima pallottola. Poi una grandinata che si spiaccicò in parte contro l'esterno eternit ed in parte solcò innocua la densa atmosfera chimica. Il tenente Biondo volse una faccia piú annoiata che rabbiosa, tutta efficiente. Lasciò pochi uomini al non interrompibile lavoro di carico, e chiamò fuori tutti gli altri, contro la casermetta dei carabinieri. – Si sono alzati col fegato dérangé, – disse Tito neutramente, uscendo con Johnny nell'aria fredda, insapore, fremente di pallottole. Guadagnarono un coperto, con eleganza, senza troppa fretta. I carabinieri sparavano senza fantasia, senza spicco, con una sistematicità che presupponeva comando, no conviction.

Dal suo coperto, un grazioso, accogliente incavo in terrapieno, le pallottole che lo sorvolavano non facevano che aumentarne l'accoglienza e la delizia, Johnny guardò la casermetta. Era una villettina carina, bene intonacata e ritinta di fresco, in un rosato ultrasfumato, con persianelle verdi lucide. I partigiani aprirono il fuoco di risposta, si vedevano distintamente le vorticose scalfitture sul rosato unito della facciata, presto cominciarono le persiane a gemere e sbattere sotto i colpi. Johnny mirò al quadratino centrale della grata della finestra a destra e sparò. Ricaricò e risparò, sempre in quel vuoto, astratto bersaglio. Stava appena esaurendo il suo primo caricatore e gli pareva di star sparando da anni, tutta la sua vita era passata in sparando. Doveva esser già molto tardi, quasi le tre, pensò. E serbò il secondo caricatore, resistendo facilmente alla tentazione distruttrice delle munizioni.

L'inserí però nella camera di sparo, le erette punte delle cartucce davano una strana e placida sensazione di efficienza eppure di inutilità... Cosí gemette di stupore e si scoprí di tutta la testa quando, chissà a che ora, i carabinieri sporsero e sventolarono un asciugamani bianco. Dai ribelli partí un'ultima salva, quasi a ribadire i carabinieri nella loro decisione. Il tenente Biondo si eresse al tutto scoperto, legnoso ed atletico. Gridò, con la voce che nello sforzo gli si rompeva: – Fuori con le mani in alto. Lasciare le armi all'interno. Il maresciallo esca il primo. Maresciallo, esci il primo –. Dalle spoglie acacie lungo l'acqua corrente sbucò di corsa e battendo le mani la ragazza bionda con l'infula dorata. Tito l'eyed critically, ma non la trattenne, arrivò alle spalle del Biondo, e ci si fermò, come le competesse esser la seconda a ricever la resa.

Nel friggente silenzio s'intese lo scalpiccio degli uomini che dentro s'incolonnavano per l'uscita. Poi il cigolio della porta smunita. Ora uscivano, miserabili nello sforzo di non apparir miserabili, in divise buone ed in ordine, ma s'allungava su esse l'ombra nera che l'8 Settembre aveva stampato su tutte le divise. Sfilavano, le mani giunte dietro la nuca, e c'era in questo un orrido hint di punizione da asilo infantile, non fosse stato che si paravano cosí anche dal rovescio di insulti dei partigiani, mentre il Biondo comprimeva anche piú le magre labbra. Il maresciallo il primo: un uomo di mezza età, tarchiato e ostico, con una stoppia grigiastra, rapidamente imbiancantesi sulle guance piene. Teneva le mani innaturalmente compressamente strette alla costura dei calzoni, come ad inibirsi ogni gesto di scusa, o di ragionamento o di preghiera. L'ultimo carabiniere, il piú giovane, scoppiò ad insultarlo anche lui. In quel momento partí la raffica dal mitra del Biondo: breve, essenziale e decisiva, il maresciallo si piegò senza attriti, planò morbidamente sulla ghiaia tinnante. Gli altri carabinieri non abbozzarono gesto, sollevarono subito gli occhi dal morto, come se la continuata visione potesse pregiudicarli. Ma per Johnny fu orribile, e partecipava, ampliandola, di quella orribilità il fatto che ad eseguire fosse stato il Biondo, cosí trim, cosí malinconicamente cavalleresco, cosí d'aspetto regular. Johnny marciò sul Biondo, sempre backed dalla ragazza, ancora protesa a fissare il cadavere con una sorta d'intensità sessuale. – Che hai fatto? Che sistema è? Si era arreso, no? – Il Biondo corrugò appena la fronte, ed un partigiano che aveva combattuto lontano da Johnny domandò forte chi era questo che faceva il fino. Tito fu accanto a Johnny, con uno di quei suoi balzi inumani, goffi e ferini, ma per scuoterlo e trarlo lontano. Aveva un tono rabbioso e deluso. – Che sei saltato su a fare? A fare il gentiluomo? Piú siete intelligenti di natura e meno capite. – Poi subsided: – Il Biondo ha fatto benissimo. Del resto, era inteso. Nota gli altri carabinieri, e vedrai che anche per loro era inteso –. Si liberò della perpetuata stretta di Tito: – Che vuol dire era inteso? – Parlò il Biondo. – Cosí era inteso. Tu ci sei dentro per la prima volta, e fortuna tua, per l'ultima. Coi carabinieri, voglio dire. Ma noi ci siamo stati altre tre volte. Ed ogni volta gli avevo fatto dire che ci ignorasse, che dormisse. Ma la seconda volta m'hanno ucciso un uomo. Non me l'avessero fatto, li avrei mandati tutti, maresciallo compreso, in pensione a pedate. Ma mi ha ucciso un uomo. – Pancho, si chiamava, – avvertí un uomo, imbronciato a Johnny e con una solenne evocatività. – Inteso, – disse Johnny, e si ritrasse. Ora poteva essere ucciso, perché aveva già ucciso, pur se la raffica l'aveva fatta il Biondo: era triste, ma tonico essere del tutto nella partita, con un conto, non esser piú sentito né sentirsi piú vittima.

Dall'interno della casermetta usciva, nel silenzio venato dallo scorrer dell'acqua e dalla ghiaia scalpicciata, il rumore del saccheggio partigiano. Uscí tutto un gruppo apportando sette moschetti, una macchina per scrivere, ed un mandolino. La curva dello strumento era scurrile, fantesco-meretricia nell'aria chiara e immota. Gli occhi bassi, nuotanti, dei carabinieri s'appuntarono sullo strumento piú che su ogni altro articolo. Stavano ancora allineati come all'uscita, rigidi, solo vive le mani lungo i calzoni e gli indominabili occhi. Il piú giovane tentava sporadici, abbozzati gesti, come a richiamar l'attenzione ed ottener di parlare, ma calava presto la mano, nella generale, grim uneasiness. Doveva essere un isolano, forse un sardo, con una sovrastampa bestiale sul viso scolpito, troppo fosco.

Il camion manovrava alla raccolta generale, goffo e potente. Quel partigiano dell'incidente mattutino mise sull'attenti i carabinieri: lo fecero d'incanto, solo la posizione rivelava spietatamente la loro età ed usura. Gli occhi bestiali del partigiano ammiccarono. – Spo-gliarsi! – Gli uomini nemmeno finsero di non capire l'ordine. Il ragazzo sollevò appena il moschetto a mezz'altezza. Già lavoravano ai bottoni ed ai lacci, brividendo al freddo presentito. Uno s'accostò a Johnny e a Tito. – A me fa effetto veder spogliarsi un carabiniere, poco meno che veder spogliarsi un prete. A voi no? – Ed eccoli lí riprendere l'allineamento militare, in mutandoni plissé e tutti i legacci penduli. Le loro bocche tremavano, gli occhi ammaravano, supplici, sulla sobria, nonridente, figura del Biondo. Ma non intervenne, un po' gli uomini dovevano ridere, e loro se la cavavano a buonissimo mercato. Il partigiano capo dei giochi ordinò il fiancodestr! e intervallarsi, i sederi dei carabinieri pulsavano come cuori contro i comodi epperò non mascheranti mutandoni. Con un muglio il partigiano calciò nel sedere il primo, il secondo, letteralmente sterrandoli, mentre il Biondo faceva ai già trattati segno di scappare in capo al mondo. Gli aspettanti avevano capito, acceleravano al trattamento con passetti felici e vergognosi. L'ultimo, il piú giovane, l'isolano, alzò la mano e gridò: – Io voglio venire con voi. Prendetemi con voi a fare il ribelle me stesso! – Ma il Biondo premette le labbra e scrollò la testa. L'altro urlò ancora, a due passi dal sollevato piede del carnefice: – Scassatemi il c..., ma prendetemi con voi! Ancora il Biondo negò e sparí l'ultimo, scrapping la ghiaietta d'angolo, con un lungo, elettrico falcare d'animale di bosco.

8[1]

[1] [Capitolo mancante. Dove, tra l'altro, si raccontava dell'arrivo, al campo di Némega, del «capo delle colline inferiori», il comandante «viola» (cosi detto dal colore della sua singolare divisa), «insidiosamente frivolo ed equivocamente brillante»; e della sua guardia del corpo slava, fra cui il russo Valodkia, centro dell'ammirata curiosità dei compagni di Johnny (v. il cap. II)].

9

Come i fascisti continuavano ad inapparire, arrivava qualche nuova recluta, spinta su dalla vaporosa pianura dalla mano aselettiva del capitano Zucca. Sul muretto del comando, nel primo sole dell'ultimo inverno, il Biondo, Johnny e Tito le squadravano, mentre attendevano d'esser ricevute da Némega o indugiavano, paurosamente perplesse e lasciate a se stesse dopo la visita. Il Biondo lamentava che non si aveva armi sufficienti per il nucleo base, altro che accoglier dei nuovi, il piú attrezzato dei quali si presentava con uno scacciacani. Tito riconfermava che per lui tutto il sistema era sbagliato, si voleva cominciare da dove la Jugoslavia insegnava che si doveva finire. – C'è lo zampino politico di Némega. Anche i comunisti, come i fascisti, professano il dogma del numero-potenza. La Brigata ha forse quaranta armi individuali, ma forse ottanta effettivi –. Johnny rammentava una fresca confessione di Némega, in un'ora in cui Némega appariva come etilicamente eccitato, certo consumando un tradimento contro se stesso, un puritano di inibizioni lucide e folli, atabagico, sinalcolico, asimpaminico. Era arrivato a stringergli il braccio, Johnny palesemente shrinking, e gli diceva con ammollite, troppo aperte labbra: – Quello che io sogno, quello che io avrò è una divisione di mille garibaldini. Mille. Me li vedo sfilare davanti, tutti in giacco di pelle. Tu mi domanderai dove procurarmi mille giacchi di pelle. Una parte la commissionerò, il resto dovranno procurarselo gli uomini. Scenderanno nelle città, attaccheranno gli autisti, i tecnici, tutti coloro che professionalmente indossano giacchi di pelle. Mille uomini tutti eguali, con la divisa piú moderna, piú genialmente moderna che possa concepirsi. Basco d'incerato nero, giacco di pelle nera, cavallerizze di panno grigio e gambali neri.

Johnny entrò nel forno, ricevette la sua pagnotta croccante, cosí squisita e basale che ogni companatico l'avrebbe sciupata; ma stavolta non si fermò a mangiarla con le spalle addossate alla parete calda del forno. Mordicchiandola, andò lentamente alla spianata della specola, gli occhi affondati nei vapori delle vallette e delle forre, dove poco prima la nebbia era stata piú densa, ferma, otturante; ora ogni cavità ed anfratto pareva stesse liberandosi, come un orecchio, del tampone di bambagia. Sedette su un masso a metà denudato, in stillante nudità, dalla neve sgelata e pensò alla primavera in viaggio, alla gelida acqua del disgelo alta un palmo e torrentizia sui sentieri, la bianca passiva intercapedine che sarebbe sparita per un maggiore, il massimo movimento di loro e dei fascisti. Dopo il trattamento della neve, la terra sarebbe stata asciutta ed elastica, piú idonea ad ospitare la grande partita. La neve, se da una parte rappresentava una sicurezza di cuscinetto, dall'altra significava, comportava la piú orrida, la piú ferma delle morti, quando le circostanze, la fortuna avesse portato all'annullamento del cuscinetto. Johnny non poteva scacciarsi dalla mente il racconto del Biondo della morte del primo caduto della brigata, trampling in un campo di neve vergine, andato inconsapevolmente incontro a fascisti e tedeschi marcianti su strada spalata. Vi si era trovato come un alato nel miele, cosí sicura preda che quelli avevano addirittura esagerato nello sbagliar mira, lo colsero quando furono stufi del gioco, il suo sangue rosso sulla neve era vistoso, quasi artificiale come la granatina che imbibe il ghiaccio pesto.

Due, tre raffiche di mitragliatrice suonarono a valle, a giudizio acustico due versanti avanti. Il crepitio era delizioso all'origine, ma come l'aperto spazio ne sollevava l'eco alle creste, al paese e sopra ed oltre, il rumore si faceva stracciante e dirompente, tigresco. Erano finalmente i fascisti:

era già tanto sentirli, anche se il miglior rimedio all'orgasmo sarebbe stato vederli. – A che sparano? – domandò Johnny accorrendo presso il Biondo, erto come una stele nell'onda dei partigiani avvolgenti. Essi erano i soli partigiani in un vasto raggio: a chi mai sparavano? Némega disse, plausibilmente, che sparavano a borghesi, fuggenti allo scoperto da quella imprevista, mattiniera incursione. Le mitragliatrici lontane e basse went out again, nei vapori sfilacciati. Némega aveva interpretato giusto: uomini, uomini raided l'ultimo versante, borghesi ammantellati, in fuga. Ma fuggivano sulla dorsale di Monesiglio, cosicché nessuno sarebbe arrivato fin lassú a chiarire, a dettagliare.

Fu formata una colonna di quaranta uomini, con tutte le armi individuali disponibili, piú la mitragliatrice, che stavolta avrebbe necessariamente cantato. La portava, in un sol pezzo, Pinco, un gigante di essa infantilmente geloso, pur se il suo rapporto con l'arma si limitava al solo erculeo trasporto. Il Biondo l'avrebbe maneggiata sul campo, nella devota, passiva vicinanza di Pinco.

Johnny, scendendo per il sentiero sgelato, notò che, salvo occultamenti, la mitragliatrice aveva otto piastre, e non tutte colme. Le mitragliatrici fasciste crepitavano laggiú, con una frequenza breve, con un certo tono dimostrativo, che comprovava però un munizionamento abbondante.

Johnny fremette, nella viscida e diaccia stretta alla caviglia dell'acqua torrentizia del disgelo. Come il pendio era troppo ripido e traditore per la discesa lineare, scendevano in serpentina, cosí Johnny aveva sott'occhio di volta in volta una spira del serpente partigiano. Scendevano calmi e legati, parevano unicamente pensosi di non scivolare per metri nel fango del disgelo, la relativa distanza dal campo consentiva loro di portare le armi ancora disinvoltamente, le portavano, cosí lente e a tracolla, come chitarre. I piú erano a testa nuda, pochi in basco, un paio in passamontagna. I fascisti dovevano calcare elmetti, li calcavano certamente: ed ecco che a Johnny, nei preliminari della battaglia, essa si configurava come lo scontro tra gli elmetti e le teste nude. Ora Johnny scendeva, malinconico e calmo, posando come meglio poteva i piedi che lo portavano dalla terra di nessuno alla terra infuocata sotto la neve. Attraversarono un castagneto, esso non offriva la minima sensazione di riparo od occultamento. Giusto fuori del bosco, nella sua truce nudità come un magazzino di forche, un borghese fuggente, basso e contratto come una lepre, scattò la testa giusto per vedersi la colonna partigiana istantanea ed imposing come un'apparizione, deviò in corsa con un gemito di paura totale, indiscriminante, cieco alla mano alzata del Biondo per fermata e conferenza.

Le mitragliatrici tacevano, scoccava solo piú qualche moschettata, sporadica e svirulentata, come tiri di prova. I partigiani risalivano ora l'ultimo versante, guardandolo benevoli e confidenti, quasi a propiziarsi la sua terra, e i suoi appigli e coperture. Nessuno parlava, pur se la bocca di tutti tremava per il bisogno di parlare, nella necessità di articolare almeno una celia. Talvolta, senza perdere il passo, il Biondo si voltava, con una tranquillità ferma, quasi dolorosa. Era cosí paradigmaticamente il capo sognato, che c'era quasi da temere fosse soltanto e proprio un sogno, che dovesse necessariamente, clamorosamente fallire alla prova dei fatti. Era troppo bello un capo come il Biondo alla perfetta altezza della fiducia che ispirava.

Furono a cavallo dell'ultimo versante, a un cenno del Biondo vi si stesero a scacchiera, la mitragliatrice nel centro, parente piú un palladio che un'arma. Johnny e Tito si stesero fianco a fianco, in un riquadro fra due tronchi, sgombro di neve, sentirono il terreno soffice e dolce, senza troppa cedevolezza, il terreno ideale per stendercisi a un primo dialogo con la terra di primavera. Un partigiano corse avanti a loro, a distendersi a vertice del triangolo, Tito lo cacciò via con un insulto sibilato, quello si spostò sui gomiti, rivoltando il viso infantilmente imbronciato, dove il broncio cancellava l'orgasmo. I fascisti moschettavano, invisibili. Tuttavia parve a Johnny infine che una certa loro pallottola non fosse proprio senza meta, all'ultimo hissing gli parve diretta a lui, abbatté la faccia sulla terra, poi si risollevò, disagiato, con Tito. Questi considerava l'invisibilità avanti a lui con occhi e labbra stretti, la preoccupazione conferiva alla sua faccia lombrosiana una concentrazione, una serratezza precrimine.

I fascisti ora erano piú vicini, forse occultati dalle macchie sempreverdi e dalle case, dovevano vagolare per le aje interne. Questa constatata vicinanza dava a Johnny un repellente senso d'intimità, da risolversi soltanto con l'aperto fuoco.

Si scopersero fatalmente: le loro punte di sicurezza s'inquadrarono nelle radure, libere, sfrenate, incuranti, gli elmetti estremamente sun-catching. Tutta la linea partigiana sparò, anche Johnny, e quasi alla cieca, senza volontà di colpire, solo come per squarciare quella sospesa atmosfera di miraggio. Le pattuglie ruzzolarono indenni nel boschivo, e il grande fuoco cominciò.

Le raffiche delle invisibili mitragliatrici crepevano alte nei rami. Johnny si voltò su un fianco e attese, calmo e disposto: dopo quel primo colpo precipitoso, avrebbe sparato soltanto a vista, con garanzia. Non vedeva nessuno, a chi sparavano i compagni? Anche Tito esaminava lateralmente lá firing line come a scoprire ed impossessarsi del segreto dell'indirizzo. Del resto il fuoco partigiano era estremamente magro, e al centro il Biondo pareva sul punto di sospenderlo. I fascisti sparavano grasso, da facoltosi, persuasi di prevalere col puro volume di fuoco, il loro tiro era molto compatto, sempre alto, ma eccellentemente diretto in settore. Le mitragliatrici cantavano a gola spiegata, ma non impressionavano troppo, con quella loro aria di mirare a tutti, di non voler colpire nessuno se non tutti. Agonizing erano invece le moschettate, con la loro aria tesa e ghignante, better knowing, di voler colpire te, proprio e soltanto te.

Al campanile del villaggio prossimo batterono le ore, le undici, col tocco di sempre. Johnny era invecchiato, spossato come da quell'unico colpo sparato, l'umidità stava invadendogli il corpo come un cancro. Poi s'annoiò, lo fastidiò persino l'intensità eccessiva, meniale, con cui Tito insisteva a sorvegliare il quadrante sinistro del bosco dirimpetto.

Poi, nel bruente silenzio, i fascisti si rivisibilizzarono. Si accostavano, per lo schiacciante contatto, volavano i tratti scoperti come lucertole muretti tra uomini sparsi seduti. Il grigioverde delle loro uniformi attirava il fuoco come nessun altro colore di guerra, nel bosco tettante i loro elmetti s'erano opacizzati in un'alustreness lagrimante come. Johnny si sistemò a sparare agli scoperti, ai balzanti, ma dopo che due suoi spari staffilarono l'innocente terra, dietro il mimetico fantasma d'un nemico leaping, cessò, si fissò nell'attesa estenuante del colpo sicuro. Era spossante, come astenersi sempre dal gioco alla roulette indefessamente rotante... Tito non aveva ancora sparato. Quando poi sparò, lo fece con un sussulto ed una precipitazione che congelarono il sangue a Johnny, come se non gli fosse lasciato il tempo che di constatare la propria morte. Invece ebbe tempo, tutto un lussuoso, quasi voluttuoso tempo, per l'en plein. Il ragazzo danzava a trenta metri, accecato dal suo stesso coraggio: magro ed elastico, inebriato del suo coraggio, della sua astuzia bellica e della natura boschiva. Johnny gli sparò senza affanno, senza ferocia, ed il ragazzo cadde, lentamente, cosí come Johnny lentamente si aderse sui gomiti, nell'ascensionale sospensione davanti al suo primo morto. Stranito ed invasato, testa e petto scoperto, seguiva l'ultimo spiralarsi dell'ucciso sull'erba acquosa. Andò giú di schianto, bruising il naso nella terra, sotto il tiro d'un fucile automatico, furente e sistematico, quasi «pensante» di farcela ad estrarlo dalla coprente terra ed innalzarlo nella nuda aria a bersaglio sicuro. Giacque, con nelle orecchie il trac del moschetto di Tito e la grande ouverture della mitragliatrice del Biondo, e tutta addosso la congelante certezza che la sua capigliatura fosse spartita in due dal solco ustorio del millimetrico secondo colpo dell'automatico. Ma la sua mano tremò e non arrivò alla verifica.

Poi piombò in una sorta di torpore, nel quale gli spari echeggiavano touffus e bambagiosi; si riscosse dal torpore per ricalarsi in una vera e propria noia. Si sarebbe persino deciso ad accendersi la sigaretta, non fosse stato che gli sarebbe costato un movimento che avrebbe violato per un momento la sua perfetta, dolce aderenza alla terra. Guardò il suo resto di munizioni, come un qualcosa di assolutamente inesauribile. Poi si riscosse: continuavano le bordate dei fascisti, ma alte ed innocue, eppure compatte, calcolate, puntuali e come meccaniche, come svincolate non da uno stuolo d'uomini, ma da un unico grosso meccanismo graduato sul tempo d'emissione. Ed i fascisti non erano piú visibili, come piombati in una improvvisa fonda trincea.

Di colpo, dal centro, il Biondo azionò la mitragliatrice, liberando una raffica cosí rabbiosa, frenetica e disperata che anche Johnny e Tito nella loro lontananza compresero che aveva dato fondo all'ultima piastra. Il Biondo era scivolato via dall'impugnatura, le si accostava Pinco, gigantesco al punto d'apparire eretto benché carponi, e il Biondo fischiava qualcosa all'orecchio degli uomini al centro. Si capí che si toglieva il contatto, e la cosa sollevò Johnny e l'atterrí: sarebbe stato il momento peggiore se i fascisti avessero guadagnato lo spazio tra i due versanti. Johnny si voltò a esaminare la terra da superare, con una sorta di disperazione: era in parte chiazzata di neve e per il resto scivolosa a vista. Gli uomini scrambled to feet come sopra un terreno elettrizzato, sparando uno sguardo frenetico al fronte fascista, l'apparizione d'un elmetto non piú bersaglio, ma tromba di fuga. Ma non fungarono elmetti, quindi gli uomini scattinavano ancora e soltanto sul terreno magnetizzato. Il Biondo s'agitava dietro la linea già infranta, già eretta, del centro. Tito frissonnava in eccitazione ed angoscia. Johnny si concentrò a riguardare avanti, guardò giú dove il suo uomo era caduto, non era piú visibile. I fascisti ancora invisibili sparavano, forte e noiosamente.

Il Biondo ora stava facendo segni di ritirata alle ali, la sua maschera s'indurí alla disattenzione dei laterali, si eresse in tutta la persona per rendere piú esecutivo e lampante il gesto. Poi il centro scattò in ritirata, gli uomini appena incurvati per non ridurre la falcata sulla terra scivolosa, verso l'interminabile, scoperta mammella del secondo versante. Qualcuno era già caduto, istintivamente lo si credeva sotto il fuoco dei fascisti, ma era soltanto scivolato, eccolo rialzarsi chiazzato di mota, brancicando all'arma recuperata. Il tiro dei fascisti continuava alto, ma alle falde del mammellone sarebbe stato esattissimo: quando il Biondo con uno scarto a destra ed uno strido come di falco deviò e si trascinò tutti gli uomini a destra, lontano dal pendio, verso un rittano che s'apriva accogliente e sicuro come un rifugio. Il cuore di Johnny cantò e rise, il cuore di tutti fece cosí mentre si infilavano nel canyon, lasciandosi lietamente inghiottire. Era un inferno di fango, lezzava di foglie marcite, la vegetazione curva su di esso a mascherarlo come un aborto di natura grondava orribilmente, ma era la salvezza grata. Johnny sostò un attimo allo stipite del rittano, e guardò ai luoghi di prima. Vi fiorivano gli elmetti fascisti, come una fungaia spontanea e stereoscopica, gaping e tesi verso il mammellone deserto, irridente. Poi si orientarono al punto giusto, ma si trattennero alla vista dell'orrida e misteriosa bocca del canyon. Vi puntarono i fucili, aspettando che dietro di loro si ingrossassero i camerati. Allora Johnny swilled in, corse tutto il rittano, godendo allo stillicidio, violentando il fango, e si ricongiunse con quelli che già salivano al coperto del mammellone, tranquilli, misurando i passi per non scivolare. Piú sú l'ascesa peggiorava, scivolare significa una perdita di decine di passi, ma rimediarono slanciandosi e aggrappandosi ai pali terminali di una vasta e povera vigna. Ogni qualvolta l'erta si insellava, avevano un glimpse dello spiazzo tra i due versanti, sciamato di fascisti, nanizzati dalla distanza, ridicolizzati da quel loro scattinare senza meta sulla terra scivolosa. Da una superiore selletta Johnny osservò che i fascisti riprendevano posizione, distanze e precauzioni, dovevano essere ufficiali quelli che serpeggiavano tra la massa ora immota e sospesa, ufficiali che prendevano in considerazione il ritorno dei partigiani. Erano un duecento, picchiettavano, ora fissamente, il grande spiano, e, sebbene fosse meriggio, apparivano cellofanati da una luce crepuscolare. Ora venivano in vista anche i loro camions, su un tratto di stradina perlacea, manovravano con una certa qual rassegnazione e stanchezza.

Johnny spallò meglio il suo fucile, trattandolo con una

sorta d'affetto e ricevendone in compenso un certo qual tocco e soffusione di animale calore. Gli altri s'erano fermati nella immensa aia d'un piccolo, povero casale, gli abitatori occhieggianti dalle microscopiche finestre, lasciando tutto il loro spazio ed avere ai partigiani che avevano fatto la battaglia coi fascisti, senza averne la peggio, anzi... L'aia era aperta sull'infinito, come sorgesse su una vetta tronca: gli uomini vi stavano silenziosi, pacati, a sé stanti. I piú facevano pazientemente la coda al pozzo, per bere acqua ghiacciata in quella temperatura amorfa, il cigolio della catena era un rumore di pace. Altri passeggiavano raccoltamente l'aia carreggiata, con teste suggestivamente basse, altri sedevano sul muretto o su lastroni, esaminando o curando qualcuno dei loro arti.

Johnny s'inoltrò nell'aia, felice ed ansioso di mischiarsi agli uomini, a tutti, senza piú l'istinto necessario di individuar Tito e di stargli attaccato. Tito era nel bel centro dell'aia, col fucile a lato, stava ripristinando meticolosamente le sue calzettone e cavallerizze. Come vide Johnny, gli strizzò l'occhio, senza allegria, ma con profondità, ma Johnny non gli andò vicino, ognuno di quegli uomini, anche il piú imbestiato, gli appariva un Tito, e piú un fratello. Per l'umidità della terra di scontro, molti tossivano, tutti di quando in quando si schiarivano la gola, e la carrucola del pozzo cigolava. Il cuore di Johnny s'apriva e scioglieva, girò tutta l'aia apposta per farsi partecipe e sciente d'ogni uomo. Erano gli uomini che avevano combattuto con lui, che stavano dalla sua parte anziché all'opposta. E lui era uno di loro, gli si era completamente liquefatto dentro il senso umiliante dello stacco di classe. Egli era come loro, bello come loro se erano belli, brutto come loro, se brutti. Avevano combattuto con lui, erano nati e vissuti, ognuno con la sua origine, giochi, lavori, vizi, solitudine e sviamenti, per trovarsi insieme a quella battaglia.

Il tenente Biondo era leggermente seduto, le sue gambe cavalline molto divaricate, sul tratto dominante del muretto, fisso lazily al lontanissimo, melting spiazzo dove i fascisti stavano lentamente evacuando. Ora guardava accoratamente ad una sigaretta che per esser stata tenuta in battaglia nella tasca dei calzoni era tutta distorta e perdeva tabacco da piú strappi. Johnny gli passò una delle sue, soltanto appiattite. Poi subitamente gli si riallontanò, per non parlargli. Gli avrebbe detto: – Tu sei solo un sergente, tenente Biondo. Ma hai comandato splendidamente. Eppure non potevamo pretendere che tu fossi un vero capo. Gente sola, e giovane e malmessa come noi poteva bastarle che tu fossi il capo nel senso di dare il segnale dell'inizio della battaglia. Ma tu, sergente, sei un vero capo. Hai comandato magistralmente.

Posò il moschetto e si sedette su un tratto libero del muretto, altissimo. La stanchezza l'aggredí, subdola e dolce, e poi una rigidità. Poi nella sua spina dorsale si spiralò, lunga e lenta, l'onda della paura della battaglia ripensata. Anche agli altri doveva succedere lo stesso, perché tutti erano un po' chini, e assorti, come a seguire quella stessa onda nella loro spina dorsale. Una battaglia è una cosa terribile, dopo ti fa dire, come a certe puerpere primipare: mai piú, non mai piú. Un'esperienza terribile, bastante, da non potersi ripetere, e ti dà insieme l'umiliante persuasione di aver già fatto troppo, tutta la tua parte con una battaglia. Eppure Johnny sapeva che sarebbe rimasto, a fare tutte le battaglie destinate, imposte dai partigiani o dai fascisti, e *sentiva* che si sarebbero ancora combattute battaglie, di quella medesima ancora guerra, quando egli e il Biondo e Tito e tutti gli uomini sull'aia (ed ora gli apparivano numerosi, un'armata) sarebbero stati sottoterra, messi da una battaglia al coperto da ogni piú battaglia.

Gli uomini erano cosí immoti ed assorti, cosí statuari pur con quella percorrenza dentro, che i figli del contadino entrarono fra loro, taciti e haunted, come in un museo.

10

Un informatore riferí che la privativa di Marsaglia aveva ricevuto il rifornimento di tabacco e venne formata la squadra di prelievo. Era una comandata molto ambita perché oltre agli incerti del prelievo personale rappresentava un'evasione piacevole, nel coma dell'inverno, per un lungo tratto sgelato e snevato, a differenza dell'altra parte a tramontana, ancora tutta ricolma di neve. Marsaglia distava due ciglioni da Mombarcaro, due versanti bagnati di sole, fra un mosaico di spazi nevati che davano il thrill della navigazione in arcipelago, e col suo medioevale castello, e gli spalti alberati e la sua generale apparenza murata nell'evo di mezzo dava l'impressione di un paesaggio alla Salvator Rosa paradossalmente nordico. L'aria era sottile e fredda, sportivamente fredda.

Con Johnny, con un certo intimo empito di primaverilità fisiologica, uscirono Tito, Geo, d'aspetto tbc, ed un partigiano dei nuovi, un povero prodotto d'ibrido ligure-piemontese, antipatico e sprezzabile a prima vista. All'arruolamento aveva proposto il nome di battaglia di Stalin, ma Némega gliel'aveva bocciato con un'austera impetuosità, quasi a prevenire una desecrazione. Allora era ripiegato su Fred, e il nome Fred lo portava ricamato su un suo fazzolettone rosso, ad opera di qualche noleggiata o lusingata ragazza delle colline.

All'atto della partenza, Geo piantò la grana dell'arma. Disse forte che una squadra del genere doveva aver l'automatica, che era ora che il casalingo maresciallo Mario mettesse a disposizione il suo sten, nessuno in coscienza poteva piú stress on the personality of weapons. Johnny e Tito, già avviati in testa, dovettero sostare e poi ritornare in centro, perché la disputa s'era ingrossata ed i partigiani parteggiavano chi per Mario e chi per Geo. Mario, stung, diceva forte che si trattava d'una missione da ridere, una «spesa» da attendenti, ed una richiesta del genere per una missione del genere doveva necessariamente mascherare qualche illiceità. Il Biondo parteggiò per Geo, al clamore intervenne Némega e fu in forse per il maresciallo. Allora il Biondo offrí il suo mitra, ma nessuno poteva accettare il mitra del Biondo, come disse Polo era come farsi prestar la penna da Dante Alighieri, e allora Némega persuase Mario e lo sten passò da questi, infantilmente imbronciato, a Geo, altissimo ed esteticamente scheletrico, coi pomelli arrossati, nella sua inesorabile marcia a divenire il sosia perfetto di John Carradine.

Johnny e Tito goggled e ripartirono. Marciavano leisurely ma strongly, Tito il primo, con una cert'aria d'ebreuccio di ghetto polacco per via del cappotto d'agnello invernale che botolava il suo corpo minuto. Geo seguiva con un irrimediabile broncio, broncio a Mario, a se stesso, ed anche all'arma, che, ora che gli pendeva al braccio, non gli pareva superiore ad un modesto moschetto. Fred veniva ultimo, sguazzando orribilmente nei punti disgelati, per i suoi schizzi getting duramente rampognato dai primi. Johnny camminava, gli occhi fissi alla geniale silhouette di Tito, umoristizzata dal cappottone di pelo, ma in realtà chiuso, assediato nella sua mente. Pensava a se stesso, al suo grado di sopravvivenza intellettuale, gli parve di pencolare su un abisso quando, ad un test, constatò di non ricordare nulla degli aoristi. – Tutto questo finirà, ed io dovrò rimettermi da capo col greco, non potrò mai fare a meno del greco per tutta la vita... – La cosa era orribilmente noiosa, da sentirne fin d'ora la nausea della lontana fatica. Forse era meglio morire nei partigiani: incredibile, si trattava di una vera e propria sistemazione borghese. – Tutto questo finirà... – ed allora decise di goderne, di quel marciare, nell'aria algida, con un'arma al braccio, in quel sole vittorioso, verso il delizioso paese del prelievo tabacchi. E si trovò a recitare: – Nun au deur'icomen... – a voce involontariamente intellegibile, sicché Tito si voltò intrigato e interessato, fu delizioso l'incrociarsi delle sue ciglia delinquenziali, e rivoltandosi avanti affondò nella neve inavvistata.

Davanti all'ultimo versante, in un fondale d'alberi spogli, Geo disse di non resistere alla tentazione di provar l'automatica: capivano? non aveva mai fatto una raffica! Johnny osservò che significava allarmare inutilmente la gente di Marsaglia, costringere gli uomini a intanarsi in gelide buche o correre per la vita su nudi ciglioni nella luce cruda. – Che ce ne frega di loro? – disse Fred, contagiato dalla tentazione di Geo. Tito osservò che poi avrebbe dovuto render conto a Mario dei colpi mancanti. – Io vado in c... al maresciallo. E che siamo ancora nell'esercito? Del resto non ne farò partire piú d'un paio... – E apprestava l'arma, ma con un ritegno sprezzante. – Tu non hai mai fatto una raffica. E credi di saperla dosare, la prima che fai? Ti parte mezzo caricatore prima che te ne accorgi... – Ma in quel momento Geo premette, furono sei-sette colpi, agli intatti tronchi. Fu come se tutto il mondo ne fosse violato, loro quattro ristettero in punta di piedi e a respiro sospeso, come davanti a un miracolo avvenuto e già svanito, per la testimonianza dei credenti, poi Tito crollò la testa e diede via a tutto il fiato rattenuto. Si rincamminarono, Geo già domandando che cosa avrebbe detto a Mario, pregava implicitamente che si scervellassero a escogitargli un motivo di fuoco...

La raffica, una earl raffica, una prince raffica, esplose da dietro la propaggine del castello. Tito cadde fulminato, col fucile imbracciato, fu forse quel ferro-ligneo supporto a farlo cadere giú cosí interito, come un palo. Johnny seguí il suo crollo con attenzione, mentre la scia della raffica fluttered il suo vestito. Poi allungò gli occhi al muro antico, donde emergevano eretti, lenti, masterful i fascisti rispianando i fucili, ma con estrema lentezza e nonchalance. Geo marciava loro incontro, come ipnotizzato, o in marcia cerimoniale, porgendo la sua arma tolta a prestito. Bisognava resistere strenuamente al contagio di quella marcia cerimoniale di resa, era ipnotizzante almeno quanto la stesa massiva di Tito. Nello sciame della moschetteria, che partiva dal muro con un flopping paradossale, di suono innocuo, e lacerava ferocemente l'aria, coi tiratori fascisti muoventisi ora fuori dal muro ma come con piedi zavorrati, Johnny sentí tutto il suo sangue nel cervello, come un frenetico impulso alla salvezza. Sparò alla cieca nel muro e ruotò indietro. Cozzò in pieno nell'illeso ed incantato Fred, entrambi caddero di schianto. Johnny non si rialzò, rotolò indietro, con una lentezza millesimale sulla terra collosa, ad ogni rotazione vedeva nebulosamente un minimo rilievo a cinque, otto passi, una corrugazione della terra. Ma non ci giungeva mai a quel ritmo di rotazione, e quando nel rotolare sapeva di presentar la faccia al fronte dei fascisti, allora serrava gli occhi per non vedersi un fascista sopra a lui, ghignante a quel suo endeavour. La terra intorno a lui esplodeva con un flopping dolce, ma vicino e frequente. Non si sentiva voce né urlo, Geo s'era forse già arreso, senza rumore, tutto era avvenuto con una muta procedura...

Era sulla corrugazione, vi si inerpicò di traverso, convinto di sbalzar giú d'un palmo, a coprirsi d'una minima parte. E invece cadde dolorosamente d'un metro: era una specie di scasso a levante, diminuito da un sottile cuscino di neve. Le pallottole thudded nella fronte della corrugazione, con un flop acqueo. Allora Johnny scattò sui gomiti verso destra, verso la visibile confluenza col rittano. Qualcuno lo inseguiva, ma non ebbe bisogno di voltarsi, era Fred, certamente Fred. I fascisti non s'erano fatti avanti per la cattura o per una piú prossima irrorazione di morte, sparavano da fermi, con un orgasmo eppure un disimpegno come da tiratore a bersaglio mobile in fiera. Ora sparavano all'anticipo, fissi o fidenti al traguardo ultimo: colpirli all'uscita di scena, alla bocca del rittano.

Le scarpe di Johnny tonnelleggiavano per il fango, rallentò mentre nella intollerabile fatica del cambio velocità le ginocchia gli si scioglievano. E Fred gli cozzò dietro ciecamente, Johnny gridò, poi si tuffarono nel rittano, come da un trampolino di pallottole.

Vi scorreva la mortale acqua del disgelo, li morse ai polpacci e li bloccò subito. Si volse a veder Fred, gli ansava nel collo ed aveva tutta la bocca fugacemente guarnita di vomito giallo. Udirono scoppiare distante un rumorino bisbetico e petulante. Il rittano dava per una selletta sulla strada che da Marsaglia scende alla pianura. Ecco la fonte del rumore: una rudimentale, artigianale autoblido scendeva lentissima, come per i fatti suoi di pace, ma alla torretta era legato Geo, coi piedi in aria e la testa in giú, i suoi capellacci a spazzolare l'avantreno opaco.

La ramaglia scarnificata non saltava piú... Johnny e Fred si sollevarono e marciarono su per l'acqua diaccia e come anicizzata, su verso dove il rittano s'approfondiva e l'acqua s'approfondiva in un gorgo nel tufo. Erano riestenuati, sedettero sul tufo emergente, con l'acqua alle ginocchia, guardando di sbieco al ciglione deserto. Fred voleva dirgli qualcosa, but he only grimaced... Nessuna voce umana, ma l'erba ed i rami parlavano, sotto mani e sotto piedi... avanzanti... Meglio era morire come Tito, al suo tempo e nel suo luogo, col terrore cosí repentino e breve da annullare quasi la terribilità del piombo penetrante. Stava cosí invidiando Tito, quando dovette alzare gli occhi al ciglione, dov'era erettasi l'ombra dell'ombra dei fascisti. Una voce, distante e altissima, pareva rampognarli, aizzarli, ora... Tra i rami colpiva sopratutto e soltanto la materia verde lustra dei loro elmetti, speciosa e ributtante come un consolidato manto d'insettacci, e un sommesso, quasi giocoso borbottio di ricercanti voci emiliane.

Johnny posò gli occhi sul fianco di Fred, che doveva apparire ai fascisti cosí massicciamente perspicuo quanto a lui, esaminò la turgida carne cosí imminente al piombo facile... – They're getting to kill us in water. I'll see my own blood getting off on the tide –. Sospirò, e lentamente, tristemente alzò il moschetto verso il ciglione. Fred rivisse in quell'istante, per abbattergli una mano sulla canna e mandargliela giú, con la canna umiliata nell'acqua. Si accese di furore per Fred, ma cessò, perché con la coda dell'occhio vide i fascisti proseguire a monte, gli scorgeva le mezze gambe fasciate delle vecchie luride fasce dell'esercito, le scarpe zavorrate pestanti a monte senza piú tanto incentivo... Johnny gaped per la meraviglia dell'invisibilità e per vomitare il cuore che gli urgeva in bocca. Fred incrociò le braccia sul petto, solamente.

Ma poi capirono che s'erano arrestati cinquanta passi a monte ed ora retrocedevano. Scendevano, molto intervallati, ed ognuno al suo turno lanciava una bomba a mano, tedesca nella sua ombra. Johnny avvistò la prima, che volò lenta nel vuoto del rittano ed esplose nel mezzo, a trenta metri da loro. La seconda, la terza, si avvicinavano: allora Fred mugolò prima e poi spalancò la bocca per urlare a perdifiato. Johnny gliela tappò e per sicurezza lo incurvò nell'acqua, gliel'immerse fino al collo, Fred urlò nell'acqua perché essa ribollí tutta. Poi Fred si sdraiò tutto nell'acqua, ma il suo grosso sedere emergeva per fetta, isolare, cospicuo e buffo. Un'altra granata scoppiò a dieci metri sopra, ferendo Johnny con scheggioni di tufo. Si limitò a rilassarsi contro la parete del rittano, era la piú esposta delle posizioni, ma non poteva rannicchiarsi animalescamente, e tanto non c'era piú scampo alcuno. Ricevette sulla guancia sinistra il grand slam dell'ultima bomba a monte, ma era pura aria virulentata dallo spostamento. La prossima era la buona, la storica,... ma esplose troppo a valle, morse basso il tronco d'un pioppo; Johnny stared al dilaniamento.

La morte sarebbe dunque venuta dal secondo passaggio sulla ripa opposta, ma non accadde. Si sentí poco dopo un vocio confuso, fuori servizio, dei fascisti che sgambavano verso il pianoro dove Tito giaceva, voci di riposo, ungrudging, pareva, all'insuccesso.

Fred lo guardava, nell'ipotenusa delle spalle presentando la sua faccia smagrita in un attimo, grondante d'acqua gelida, le labbra bianche e le pupille scolorite. Johnny volle sorridergli, tentò, ma niente piú di se stesso gli obbediva. Fred usciva dall'acqua gattoni, nuotando verso il suo fucile lordo di fango, fissandolo con occhi scettici, eppure come se fosse un traguardo. Johnny gli vedeva, oltre il vestito lordo, il corpo violentato dallo spasimo e dal terrore, infinitamente piú miserabile e lurido del vestito. Ed egli era come Fred, identico.

Se ne andarono, col fucile per la tracolla, strusciando nell'acqua, instabili, gli occhi bassi e unvedenti, frissonnant orribilmente. Johnny tentava da minuti di formare un sorriso dedicato a se stesso, da minuti Fred torceva, violentava la bocca per costringerla all'oralità.

Riuscirono alle falde d'una grande collina, rasa ed asciutta, spenta di colore, sembrante a Johnny, credulo, una sollevata distesa d'asfodeli. Ma erano vivi. Correva, quasi aderendo al nudo, soffice pendio, un'aria sabbatica, cui aggiungeva restfulness il lontanante scoppiettio dei motori fascisti. Andavano a gambe abbandonate, su quella terra di pace, dimentichi di tutto, incoscienti a tutto fuorché alla sorda fatica che i loro corpi facevano per rinormalizzarsi del tutto. Finché Fred con un mugolio si rovesciò per terra, vi si avvoltolò e rivoltolò tutto, a lungo, come un epilettico attivo. Johnny stette appoggiato al moschetto come a un bastone da pastore a guardar Fred come un cane che di se stesso staffila la terra, folle di gioia di vivere o per le pulci. Poi Fred, sempre rotolandosi, pianse liberamente e sonoramente, da destare gli echi della collina. E allora Johnny si ricordò di Tito, e lo pensò, ma come un morto morto secoli fa. Fred intanto aveva ripreso la articolata favella, dopo la reazione, e lamentava Tito, in modo sconnesso, babbling e lancinante.

Puntavano, ma inconsapevoli, a un casale, a mezza costa della potente collina, nascosta fin quasi all'arrivo dal forte bastione che ne terrazzava l'aia. Fin dalle prime fucilate, gli abitatori avevano spiato per tutta la terra speculabile, e solo ora, coi partigiani ben visibili e riconoscibili, levavano la testa dal ciglio del bastione. E vennero loro incontro, ma rigidi e seri, sull'aia fangosa. Children with them.

Nulla fu mai piú per Johnny altrettanto interrogativo che quel loro interito silenzio, coi bimbi appesi ai calzoni. Fred cominciò: – Hanno ammazzato il nostro compagno, e preso un altro. Il nostro compagno Tito è morto. Tito è morto –. E come quelli chiedevano dove e come, allora anche Johnny ci si mise, e disse l'imboscata, e con un gesto infantile, proprio dei bambini richiesti di una adulta spiegazione, tendeva la mano verso la lontana, obnubilantesi piana al di là del truce ridge, e là i contadini indirizzavano lo sguardo, ma con l'agghiacciamento nelle loro pupille d'una già avverata scoperta. Nulla era visibile, soltanto immobilità e precoce foschia. Johnny si sorprese a dire le stesse parole di Fred, col medesimo tono: – Hanno ammazzato un nostro compagno, e preso un altro. Il nostro compagno Tito è morto. Tito è morto –. Allora una vecchia si enucleò dal muro dei suoi figli e generi, spostandosi un lattante nipote da uno all'altro seno con un'antica destrezza, e disse: – Ed io che ho un figlio disperso in Russia! Fred, allargò le braccia a croce nel vuoto cielo, e disse: – Ringraziate che sia in Russia. Vedete che cosa capita a noi che siamo in Italia.

I bambini, con amorfe facce, penduli dai calzoni paterni come da un'instabile carrucola, sventavano ogni tanto le gambette a riacquistar l'equilibrio.

Johnny si sentiva una subdola, lunga corrente nella spina dorsale, tal quale dopo la battaglia, ma infinitamente piú subdola e lunga. Tremenda era l'aperta battaglia, ma infinitamente di piú l'imboscata. Il suo cervello balbutiva: – I'll get out of this all. I can't abide it. I won't never again go through this all. I've had really too much of this all... – Cosí, per non far la figura dell'epilettico davanti a quei contadini straordinariamente intenti e concentrati, Johnny si risollevò con un feroce scossone e comandò a Fred di seguirlo, verso casa, senza Tito né Geo. Erano sí e no le due dopo mezzogiorno ed essi groped nell'imbrunire, nella nausea del terrore. In un attimo in cui perse il passo ne fu sopravanzato, Johnny vide che Fred aveva un calzone dietro sforbiciato da una pallottola, e la lacerazione mostrava a nudo le sue mutande di spessa lana, d'un incredibile color vinaccia.

L'autocarro attendeva bofonchiando sul vertice della discesa, la smilza squadra di recupero distribuita sul cassone, la mitragliatrice affamata sulla cabina, l'autista aspettando che il Biondo uscisse dalla casa del medico condotto.

Johnny e Fred, imbronciati convalescenti, guardavano alla scena: ne erano fuori, avevano dato al Biondo tutte le indicazioni necessarie al recupero. Finalmente il Biondo reuscí con un lenzuolo involtato, e lo seguí sulla soglia la scarsamente visibile moglie del dottore, pareva gli facesse raccomandazioni che il Biondo acknowledged con la sua asciutta urbanità. Il Biondo balzò in cabina ed il camion si avviò, in folle.

Due ore dopo, si sentí il suo ronfo alla base della collina, Johnny troncò il suo febbrile passeggio e si allineò con la gente del paese, già tutta raccolta sulla piazzetta. Most shrunk from the firstline seat, quasi tutti, approssimandosi il fragore del camion, cominciarono a soffrire, premendosi una mano sul plexus o sulla bocca, qualcuno cominciando a boccheggiare. Perché nulla vedessero, i bambini erano stati confinati nelle case, e nell'intermittenza del motore, si sentiva il rumore del loro tentar le imposte e gli usci per guadagnarsi uno spiraglio visivo sulla piazza.

Il camion veniva, affrontando l'ultima rampa con un urlo da Sisifo. Johnny guardò un'ultima volta dalla parte opposta e vide la chiesa gaping, per la sua inrinunciabile funzione. Il camion landed, gli uomini accorsero ad abbattere il spondale, e si vide quanto doveva esser veduto. Tito era chiuso nel lenzuolo – la moglie del dottore guardava con le dita alle labbra la muffa rossa fiorita sul suo bel lenzuolo matrimoniale – chiuso ermetico, come un morto in montagna o in mare. Nella portata alla chiesa il Biondo lo scappucciò, lo scoprí fino alla cintola. He sailed on front of Johnny: ci vide un sigillo di eternità, come fosse un greco ucciso dai Persiani due millenni avanti. Profonda era l'occhiaia, la pelle già ridotta a pura fremente cartilagine, sentente la brezza, e la bocca lamentava l'assenza di baci millenari. I suoi capelli assolutamente immobili e grevi, i capelli d'una statua.

Ancora non lo deposero in chiesa, sui trespoli vili, ma sul primo gradino del sagrato, ed una donna urlò: – Non lasciatelo sulla pietra, povero ragazzo! La pietra gli fa male, posa persino la testa sulla pietra. Corriamo a procurare un cuscino! – Némega e il disarmato Mario e qualcun altro lo salutarono col pugno chiuso, la maggioranza dei partigiani non mosse, il prete smosse i piedi nella navata. Da destra marciò il siciliano soldato, con un passo ritmato, processionale, reggendo nella conca delle mani due o tre pietruzze, insanguinate. – Guardatele, guardatele tutti, uomini e donne, sono i sassi bagnati dal suo sangue, – e li accostava alla rinculante linea dei civili, come reliquia, e le donne si segnavano proprio.

Il tenente Biondo dal gradino cennava alla gente di accostarsi, invano, stava inchiodata al suo posto. Allora parlò, lui che riteneva sufficiente il suo amichevole gesto, e disse con la sua voce scolastica: – Avvicinatevi, venite a vederlo il nostro Tito, vedere come l'hanno ammazzato. L'hanno ammazzato come voi i vostri conigli, – e ripeteva l'approaching wave, ma invano. Solo il medico volle andarci, ma non era in prima linea, e tentò invano di sgusciare fra il muro delle prime file, cementato, insensibilizzato dall'orrore. Sicché impiegò minuti ad aggirare la piazzetta e spuntare alla chiesa vicino a Tito. Era molto miope, e dovette quasi inginocchiarsi su di lui, pareva cercar col naso piú che col dito i varchi aperti. Fu allora che salí in cielo come un razzo un urlo che inorridí quanto Tito tutti. Era Polo, il partigiano contadino, che nel bel mezzo della piazzetta, s'era inarcato sui ginocchi, e si rimboccava le maniche e pendeva con la testa scarruffata su di un immaginario catino. – Hanno ammazzato Tito, che era il nostro compagno! Voglio lavarmi nel loro sangue. Voglio lavarmi fin qui, – e indicava i bicipiti ed ora si lavava, con orribile naturalezza.

Per l'archivio, si mosse il maresciallo Mario e, unobtrusively ma efficiently, fotografò Tito con una kodakina da bancarella. Nel buio sbadiglio della navata gleamed i paramenti del prete, shuffling his feet nearest as ever at l'uscita. Cosí Némega declinò l'invito di Mario all'orazione funebre, ed il prete uscí fuori, col fido esercito dei suoi due chierichetti, il viso distorto nel duello tra il dovere rituale ed il suo amaro risentimento. Ma subito dopo la funzione Némega fece avvolgere in una bandiera rossa la bara, procurata all'ultimo momento, del tipo comune servente per i funerali agresti, molto piú simile ad un cassettone che a una bara, con misere maniglie. Ma il prete già aveva voltato la pianeta alla sua chiesa.

– Che hai fatto? Tito non era affatto comunista, – disse Johnny a Némega, trampling insieme nel mud al cimitero. Gli si rivoltò con un bisbiglio sharp. – Non è la bandiera del suo reparto? E se alludi al pugno chiuso, non è il saluto riconosciuto del suo reparto? Sia chiaro che Tito è un morto garibaldino, è un morto comunista. La bandiera rossa avvolge legittimamente e debitamente il corpo d'un caduto comunista... – S'interruppe, perché erano ormai giunti alla freschissima fossa, sormontata a gambe larghe dall'atletico ed idiotico becchino del paese. La fine dell'accompagno era sopravvenuta fulminea, Johnny avrebbe voluto camminare all'infinito, praesente et movente cadavere.

Tito fu rapidissimamente calato e rapidamente interrato. E guardando quella tomba fresca, Johnny si disse che per quanto presto la guerra finisse, quella tomba fresca gli sarebbe sempre apparsa lontanissima, come a un altro polo. I partigiani già tornavano, con un certo grim appreciation: avevano visto il trattamento riservato; poteva andare.

Riprendere la routine, senza Tito. Guardia, mangiare, dormire, azione, stasi, senza Tito. E la prospettiva, la sicurezza di cadere, e di essere istantaneamente, automaticamente un morto comunista. Némega aveva continuato, sadically: – A guerra finita, Tito sarà un filo della grande matassa sulla bilancia italiana, dopo, che noi presenteremo al popolo, nel nostro cruento diritto al potere... – La disperazione lo cacciò là dove egli piú repugnava: si mischiò nel grosso dei partigiani nella serata all'osteria, a strati asfittici, nel loro odore ferino, missing Tito horribly. Piú tardi Némega venne a lui, percorrendo un cunicolo di corpi, imbronciato e premuroso, inevitabilmente ma schizzinosamente poggiando i gomiti sul lurido tavolo. – Sei a terra, Johnny. Ti manca Tito, ti opprime anche il fatto che tu te la sei cavata e lui no nella medesima congiuntura. Non ho mai compreso bene che punti di contatto potessi aver tu con Tito... purché tu non ne risenta troppo a lungo. Ma non succederà. Perché arriveranno dei nuovi, il capitano Zucca sta facendo un bel lavoro di propaganda e raccolta in pianura, e con la prossima primavera saliranno in tanti. E non soltanto operai e contadini; salirà pur qualcuno della tua classe, altrimenti che dobbiamo pensare del medio ceto?

– Il medio ceto, – replicò Johnny: – è già salito, si trova in quelle già famose formazioni azzurre, alle quali penso sempre e dove son destinato a finire –. Ma lo disse senza convinzione, senza puntura, opacamente despondent. Soltanto una catastrofe poteva disintegrare la Brigata Garibaldi, ma a Johnny mancava in quel momento il coraggio fisico di sopportare una catastrofe.

In quella stessa notte, ancora all'osteria, giunse notizia che Geo era stato dai fascisti fucilato in Ceva, la sera stessa del giorno di cattura, in piazza d'armi. E Johnny si domandò se l'ultimo footstanding di Geo aveva combaciato con l'ombra di una delle tante orme da Johnny lasciatevi nel vorticoso ordine chiuso.

11

Gli Alleati stavano comportandosi delusivamente intorno a Monte Cassino, e di ciò l'unico soddisfatto appariva il commissario Némega. Da mesi la radio non snocciolava altro che la incontrastata avanzata russa: la sentivano i capi, Johnny incluso per la sua riconosciuta «istruzione superiore», in casa del medico condotto, una microscopica oasi di civiltà semiurbana nell'alpestre deserto di Mombarcaro, nel tinello saturato dalla tenebra bloccosa in cui il quadrantino policromo dell'apparecchio raggiava come il presepe nella vasta notte di Betlemme. Il medico s'era deciso ad ospitarli e intrattenerli, aveva barattato il rischio d'una tale sua compromissione coi partigiani colla sua non piú sopportabile indigenza di compagnia conversazionale ad un minimo livello. Ed ora s'era affiatato al punto di polemizzare apertamente, acremente col commissario. Il dottore era anima e corpo per gli americani, sosteneva che al piú prossimo esame storico tutti gli altri belligeranti sarebbero apparsi mezze figure, – Dico e sostengo che in questo conflitto l'America sta impiegando sí e no il 50%, delle sue risorse ed energie. Immaginate da voi il giorno o l'occasione in cui l'America vi profonderà il 100%; e ciò con una rapidamente superata suspense della moglie, la quale circolava con un fruscio profumato, il piede radarico nell'intatta tenebra, a distribuir tazzine d'un decotto non zuccherato, col maresciallo Mario che la seguiva con occhi lenti-lucenti nel buio, in disperata frustrazione.

Una sera, portarono in omaggio al dottore una bottiglia

di liquore requisito, che l'anfitrione rimise immediatamente in circolazione. Fosse l'alcool, fosse il benessere del salotto od altro, Némega sbottò con l'anima e con la voce, gave vent al programma comunista. La radio appena esaurita aveva confermato l'avanzata russa e i guai alleati alla linea Gotica. – Noi speriamo molto dall'Oriente; – disse: – Tito può battere ogni record di velocità, compreso quello sognato da Von Konrad nel '18 sulla linea Venezia-Milano. Noi possiamo legittimamente sperare di liberare autonomamente l'Alta Italia e ricevere da pari a pari gli angloamericani quando abbiano varcato il Po, alla ricerca dei tedeschi, buona parte dei quali già distrutti o concentrati in campi italo-comunisti. – Si sentí il doloroso creaking della swivel-chair del dottore, e Némega protese nella iridescenza del quadrante la sua sadica faccia. Voleva, doveva andare fino in fondo. – Già il 9 settembre noi comunisti siamo partiti con un programma massimo ed un programma minimo. Il massimo consiste nella rivoluzione comunista come corollario e coronamento della lotta di liberazione. In difetto, ed ecco il programma minimo, parteciperemo coi mezzi convenzionali alla competizione per la maggioranza parlamentare. – Johnny disse: – Ecco, prego che siate costretti al programma minimo. Vi vorrò bene, e voi al programma minimo –. Stava risentendo sempre piú tutte quelle stelle rosse che, privilegio sulle prime di alcuni berretti, li costellavano ora tutti, con obbligatoria generalità, e tutti se le cucivano senza obbiezioni, ancor che senza sorriso, costituivano il piú naturale e soddisfacente contrappeso al fascio littorio! E il buffo si era che le uniche, o le maggiori fornitrici, erano le suore dei paesi viciniori, le confezionavano con una certa qual rude ed amorosa cura ed approssimazione, ed il maresciallo Mario affermava di non ardire, di non poter nemmeno pensare di poterle eludere o ritardare nel pagamento.

La brigata era adesso sul centinaio d'organico, con forse dieci elementi con esperienza militare. Talvolta, l'eco d'una fucilata, neutra, distante ed arcana, sferzava la panica stillness delle alte colline nella gestazione della primavera. I partigiani, crogiolantisi in quel primo sole ed in quell'ozio armato, scattavano la testa sempre piú pigramente alla fonte misteriosa del fragore, e Johnny smaniava di insoddisfazione e di vergogna. Nell'immensa linea della guerra mondiale egli s'era assegnato qualche metro di sterile terra d'alta collina, tutto rivolto a un branco di fascisti che potevano presumibilmente sbucare da una o due cittaducole piemontesi dislocate nel quadrante... La insostituibilità di Tito giocava certo la sua parte, ma: – Dove rimangono, che fanno quelli che mi somigliano? – chiedeva Johnny alle strade, ai sentieri di cresta precipitosi alla misteriosa not-giving pianura. Tito andò una volta a trovarlo al camposanto, una volta che non sopportò piú, ad un pitch morboso, quella comunità pigra e crogiolantesi, grim e sbavona. Ma sul tumulo proprio non gli riuscí di stabilire un benché minimo dialogo con Tito underlying, l'afferrò anzi, e per tutti quei minuti, un *giro* letterario, certo frivolo, forse sacrilego, sicuramente odiosissimo: – ... watched the moths fluttering among the heath and harebells: listened to the soft wind breathing through the grass... – Corse via, in precipite vergogna. Anche il miglioramento della natura lo pungeva ora, gli riaccendeva le esigenze del corpo. D'inverno aveva sopportato, come in una armata quaresima, ma ora tutti gli umori gli si smuovevano dentro e, non eliminandosi nella pus-eruzione della azione, lo intossicavano tutto. Ora sognava, a lungo, frivolamente ed estenuantemente. Si sognava vestito in vigogna, passeggiante, fumante, con le Mimme e le Gherit, conversando al suo meglio, facendo amore al suo piú, sentendo musica, musica anglosassone in un bel salotto, in una dolce-amara atmosfera di comfort, tutto e tutti intorno a lui nel loro keenest endeavour to civility...

Si rifece viva alla base la lontana ragazza di Carrú, con la sua vecchia infula dorata, il suo polemico passo mascolinizzato, ed i calzoni d'allora, ma usi e lisi adesso. Glanced murderously alle paesane agguattate ed esterrefatte alle loro lilliput-windows and strode into command. Ci stette tutto il pomeriggio e la notte. Venne a commentare il fatto con Johnny Regis, un operaio torinese, la cui taciturnità gnomica Johnny apprezzava abbastanza e la sua assoluta inodorità in quel mondo ferino. Regis risucchiò in dentro le sue magre labbra e scosse la testa, con una vecchiezza acuta: disse che non erano posti né tempi da donne, assolutamente non ce le vedeva, era facile profezia che sarebbe arrivato male ai partigiani che accettavano, introitavano donne. S'intromise un altro, mai visto meglio prima, con una faccia haggard and passionate, disse forte che lui era pronto a nulla spartire col comando, ma che non poteva tollerare che i capi f...essero, questo essendo l'unico caso in cui lui reclamava la sua brava parte. Ma dopo un po' la ragazza uscí, col passo di chi si avvia per un lungo viaggio, e nulla in lei tradiva l'amore – la portentosa indecifrabilità delle donne! – e passò energica, quasi rampognante, tra i puzzled partigiani.

Il mattino dopo l'autocarro era pronto sul vertice della discesa, col tenente Biondo in stivali nuovi di cuoio grasso, con la mano accelerante i suoi uomini. Johnny si fermò a distanza, aveva motilità intestinale quella mattina, la prima azione dopo e senza Tito l'atterriva, guardava agli uomini che s'inerpicavano sul mezzo come a unreliable, shruggingly-rejectable estranei. Stava per negarsi per la prima volta, per marcar visita, ma il tenente Biondo lo fissava presso il portello con le sopracciglia ricucite e la bocca triste. Johnny lo guardò come se lo vedesse tutto incanutirsi in quel punto, e mosse al camion con un passo piangente.

Il tenente lo prese con sé in cabina. E Johnny stette presto meglio: il vento della corsa, quella stessa dominante e responsabile posizione in cabina, la vicinanza muta e consapevole del Biondo rearranged his frame, poté cominciare a pensar bene anche degli invisibili uomini dietro, e alzava volentieri gli occhi quando ad ogni sbandamento in svolta scendeva dal tetto della cabina il topesco tapping del treppiede della mitragliatrice. Il Biondo era cosí calmo, fino all'assenza, cosí muto, fino all'apnea, che a Johnny nemmeno veniva di domandargli dell'azione. Ma poi gliene domandò, parendogli a quel punto innaturale o quasi criticabile non farlo. Il Biondo, sempre fisso in avanti sulla strada che sfuggiva sotto il ventre del camion come un middle-aether, disse che scendevano a Carrú: la ragazza aveva notificato il ritorno del segretario politico, a dar corpo alle sue minacce di fucilazioni, incendi e deportazioni... sapeva Johnny che i due fratelli della ragazza erano in Germania su denuncia del segretario? Dunque si andava a prelevare il segretario fascista, forse si stringeva intorno un manipolo di uomini del fascio di Cuneo. – Ah, un'azione di pulizia. – Bisogna fare anche questo, – disse il Biondo con sobrio dislike.

Al piano la neve s'era tutta sciolta, i prati smaltavano, le strade avevano un freddo nitore, tutto era percorso da una ventilazione tonica, il sole literally flapped sugli esili campanili, parlanti a Johnny di un'umanità addirittura d'un'altra glaciazione... Si assorse nel paesaggio, s'immaginò che cosa avrebbe voluto e potuto fare, e con chi, via via per quella lucida strada parallela alla bealera di visiva sorgentezza alpina, sotto quei filari di pioppi cosí argenteamente freddi e vivi, nelle piazzette caffelattose dei paesini cosí ovviamente pacifici. Il cuore gli sobbed for instance of peace, e cosí vide poco e nulla di quel che avvenne al bivio. Vide come in un sogno la aerodinamica chiazza gialla avventante da destra e, a occhi chiusi, udí il cozzo suo contro l'autocarro partigiano. Quando li riaprí, si vide parallelo al petto la canna brunita del mitra del Biondo, spianata contro il parabrezza della macchina, e sentiva già il thudding a terra degli uomini di dietro.

Johnny scese scoordinatamente a terra e rise nell'aria cristallina. I tedeschi stavano sortendo dall'ammacco, si riergevano cosí shocked che nessuno trovò di dover loro imporre il mani in alto, gli stessi partigiani fecero ressa, eccitati, e come disarmati, dalla fortuità. Tedeschi presi, e per investimento automobilistico: lo stesso Biondo, col pendulo mitra, looked helpless before the lotto-event. Uno dei tedeschi si riscosse il primo, torreggiava fra i partigiani che già gli saccheggiavano le giberne, sordo alle intimazioni d'alzare le mani, proteso infantilmente ora e lamentante con voce in falsetto verso l'interno della macchina. L'autista ed un altro soldato s'erano divincolati illesi, ma un ufficiale yet twisted at his place, pointing at his disabled leg. Non c'era verso di smuovere i tre tedeschi già fuoriesciti, apparivano del tutto nonchalant dei partigiani, avevano anzi tutta l'aria di voler assumere la direzione dell'opera di soccorso; ma ora i partigiani s'erano raffreddati e con le armi al petto li costrinsero lontano dalla macchina sconciata; e si smossero, dicendo filialmente «Herr Major!»

La mitragliatrice comandava dal principio la strada donde la chiazza gialla era saettata, nel caso fosse l'avanguardia di tutta una colonna, ma fin dal principio tutta la strada ai loro occhi wringed in its desertness. Il Biondo era corrucciatissimo. Brutto affare. Non ci voleva. Comunque vada, comunque Némega decida, li avremo presto addosso.

I tedeschi ora parevano consci dell'investimento che si era trasformato in imboscata e cattura da parte di irregolari italiani, ma i loro distanti occhi desideravano il loro maggiore, che stava giusto venendo estratto. Con bianche labbra strozzava il lamento per la frattura, lasciandone uscire appena un filo. Spasimava ed il sudor freddo nasceva dalle tempie brizzolate lento, durevole e concreto, come acini di uva torba. Fu delicatamente deposto sulla banchina erbosa, a tiny dapper man, molto inferiore alla sua gigantificante uniforme. – Sai il tedesco? – domandò l'impicciatissimo Biondo. – Nein! – snapped Johnny. Il maggiore stava parlando nella sua lingua, ma come in ipnosi, a parole lente, carrellate...

Non si poteva perdere l'appuntamento a Carrú, cosí il Biondo ordinò di capottare la macchina tedesca nel fosso, ciò che i partigiani fecero con furia infantile, tre s'erano già calcati in testa i berrettucci, giocattoleschi, dei big-craped soldati tedeschi. La macchina si sistemò in fondo al fosso, mostrava il suo ventre polve-oleoso, sapeva d'un che di mostruosa testuggine, e aveva tutto un aspetto ostile, proprio come se si dichiarasse costruita e collaudata in odio e per guerra agli italiani. Si chiamarono i tre soldati, sollevarono filialmente il loro ufficiale e lo barellarono oltre la bealera, in un rado macchione. L'autocarro partigiano stava provando la sua road-worthiness, impregiudicata. E il Biondo ordinò tutti a bordo, tranne Johnny e un altro, il rincagnato René. – Di te solo mi posso fidare in pieno in una faccenda come questa. Aspettami un paio d'ore. Sei abbastanza coperto dalla strada. Se fanno un mezzo gesto falso o se si fermano loro macchine sulla strada, tu e René li fate fuori e tagliate per le alture –. Poi andò al camion con tre P38 pendule al cinturone.

Nulla accadde in quel paio d'ore, i tedeschi non fecero altro che accudire il loro ufficiale, parlando in un tedesco stretto, ma lento e affettuoso, con molta irritazione di René incapente che un paio di volte ma ineffectually burst out con un – Che dite, maiali tedeschi? – Johnny intuiva che parlavano unicamente della frattura, la gamba appariva nettamente disabled sotto le insolite, indicative pieghe dei calzoni. Per il resto parevano indifferenti alla loro inequivocabile cattura, dovevano fare un confortante affidamento sulle convenzioni di guerra, la vista delle stelle rosse brillanti sui berretti non li fece nemmeno aggrottare.

L'autocarro ritornò prima dello sperato, il Biondo aveva avuto il pensierino e il tempo di procurarsi un materasso per distenderci il maggiore, che rifiutò, ringraziando in italiano, il goccio di cognac che il Biondo aveva trovato anche per lui. I partigiani guardavano neutramente a quello sfoggio di cavalleria e di buone regole. Come il camion si sterrò, per lo scrollone Johnny dovette cercare appoggio immediato e fu allora che si avvide dell'uomo, del fascista.

Il suo tomorrowless age era intorno ai cinquant'anni, era vestito con una eleganza rara nei tempi, in una foggia da borghese minuteman. Ed era di complessione adusta, che il terrore e la disperazione convertivano in un rotten grey. Il suo fisico, per quanto avviato alla pletora, conservava un'allure sportiva e faziosa. S'aggrappava con villose mani alla sponda e per tutto il viaggio non sollevò gli occhi dal pianale, dalla terrosa accolta degli scarponi partigiani. I tedeschi, dall'altro angolo del cassone, lo sbirciarono per un momento, molto probabilmente grasped la sua natura e situazione, ma non tradirono alcun sentimento, quasi certamente non gliene importava affatto, continuarono a nurse il loro maggiore, cosí diminutivo, ora, a contemplarlo disteso dall'alto.

Il fascista non recava segni di colluttazione o di percosse, la cattura doveva essersi svolta liscia liscia, ed egli sapeva di star andando, su quel camion tremendamente veloce, incontro alla sua esecuzione. Nessuno lo vigilava in particolare, come se fosse già inoffensivo e da non tornarci su come un cadavere. I partigiani non lo stuzzicavano né lo vessavano, come sarebbe certo successo in una probabilità di meno drastica sorte, si limitavano ad allungargli, a porgergli occhiate saltuarie, pigre e serissime. Regis riferí il fatto a Johnny. L'uomo stava pranzando nel miglior albergo di Carrú, al suo solito tavolo, in un angolo dominante l'ingresso, con una grossa pistola (by the by, chi l'aveva acciuffata?) accanto alle posate. La ragazza si fece prestare dal Biondo una delle sue fresche pistole tedesche, e arrivò a coprirlo dalla finestra, mezz'aperta sul sole di mezzogiorno. Lui sputò il boccone e sprung con le mani alte, mentre il tovagliolo gli scivolava in terra lungo le gambe tremanti.

Alla base sarebbe stato la prima attrazione, ma i quattro tedeschi lo soppiantarono netto. Il paese went in exceeding flutter, tutti gaping alla vista dei tedeschi, ed anche a quella dei partigiani cui nessuno avrebbe accreditato un tale colpo, la gente dovette esser ricacciata alle case manu militari, soltanto il dottore si trattenne e confermò la frattura. Una donna venne richiamata, preparasse celermente qualcosa di delicato e sostanzioso per il ferito tedesco. Gli uomini assenti da Carrú ondavano verso la stanza dei tedeschi per coglierne un barlume. Némega un po' tollerò, poi li fece dal Biondo rudemente sgombrare, e gli uomini retrocessero, riluttanti, bestemmiando e rampognando, richiamando maniere fasciste, in un'aria di ammutinamento. Il commissario nemmeno si sforzava di dissimulare l'agonia, pareva cross col Biondo per l'investimento. – Pessimo affare, il pessimissimo che poteva capitarci in questo momento. Siamo ancora in fase di assestamento, l'ideale sarebbe di vedercela soltanto coi fascisti, e nemmeno tanto spesso. Ora è facile prevedere gli eventi. Io conosco i maledetti tedeschi. Maledetti sí, ma non mollano mai i loro uomini.

Una voce nuova disse: – È verissimo, i tedeschi non si mollano mai –. Johnny si voltò e si vide di fronte un nuovo: un trentenne supercilious, con spessi soffici baffi di foggia e colore inglese, distintamente in borghese e senza la minima traccia di partigianato. Johnny notò che stava attaccato ai capi ed evitava accuratamente di trovarsi immischiato ai semplici. Parlava con una molle, compiaciuta cadenza lombarda, ma i suoi occhi avevano lampi metallici. Il maresciallo Mario informò che si trattava di Antonio, Antonio il sabotatore. Alla qualificazione Johnny e gli altri ruotarono di nuovo verso di lui, come a cercargli e a scoprirgli indosso gli emblemi ed i carismi della sua specializzazione. – Dev'essere un elemento di primissimo ordine, – bisbigliava il maresciallo: – Ha portato due valigie piene di strumenti per il suo lavoro. E belle valigie –. Antonio il sabotatore sapeva che parlavano di lui, e incrociò a mezza distanza, fluttering in his strict-contained airs.

Una donna, la cuoca eletta, attraversò le guardie partigiane protendendo una scodella di brodo ristretto per il maggiore tedesco, coi partigiani leaning dietro quel ricco effluvio. Regis scrollò la testa e singhiozzò una risata. Noi italiani eravamo sempre gli stessi, sempre il complesso dei tedeschi. Consommé per il povero maggiore tedesco che ha la bua alla gambina, fattasi sul lavoro in favore degli italiani. – Li faremo ben fuori, – disse uno senza la minima punta di interrogazione. Ma: – Siamo matti ad ammazzarli! – eruppe un altro. – Perché loro a noi mica ci fanno fuori? – gnarled Regis con un tono bisbetico e umoroso anti-infanzia. Ma l'altro non disarmò. – Fossero S.S., ma sono della Vermast. – Gran differenza! E poi tu che ne sai? – Conosco le divise –. Regis scrollò le spalle, in sofferenza. Quei quattro tedeschi stavano producendo un morbo, le case stesse parevano fremere telluricamente per quel loro esplosivo contenuto...

Per polemica associazione Johnny ruotò lo sguardo alla ricerca del fascista. – L'hanno già eliminato? – Chi? – Il fascista? – La cosa, Regis sapeva, non sarebbe accaduta prima di sera, il fascista infatti ora venne in vista, lemurico all'inferriata della stanza terrena. – Chi glielo farà? Uno disse che si aspettava lo spagnolo, il delegado militar, che da un pezzo stava all'agguato per una esecuzione. – Io non ho che una religione, – disse René: – quella di non uccidere fuori combattimento. Il cuore mi dice che se lo facessi farei io la stessa fine.

Regis si scrollò tutto elettricamente come un cane impolverato ed il suo antagonista di prima disse: – Per lui sono d'accordo, purché eliminino anche i tedeschi, tutt'e quattro. Ora intanto gli porto una sigaretta, – ma non si muoveva oltre. Disse Johnny: – Portagli magari tutto un pacchetto. Ma ricordati che senza i morti, i loro ed i nostri, nulla avrebbe senso.

La giornata si faceva speciale, straordinaria, in una fitfulness come ventosa che scuoteva gli uomini, dopo averli afferrati. Nel medio pomeriggio una squadra uscita per la strada alla Liguria rientrò con un enorme autotreno targato MI, nuovo di fabbrica, shining out of primaverili lacche. L'avevano bloccato e requisito surplace sulla lunghissima, bleak cresta di Montezemolo. Il suo unico autista, un lombardo grosso e di larga bocca, stava impazzendo per l'imprevisto e le sue conseguenze. Spiava l'autista partigiano che mirava alla parlour-like cabina come un selvaggio alla tolda d'una incustodita nave bianca, e nel medesimo tempo si spiegava coi partigiani a terra, domandando che mai avrebbe detto ai suoi padroni (i suoi titolari, diceva) e guardava con occhio folle il maresciallo Mario che con fredda burocraticità spiegazzava il suo blocchetto di requisizione. L'autotreno fu manovrato, dallo stesso impaziente autista partigiano, nella strada tra la piazzetta e l'arco, la colmava tutta ermeticamente. L'autista venne invitato a un meal, se ne andò protestando con la sua voce grossa e pastosa: – Potete figurarvi, ragazzi, se io non sono dalla vostra parte, io ho persino sparato l'8 settembre contro i tedeschi, ma che dico ai miei titolari? – I partigiani lo lusingavano e lo paccavano...

Un po' piú tardi, viaggiando da nord-est, per le creste e per le valli, venne una fucileria insolitamente nutrita, che scuciva tutto il cielo, contrappuntata da boati da mortaio. Il Biondo e Johnny andarono a quell'appuntamento acustico, sedettero su un greppio solitario, sull'erba fredda e non molto cedevole, appena sgombrata da un gregge, con sulla fronte la dolcezza del pomeriggio ultramaturo. – È in valle Belbo? – domandò Johnny. Il Biondo annuí, press'a poco alla prima Pedaggera. Con gli occhi fissi alla lontananza madreperlacea, all'alto cielo che doveva sovrastare la battaglia, testimone in omertà, essi ascoltarono a lungo, fumando e appena appena movendo. Il fragore placava Johnny, che si sentiva e stava meravigliosamente bene. Il medesimo era del Biondo che, abbastanza paradossalmente per lui, brividiva di piacere. – Hai mai sentito sparare lo sputafuoco tedesco? – Johnny rispose di no, con uno scoperto hint di privazione. – Ha un rumore stranissimo, incredibile, come il frullo d'un uccello che si sfrasca. Io l'ho sentito a Boves. È... affascinante, quasi che per il fascino non ti copri e ne resti ucciso –. Poi laggiú finí, ed anche per loro, rientrarono aggrottati e infreddoliti. Qualcosa si preparava per le Langhe, e per i loro partigiani e la correa gente.

A sera, le nubi basse e spesse facevano banchina in cielo, dalla stanza terrena uscí il fascista, avanti tra lo spagnolo armato della sua invidiata Llama ed un partigiano inerme, contadino senz'altro, con la sicura incombenza della fossa. Il contadino cozzonava avanti il fascista come un animale, ma con leggerezza e consapevolezza. Presero per il basso, verso la petraia franante su Monesiglio. Poi non si udirono detonazioni, ma poi si interpretò che il colpo della Llama era coinciso con lo scocco dell'Ave al campanile.

Nella notte il Biondo prese misure straordinarie di sicurezza, triplicò le guardie e Johnny per l'eccitazione sorvolò sul sonno e passò in piedi i riposi. Tutti erano elettrizzati, oscillanti tra il disastro ed un miracoloso successo, sotto un caotico cielo, che instillava presentimenti indistinti, contradditori.

Cosí al mattino si trovarono tutti spossati e reumatizzati,

con facce sciupate e palpebre instabili, dimentichi dei quattro tedeschi vivi non meno che del fascista morto. Ma il mattino prometteva una giornata tutta bella e dall'aperto cielo, dalla chiara aria, dalla terra mollemente pulsante sotto il tenero sole uno trasse, per tutti e ad alta voce, l'auspicio che nulla poteva succedere.

Un allarme dal basso scaraventò tutti al bastione settentrionale. Per i tormenti della strada saliva, sparsa e dinoccolata, una teoria di partigiani, e vi spiccava in testa la nota divisa violacea, con visibili a distanza le polluzioni del terriccio, della guazza e degli strappi, incastonata nel muro secco, colonial-like della sua guardia del corpo slava. Johnny, con altri, s'arroccò sull'arco medioevale, fra le prime lucertole, a vederli passar sotto. Essi avevano sostenuto la battaglia di ieri, poi s'erano sganciati, avevano passato mezza la notte appena fuori dell'area perduta e poi s'erano diretti a Mombarcaro per congiunzione, poiché pareva che i fascisti non volessero cessare l'azione, anzi ampliarla.

Gli ammiratori del russo della prima visita chiesero forte della sua sorte. Rispose il capo con la sua molle voce sonora: – Valodkia è morto. Ce l'abbiamo lasciato. Una palla nella fronte. Non ho mai visto nessuno combattere alla sua maniera... come ubriaco –. Riferí sorridendo, con un sorriso ampio e autentico, con una gaia eccitazione, come se per lui tutto fosse un gioco o un fictioned sacrificio di comparse cinematografiche. Sfilarono gli slavi, stanchi e legnosi; all'ultimo passo dardeggiavano al fastigio dell'arco guarnito di partigiani il loro serio, impressivo sguardo di gente che viene da un combattimento effettivo, con giberne occhieggianti semivuote, intorno a tutto il loro magro corpo l'indissolvibile campo magnetico delle pallottole radenti.

Il grande incontro avvenne nella piazzetta, il loro comandante frivolo, ma insidiosamente frivolo ed equivocamente brillante come sempre. – Ho perso sette uomini, compreso il russo, – diceva leggermente, con l'unico appesantimento del rammarico che non di piú. Andò incontro a Némega con un'effusione salottiera, a braccia mollemente tese, chiedendogli ospitalità per qualche giorno e co-operazione per l'eterno. Némega gli restituí l'abbraccio – le sue shrinking mani snodantisi sul repulsivo drappo viola ben teso sulla schiena nutrita! – e gli assicurò il tutto. Il Biondo tacque, aggrottato, poi sguinzagliò gli uomini dell'intendenza a requisir vitelli.

Il capo dalle colline inferiori presentò poi e magnificò l'ultimo acquisto della sua banda, un ex legionario straniero, compiacendosi della raffinata compositezza della sua formazione: soltanto pezzi da collezione. Il legionario era un individuo alto e lanky, malformato, ma con una omeopatica faccia tutta regolarità e decisione. Era prestigiosamente armato d'un parabellum Skoda, il primo della loro esperienza visiva, ed un tal arnese da impressionare lo stesso Biondo, cosí refrattario al fanatismo per le armi belle. Era un mitra corto e massiccio, volutamente amorfo, con rifornimento orizzontale, con la canna d'argento pendula di gingilli, e orientalmente traforata. – Come ti sei arruolato nella Legione? – Forza maggiore. Avevo cazzottato un ufficiale della Milizia in un cinema di Torino, per un film di sporca propaganda. Se quel delinquente dell'operatore non faceva luce in sala, forse me la scapolavo. Forzato espatrio clandestino e... Légion –. Inaspettatamente la sua voce era piena e matura, sempre sarcastica, l'unica corda bene tesa in quel suo corpo scoordinato.

Ritiratisi i capi al comando, tutti s'ingrappolavano intorno al legionario come prima attorno al russo. Johnny s'accostò agli slavi, facenti clan a sé, muti e tralicianti anche ai compagni. Sfilarono ai parapetti sugli strapiombi, esaminando la posizione. Poi si sedettero sulle loro gambe crocchianti ed esaminarono i loro fucili, pessimi per acqua e polvere e fuoco. Cominciarono a lagnarsene, geremiando l'un l'altro a monosillabi cifrati. Chiesero a Johnny olio per la pulizia, ma Johnny was helpless, allora gli indicasse la privativa. Uno fece colletta, andò alla privativa e ne tornò con un flacone di cheap brillantina riesumato da un sonno di lustri su polveroso scaffale. Non ne avrebbero mai contaminate le loro chiome fulve, spente secche e fruscianti come saggina, ronzanti al vento leggero. Fecero la pulizia alle armi con la brillantina, sotto l'occhio perplesso ma ammirato e remorseful di Johnny.

Uscí dal comando e venne a loro il loro comandante italiano. Sorrise loro alla sua maniera aperta ed ambigua, disse, bravi, cosí lavoranti a somministrare morte profumata, e consegnò un assegno in lire a quello che pareva il decano e capo. Questi intascò impassibile e impassibile sventolò sul suo corpo-asta la camicia e i pantaloni, ridotti entrambi alla trama. – Nema greba, nema pantaluna, capo. – Ci penserò, Michele, ci penseremo. La prima volta che passiamo in un paese importante, con un buon negozio. – Doglian? – Sí, Dogliani –. Era barocco, operativo, assolutamente inaccettabile, ma forse aveva pulse, pareva essere in love with his men, ma da capitano di ventura.

In quel momento nell'osteria crepitò la raffica dello Skoda. E parve a Johnny che la casa si deformasse all'esterno per lo spallante movimento che vi successe dentro, poi sgorgò un uomo del Biondo, urlando per il prete. Poi l'immediata, ma shrinking calca alla porta fu fenduta da René, con le mani alle tempie e urlando indistintamente fuggiva verso le ravines. Regis uscí a inseguirlo, chiamando aiuto, che l'aiutassero a raggiungere René prima che si uccidesse. Duraturo, infinito era il lontanante urlo di René. Johnny si spallò dentro. L'oste balbuziava accecando contro il suo petto la figlia-cameriera in convulsioni, i partigiani stavano pressati contro le pareti e guardavano a un tavolo dove tre uomini ondulavano, colpiti a morte. Il parabellum del legionario era al suo posto sulla tavola rotonda, ancora rivolto ai tre, innocente e tigrino. Il legionario ce l'aveva posato per far scherzi pubblici con le carte e René non aveva resistito alla tentazione d'ammirarselo da vicino e poi di sfiorarlo con le sue mani proletarie, la raffica era fuggita come divina.

I tre uomini, due di Némega ed uno del viola, sedevano e ancora ondulavano, senza gemere. Sanguinavano furiosamente, ed uno era stato colpito alla bocca e sfigurato tutto, con indenni gli occhi enormi e stupefatti, scoloriti dal dolore. Non morti, ma moribondi, stupendamente al di là d'ogni salvezza. Johnny gli vedeva la precipite miseria della carne morente, la pelle già argillosa, l'ispido della barba già paurosamente vile ed animale, il pregio di ogni loro parte di carne decadendo vertiginosamente. Arrivarono il medico ed il prete, ma il medico non cedeva il posto al prete, nemmeno dopo dieci minuti.

Johnny rispallò fuori, ad attender fuori la sentenza: lo scoramento lo premette giú a seder sulla strada. Un partigiano sopra di lui, di cui Johnny intravedeva soltanto gli stinti bagging calzoni, disse: – Siamo un branco di marmocchi irresponsabili. – Già, e quel poco che ci riesce di fare è tutto miracoloso –. Johnny stava riprendendosi discretamente. Poi uscí il medico ad annunciare che, sebbene orribilmente colpiti erano salvabili tutt'e tre, anche quello preso in piena bocca. L'autocarro pencolò al vertice della discesa su Murazzano, col pianale selciato di teli tenda, i feriti, ora gemebondi, furono caricati e stesi. Il Biondo saltò sul parapetto e urlò in valle, a René e ai suoi inseguitori. – Tornate su tutti, non sono morti, non moriranno! – L'autocarro shot down.

Rispuntò Regis da un varco del parapetto come all'orlo d'un pozzo, alenante. – Johnny? Ci lagnavamo della monotonia, ora è troppo.

12

Nel tardo pomeriggio – l'autocarro era rientrato da Murazzano, ed il sole tramontava rapidamente, lasciando sulle Alpi nubi vili e fumacchiate come tizzoni appena consunti – il commissario Némega radunò gli uomini dei due gruppi sul vasto, violaceo prato sotto la chiesa-dormitorio. Voleva arringare gli uomini, con quella sua voce tanto inadatta, tutta cesurata e appoggiata da distinguo, concedo e nego. Traeva gli auspici da quella imprevista e tanto piú gradita congiunzione per la piú grande e prossima unione di tutti i partigiani... gli uomini pestavano i piedi sull'erba guazzosa e rabbrividivano al vento prenotturno. Vicino a Johnny stava un neo-arrivato, il piú intellettuale fra tutti, col viso devastato dall'acne giovanile e pertanto d'aspetto concisamente scostante e puritano. Fissava Némega e si domandava ad alta voce dove l'aveva già visto, dove. Ora Némega procedeva con una applicazione partigiana del Generale Tempo, e gli uomini o divagavano o si concentravano sul capo in divisa viola, cosí confondentesi col fondo del prato, l'unico che stesse con Némega fuori dei ranghi, con un sottile sorriso fisso, cortese a Némega ma indicativo di quanto lui ne sapesse di piú, molleggiando sulle gambe leziosamente stivalate.

Johnny divagò con gli occhi, e allora tra i vapori serali già vincitori al basso sentí trapanante il rumore bonario dei camions tedeschi e poi, trionfanti sui vapori, vide i diabolici fanali rossi e bianchi degli stessi. Qualcuno stridé e i gruppi si dispersero a monte, come se i tedeschi fossero già al limitare basso del grande prato. Lassú si arrestarono e dai parapetti riguardarono giú. Qualcuno ad alta voce contava i fari, tanti fari tanti camions, e come la cifra saliva la sua voce s'ingrassava di stupore. Un simile spiegamento di forza per loro quattro gatti! Era ovvio, l'azione in grande stile era stata dettata e necessitata dal duplice fatto della cattura dell'alto ufficiale tedesco e dall'appresa congiunzione delle due forze partigiane.

Nel crepuscolo il Biondo fece piazzare le due mitragliatrici alle due ultime svolte della strada da Monesiglio e manned la fossa-trincerone tra la chiesa ed il comando. Gli uomini vi si infilarono, bestemmiando se stessi per averla scavata cosí poco fonda e adeguata, al tempo che non avevano di meglio da fare. Johnny si guardò ai due lati lungo il ciglione melmoso e vide che uno su tre stava in trincea brandendo una pistola! Gridò al Biondo di prenderlo con sé alle mitragliatrici, ma il Biondo trascorse via, ad incontrare l'altro capo. Nel fremente hush si sentiva il disperato brusio nelle case del paese, che si conosceva ora centro dell'espiazione.

Il Biondo, quando ricomparve, si chinò prima ad esaminare il puntamento delle mitragliatrici, rampognando con sommessa accoratezza i serventi inesperti, le ripuntò accuratamente lui stesso, e Johnny era già saltato via dalla trincea, incontro a lui, per sopperire. Ma il Biondo era ottimista e relativista, per lui quella colonna era troppo monumentale per loro come obiettivo, era una grande colonna in sosta, probabilmente diretta alla Liguria via Ceva. – Insomma, non ce la meritiamo, – disse Johnny, ma l'ascendente e l'esperienza del Biondo stavolta non lo quietava. Comunque, era anche l'opinione di Némega. Due ore passarono cosí nel brivido lungo, acquatile della trincea; l'opinione del Biondo, se da una parte aveva acquetato gli uomini, dall'altra aveva attenuato, superfluizzato la loro capacità di sofferenza, presero presto a lamentarsi di quella inutile sosta in trincea, a lagnarsi l'un dell'altro, a non patirsi piú l'un l'altro. Johnny saltò posti per affiancarsi a Regis, salutare e amico nella sua silenziosa civility e sobria endurance. Insieme riguardarono giú ai tedeschi, a un chilometro circa in linea d'aria. La nebbia danzava discinta e sensuosa intorno ai penetranti fari bianchi corrispondenti ai fari rossi – ne avevano contati 74 – e di tanto in tanto il corpo d'un soldato tedesco veniva a materializzarsi nei fasci di luce e svaniva subito nel buio del ciglione. Tedeschi in perlustrazione ravvicinata stavano battendo i paraggi della strada, vagavano tra le nere forre le luci dei loro potenti occhi-di-bue. La sicurezza si enfiò al punto che si ordinò di fare i turni per il rancio serale: erano quasi le nove, una ragnatela di nubi nerastre vagolava in cielo, impigliata al campanile del paese.

Ma alle nove e mezzo, nel cuore del buio e della pace esplose in cielo un razzo rosso, che si enfiò per un attimo in un pallone e poi si volatizzò. Era il segnale d'un ufficiale tedesco ad un collega per avvertirlo che le cose concordate erano state attuate regolarmente, ma a Johnny parve di veder pendere la bilancia di Giove. Infatti, immediatamente, salí l'urlo dell'accerchiamento, uno dei piú terribili nella umana gamma degli urli. Johnny, incapsulato in una massa fuggitiva, corse all'altro lato del paese, solo per vedere in fondo all'altra valle il medesimo spiegamento: fasci bianchi e fasci rossi straordinariamente numerosi e ravvicinati. Solo dalla parte di Murazzano i camions apparivano in minor numero, ma la campagna che vi dava era ancora sepolta sotto mezzo metro di neve, un'imprevedibile, unsceglibile rotta di scampo. I cani dei pagliai di cresta e di mezza costa latrarono insieme.

Tornò con qualcun altro al centro del paese. Da dentro le case la disperazione esplodeva. Le donne piangevano sugli usci, i bambini dai lettini e dalle culle, gli uomini spallavano nelle viuzze, alla cieca, tutte le cose di casa che tradivano un contatto, un uso partigiano. Gli uomini in armi intanto si radunavano istintivamente, si raggruppavano familiarmente quasi, per clan, per la fuga. Johnny attendeva la chiamata del Biondo, questi ora confabulava stretto con Némega, questi assentendo a tutto con un ritmico beccheggiar del capo. Si concordava lo sfuggimento, squadre già partivano alla loro ventura, quasi furtivamente, come se volessero celare agli altri la rotta prescelta, per non renderla, col numero, troppo degna di blocco.

Johnny sedette sui gelidi gradini della chiesa ed aspettò fumando. Il ragazzo dell'acne vagava ancora presso di lui, ancora evidentemente dominato in primis dal quesito di Némega. Venne il parroco a spalancare le porte della chiesa, che le donne vi irrompessero a pregare, eccezionalmente, come in tempo di pestilenza. Gli uomini, finito il lavoro di sgombero delle cose contaminate e contaminanti, bestemmiavano sugli usci, con voci tremule. Le squadre partenti uscivano a testa bassa, cieche e travolgenti. Némega si sfiatava a dare ad ognuna appuntamento sulla discreta, segreta, convalescentiariumlike langa di Lovera, al piú presto possibile, ma non gli badavano, quasi travolgevano lui il primo. Il capo in viola non era piú reperibile, già partito coi suoi per i nudi boschi della Bormida, alla stella polare dei fanali rossi.

Il Biondo dava consigli di calma, di available time, i tedeschi non avrebbero certamente attaccato in concentrico prima dell'alba. – È vero, – disse Antonio, il sabotatore: – i tedeschi non attaccano mai di notte, in questo sono come i pellirosse –. Era distinto, freddo, didattico. – Antonio, tu sabotatore, sei arrivato a puntino. Sabota tutto il sabotabile –. E Antonio andò a sabotare i camions.

Johnny salí alla specola, a dominare di lassú il paese desertificantesi, al punto che lassú i passi solitari avevano un'eco strana, tutta nuova, e le balze circostanti per le quali file di formiche nere scendevano a superare la linea delle formiche rosse. Poi il Biondo gli gridò che lui sarebbe stato della sua squadra, ma non scendesse ora, c'era tempo a josa. Erano circa le undici, al suo wrist-watch irrorato di rosso di sigaretta. Poi Johnny sollevò gli occhi alla luna, veleggiava verso la parte sgombra del cielo, avrebbe in breve luccicato nettamente, da platinare il deserto di neve giú verso Murazzano.

Verso mezzanotte, le due ultime squadre erano pronte per la partenza; e quello dell'acne riscoprí che Némega era torinese, lí l'aveva visto, e che era uno studente di Mistica

Fascista. Johnny scoppiò a ridere, ma trovò futile riferirne al Biondo. Piuttosto: – Abbiamo probabilità, Biondo? – Fattore campo, – disse il Biondo semplicemente, ma con una grimness ominous. E Johnny pensò che su quella particolar terra, sotto quella universal luna, fra un paio d'ore sarebbe stato morto o prigioniero, 90 probabilità su 100, and began to sink in the sorriness of it. Ma Némega lo interruppe, venendo a consegnare al Biondo una parte della cassa della brigata: il Biondo si slacciò gli stivali e zeppò le banconote nell'intercapedine fra il cuoio e le sue gambe cavalline. Durante tutta l'operazione Johnny fissò Némega, ridendo intimamente alla Mistica Fascista, ma in realtà con un solo pensiero principale: che Némega non l'avrebbe rivisto mai piú. Poi Némega ridiscese al comando, ad impegnare la parola d'onore dei tedeschi prigionieri che l'avrebbero testimoniato coi colleghi del corretto, umano trattamento e che in omaggio di ciò avrebbero in tutto e per tutto risparmiato la popolazione innocente. Il maresciallo Mario stava ritirando il bandierone rosso, soffiando per il suo volume e peso.

Il Biondo scaglionò la sua squadra sulla piazzetta deserta e polluta. Ogni uomo ricevette un carico extra di munizioni collettive, per i bisogni della prossima base di Lovera, da abbandonarsi soltanto in extremis. Avrebbero preso per il deserto di neve, sarebbero riusciti sulla strada dove gli autocarri tedeschi erano piú radi e intervallati. Se, a un certo raggio dai tedeschi, uno degli uomini tossiva, e il rischio c'era per la lunga traversata nella neve, il Biondo sarebbe stato costretto a strangolarlo. Attesero ancora, la squadra di Némega partí per il costone di Serralunga, a musi bassi come cani sniffing something snow-buried, essi furono gli ultimi, attesero che la luna periplasse nuovamente nell'arcipelago destro del cielo nuvoloso. I cani tacevano, sfiatati. Le donne in chiesa cantavano, sottotono. Da tutto il periplo tedesco, by now surely haunted dalle squadre prime partite, nessuna detonazione.

Il Biondo sbatté i talloni delle sue gambe rimpinzate di denaro e partirono. Tutti i fuochi del loro lungo bivacco erano stati soffocati. Ma ai primi passi Johnny gridò: – I sudafricani? –, ma il Biondo gli disse che loro erano coperti dalle convenzioni, loro.

Scendevano: la concretezza ed il volume del pericolo cui andavano incontro fecero sí che iniziassero quel viaggio mortale con leggerezza, come fidando nello spazio intermedio. Qualcuno, alle spalle del leading Biondo, ridacchiò, per pura tensione. Viaggiavano alla morte, senza un voto, senza una preghiera, irosi e intenti a se stessi. Si calarono tra la piú alta neve come in un pelago: quello era il vero track of death, avrebbero avuto neve fino al traguardo, ed oltre. La neve era compatta, ma farinosa, come tutta la neve stantia, e, sotto la media luna, dava sotto i loro cauti passi un crocchio insolito. La campagna innevata si spaziava tra loro moventi e gli attestati tedeschi vasta, immobilmente ondante, odiosamente imparziale. Per il fisso mareggiare della terra la linea dei fari rossi appariva e spariva, a dar nausea. Furono presto mortalmente stanchi di quel viaggiare, la neve era femminilmente cedevole all'affondo e maschilmente ostile al risollievo; cominciarono ad approfittare dei piú notevoli avvallamenti per sostare minuti, rigorosamente muti, senza cercare reciproco sollievo e coraggio, a cerchio di cavallo intorno alla reliable figura del Biondo. Johnny sighed, noisily in the dead silence: pensava a Tito, che l'aveva già fatto, che era fuori dell'accerchiamento, pur giacendone nel cuore... era poi tanto difficile?

Piú avanti, qualcuno alle spalle del Biondo cominciò a liberarsi delle piastre delle mitragliatrici, semivuote del resto, le lasciava scorrere dalle pratiche dita ed esse affondavano di filo nella neve con un zic quasi impercettibile. Il Biondo non si voltò mai e nessuno disse niente: del resto, la fuga consisteva nella sorpresa; coi tedeschi desti e pronti, piastra piú, piastra meno... Qualcuno cominciò a voltarsi, perdendo fatalmente il passo, ingorgando l'esigua colonna, voltavano alla luna ed ai compagni le facce vecchissime, ed in esse si leggeva soltanto che avevano voglia di parlare, una mimetica, smorfiante voglia, non pareva assolutamente accettabile di morire fra un quarto d'ora e le ultime parole parlate a Mombarcaro. Ma anche nelle soste negli avvallamenti fondi nessuno parlava, immutiva il mutismo del Biondo, cosí onesto anche in quella astensione dall'incoraggiamento.

Ecco la linea dei fari rossi, cosí innocenti, cosí neutramente creati, e la fascia bianca dei sempre accesi fari anteriori cozzanti esatti contro quelli rossi in un ideale allacciamento della mostruosa colonna, senza la presenza di un solo soldato tedesco, nemmeno una guardia, nemmeno per sake tedesco anziché per odio di partigiani... Era un incubo di desertica desolazione, una sequela di vascelli fantasma a secco, e come in un sogno Johnny penultimo s'inerpicò sulla proda, passò tra i due ultimi camions e si calò per l'altra proda verso l'aperta campagna deutschless, anche lui come gli altri leggero ed incorporeo, assolutamente noiseless e inoperante come, sonnambolico, anche lui affected da quel zonale morbo di silenzio, desertità e fantomaticità.

Fuori del cerchio nessuno ancora parlò, ma presero rifugio in un casale che a Johnny parve paurosamente, suicidalmente troppo vicino alla strada ed ai mattinieri tedeschi. Ma non protestò, non eccepí, anche lui lingered ancora, come tutti gli altri, in quel bagno di limbo. La porta della stalla era aperta – anche ciò, pensò Johnny, fabulosamente – bastò sfiorarla per la spalancatura. Era angusta e misera oltre l'infimo standard delle colline alte, non c'era un bovino né vi avrebbe capito, solo una coppia d'agnelle c'era, e il loro fiatare era come l'alito di un umano sul mare. I compagni crollarono in quel minimo spazio, accatastandovisi e non piú budging. Johnny, che non aveva partecipato di quella sincronia, vide rimanergli una fetta di spazio, cosí giacque mezzo su sarmenti secchi e thorny e mezzo sul nudo ammattonato, nudo come nemmeno nuda la terra, e con le braccia cinse i fianchi, scontrosi e trepidi, di una agnella incantonata.

Li svegliò il primo sparare nel cielo sbiancante. Li destò, ma non li inarcò, giacquero in un coacervo occhi-sgranato ma passivo, la spossatezza e la miseria pendenti colloidalmente sulle loro facce antiquate come alghe d'uno sporco fossato. Finché, ad una seconda salva che ingravidò tutto il cielo, il biondo groped allo spioncino della stalla e comandò tutt'in piedi.

Bisognava uscire svelti e piegati in due, perché l'aia era scoperta da ognuna delle circostanti colline. Il contadino della casa, scheletrico ed itterico da non dirsi, stava spiando la situazione aurorale al riparo del suo lutulento pagliaio, e tremava sonoramente nelle sue vesti svolazzanti. Si voltò di scatto e quasi morí a scoprire i partigiani uscenti dalla sua stalla, serpenti per la sua aia, in quell'anfiteatro di tedeschi e fascisti, e chiuse gli occhi davanti alla sua morte e carbonizzazione. Il Biondo zigzagò verso di lui, gli chiese grappa per i suoi uomini intirizziti e atoni, ma il contadino squassò la testa, la sua miseria pari al suo terrore.

All the show was in front of them. Le ultime squadre tedesche stavano salendo le ultime balze a Mombarcaro, con un passo svagato, energicamente turistico; c'era da domandarsi chi e a che scopo sparasse quei colpi scoppianti nel grigio cielo senza tempo, embrione d'un giorno tutto senza sole. Gli spari erano radi e flous, eppure vivaci e vivacizzanti. E nessuna colonna di fumo sorgeva ancora dal paese e dai paraggi. Il grosso dei tedeschi v'era già dentro, certo chini a esaminare le reliquie e le deiezioni dei partigiani. Nel settore piú prossimo, sulla grande perlacea strada, fra lunghi soffi di polvere perseguitati dal vento, muovevano verso un punto di radunata tutti i camions tedeschi, ma torreggianti, lenti e traballanti, come pilotati da fanciulli.

Johnny guardò indietro, verso Murazzano, al margine della zona infetta. Il paese appariva come moltiplicato nel suo volume, come chi per paura si gonfia per maggior vistosità ed attrazione, ma non appariva piú abitato e lively d'una acropoli Maya. Tuttavia non c'era altro scampo, ed uno disse: – Andiamo a Murazzano, – con una voce tranquilla, mortalmente sicura dell'assenso. Ma gli occhi del Biondo saettarono un no metallico, gli si poteva vedere dietro l'alabastrata fronte il cervello acrobatizzare con le probabilità, gli imprevisti, i vantaggi ed i margini di sicurezza... Finché partí di scatto verso l'alto, dietro i camions, senza voltarsi, certo del following dei suoi dieci uomini, e il primo il gigantesco Pinco reggendo sulle spalle tutta la mitragliatrice senza pena, inerme e tremendo come uno standard-bearer. Johnny, impegnatissimo a non perdere il passo, pensò disjectedly che quella del Biondo poteva essere un'idea, dati e non concessi certi presupposti: il Biondo dava per scontato l'investimento tedesco di Murazzano e zona, e pensava di togliersi rapidamente da tutta l'area condannata camminando dietro loro per ora concerned with Mombarcaro e deviando poi fulmineamente al primo spiraglio.

Costeggiavano la proda della strada, ora erano alla svolta che immetteva nell'altipiano ondulato e cespugliato detto delle Chiagge della Pedaggera. I primi due stavano già marciando al piano, gli altri sgarrettavano l'ultima salita... Uno stuolo di uomini sorse dai riparanti cespugli, come centauri erborei. Vestivano divise tedesche nuove di zecca, ma dainty ed arrangiate come non succedeva di vedere ai tedeschi indosso, e italiani erano i loro capelli fluenti dagli elmetti calettanti, e italiani gli occhi rilucenti e le dentature splendido-digrignate, ed in lingua italiana ora insultavano e reclamavano la resa. Ma avevano già aperto le raffiche, e già Pinco andava a catafascio con la sua arma, che gli sigillò l'enorme schiena dopo che gli si fu inarcata per l'ultimo sospiro. Il Biondo, loudly imprecando a se stesso, aveva messo un ginocchio sulla neve ed ora brandeggiava il suo mitra. Ma una fucilata lo colpí, sbilanciandolo: si riequilibrò e sparò una raffica, i fascisti raddoppiarono, e stavolta lo stesero, le sue lunghe, magre, money-crammed legs scalciarono un attimo e stettero. Il Biondo era cosí lampantemente il capo che la sua fine magnetizzò i fascisti, rimasero un attimo con le armi mute e scostate come ad ampliare la visuale del successo... Ma poi ripresero a rafficare, e Primo, che s'ergeva atletico nel mezzo, con le mani alte ma autoritariamente, quasi a imporre la sua resa, ricevette nel petto the most e crollò.

Johnny retrocedeva, lentissimamente, intentamente, la faccia composta nell'amara tensione del colpo in corso, passo dietro passo di qualche metro fuori dell'attuale concentrato fuoco. La schiena gli si irrigidí, riconoscendola, contro la friabile terra della svolta, un paio di fascisti lo fissarono, ruotarono su lui le persone e le armi, ma Johnny lambí la curva out, in tempo a udire le pallottole configgersi sorde e viziose nel calcare gemebondo.

Poteva ora sentire tutto il thudding e lo stampeding, piú che il fire, tutto rivolto a lui, per lui. Si tuffò e prese a rotolare per l'immenso, sinuoso, nauseante pendio verso il lontanissimo rittano a sud di Murazzano. Il rollio era tale da sospendergli ogni facoltà percettiva e pensante, eppure era certo che non l'inseguivano, che non gli sparavano, che lo avevano lasciato perdere. Ed ecco che prendeva alla leggera, quietamente, la sua portentosa salvezza, come un che di secondario, la vincita di una posta esigua... Il rollio era interminabile, lo faceva vomitare a secco. Ma poi una callous insensibilità si stese, cellofanò tutto il suo corpo, non avvertí piú gli impatti dolorosi con la terra laddove spoglia di neve, non piú il terribile indolenzimento del ferro e del legno del moschetto pressato contro il suo corpo. Rotolava, leggero ed anestetizzato come in sospensione stratosferica. Poi si riprese un poco, e cominciò a frenarsi, con l'opposto movimento del corpo e poi con le mani, perché sapeva che il pendio strapiombava netto nel salto di tufo che coronava il rittano. Ma l'erba scoperta era fredda e viscida, feriva senza aiutare, e la neve aveva perso, pareva, ogni sua capacità ritentiva. – Mi son salvato lassú, ma ora vado a sfracellarmi nel rittano? – pensò con un'angoscia pigra. Ma si fermò e si rizzò in tempo; con un dolore al capo come se il suo capo partorisse il suo liquidificato cervello. Poi si riprese, percorse lentamente, accidiosamente l'orlo del rittano, cercando dove calarsi. Il pendio rotolato era perfettamente sgombro, invisibili le tracce del suo folle rotolarsi, il suo altissimo ciglione nascondeva il Biondo e gli altri due, e tutti gli altri non visti. Piú sú i tedeschi in fitta schiera stavano scalando la petraia di Costalunga, apparivano come uno sciame di formiche verdi montanti un dissanguato legume. Ancora piú sú, sul piú alto della terra, sostavano i camions tedeschi, anneriti e nanizzati dalla lontananza, nella vera bocca del grigio cielo. E ancora nessuna torre di fumo torreggiava su Mombarcaro. Tutti i campanili intorno batterono le ore, superni, inarrendibili, cellofanati.

Si voltò e si calò nel rittano, rabbrividendo al suo freddo buio ed acquatile, evitava le chiazze di neve e le pozze dell'acqua di sgelo, scostava la rame imminenti, il passo e la mente polarizzati su Murazzano. Non era importante l'ora in cui arrivarci. Stava facendo l'abitudine al doporischio-mortale, non avvertiva piú, come sempre prima, quell'onda corsa elettrica, lunghissima, nella sua spina dorsale. E poteva pensare al Biondo in termini di perfetta, quieta naturalezza. – Era la sua fine. Prima o poi –. E allora la constatazione si riversò su di lui, gli si adattò come un anello d'acciaio. – Anche per me, sarà la mia fine. Altrimenti, che debbo pensare di me? È solo una questione di date.

Il rittano stava adeguandosi al livello dei prati soprastanti, radure fra castagni, ed era ora di lasciarlo per salire sui prati foranei del paese. He staggered, come un uomo staggered alla sua reciproca vista sulla radura. Era Regis, denudato d'ogni sua arma, graspando col braccio l'altro suo braccio, disabled, sanguinante da una manica lacerata. La salvezza di Regis eccitò Johnny infinitamente piú che la sua. Lo galvanizzò, lo fece correre alla radura come un canguro. – Portami all'ospedale di Murazzano, vuoi? – Regis piangeva. – Non è grave, vero? A te pare grave? – A me non pare. No, non è grave. Però affrettiamoci all'ospedale.

Si strascinavano verso l'incombente paese. Regis piangeva libero e filato, ma la cosa appariva a Johnny perfettamente esente di un qualche significato psicologico, era una pura manifestazione fisiologica, come il defluire del sangue dal suo braccio. – Ho dovuto farmi forza, sai, a scappare. Che forza ho dovuto farmi! non si direbbe come ti ferma, come ti inchioda la vista del tuo sangue. Non ne hai idea, e ti auguro che non lo provi mai. – Io mi auguro una palla in fronte o una raffica nel petto come al Biondo. Ma non parlare piú, Regis.

Johnny lo sostò al riparo degli ultimi castagni, e andò ad esplorare se il paese era occupato. Uomini appostati sul belvedere del santuario lo assicurarono con gesti brevi, d'una simpatia irosa, stettero a vederli salire insieme. Erano all'erta, grim e spastici, molti di loro già pronti alla fuga tempestiva ed alla latitanza nei boschi selvaggi, con coperte arrotolate e involti di cibo. Le donne occhieggiavano alle finestre impostate, se ne sporgevano a volte a sibilar consigli e preghiere ai loro uomini abbasso. Un uomo si sporse minimamente dalla linea compatta e domandò che ne era del Biondo, se lo conoscevano. – Eravamo suoi uomini. – E lui dov'è? – L'avete perduto? – Sí, l'abbiamo perduto sí. È morto, lassú alla Pedaggera. – Possibile? Il Biondo? – È morto un'ora fa, sotto i nostri occhi –. L'uomo commentò, ritraendosi: – Era la sua fine –. La notizia ed il commento si propagò per tutta la linea, poi tutti gli uomini scattarono le teste all'alta Pedaggera, cosí nuda e livida che rifletteva il colore del cielo. Regis urlò: – Io perdo il braccio! – e allora corsero all'ospedale, preceduti da una staffetta di uomini giovani, con Regis che ripeteva piano, fanciullescamente, che il suo braccio era ormai perduto.

L'ospedale era privo di suore, ma si trovavano tutte all'annesso ospizio di mendicità. I due partigiani groped in un androne guarnito di vecchi cronici, smorfianti al loro passaggio col grin dell'idiozia, sbuffando a loro i loro cattivi odori, guardanti il sangue di Regis con occhi stupidi e minimizzanti. Regis stridé di disperazione ed allora comparve una suora. Era del tipo che il Cottolengo avrebbe assunto a paradigma del suo ordine: secca e forte, occhialuta, efficiente, e corazzata di cuore, operante ed incommentante. Funzionava da dottore, non c'erano dottori. Li precedette in uno stambugio, mezzo infermeria e mezzo soggiorno conventuale, acuto all'olfatto per la sua compositezza. Johnny stazionava alla finestra, spiando la situazione intorno al paese, Regis si preparò per l'iniezione. La suora eseguí, Regis ora nicchiava a ricoprirsi, pareva dire: tutto qui? E credete che questo possa bastare per il mio braccio? Il mio braccioooooo!

Johnny retrocesse dalla finestra. Ed ora? Regis aveva un'aria delusa ed offesa, sul verge della disperazione, e mosse con Johnny verso l'uscita. La suora l'arrestò con la sua ossuta mano: dove andava? ricoverarsi subito. Era impazzito? non se la sentiva la febbre da cavallo? La suora parlava duro, unsympathetic e tutta tecnologica. Regis ombrò e scartò. Ricoverarsi, mettersi a letto, subito adesso, coi tedeschi arrivanti e serranti? Alzò la voce. – Non io. Io no. Preferisco, voglio crepare all'aria libera. Non mi corico, non mi... – ma la spossatezza, lo swooning l'afferrò, lo piegò come un salice smidollato.

Johnny lo portava in braccio, la suora faceva strada, volgendosi appena a dire che naturalmente non lo ricoveravano in ospedale, cosí aperto all'ispezione tedesca, lo rifugiavano nei sotterranei, vi giaceva già una quantità di partigiani... Pareva che tutto l'odore d'acido fenico nell'inodore ospedale si fosse concentrato, rappreso nella rigida sottana della suora. Johnny gonfiava le gote contro il rigurgito, Regis piangeva filatamente. Cosí non vide il sotterraneo, basso e medievale, gelido ed asfittico, con appena una lampada a carburo sul fondo, che a Johnny permise di scoprire le tre vittime del burst dello Skoda: immoti, disfatti, insensibili, con muffa nera sugli occhi. Johnny ora spogliava Regis e lo coricava, piangeva sempre liquidamente e non socchiudeva gli occhi, come temendo uno spettacolo intollerabile. – Starai bene qui, e perfettamente al sicuro. Mi ci fermerei io, se non dovessi vergognarmene. Sta certo che tra una mezz'ora ti sentirai meglio e non m'invidierai sicuramente, me di nuovo alla ventura allo scoperto. M'hai sentito, Regis? Io vado.

Usciva, di nuovo per l'androne guarnito, tra i vecchi cronici istoliditi. Una suora ora gli trottava al fianco: vecchia, tombolona, forse idiota, con una faccia porcina dentro il soggolo sporco ed allentato. Aveva, no, portava un goggle fisso e idiotico, frusciava come una tripla donna, giggled and goggled, parlando dei tedeschi in termini disarticolati ma certamente ammirativi, sempre giggling and goggling...

Era fuori, le case gli precludevano la vista di Mombarcaro e della sua enorme collina cruda e haunted. Non conosceva l'ora, la sua stessa asolarietà torva anonimizzava il giorno. Mosse per la torre, veleggiando fra file di gente sul piede di fuga, aggrottati, recriminating, asympathetic. Qualche partigiano era riconoscibile fra la folla, scampato da altre squadre, riparato a Murazzano con altra avventura, conoscente altri morti... Si riconoscevano e salutavano con un clink dell'occhio, si agglutinavano nella loro comune andata alla torre dominante, ma non si raccontavano nulla di loro particolare, ognuno sarebbe stato subito stomacato dall'udire una peripezia od anche solo un itinerario altrui, la giornata era interamente e gelosamente e misteriosamente sua propria di ognuno. Fumavano insieme le loro ultime sigarette, intatte nei triboli dello scampo.

Sulla torre erano saliti giovani del paese, con un binocolo tolto a prestito dal prete, esaminavano la situazione lassú a Mombarcaro ed i movimenti e riferivano giú con voci sibilate. Una ressa di borghesi in dinamismo statico guarniva la base erbosa della torre e guardavano enthralled alle alture di Mombarcaro. I tedeschi, alcuni di loro erano visibili sulle poppe del monte, ma solitari e straying come in tregua individuale. Altri giovani dalla base della torre gridavano su per un avvicendamento alla cima ed al binocolo, ma i lassú denegavano sibilando.

Sulla strada di cresta ricomparvero i camions tedeschi, sempre torreggianti e traballeros, si arrestarono coi radiatori puntati a Murazzano. I borghesi bolted away, definitely, qualcuno che esitò col piede a mezzo fu scaraventato in fuga dallo strido delle donne alle finestre. Gli osservatori rimasero sulla torre, focusing i loro binocoli. Da basso i partigiani attendevano notizie, anch'essi sul piede di ritirata. Ma Johnny rimase a sedere sull'erba gelida, memore della neve. – Non voglio correre, non voglio correre per un solo loro movimento, non voglio scappare se vedo uno di loro fare un minimo gesto –. Ora gli osservatori si sporgevano dalla smerlatura a riferire le cosette che facevano i tedeschi sui camions: uno si curava i piedi, uno si cambiava la camicia, uno si teneva la testa stretta fra le mani... qualcuno era balzato giú dal camion e percorreva e passeggiava la strada crepuscolare, come per suo conto...

Il fatto di Mombarcaro era finito, o stava finendo. Nessuna torre di concreto fumo... Tutto appariva insensato, sotto il ghigno perplesso o sardonico del satiresco cielo senza tempo. Uno schermo di dusk scivolò fra le alture e Murazzano, le strade come si spensero, gli autocarri tedeschi si dissolsero riluttantemente ma sicuramente, ma era sempre uguale, forse incrementata la tremendità, la fascinazione della loro puntata immobilità. Eppure la giornata era finita, qualcosa nell'aria, nel cielo lo diceva, l'assicurava.

Johnny si voltò e vide che i piú dei partigiani erano spariti, scesi in paese e certo oltre. Ma non andò con loro. Lo seguiva ora un partigiano, attaccato a lui con una discrezione muta e tenace. Johnny si voltò e fermò sulla strada ingrigente, fuori dell'ombra nascente delle case, sotto le prime battute del vento serotino. E fissò l'altro duramente. Ora lo ricordava, apparteneva, sí, ai vecchi, secolari giorni che fu il ieri di Mombarcaro: portava la sua arma e la sua munizione, era preciso e noioso, fidabile. – Che vuoi? – Solo che tu m'indichi dov'è la Lovera. – E non potevi domandarmelo subito? – Ma io ho pensato che ci andavi e cosí ti seguivo... – No, io non ci vado... – Ma l'appuntamento di Némega... – T'ho detto che non ci vado. Eccoti la Lovera, – e si orientò ad indicargliela, nella metà della selvaggia cresta che da Murazzano si lancia a trampolino per un tuffo nella breve piana di Dogliani. L'altro se la impresse negli occhi e poi: – Non ci vai... perché torni a casa? – Non c'era offesa, né polemica, né sfregio nel suo tono, solo una vibrazione di preghiera: che Johnny gli dicesse il pensiero suo, perché lui sapesse regolarsi. – No, non torno a casa. Torno nei partigiani, ma altri partigiani. – Dove? – Sempre sulle Langhe, ma sulle Langhe piú basse –. Erano ben oltre la cortina del buio, e Johnny le sentiva inaccessibili, invisibili, come l'altra faccia della luna. L'altro si succhiò in dentro le labbra per la riflessione e la scelta, poi se ne andò, col suo passo disciplinato e goffo, puntando alla Lovera. Johnny lo seguí con gli occhi fin che poté, leggendogli sulla magra schiena tutti gli sforzi ricostitutivi di Némega, tutto ciò che avrebbe visto, sentito, sofferto in futuro e come sarebbe *morto* in una particolare vicenda partigiana che non sarebbe piú stata comune al partigiano Johnny.

Poi se ne andò, all'opposto, trascorrendo nel paese sol piú vivo di donne, con gli internal spifferi hissing alle finestre ed agli usci sprangati.

13

Era tremendamente eccitante, e pregnante, marciare al basso in quella sospensione di partigianesimo. Johnny si sentiva come può sentirsi un prete cattolico in borghese od un militare in borghese: le armi razionalmente celate sotto il vestito, il segno era sempre su lui: partigiano in aeternum. «I've stood, and fired, and killed».

Era terribilmente diverso da tutta la gente che batteva la grande strada di cresta: rada, sullen, aggricciata gente che batteva la collina per bisogni e passioni supremi: il dèmone della borsa nera, la mendicatizia ricerca di legna da ardere, o la chiamata del prete per una estrema unzione. I piú, i pigri, stavano a vista e distanza della strada, immobili e tesi sui noti campi, cosí diffidenti da non abbandonarsi a rispondere a un richiamo, a un fischio dalla strada.

La giornata era gemella dell'ultimo giorno di Mombarcaro, timeless per la mancanza di gradazione solare; oggi, ed era peggio, it looked come se il sole non avesse brillato mai sulla terra. E frequenti spifferi ghiacciati correvano per il lungo della strada, come un maligno scherzo insistito. Johnny marciava al basso, masticando col pane dell'armata questua la cioccolata comprata alla wayside osteria della Pedaggera, che era, per Johnny, l'equivalente sognato da Synge per la sua osteria nel «Playboy del Western World». L'ostessa era petrea, oleosa e parlante a monosillabi come una vecchia indiana: guardò Johnny in tralice temendo una requisizione, nella disperata muta difesa di un lucro secolare, essa non poteva sopportare né permettersi nemmeno il regalo d'una tavoletta di cioccolata. Quando Johnny pagò, la giornata era salva per lei e, in sollievo, diventò loquace. E descrisse la battaglia di Mombarcaro con una circolarità di veduta che a Johnny era stata naturalmente negata. Era straordinaria la circolazione delle notizie per le colline, si congiungevano ed amalgamavano tutte in cresta dopo la strada per le valli ed i rittani ascensionali. La vecchia era particolarmente informata dei risultati dalla parte di Bormida, Johnny essendo periclitato e poi scampato dalla parte di Belbo.

I fascisti avevano catturato una ventina di partigiani: i piú fucilati in serata sulla piazza d'armi di Ceva, i restanti, o perché troppo giovani od efficacemente imploranti, deportati in Germania. Ma l'episodio piú impressionante per la vecchia era di quel partigiano immobilizzato da una pallottola in un ginocchio.

I suoi compagni l'avevano deposto ed occultato, a mezza costa, in una di quelle capannine mezze in muratura in cui i contadini d'autunno essicano le castagne. Una pattuglia di tedeschi v'era arrivata, socchiusa la porta con dolcezza, visto l'uomo immobile e salutatolo. Poi richiusero ed incendiarono il tutto. – Avreste dovuto vedere il fumo disse la vecchia: come si dice che cambiò il colore, come di magro si fece grasso, quando avvolse, oltre che il resto, l'uomo. Ma la voce era che non fosse un italiano, ma uno slavo, e non c'era nulla di piú continentalmente distante come la parola «slavo» pronunciata da lei. E Johnny cercò nella sua memoria quale potesse essere lo slavo della guardia del corpo del capo in viola ad aver fatto quella fine.

E di Alba che sapete? È libera o occupata? – Di Alba non sapeva nulla, Johnny sbalordí a sentire che in tutta la sua vita non era mai scesa ad Alba, la capitale geografica delle Langhe, era sempre vissuta tra i bracci di quel crocevia. I suoi figli, quei conigli dei suoi figli, essi stessi non c'erano piú stati dall'otto settembre, benché ci fosse da fare ad Alba con la borsa nera, con un pizzico di coraggio maschile. Ma doveva ammettere d'aver procreato dei conigli, i loro coetanei col piccolo rischio di una entrata in Alba accumulavano tanti soldi che le botti non bastavano piú a stivarli tutti.

Johnny riuscí sulla strada, tetra e wind-beaten, ma era l'ultimo influsso dell'altissima collina, piú a valle l'aria sarebbe stata meno feroce, lo si poteva intuire dal generale aspetto del paesaggio inferiore. La cioccolata, svolta dal suo rugginoso stagnolo, apparve ad un pelo dalla verminosità, ma il pane era buono, integro, il prodotto di una pacifica umanità.

Qualche chilometro a valle – i valloni e le forre erano as bleak as lassú, ma le creste delle colline erano piú dolci, piú materne, e le case e casali avevano un aspetto piú cristiano e colorato – allora Johnny colse, tra una sella, il primo glimpse della sua città. E risentí orribilmente il suo esilio. Corse giú dove potesse meglio vederla, come da un sipario piú accentuatamente ritratto, si sedette sul ciglio e con le armi accanto ed una sigaretta in bocca riguardò Alba.

La città episcopale giaceva nel suo millenario sito, coi suoi rossi tetti, il suo verde diffuso, tutto smorto e vilificato dalla luce non luce che spioveva dal cielo, tenace e fissa e livida, come una radiazione maligna. Ed il suo fiume – grosso, importante fiume, forse piú grande di essa, forse beyond her worth – le appariva dietro, not fullbodied, unimpressive and dull come un'infantile riproduzione di fiume in presepio. E la mutilazione del ponte che lo varcava, lo squarcio delle bombe inglesi, faceva sí che apparisse lampante la collimazione dello sporco cielo con lo sporco ponte. Johnny poteva quasi vedere il traffico del traghetto a valle del ponte: un frettoloso, nasty traffico, necessitato da odiati bisogni, ammorbato dalla paura. E la campagna circostante partecipava di quello svilimento, priva del tutto del presmalto della imminente primavera. Oltre il fiume, nella campagna esemplare, gli alberi scuri e sinistri componevano una virgolatura imponente ma misteriosa sul disteso verde smorto, plumbeizzato.

Johnny smaniò per la nostalgia. Si fissò a guardare dov'era la sua casa, giaceva sepolta sotto i rossigni contrafforti della cattedrale. Johnny compí il miracolo di enuclearla in elevazione, ecco la sua casa, col caro contenuto, librata in aria, nel vuoto contiguo ai contrafforti aerei della cattedrale... Poi la casa precipitò, come Johnny mancò per un attimo di tenerla sollevata con la sua forza intima.

La nostalgia della città lo travagliava ferocemente. Ne era via da poco piú di tre mesi, statole lontano forse trenta chilometri in linea d'aria, ma in quell'assenza ed a quella distanza aveva combattuto ed ucciso, visto uccidere ma come per diretta personale uccisione, ed aveva corso almeno tre rischi di morire ed esser sepolto lontano da casa. Ed ora, era sulla strada di lasciarla ancora, per una direzione opposta.

Il senso dell'esilio era opprimente, tale da farlo scattare in piedi come per sottrarsi ad un livello asfittico. Doveva assolutamente accertare se era ancora libera o se già i fascisti ne avevano fatto una loro guarnigione. Gli sorrideva fino allo spasimo l'idea di entrarvi nottetempo; guadagnare casa sua per vicoli tenebrosi e ben noti, svegliare i suoi, soffocare in un abbraccio il loro allarme e recriminazione, cambiarsi, dire dov'era stato e dove andava, e risparire, verso le basse colline, alle prime luci.

Marciò avanti, sgambando come mai prima; al punto da impressionarsi per la sua stessa potenza motoria, per la strada assolutamente deserta, passando avanti case accuratamente sbarrate, qualche bestiola per le aie.

Il primo incontro lo fece in valle: una donna con una bambina stava ad un pozzo presso la strada, tentando la catena. Come lo avvistò, abbandonò la carrucola e got hold di sua figlia. – Sapete se Alba è libera? – Per la paura ed il self-constraint la giovane donna assunse una plausibile aria di ottusità. – Ad Alba ci sono loro, le domando. Loro i fascisti? – La voce di lei era aspra e precipitosa, la sua stretta della figlia spastica. – Io non so, noi non sappiamo. In città non ci andiamo piú pur se ne avremmo tanto bisogno –. Aveva finalmente intuito la natura di Johnny e lo avvolse in uno sguardo di universale deprecazione.

Egli passò via, irato e ferito: possibile che in quei mesi la sua apparenza si fosse trasformata al punto da magnetizzare di terrore una giovane donna, con la sua bimba, per diurna strada, intenta al millenario lavoro d'attingere acqua? – Dovrei vedermi in uno specchio, si disse, specialmente gli occhi.

Arrivò alle falde dell'ultima collina, dietro la quale si sentiva il cardiopulsare di Alba. Salí e fu sulla corona collinare sulla quale sorgono le villette della borghesia locale.

Procedette per un sentiero, guardando l'immediatamente sottostante città con l'affetto e l'angoscia di chi osserva un congiunto steso sul tavolo operatorio, nell'imminenza dell'intervento. Da questa minima distanza la città riacquistava il suo colorito, ma era pur sempre, pensò Johnny, parecchio sotto il suo standard. Ed emetteva, in pieno pomeriggio, un brusio già crepuscolare.

La circolazione era scarsa ed esclusivamente pedonale: l'asfalto del nastro di circonvallazione corrugato, sfondato e senza lustro, percorso da nessuno. L'ambiguità era tanta e tale che Johnny avrebbe pagato per veder sfilare su quell'asfalto un intero reggimento fascista.

Johnny che stava chino sui ginocchi per piú agevole e fonda osservazione, scattò in piedi. Un uomo gli era alle spalle: un vecchio contadino sgrossato ed evoluto da decenni di mezzadria a grande famiglia cittadina: grezzo ma disinvolto, e del tipo patrocinatore della gioventú. Infatti disse: – Tieni gli occhi aperti, partigiano. – Dunque la città aveva una guarnigione fascista? Il vecchio annuí, senza spegnere quel suo sorriso saputo – In città c'è la Muti –. Johnny ruggí: la Muti! avevano mandato proprio questa notoria indifendibile canaglia in armi. – Da quando? – domandò, – come se volesse conoscere la data di una morte.

Ci stavano, guarnigione fissa, da due settimane, ma fino ad oggi non avevano fatto un male particolare alla gente. – Se intendi trattenerti, tieni gli occhi aperti, perché ogni tanto salgono pattuglie. Due o tre al massimo, ma è sempre pericolo. – Bene armati? – Uno su tre ha di quei cosi che son di moda oggi e che chiamano mitra. – Hm, hanno mezzi.

Cosí Alba era guarnigionata. Johnny sbottò alla cosa, imprecò alla cosa, sofferse per la cosa. Proseguí per il sentiero, nella costellazione delle ville padronali, apparenti deserte e sigillate. Ma ad un cancello un uomo jerked and staggered. Era l'industriale enologico B., qualcosa di piú di una conoscenza, un consocio del vecchio Circolo Sociale. S'era stempiato ed ingrigito, portava un abito da città sciupatissimo, i suoi occhi vagolavano piú acquosi e lurching che mai, la sua nativa morosità elevata all'ennesima potenza. Lo riconobbe, speculò su tutta la collina con un'occhiata animalesca, poi lo chiamò con brividi. – Dove sei stato tutto questo tempo? Dí, che sei partigiano? – Il suo sguardo correva, con ripugnanza, su tutta la superficie vestita di Johnny, arrestandosi ai rigonfiamenti. – Cosí sei partigiano anche tu, – disse scuotendo la testa. Johnny gli sorrideva. Gli domandò degli altri, di tutti gli altri, degli ASSENTI. I giovani erano tutti lontani: la metà semplicemente intanata, ma l'altra metà sicuramente partigiana, e Johnny sorrise a quel grande, muto, separato appuntamento. B. scuoteva ancora la testa. – Io so soltanto che tra voi e loro siete la perdizione d'Italia.

Loro erano i Muti. – A proposito, come sono i Muti? – Finora non hanno fatto porcate vere e proprie, ma guai alla prima esplosione, al primo appiglio –. L'industriale poteva predirlo: erano in grande maggioranza canaglia della suburra milanese, Johnny doveva sapere come lui conoscesse Milano, in tempi normali andava settimanalmente a Milano, per il grande mercato dei vini, nei tempi normali. – Gli ufficiali non sono niente di meglio della truppa... passeggiavano col frustino... Pensare quanto mi piaceva il dialetto milanese, ci avevo un vero e proprio debole... ora sentirlo in bocca a questi lazzaroni armati fino ai denti mi fa rizzare i capelli in testa –. E quello che aumentava, siglava il terrore, era l'oscillazione d'età in quei ranghi: o giovanissimi, sciagurati besprizorni fiottati fuori da scomunicati brefotrofi, o canaglie canute... – Purché non salti in mente a nessuno di voi di cambiare qualcosa in città.

Johnny disse che immaginava la signora con lui in collina. Sí, ma al momento era fuori, in visita, nella villa vicina. – Parevano tutte chiuse, – disse Johnny. – Macché, viviamo tutti in collina, soltanto ci facciamo vivi il meno possibile. Non è piú vita, proprio – He ranged for a moment and very dejectedly sul sentiero motoso – Cosí siete tutti partigiani. Il medesimo professor Chiodi ha piantato il Liceo, per mettersi in quest'avventura! Un filosofo! Il filosofo! – Johnny sorrise mentre B. scoccava un'occhiata breve e repugnante alla succube città.

Allora Johnny gli chiese di suo figlio, gli piaceva in quel momento quella routine frivola e convenzionale, come se ne spiccasse maggiormente il suo nuovo, irregolare, unprecedented carattere. – Grazie a Dio, mio figlio è regolarmente a scuola, nel suo solito collegio dei Padri S... Mai come oggi mi lodo di averlo messo in un collegio retto da religiosi. Sai, in questi tempi, i religiosi sono gli unici che possono ancora farsi rispettare ed imporsi. Sia da voi che da loro.

Dalla villa sepolta in un giro di mirto fradicio e stillante uscí un fruscio di disco, carezzevole nel suo scraping e Johnny si sentí pervadere di languore.

Quanto a B., stava da un pezzo lottando tra il terrore di complicazioni ed il suo rigido senso dell'ospitalità. Finalmente si risolse, per un braccio condusse Johnny nel vialetto incuriato, dicendo che in casa stavano sua figlia, la sfollata signora G. e sua figlia. – Per favore, non mettere in mostra le armi. – L'introdusse in un dankish tinello, rinserrante un'ombra precoce, nella quale le tre donne spiccarono, dal fondo del divano, come isole di crepuscolo in un pelago nero. B. presentò Johnny circolarmente con una perifrasi tanto prolissa quanto maldestra, le tre donne capirono a volo, con un sorriso crudele per B. Johnny si trovò a sprofondare in una vecchia poltrona, leggermente umida, right dirimpetto alla signora G., una statuaria icy scandinava, atteggiata sul divano come una figura di Canova. Le due ragazze, acerbe e pungenti, pasticciavano al fonografo. Come Johnny estrasse le sigarette, scoppiò un gridolinare: «Ha sigarette! Sigarette vere, confezionate. È vergognoso scroccare a lei, ma proprio non ci resistiamo. Noi dobbiamo arrangiarci con quelle impossibili, beffarde cartine ed una specie di erboristeria che si vorrebbe rimpiazzare il tabacco, ma è una cosa assolutamente infumabile».

Johnny stava malagiato nella dolce comodità antica della poltrona, con signore e signorine dirimpetto, lottava per ritrovare l'antica disinvoltura ed homeliness. – Se avete la bontà di attendere, fra poco serviremo il tè. B. ha una fortunata riservetta di genuino tè indiano, ma dobbiamo zuccherarlo poco poco, questo è il guaio. Le piace il tè? – Johnny disse che non ne andava pazzo, era la prima cosa di cui poteva privarsi, in necessità. – Come, come? un anglomaniaco come te? – fece B. ma solo per sollevare l'ambiente, per reinstaurare la sua cancellata presenza.

Le due ragazze, la sigaretta fissata tra le labbra, pasticciavano negli albums dei dischi. Avevano tutta la serie di Natalino Otto. Gli andava di sentire «Lungo il Viale»? esse lo trovavano carinissimo. La signorina G. era leggermente piú giovane della figlia di B. ed incommensurabilmente piú donna: radiava la sportiva alterezza che distingue la prole degli eminenti professionisti torinesi. B. s'irritò per quel disco. – Vorresti Musica Proibita, papà? – polemizzò la figlia. – Non voglio niente di niente. Non son tempi da musica, ecco. – Sai che fa tua figlia, non avesse dischi da sentire, papà? Si butta nel pozzo. – Solo perché gli uomini sono impazziti? – insinuò la signorina G. B. disse a sua figlia che faceva meglio ad impiegare il suo tempo studiando l'inglese come faceva Minnie, la figlia della signora G. La signora G. s'intromise a sottolineare sospirosamente gli scarsissimi progressi di sua figlia. – Vediamo a che punto sei. Si dice che il signore sappia l'inglese a meraviglia. Ma come diavolo ha fatto? – Soltanto un felino «Mammy» della figlia esentò Johnny da una interrogazione scolastica.

Tutto ciò era cosí assurdo, piombato in una vasca irreale: proprio non poteva piú comunicare con quel tipo umano, nessun ulteriore rapporto, se non un muto sorriso, sfingico. Si sentiva irresistibilmente trascinato a serrar gli occhi, in una comoda numbness che soltanto la reminescenza delle pattuglie Muti accennate dal vecchio mezzadro fuori valeva a punteggiare di minime agues.

– Del resto io leggo inglese, – disse la figlia di B. In traduzione italiana, ma è un libro inglese. Sto leggendo Woodhouse, «Arrivederci Jeeves» –. Pronunciò l'J alla francese. B. si aggrottò: – Se ci perquisiscono la casa, finiamo per aver grane per quel libro inglese.

Johnny gaped peristaltically. No, non c'era piú nessun possibile rapporto, tra quella gente e se stesso, il suo breve ed enorme passato, Tito ed il Biondo, le vedette notturne, le corvées di rifornimento, le uccisioni. Di colpo, affondato nella pushy poltrona, fronteggiato da belle e giovani donne, alitanti civiltà come un profumo di cui ci si spruzza normalmente alla mattina, Johnny rammemorava, rimpiangeva la tetra, sporca monotonia di Mombarcaro penuriosa. Ma che posto occupava questa gente in quel mondo? in questa situazione? qual'è il loro pensiero e la pendenza dei loro sentimenti, in défaut dei loro intelletti? «Were I now up there again! – implorò. Avrebbe sopportato benissimo Némega, il maresciallo Mario poi era un amico del cuore... Che idea aveva avuto B. ad introdurlo in casa, e sí che era stato angosciosamente in forse, e lui ad accettare l'invito, ad essere ancora qui, chissà da quanto mai tempo, lasciando la sua solitaria armata strada, amata. Se soltanto avessero appreso solo un briciolo di quello che lui aveva già alle spalle, le tre femmine avrebbero già perduto tutta la loro indolente compostezza, e B. si sarebbe addirittura panicato.

La signorina Minnie stava cambiando disco: ora metteva le «Tristezze» di Chopin. – Per quanto il povero Natalino non sia all'altezza della melodia –. La figlia di G. prese le difese di Otto. – La canta meravigliosamente, invece. – Dici? non ha volume di voce abbastanza. Senti come casca giú quando fa «mentre... la canzon!»

Venne il tè, la signora G. aveva la capacità di far apparire la sua chicchera come parte del complesso statuario che ella era...

– Sono realmente sconcia, Johnny, se le chiedo ancora una sigaretta?

– A proposito, – disse B., opaco e senza tè: – cioè, a proposito di niente, chissà perché ho detto a proposito... Tu, Johnny, conosci Nord?

– Nord? E chi è?

– È il capo di tutti i partigiani da qui fino alla fine delle Langhe. – Allora lo conoscerò. – Lo conosci? – Vado a conoscerlo, appena fuori di casa sua. – Ti domandavo perché questo Nord s'è già rivolto a me, come ad altri, per finanziamento. Ti dico subito che trovo la cosa naturale, abbastanza naturale. E ho già versato, in due riprese, una discreta sommetta. Non ci piango sopra, ma vorrei conoscere la destinazione e l'uso. Chi mi fa la rischiesta e chi prende il denaro è Sicco. Sicco è un ragazzo di assoluta fiducia, ma io vorrei sapere... – Johnny sventolò faticosamente una mano, in segno di ignoranza ed insoddisfazione. B. sospirò e si rivolse alla signora G. – Tutto bene, Lalla? – domandò sfiorandole un ginocchio. Ella scosse impercettibilmente la testa. – È un tempo da aver uomini vicini. Mi preoccupa mio marito. Col suo postaccio alla Fiat. Fosse un posto qualunque, ma tu sai la posizione di Dante alla Fiat. Se diserta, i fascisti lo cercherebbero in capo al mondo; se ci rimane, l'aria è irrespirabile. È già stato orribile lo sciopero di marzo dell'anno scorso, ma ora... ora...! – Ora smettetela un po' coi dischi!, ingiunse B. alle signorine. Poi shuffled his feet e chiese permesso. Vado a vedere se i figli del mezzadro fanno buona guardia –. Johnny drizzò le orecchie dal profondo del suo torpido sprofondamento. – Me ne vado – disse con tutta la determinazione che la sonnolenza gli consentiva. – Io mica ti mando via – disse B. – Sai, ho pensato di appostare i mezzadri a veder le strade e i sentieri. Sai, le pattuglie maledette... – Johnny s'avvide allora del dusk precipitato, attraverso i vetri gli alberi già sfocavano. B. rientrò, segnalando via libera con una flurried, patetica aria di collaborazione territoriale.

Appena fuori, – Allora, in gamba ed occhio alle penne – disse, con una patetica ricerca per ritrovare il tonico cameratismo del suo lontano servizio militare. – Proprio non vorrei sentire un giorno che... – Siamo qui anche per questo – sbadigliò Johnny. B. lo scrollò per il braccio. – No, non far la balla di restare ucciso! Sarà... bello... interessante esser vivi, dopo. Io ho buone speranze per dopo. Per dove prendi? – Vado da Nord. Per favore, quando scende in città... – Domattina stesso, non posso star lontano dai miei affari; le paghe corrono lo stesso, sai. – Avvisi o faccia avvisare i miei, che mi ha visto, e che sto bene, e che d'ora innanzi sono piú vicino e li terrò piú informati... – Manderò il mio procuratore, domattina stesso. Non ti preoccupare, un uomo nato per il silenzio –. Nella villa, dietro il mirto fradicio, il fonografo riandava...

Lontano dalla villa Johnny si fermò e riconsiderava la città fondente nel crepuscolo, costellata qua e là da qualche luce giallastra che presto l'oscuramento avrebbe spento; l'oscurità abbarbicata agli alberi della circonvallazione ora appariva concreta e macignosa, quasi meniale. Sospirò alla sua città, pensando che la miglior cosa era rivolgersi subito alle colline, le spalle ad essa e la fronte alla ventosa tenebra delle alte colline. Ma i suoi piedi muovevano al piano, senza alcuna volizione, fuori di ogni possibile cautela. Si ritrovò, del tutto inconsciamente, ai piedi della collina proteso sugli outskirts della città, in riva al torrentaccio-cloaca alitante vapori mefitici che soffocavano l'ultimo barbaglio ai binari della vicina ferrovia.

Decise di aggirare la città per la periferia: il rischio assolutamente gratuito e superfluo, gli avrebbe fatto bene, l'avrebbe rilavato di quella patina acquisita nel tinello di B.; sí, doveva rischiare, e proprio cosí gratuitamente, e proprio per poter poi lasciare in pace d'anima la sua violata città.

Avanzò sulla riva del torrentaccio: amava anche il suo lurido fetore, adorava la brutta architettura del meno vicino ponte ferroviario. Nessuno veniva in vista in quella estremità del concentrico; nemmeno una bestia, un cane mezzo cittadino e mezzo campagnolo nella sua libera uscita serotina: ma dalle prime case, al di sopra del lutulento murmure del torrente, saliva il consueto bruire serale, ma d'un tono sotto il consueto.

Era orribile quella privazione della sua città per colpa della sua posizione e dei fascisti. D'un tratto, nell'ombra franante, ebbe il raggelante sogno di trovarsi «lui solo» in quella posizione, un solitario fuorilegge, autobanditosi per motivi non chiari nemmeno a lui stesso, precisatisi in un incubo, e che ora si trovasse, solo, di fronte a tutto un mondo inferocito e vendicativo, un mondo di lawsticking and armate guardie già tutte a lui sguinzagliate...

Torreggiava sulla piatta riva, avente di fronte l'altra riva altrettanto piatta e solo leggermente violentata, in fondo, dall'arcata del cavalcavia. Quando in quella platitudine vide avanzare un Muti, Johnny rientrò quietamente nell'ombra piú nera della vegetazione e guardò. Era armato di moschetto e lo portava con quella indolenza che poteva essere sullenness at armbearing oppure quella terribile del tiratore di stocco.

Veniva per l'altra riva, dinoccolato e sognoso, trascinando nella mota scarpacce spropositate, clownesche. Da piú presso, Johnny vide che portava la canagliesca divisa della Legione come se vi fosse nato dentro, con una looseness perfetta ed insolente, le enormi brache svasate sino alla caviglia flopped noisily contro le sue gambe robuste, nell'aria immota. Johnny alzò a metà la sua pistola, nel cuore dell'ombra. Il ragazzo, un ragazzo ora, si fermò giusto davanti a Johnny, senza mai levar gli occhi: fissava l'onda lurida e lenta del torrente come un cristallino specchio per il suo lontanissimo sogno. A venti metri da Johnny, in perfetta hauteur, la sua ombra-cancellata bocca heaved un sospiro lungo e pesante, che perspicuamente smosse sotto la casacca larga il suo grosso torace, di lazzarone ben nutrito.

Johnny abbassò la pistola. Il Muti aveva ripreso cammino, Johnny balzò fuori del suo ricettacolo di tenebra, pestando sonoramente i piedi in terra, torreggiando come piú torreggiar poteva. Voleva succedesse qualcosa, da parte del ragazzo Muti, per cui cadesse l'interdizione sentimentale che gli aveva impedito di sparare.

L'altro aveva sentito ed intuito, s'era ora voltato e pareva misurare la distanza di quel duello notturno, shuffling his large feet sulla mota. Erano a quaranta metri distanti: il Muti figgeva gli occhi nell'ombra corposa, portò lentamente, dreamily la mano alla correggia del suo moschetto... e non fece altro. Sempre tenendo d'occhio il fantasma di Johnny, retrocedette lentamente, cautamente, lungo la riva maleolente, finché sparí come inghiottito da un gorgo di tenebra.

Johnny riguadagnò la collina, l'alte colline.

14

In quella early primavera il quartier generale dei partigiani badogliani, o «azzurri», si trovava in un punto quotidianamente spostato della conca sottostante al paese di Mango. Rispetto alle alte colline, il paesaggio era lievemente piú gentile, ma era come una graduazione di gentilezza sul grugno d'un cinghiale. Fu per un duro gessoso sentiero, fra duri boschi refrattari alla tardiva primavera, che Johnny salí al quartier generale per mettersi a disposizione e prender gli ordini.

Come aveva potuto notare nel suo viaggio d'accostamento, anche gli azzurri stavano perpetrando la medesima infrazione dei garibaldini alla teoria di guerriglia che fu di Tito e che Johnny condivideva pienamente. Le basse Langhe non erano ancora un'isola armata, ma stavano compiendo uno sforzo goffo e altero per diventarlo; nel loro bacino gli azzurri stavano stabilendo un sistema rigido di guarnigioni e, quel che era peggio, ognuna puntigliosamente autonoma dall'altra, ognuna pronta a difendersi, magari campalmente, per se stessa e non piú che se stessa.

Per tutto ciò che era organico, distribuzione e schematizzazione, essi ranked con fin eccessiva evidenza dal Regio Esercito, mentre i garibaldini facevano del loro acre meglio per scostarsene radicalmente; il fatto si era che i capi badogliani, eleganti, gentlemanlike, vagamente anacronistici, consideravano la guerriglia nient'altro che il proseguimento di quella guerra antitedesca di cui la disastrosa fretta dell'8 settembre non aveva permesso la formulazione dettagliata, ma che era praticamente formulata e bandita. Gli ufficiali erano, in buona parte, autentici ufficiali dell'esercito; e la cosa lusingava e flattered gli uomini, la truppa; alle gerarchie naturali si faceva il minimo posto possibile, ed anche quel poco con un supercilious grin. Persino i sottufficiali, quelli che nell'organico partigiani potevano considerarsi e agire come sottufficiali, erano massimamente autentici sottufficiali ex Regio. Di tutto ciò la truppa era soddisfatta, lusingata e come rassicurata; e, come capitò a Johnny di sentire in una delle non infrequenti e non troppo amichevoli conferenze tra garibaldini e azzurri, questi ultimi sostenevano e vantavano la loro ufficialità, il grado di istruzione e la loro estrazione sociale, implicitamente svilendo e criticando i semplici rossi che si affidavano ciecamente a operaiacci e ad altri tipi cosí imprevisti e déracinés da apparire assolutamente i prodotti di una misteriosa generazione spontanea.

Quanto all'etichetta politica, i capi badogliani erano vagamente liberali e decisamente conservatori, ma la loro professione politica, bisogna riconoscere, era nulla, sfiorava pericolosamente il limbo agnostico, in taluni di essi si risolveva nel puro e semplice esprit de bataille. L'antifascismo però, piú che mai considerato, oltre tutto, come una armata, potente rivendicazione del gusto e della misura contro il tragico carnevale fascista, era integrale, assoluto, indubitabile. Eppure, notò Johnny, quasi tutti i capi azzurri, quelli almeno che per non esser ufficiali in S.P.E. avevano cultura storica o perlomeno una certa dose di digerite letture, se interpellati, si sarebbero tutti dichiarati per Re Carlo nel 1681 e, due secoli dopo, si sarebbero arruolati sotto le bandiere del Dixieland. Epperò era visibile una pulita, consolante base di fair play in questo loro limitato combattere senza professare con feroce decisione un ideale politico, in questa sottaciuta istanza di far piazza pulita del fascismo perché poi sulla piazza nettata e spazzata ognuno si provasse a prevalere, naturalmente con gusto, possibilmente con stile.

Johnny naturalmente era un altro uccello in questo stormo, ma trovò però, nel nuovo ambiente, almeno un comune linguaggio esteriore, una comune affinità di rapporti e di sottintesi, un poterci stare insieme non soltanto nella non necessitante battaglia, ma piú e principalmente nei lunghi periodi di attesa e di riposo. Erano brillanti, attraenti, ma superficialmente. Ed in tutti regnava una lancinante nostalgia ed inclinazione alla regolarità, una dolorosa accettazione di quell'irrimediabile irregolarità per la quale non era possibile schierarsi e combattere nei vecchi cari ed onorati schemi. Per questo forse essi tendevano a fare delle basse Langhe una vasta isola armata, come un sacrato suolo dove tutto doveva essere regolare, secondo il loro sacro e caro concetto di regolarità. Quando nelle alte Langhe, proprio nei luoghi della prima esperienza garibaldina di Johnny, sorse la Iª Divisione Militare Autonoma Langhe, che doveva poi figliare ed annettere la IIª Divisione, a capo Nord, Johnny un suo uomo, il sogno fu quasi concretato, a parte quelle poche, ma aggressive e self-affirming enclaves comuniste che per i capi azzurri costituivano contaminazione del suolo sacrato e riservato poco meno che i puntanti reparti nazifascisti.

Come Johnny notò fin dal suo arrivo nei paraggi del quartier generale, le donne non erano piuttosto scarse nelle file azzurre, con ciò aumentando quella generale impressione di anacronismo che quei ranghi inspiravano, un'abbondanza femminile concepibile soltanto in un esercito del tardo seicento, ancora fuori della scopa di Cromwell. Il latente anelito di Johnny al puritanesimo militare, appunto, gli fece scuoter la testa a quella vista, ma in effetti, sul momento appunto, le donne stavano lavorando sodo, facendo pulizia, bucato, una dattilografando... Il solo fatto che portassero un nome di battaglia, come gli uomini, poteva suggerire a un povero malizioso un'associazione con altre donne portanti uno pseudonimo. Esse in effetti praticavano il libero amore, ma erano giovani donne, nella loro esatta stagione d'amore coincidente con una stagione di morte, amavano uomini doomed e l'amore fu molto spesso il penultimo gesto della loro destinata esistenza. Si resero utili, combatterono, fuggirono per la loro vita, conobbero strazi e orrori e terrori sopportandoli quanto gli uomini. Qualcuna cadde, e il suo corpo disteso worked up the men to salute them militarily. E quando furono catturate e scamparono, tornarono infallantemente, fedelmente alla base, al rinnovato rischio, alle note sofferte conseguenze, dopo aver visto e subito cose per cui altri od altre si sarebbero sepolti in un convento.

Nel suo pellegrinaggio di andata Johnny aveva naturalmente molto sentito parlare di Nord, il grande capo delle basse Langhe. Senza maggiori dettagli, aveva potuto riassumere che l'uomo dovesse il suo indiscusso primato al suo ascendente fisico, sicché Johnny si preparò a riceversi una notevole impressione appunto fisica. Ma quando, oltrepassata una linea di torve, volgari e altezzose guardie del corpo (il loro nucleo chiamato, secondo il vecchio caro imprescindibile lessico, «plotone comando divisionale») Johnny arrivò a viso a viso con Nord, egli fu struck still and speechless.

Nord aveva allora trent'anni scarsi, aveva cioè l'età in cui a un ragazzo appena sviluppato come Johnny la maturità trentenne appare fulgida e lontana ma splendidamente concreta come un picco alpestre. L'uomo era cosí bello quale mai misura di bellezza aveva gratificato la virilità, ed era cosí maschio come mai la bellezza aveva tollerato d'esser cosí maschia. Il suo aquilino profilo aveva quella giusta dose di sofficità da non renderlo aquilino, ed era quel profilo che quando scattò, later on, su un fondo oscuro, davanti a una triade di prigionieri fascisti, tutt'e tre crollarono ai piedi di Nord, in un parossismo di sgomento e di ammirazione. L'aurea proporzione del suo fisico si manifestava fin sotto la splendida uniforme, nella perfezione strutturale rivestita di giusta carne e muscolo. I suoi occhi erano azzurri (incredibile compimento di tutti i requisiti!), penetranti ma anche leggeri, svelanti come mai Nord prevaricasse col suo intenzionale fisico, la sua bocca pronta al piú disarmato e meno ermetico dei sorrisi e risi; parlava con una piacevole voce decisamente maschile, mai sforzata. E si muoveva con sobria elasticità su piedi in scarpe da pallacanestro.

I prigionieri fascisti usavano riconoscerlo di primo acchito, al suo solo apparire lontano, anche prescindendo dall'individuale splendore della sua divisa. He always wore the very uniform for the very chief. Al momento dell'introduzione di Johnny, vestiva una splendida, composita divisa di panno inglese, maglia e cuoio; ed altre divise, numerose, tutte formidabili ed eleganti, uniche per invenzione, taglio, composizione e generale apparire, pendevano alla parete del comando.

Johnny si riprendeva lentamente dallo shock di Nord, e braced himself per non soccombere all'immediata, integrale, colpo-di-fulmine devozione indiscriminata. Per reazione, cercava di convincersi che quel fisico assolutamente eccezionale racchiudeva un'anima ed uno spirito normali. E cosí era, ma per Johnny e per tutti gli altri uomini (migliaia di essi) che servirono sotto Nord, la constatazione non si risolveva in un deprezzamento di Nord, ma, paradossalmente, in una supervalutazione. Infatti, il fisico era cosí ammirevole e suggestivo che ognuno si attendeva, pronto a perdonarla, una classe spirituale esageratamente inferiore. Il fatto che intimamente Nord fosse perfettamente normale ed average-standing, fece tutti pensare ad un miracolo, ad una stupenda fusione.

Nord si aggrottò impercettibilmente ai precedenti garibaldini di Johnny. – Come mai? – domandò con la sua piacevole voce, come sottolineando e stupendo ad una infrazione al gusto. – Non avevo incontrato altri. Lei m'insegna la situazione dello scorso Novembre. – Ed in seguito? – Ci hanno fatto a pezzi. A Mombarcaro. – Lo so. Tutti sanno, – e in lui l'irresistibile, unquenchable solidarietà partigiana, pur osteggiata, pur violentata dentro, diede un suono di tristezza. Una disfatta rossa era una disfatta comune, pur se quasi mai garibaldini e badogliani collaborarono, ognuno combattendo singolarmente il nemico fascista, ognuno stimando il fascista suo proprio ed esclusivo nemico.

– Ed ora? – domandò Nord. – Ora credo di essere... nel mio centro.

Nord si disse lieto che le sue file s'arricchissero di ragazzi da Alba. Alba era l'immediato diretto obiettivo della sua divisione, i suoi uomini gravitavano da Alba. – Ed io sono lieto di avere tanti uomini da Alba, come un fiore della mia milizia, quasi un pegno di responsabilità verso la città che è nostra. Sono soddisfattissimo e i tuoi concittadini già con me. Li conoscerai certamente... Ettore, Frankie... Luciano... – Luciano è mio cugino, – disse Johnny. – Lo so. Presentemente è comandante in seconda a Neviglie. Luciano e tutti gli altri mi hanno parlato molto bene di te, tanto bene che da tempo io sono qui... praticamente ad aspettarti. Se mantieni al 50% le promesse che per te si sono impegnati a formulare i tuoi compagni di città, tu sei destinato a restarmi molto presto vicino e fino alla fine, a dividere con me il mangiare ed il dormire. È tutto vero tutto quel che si dice del tuo inglese? Benissimo, ci servirà enormemente. – Volentieri, capo.

Si udí uno scalpicciare in anticamera, una guardia del corpo stava origliando per scoprire se il nuovo venuto era per assumere importanza o sarebbe rimasto sempre una pezza da piedi, per sapersi regolare in conformità. La guardia del corpo di Nord era odiata e disprezzata da tutta la divisione, cosí odiosa e cialtrona e poltrona e tracotante, cosí ben equipaggiata e superarmata, cosí onusta di insegne fasciste e tedesche che partigiani poveri diavoli avevano conquistato alla periferia del grande territorio divisionale e omaggiato al grande capo Nord che le aveva lavishly profused upon his undeserving bodyguard.

Nord lo assegnò comandante in seconda del presidio di Mango (i garibaldini l'avrebbero chiamato distaccamento), in seconda al tenente Pierre che da tempo pleaded for support. Dalla finestra del comando Johnny poté scorgere tutto il suo destinato paese, sfumante le sue case e compattante la sua tetraggine nell'ora del vespro, alto ed arroccato a nord ed ovest, i due punti cardinali dove stavano i fascisti di Alba e di Asti, il nemico specifico della divisione di Nord.

– Poi mi dirai del tenente Pierre, – aggiunse Nord cripticamente, al momento del congedo. E Johnny imparò presto il taciuto senso di Nord, perché Pierre diventò presto il miglior ragazzo e compagno della guerra. Tenente di aeronautica, antagonista dei caccia inglesi su Malta e Napoli. Su un fisico minuto ed asciutto, leggermente elettrizzato, innestava una irriproducibile faccia di moschettiere guascone riportata in normalità da due azzurri, mansueti, cristiani occhi azzurri. I suoi capelli tendevano al rossiccio, e tutti arricciati con quella minuta densità che Johnny aveva sempre malsopportato, ma che amò sul capo di Pierre. Vestiva assolutamente clean and tidy, ma senza l'ombra di quello sfarzo vigile che distingueva gli altri capi badogliani. Era un fenomenale competente di armi e tiro, un eccellente sparatore, un combattente sobrio e freddo, di tutto riposo.

15

It was an easy-going camp. Sebbene Pierre avesse una sua querula insistenza che si risolveva in pulse, ed il suo effettivo braccio destro fosse un sergente siciliano, Michele, un effettivo sergente ex Regio, con un forte e povero corpo da beduino, una certa blinkness di occhio e di bocca, sibilante i suoi irresistibili ordini alla vecchia feroce maniera degli esemplari sergenti dell'esercito. Un giorno sí ed un giorno no gli uomini facevano ordine chiuso agli ordini del sergente Michele, sugli spiazzi fuori paese già rallegrati dall'ormai steady sole, sotto l'occhio approvante e compiaciuto della popolazione a quello spettacolo di intensamente occupata quiete. Ma gli uomini – gli adolescenti – avevano la sullenness, l'offensiva sonnolenza e l'ironia slabbrata dei tempi dell'istruzione premilitare. Ed era anacronistico e controproducente assistere alle manovre ed alle figure dei reparti, gli uomini sfilanti a bilanciarm o presentanti le armi, quelle loro tutte diverse, sghembe, inaccostabili, incollettive, personalissime armi. Ma Pierre approvava incondizionatamente e il sergente rejoiced grimly a quel benestare che gli veniva da un «vero» ufficiale. Anche qui, ad onta di Michele, la guardia notturna lasciava molto a desiderare in fatto di effectiveness e nei primi tempi la principale mansione di Johnny fu appunto l'ispezione notturna, con l'insonne, inesauribile Michele, fra l'atra terra e la tenebra ventosa. Pierre poi aveva tutta la capacità d'insonnia d'un aviatore, e nelle pause raccontava di Malta e dei cacciatori contraerei, e del radar e di «Tally-ho!»

L'inazione era cosí deprimente, rugginosa, da eccitare gli uomini piú giovani ai raids piú disperati, che Pierre e Michele con dura saggezza soffocavano, come tenendo bambini discosto da crushing machinery.

Il miglior uomo agli ordini di Pierre era Kyra. Era un piemontese di prima generazione, ma di sangui lontani. Aveva una bellezza complessa e diretta eppure, d'un ardore nettamente sardo ma come temperato e blended in una morbidità laziale. Era basso, ma come sollevato dall'aurea proporzione delle sue membra, con una voce vellutata eppur virile. Vestiva, al pari di Pierre, con una sobrietà e funzionalità che dava nel puritano, eppure la sua stessa eleganza fisica lo faceva apparire il piú brillante e policromo di tutti. Kyra era il favorito della popolazione di Mango, che lo salutava, lo chiamava e l'invitava in casa con assai piú calore che con ogni altro partigiano. E Kyra era partigiano semplice, senza essere affatto semplice, ma nessuno l'avrebbe elevato all'officership, quasi temesse di rompere un nativo equilibrio, di alterare una figura nata perfetta cosí come presentatasi. Quasi tutto il suo tempo libero lo spendeva in una officina del paese, perché aveva un ingegnaccio ed un trasporto per la meccanica. Era stato uno degli artefici dell'estensione della linea elettrica e telefonica, conquiste che quella popolazione doveva all'occupazione partigiana. E aveva una mano santa per la riparazione delle armi e la sua quotidiana occupazione, la sua disciplina quasi, era di limare il fondello dei colpi per sten per adattarli al calibro 9 del mitra Beretta. Ma il ragazzo aveva qualcosa dentro, una tristezza gli inazzurrava a tratti le guance camuffandosi all'ombra della giovane barba. A Johnny Kyra piaceva infinitamente, ma la cortesia di lui era del tipo che esclude la confidenza: era un vero adulto, con la necessità, non il gusto sensuoso, della confidenza. E Johnny s'acuiva in quell'indagine, tutto il restante materiale umano interessandolo poco o niente, all'infuori di Pierre e di Michele, finché Pierre gli sciolse cautamente l'enigma: era un segreto dei capi, gli uomini ignoravano, e Johnny doveva tenerselo: uno sgarbo a Kyra era assolutamente inconcepibile.

Kyra aveva un fratello maggiore, e ufficiale del presidio fascista di Asti. E, disse Pierre, era buono per i fascisti come Kyra era buono per loro. – Prova a spiare Kyra quando trasportano al comando un fascista catturato o passa per la fucilazione. Lo vedi agonizzare, e seguire da lontano e lateralmente la processione che sempre l'accompagna. E se si trattasse di suo fratello, puoi star certo, Johnny, che Kyra non intercederà per lui, sebbene noi non lo giustizieremmo mai, proprio perché è il fratello di Kyra. Ma si sa che in Asti suo fratello la pensa allo stesso modo, ha pubblicato che suo fratello non avrà pietà in quanto suo fratello, ma curerà lui stesso che la giustizia fascista segua il suo corso. Queste cose le sa Nord direttamente.

Tragicamente per Kyra, la fraternità, sempre formidabile, era per lui l'upmost and utmost. Come se non bastasse che egli nutrisse per il fratello maggiore l'amore riverenziale classico ed antico, l'altro era il suo eroe, il suo modello inattingibile per rispetto eppure sempre presente per amore: era il suo ispiratore, il suo comandante, il suo ingegnere, per cui Kyra semplicemente gioiva di essere l'operaio, che religiosamente compiva i suoi piani. L'altro aveva progettato, inventato, costruito in ogni dettaglio l'appassionante, stupenda adolescenza di Kyra. Diceva Pierre: – Chi l'ha visto dice che il fratello fascista è anche piú bello di Kyra, molto piú alto... – e Johnny poteva vederselo benissimo, attillato nella sua fosca uniforme, un monumento, contro la selciata sfondità della caserma astigiana, di marzialità e di sex-appeal fascisti. Finché la guerra durò, i due fratelli non ebbero modo di urtarsi, ma il 25 luglio prima e piú l'8 settembre essi si lacerarono. L'altro non era stato particolarmente acceso durante tutta la guerra, e Kyra era troppo ragazzo. Ma dopo l'8 settembre il maggiore cambiò, s'infuocò, eruttò, fu tra i primi fascisti e piú determinati e sanguinari. Tiranneggiava lo sconvolto Kyra, fanatizzandolo invano finché questo salí nei partigiani piangendo, lasciando i genitori con l'angoscia di quei due gettoni, l'uno sul rosso e l'altro sul nero, nell'avviata, frizzante roulette.

– Noi siamo fortunati, – disse Pierre: – e senza merito,

mi pare. C'è sembrato tanto salire in collina alla moda nostra... ma pensa a questi come Kyra, come ci son saliti e come ci restano. E pensa a suo padre e sua madre. La vittoria d'un figlio è la perdizione dell'altro. C'è quasi da sperare, per loro, che nessuno dei due arrivi alla fine, alla discriminazione. E loro vecchi con loro.

Uscirono a sentir Radio Londra in casa di notabili. Borghesia paesana, molto sensibile all'ufficialità partigiana di quel tipo. Il padrone di casa osservò ancora una volta l'inferno che sarebbe stato il paese in zona di Stella Rossa, Pierre ridacchiò e avvertí soavemente che Johnny era di quella provenienza. Rimediò, scusandosi con prolissa elaboratezza, poi buio fu fatto ed il padrone accese l'apparecchio e lo sintonizzò: con una prassi rituale, a labbra premute e gli occhi ristretti, come pilotare la macchina in un grande traffico. Gli alleati stavano ancora sfangando ai confini tra Campania e Lazio. – Dough feet, – disse Johnny. – Che cosa? – domandò Pierre, nella sua disperante incapacità di ricevere l'inglese che pure aveva studiato. – Piedi piatti, gli ho detto.

L'inazione stava diventando ossessiva, ed altrettale doveva essere per i fascisti alla cinta delle loro città di presidio, fissi lontani alle paurose colline. Si seppe poi che in Alba ai Muti era succeduto un battaglione alpino, mezzo di rastrellati e forzati, per nulla accaniti, solo pericolosi semmai per quel loro tossico accumulo di paura e di coazione. Asti rimaneva un punto forte, ma ora i garibaldini stavano stendendo intorno alla piazza come un belt rosso, che garantiva, consolidava ancor piú la sicurezza dell'acrocorico centro azzurro.

I partigiani sciamavano per le colline, la primavera trapassante nell'estate eccitava e garantiva quel loro lungo, ebbro errare, col suo completo vestito naturale di mille risorse succeduto alla truce, unrisparmiante, spesso mortifera nudità invernale. Di sera i partigiani sung and feasted, tentando di attrarre fuori le ragazze del paese. Le strade asciutte e soffici facevano tutti impazzire per procurarsi autoveicoli e guidarli ebbramente. Con la primavera e l'estate non sapevano, non potevano piú tollerare d'andarsene a piedi, questa arma e disciplina dei partigiani. Una battaglia, con la sua diaccia lezione, stava facendosi necessità impellente, ma il presidio di Alba si limitò a dar due puntate poco convinte da nord. Dei quattro presidi scaglionati prima di Mango, i primi due hindered and bothered them back home, senza infastidire il terzo. Non si pretendeva molto dai primi, magri presidi: che sparassero il minimo necessario per mettere in allarme l'intero sistema.

La situazione stagnava, e per questo medesimo motivo non suscettibile di durare. I partigiani erano troppo forti, o tali apparivano, per essere attaccati sulle loro colline, e nel contempo troppo inferiori e tecnicamente inidonei al compito di attaccare ed estromettere le guarnigioni fasciste trincerate nelle città di pianura. E all'arduità programmatica della conquista seguiva la materiale impossibilità e l'enorme pericolo del mantenerle contro il ricupero campale dei fascisti. Quando ciò venne tentato e fatto, con la città di Alba nell'ottobre '44, l'esperimento si provò disastroso e la data segnò il rovesciamento della situazione e lo sconvolgimento tellurico di tutto il sistema partigiano, che si sarebbe ripristinato soltanto nel gennaio 1945.

Intanto la sicurezza era giunta a un livello narcotico, al punto che i parenti cittadini dei partigiani giungevano, con domenicale puntualità, in visita regolare familiare, trasformando i reparti in vestiboli di rispettabili collegi. All'uopo venne istituito un efficiente e civilissimo servizio di trasporto, controllo e ricezione. La cosa naturalmente ammorbidí anche le ansie dei parenti, li indusse a credere che i loro ragazzi fossero, in ultima analisi, bene ed intelligentemente sistemati, ragionevolmente e grazie a loro intelligente iniziativa protetti, forse piú sicuri di quanto non lo fossero i coetanei attendisti ed imboscati nelle guarnite città di pianura. Ciò che successe in seguito distrusse atrocemente quelle impressioni e felici illusioni, come a quell'innaturale periodo di sicurezza presque borghese seguí un tanto piú lungo periodo di orribile e disperata exertion, d'innumerevoli morti e di impensabili atrocità.

Ad ogni modo, cosí era in quel maggio, coi partigiani pacificamente frequentanti i paesi di mercato, ed alle festività confluenti a centinaia e con ogni mezzo al paese di Santo Stefano Belbo, il piú grosso ed evoluto di tutti i paesi delle basse Langhe. Esso prendeva il raggentilente riflesso dall'attigua prospera pianura, aveva il suo leading feature nella sua grande piazza centrale, di dimensioni assolutamente senza riscontro nelle altre piazze delle Langhe, pieno di belle ragazze e di portamento e di espedienti e di agghindamento nettamente cittadini. In difetto di disponibilità di Alba, Santo Stefano era la festiva mecca dei mille e mille partigiani, azzurri e rossi, delle basse Langhe. Johnny ed Ettore ci scesero anch'essi quasi ogni domenica, grudging against empeachment nelle poche altre, respiranti anch'essi quella soave, ristorante aria di civiltà quasi cittadina, correnti anch'essi le loro chances con quelle hills-over-famous ragazze, ritrovando anch'essi per quel pomeriggio le vecchie care esigenze di savoir faire e di conversazione galante e di atteggiamento, acuite e potenziate dal fascino della nuovissima loro condizione di partigiani, ritornanti infine alle vesperali colline con una soddisfazione ed un fling...

Il grosso paese, essendo il centro geografico di confluenza delle aree azzurra e rossa, era conseguentemente, nei giorni di festa, lo scoglio di frangimento delle due ondate. Le ragazze ci avevano il loro bravo zampino, accoglievano e puntualizzavano e aguzzavano la divisione, portando nei capelli o alle asole nastri azzurri se preferivano e si accompagnavano con partigiani azzurri, o viceversa se con partigiani garibaldini fiammei nastri rossi. Ma spesso mutavan nastro col repentino mutar di simpatia e succedeva a un ansioso partigiano azzurro di individuare nella crostosa piazza la sua ragazza con un nuovissimo nastro rosso nei capelli. Le liti cosí erano frequenti, gli uomini tutti armati e quasi tutti con le armi fuori sicurezza, frequente, anzi sistematico il sarcasmo contro i non allineati ragazzi locali che cercavano di difendere il loro posto con le loro ragazze. Lo spirito di corpo provocò poi frizioni e provocazioni, duelli, e i due comandi, non potendo nemmeno permettersi l'idea di porre Santo Stefano òff limits, istituirono per le domeniche un'apposita e mista polizia militare.

E questa faziosa, esagitata mecca di Santo Stefano Belbo, durò sin quando l'andamento della guerra si capovolse, ed alla ormai inarrestabile marcia alleata dal sud fece riscontro la suprema disgregazione autunnale in campo partigiano. I fascisti, al colmo della loro contro-ondata, non occuparono stabilmente Santo Stefano, ma guarnirono la finitima città di Canelli di uno dei loro piú forti, e specializzati reparti antipartigiani, che ad ogni ora del giorno e della notte compievano fulminei raids autocarrati, che fecero della gaudiosa, estiva mecca dei partigiani un livido luogo di incubo e di morte per agguato.

Per eccitare ancor piú i partigiani in quella loro ebbra estate scendevano dalle alte colline strepitose notizie sulla Iª Divisione loro gemella attestata sulle balze jemali misurate dai solitari passi di Tito e del Biondo. Un ufficiale inglese era ora con loro, un maggiore, univocamente descritto come un pacifico signore attempatello, con una sana faccia rossigna oppressa da un cappellotto alla tirolese e tutto un anacronistico abbigliamento da globetrotter in vignetta di Punch, tutto elettrizzato da una tremenda direttezza di pensiero e di esecuzione. – Scommetto che è uno scozzese, – diceva Johnny, fisso alle vaporanti, lontane, alte colline che albergavano l'inglese. E Pierre: – Se ti interessa, io ti dò il permesso d'andar fin lassú a vederlo... – Vedrò, – diceva Johnny: – tutti i giorni son buoni... è venuto per rimanere, no?

L'avvento dell'inglese, e la sua misteriosa, guardata triplicemente sentinellata trasmittente aveva rovesciato sulla prima divisione azzurra una Golconda di armi, uniformi ecc. ecc.: le contigue formazioni rosse apparivano sfiatate, surclassate, vaporizzate. Per debito di dovere, e con l'annunzio che quella medesima Golconda si sarebbe presto rovesciata sulla IIª Divisione, il Comando Generale spedí nelle basse Langhe un autocarro nuovo di trinca zeppo di uomini armati e indivisati dopo lancio. Esso swept le basse colline come un affascinante carrozzone pubblicitario, coi suoi uomini rigidi e alteri, inevitabilmente mannequineschi, chiusi in ultraregolari divise inglesi, e, poiché piovve d'un tratto (alla inimitabile maniera della pioggia in collina, con i vari schermi differenziati di cascata, spettroscopicamente dissimili per densità e colore) come a comando indossarono gli impermeabili mimetici, mettendo in debito risalto la gobbetta posteriore per alloggiarvi il tascapane. Erano tutti armati di sten o di Enfield, un paio esibivano un Thompson, l'aristocratica arma del sogno partigiano. A quella vista i partigiani impazzirono di gioia e di suspense: l'istanza per l'arma automatica e la conseguente ripulsione per l'arma a caricamento comune si era fatta isterica, stava diventando per i comandi, un problema generale. I mannequins dall'alto del camion lanciarono, alla maniera pubblicitaria, manciate di sigarette inglesi col bocchino di sughero e pacchetti di razioni K che i partigiani buttarono dopo averle sospettosamente addentate e tastate. – Adesso viene il bello – ironizzò full-heartedly Pierre. E – Debbo proprio salire a vedermi questo inglese, disse Johnny. Ma qualche giorno dopo si sparse, non smentibile, per tutte le colline, che il maggiore era morto, schiacciato da un autocarro partigiano coi freni infranti, in uno di quei vicoletti sassosi di Mombarcaro cosí noti a Johnny. Perfino i borghesi risentirono luttuosamente di quella notizia.

16

Il giorno della liberazione di Roma, lo si festeggiò in preciso ed esclusivo rapporto ad un grosso scacco tedesco. Il pensiero della liberazione della capitale nazionale non aveva una precisa forte presa sui cuori partigiani, che si serravano intorno all'amato Nord. Ma Johnny cadde memore, perché era la prima zona e città che gli alleati occupassero e che egli conoscesse. Era differente dalla Sicilia e da Napoli; per Roma, egli poteva a distanza ricordare, o ricostruire, quali pietre ricevessero le orme alleate e su quale paesaggio essi posassero i loro occhi in tregua.

Quanto ai fascisti, per controbilanciare il grosso scacco anche psicologico, diedero un forte e repentino thrust nel cuore del sistema azzurro. Fu presto accertato che si trattava dei fascisti di guarnigione in Asti, forti e procaci reparti, ben dissimili dalla goffa, amletica guarnigione di Alba, invariabilmente facente meschine figure contro le incursioni partigiane diurne e notturne. E Kyra avvampò e impallidí.

Le prime scariche esplosero nella pianura di Castagnole, affogata in vapori di caldo, con un che di festoso, una reveille di domenicali campane. Gli uccelli disturbati e spaventati al piano, stavano guadagnando le alture, veleggiavano, già appeased, sulle intente teste di Johnny e di Pierre. Il presidio di Castagnole oppose una ragionevole resistenza di prima acies, poi diede via libera ai fascisti contro il finitimo presidio di Coazzolo di cui faceva parte Ettore. Questo resisté un po' piú a lungo, favorito dallo scoscendersi delle prime colline, ed i fascisti persero tempo ad incendiare una casa ed a godersi il non straordinario spettacolo. Da Mango il fuoco, benché vicino, era scarsamente visibile, perché il cielo vaporoso di calore smasiva la colonna di fumo in feerica insostanzialità. Cosí, soltanto alle dieci, l'avanzante colonna fascista fronteggiò Mango.

Pierre, alla buona maniera antica, voleva postarsi avanti al paese e morire per la sua verginità. Ma Johnny osservò che quella era la piú sentimentale ed iniqua delle posizioni; molto meglio il mammellone a destra del paese, coronato di utile vegetazione e col pendio apprezzabilmente ripido. Ma Pierre osservò a sua volta che con quel piano si lasciava via libera ai fascisti per il paese, con le immaginabili conseguenze di ferro e fuoco. – Bruceranno, – disse Johnny, – se noi combatteremo dal paese e non lo terremo. E non lo terremo perché non siamo in grado di controbattere i fascisti in posizione. Oggi come oggi, almeno. Se ti consultassi con gli abitanti, ti risponderebbero come me. – Ma Pierre smaniava cavallerescamente all'idea del paese violentato. Johnny smaniò a sua volta di fronte a questo oceano di differenza. – Pierre, se noi gli uccidiamo un uomo, dico un uomo, ed essi spazzano Mango ed un altro paese ancora, la giornata è nostra. Non ci compete di tener posizioni, ci compete di uccider fascisti. E se ci riuscisse meglio in fuga, io son pronto a fuggir di qua al mare. – Ma che dirà la gente di Mango? Che gli occupiamo le case in quiete per nostra comodità ed alla prima difficoltà lo consegnamo graziosamente ai fascisti! – Disse Johnny – Non è colpa nostra se essi non afferrano che razza di guerra è questa.

I borghesi delle prime colline salivano in fuga, visibili nelle forre e sugli speroni come conigli a torme. Uno puntò sul paese e avvisò i fascisti in rotta su Mango; avvisò e ripartí il piú velocemente possibile, tuffandosi nei rittani tramontani.

Finalmente Pierre spedí il presidio al mammellone, gli uomini spensierati e dilettanti, passeggianti e indugianti al bello scoperto, con scarse armi e munizioni anche piú scarse. Si attestarono sulla cervice del mammellone, fronte alla windy strada di Valdivilla, Michele ranging to and fro the line per ordine e sistemazione. Poi il sergente s'interrò a sinistra, e Johnny e Kyra a destra, come uomini di fiducia alle insidiose ali. Kyra era addetto al mitragliatore Breda non perché eccellesse nel tiro, ma perché l'arma s'inceppava ad ogni scarica e Kyra era il re del disinceppamento. Johnny sbirciava le poche lastre di rifornimento e agonizzava per quelle teorie per cui esse dovevano inutilmente, platonicamente fondersi.

Nell'attesa giaceva pigramente, ma con un comodo intossicato dalla prossima exertion, nell'erba morbida e caldissima, col suo moschetto accanto, vicino e lontanissimo dalla sua mano rilassata, sembrante nell'erba un serpente raddrizzato e legnificato da un prodigioso taxidermist. Per sbarazzarsi di se stesso, osservò i suoi compagni all'ala destra. Cinque erano uomini di comune frequenza per le viuzze di Mango, gli altri erano quattro slavi dei quali egli nemmeno sospettava l'esistenza. Come gli spiegò Kyra, vivevano assolutamente segregati in una casupola affondata nel piú selvaggio rittano sotto Mango, salendo al paese soltanto per la decade, il rifornimento viveri e le battaglie. Stavano parlottando fra loro, cripticamente e monotonamente, in confortevole sommessità. Forse per dissipare quel loro isolamento, Kyra disse: – Ci siamo, Karto, – al piú anziano di loro, in completo borghese, e un'aria reumatica. L'uomo, sui quarant'anni, aggiustò le sue lunghe secche gambe intrecciate alla turca, annuí con un'aria che a Johnny parve di provetta fortitudine, poi riprese la sua misteriosa conversazione con uno dei suoi compagni, un tipo zingaro, con una corvina, superespansa capigliatura e il braccio fieramente avviticchiato al fucile come allo stelo d'una bandiera. Johnny fu lieto che gli slavi si trovassero con lui a quel pilone di destra, gli slavi godevano tutti d'una buona reputazione guerriera.

Da tutta la linea venivano ondicine e frastagli di ristretta e vasta conversazione, personale e generale, fantasiosa, spensierata ma itterica, finché Pierre dal centro comandò silenzio e da sinistra Michele echeggiò il comando con la sua voce catarrosa in piena estate. Allora si poté cogliere i movimenti minimi, alerted, degli uccelli sul loro provvisorio rifugio sui rami sommi. Johnny risentí della sua pronità e andò sollevatamente sui gomiti. Il gesto allarmò Kyra come un indizio di scoprentisi fascisti, ma nulla e nessuno era visibile sulla dirimpettaia collina di Valdivilla, sobria, armonica e funzionale come un membro umano. Su di essa la desertness era verde ed il silenzio ronzava elettricamente. E nessuno, tranne un cane a spasso, di cui era visibile fin di lassú l'erratica felicità, sulla strada visibile, netta e segnata come col gesso nella soda pendice. Allora Johnny guardò indietro al paese, che pareva risentire la sua eccessiva nudità nella piena luce meridiana. I paesani stavano sprangandolo tutto, come una fortezza od una nave, e le chiusure delle imposte e degli usci detonavano come colpi d'arme da fuoco. E s'era anche taciuto il trivellar del trapano elettrico. Il suo padrone falegname, un puritano, aveva lavorato fino al ragionevole estremo, imbronciatamente imponendo i diritti del lavoro sulla guerra e le partite di guerra.

Per le undici i fascisti vennero in piena vista: indossavano già le mimetiche, ma erano ugualmente perspicui ai giovani occhi dei partigiani. Erano molti, la curva ultima li stava eruttando a fiotti continui. Poi lasciarono la strada, varcando agilmente i fossati, e si spiegarono nella campagna ai due lati e salirono, con nervosa nonchalance, ma presto, sentendo il terreno accidentarsi, rallentarono e si curvarono. Il tremendo occhio di Johnny colse, al di sopra di essi, molto lontano da loro, un gruppo di camions, i loro, probabilmente con le riserve di munizioni, un drappello della sanità e pochi altri di guardia. E il cuore di Johnny agognò laggiú: sparirgli da dinnanzi come per incantesimo, a corsa forzata aggirare le colline, piombare sui camions: uccidere gli uomini, saccheggiare le macchine, e poi metterle a fuoco. Con questa cocente nostalgia, in quella malinconia di forse non visibili tempi futuri, con gli occhi alla sollevata figura di Pierre stante per dare il segnale della battaglia, Johnny riandò prono, col fucile avanti.

Ma il contatto si faceva aspettare: salivano lentissimi, ora, applicando ogni norma di sicurezza, capaci di fronteggiare per cinque lunghissimi minuti il piú immoto ed innocente cespuglio, perlustrando i filari delle vigne nella conca coltivata, come se per loro il tempo non contasse. Tuttavia Johnny s'augurava che il contatto non avvenisse subito: la cosa era particolarmente eccitante appunto mentre il contatto era ancora in divenire: poi, esattamente come nell'atto sessuale, tutto diventava meccanicità, fatica tautologica, esercizio muscolare. Johnny, già atono, reclinò la testa sul congegno di mira e sbirciò Pierre.

Era inteso che si sparava a comando, ma alcuni minorenni non ne tennero conto e spararono d'iniziativa non appena credettero d'avere nel mirino delusiva carne di fascisti. Allora spararono tutti, e da una soffocata esclamazione di Kyra si capí che il Breda era già inceppato. Kyra stava già lavorandoci, con dita già sanguinanti.

Dopo la scarica i fascisti erano perfettamente invisibili, incredibile come centinaia di uomini s'annullino in un baleno. Dalla loro linea veniva soltanto, per ora, il trillare dei fischietti. Poi scaricarono essi, una compatta ed ordinata salva, che però morse il terreno erto a cinquanta metri avanti ai partigiani. Kyra riparò il mitragliatore e risparò, al ciglione della stradduzza da dove essi sparavano come da una trincea. – Sei alto, Kyra –. Kyra chiese scusa. Il Breda si era reinceppato. La nuova scarica dei fascisti arrivò corretta, ma tanto che rasò gli alberi sulla cima. I partigiani rispondevano con un fuoco che appariva diretto piú all'eventualità che alla sostanza e località dei fascisti, frettoloso e bisbetico, come mirante soltanto a svuotar le giberne. Era chiaro che i fascisti non stavano subendo perdite piú di quanto ne infliggessero ai partigiani, ma tutti gli uomini erano posseduti dalla libidine del fuoco e dal suo sostegno morale. Pierre medesimo pareva invasato dalla frenesia di poter adoperare, con una minima probabilità di successo, il suo cortissimo Mas da polizia.

Certamente era già mezzogiorno passato, i fascisti inchiodati, e Pierre accarezzava già palpabilmente la gioia del paese inviolato. Johnny soffriva di sete. I fascisti, senza muoversi, insistevano in quel loro fuoco tanto massiccio ed ordinato quanto inefficace: vi era qualche centinaio di fucili, con qualche mitragliatrice all'opera, ma la conca rendeva un clangore da Stalingrado. L'aria sbatteva e vibrava come se solcata da caccia a volo radente. Il tiro sempre alto dei fascisti potava netti i rami alti con un crack imponente e nel contempo festoso.

Johnny si guardò dietro e notò Karto seduto, avulso dalla battaglia. – Tu non spari? – domandò con una sorta d'ammirazione. – È dal principio che non spari? – Karto aveva una sua malinconica e corretta aria di professionista onesto e individualista. – È vero, capo Johnny: io ho un caricatore in tutto, non ho mai avuto niente di piú di questo caricatore da quando sono partigiano in Italia. Voglio, debbo avanzarlo per la mia necessità personale. In casi come questi, capo, valgono bene i colpi degli altri, no? – Johnny sogguardò lo zingaro e gli parve battesse i denti e la pelle gli si colorasse morbosamente dietro lo schermo dei ciuffi d'erba.

L'erratezza del sistema e la scarsità dello spirito di corpo era dolorosamente lampante. Ora bastava che un qualsiasi drappello partigiano si fosse vistosamente spiegato su una qualsiasi delle alture laterali per piombare la massa fascista in orgasmo ed inefficienza. Ma nemmeno l'occhio di Johnny poté individuare un sol uomo sulle nitide creste, quasi incise nel cielo. Si mosse invece uno di quei loro camions, avanzò lentissimo, come avesse il motore ammalato o temesse terreno minato. Johnny suppose ad alta voce che portavano avanti mitragliere. – Purché non siano mortai, – rispose Pierre. L'aviatore temeva dannatamente quell'arma squisitamente terrestre. La linea partigiana continuava a sparare su quella fantomatica linea fascista, al punto che quando i fascisti avessero deciso un energico attacco essi si sarebbero trovati nelle giberne quanto appena bastava a check il loro primo passo.

Johnny s'avvide allora che il sole non filtrava piú tra i rami e nel verde del coperto c'era come un liquido oscuramento. Per un'aerea radura guardò su al cielo, che stava perfezionando il suo mutamento. Masse compatte di nere nubi serravano al centro del cielo, dove una pozza di livida luce segnava il punto del naufragio del sole. Johnny pregò che scrosciasse e attese l'esaudimento, ma il temporale abortiva, sebbene il cielo si torcesse convulsamente nelle doglie.

In quel momento si intese dai margini della conca la partenza della prima coppiola di mortaio: quel forte, ma casalingo consonare di grossi coperchi. La pelle di Pierre si fece grigia come la sua pupilla. La scarica era corta, prevedibilmente, sconquassò i cespugli preliminari, levando un maroso di terra polverizzata. Ma la linea partigiana si sommosse, i piú degli uomini shuffled animalmente sui ginocchi, cercando, studiando un posto piú sicuro. Partí la seconda coppiola, e, anche piú prevedibilmente, finí lunga, raspò sordamente la pendice retrostante. – Fanno forcella! – spiegò forte il sergente Michele, dando alla voce il tono della pura, spassionata competenza al posto del personale allarme. Johnny si voltò per l'oscillare d'un'ombra posteriore e vide lo slavo zingaresco alto in tutta la sua statura, senza piú fucile, con una pelle violetta e le mani premute sul ventre. Da lui si diffondeva, denso e subitaneo, il lezzo di sterco giallo. Karto lo toccava leggermente nelle gambe, come in un discreto, educato invito a tirarsi giú, ma invano. Atterrò la terza coppiola, ancora inesatta, ma inesorabilmente perfezionantesi. Allora Karto palpò la schiena di Johnny e accennò allo zingaro. – Capo, mi lasci portarlo via, ritirarlo? No, non è ferito, ma sta male lo stesso –. Pareva un impresario che scusasse e ritirasse un suo defailled atleta.

La quarta sventola approdò quasi esattamente sull'angolo di Michele: il croscio vegetale si mischiò all'urlo degli uomini. Ma nel polverio ricadente un uomo rimase alto, atletico, e urlava col suono alto e fermo di una sirena avviata. Una scheggia di mortaio gli aveva enucleato un occhio ed il globo, simile ad una noce di burro, gli scivolava lenta e gentile sulla guancia. Poi flopped a terra e nello stampede degli uomini ritirantisi Michele lo raccolse, l'avviluppò nel suo foulard azzurro da battaglia. Il ferito, con le mani da altrui compresse, quasi incollate sul suo inguardabile viso, venne portato direttamente al paese, per essere affidato a qualche uomo, meglio al giovane curato, per il diretto trasporto al primo ospedale, viz. Santo Stefano. Michele gli aveva ficcato l'involto in una tasca.

Quando la quinta scarica partí, gli uomini avevano già lasciato la posizione, precipitosi per la pendice e poi calmi, verso il colle della Torretta, asperso dalla guasta luce del contrastato sole. La strada era ancora pianeggiante, tra basse ripe dalle quali gli uomini in ritirata emergevano a mezzo busto. Ma non per questo acceleravano, anzi Johnny, Pierre e Kyra di retroguardia passeggiavano comodi, voltandosi di rado a guardare indietro; ma le divise mimetiche ancora non albeggiavano fra il verde abbandonato. Le grigie pupille di Pierre si posavano di tanto in tanto pudicamente sul paese lasciato alla mercé dei fascisti, e Johnny ora provava anch'egli un certo disagio, tutto sentimentale. Ora non provava il sollievo che pensava dovesse dargli ogni battaglia; era tutto disperatamente diverso da quel gelido giorno di irradiato sole col Biondo e con Tito. E non sentiva gli uomini passeggianti avanti a lui come li aveva sentiti allora.

Nella malferma luce il paese appariva come un sepolcro imbiancato. La gente però, i rari contadini che occhieggiavano lungo la loro strada di ritirata, da brecce di siepe e da dietro i totems di foraggio, apparivano molto comprensivi ed apprezzativi. Johnny si fermò a bere profondo a una cannuccia che sgorgava nel fosso della strada l'eccesso della vasca sull'aia, e gli incombé sopra un vecchio contadino, per dirgli: – Avete fatto anche troppo. Li avete tenuti abbastanza, non vi si può chiedere di piú. Sappiamo che per ora loro sono piú forti.

Al primo salire del colle costolato di pietra si volsero ed ebbero ampia visione dei fascisti che sciamavano al paese. Si sedettero sul nudo ciglio e li osservarono in dettaglio e con comodo. Lentissimamente consumavano l'ultima erta, come se tastassero ogni centimetro quadro di terra, soltanto qualche trillo di fischietto imperioso e meschino violava l'immobile atmosfera. Poi gli esploratori dovettero segnalare il paese indifeso, perché accelerarono la montata e scomparvero alla vista, ora il paese albergandoli tutti, con la sua sorte. Essi si rialzarono e si ravviarono verso la cima del colle, già incoronato di partigiani, con le armi a tracolla e le mani affondate nelle tasche, lamentandosi di fame. – Che faranno? Al paese, dico? – domandò Pierre. – Niente, – disse Kyra, come avallando per suo fratello. – Niente, – disse Johnny. – Requisiranno pane e salsiccia, consumeranno il rancio sulla piazzetta del comune, faranno la predica a quelli che sorprenderanno fuori... – E imbratteranno i muri con le loro solite scritte con la vernice nera, – concluse il recuperato Michele.

Poi accennarono gli altri di mettersi al coperto sulla mezzaluna del colle. I giovani erano faziosi e scettici. – Avete già dimenticato che hanno i mortai? – A quanto spara un mortaio? – fece un giovane, acceso, aggressivizzato dalla sicurezza di sé e dal battesimo del fuoco. – T'ammazzerebbe ancora se tu fossi sull'altra collina che questa, – spiegò Pierre, triste ma sempre responsabile e didattico. Allora si ritirarono tutti al coperto.

Aspettarono a lungo un segno di male nel paese, ma non echeggiò uno sparo né s'inarcò una spira di fumo. Da lassú Johnny scorse scendere a valle per una stradina un carro agricolo, l'uomo in serpa tutto giacca e cappello e niente collo come uno spaventapasseri e guidava la bestia in pace, dandole del bastone ma a distanza: il corpo dell'orbinato giaceva sotto le sponde, su una delle quali, sedeva, inclinato e come predicante, il giovane prete. L'aria era cosí ferma e sottile, nella sua ora sunless trasparenza, che potevi arguire, convincerti del reale tritare di quelle ruote lontane sui banchi petrosi che emergevano su quella strada di scampo e di pace.

Pierre, separato dalle sue armi, un filo d'erba tra i denti, era nel suo solito umore, e contemplava il paese occupato e indecifrabile, come se origliasse alla violazione invisibile d'una vergine silenziosamente piangente. In quel momento alcuni fascisti uscirono dal chiuso dei muri e si fecero sulla strada al colle, ma non come se riprendessero l'azione; no, erano strolling e careless come in un footing di dopobattaglia. Si sarebbero detti turisti in sopralluogo nemmeno troppo interessato al quotidiano ambiente dei loro mortali nemici, ad ogni passo e punto chiedentisi ciò che essi potevano farci in un qualsiasi momento d'un giorno di quella guerra. Ma il sergente Michele infuriò dentro, disse con la sua voce sinistra che non sopportava quella vista ed ora si pigliava un pugno di volontari e scendeva a scontrarli alla cappella, a interrompere nel sangue quel loro offensivo passeggio. Ma l'imboscata in periferia significava autorizzare i fascisti a mettere a ferro e fuoco il paese. E il sergente riandò giú sulla terra, col suo povero e forte corpo di beduino. Johnny lo toccò sulla schiena. – Michele? Facciamolo stasera, quando se ne andranno via. Hanno poco trasporto e i camions saranno zeppi di uomini da non poter nemmeno manovrare un braccio. Li sorprenderemo come altrettanti uomini che si beccano il primo pugno quando hanno la giacca a mezzo sfilata –. Si leggeva in faccia a Michele che egli rose alla teoria. – Potranno solo abbozzare e passar via. Capisci? Facciamogli un morto e la giornata è nostra. Per chi se ne intende. Lo capirà anche chi dei fascisti se ne intende. E si mangerà il fegato per tutto il ritorno e tutta la notte.

Pierre accettò, ma lui restava col grosso. Balzò su Michele, Kyra aggruppando tutte le sue residue piastre, e tre altri. Gli altri mostrarono le dilapidate giberne o il viso stanco e scettico.

Si precipitarono per il rovescio del bricco e poi a uno sfrenato passo di marcia per una stradina, affogata nella forra, parallela alla strada grande, verso il punto di mattutina comparsa dei camions. Ma la conformazione della collina era tale che la stradina sviluppava una lunghezza quasi tripla della strada principale. Johnny guidava al suo passo piú scatenato, dopo un po' Michele passò lui a condurre, piú moderato, per non far correre Kyra e gli altri scoppiare di milza. Comunque non c'era ancora nell'aria immota e lungo-conduttrice il rumore partente dei camions. Uomini apparivano repentini e fissi, come statue che errando scopri dalle fessure di giardino, e come statue impassibili. Solo piú avanti, un uomo non giovane, un moroso e critico e intacente contadino, salí al ciglio a domandare se scappavano, con una tale beffarda e sicura voce che Michele passando lo schiaffeggiò. La botta gli partí come di sottobraccio, veloce al punto dell'invisibilità, e l'uomo crollò di schiena sulle sue biolche.

Johnny ripassò in testa, egli medesimo esterrefatto dello sviluppo della sua falcata, grinning at it, ma dopo un po' l'ultimo uomo si staccò, i cinque torsero la testa di quel tanto per vederlo definitivamente alla svolta, accennando a loro di andare, curandosi la milza. Il rumore dei camions ancora non viaggiava nell'aria serotina, ma non bisognava poi perder tempo e cercare il posto buono d'agguato. Michele conosceva bene la strada e i paraggi? Sí, ma ora tutto gli si era come cancellato dalla mente. In quel momento scoppiettò sulle colline il rumore della partenza, ma cosí lontano ancora da suonar sottile e giuggiolante.

Salirono sul tufo e vi si appostarono. Dopo la scarica si sarebbero lasciati scivolare sul tufo e via nella forra, con abbastanza cura per non compromettere le gambe. L'immobilizzato sarebbe stato il maggior martire di quella guerra; avrebbe dovuto morire mille volte per olocaustare il fascista ucciso. Giusto alle loro spalle, al di là della forra, fra i vapori montanti della guazza e lo scuro delle macchie circostanti una casa solitaria sbianchiva e sfumava per la sera, le voci degli abitanti come pigolio d'uccelli nel nido già oppresso da scuro.

L'esposizione sulla strada era orribilmente diretta, benché dal tufo non emergessero che le loro fronti febbricitanti. Kyra stava superando il complesso dell'imboscata con stridor di denti, Michele disse: – Perdonate, ma debbo farlo, – e si voltò di lato e minse: il liquido frisse sul calcare. Gli altri erano della campagna, stolidi e fissi, clutching i fucili con mani informi e intremanti.

Erano ancora lontani, ma il rumore era già tanto che Johnny ebbe tutti i capelli ritti in testa all'idea del volume totale e transitante. Disse, con voce faticosa: – L'ultimo camion, allora. L'ultimo –. Era difficile, l'ultimo camion: o la colonna ti immobilizza di terrore al punto che l'ultimo ti passa sotto il naso e tu narcotizzato, o l'orgasmo ti fa sparare magari sul secondo dei tanti camions. Kyra disse angosciato: – E mi si incepperà dopo tre colpi!

Il rumore s'accostava, ed era terribile come e piú d'un rumore di motori fosse un fragore di armi. A tutti stavano rizzandosi i capelli in testa, con una vitalità diaccia alle radici ed in punta. Ma dal forsennato tessuto del rombo si enucleava anche un cantare dei soldati, urlato e dopolavoristico. – Imbecilli, – pensò Johnny e fu ragionevolmente calmo.

Uscirono alla curva, a fari spenti, lemuri d'urto nell'ombra dell'incredula sera. I cinque stavano sul tufo come affacciati alle sponde stesse dei camions, sentendosi esposti e nudi, per trafissione. La colonna sgusciò fuori, massa unica, le macchine e gli uomini lemurali, e dai bordi emergevano anche macchie biancastre come di bestiame requisito. Gli uomini cantavano a squarciagola, e le disgregate parole e note piú degli scheggioni del rombo dei motori ventavano con ala mortale in faccia agli agguatanti.

Quello era certamente l'ultimo camion. Spararono con tutte le armi nella linea di spettri affacciata alla sponda. Tre si contorsero e boccheggiarono, ed uno cadde in istrada, come se il colpo fosse una proditoria mano di vento dall'alto che l'avesse afferrato e sbalzato. Il camion sussultò, ebbe una remora ed un impulso, come se il conducente avesse frenato e poi l'ufficiale in cabina gli avesse urlato di accelerare, in una macinata agonia di ruote e motore e terreno.

Mentre rotolavano per il tufo spettrale e guadagnavano il tenebroso rittano, sentirono il bailamme d'arresto dell'intera colonna, i trilli di fischietto che punteggiavano l'universale clamore di spavento e di odio, le fucilate e le bombe a mano d'azzardo.

Loro cinque se ne andavano leggeri via per il nero rittano, dopo un po' Johnny ed anche Michele con sigaretta accesa. S'era sentita la generale rimessa in moto, verso la pianura, i motori stessi intonandosi all'inutile odio e vendicatività degli uomini. Solo dopo un lungo tratto risalirono dalla stradina alla strada principale, come se gli piacesse, per commemorazione e rendimento di grazie, tenere il piú a lungo possibile la stradina dell'imboscata. Kyra aveva il mitragliatore inceppato ma, per festeggiamento, l'avrebbe riparato soltanto l'indomani mattina, Michele si dichiarava entusiasta del nuovo corso partigiano, gli altri due della campagna camminavano avulsi e presenti, ciechi ma coarticolati punti di una macchina solo lieta e cosciente di sé in Johnny, Michele e Kyra. Ma il cuore di Johnny era tenero ai due contadini.

Sentirono il paese rioccupato da Pierre, ed esso luceva di molte luci nell'alta sera, come se, dopo aver fronteggiato i fascisti, si sentisse di violare una tantum le norme contraeree e di provocarne i rischi. Molto probabilmente, in quel momento tutti i paesi in circostante corona e coscienziosamente accecati, stavano domandandosi che facesse mai Mango. Piú dappresso, veniva un susurrio concitato e trepido, critico e orgoglioso, che disse a Johnny nulla, assolutamente nulla esser successo al paese.

Tutta la gente era in istrada, in quella asperrima strada che lo taglia dall'uno all'altro estremo, mista ai rioccupanti partigiani, nell'alone grezzo e casalingo delle luci interne, in confortevole e confortante specie di chiacchierata serale festiva. Johnny mandò Michele a riferire a Pierre, reperibile in qualche casa di notabile paesano, e attraversò l'ibrida ressa. La gente era estremamente loquace e euforica, di chi è uscito egregiamente da una prova ineluttabile e temuta e può sperare in un lungo respiro di untriedness.

I fascisti s'erano fermati ore in paese, senza combinar nulla. Avevano requisito piuttosto roba, rimandando per il pagamento al maresciallo Badoglio (a proposito, il governo di dopo avrebbe riconosciuto anche questo tipo di danni?), avevano consumato un ricco e comodo rancio nella piazza del comune (visibilissime le orme loro e dei pentoloni), piú che terrorizzato, avevano burlato e beffato la rigida, abbottonata gente inerme per la sua solidarietà partigiana, l'avevano beffata per aver puntato e puntare sulla sconfitta nazifascista ed infine s'erano messi di buona lena a lordare i muri di scritte per l'edificazione dei partigiani. Viva il Duce ed il maresciallo Graziani, viva il loro diretto comandante, morte ai partigiani, ed una formale promessa al gran capo Nord di tornare, catturarlo e scuoiarlo vivo. Pierre aveva già inviato un messaggio a Nord e questi era atteso da un momento all'altro a prendere personale visione della sua personale scritta: i caratteri balenavano all'alone malfermo, neri, laccati e corposamente rilevati. Johnny leggendoli calpestava la medesima terra che aveva calpestata il fascista scrittore. Era nauseante, e thrilling, questo postumo contatto col mortale nemico.

Poi Johnny annunciò forte il digiuno suo e dei suoi compagni e fu una gara, per l'echeggiante budello interno, di inviti, al punto che le donne presero a urlare i loro particolari piatti, per rimettere in gioco un'assegnazione già scontata magari. Johnny rise e lasciò la scelta a Michele, che per il successo e la medesima sua congenita sobrietà era ora al limite d'ebbrezza. Come la donna prescelta chiese dieci minuti d'apparecchiamento, Johnny, accesa una sigaretta, andò a un limite del paese. E andando, ripensando all'agguato, fogli di carne e fogli di opinione si addizionavano perfettamente al suo corpo e mente, al punto da renderlo un grosso uomo, cosí grosso da dover pensare di non poter sfuggire ad una raffica, una delle prossime volte. Aveva fatto un'imboscata ed aveva sicuramente ucciso: era un passo in avanti ed un rimerito verso e della sua propria morte.

Immemore dei dieci minuti, sordo al rauco richiamo di Michele, stava a un muretto, alto sulla voragine della valle, già colma di notte. Dove egli stava era l'ultimo lembo di immota atmosfera, perfino tiepida, alla soglia di quella zona fornace dei venti che era la valle, da dove saliva un oceanico rifischiare di vortici. E Johnny tremò largamente ed a lungo.

17

I partigiani ora erano tutti in mimetica – dove avevano trovato tanto di quel tessuto – tagliate e cucite dalle sarte di paese, e nella canicola giravano in shorts, le armi appese ai loro nudi toraci brunentisi. E circolava la voce che i partigiani della I[a] Divisione andassero in shorts di seta khakhi, lussuosi e procaci, bajadera-like, ricavati dall'immensa stoffa dei paracadute dei lanci. Gli Inglesi dovevano davvero far qualcosa anche per la II[a] Divisione. Possibile che il divo Nord non sapesse imporsi? Non poteva mandare Johnny a trattare con gli ufficiali inglesi alloggiati sulle colline alte? Qualche briciola di lancio arrivò sí, ma come campione e zuccherino: una scorta di sigarette col bocchino di sughero, che Nord distribuiva agli uomini che andavano a rapporto al suo comando, ed armi, fortunatamente distribuite con miglior criterio. Il presidio di Mango ebbe una mitragliatrice Buffalo 8, rustica ed efficiente, con munizionamento abbondante, affidata a Kyra in attesa che qualcuno all'infuori di Michele si affermasse irresistibilmente come primo ed unico mitragliere. E quattro sten, che andarono ai sottocapi, Johnny e Michele i primi: cosí Johnny regalò il suo vecchio moschetto da carabinieri di Carrú e prese a girar con sten, abituandosi in fretta alla sua giocattolesca leggerezza e quasi apparente inconsistenza. Salvo poi a rimpiangere amaramente il suo vecchio, irripetibile moschetto, quando l'allarme stendeva lui, con gli altri, su un ciglione a mirare basso e lontano.

Per il rimanente, Pierre e Johnny continuavano a vestire

la divisa completa, entrambi rigettando l'idea di morire in shorts.

I fascisti non si facevano piú vivi, quelli di Asti: quanto alla guarnigione albese, di Alba, era divenuto un ricercato passatempo notturno affacciarsi alle ultime colline e far fuoco a casaccio, solo per trarli all'esaurimento nervoso ed alle sue conseguenze. Quanto ai tedeschi, essi non erano piú presenti e reali che gli Hicsos. Gli alleati invece si vedevano, in cielo: talvolta, nel superno cielo, soffittato dalla distanza, veleggiavano grosse argentee formazioni di liberators diretti, a giudizio di Pierre, sull'Austria o sulla Germania del Sud: veleggiavano grandiosamente, da galeoni, lasciandosi dietro sul non scalfito turchino dense, corpose, non labili scie di prezioso bianco dietro le quali i partigiani boccaperti esalavano l'anima. Poi ripiombavano gli occhi alla terra, guardando perplessi e depressi quel lillipuziano mondo che essi dovevano difendere, a finale obiettivo di quella guerra mondiale. L'ultimo a reclinarsi alla terra era sempre Pierre, pur dicendo che non si sentiva di far follie per un imbarco su un bombardiere. – Sai, Johnny, che nella nostra aeronautica la destinazione a bombardamento equivale ad una insufficienza, ad una bocciatura per la caccia?

La calura era massiccia e calettante, la terra scoppiando in ogni dove come castagna alla fiamma: nulla era meno fresco di queste alte colline, in giornata di piena estate in cui il vento non è nato, o è presto caduto e la sua resurrezione non avverrà prima di sera. In quei giorni ognuno si disperdeva senza permesso, cercando privati stagni o la lontana riva di Belbo e addirittura la sponda del fiume Tanaro, al limite del regno partigiano, e ci fu un annegamento in Belbo.

Johnny aveva traversato un campo, tra covoni di grano come segni totemici e s'era fermato sotto un olmo, soffocato quanto lui. E cadde in un mezzo sogno semicosciente di un antico giorno sulla spiaggia di Alassio.

[. . . . .]

Pierre lo riscosse, gridandogli di risalire, avevano ricevuto un grosso invito. Stavano per giungere al quartier generale di Nord qualche centinaio di disertori della divisione alpina «Monterosa», tutta tedesca nell'equipaggiamento e addestramento, e Nord aveva invitato ad assistere all'arrivo uno stuolo di suoi subalterni.

Andando, e Pierre anfanando (era un molto volitivo ma alquanto corto di gamba aviatore, ed il normale passo di strada di Johnny affettava notevolmente i suoi polmoni e milza), pure Pierre raggiava in viso, dicendo che era un grande acquisto per i partigiani ed una secca perdita per i fascisti. Erano tutti veneti, bella e forte gente, di animus alpino, e con una sentimentale inclinazione verso i Piemontesi. Johnny grinned. – Io ci vedo sempre il marcio sotto, quando si tratta di fascisti. Non vorrei che questi arrivassero e nel bel mezzo sparassero intorno. Spero che Nord abbia pensato a mettere un paio di mitragliatrici un po' per celia e un po' per non morire. – Pierre non solo non convenne, ma guardò Johnny con una particolare malinconia, come un credente un incallito agnostico.

Da dov'erano giunti dominavano la conca del comando, la nuova sede era una casona d'apparenza civile e tinteggiata di fresco e bellamente in un giallo limone d'altri environments. La piana prospiciente il comando sciamava di gente, eppure i disertori non erano ancora arrivati. They dived down, tagliando dirittamente per prati, in un'erba inaridita e infrenante.

Nord campeggiava tra la sua guardia e gli ufficiali invitati. Vestiva una tuta, cosí semplice come Johnny e mai altro avevano visto piú semplice, ma la sua bellezza e fasto fisico erano tali che pur in tuta appariva in state. Intorno gli erravano le sue guardie del corpo, magnificamente nutrite e muscolate, armate fino ai denti e tutte vestite in khakhi, ma con accessori tedeschi. Dal loro cerchio brillante e sprezzante sgorgò il cassiere divisionale, un ragazzo ombreggiato, puritan-looking, contabilizzato, il suo contabil grigiore ingrigente la sua variegata mimetica. – Sto passando un momento angoscioso, – disse, – per via d'un prete. È al comando, agli arresti, ma in sospensiva. Per me è un prete unto e consacrato, ma Nord è incompetente e cede alla sua guardia che lo vuole travestito e spia. E sai perché? Perché non è tonsurato. Ma quale giovane prete oggi si chierica, e si tratta di un giovanissimo prete. E poi perché negli interrogatori trema ed esita, ma perché soffre d'una leggera balbuzie. Ma è un prete autentico ed io tremo per lui, ho già passato due notti bianche per vegliare su lui. Vorrei tu Johnny lo vedessi –. In quel momento Nord cennò loro e con bit di criticism per il cassiere disse: – È per il prete? Entra e veditelo bene. E sciogli mi il dubbio.

Cosí Johnny entrò nel comando; benché preceduto dal ben noto cassiere, un centralinista all'apparecchio lo sbirciò con intollerabile sufficienza e con scurrile sospettosità. Nella stanza attigua una guardia provava su un vecchio fonografo un disco incrinato e rauco, gioendone. – Dove andate? – Dal prete andiamo, – disse il cassiere, torvo ma pronto alla procedura della guardia del corpo.

Johnny esaminò il prete nell'evoluente penombra della stanza sigillata all'estivo sole pomeridiano. Si era automaticamente rizzato, meglio mostrando la sua piena giovinezza e la sua raffinata, cesellata magrezza. Lenti da studioso balenavano gelidamente sulla sua consunta faccia settecentesca. Era certamente ardito e laicamente disinvolto ma la moratoria aveva nevroticamente inciso su lui ed ora, nell'attesa del risolvente interrogatorio, per l'ansia indominabile si comprimeva entrambe le mani sull'esiguo torace rivestito, con un'attillatezza da pettorina militare, dalla tonaca riccamente shaded. – Sono don... e insegnante di teologia, malgrado l'età, nel seminario maggiore di... – egli anticipò, ed il cassiere, con una voce sommessa e rammaricata per il sacerdote, aggiunse che era stato fermato mentre saliva in collina per rifugiarsi, da esaurimento da studio, in una canonica prenotatagli dal vescovo medesimo.

– Favorisca dirmi come s'inizia il vangelo di Giovanni.

Le lenti barbagliarono trionfalmente, poi s'appannarono per le lacrime della liberazione, e disse con una voce ispirata: – En arché en o logos –. Johnny ed il cassiere s'unirono nel generale sorriso. – Le nostre profonde scuse, – diceva il cassiere, – si consideri libero fin da questo momento e noi a sua disposizione per assisterlo fino alla sua destinazione.

Riuscirono sulla conca assolata, bruente come una pensilina di stazione tutta pervasa dal ticchettare del campanello d'arrivo. E mossero su Nord, il quale ora discorreva con un... ufficiale inglese, talché Johnny ammutí. Cosí Nord dovette sollecitargli la sentenza, frowning at his staggering. – È un prete, e del tipo docente. Fagli le tue scuse e magari fallo scortare a destino da gente rispettosa –. Nord si allontanò per immediate istruzioni, e lasciò Johnny vis-à-vis dell'ufficiale inglese. Stava in statuaria immobilità, orientando alla strada d'arrivo dei disertanti i suoi azzurri occhi di gelo e il fumo cilestrino della sua sigaretta con bocchino di sughero. L'uniforme, tanto piú individuale di quella tedesca, tanto piú marziale dell'americana, gli piombava in ogni dove con una attillatezza che nulla aveva di latino, con una indefinibile ricca sobrietà, da apparire egli il miglior indossatore in tutto l'esercito di Sua Maestà. Il triangolo aperto sul collo era colmato da un perfetto sboffo di seta color miele. Ai fianchi aveva un cinturone di bianco immacolato. – Il vero army white – e sorreggeva una fondina di pari candore con una grossa Colt 45; e sulla tela grezza della fondina era scritto con inchiostro azzurro e con la calligrafia consentita dalla ruvidezza della trama: LADY REB. Da un taschino fuorusciva minimamente un lembo di fazzoletto azzurro badogliano, che l'inglese portava per un compiaciuto tocco d'irregolarità.

Nord tornò e rise al perpetuato staggering di Johnny. – Sbatti le palpebre e tira il fiato, Johnny, che è italiano non meno di te e di me. Torinese, se non erro.

Johnny gaped e l'altro sorrise con misurato compiacimento al pieno successo del suo travestimento. Si presentò gallantly come il tenente Robin della Iª Divisione, con una morbida voce anche troppo gradevole. E lasciò intendere che lo scherzo gli riusciva quasi sempre, e sempre con gente di sicuro gusto e competenza inglese. Nord spiegò che il tenente Robin era inviato dalla I[a] Divisione per il prelievo di una aliquota di disertori. – Questa I[a] Divisione, – disse Johnny a Robin, – se tutti ti somigliano, è meglio che il «Coldstream Guards» –. Robin sorrise. Disse che il maggiore Temple, il defunto maggiore Temple, gli aveva messo una mezza fantasia, lo volle suo liaison officer e gli consentiva di tuffar le mani nei bidoni personali che gli arrivavano coi lanci generali. – Ciò è quanto succederà a te, – disse Nord, – quando gli inglesi arriveranno da noi –. Ma Johnny voleva avventurarsi in un interrogatorio a Robin sui lanci, dettagli e modalità, anche sentimentali, quando dalla conca scattò un allarme improvviso e festoso.

Avevano avvistato i disertanti, compatti e gesticolanti, affiancati da fraternizzanti scouts partigiani. Nord brillò negli occhi, poi si volse a fare un cenno negativo dietro la collinetta da dove spuntavano gleaming le brunite canne delle mitragliatrici. Annullava il predisposto, sin di lí essendo lampante la gioiosa e lacrimosa insieme sincerità degli arrivanti. Al gridio il Comando eruttò le sue donne, accorsero al limite dell'aia per vedere questi uomini nuovi.

Arrivavano a plotoni compatti ed appena intervallati, preceduti ed avviluppati nel loro interminabile cheer. Erano carichi di armi tedesche e davan pegno di saperle adoperare alla tedesca. Erano forse trecento, e sfilarono verso il sommo della conca, là dove stava Nord in alta solitudine. A lui s'erano immediatamente affissi i loro ricercanti occhi competenti di capi, ed ora gli urlavano per gratitudine e dedizione.

Non avevano ufficiali, ed erano condotti da sergenti, come loro fratelli maggiori. I sergenti fecero formare quadrato e ordinarono il presentatarm. Poi vi fu la fusione e l'abbraccio. Johnny con Pierre si tuffò nel vortice, e vennero salutati, paccati, baciati e smorfiati tutto in reciprocation; commisurarono, in quel gorgo, le loro armi e divise, i disertori offrendo tutto di sé per aver di che cambiare in loco ed all'istante le loro vergognose assise fasciste, offrendo addirittura per spogliarsi anche parzialmente di quell'onta le loro stupende semiautomatiche tedesche per le toy-weapons della maggioranza partigiana. Parlavano e gridavano in schietto veneto, la dolcezza dell'inflessione violentata dall'altitudine del grido, ed un urlo di indignazione e vergogna scoppiò quando seppero che alpini veneti come loro presidiavano per i fascisti la città di Alba. Pregarono d'esser mandati istantaneamente addosso a quelli e di ucciderli, ucciderli tutti. – Tedeschi porci e repubblica anche piú porca! – urlava un biondo di loro, incredibilmente giovane e massiccio, aerando la sua divisa come per sgombrarne il lezzo segoso e ferale delle baracche tedesche. – Semo fradeli, ostia! Come potevamo venirvi contro, fradeli! – Avevano uno strano stile d'insulto, non pareva insultassero, ma solo recriminassero e recriminando uccidessero. L'inflessione non gli consentiva il supremo insulto; pieni e maturi e perfetti erano, come voce, nell'esprimere amore. Essi amavano i partigiani, li riverivano, veniva loro spontaneo inginocchiarsi davanti ai ragazzi che erano in armi contro quei tedeschi che lassú li addestravano, per i partigiani avrebbero fatto entusiasticamente gli scudieri e gli sguatteri. Johnny e Pierre si sottrassero alfine a quell'amore per un puro sentimento, sweeping, di indegnità.

In quel momento sbucò dal comando una delle vetture di Nord, una berlina, recante palatially sul sedile posteriore il prete discriminato. I veneti lo videro e la loro anima cattolica esplose: assalirono e bloccarono la macchina, ululando e sneezing per una benedizione. Nel silenzio improvviso, il pretino intellettuale si alzò e benedisse, col sole che traeva dalle sue lenti riflessi ciboriali. Poi la macchina ripartí e nella conca si riformò il crogiolo, tranne alcuni veneti che s'erano aggrappati al ciglione della casa-comando, per piacevoleggiare con le ragazze. Erano bellissimi ragazzi, sani e diretti, settentrionali ma accesi, di sicuro gradimento per le normali ragazze, che erano proprio quelle che essi unicamente cercavano.

Johnny e Pierre sedettero a mezza costa del versante, Pierre spiccando fili d'erba e Johnny, per scaricarsi dell'emozione, accendendosi una sigaretta con uno scratch di spropositata violenza. – Vuoi credere che a un pelo io piangevo? – disse Pierre. – Vuoi credere che io mi sentivo come una ragazza con un passato chiesta in onorevole matrimonio dal piú bravo ragazzo del mondo? – Sono veramente bravi ragazzi. – Non vorrei che domani si svegliassero male, Pierre. Eppure gli succederà, come è successo a tutti gli altri bravi ragazzi. Non dico idealisti, dico semplicemente bravi ragazzi. Domani vedranno che tutto non va secondo il loro sogno d'amore e... e ci faranno il callo. Come tu ed io. – Dobbiamo esser migliori, Johnny. – Sentimi, Pierre. Io in fatto di critica non scherzo, ma sentimi. Prendiamo il piú disciplinato esercito del mondo: l'inglese od il tedesco, a tua scelta. Infliggigli un 8 settembre e sparpaglialo sulle montagne. Ebbene, essi non si dimostrerebbero migliori di noi. – Possiamo dunque gridare sempre Viva Noi! – Sempre, Pierre, fino alla fine della storia umana. Se penso, se mi figuro d'aver perso quest'occasione, per paura, per comodità o per qualunque altro motivo, mi vengono i brividi freddi.

I veneti ora sciamavano lenti, come esausti dallo sfogo, nella conca-arena. La tarda luce stava colpendoli in modo che essi non apparissero quasi piú che in una frazionata irrealtà. Ora la divisione era stata fatta, tra Nord, Robin ed i sergenti veneti. Una buona metà dei transfughi stava riaffardellandosi per la lunga marcia serotina e notturna alle alte colline della I[a] Divisione. – Che farà Nord della sua aliquota? – indagò Johnny. – Li frazionerà nelle varie guarnigioni o formerà con loro un unico presidio? – Conosco Nord: – disse Pierre: – Li ha già conosciuti per quel che valgono, sa già che sono quello che appaiono, degli eccellenti soldati. Credi a me, se li terrà stretti intorno, come il secondo cerchio dopo la sua guardia del corpo. L'incontro era finito, scesero e risalirono a congedarsi. Il cassiere mosse diretto incontro a Johnny. Disse che il quartier generale si trasferiva a Castino, sull'altro versante orientale, avevano trovato una grande, capace casa meravigliosamente costruita nella radura centrale d'un grande bosco. – Vivrai fiabescamente, – disse Johnny. – Sí, contando e ricontando soldi. – A proposito, come stiamo a finanze? – Mai stati piú ricchi. Tutti versano. Milioni. Ed è anche per questo che sono un tantino depresso. Se vieni a Castino, passa a trovarmi. – Johnny previde che non sarebbe mai passato a Castino, a meno di non trovarsi in rotta. – Ti convocheranno a Castino, – pronosticò a sua volta il cassiere. – Finirai al comando. Nord s'è preso una cotta di te e presto o tardi finirai al comando. – Mi rincresce. Sto affezionandomi a Pierre incredibilmente –. E come per necessità si voltò a Pierre, discorrente nel vespro con un ufficiale di Nord, e affisandolo con quel suo unico sguardo a disposizione, di lealtà e di quasi interrogativa serietà, lo sguardo con cui confrontava Nord ed i fascisti, la morte e Dio. Disse: – Mi rincresce. Ma solo gli inglesi mi separeranno da Pierre.

18

La prima domenica d'agosto, Pierre la dedicò alla fidanzata. Lo smart boy aveva trovato il tempo di farsi la ragazza, con la direttezza ed il buon fine imprescindibile che metteva in tutte le cose. La ragazza abitava a Neive, il grosso paese in fondo alla valle sovrastata da Mango, diviso in due borghi, il soprano dominante i truci scoscendimenti sul fiume Tanaro, il sottano dilagante dalla collina alle rotaie della ferrovia, deserte ed inattive dal giorno dell'armistizio. Neive era un bizzarro paese, per il quale Johnny non poteva prescindere da un disagiato sospetto: il borgo sottano, specialmente, pullulava di taciti e cocciuti fascisti, che odiavano sentimentalmente i sopportati partigiani mentre li servivano piú accuratamente e cordialmente d'ogni altro paesano. Una forte percentuale dei suoi abitanti aveva conosciuto con Mussolini la Spagna e l'Etiopia e non ne era guarita piú; cosí di tutti i paesi sulle colline Neive era forse quello che piú d'ogni altro contribuiva all'affollamento dei campi di concentramento che i partigiani avevano impiantato sui punti piú alti per assicurarvi quei simpatizzanti fascisti la cui eliminazione suonava esagerata per i piú intransigenti stessi. Sí, le cose andavano cosí bene in quella piena estate che i partigiani avevano il pensiero ed il modo di stabilire campi di concentramento.

Mentre le campane di Mango suonavano le due, Johnny mise Pierre sulla strada a Neive. – Rientrerò solo stasera. Non pensare che vada a divertirmi. È per affari di famiglia, ormai posso dirlo, e gravi. Sappi che io sto estraendo mia moglie da una famiglia di fascisti. Non spalancar la bocca, boy. Fascisti nati e sputati, ma che non farebbero danno, perché son disposti a farsi fucilare dai loro stessi amati pur di non far la spia, ma certamente fascisti. Anche lei è dell'idea, ma mi ama. E non credere che io abbia difficoltà. Tutte le volte che entro in casa, mi trattano come un figlio. E se i fascisti mi sorprendessero, essi mi farebbero scudo. Ma sono fascisti. – Johnny sospirò in helplessness. – Ora succede il piú grave. La sorella ultima ha preso la tessera del Fascio repubblicano. Non so come e non so dove. Figurati, ha tredici anni. Criminale quello che gliel'ha rilasciata. E siccome è un'esaltata, gira quotidianamente per Neive, gridandosi fascista regolare e consacrata, sventolando la sua tessera sotto il naso dei nostri. I nostri sopportano, ridono, sanno che è la mia futura cognatina, ma un giorno o l'altro... perdessero la pazienza... Per dirti che non vado a divertirmi.

Scendeva. Johnny riguadagnò il paese e subito vide una vettura frenare al deserto posto di blocco. Preparò lo sten e si avvicinò. Era Ettore, il suo antico compagno dell'UNPA, his precocious maleness exalted, his adult whiskers flourishing. – Mesi che sei qui, – recriminò – e non hai mai trovato il pensiero ed il tempo di visitarmi a Coazzolo –. Era vero, e Johnny si scusò. – Non dirmi che eri troppo occupato. Queste sono grandi vacanze per tutti. – È vero, ma... l'ozio quando è troppo completo ti inchioda piú dell'occupazione piú frenetica –. Ettore aprí la portiera per Johnny. – Ti rimane qualcosa dell'ultima decade? Bene, scendiamo a dilapidarla a Santo Stefano.

L'incantesimo della civiltà ondò su Johnny e lo sommerse. In un attimo non ci fu piú follia che egli non potesse fare per godere ragazze di tipo cittadino, un passeggio in piazza cittadinalike e affollatissima, bibite gelate e cinema. E Santo Stefano, allora, afforded tutto questo. – Come l'hai la macchina? – domandò Johnny, infilandovisi. – Segreto militare. Ti pare una macchina sana ed intera? Ebbene ti dirò che le mancano almeno due pezzi essenziali e in serbatoio ho appena un goccio di benzina non benzina. Ma per Santo

Stefano è quasi tutta discesa. Al ritorno suderemo, ma se ci secchiamo la buttiamo in un fosso. – Accosta al capannone, debbo lasciar consegne.

Kyra ci stava lavorando, al lanciagranata che era il suo quasi concretato sogno, per l'esperimento coi proiettili che Nord avrebbe impetrato dalla I[a] Divisione. Kyra con la testa accennò cura e buon divertimento, e Johnny, con un po' di rimorso, si reinfilò nella macchina.

Era esattamente come le vecchie gite, con in piú il godimento dopo lunga astinenza, e le armi tra le gambe apparivano stridentemente stonate e inutili. Ettore guidava estrosamente, e li teneva entrambi un acuto, inebriante senso di anarchia e di disponibilità. Ettore vibrava di energia fisica e nel tratto di piú avventante discesa una brama di rischio gratuito lo scosse come un'onda. Disse fra i denti: – Non so chi mi tenga dal provare un crash. Vorrei mandar la macchina contro quel tufo. Ora la mando. – Vacci dentro, – disse Johnny freddamente. Ma Ettore pensò meglio e prese la curva con superprudenza.

Era sul vertice dell'ultima collina, spiombante sul piano Santo Stefano, dietro il magro barbagliante nastro del Belbo. Da lassú si poteva cogliere il colore e lo sciamare della grande piazza. Ettore passò in folle per l'ultima calata. – Ci saranno due ragazze innamorate del sedile posteriore. Due ragazze con una inclinazione per i badogliani, ed un assenso per una giterella fuori mano. Ma la benzina? Bene, la gratterò a qualche macchina partigiana, laggiú in paese ce n'è sempre tante. Preferibilmente la gratterò a una macchina garibaldina. Mi darai una mano? – Johnny annuí cordialmente, piacevolmente sorpreso di se stesso. Anche se il furto di quella rara e preziosissima commodity del carburante era uno dei piú ineluttabili casus belli, meritevole di fuoco a bruciapelo. – A proposito delle due ragazze, Johnny, lascia parlare me. Tu sei un grand'uomo ma, senza offesa, con le ragazze non ce la fai al primo colpo. Lascia parlar me che son piú immediato. La troppa grammatica guasta con le ragazze.

Johnny ridacchiò e assisté alla preparazione di Ettore

per la grande entrata in paese. Ma appena al piano il motore li tradí, subito dopo il ponte sternutí, sobbalzò e stette, irrimediabilmente. Bisognò entrare in piazza a spinte, nella piú imbarazzante e depressa maniera.

Ettore diresse su un meccanico, li vide giungere con mal dissimulata disperazione. Disse: – Ho da badare a una ventina di vostre macchine, – stendendo la sua mano petroleata su un cimitero di carcasse. – Noi paghiamo, – disse Ettore molto affaristicamente, enfatizzando la sua già impressionante maschilità. Allora l'uomo si diresse tutto alla loro vettura, accennando a un ragazzetto per aiuto. Ettore restava, disse forte che temeva il ratto della inesistente benzina. L'uomo disse che garantiva per sé e il suo personale, ma declinava ogni responsabilità da parte degli altri partigiani, contro i quali non aveva voce alcuna. Insomma, raccomandava a Ettore di pazientare lí fino a riparazione fatta.

Johnny andò a farsi radere dal barbiere sulla piazza. Attese il suo turno sullo scalino, a rimirare la piazza. Era uno sciame azzurro e rosso, con una colpente, significativa bilanciatezza. Gli azzurri erano piú eleganti e flessuosi, stupendamente atti al bel gesto od al lungo, autocritico riposo. I garibaldini avevano nella toughness la loro principale caratteristica fisica, apparivano piú tagliati per la lunga grigia campagna, per lo sforzo pianificato e perpetuo, e soprattutto, con un terrificante aspetto di saper andar oltre quando per gli azzurri tutto era già finito da un pezzo. Qualche comandante rosso, Johnny notò, indulgeva a qualche tutta azzurra bellurie e decadentismo di divisa, tanto piú vistoso quanto piú timido ed embrionale. Avevano tutti un debole per il cuoio e su di loro il cuoio abbondava in ogni maniera, foggia e dettaglio. I piú portavano fazzolettoni rossi, lunghissimi, che cadevano sulle loro vaste schiene come maniche a vento, ed alcuni arrivavano ad indossare complete camicie di seta rossa, papaverica, tremenda, da togliere fiato e sguardo.

Lo spirito di corpo era sotto brace e cenere, ma quel giorno, in quell'ora, azzurri e rossi apparivano nel migliore dei rapporti.

Le donne erano fittissime, e le ragazze erano quasi tutte allo standard che rendeva quella terra benedetta e rinomata per il suo feminine produce. Erano eleganti, con un sigillo di città, smaliziate, fiorettistiche, e addirittura invasate di accettabili profumi. Apparivano pazzamente innamorate dei partigiani, di quelli di lampante origine metropolitana, gli si mischiavano, s'aggrappavano al loro braccio, sentivano le loro parole con teste recline e bocche socchiuse, qualcuna portando sulla spalla l'arma prestatale dal suo uomo. Johnny grinned e pensò che la piú esatta canzone in bocca ai fascisti era quella che cominciava: – Le donne non ci vogliono piú bene... – Ma nelle grandi città doveva esser diverso, le donne dovevano aggrapparsi ai fascisti, gli unici uomini passeggianti, perché una donna a qualcuno deve ben aggrapparsi.

Una detonazione struck la piazza immobile e poi centrifugamente sciamante. Un bullo partigiano esibendo la sua arma alla donna del giorno aveva sparato un colpo, miracolosamente innocuo in quella ressa, andò a spiaccicarsi contro la ferrea insegna dell'albergo, ognuno indicando quel buco nel metallo come raffigurantes elo nella propria carne. Ci fu un rush di semilinciaggio verso il colpevole, i borghesi evacuavano pallidi e frettolosi, dalle finestre balconi e terrazze le madri stavano richiamando a casa, con gridi violentati fra imperio e disperazione, le inebriate figlie.

Johnny era ingrigito alla detonazione. Ora sorvegliava il riformarsi del passeggio, placido, immemore, come cocainizzato. – Ora ridiamo. Ridiamo troppo. Ma verrà fatalmente il momento che piangeremo. Se no è troppo facile, innaturalmente, astoricamente facile. Poi naturalmente ritornerà il momento che rideremo, il grande ultimo riso. Ma io sarò di quelli che attraverseranno il grande pianto per approdare al grande riso?

Il barbiere lo chiamava all'interno, al servizio, impassibile e professionale, con un assurdo «signore?». Si sedette sull'antiquata poltrona, col suo sten fra i ginocchi, facente da tent-pole alla salvietta. – Me lo dia, lo poso sul banco –. Johnny negò, il barbiere sospirò e cominciò. Era imprevedibilmente buono e salutare il sentirsi sulla pelle, ormai rinverginata come quella d'un monaco, quelle mani abbastanza leggere ed abili. E Johnny chiuse gli occhi e sognò l'eterno andirivieni sulla sua destituta pelle di quella lama sensuale. Poi reagí e fu lieto che al termine il barbiere non dovesse riscuoterlo. – Sigarette? – Ma io faccio il barbiere... – Johnny mostrò i soldi. – Qual'è il prezzo di giornata? – È altuccio, signore, per difficoltà sopravvenute. L'uomo che me le portava da Asti è stato arrestato dai fascisti... – Due pacchetti di nazionali. – Non mi restano che Ambrosiana. – Ambrosiana, – disse Johnny, stringendo le labbra al loro gusto antipatico.

Individuò Ettore al centro della piazza, inclinato a una coppia di ragazze apparentemente disimpegnate. Johnny s'affrettò per non perdere lo spettacolo, sempre attraente, della linea tattica di Ettore, ma arrivando il gioco era già fatto, se ne partivano per i fatti e gli uomini loro. Ettore disse che entrambe avevano l'alito cattivo. – Mai sentito una cosa simile d'una ragazza di qui, – disse Johnny. – Ma non hai visto che erano impegnate? Ragazze di garibaldini? – Ettore negò reciso: – Non avevano affatto il nastro rosso nei capelli. – Nei capelli no, ma avevano il nastrino all'occhiello, rosso come l'idea stessa della rossità –. Ettore ci rimase, nulla gli seccava piú d'esser colto in insufficienza nei suoi tentativi verso l'altro sesso. – Mannaggia al tuo occhio, – s'arrese poi. – E la macchina, come va? – Perduta. Frizione a pezzi. Dove la trovo una frizione di ricambio? Torneremo su a piedi stasera o con un camion di fortuna. Ma non recuperare la benzina mi angoscia. – A chi l'avevi requisita? – A Neive. – A chi? – Non so il nome, ma è la famiglia della ragazza che tarocca con Pierre. – Great God, – gaped Johnny. – Fascisti, tutto sommato, – spitted Ettore.

Ettore riprese il passeggio in piazza. Johnny era ormai sazio del paese e di quell'idiotico andirivieni, al massimo avrebbe acconsentito a passeggiare lungo la fresca, malinconica, imperseguitata riva del torrente. Ma Ettore negò: – A farci sangue cattivo? Sai che in riva al Belbo devi star attento a dove posi i piedi, per non calpestare le ragazze e gli uomini che sono stati piú in gamba di noi?

The square now seemed abruptly crowd-engendering. Recuperate donne e nuovi partigiani vi si immettevano, come un fiotto affogante. Johnny disse che erano troppi. – Siamo troppi, e non c'è il minimo vaglio. Se non finisce questo inverno, vedrai in quanti ci ritroveremo, e quest'inverno non finisce, anche se noi lo proclamiamo ai contadini che ci mantengono tutti. Ma ora è estate e i fascisti sono in crisi e il nostro regno è praticamente sconfinato e inaccessibile, e allora vengono in troppi. – Come ad una fiesta, – disse Ettore: – Non si dice cosí?

L'onda, la central stream della folla, li derivò verso uno stuolo di garibaldini, avevano issato un compagno su un podio naturale ed ora lo invitavano, lo costringevano a cantare con una selvaggia pressione. Il ragazzo nicchiava, per Johnny abbastanza incompatibilmente con la sua fiera, tarchiata e grinning figura. Da sotto aumentarono la pressione e allora egli cantò. «Fischia il vento, infuria la bufera», nella versione russa, e con una splendida, colpente voce di basso, il tipo di grande voce che annulla o ridicolizza l'accompagnamento orchestrale. Tutti erano calamitati al podio, anche gli azzurri, anche i borghesi, ad onta dell'oscura ripugnanza per quella canzone cosí genuinamente, tremendamente russa. E ora il coro la riprendeva, con un martellare, un'esasperazione fisica e vocale che risuonava come ciò che voleva essere, aperta provocazione e riduzione dei badogliani. Johnny intuí e sorrise allusivamente al da lui separato Ettore, che ora gli si rivolgeva simpaticamente, strizzandogli l'occhio in una tesa maniera. L'antagonismo era acmico sotto il fiero sole, producendo profuso sudore dalle tozze nuche dei cantori. Poi il coro si spense e si accese un interminabile applauso, ed un selvaggio fischiare dei ridenti azzurri, come un puro contributo a quell'inebriante clangore. Anche i rossi ora ridevano, scoprendo tutti i loro denti, vibranti nella coscienza che la giornata era loro. Qualche azzurro propose di contrattaccare con una loro propria canzone, ma gli azzurri, anche la truppa, erano troppo nonchalants, e poi, quale canzone potevano opporre, con un barlume d'equilibrio, a quel travolgente, *e loro proprio* canto russo? Disse Johnny al riaccostato Ettore, fuori del belt rosso. – Essi hanno una canzone, e basta. Noi ne abbiamo troppe e nessuna. Quella loro canzone è tremenda. È una vera e propria arma contro i fascisti che noi, dobbiamo ammettere, non possediamo nella nostra armeria. Fa impazzire i fascisti, mi dicono, non possono sentirla. Se la cantasse un neonato, lo ammazzerebbero col cannone. – Io ho un brucio, un brucio... – accennò Ettore, e il brucio gli aveva fatto completamente dimenticare le ragazze. In quel momento una vettura s'immise nella piazza da destra, lenta e pervicace contro la crostosa folla, e dalla macchina qualcuno cominciò a splutter inintellegibilmente a un megafono. Ma nei dintorni della macchina avanzante a prua, c'era un garrire di garibaldini ed un vanire di borghesi. Ora si capiva: una voce neutra e possente, molto simile a quella d'uno speaker in grande stazione ferroviaria avvisava il profilarsi d'un attacco fascista sul fronte garibaldino e ordinava a tutti i rossi ai loro posti. Camions per il trasporto appena fuori il paese. Ettore ebbe un jerk di rivincita. – Tocca a loro. Sembra se lo siano voluti –. Il megafono iterava e i rossi vanivano, come una catinata d'acqua risucchiata. – Garibaldini ai propri posti. Prender posto sui camions fuori paese. Attacco fascista sulla linea Isola-Montegrosso-Loazzolo! – e il grido di guerra: – Morte ai fascisti!

La vettura scivolò avanti e s'arrestò a lato di Johnny e Ettore. Il megafono ripeté l'avviso, proprio sulla faccia agli immoti azzurri, dal sedile anteriore si sporse un ufficiale rosso, Johnny gli scorse in grembo il parabellum ed una scatola di canditi dalla quale piluccava lentamente. L'uomo era un perfetto bruno, la pelle stupendamente pomiceata dal sudore, esprimeva una irresistibile simpatia fisica, e parve a Johnny che gliela reciprocasse tutta. – Tocca a noi, – disse con una congrua voce: – Soddisfatti, azzurri? – Johnny grinned in sheer sympathy. – Tanto quanto lo siete voi quando i fascisti favoriscono noi, il nostro salotto –. L'uomo rise, mostrando tutti i mordaci denti. Brontolò per la ripresa dell'avviso al megafono e disse: – Augurateci un buon esito –. Johnny disse – Naturalmente. – Allora abbiti un candito, – e pescò e porse la grigiastra mummietta d'una pera. – Non ti spiace darmi invece quel mandarino? – Affatto, ma... è rosso! – e rise esultante per una infantile coincidenza come. Johnny ricevette il frutto e indicò Ettore allusivamente. – Ho un compagno con me. – Oh, pardon! Noi non dobbiamo sgarrare mai, dimenticar mai niente, in fatto di compagni –. Rise nuovamente e porse a Ettore la pera. Fece un cenno all'autista che ripartí, e lui salutò con la sua magra mano brunita. Del tutto superfluamente, ma per irresistibile istanza di pubblicità ed epos, il megafono continuava nella semidesertificata piazza: – Garibaldini, tutti ai vostri posti. Attacco fascista sulla linea...

Ettore era cosí colpito che era immemore del candito che gli scolava in mano e al sole. – Che ne dici di quel tipo? – È un tipo. Non farà strada con loro.

Andarono verso l'imboccatura orientale della piazza, donde provenivano gli starnuti iniziali dei grossi camion che partivano per la linea del fronte, insieme al selvaggio cheering and bracing degli uomini imbarcati ed imbarcantisi. Poi il fragore s'allontanò e svaní e allora Johnny tese l'orecchio al distante orizzonte del Monferrato, come a cogliere l'ouverture. Ma nulla zigrinava l'immoto, compatto cielo. Si rivoltarono alla piazza, gli stessi azzurri la stavano evacuando, ma pigramente e rimpiangendo, i borghesi si erano già tutti ritirati. – Io sono stufo di questo paese, – disse Johnny netto, aggressivo, prevedendo la reazione di Ettore. Ma: – Anch'io, – disse lui, con definitiva semplicità. – Ma dovremo farcela a piedi. – Una frizione è impossibile da trovare? – Ettore ghignò alla suprema incompetenza di Johnny. Troppa e sola grammatica.

Si avviarono per la lunga strada delle lontane colline, con la souple determinazione di chi ha ormai fiato e esperienza di chilometri e chilometri a piedi, quando un furgone li sorpassò, per frenare catastroficamente pochi metri oltre. La portiera inquadrò l'impinguata faccia da ultimo romantico di Franco. Poiché in cabina non c'era posto, Franco si adattò con Johnny ed Ettore sul cassone, insieme a due altri suoi uomini, massicci e stolidi contadini nati, inseritisi nel partigianato come in una sorta di avventurosa, legionaria manovalanza, che parevano aver altissima stima di Franco.

Lasciando il ponte di Santo Stefano per la campagna fondente nel glow serotino incrociarono la ragazza dei sogni di Ettore: era simpaticamente animale, abbigliata alla moda cittadina, her strolling stressing the richness and rightplacedness of all her underthings. Ettore poté soltanto commentare alla bocca del telo del furgone: – Ha una bocca come una banana, – e poi ritraendosi: – Poteva essere la mia medicina di oggi! – O il veleno! – disse Frankie. Il sogno d'Ettore si cancellò nello spazzante polverone sollevato dal furgone, pilotato alla solita maniera partigiana, cosí avventurosa da finir col perdere ogni avventurosità.

Gran parte del cassone era occupato da casse di munizioni ed un canto stratificato da uno strato, come un selciato di bocce, di dozzine e dozzine di strane bombe panciute, flasklike, abbigliate in una dozzinale gonnellina nera. Johnny e Ettore ne raccolsero un paio, sollevarono la gonnellina con un pruriginoso senso d'impudicizia. Si scoperse un ventre di pingue, venata materia rossobruna, escludente alla vista ogni diretta sensazione di deleterietà, anzi di insidiosità. Guardarono a Franco cosí intrigati che egli si sentí letteralmente intronizzato in cattedra. – Bombe plastiche. Inglesi. Formidabili. Buone per gli uomini, per le case e i carri armati, buone per tutto. Io ho implorato Nord e Nord me ne ha fatte cedere tante dalla Prima Divisione. Ma fino a quando dipenderemo dalla Prima? Da noi gli inglesi non scendono? – Con una patetica espressione di abilità e surprise-making uno dei due contadini s'era cavato una bomba da sotto il piede ancora invernalmente calzato e con un pugnale tranciava una fettina dallo scoperto ventre resinoso. I due profani stavano aspettando chissà qual dimostrazione, ma l'uomo si limitò a portarsela alla bocca e a masticarla minutamente. Ettore, con uno snap, s'informò se era buono. L'uomo smorfiò contentedly, e Franco spiegò che il plastico era edibile, con un grato sapore mandorlato.

Poi Franco parlò d'affari. Recentemente Nord l'aveva autorizzato a formare un reparto di guastatori, a svolgere tutto il lavoro specializzato nell'area divisionale. A proposito, disse a bruciapelo, volevano entrarci Johnny ed Ettore? Pur non pretendendo di essere il migliore, Franco avrebbe conservato il comando, non foss'altro che per tributo di rispetto alla sua originale iniziativa, ma nella intima realtà essi sarebbero stati pares inter pares. – Siamo già accasati, – disse Johnny e Franco ci stette senza piú insistenza, come se avesse semplicemente ottemperato ad uno scrupolo di coscienza. Però era triste, pensava Johnny. Nel previo sogno tutti s'erano affisi ad una squadra, ad una unità, magari ad una pattuglia di compaesani ed amici, saldati dalla conoscenza, dalla frequentazione, dalle avventure adolescenziali. Ora, in pieno svolgimento, il sogno s'era frantumato, anzi si era autonegato di fronte alla routine ed al formatosi groupage...

Come dietro l'inerzia dell'assicurata sicurezza e dell'assolto scrupolo, per il resto del viaggio Franco illustrò la sua compagnia. Erano dislocati a Bosia, sullo scoscendimento su Belbo, in un'area che lo stesso Nord aveva garantito come area isolata per esperimenti di guerra tecnologica. Erano un quaranta uomini tutti protesi anima e corpo alla preparazione ed all'addestramento (non misurassero gli altri, veri guastatori, da questi due presenti, questi erano uomini... da soma) e credeva Johnny che si sarebbe presto avverato il sogno di Frankie di aver nei ranghi un paracadutato specialista inglese?

Li scaricò al bivio di Mango, il paese con la sua stessa apparenza attestando la piena quiete di tutta la giornata. Nel brusio vesperale saliva, radendo le dorate colline, la lontana fucileria, ragged ed unicamente suggestiva, dalle pianure astigiane. Johnny volse le spalle al shot-ragged orizzonte annegato nel blu della sera e stette attento a Franco, che parlava ad Ettore, il subdolamente critico Ettore, tutto pervaso dalla sua salubre diffidenza. – Naturale, – diceva Frankie, – naturale che il mio lavoro sarà principalmente notturno. Cosí, quando di notte sentirete un bel boato, pensate all'amico Franco che manda tutto a carte quarantotto e poi rivoltatevi a dormire sulla paglia. Peccato che tutto il lavoro intorno ad Alba sia già stato fatto. E maledettamente mal fatto.

Disse Johnny: – Frankie, ti spiace darmi un paio di quelle bombe? Non per me, per un mio compagno di qui che ha il tuo stesso bernoccolo. Lui ci farebbe sopra uno studio, ha numeri per esso –. Frankie, come tutte le simpatiche teste deboli sfoggiava in ogni minima cosa melodrammatica ponderatezza e gravità. Ma quando partí, Johnny lo salutò con le mani ingrappolate alle due bombe.

Le portò a Kyra, nel capannone. – Eccoti una coppia di uova of your preference, – e Kyra le accolse in uno con una pupillare gratitudine ed una sobria, diretta competenza che incantò Johnny. Il suo lanciabombe era quasi pronto, striking nella sua rudimentalità, epperò con una certa qual sua umile ma sicura aria di onesta efficienza. Kyra disse: – Il padrone qui vuole che io lo paghi per l'uso delle sue macchine. È un brav'uomo ed un lavoratore esemplare, piú unico che raro da queste parti. Ma non vede altro che il suo lavoro e la sua proprietà. Lo esigerebbe anche dai fascisti, se gli usassero le sue macchine. D'altra parte, son sicuro che non mi chiederà che il purissimo giusto. – Lasciamene parlare a Pierre. Pagamento contro mandato di comando –. Kyra waved off the idea. – Non ne parlare a Pierre. L'idea è mia, o la fissa, se preferisci. Basterà la mia decade. – Se non bastasse, conta su me, disse Johnny: – Contributo... da tifoso.

Poi Johnny riuscí e cercò la lontanante figura di Ettore. Lo individuò che dalla fine della discesa attaccava la prima rampa del Bricco d'Avene. Johnny gli urlò dietro, Ettore ruotò su se stesso, ricambiò l'hand-waving e se ne andò con passo sorridente. Era per Johnny un incanto sempreverde quello di un uomo andante solitario per le deserte colline, nei punti sommi la testa e le spalle erette nello sweeping cielo. E osservando il passo di Ettore, si rese definitivamente conto di come le colline li avessero tutti, lui compreso, influenzati e condizionati tutti, alla lunga, come se vi fossero tutti nati e cresciuti e destinati a morirvi senza conoscere evasione od esilio. Essi tutti camminavano ormai come i contadini nativi, con quel passo cui lo stesso carattere di durata fisica finiva col sottrarre ogni e qualsiasi ritmo apparente.

Ettore sparí di vista (l'abissale potere d'inghiottimento del minimo greppio nell'alterno mondo collinare!) e allora Johnny guardò profondo, tra gli azzurrini vapori della lontananza, alla piana del Monferrato. Alla distanza, gli appariva come un'estiva marina appena appena bubbling sotto le punte della continuata sparatoria. Ci restò, finché lo seccò quella insensata rumoria, poi si diresse alla strada del ritorno di Pierre. Si sedette sul fresco ciglio e si accese una sigaretta, con la volontà di fare qualcosa col fumare quella sigaretta. Rimosse la pistola che nel sedersi gli si era appuntata alla coscia e soffocò un istinto di intolleranza per l'arma, per tutte le armi. Era ancora inimmaginabilmente presto.

Il vallone da Mango a Neive, tramontano, era vestito d'un chiaroscuro già tutto autunnale, ed un vento nascente allora flopped in tutte le sue foglie. Il battito delle foglie sotto il vento aveva un che di acquatile, di *sentenziato and being chastised*, con un enorme risultato ed apporto di tristezza. Poi dal paese arrivò, arcana, non credibile, la rude voce di Michele che disponeva la guardia serotina.

Pierre arrivò per le otto. Johnny l'attese salire, come in un agguato d'amicizia, infine lighthousing him con la punta rossa della sigaretta nuova accesa. He sighed and stopped, l'ombra appesantendo la sua naturale gravità. – Tutto O.K., Johnny? – Come a Neive, spero. O per amore hai sopportato tutto un caleidoscopio di tessere del Partito Fascista Repubblicano? – C'è ben di peggio. C'era oggi a Neive quel primo autista di Nord. Quel torinese, il piú odioso della bodyguard. È sceso a Neive a fare il pavone. È un uomo stercorario, ma è vergognosamente meglio informato del migliore di noi. Bene, diceva in giro, per pavonare, che i partigiani scendono presto ad occupare Alba. – Ma sono impazziti? – annaspò Johnny, l'orgasmo soffocandolo poi subito al totale mutismo.

19

Una mattina di settembre una vettura dell'alto comando rilevò Johnny al paese. Correvano per la strada a Castino, tre guardie del corpo ed un mai visto armigero, alto un palmo, di complessione meticcia, in completa divisa tedesca dall'elmetto agli stivaletti. Sempre muto, solo stendendo una mano oleosa ogniqualvolta Johnny dava di piglio alle sigarette.

Quella corsa era l'esperienza piú brividosa che Johnny avesse mai fatto nel quotidiano suspense partigiano. La discesa a Belbo indimenticabile: le curve sui vertiginosi rittani dietro fragili spallette erano affrontate, senza mai un cambio di velocità, con violentissime frenate in extremis. Lo specchietto retrovisivo restituiva a Johnny il grugno dell'eccitato guidatore, il meticcio accanto aveva cessato di fumare, la sigaretta gli si riduceva visibilmente in cenere virginale, che le scosse troncavano ogni tanto, e per l'apprensione la pelle, sotto l'ombra dell'incongeniale elmo tedesco, si cromatizzava come certe molli bucce di frutti ipermaturi. Delle due altre guardie, uno aizzava e l'altro bestemmiava.

Il fato si compié alla spalletta del ponte su Belbo: la frenata riuscí troppo o non riuscí, la macchina sbandò e cozzò nel muretto a secco, lo sbrecciò come cartapesta e imminette sul vuoto, con le ruote anteriori, sul greto giú di venti metri. Nessuno si mosse, né parlò, né respirava: Johnny fissava il magro glitter dell'acqua scarsa e l'ampia distesa dell'irto greto. Nell'immacolato silenzio suonava il martellio dei denti del meticcio. Ognuno sapeva che solo l'abbozzo di un movimento di scampo avrebbe rotto il miracoloso equilibrio e la vettura sarebbe precipitata. Con enorme cautela Johnny guardò a lato, ma la strada era perfettamente, durevolmente deserta. E il lato della breccia era irraggiungibile senza un secco, fatoso scarto e afferramento. Johnny bramò la vita, la vita era il tepido hush nell'aria e il tiepido profilo delle alte colline, cosí ferme e solide con radici di terra. Nessuno s'affisava piú al basso greto, tutti guardavano nel fermo solido, impassibile cielo, e la guardia che prima aizzava ora masticava preghiere, come un bambino ispirato. La vettura dondolò impercettibilmente e il meticcio strillò, poi scrambled off, i suoi stivaletti tedeschi sdrumando una spalla di Johnny. La vettura dondolò, con la coda dell'occhio Johnny colse il meticcio già in salvo, immoto ora, e immemore, concentrato nel recovering. Gli soffiò il trattenere la macchina per il paraurti posteriore, con tutte le sue forze. Il meticcio braced, toadlike crouched e tenne. Si sfilarono tutti, in punta di piedi e a respiro mozzo. Sulla strada il pilota prese a ridere grassamente, Johnny sentiva amorosamente sotto i piedi la scabra strada, poi le due guardie ebbero un'intesa oculare, si avvicinarono alla vettura e la scaraventarono nel vuoto. E tutti tennero il respiro nell'attesa del crash che doveva essere il loro.

Johnny evacuò la marea della saliva da nausea. Poi disse piano: – Porci, rovina e vergogna, porci. Tutt'e tre. Verrà bene una raffica fascista che vi faccia secchi tutt'e tre –. Il meticcio parossisticamente mimava incolpevolezza e congenialità, sui grugni delle due guardie trascorse l'insultante menefreghismo agli insulti, poi il baleno della possibilità della sopraffazione, poi la selvaggia enfasi della loro superiore muscularità, e l'orante di poco prima svicolò con una mano alla sua monumentale pistola alla cintura. Ma erano già sotto l'andirivieni dello sten di Johnny, simile all'avantreno d'un serpente, tutt'e tre. Il meticcio cadde sulle ginocchia, gli altri due rincularono verso la breccia, frenandosi poi con un sussulto davanti alla voragine. – Ora che vuoi fare? Scherzi? Noi ti capiamo, fai il potente solo per la paura che senza volere ti abbiamo fatto prendere... – Non vi sparo. Non posso, ma spero lo facciano presto i fascisti. – Lo diremo a Nord, che ci hai preso di mira con lo sten. – E che ti sei augurato che i fascisti ci ammazzino. – Ditelo magari a Badoglio. – Gli diremo anche che l'hai preso per il c..., dicendo «Ditelo magari a Badoglio». – Ci arrivo prima io da Nord. Ora ce la facciamo tutt'e quattro a piedi, e voi a piedi non sapete piú andare, voi porci, voi plebe, che non sapete altro che andare in macchina a tutte le ore, nemmeno degni di strisciare dove gli altri partigiani camminano.

Retrocesse sino al limite del bosco, poi si voltò e camminò. Quando si volse i tre erano ancora fermi sul ponte, con una piccola ressa rustica che li intervistava.

Saliva nel fresco cuore del bosco, per sentieri inizialmente scivolosi, ma d'una piacevole sportiva scivolosità, il furore evaporandogli nel fresco, umido alitare del bosco. Poi guadagnò una radura, dalla quale volgendosi appena scorse la potente mole della langa di Mango, e pensò a quel cosí place di battaglia e rivolta, ed agli uomini suoi compagni che vi stavano, Pierre il primo, di cosí gran mole la sua discrezione: ci pensò fugacemente, ma a pieno volume d'anima. Con lui e dietro lui parevano muovere tutti i rumori dell'ammantata collina, tutti i brisk rumori della previta autunnale. Solo ad un momento percepí il volo rapinoso di un veicolo partigiano lanciato in discesa a chissà che mèta.

Ora, dal margine esterno del grande bosco gli veniva dall'alto un chiacchierio di uomini, ma come infantile, come se i rami e le felci filtrando gli sottraessero potenza adulta, e infine Johnny, salendo un altro po', scoperse una squadra di uomini perched su alberi e pali a stendere una linea telefonica. Rallentò come piú decentemente poté per godersi oltre quello spettacolo di attività ordinata e gaia, che gli appariva con l'incoraggiante fisonomia d'una bene procedente armata regolare.

Il nuovo quartier generale di Nord sorgeva sullo spartiacque tra Bormida e Belbo, avendo in faccia l'ultima collina prima del fiume Tanaro e dietro l'ultima collina avanti la pianura alessandrina: un immobile boa, quello spartiacque, in tutto un mosso mare di colline, pietrificatosi a un cenno. Ed il comando stava in una casa tutta rustica ed enorme, come costruita da un patriarca per la sua famiglia di centennali generazioni, il monumento dei monumenti della vita contadina, e stava in una radura ampia, in un circolo d'alberi vecchi e forti, ad ogni ora del giorno proiettanti, piú brevi e piú lunghe, le ombre delle fronde mosse dall'eterno vento, sulle mure bianche e granulose.

Sulla radura guardie del corpo oziavano o incrociavano, innaturalizzate dall'afonia del loro stare o muoversi sul tappeto erboso, ed in un canto frazionato d'ombra e luce solare stavano donne, staffette, stavano facendo il bucato generale, con un'aria attiva e giocosa e l'allegra coscienza di star facendo il loro vero, naturale lavoro. In faccia a Johnny sbuffò l'odore della saponata, attraverso l'aria rarefatta portando il confortante senso di casalinghità all'aperto. Alcune guardie del corpo stavano vessando le lavandaie, con una ironia sana e diretta che raggiungeva l'effetto di gioiosamente accanirle di piú al lavoro. Dovunque un senso di attività tesa e pacifica, assolutamente estranea alla guerra, e allora Johnny, con una naturale giravolta, si domandò che stavano facendo, che cosa potevano fare, in quel medesimo incantato momento, i fascisti, tutti i fascisti al mondo.

Marciò al rusticamente maestoso, soleggiato ingresso, non vigilato direttamente. Ma da dietro la casa veniva, felino, il rumore d'avviamento di motori, e poi un accorante, lontano, inintellegibile grido che s'involò come vanente fumo sulla vasta voragine della valle Bormida e, un attimo dopo, suonò una scarica, corta e come disimpegnata, qualcosa come la prova d'un'arma o un tiro esperimentale a bersaglio immortale.

L'ingresso nel penombrato vestibolo tolse a Johnny ogni capacità discernitiva: poi una voce indagante lo stimolò ad avanzare ed egli lo fece dietro a quel faro. Era un tipo burocratico, in completo borghese, e con un'aria affatto dalla libera vita liberata dal suo pattern impiegatizio, naturalmente seduto dietro una decentissima scrivania. Gli domandò chi fosse e che volesse, ma sempre con un timbro impiegatizio, assolutamente scevro da venature partigiane. Poi gli rispose che Nord era occupato e che aspettasse lí. Fu buffo per Johnny esser diretto con tanta borghese naturalezza ed arrendersi con altrettale ed altrettanta naturalezza. – Posso vedere il cassiere intanto? – No, era occupato per il medesimo motivo per cui era occupato Nord: stavano snocciolando finanziamenti agli inviati delle formazioni dell'alta valle Bormida. In quel momento una nuova raffica latrò all'esterno, ma leggera e come depurata, e l'impiegato fu tutto percorso da un lampantissimo tremito e la sedia gli scricchiolò sotto, ma in un attimo la sua faccia aveva riacquisito tutta la uggiata impassibilità del routinier. All'eco delle detonazioni un'altra faccia si levò da un'altra scrivania, venendo solo allora in evidenza. Era appena un ragazzo, ma pallido e già stempiato e, come si rizzò, apparve in una completa e perfetta divisa di subalterno tedesco. Era straordinariamente smilzo, e la divisa naturalmente gli andava larga, ma senza effetto buffo, anzi con un incredibile incremento di romanticità. Andò con un passo anziano al cavicchio da cui pendeva il suo pastrano tedesco, estrasse una sigaretta e l'accese, poi tornò alla scrivania e si reimmerse in un lavoro che, pur a distanza, Johnny giudicò di traduzione. Il routinier pareva risentire quel compagno di lavoro, ma essenzialmente per la sua totale, immascherabile, propagantesi tristezza.

Poi apparve il cassiere, e non fu sorpreso di Johnny, sapeva della convocazione, del rilevamento. Gli confermò che era per il piano di Alba e che Nord aveva già escusso altri albesi, Frankie e borghesi venuti su dalla città con mezzi di fortuna. – Comunque, è per pura accademia, la cosa è già decisa –. Uscirono sulla radura, nel delizioso bagno del chiaroscuro. – Chi è l'ufficialetto tedesco, e che fa? – Austriaco. È il sottotenente Schimmel. Ha disertato circa un mese fa. I primi partigiani che incontrò non vollero crederagli, lo legarono e interrogarono al loro stile, terrorizzandolo. Fortunatamente passava nei pressi il nostro aiutante maggiore... ma si è ripreso appena da poco. Nord lo volle subito al comando, ma al momento non sa che fargli fare precisamente, e, perché non s'avvilisca, gli facciamo tradurre bandi e circolari tedeschi di cui noi conosciamo la versione da mesi.

Johnny relented almost to melting point. Desiderava che l'austriaco si trovasse bene, che non si pentisse... Il cassiere disse che non si poteva nemmeno indovinare, la sua tristezza era cosí generale ed onniprendente... per ogni altro aspetto, un eccellente compagno, con un'educazione, uno stile di rispetto che ti metteva quasi a disagio. – Quanto alla città, checché tu possa inventare, la cosa è già decisa. Figurati che Nord sta già facendosi la divisa straordinaria per l'ingresso. – Un urlo, immagino, un ruggito. – È una tuta di gomma nera con tutto un reticolo di cerniere argentate.

Dal ciglione su Bormida emergeva un prete, del tipo comune dei parroci di collina, la politica materialità della loro mente concorrendo al loro duro, massivo, aggressivo fisico. Lo affiancava un ufficiale del comando, gelidamente deferente, e continuavano una animosa ma sommessa discussione. – Io non sono l'unico prete della zona, – diceva, – ed amerei essere alquanto sollevato da queste incombenze. Amerei cioè una certa alternanza... una rotazione ecco. – Per la vostra coscienza, reverendo? – domandò l'ufficiale, con una svagata, ma felina direttezza. Il prete waved scoordinatamente una grossa mano negante. – Io non discuto le vostre sentenze. Non è da me metterli in pace con gli uomini, ma... desidererei veramente essere un po' sollevato dal compito di metterli in regola con Dio. Lei mi è testimone che in questa presente settimana io ho assolto questo compito ben quattro volte, ed in tre giorni diversi. – È semplicemente perché, reverendo, voi siete il sacerdote della zona in cui il comando è presentemente ubicato ed al comando e solo al comando ha corso tutta la giustizia della nostra area. Ammetterete che questo rigoroso accentramento della giustizia costituisce una solida garanzia per quello che può essere... carico di coscienza –. Il prete annuiva con quella sua scoordinata e massiva passione. – La prego, comunque, voler esporre al suo comandante il mio desiderio... di alternativa... senza far nomi il comando saprebbe benissimo dove rivolgersi per... questa alternativa... No, no, grazie, torno a piedi, mi farà bene, meglio, – disse precipitosamente all'ufficiale come vide che accennava ad una guardia del corpo per una vettura. L'ufficiale si ricompose e disse: – Posso suggerirle, reverendo, che lei limiti la sua... prestazione alla confessione... voglio dire che la sua presenza all'esecuzione potrebbe non essere strettamente necessaria... – Ma il prete levò una ferma ora quasi minace mano che troncò tutto un filtrare di sunlight. – No, no, – disse fortemente, – se comincio io voglio e debbo finire, uno di questi disgraziati potrebbe... all'ultimissimo istante... aver bisogno di me, magari anche solamente d'un mio sguardo... – Il prete se ne andò, verso il fitto del bosco, mentre al suo passare curvo e forte le bodyguards scattavano pigramente in un goffo attenti.

– Giorno di fucilazione, – sospirò il cassiere. – Frequente? – Solo chi sta permanente ad un comando si rende conto di quante siano le perdite in un tipo simile di guerra. Qualcuno di noi già soffre d'incubo, io stesso trovo che dormire è veramente difficile ed io sono soltanto il cassiere. – Chi erano questi d'oggi? – Un ufficiale della Divisione Littorio, ed un repubblicano erratico da Asti. Ieri hanno fucilato uno dei nostri, reo flagrante di stupro e rapina. – Bene, – disse Johnny.

Nord uscí sulla radura. La sua bellezza era solare. Ristette in un acceso riquadro di sole, in perfetta divisa ancora estiva: una camicia di seta cachi ritagliata nel ricco volume d'un paracadute, calzoni di gabardine cachi inviatigli in dono dal comando della Prima Divisione, che ricadevano in perfetto aplomb sui suoi piedi in sandali. Stava comicamente cercando di staccarsi un altro partigiano, in glorioso contrasto con lui. In questo primo settembre era capelluto, barbuto e imbacuccato, estremamente goffo per la sua stessa bassezza e tarchiatezza, con un tale armamentario profuso su tutta la sua larga superficie da suscitare riso anziché awe. Ma Johnny non poté sorridere come ogni altro fece, perché era alla sua prima visione di quel carattere di selvaggità e di sangue. Come disse il cassiere, era Biondino (Biondino?), comandante del presidio di R.... il piú alto e disagiato di quanti paesi tenuti dalla Divisione. – Io ti ho trattato, Biondo, anche troppo bene, – diceva Nord, lieto di letificare in comics le sue guardie del corpo. E l'altro, con una voce hoarse: – Non dirlo, Nord, non dirlo, a scanso di peccato mortale. Tu ti danni a parlar cosí. Se non ti fossi già dannato con le ingiustizie che mi fai. E parlo non dei fondi, ma delle armi e delle munizioni. – Aveva un timbro di voce ed una rapsodica colloquialità che colmavano la sua primitività. Eppure lo nobilitava quel suo contrasto all'ambiente, sentito e voluto e difeso, a quell'ambiente un po' stilé, senz'altro opulento, del comando.

Con divertita pazienza Nord gli replicava che gli aveva dato quanto bastava ed eccedeva per due normali presidi. – Normali presidi, hai detto bene, ma non R... Tu, Nord, non hai un preciso concetto di quel che sia R... Perché non ci vieni mai. – Ci sono venuto, Biondo, in primavera – Una volta, ma devi venirci piú spesso. Ci sei venuto una volta come un vescovo. Sei un vescovo, tu, Nord? – La radura ruggí di risate, Nord dando il segnale. Anche il Biondo rise, ma in full-voiced polemica, e gridò: – Se non cambi con me, io cambio con te. Ti pianto e passo alla Stella Rossa –. La guardia del corpo fremette, ma Nord sorrise e disse nella sua piú allentata maniera. – E tu piantami. – Il Biondo staggered. Gaped, shuffled i piedi, respirò raucamente, ma era sotto l'incantesimo di Nord, era chiaro che si sarebbe considerato uomo di Nord anche quando sarebbe tutto finito: era incantato, legato mani e piedi. Avrebbe macellato da solo tutta la Stella Rossa se solo arricciava il naso al nome di Nord. E partí, in quel suo disperato innamoramento e per scortarlo emersero dal ciglione una mezza dozzina di suoi uomini, il suo medesimo rimpicciolito stampo.

E Nord venne a sprawl lengthwise sull'erba tepida, rivelando una inmascherata, soffice, felina voluttà. Ciò che della sua carne era visibile era del color del miele, e non era tinta da sole, perché egli era uomo d'ombre, e doveva essere il riflesso del ricco cachi. Nord rilevò l'anormale impolveratura dei piedi di Johnny e rilevò che l'aveva mandato a prendere in vettura. – La tua guardia del corpo pensò meglio o peggio, – disse Johnny e gli riferí l'incidente del ponte. – Dovrei staffilare questa gente, – disse Nord. – Dovresti sí, – disse Johnny, ma Nord risentí le parole, con un'ombra immediata. E in reazione circolarizzò un benevolo sguardo alle guardie che afonamente incrociavano sul tappeto erboso. Poi disse: – È per parlare di Alba. Vuota il sacco. – Possiamo sentire? – dissero il cassiere e l'ufficiale. Nord li cennò avanti e si sedette in centro, buttando in metà, per uso generale, un pacchetto di sigarette inglesi.

Fumando lente boccate di quel piatto, opaco e delusivo tabacco, Johnny espose come meglio seppe le varie e diverse passività.

Militari: i fascisti non s'auguravano altro che un impegno campale dei partigiani, che offriva loro il mezzo di schiacciarne in una giornata tanti quanti non ne avrebbero eliminato in un secolo di sortite sulle colline. Per la riconquista i fascisti avrebbero certamente messo in campo i loro migliori e piú esperti reparti, contro i quali i dilettanti partigiani non avevano, campalmente, una probabilità su mille.

Passività psicologiche: dato che non si è voluto o potuto vagliare gli arruolati, i partigiani erano quello che erano, il fiore e la feccia, come sempre succede in tutte le formazioni volontarie. Estremamente interessante ed importante era l'opinione delle città, piccole e grandi. Finché non li vedevano, ma solo li sentivano sulle alture, i cittadini li giudicavano arcangeli... ma cosí i cittadini potranno vederci... e da bravi cittadini, se avranno da lodarci per nove, ci stigmatizzeranno ferocemente per uno solo. Perché non apparire arcangeli, potendolo, fino allo smash finale?

Passività politiche in senso stretto. In città restavano fascisti, tanto piú insidiosi quanto piú mascherati. Illico possibilità di spionaggio. Tu, Nord, avrai le tue brave liste, compilate da gente nostra e competente e accanita, e appena in città faremo le retate e saranno tutti spediti al concentramento, ma sai, tutti quelli che son dentro ecc. ecc. come diceva l'Apostolo. E allora che cosa succederà ai molti tuoi uomini albesi, o meglio o peggio alle loro famiglie, dopo la riconquista? – Ci ho pensato, – disse Nord, – li tratterrò tutti in collina. – Non ti daranno retta, per una volta. Si scaraventeranno in città prima degli altri, dovessero passare su di te. – Allora li apposterò alla periferia, a guardia delle posizioni di accesso, visibili soltanto alla gente di campagna, tra la quale le spie non attecchiscono.

Last and not least, passività... propagandistiche o ancora psicologiche. Avrebbero riperduto la città, fatalmente, e quale sarebbe stata la ripercussione sulla gente delle colline? Quella che li nutriva e li sosteneva, ma che aveva necessità di esser certa sempre della loro finale vittoria. Che autunno e che inverno si preparava ai reduci sconfitti dalla città?

Nord impallidí. – Dici che per Ottobre-Novembre non sarà tutto finito? – Per via di miracolo forse sí, non in via di deduzione logica. Gli Alleati appaiono piú piedipiatti di quanto siano.

Nord balzò in piedi. Disse che aveva attentamente annotato tutto e che avrebbe risposto al prossimo raduno di capi e di responsabili del CLN. – Naturalmente, – disse avviandosi: – hai parlato cosí come avresti parlato se Asti, e non la tua città, fosse il nostro obiettivo. – Piú che naturalmente. Se la guarnigione della mia città fosse una noce troppo dura o se la presa di Alba fosse per noi questione di vita o di morte, io metterei a disposizione il mio inglese per chiamarci sopra i bombardieri della RAF.

Poi Nord lo invitò a pranzare con lui: una fetta di carne ed una di pane, e Johnny fremette dentro perché non aveva mai sentito alcuno pronunciare, come Nord, con quel peso biblico, i nomi degli alimenti elementari. Ma si esaurí immediatamente quando Nord aggiunse: – E faremo un giro di vino delle Cinqueterre, mandatomi da un mio ammiratore. È di una adorabile potenza, e di un amaro dopo il quale odierai ogni dolce.

Nel mezzo del pranzo, il telefono squillò nell'altra stanza e il centralinista peeped hurriedly in per annunciare il Comando della Prima Divisione. Nord jerked un suo ufficiale all'apparecchio, che andò ma si ripresentò poi a urgerlo personalmente all'apparecchio al quale stava, personalmente, Mauri[1], il Comandante del Gruppo di Divisione. Nord uscí e vi fu un buon dieci minuti di rattling inquiry e concitazione e incredulità che nessuno degli ospiti poteva metterci capo né coda. Poi tornando, Nord era aggrottato e come invelenito. – Sapete dov'è finito il lancio di ieri notte alla Prima Divisione? – Ah, si disse Johnny, il compatto superno rumore che gli aveva perseguitato il sonno. – Ve lo do uno a mille –. Una guardia del corpo sneered for cessation of tantalisation. – Tutto in mano a una brigata comunista. Quella di Monforte –. Scoppiò improperio e deprecazione, le guardie del corpo leading it. Johnny sorrise very humorusly. – Di che ridi, Johnny? – Penso alla faccia della missione inglese. È sempre delizioso figurarsi gli inglesi in questi casi... – Delizioso? Sono furenti, dice Mauri. Volevano portar la Prima a Monforte contro i rossi a strapparle il male avuto. Vedono... rosso, dice Mauri. – Se la prendano con quegli asini dei loro piloti. – Macché asini di piloti! – gridò Nord con vera passione: – I piloti non hanno sbagliato. Essi sono stati guidati su Monforte! – Incredulità e mistero. – È un mistero, ma è un mistero di scienza. Il comando comunista conosceva il messaggio, sapeva che era positivo e si riferiva alla Prima Divisione, conosceva i disegni dei fuochi perché li ripeté ed i piloti se ne ritennero soddisfatti. Insomma, gli apparecchi sono stati guidati, da fili partiti da Monforte. – Grosso lancio? – indagò Johnny. – Medio lancio, buono per vestire e armare l'ultima brigata di Mauri. – Cosí vestirà ed armerà la loro giusta giusta, – disse Johnny. Era grottesco e bruciante immaginarsi i fregi e gli accessori garibaldini sul classico cachi imperiale, appuntativi con una diabolica sigla di beffarda e vittoriosa polemica.

Imbrogliati e scottati, uscirono tutti sulla radura. Johnny ne aveva abbastanza del quartier generale e anelava fino alla smania per il salubre avamposto di Mango, anelava a Pierre e Kyra. E Nord ne aveva abbastanza di Johnny e di quanti gli somigliavano, che lo rattenevano dall'abbando-

[1] In seguito (da p. 247) chiamato Lampus, suo nome di battaglia.

narsi come da suo desiderio e nativa ispirazione ai full plays con la sua guardia del corpo. Però gli si avvicinò un'ultima volta. Lo scacco del lancio aveva compresso i suoi lineamenti in una grim, medagliesca bellezza, nella vera attitudine da ricordarlo memorialmente. Gli domandò se voleva una macchina, ma dopo l'incidente del mattino... – Mi guasteresti la festa, perché sarà una festa tornarmene a piedi. – Quanto alla città, que sera sera. Intanto io mantengo la pressione notturna. Sono isterici bambini, e usciranno pazzi molto presto. E può darsi che prenderemo la città senza colpo ferire. Una di queste notti manderò voi di Mango a far chiasso. E dirò a Pierre di metter te in comando, che sei pratico.

Nord se ne andava, verso l'abbozzantesi abbraccio della sua aspettante guardia, e Johnny l'ammirò un'ultima volta e si disse che contro il fascino di lui egli non era piú provveduto né attrezzato del selvaggio, primevale fighter di R...

Scendeva. La squadra del genio aveva finito il lavoro ed i fili messi in opera avevano già una loro vita autonoma e silvestre, e nella luce attenuata barbagliavano dispettosamente. Dopo le raffiche del mattino, il bosco aveva per lui un nuovo haunting, come di vera officina della natura, nel vibratile silenzio, e con occhio attento e passo leggero scansava i punti anormalmente sollevati, quasi enfiati, con sopra l'erba piú alta e bianchi fiori come increduli e sgomenti di quel loro spropositato rigoglio.

Apparve in basso il torrente: dalle sue esilissime acque, insufficienti anche per l'annegamento d'un bimbo, sortiva un fiero barbaglio, acuto e aggressivo, come un gioco di spade. Non passò sul ponte, non per evitarsi la velenosa visione della carcassa della vettura, ma perché l'idea del guado lo mise in infantile eccitazione. Cosí ridiscese la sponda, tra la strada e l'acqua, e si scalzò in un punto dove il guado riusciva ad una erta breccia in una delle rocche bianche gessose verso l'alta collina.

Guadava: l'acqua era fredda e gli massaggiava energicamente le caviglie, beneficamente. Ma come approdò e si accingeva malvolentieri a rincalzarsi notò ai margini della corrente principale una conchetta d'acqua, naturalmente azzeccata e felice. Johnny non ci resisté, si liberò del vestito e delle armi, e si immerse verticalmente, monoliticamente in quell'immobile vortice, fino alle spalle, con un lungo e filato fremito, equivalente perfetto, piú perfetto, di una discarica sessuale. Infatti, come si sollevò e vi si reinfilò, con la medesima misura e puntualità di prima, l'acqua fu stavolta completamente scevra di voluttà. Si portò all'asciutto – c'era fitta, dura vegetazione nella sottilissima striscia tra la sponda e l'incombente rocca – si asciugò le mani per non danneggiare la sigaretta che ora si accendeva. Poi tutto fu perfetto, tranne la sigaretta; proprio non poteva soffrire quel tabacco inglese, cosí aderente e pastante. Un camion partigiano passò in un inferno di rumore e di polvere; come non deviò a Castino ma proseguí per Bosia, Johnny pensò che avesse a che fare con Frankie e i guastatori.

Nella perfezione dell'ozio, prese a trimmersi col fuoco della sigaretta quei peli sulle braccia che erano cresciuti fuori standard, ma presto il bianco glow della sua pelle l'affondò in piú piena meditazione. Mai come in quel momento era stato tratto, forzato a pensare, vedere la sua propria realtà fisica, la sua carnale sostanza e forma. Era persino miracoloso il constatare, realizzare appieno, per la prima volta, le facoltà, gli usi e le forme specifiche ed irripetibili di ogni parte. Le mani, per esempio, avevano sofferto del partigianato: non il dorso, sempre asciutto e fine, col ricamo distinto e potente delle vene elated; ma sulle palme aveva pesato, fino all'incisione, la guerra. – Dr. Jekill e Mr. Hyde, – poté pensare Johnny, confrontando dorso e palmo.

Su tutta la sua pelle la patina inlavata a lungo era ricca, serica ed assolutamente inodora, o al piú arricchiva stupendamente il suo odore d'uomo. Sentiva di poter dire di poter annusare in quel momento con narici di donna. Il pensiero della guerra piombò come un'ala grigia, non nera, sulla dorata bianchezza della sua pelle, serica e assolutamente glabra, senza vello a distrarre, a intercettare la mano. Era enormemente, forse sacrilegamente, eccitante pronosticare, fantasticare il bersaglio e il varco aperto in quella intatta integrità. Scrollò le spalle, sazio d'immobilità, di fantasia e di rinfresco, e si rivestí in fretta.

Guadagnò la breccia, s'inerpicò per il suo coloso sentiero e fu sulle falde della gigantesca, mammutica collina di Mango. Ondosamente incombevano su lui i boschi neri, come carboniosi, e gli aperti, sfuggenti prati, su alcuni dei quali stavano greggi al pascolo, apparentigli cosí alti ed immoti come una torma di massi erratici arrestati da una mano miracolosa a mezzo dei vertiginosi pendii.

Riuscí dopo un'ora in cresta, nauseato di salire, offrendo il suo primo sudore alla graziosa, femminina ventilazione della cresta. E sulla stradina di cresta si pose a camminare agiatamente, remunerativamente, sorpassando una casa solitaria che egli vagamente conosceva per nome Cascina di Langa, perfettamente impensoso della parte che essa avrebbe recitato nel seguito. Al suo antico cancello impernigliato dai grandi venti stava di guardia una vecchia, magnifica, magnetica cagna lupa, con una feroce perplessità ed una stupenda acutezza nelle pupille e nelle orecchie. Sull'aia polverosa una mezza dozzina di partigiani molto giovani e grim stavano malignamente calciando un logoro football, mentre da sotto un invisibile portico veniva il torvo gemito d'un recalcitrante e irosamente tentato motore d'auto. Da dietro l'ultimo spigolo della casa – era compatta e liscia come la fronte d'un mendicante cieco seduto su strada di cresta – un partigiano abbassò l'arma che gli aveva spianato contro, senza raccogliere il gesto di follia che Johnny gli aveva abbozzato.

Johnny accelerò sulla stradina soffice ed erbita, ed in un niente fu all'apice della felicità del camminare in un libero aliare di venti e guardando giú ai distanti paesaggi inferiori. Il meccanismo della marcia s'era del tutto annullato e non restava che la travolgente sensazione della traslazione pura. Cosí fu presto alle spalle di un terzetto di partigiani che un lungo tratto coperto gli aveva escluso dalla vista. Erano certamente di origine contadina, per la goffaggine del cammino, della divisa e del portamento d'armi. Sorpassandoli, Johnny domandò dove andavano.

– Andiamo a Mango, a vedere lo scoppio ed i morti.

Johnny s'arrestò. – Ma che scoppio, e che morti?

– A Mango provavano un lanciabombe, stamattina verso mezzogiorno. È scoppiato. Quattro sono morti sul colpo, e due sono in agonia senza speranza.

– I nomi.

– Ancora non si sanno, ma Kyra dev'esserci, perché era lui l'inventore del coso.

– Tu conoscevi Kyra? – domandò Johnny, come a prova di una impossibile confusione.

– Dio sergente, mi domanda se conoscevo Kyra!

Johnny partiva, in pazza corsa, fin che il fiato gli valse chiamando il nome di Kyra.

Mango, ancora unentrato, stava visibilmente sotto cappa: una tossica patina aderiva alle mura, pur bagnate dal mellow sole pomeridiano. Le guardie agli ingressi erano tacite e funeree, anche i piú giovani; accennarono a Johnny, e perché entrasse e a inrichiesta conferma della catastrofe. – I morti sono già in chiesa, i moribondi dal dottore. – Che cos'è stato? – Una diavoleria – E Kyra? – Kyra è partito il primo, se poteva esserci un primo in quel complesso... – Dove è Pierre? – Dal medico.

Si diresse a casa del dottore, guardando con occhio velato la ressa di partigiani e paesani che guarnivano l'orlo della conca dove s'era tenuto l'atroce esperimento. Pierre scendeva dall'uscio del dottore, curvo, il suo farsetto macchiato di sangue per il trasporto dei morti e degli agonizzanti. Realizzò Johnny con una sguardo ghastly, quasi di ebbra difficoltà. – Avrai sentito anche da Castino. – Nulla ho sentito. – Possibile, un boato del genere? Deve averlo sentito suo fratello nella caserma di Asti. – Come fu? – Niente, assolutamente imprevedibile fatalità. Io non sono un fesso in armi e tiro. Bene, fatalità e nulla piú. La granata è scoppiata con le cariche di lancio nella scodella di catapultamento. Poi Pierre numerò e nominò i morti, morti erano anche adesso i due agonizzanti. Va' a trovare Kyra, Johnny. Ha conservato una faccia meravigliosa, la sua. Il... male è nel ventre, ma ora non si vede piú, gliel'hanno coperto di fiori. L'esplosivo l'ha sventrato netto, come una cucchiaiata. Dimmi poi se anche a te fa l'effetto che sorrida, perché io non mi fido della mia vista, oggi.

Johnny salí alla chiesa, calamitato dall'eco del salmodiare e dall'alone dei ceri oltre il portale. I morti erano neatly allineati, non in bare ancora, ma su slitte da foraggio: cinque agnomi per Johnny, ad onta della frequentazione partigiana, e Kyra. Lo guardò oltre il genuflesso fronte delle suore dell'asilo. Pierre non s'era abbagliato, ad onta della cerea e crepuscolare vaghità. Egli sorrideva, d'un sorriso ombrale. E allora Johnny gli sorrise. Michele urged al suo fianco, gli soffiò con la sua voce fessa e adultissima: – Sorridi, Johnny? Sei disgraziato a sorridere in faccia a un morto? – È morto che io non c'ero. Debbo fargli una smorfia ora che lo rivedo? – Il sergente disse: – Già. Io credo che sia contento di noi, ma è suo fratello che vorrebbe che venisse.

Marciarono fuori, incalzati dall'angoscia e subito affogarono nella rapinosa tristezza del tramonto, un cinereo e procelloso sigillo alla dorata giornata. Un temporale notturno gestava l'instabile, fosco cielo. Johnny, molto pigramente, molto lancinantemente, cercava di ricordare che cosa lui stesse facendo a Castino, quando il lanciabombe esplose. Nel fluido crepuscolo le donne andavano e venivano: s'incrociavano quelle che s'erano trattenute in casa a sbrigar le faccende serotine per aver poi tempo libero per la doglia e le preci, con quelle che tornavano a casa affannate a cucinare la cena posposta all'immediata doglia e preghiera.

Johnny trovò Pierre alla mensa. Digiunava e sovrintendeva al pasto degli uomini. Johnny digiunò e fumava. Pesante suonava lo stalking degli uomini, da e per la chiesa per i turni di veglia, sotto l'esaltata metronomia di Michele.
– Pierre? Kyra sorride veramente!

In quel momento alitò fuori il nervoso, ventoso passaggio della vettura di Nord. Prima che scrambled to feet, Nord era entrato chiuso in un impermeabile nero. Disse di accompagnarlo in canonica, fuori respinse le pronte guardie del corpo, e andando domandò che tipo era il curato di

Mango. – Un buon tipo, – disse Pierre con la sua invincibile querulità: – Prete giovane, ansioso di fare.

Arrivarono, nel cantone muschioso. Johnny bussò, Pierre presentò, ma la perpetua quasi svenne nell'espugnante vento nero che era Nord. I due preti stavano cenando a porri e pane, sotto una scarsa lampadina. Il parroco era vecchio, carnoso e moroso, il curato un ragazzino, stecchito e occhisgranato. Davanti all'assalto di Nord scattò in piedi in pellicolare magrezza. E rispose a Nord con la stessa monosillabica convinzione che alla accettazione dei voti. Nord aveva una voce meravigliosa, per gli eventi base.

– Vuole scendere ad Asti, stasera stessa, subito?

– Sí.

– Recarsi alla caserma e cercare del tenente...?

– Sí – Il tenente X... Sí.

Il vecchio parroco s'era abbandonato ad un senile indecifrabile brontolio, con faticoso scotimento di capo.

– Gli dica – glielo dica chiaro e tondo, perché è un uomo di ferro – che suo fratello, il partigiano Kyra è morto oggi in un incidente d'armi e noi lo seppelliremo domani in Mango.

– Sí.

– Gli dica che Nord, comandante della II[a] Divisione Militare Autonoma gli offre salvacondotto per la venuta a Mango, l'assistenza ai funerali ed il ritorno.

Il vecchio prete schioccò le labbra sonoramente, come a confusamente avvertire il curato delle possibili insidie e complicazioni. Nord sorrise sovranamente. – Lei, curato, crede nel mio salvacondotto? – Io sí, ed anche il tenente X..., penso.

– Gli dica ancora che domattina una macchina del mio plotone comando lo rileverà ai margini della mia zona.

– Tutto questo io gli dirò.

– Con che mezzo scenderà ad Asti? Le mie auto possono portarlo fino a un certo punto.

– Ho una vecchia moto di mio fratello non tornato dalla Russia. Se mi dà benzina. – Pompi al serbatoio della mia macchina –. Allora il parroco con la sua voce malaugurosa domandò per che ora contava di tornare, forse nel cuore della notte? – No, all'alba di domani. Fatta l'imbasciata, andrò al seminario di Asti per un boccone di sonno. – Allora lascia la mia deferenza al canonico Y...

Fuori, il cielo scuriva a grandi ondate, e cresceva il vento a vortice. Nulla era piú vivace che l'opera dei vivi per un morto. La benzina fu pompata e travasata, la vecchia moto messa a punto dall'autista di Nord, e l'uomo e il mezzo si tuffarono tremanti e raging nel vorticoso nero. Quando il rumore si spense, Pierre fece: – Accetterà, – senza affermazione né interrogatività.

Ma il tenente X non venne. Il curato, piú magro e zigomato che mai, riferí che qualcosa gli si spezzò dentro quando declinò, ma declinò. Gli altri cinque ebbero intorno le convocate famiglie, ma Kyra andò sotto terra senza il suo sangue. Al ritorno, nella calpestatissima polvere, il curato bisbigliò a Johnny che non aveva mai visto un uomo come Nord, ma il suo secondo era certamente il tenente X.

20

L'azione bellico-psicologica commessa al presidio di Mango venne fissata per metà settembre e Johnny si trovò molto meglio disposto per essa di quanto potesse sognare. Pierre gli affidò tutti ragazzi, armati di lunghi fucili per il piú adatto tiro da lungi, ed un mitragliatore per fronteggiare un eventuale allungo offensivo della esasperata guarnigione. Last but not least, Pierre gli diede il sergente Michele, con il suo assoluto, rauco imperio sui minorenni.

Johnny aveva i suoi ordini: avvicinarsi fin dove la sicurezza consentiva e battere il piú a lungo possibile, il piú istericamente possibile la facciata del Seminario Minore dov'era alloggiata gran parte della guarnigione fascista. Tenersi al largo, resistere assolutamente all'attrazione magnetica dei posti di blocco.

Johnny si figurava lucidamente, e con una sorta di guerresca simpatia, l'obiettivo suo e dei suoi uomini: vedeva la grigia, compatta mole del Seminario Minore incombente, intristente sul tratto piú derelitto e tristo, piú jemale, del viale di circonvallazione. Ma all'immediata vigilia la sua simpatia fu sensibilmente decurtata da una nuova istruzione alterante: principalmente Johnny doveva scortare in posizione adatta una coppia di mortai inglesi ultimamente lanciati, agli ordini di due ufficiali della Prima Divisione che si dicevano mortalmente sicuri di piazzare almeno quattro buoni colpi sul Seminario-caserma. Johnny lamentò ad alta voce il rischio delle case finitime ed anche non finitime. Disse Pierre: – Ho assicurazione che si tratta di due ufficiali d'artiglieria, di cui uno effettivo. Non fare il pessimista a priori, – ma Johnny era troppo poco «azzurro» per credere cosí integralmente negli ufficiali effettivi.

I mortaisti della Prima attendevano a Neive, in camion, coi pezzi, munizioni e materiale di misuramento. L'automezzo era abbastanza capace per trasportare anche i fucilieri di Johnny fino a Treiso, da dove si sarebbe proceduto a piedi sino all'ultima, spiombante collina.

Johnny e i suoi scesero a Neive in un sereno vespro di settembre, nella sua mellowy, alitata freschezza tentante al passeggio piuttosto che alla marcia. Gli uomini scendevano mangiando il rancio, pane raffermo e pancetta di prima qualità, continuamente sollecitati, pressati, rampognati dal sergente.

A Neive il camion della Prima non fu subito trovato: s'era parcheggiato in involontario occultamento nel dedalo avanti la stazione ferroviaria, arrugginente e muffente nel lungo disuso. Vi fu non piú di tre minuti di ricerca, ma bastarono perché i minorenni si sperdessero. Neive era piú grosso paese di Mango e ben maggiormente dotato dei regali della civilizzazione e i ragazzi vi andarono irresistibilmente attratti, anche per pura contemplazione. Johnny gli sguinzagliò dietro Michele, sniffing and roading.

I due ufficiali della Prima fumavano a piè del camion. Quello che per fisico ed atteggiamento pareva l'ufficiale effettivo era invece l'ingegnere di complemento; l'effettivo era il piccoletto elettrico, che smuoveva i piedi nervosi nella polvere densa. Nell'ombra del copertone rilucevano truci i tubi degli Stokes, fra grim, set-in pride faces degli uomini della Prima. Ora gli ufficiali e gli uomini da lassú riguardavano superciliously i ragazzi di Johnny che il sergente aveva irretito e spedito avanti per primo. – Sono piú grossi dei nostri ottantuno, – disse Johnny, tanto per dire. Ebbene, l'ingegnere si scafandrò in un impenetrabile segreto tecnicistico, ma l'effettivo gli diede soddisfazione, in un tono nervoso, buffo e quasi simpatico. – Sí. Ottantasei anziché ottantuno. – Migliori anche? – Coi mortai non puoi mai dire. – Con goniometro? – No, coi pali. Alla vecchia sempre buona maniera. – Io sono di Alba, sai, – disse Johnny, con un minimo di allusività, forse con una punta di humour. Il piccoletto capí, ridacchiò e gli disse di star tranquillo.

Ora lo stivamento era completo ed il camion partí per le colline di sud-ovest, i ragazzi di Johnny impiantando una facinorosa conversazione e gli uomini della Prima in indisposto e polemico silenzio, giocando ai veterani. Il tabacco scorreva profusamente, alla Prima nuotavano nel Navycut.

Approdarono sulla piazzetta di Treiso, estremo presidio azzurro davanti alla città e capolinea del camion. La strada ad Alba, coi pezzi e le munizioni, in una enorme, immaneggevole cassa che avrebbe dato problemi – da farsi a piedi. Ma era ancora presto; a partir subito si sarebbe arrivati sulla città in imperfetta sera, mentre il programma segnava, prescriveva tenebra alta. Cosí oziarono abbondantemente sulla piazzetta, i partigiani locali fissando con invidia, con vergogna di sé, i colleghi della Prima ed il loro incredibile, prestigioso armamento ed equipaggiamento.

Johnny si ritirò al muro esterno della piazzetta, a fumare in solitudine e absent-mindedness, quasi cercando un esercizio di souplesse. Attinta giusto che aveva la vacuità mentale, gli occhi gli caddero sul cimitero del paese, fantomatico nell'imbrunire, vigilato da concreti cipressi in austera affezione, cosí enormemente di classe superiore al corrispondente, prossimo villaggio dei vivi. «Each in his narrow cell for ever laid – the rude forefathers of the hamlet sleep». Quando arrivò il capo dei locali a distrarlo.

Per quanto il crepuscolo consentiva di vedere, era un ragazzo fine e smilzo, sebbene di netta estrazione contadina; nove su dieci, il maestro del luogo, cui l'istruzione aveva conferito elettivamente la primazia ed il rango. Si accostò palpeggiando la sua povera divisa e le sue piú povere armi e azzardò l'opinione che stavolta si trattava di qualcosa di piú di una normale incursione stancante. – Qualcosa di piú, speriamo, – disse Johnny. – Avete i mortai, – osservò l'altro, a bocca aperta, con una ammirazione diffidente. – Essi hanno i mortai, – precisò Johnny: – Essi della Prima Divisione. – Quando vestiranno e armeranno noi pure cosí? –

Appena un ufficiale inglese si degnerà di scendere un paio di colline e venire a constatare che noi non siamo peggio di loro. Come va qui?

Disse che ora andava bene, anche troppo, una vera vacanza. Ma con la guarnigione di prima era un inferno. Troppo avamposto, da non chiudere un occhio, e quel loro colonnello era un grande capo di uomini; sarebbe stato un grande capo, forse piú di Nord, se fosse stato dalla loro parte. – Ora stiamo bene, il maggior fastidio, – disse: – me lo dà la Brigata Matteotti che sta incuneandosi nel mio territorio, dalla parte del fiume. I partigiani veri e propri sono pochi per ora, ma c'è con loro un borghese, che essi chiamano commissario, che gira per il reclutamento, accosta e tenta anche i miei uomini, e poi svolge una vera e propria propaganda politica nei cascinali. La prossima volta gli prendo le misure col mio moschetto. Non che ce l'abbia col socialismo – anzi, io vorrei un socialismo a mio modo – ma non son tempi leciti per la propaganda, questi. Io caccerei chi venisse alla mia squadra a parlar di monarchia o di partito liberale. A dopo, a dopo.

La notte precipitava; right sul paese era un inconsutile velo nero, ma giú, dove si poteva supporre sovrastasse esattamente la città rompevano quel velo crepe slabbrate e occhiaie e gorghi di luce spettrale. Johnny fischiò, Michele rifischiò e partirono.

Ci volle un'ora per affacciarsi alla collina prospiciente la città, dopo una cieca marcia sfilacciata per sentieri e fossati, nel sordo scoppiare d'improperi per la cieca difficoltà della marcia. E il sergente crebbe a una durezza di estremo prussiano, scoppiò una volta all'affiancato Johnny: – E i nostri grandi capi che vogliono prendere e tenere Alba con questi... mocciosi? – L'ingegnere di complemento, certo fortemente miope, si trascinava miserevolmente dietro e a fianco dell'aiutante Johnny.

Finalmente furono sull'ampia cresta della collina, e sedettero o si stesero sulla fredda, fradicia, pruriginosa erba. E Johnny contemplò la sua città, ghastly forsaken town. Un ragazzo vicino a lui bisbigliava ad un altro che la città aveva coprifuoco alle sei di sera. Certo l'oscuramento era applicato con un rigore estremo, feroce; purtuttavia dalle atre case esalava come uno spirito di luce, qualcosa come una maligno-febbrile e lurida sudorazione della luce interna, che si proiettava verticalmente allo scontro con lo spiovere dal sconquassato cielo di identica, miserabile luce. Johnny tremò e tossí. Il fiume, un serpente di marmo nero, dante orribili riflessi ogniqualvolta riceveva la sua povera parte di quella cielo-inferno luce, stava, agli occhi di Johnny, «outlething Lethes». E spediva fin sulla collina l'idea del suo proprio suono fluente. Ora Michele stava selvaggiamente picchiando un minorenne che cercava di strike a match per accendere un mozzicone.

Alla cinta meridionale della città echeggiavano fucilate cenciose e il thudding di bombe a mano, ma manifestanti fin lassú il carattere dimostrativo, teasing degli attaccanti partigiani e la formale difesa dei fascisti in avamposto. Venivano soltanto suoni, senza fenomenologia. Uno degli ufficiali mortaisti gomitò Johnny per informazioni. – Partigiani che li stancano alla porta sud di Alba. Certamente garibaldini. Ora ti mostro l'obiettivo –. E Johnny lo puntò fisicamente alla cieca, polifemica massa del Seminario Minore al margine vicino della città. – Allora sparpaglia i tuoi sul pendio, davanti, a difesa contro eventuali pattuglie –. Gli uomini si sparsero a raggera intorno all'arma preparantesi, guardando, in nictalopa curiosità, gli uomini della Prima che si arrangiavano coi paletti. Per le 10 e mezza l'arma era carica e piazzata, metafisicamente rivolta all'immutante cielo.

Il primo colpo fu come un singolo knell che violò, sterminò l'intera immotezza della notte. Poi tutti fissero gli occhi al basso, come se ci fosse solo un'idea di tempo per cogliere la istantanea vampata sul tetto dell'edificio. Ma passò un minuto e nulla lampeggiò nella inreplicante tenebra. Inesplosa. – Percussore difettoso, – imprecò l'ingegnere. Ma in quell'attimo una muta vampata s'arrossò, a nordovest della città, sulla riva del fiume. Aveva sbagliato di piú di un chilometro, e Johnny arrossí nella tenebra davanti ai suoi bocchisgranati ma non domandanti uomini. I due avevano intavolato un fitto, inarrossente discorso di dati, di cariche, di tabelle... poi l'effettivo si volse a domandare a Johnny se conosceva la zona d'arrivo di quel colpo.

– Sí, solo nudi argini, per la salvezza della nostra anima. Ora riprovate?

In agonia Johnny assisté alle correzioni, alle rimisurazioni, l'ingegnere ora bilanciava in mano le cariche di lancio. – Dammi retta, – diceva: – ora non bastano assolutamente. Ti sei troppo lasciato impressionare dalla lunghezza del primo tiro, – ma l'effettivo manteneva la sua idea.

Nella truce canizie della notte vicina Johnny vide la bomba uscire avvitata, lenta ed ebbra, come un greve compatto pesce che emerge intossicato. Urlò uomini a terra e si appiattí, vedendo con l'ultimo spiraglio dell'occhio gli uomini che si tuffavano a capofitto nelle corrugazioni del terreno. Lo scoppio, il frusciante sweep delle zolle sbriciolate, il postumo gemere d'un alberello colpito a morte. Ma nessuno degli uomini gemeva o taceva troppo, e cosí Johnny fu tosto libero dal terrore, il sergente criticava con secchi schiocchi di labbra, i due stavano in assente passività ed intera inermità, non solo non offesi, ma grati a Johnny degli ordini che ora piattamente impartiva. La collina doveva essere immediatamente evacuata a scanso di reazione con mortaio della guarnigione ridestata, il drappello della Prima dovevano tornare con armi e bagaglio a Treiso, lui ed i suoi scendere alla città per l'ultima azione. Purché tutto quell'inutile fragore non avesse destato ed attivato i fascisti, li avesse indotti a sguinzagliare una compagnia a mezza strada.

Scendevano, alla very nera sponda del lago petrificato che era la città, per posti e passi familiari a Johnny. Gli uomini ora taciti, tesi ed elastici, discretamente fidabili. In venti minuti già sailed nei selvaggi prati presso il fiume, pazzamente fradici, ma ugualmente graditi dopo i troppo ripidi sentieri della collina, fenomenalmente accidentati, cancellati dalla notte e richiedenti troppa tensione. Il loro fruscio nell'erba alta suonava enorme, sweeping, non ancora obliterato dal pur vicino crosciare della cascata della centrale elettrica. Johnny si voltò a guardare indietro nella luce canuta la sfilata: «yea, we were a ghastly crew». Gli si affiancò Michele. – Questa è la tua città. E tu hai ancora padre e madre. Potessero sapere che tu sei cosí vicino. Ma chissà che il Supremo non mandi loro l'ispirazione –. Johnny bisbigliò che preferiva di no; fra poco sparerebbero, ed essi avrebbero subito cominciato ad agonizzare.

Dalla mareante erba passarono sulla terraferma d'un viottolo e poi sul ponticino del canale della centrale, gli ultimi spruzzi della cascata aspergendo deliziosamente il viso di Johnny, portando a perfetto livello la sua freddezza ed equilibrio. Dopo il ponticello, la squadra si divise: una metà col sergente ad attestarsi sull'arginello dell'acquedotto di centrale, gli altri con Johnny e il balbuziente sostegno del mitragliatore che fu di Kyra ad appostarsi fra il campo da tennis e il yard della segheria, per impedire qualche scherzo avvolgente dal vicino posto di blocco e piú una ambiziosa sortita dalla porta carraia del Seminario-caserma. Disse in ultimo Johnny: – Se non reagiscono e noi sappiamo dosare il fuoco, pianteremo baccano per una buona mezz'ora. Si attacca a mezzanotte esatta, nel cuore del loro implorato sonno.

Nel nuovo endroit nulla era mutato dal tempo di pace per Johnny: a parte l'enorme decaying dei campi da tennis, nulla era alterato, nemmeno le cataste di legna da lavoro, come se la segheria avesse finito allora la giornata e nulla nessuno avesse intaccato le disertate cataste. Che, scivolose e non sgradevolmente sententi d'umidità, coprivano ora l'appostamento dei suoi uomini.

Si postarono, subito tendendo spasmodicamente l'orecchio ai ciechi muri dell'edificio, distante non piú di quaranta metri. Presto gli uomini sdraiati presero a tossire, sotto la bestemmiante, sibilata critica dei compagni rigorosamente silenziosi; ma criticarono per puro impulso facinoroso, per il resto nulla temevano. Anche se i fascisti erano vicini come non mai, solo un minimo diaframma frapposto al disagiato alitare del loro miserabile sonno. Johnny stava absentminded e fisicamente cozy a dispetto dell'umidore, solo un desiderio di profonde radici per il fumo solcando le sue viscere, come un frugante spillino.

Il silenzio della città era perfetto ed immanente, quel silenzio cui partecipavano sua madre e suo padre. Che altro potevano fare, i due vecchi, se non tacere ed attendere, attendere il suo proprio corpo vivo accorrente e sorridente e waving, come se nulla o poco e breve fosse successo, oppure notizie di lui, finali notizie. Di già potevano tacere ed attendere sino alla fine, nulla che falsamente interrompesse a metà il silenzio e l'attesa. – Ma questi pazzi vogliono prendere Alba! – urlò dentro di sé. Qualcuno strozzava spasmodicamente colpi di tosse, altri si domandavano l'ora sottoalito, la guazza essudava sul metallo delle armi con uno schiocco infinitesimale.

Nell'immensa ondata del primo tocco di mezzanotte Michele aprí il fuoco e tutti gli uomini gli tennero dietro. E un attimo dopo dietro le alte mura le rauche trombe fasciste squillarono al parossismo dell'intolleranza.

I partigiani raddoppiarono, le trombe impazzirono, e come in parossistica esaltazione i ragazzi di Johnny si scoprivano da dietro le cataste e s'avvicinavano ai ciechi muri della caserma, ma follemente, ma ciecamente, come se volessero darvi del capo. Qualcuno aveva guadagnato i défilés nelle vicinanze, ma altri stavano addirittura dietro i tronchi degli alberi del viale, sporgendo il capo verso il gleaming asfalto, a dieci metri dalla caserma. Contro le sigillate finestre scaricavano in un attimo un colpo, dieci sfide e venti ingiurie. Johnny aveva smesso subito di urlare per attenzione e ritirata, ora era già mescolato ad essi, in quel fronte dei fronti. Dall'altro lato, gli uomini di Michele, intrigati al bordello, avevano intensificato il fuoco e vi mescolavano urla selvagge. Johnny da dietro un platano essudante e repellente, sul limite dell'asfalto, copriva col suo sten la porta carraia e le prime finestre. La vicinanza era tale che si poteva di tanto in tanto cogliere tra i muri della caserma che cosa succedeva dentro, che cosa dentro si provava e si diceva. Dei soldati, qualcuno piangeva liberamente, indissimulatamente, altri erano chiaramente portati alla reazione e ribellione dal parossismo della paura e dell'esaurimento; questi però non aprivano le finestre per rispondere al fuoco, ma respingevano a squarciagola le ingiurie e vi aggiungevano una certa qual loro esasperata preghiera di piantarla. Uno, con la voce piú alta e piú ferma di tutte, stava chiedendo, certamente a un ufficiale, di guidarli fuori, a combattere, da uomini, a testa a testa, una tantum, all'aria aperta.

Johnny was sickened: erano lí da cinque minuti e gli uomini non si ritraevano, davano fondo alla voce ed alle giberne. Lui stesso, avesse ceduto a quella generale follia e avesse ciecamente rafficato alle finestre, si sarebbe certamente sentito meglio, ma aveva, come sempre, un sacro concetto delle munizioni e neppure stavolta lo sconvolgeva. Dalla parte del sergente anche si sparava senza economia... Si voltò di scatto e si coprí col tronco e con l'arma, all'impendere guizzante d'un'ombra. Ma era soltanto l'inviato del sergente, un ragazzetto che strisciava sui gomiti e si badava attorno cosí tecnicamente e protocollarmente da riscattar da solo tutti quegli altri pazzi. Il sergente domandava che si doveva fare? Dato che avevano quasi finito le munizioni, ritirarsi e trovarsi radunati al punto convenuto? Certo, se lo scopo era puramente bordellistico, nessuno poteva tornare piú glorioso e trionfante di loro. Il ragazzetto strisciò indietro con la stessa inalterabile prudenza.

Johnny urlò per ritirarsi: al secondo urlo obbedivano, si rivoltavano a sparare un ultimo colpo, non stavano piú sull'asfalto, né sul viale, ora calpestavano l'erba della primissima campagna. Erano rientrati in sé, e Johnny sospirò al confine della vertigine. Ma quello col mitragliatore uscí pazzo. Ribalzò sull'asfalto, rivolto alla caserma e a tutta la città, brandeggiava il mitragliatore a tracolla e urlava sfide, definizioni e solitario trionfo. Ed ora si allontanava eretto e sicuro sul gleaming asfalto verso il centro della città. Johnny e qualche altro gli urlarono dietro, nella sickeningness della sua propria follia, ma lo poteva solo piú fermare una raffica nemica. Johnny sentí sulla nuca il torrido fiato di Michele accorso a capire.

L'uomo andava a perdersi, e con sé il mitragliatore. Johnny balzò sulle fradice foglie del viale, varcò il fosso, piombò sull'asfalto lurido, alle spalle dell'uomo, grinning dietro a lui come dietro a un mortale nemico, ma, a portata di mano, uno sparo, tremendo e onniprendente nella sua singolità percorse il lungo del viale e il ragazzo si piegò, si rielevò, cadde interito. E nel contempo si sentí lo scalpitare dell'uomo sull'asfalto, che aveva fatto il colpo e ora riguadagnava il coperto del posto di blocco.

Johnny trascinava per le gambe il ferito sull'agevolante asfalto verso il fosso. Il posto di blocco s'era richiuso come una testuggine, e il sergente del resto lo copriva efficacemente. Ma, se gli uomini accasermati prendevano coraggio dall'exploit del posto di blocco, li avrebbero annientati con una risata. Eppure sfilarono sobriamente, ma non troppo a piedi leggeri, premurati ma non troppo, davanti alla caserma, senza che questa perdesse una nuance di sepolcralità.

Erano ora nell'aperta campagna, verso il fiume, quattro uomini barellavano il ferito: non rantolava, respirava quasi normalmente. Nessuno sapeva dove e come fosse stato colpito, finché uno dei portatori che gli palpava il torace annunciò che gli sanguinava copiosamente su una mano. Michele accese il suo grezzo accendisigari con la mastodontica, putida fiammata e ne asperse il petto del ferito. Era certamente fuori conoscenza, ed aveva iniziato a rantolare, e gli uomini si alternavano al cambio nel trasporto. Una tromba risuonò dalla caserma... Johnny jerked direction al fantasma d'un casale nell'aperta campagna prefluviale. Bisogna depositar per minuti il ferito, considerarlo e decidere per lui. L'erba era fradicia, fittissima e passo-resistente, la facciata della casa pareva warp and shrink proprio nel terrore del loro avvento, e sul sottofondo dello sweeping fruscio del fiume, il cane di guardia scattò a latrare. Il timbro lo tradiva per uno della sorte botolina, di sobria e grim fedeltà, di nervosa ed inesauribile vocalità, impazzí rapidamente e tutti lo risentirono al limite della escandescenza. Il sergente andò avanti, chiamandolo con scocchi di labbra, si arrestò al limite dell'aia chiamandolo con dolci nomi, amandolo, placandolo, ma il cane andò piú alto e piú pazzo, e allora Michele sospirò e gli sparò, un colpo pur questo orribile nella sua solitudine, e la bestia s'accasciò nella miseria della polvere imbibita.

Johnny schierò tutti gli uomini fronte alla città indecifrabile, su un greppio piantato a salici, gli uomini anch'essi immoti e vibranti come i virgulti. Johnny bussò alla porta, non gli rispose né alito né shuffle. Ribussò, e potevano sentire cuori pulsanti al di là. Johnny accostò la bocca a una fessura della vecchia solida porta e alitò dentro con l'irresistibilità della stanchezza: – Aprite. Siete svegli e in piedi. Non fingete. Avete anche sentito uccidere il vostro cane. Aprite. Ho bisogno di casa vostra per cinque minuti. Poi me ne vado, e forse bisogna che mi diate carro e bestia. Vi parlo francamente. Aprite –. Allora l'uomo rispose, la paura e l'incertezza oscillando la sua voce alla collera piú tremenda: – Di che razza siete? – Johnny pronunciò lisciamente la parola, e l'altro: – Sarete partigiani, ma se foste malfattori? – Egli intendeva dire «fascisti». – Partigiani siamo, – disse il sergente, con un tale accento isolano che oltre l'uscio Johnny poté vedere l'uomo arricciarsi, in reduce, moltiplicata incertezza e sospetto. Allora Johnny gli disse in dialetto: – Siamo partigiani e uno dei nostri è malamente ferito, e tutti gli altri sono parecchio nervosi. Ti faranno una figura, se ritardi, ed io non potrò impedirlo.

Allora l'uomo sospirò e sollevò il paletto. Il buio continuava com'essi ingredirono tutti, poi uno zolfino fu sfregato e accesa una lampada a petrolio. Il contadino disse: – Tu sei... – Sí, io sono... – Anni prima, si conoscevano di vista: Johnny percorreva quella strada quando andava a bagnarsi nel basso fiume ed ogni volta incontrava l'uomo, al lavoro sul suo campo periclitato dalle acque. Con un'ansia mortale domandò se i fascisti erano dietro, e quando Johnny gli disse di no, li pregò di non fare eccessivo rumore, per non crepare il cuore di sua madre, sopra.

Il ferito fu soavemente deposto sull'ammattonato e la lampada inclinata sul suo capo, cosí appariva orribilmente come un decapitato. Era certamente gravissimo, ma rantolava sottilmente. Probabilmente era al di là. Gli uomini s'alternavano a dargli un'occhiata, incompetente e definitiva per ognuno di loro. Michele lo stava tamponando e chiedeva fazzoletti all'intorno per la bisogna. Era certamente un fatto di chirurgia ed il piú prossimo ospedale relativamente attrezzato era Neive. – Tu hai carro e bestia. Attacca e metticeli sull'aia. – Io ho tutto quello che dite e ve li do, perché ve li prendereste ugualmente, ma non contate su me come guida.

Gli uomini di Johnny d'origine contadina corsero alla stalla, con uno slancio e una competenza assolutamente professionali. E in un minuto la bestia era fuori, harnessed e attaccata al carro agricolo: una mula, che intrigatamente annusava il cane steso nella polvere. L'uomo domandò a quale comando doveva ripetere tutta la sua roba. Johnny disse che non c'era bisogno, fra un'ora avrebbe trovato tutto poco prima dell'imbocco del tunnel, in un posto da pascolo. Il contadino raggiò per insperata felicità e nulla volle per la lampada a petrolio che Johnny asportava per illuminare la traversata del tunnel. E l'uomo non vide il sergente che gli portava via, proprio per la prosecuzione del trasporto, una scaletta da fienile.

Costeggiarono il fiume, la sua magrezza caricandosi di minacciosità nel buio, varcarono il ponticello ultimo sulla canala della centrale alla sua confluenza nel fiume, e cominciarono a salire. L'uomo rantolava flebilmente, ma immoto era il suo corpo ragionevolmente comodo sullo strato di foraggio steso per suo conforto. La mula lavorava, paccata e accarezzata dagli uomini inteneriti. Johnny era passato in testa, come unico conoscitore della ingannevole, saltuaria via. Arrivò in vetta il primo, con tanto vantaggio che dovette attenderli minuti, di lassú incitandoli con voce smorzata ed anche piú efficace. E gli restò solo piú un attimo per un ultimo indisturbato sguardo alla sua città: da lassú appariva lunga e compatta, favolosa, come un incrociatore di ferro nero bloccato su un nero mare qua piatto e là apocalitticamente ondoso.

La bocca del tunnel gaped nel buio, piú buio e piú visibile, i rugginiti primi binari rilucevano a tratti nella tenebra imboccata. Il carro venne scaricato ed appartato in modo che la bestia potesse brucare pacificamente fino all'arrivo del suo padrone. Johnny prese il ferito e sei uomini. Il sergente e gli altri proseguivano per la grande collina, direttamente su Mango, ché Pierre non si facesse idee e passi conformi. Il ferito veniva portato a Neive per il tunnel, guadagnando un buon paio d'ore.

La galleria li inghiottí, Johnny il primo con la lampada, il ferito e i quattro portatori con la scaletta, e le due riserve ultime. Sulle prime fu un buon procedere, perfino interessante, senza troppo incespico; in una non sgradevole atmosfera carboniosa, ma piú avanti uno dei portatori balbettò, a bocca essicata: – Quant'è lungo? – Chilometri. – Ma quanti? – Non ricordo, ma chilometri. – Un compagno lo scherní, aveva paura ci passasse un treno? – No, so benissimo che la linea è interrotta da mesi, ma non è il treno. Io ho paura di ben altro –. Johnny checked la conversazione, nulla al momento era piú controproducente della conversazione, e di quella fantasticante natura. Ma piú avanti (di quanto erano avanzati? duemila metri o duecento?) il chiacchierare rispuntò come una insopprimibile necessità vitale, alla quale Johnny stesso era schiavo, ora. E la riprese lo schernitore di prima. – Dí ora di che cosa avevi paura all'infuori del treno? – Ce l'ho ancora, – disse l'altro, con un'effervescente premuta delle labbra, – Delle mine. Ecco: delle mine ho paura. – Che mine? – disse Johnny duramente: – Chi t'ha detto che la galleria è minata? E quando e da chi? – Chissà, capo. Possono averla minata i partigiani per i fascisti o i fascisti per noi. Chissà? – Lo sapremmo, se l'avessero minata i partigiani. – Chissà. Tanti fanno le cose per loro conto, di testa loro, in questa guerra.

Finí lí, ma era agonia posare il piede, come era un tossicato sollievo risollevarlo. Ora i portatori chiedevano cambio con aspre, imperative voci, e le riserve vi si sottomettevano sullenly, dando sulla voce ai reclamanti. Il ferito sibilava, tra aride labbra socchiuse e deformi. Johnny fece la sua parte nel trasporto, e fu bene, perché si sentí restituito in pieno allo scopo, alla realtà della cosa. Ma quando finiva la galleria? Era come l'amore, e la guerra.

Ripassò alla testa e portatore di luce. L'emicrania lo teneva, e forse qualcosa di misteriosamente di piú, come un aereo morbo da non sgombrarsene mai piú. E la sparatoria al Seminario-caserma era un fatto di settimane addietro, e la prova dei mortai un evento della sua infanzia, o era mai avvenuto? In quel momento incespicò e nel tentativo di conservar l'equilibrio ruotò per mezza galleria, flashing in morbosa fulmineità i lati e il soffitto, poi si arrestò crashingly contro la parete. La fuliggine ancora grassa gli repugnò al contatto come pelle di serpente. Ed alla lampada vide l'enorme, spessa, lebbrosa macchiona. Il ferito gemeva: doveva soffrire orribilmente se doveva e poteva esprimerlo con quel tenue, frivolo, vanente gemitare...

Ma ecco lo sbocco del tunnel, chiuso eppure socchiuso all'azzurrina, mossa luce della prealba. Ci fu un sospiro di liberazione ed un concorde rush all'aperto.

Superarono acrobaticamente la scarpata e riuscirono al piede di un gonfio, interminabile pendio, con un suo aspetto di desertità, ma estraneo alla naturale, prevedibile assenza dell'uomo; la natura stessa pareva avere, in quell'ora straordinaria, disertato se stessa. Sul ciglione stava un cascinale, fantomatico fra alti, solidi, guardiani alberi. Depositarono lo scottante ferito sull'erba guazzosa e Johnny spedí il piú leggero e veloce di loro su alla casa addormentata. Scendere con carro e bestia, per l'immediata prosecuzione a Neive. Lo seguirono cogli occhi finché s'immerse nei vapori nascenti.

Il ferito reeled ora, ed il rantolo s'era ingrassato e acutizzato. – Non potevi studiar da medico, capo, università per università? – disse un ragazzo, semplicemente. Gli si sedettero attorno, tossendo grossamente, e per non guardar lui guardavano il cielo travagliato dalle doglie della luce. Il ragazzo non appariva sul denudato ciglione, a fare gli attesi segnali. Johnny spedí un secondo in leggerezza e celerità. Ma come si fu avviato, comparve sullo schiarente ciglione il primo inviato: carro né bestia gli appariva dietro, ma tranciava segnali cordiali e confortanti, ed ora le impannate della casa si aprivano energicamente alla realtà del giorno. E in quella il ferito diede un brevissimo cough e Johnny voltatosi fulmineamente gli vide sulla faccia la fulminea sigillatezza della morte. Non era piú il pazzo della mezzanotte, ma l'uomo toccato e bruciato da una sacrilega pallottola fascista. Confermò con la testa alle occhiate ferme e pure interrogative degli altri.

Il carro scendeva, trainato da una sportive mucca, con due contadini, uno vecchio e l'altro un ragazzo. Il giovane guatò il morto shrinkingly, ma il vecchio gli indugiò sopra. – È morto. Io ho fatto la guerra del quindici. Ne ho visti tanti di questi –. Lo stendevano su uno strato di sacca. Un ragazzo domandò se erano tutti mortalmente sicuri che fosse morto. Il vecchio lo considerò ironicamente, poi disse: – Ve lo confermeranno presto. Abbiamo un medico in casa, sfollato dalla città – e passò avanti a pungolare la bestia. Alla confermata luce un ragazzo vide l'onta della fuliggine su molta pelle e stoffa di Johnny e goggled. Ma un altro venne a bisbigliargli: – Ho capito una cosa, Johnny. Che sua madre e la mia sono la medesima unica persona.

Era una grossissima cascina, in ottimo stato everywhere, sufficiente ad assicurare la ricca vita d'una grande famiglia cittadina, e buona per impiegare mezza la famiglia di Abramo. Scese sull'aia il dottore, in pigiama, esile e piumato alle dimensioni di un uccello. Ebbe un tic d'insofferenza quando constatò QUANTO era morto. Le molte donne della casa occhieggiavano dalle ben cortinate finestrelle. Ritirarono il morto sotto il portico, la bestia restando attaccata al carro mortuario. Johnny andò alla pompa a denudarsi alla cinta e lavarsi. Il vecchio (era lui il patriarca?) venne a considerarlo mentre si lavava, con un occhio pungente ma ziesco. – Sei magro, patriota. E pensare che noi contadini non vi manteniamo mica male –. Johnny soffiò tra l'acqua grondante: – Ho lasciato una casa dove mi mantenevano infinitamente meglio, ma non fui mai meno magro di cosí. Sapone ne avete? – Il vecchio beamed di perplessità: arguto era, e cercava esserlo vieppiú. – Devi proprio venir di buona famiglia per chieder sapone di questi tempi. Son tempi che di sapone non ce n'è piú. Potremmo farcelo col grasso delle bestie ma... – Cosí vi rovinerò la tovaglia. – Rovinala, ragazzo, le donne laveranno.

Ritornarono al portico dove i marmocchi della casa s'accostavano con piedi tremanti, e il vecchio li cacciò lontano come pulcini. – Tenetemelo sotto il portico fin che arriva il camion che vi manderò su da Neive, – disse Johnny. Il patriarca tremò. – Io non sono né debole né pauroso, vi raccontassi tutto quello che ho visto con i miei occhi, ma... se i fascisti mi arrivano quassú e me lo trovano in casa. Guarda, patriota, l'estensione dei miei tetti e il numero della mia gente. – Non preoccupatevi dei fascisti. Non saliranno. Scenderemo noi, piuttosto, a prendere la città: fra dieci giorni –. Il semplice annunzio spazzò in silenzio il brusio dell'immensa aia. Il vecchio sgranò gli occhi, poi si scappellò e si grattò sonoramente la cervice anticamente grommosa. – Ah, sí? E che ne dirà Mussolini?

II

21
La Città I

L'alto mattino del 10 ottobre mossero per la città. Un migliaio di partigiani di Nord congestionava l'ultima conca prima della città, nell'ombra dell'ultima collina. Un gruppo di ufficiali partigiani stava sul ciglione, coi binocoli puntati alla città. Da e per loro guizzavano staffette in moto, per l'odio degli ammassati partigiani a piedi, torvi e rassegnati e superiori come tutte le fanterie.

La trattativa, l'ultima, stava andando per le lunghe. A quell'ora, due ufficiali partigiani, uno della Prima e l'altro della Seconda Divisione, stavano insistendo, in una sala del Vescovado e sotto l'arbitrato del Vicario Generale della Diocesi, per l'immediato esodo della groggy guarnigione fascista. Ma andavano troppo per le lunghe. I partigiani da un pezzo pestavano i piedi sui campi sordi. Disse Pierre: – Una staffetta riferisce che il traghetto appare pronto per un traffico straordinario, ma sulla riva non è ancora apparso nessuno. A quest'ora dovrebbero già esser tutti fuori, stando alle ultime intese. Ma che vogliono? Restare in città, nel loro proprio sangue?

Arrivò il ventoso fruscio dell'automobile di Nord. Essa e gli occupanti erano pronti per l'ingresso trionfale. Due autisti, già in atteggiamento di gala, e sul sedile posteriore solitario Nord, inguainato in una breath-taking tuta di gomma nera con cerniere abbaglianti. Il posto vuoto alla sua destra era letteralmente lastricato di pacchetti di sigarette inglesi. Nord chiamò Johnny vicino, gli accennò di servirsi di tabacco. – Che ne pensi del ritardo?

– Dico che l'impresa non ha mai avuto bellezza, ma ora non ha nemmeno piú decenza. Immaginati un istante i fascisti che frignano e noi che li spingiamo per il loro sporco sedere.

Una staffetta s'inquadrò nel finestrino. – Ancora niente, – annunciò. – Fanno i giochi di società in Vescovado?

Allora Nord ordinò che tutti gli uomini guarnissero la nuda cresta della collina, per istruttiva visione degli indecisi fascisti. Gli uomini corsero su e ristettero sul ciglione in erta linea. Johnny guardò le rosse marziali mura del Vescovado che chiudevano quell'ultimo parlamento. La città appariva deserta, ma viva per un segreto cardiopulsare. Ora credeva di vedere stormi di uomini avvicinarsi per gli argini al traghetto. Avesse un binoccolo! Un ufficiale gli passò il suo: non guardasse al traghetto, guardasse prima alla porta meridionale della città. Johnny puntò e colse un nevrotico sciamare di centinaia di garibaldini che si agitavano alla periferia, pronti a romper la tregua e invadere la città per primi. – Sta a vedere che entrano i primi, – disse l'ufficiale. – Ed io non voglio. Mica per niente, ma mi nausea quella loro costante proneness alla propaganda. Vado a dire a Nord che ci mandi alla medesima altezza, naturalmente alla porta settentrionale.

In quel momento furono sorpassati da una staffetta motociclistica che si dirigeva sparata alla macchina di Nord. Ci siamo, tutti pensarono. Nord sentí, si eresse, una furia mortale sfigurandolo, poi urlò che sentissero tutti: – Dí loro che io mi avvicino con tutti i miei uomini alla periferia e se entro le 11 non sgombrano io farò in modo che non uno esca vivo –. La staffetta ripartí sparata.

I partigiani calarono, i loro semplici passi detonanti come spari. Senz'occhio per le bandiere che apparivano alle prime case, sordi agli evviva delle genti prime liberate, il maroso si arrestò soltanto al limite dell'asfalto della circonvallazione. Quasi rantolavano, dopo mesi di hillwilderness l'occupazione di una vera città era intossicante, alltaking. Pierre dovette balzare sull'asfalto e fronteggiare gli uomini, che non avanzassero piú di un solo passo, c'era una tregua e un impegno da rispettare. Non sarebbe riuscito a bloccarli, non l'avesse salvato la generale curiosità per l'automobile in cui Lampus[1] e Nord si apprestavano a fare l'ingresso trionfale: una macchina enorme, tutta gialla, lampante preda bellica ai tedeschi, con sui parafanghi ciascun uomo armato di Thompson e dietro, sulle teste fisse dei capi, un uomo torreggiante brandeggiava un bren girevole.

Qualche minuto dopo le 11 i due parlamentari partigiani uscirono dal Vescovado, sorridenti e sudati e pallidi, e dopo un minuto di recupero tranciarono un allegro, confidenziale gesto di avanzare. L'ondata verticò e si abbatté, travolgendo l'immobile, stranito Johnny, che ora realised la vera gloria di tutto ciò, ad onta delle grige premesse e del nero futuro. Quella era la prima città libera dell'Alta Italia, cioè dell'unica Italia. C'era già nell'aria, esaltante ed oppressivo, il rombo delle campane, il boom degli evviva della popolazione. Imposte si schiudevano come spari, gente si sporgeva dai davanzali quasi volesse tuffarsi per un piú immediato e totale abbraccio. I marmocchi già sgusciavano tra le gambe dei partigiani avanzanti, vincendo col sicuro amore dei fratelli minori il panico per le armi, per le varie divise ed i volti stralunati.

Johnny, esausto di felicità e di resipiscenza, stava avviandosi verso il centro. Pierre lo rincorse: una squadra agli argini occorreva, a controllare l'esodo dei fascisti.

Il sergente andò con lui e i soliti trenta uomini, con la mitragliatrice americana. Nessuno deve sparare e nemmeno sgraffignare i loro bagagli, aveva detto Pierre. Andarono per il viale del Seminario che cessava di fungere da caserma, verso ed oltre la centrale elettrica. I ragazzi marciavano imbronciati e critici; perché proprio a loro quel servizio, mentre gli altri si godevano il centro, la folla, le ragazze... Cosí procedevano con un passo deciso e fazioso che li rendeva piú adulti. Il viale era tutto deserto e solo ferito dagli echi dei giganteschi fragori di gioia del centro, l'eco del bourdillon delle campane atterrava sul sordo asfalto come

[1] Vedi la nota di p. 218.

una pioggia di piombo. Lasciarono il viale e per vie d'erba deviarono al traghetto.

Sull'acqua correva un brivido di postuma felicità estiva, ma l'argine e il greto erano desolati, miserabilizzati dalla stessa miserabile apparenza del reparto fascista che si apprestava ad imbarcarsi per primo. Johnny allineò gli uomini a una certa distanza, fece piazzare la Buffalo discretamente e con efficacia, poi sorvegliò gli uomini, che, eccitati e aizzati dai boati che uscivano dalla città come da uno stadio in cui si segni ad ogni minuto un goal, non si sfogassero malamente sui poveri sgomberanti.

Il primo ufficiale che salí sul natante piangeva a capo chino, i partigiani lo schernirono sonoramente, l'ufficiale non reagí, anzi accelerò verso il natante, piú veloce e piú floscio.

I primi traghettati riposavano già sull'altra riva, non al limite dell'acqua, ma nel verde a ridosso di un arginello, emergevano a mezzo busto, ansiosi di vedere il seguito dell'esodo e timorosi di un fuoco di sorpresa da parte dei partigiani. I traghettatori civili facevano il loro lavoro a labbra serrate, con facce impenetrabili, parlando con gli ufficiali fascisti solamente quando non ne potevano fare a meno, per la distribuzione degli uomini e dei carichi. Avevano una discreta dotazione di armi ed abbondantissimo munizionamento e a tutto ciò i partigiani guardavano con indissimulabile cupidigia. Cominciarono a serpeggiare suggerimenti ed hints, talché Johnny dovette ricordare che l'accordo parlava di «armi e bagagli compresi».

Era un affare di ore: a passare un migliaio, forse duecento i passati. E gli uomini ora scalciavano, per la noia a mani legate, per sazietà del miserabile spettacolo offerto dal nemico, per la fame e per desiderio della città che ancora rimbombava di applausi e scampanio. Disse Miguel[1]: – Vedi, Johnny: quello che distingue un esercito partigiano da un esercito regolare è questo: in un vero esercito, quando sei fuori e lontano, si ricordano egualmente di te, in tutto e per

[1] [O Michele, come è sempre stato chiamato fin qui (e una volta ancora a p. 251)].

tutto, per il soldo il rancio e perfino la posta. Nei partigiani no, nei partigiani uomo lontano uomo morto. Non è cosí?

Alle tre – il sole stava facendo bagaglio – arrivò dall'altro lato della strada del traghetto un reparto comunista. Esiguo ma scelto, a giudicare dall'aspetto degli uomini. Abbozzarono un saluto ai badogliani, poi affondarono i loro fermi occhi nella bassa, stitica fiumana dei fascisti.

Questi erano gli uomini che avevano dirottato il lancio inglese: avevano tutti sten o Remington e vestivano in completo inglese, sebbene per maggior distacco, quasi per beffarda distinzione, avessero caricato quell'incongeniale abito da battaglia dei loro antinomici distintivi: stelle rosse e sciarpa rossa, con un effetto complessivo che sconcertò e urtò Johnny. E pur cosí regolarmente vestiti, diedero agli sgomberanti fascisti un fremito superiore, un piú lungo disagio e strain.

Il loro capo si alzò dall'erba, si scosse e sistemò nella sua elegante dinoccolatezza e scese sulla strada con un suo fermo e beffardo passo, tranciando impassibilmente la cloaca rigurgitante dei fascisti avviati all'imbarco.

Davanti a Johnny si chinò sui ginocchi. – Mi offri una sigaretta inglese?

– Come sai che fumo inglese?

– Dall'azzurro del fumo.

Gli diede una Craven A.

– Mi piacciono enormemente. Al diavolo le campane!

Si era quetata l'ovazione della folla, ma le campane rolled on, stordenti.

– Io vi ritenevo fornitissimi di sigarette inglesi, anche di piú di noi, – disse Johnny.

Lo guardò con un'attenzione humouristica e sbieca.

– Ci farete il processo? – domandò.

– Chiedo per pura ammirazione, – precisò Johnny. – Come avete fatto? – Chi è quel genio...?

Fece una smorfia. – Il genio è morto. Morí qualche giorno dopo lo scherzo, in uno scontro con la loro cavalleria a V. Uno scontro cominciato bene per noi e finito malissimo proprio perché ci perdemmo Gabilondo. Qui nessuno s'illude, dovremo rimanerci tutti, gli ultimi venuti vedranno la vittoria, ma veramente Gabilondo doveva esser l'ultimo di noi a morire.

– Comunista?

– Gabilondo? Dalla testa ai piedi.

– E tu?

– Puah! – fece lui, ma lo spregio era per sé, non per l'idea. – Del resto, guarda i miei compagni. Sono quindici, e posso dire che sono la crema della nostra brigata. Ebbene, uno solo è comunista, quello tarchiato, con le lentiggini e gli occhiali. Ed io sono il meno comunista dei quattordici non comunisti. Eppure son pronto a mangiare il cuore a chi facesse appena un risolino alla mia stella rossa.

I compagni gli fischiarono che tornasse.

– Vado, – disse, – i miei si irritano perché si fa tardi ai postriboli. Secondo te, amico, quanti giorni i fascisti ci lasceranno in possesso della città? – Lo disse forte, incurante delle orecchie dritte dei fascisti in transito.

– Quindici, – disse Johnny, e come l'altro grimaced. – Sono ottimista?

– Superottimista, – e ritranciò la fiumana.

Alle quattro e mezzo il serpente imbarcantesi cominciava a mostrare gli anelli della coda. E arrivò Pierre, non per dar loro l'avvicendamento ma per pura nostalgia dei suoi uomini. Aveva gli occhi rossi, impudicamente. E come sapevano che avrebbe cominciato un discorso di comune interesse, gli uomini gli si assembrarono intorno, immemori dei fascisti sfilanti.

– La gente, Johnny, la gente, ragazzi, il popolo, – diceva a proposito dei suoi occhi rossi. – Vedrete, dovevate tutti vedere. La gente che t'invita a casa per il pranzo o al caffè per la bibita. La gente. Johnny, questo doveva esser fatto soltanto per capire la gente. Se ci risbatteranno in collina, lassú ci sarà di conforto il ricordo della gente. Ma io credo sinceramente, ragazzi, che con questa gente terremo la città fino alla fine.

Gli uomini hurraed e i fascisti trabalzarono.

– E, – proseguí Pierre, – lo saprete in ogni modo, mi hanno nominato comandante in terza.

Gli uomini lo applaudirono.

– Grazie, ma io mi sento orribilmente incompetente.

Disse Miguel: – Voi, tenente, siete il migliore di tutti come coscienza.

– Ma io parlo di competenza, – precisò Pierre.

– Miguel ha ragione, – disse Johnny. – Tu hai coscienza, e non ti preoccupare troppo della competenza. Pensa a quei capi che non hanno né l'una né l'altra.

Pierre gli accennò di andarsene, a vedere la città e la gente.

– Voglio vederli tutti sull'altra sponda, – grinned Johnny.

Era quasi finita, non restava che un picchetto di ufficiali, i superiori, con abbondante seguito e bagaglio. Ecco il colonnello comandante che suscitò in Pierre e Johnny il senso pieno ed ammorbante della miseria di tutta una casta e in Michele un'insopprimibile rinascita di coscienza gerarchica. Era anziano, pingue, di una pinguedine che rovinava la tollerabile discretezza della sua uniforme, con una avvizzita faccia di burocrate piú affannata che vergognosa, del tutto inerme fra il suo armatissimo seguito. Egli appariva semplicemente come il liquidatore della fallita gestione militarfascista della città. In contrasto, il suo seguito lo circondava delle piú marziali, piú scattanti attenzioni. Salirono tutti sul natante e Pierre e Johnny avanzarono a riva, come ad apporre un sigillo. Allora con un cenno il colonnello li invitò piú dappresso e con un altro cenno ordinò ai traghettatori di aspettare a disrivarsi. Ma fu un altro ufficiale a parlare, un ufficiale sui cinquant'anni, con una faccia dura e la bocca orgastica, forse il capo di stato maggiore del reggimento.

Fissò con occhio penetrante i fazzoletti azzurri e domandò se erano badogliani, o meglio stated it.

– Questo non fa differenza, signore, – disse Pierre.

– Voi siete ufficiali? – domandò ancora, senza vena d'interrogazione.

Disse Johnny indicando Pierre: – Nel vostro senso formale lui solo.

– Anche lei mi appare un ufficiale, nel grande solo vero senso del termine. Bene, ora voi possedete la città. Anzi, voglio andare oltre la città. Posso figurarmi che possediate tutta l'Italia. Bene: che farete, ragazzi, dell'Italia?

– Une petite affaire toute serieuse, – disse Johnny, e Pierre assentí con la sua inimitabile earnestness.

– Voglio dire, – insisté il maggiore, – ci sarà ancora un'Italia con voi?

– Certamente. Per favore, non se ne preoccupi.

Il colonnello sospirò gravosamente, il maggiore salutò rigidamente, imitato da una parte degli ufficiali, i traghettatori fecero forza sul cavo. E come se qualcuno l'avesse segnalato dagli spalti, di colpo la città rintronò di evviva e di scampanate. Johnny e Pierre si abbracciarono, coi piedi nella prima acqua, gli uomini ballavano al tempo delle campane e urlavano selvaggiamente.

– Voi siete liberi, – disse Pierre agli uomini. – Andate a godervi la città. Vedo scendere le pattuglie di turno. Domattina cominceremo a fortificare gli argini.

Stavano comodamente risalendo gli argini verso la città, quando un ragged tumulto sull'altra riva li fece volgere e fermarsi. Nella radura semiscoperta oltre l'arenile della Colonia Elioterapica alcuni ufficiali dovevano aver arringato la truppa ed infiammata, gli arringati ora rispondevano con voce di tuono, portata a un selvaggio acme dalla bruciante vergogna e dallo spirito di vendetta.

Gli uomini ritornarono alla riva, vi si acquattarono e Miguel puntò la Buffalo oltre l'acqua. Anche le pattuglie sopravvenenti scesero al riparo e in posizione. Intanto il natante stava tornando dal suo ultimo viaggio, i marinai si erano accorti di quanto si preparava sulle due sponde e urlando si aggrappavano al cavo per accelerare il ritorno. Non li mitragliarono dall'altra riva, ma coi mortai attaccarono la città liberata, dopo il primo gong dei loro mortai crepitò la mitragliatrice di Miguel. Fra le bestemmie degli uomini e il rosario degli spari si poteva cogliere l'urlio della popolazione sorpresa sotto il fuoco. Sulla città ulularono le sirene dell'allarme generale, mentre dall'altra riva i mortai raddoppiavano il loro funebre gong e su questa riva quattro mitragliatrici si erano in un baleno affiancate a quella di Miguel. In breve, sotto il fuoco di tutte le mitragliatrici, i fascisti sgombrarono, dopo un'ultima coppiola mirata non agli argini ma all'immancabile città.

Johnny entrò in città, solo e lento, per le viuzze del borgo antico, che ora ripigliavano una certa animazione dopo il grande e lungo drenaggio verso il centro, sotto un cielo duro e tristo. La popolazione si era visibilmente disubriacata, lampantemente pensosa ora delle conseguenze, delle ritorsioni e dei castighi. «L'abbiamo fatta veramente troppo grossa a Mussolini». Inevitabile, pensò Johnny, ed ai primi incontrati domandò che danni avessero fatto le proditorie mortaiate. Nulla, solo qualche danno ai tetti, facilmente riparabile. Ora partigiani venivano in vista, a gruppi, in franchigia, chiedendo la strada per i postriboli, le sartorie e gli studi fotografici, svergognatamente chiedendo l'elemosina di carburante e macchine imboscate. Ciò che stranamente lo conturbava era l'aspetto violato della città, felicemente e consensualmente, nuzialmente violata, ma violata. A un crocicchio si fermò per lasciare il passo a un pattuglione partigiano, passabilmente ordinato e sincrono, discretamente fidabile, serio e teso, e Johnny col cuore l'accompagnò; lo precedette a grandi, riconoscenti sbalzi verso gli argini sempre piú grigi.

Un uomo di meno di 40 gli si arrembò di corsa. – Permetta che lo inviti in un caffè, che le offra qualcosa.

– Grazie, no, mi aspettano in caserma.

– Oggi qui tutti hanno offerto da bere ai partigiani.

– Lei l'ha già fatto?

– Sí, ma vorrei continuare...

– Grazie, basta cosí, mi pare.

– Prenda almeno una sigaretta, – disse l'uomo.

– Io potrei offrirgliene di inglesi.

L'uomo accettò la novità assoluta delle Capstan e Johnny lo lasciò, entrambi ridendo.

Il cielo si spegneva, e la gente in giro, restiamente ma irresistibilmente vi alzava gli occhi, quasi volesse ricacciare lontano e nel profondo del misterioso luogo d'origine la notte e la tenebra, l'incubosa prima notte di liberazione, l'inizio legittimo della diretta guerra di rappresaglia. Anche Johnny alzò gli occhi al cielo, ma per un motivo opposto: egli voleva accelerare il buio ed anticipare la notte, ansioso di sperimentare quella che sarebbe stata la prima notte, prototipa di quindici notti[1].

A un angolo un partigiano azzurro stava quietamente conversando con suo padre. Diceva questi: – Ora resterai sempre in città, ora che l'avrete presa –. Il ragazzo sorrise: – Ma forse non la terremo molto, papà –. L'uomo gaped. – Che cosa? Ma allora perché l'avete presa? – Il ragazzo sorrise e sventolò una mano. – No, guarda, tu ti sbagli, tu non sei al corrente, – insisté il padre: – Io ho sentito il contrario. Ho sentito che la terrete per sempre, che non ve ne cacceranno mai piú. Stamattina, mentre giravo a cercarti, ho sentito due ufficiali di voi badogliani che dicevano forte a una massa di gente che i fascisti non hanno piú niente da fare, perché ogni giorno avremo gli aerei inglesi sulla testa, a fare la copertura aerea, cosí dicevano

Johnny attraversò la strada, evitando di giustezza l'ultimo spigolo dell'ultimo camion. La notte, una irregolare notte, premeva sugli slarghi delle vie, col suo pondo di sicurezza e di insidia. Da un caffè fluí, a tutto volume, il comunicato di Radio Londra. I russi avanzavano a marea, gli alleati stentavano con le pattuglie in bassa Toscana.

Ora la gente si era tutta ritirata, inchiavardata e sepolta. L'oscuramento era feroce. Il passo di Johnny detonava sugli argentei marciapiedi, contratto talvolta dal piú grosso pestare dei pattuglioni. Camminava rasente ai muri, quasi a cogliere il loro incontenibile alitare, trasudare di paura, paura dell'impresa e del castigo, paura di aver troppa gioia

[1] Passaggio di autocolonna [Così indica qui una postilla di lavoro del dattiloscritto originale, rimasta inattuata. Cfr. piú avanti: «Johnny attraversò la strada, evitando di giustezza l'ultimo spigolo dell'ultimo camion»].

ed approvazione espresso alla luce del sole, brividosa paura dei civetteschi occhi delle spie. Già le spie. Sapeva che dal primo momento dell'occupazione squadre speciali avevano arrestato i fascisti notori e simpatizzanti e li avevano incolonnati ai campi di concentramento predisposti sulle colline piú alte, ma sapeva pure che in quei casi non si piglia quasi mai il buono e mai tutto.

Johnny attraversava la città, compietandola. Incrociò una ronda comunista, pesante e felina, splendidamente isolata nella sua redness. Puntò verso l'enorme, fetido spettro della caserma. Ci stava una sentinella minorenne, nervosissima. Del resto, i nervi stavano prendendo il sopravvento. Avanzò per cortilacci e anditi, in un baluginare intossicato da lontane disinfestazioni, nell'acrida presenza degli spettri dell'esercito del re. Presto tutto non fu che un labirinto con un unico sbocco di follia. Dov'erano alloggiati gli uomini? Chiamò il sergente a squarciagola attraverso i polverosi filtri delle camerate. Finalmente il sergente urlò di rimando. E apparve, fantomatico, all'uscio della giusta camerata.

Dentro, tutto era malsana oscurità, torturata in lungo e in largo da uno sciame di punte rosse di sigarette, qualcuna roteante e pazzamente disegnante secondo l'estro e per la distrazione del fumatore. Pierre non si era ancora fatto vivo. Johnny cercava una branda libera. – Mi pare che ci siano cimici, – disse il sergente, non senza soddisfazione. Johnny ci si stese lo stesso, con tutta la stanchezza di quel lunghissimo giorno. Gli uomini si avvertivano chiusi e morosi, il tempo passava in un hush nevrotico, disagiato cambiar di fianchi e libertino fumare. Johnny capiva: gli uomini risentivano la città, il chiuso, la coordinazione. Giacevano sulle brandine con lo stesso senso di intrappolamento e disagio con cui i soldati fascisti avrebbero pernottato nei boschi sulle colline. Forse tutti gli uomini non sognavano di meglio che uscire di servizio, di sentinella e meglio di ronda, per liberarsi da quel senso (spell) di trappola.

Pierre si presentò alle 22, sollevatissimo di rivedere i suoi uomini pure in quella nevrotica, diseased forma. Si stese nella brandina accanto a Johnny.

– Come va al comando?

– Purtroppo ci dovrò tornare. Ci sto male, sai? La testa mi scoppia. Parlare, proporre e decidere. Governo civile, vettovagliamento annonario, il bando per la consegna di tutta la polvere da sparo, i piani di difesa... Mi sento incompetente, Johnny, incompetente e vergognoso e sick.

– Che ne dici del capitano Marini? – domandò Johnny che aveva sentito della sua nomina a Comandante la piazza.

Pierre disse che era un bell'uomo di 35 anni, d'aspetto militare, con un notevole sorriso e parco di parole; quando si esprimeva usava solo e sempre vocaboli scelti e tecnicistici. Un tipo interessante, senz'altro; per tutto il resto... «booh, come facevamo in Accademia».

Poi disse che la squadra era assegnata di turno di guardia agli argini. Johnny chiamò Miguel, gli selezionasse gli uomini per il servizio. – Vedi di scegliere quelli che patiscono di piú il chiuso, i malati della città e della caserma. – In questo caso li seleziono tutti, – disse Miguel e fu con una molto sostanziosa pattugliaccia che Johnny andò agli argini, nella notte sgocciolante, per sentieri presto smarriti.

Gli uomini presero a pattugliare la sponda nuda, vivaci e leggeri ma serii. Le acque erano nere e quasi mute, da dietro veniva a tratti il respiro incuboso della città sul filo del rasoio. Piú tardi, un vento alto notturno prese e continuò a suonare nel sommo degli innumerevoli pioppi, con un rumore piú continuo e piú liquido di quello della fuggente fiumana. L'atmosfera era umidissima, insidiava le midolla, e Miguel disse che per le prossime uscite conveniva portarsi coperte e incrociare imbacuccati come tante monache. Johnny sedeva sui graniti della seconda piattaforma, con la testa a piombo sull'acqua nera e amorfa. Le acque non erano piú mute, ma tutto era mulinello e sciabordare e fischiare e nella tenebra scoccavano biancori che Johnny imputava soltanto a illusioni della vista strained e suggestionata. Johnny sorrise alle idee, ma immaginò che cosa sarebbero state le altre notti, le piú vicine all'ora X, che esaurimento e che sforzo percepire e interpretare quei mille rumori e lucori sparenti.

I campanili della città batterono l'una, il freddo e l'umidità avevano inciso sugli uomini, su quella loro vivacità ed esuberanza che li aveva fatti montare e pattugliare tutt'insieme. Non c'era nei pressi un casotto dove accendere un fuocherello e fumare una sigaretta? Johnny additò nel buio un casotto, nel cuore dei campi fradici di guazza, l'unico fabbricato in tutta quell'area segnata dalle alluvioni. Gli uomini andarono verso la casetta, subito fremendo alla gelata e viscida stretta della guazza. Prima di molto erano di ritorno, tossendo e imprecando. Il fuocherello si era esteso a uno strato di secche foglie di granturco e tossico fumo li aveva cacciati fuori.

Johnny intanto aveva camminato fino a ridosso del ponte e scambiato fiammiferi e qualche parola col capo azzurro della finitima squadra. Miguel stava ancora sulla seconda rotonda, accosciato come un indiano sul granito sempre piú freddo.

Misurò ancora una volta la platitudine dell'altra riva, l'estensione e la corposità del fiume e disse: – Ebbene, tutto considerato, io credo che non ce la faranno mai. Non passeranno mai.

Johnny non rispose e Miguel continuò: – Noi terremo la città quanto ci pare, dico. Loro non ce la faranno mai a passar questo fiume. Dí, Johnny: piove molto da queste parti d'autunno?

– Normalmente.

– E il fiume si ingrossa bello bello?

– Sí.

Miguel esultò di questo fenomeno cosí estraneo alla sua esperienza siciliana.

– Hai dimenticato i ponti di barche, sergente?

– Voglio vederli lanciarli sotto i nostri occhi e sotto le nostre mitragliatrici. Proprio là vorrei vederlo lanciare, – e accennava con la testa nella mossa tenebra al vasto arenile della Colonia Elioterapica, in mezzo ai due occhi della città.

Disse Johnny: – Ti aspetti che sbarchino proprio in faccia alla città?

Gli uomini serravano intorno, torvamente interessati agli argomenti di Johnny.

– Il fiume si sviluppa per chilometri, e solo in alcuni c'è la nostra linea, piuttosto magra. Passare in un qualunque punto non è niente di eccezionale. Speriamo, anzi, che attacchino attraverso il fiume perché, se sconfitti, potremo sempre ripiegare sulle nostre colline. Ma se ci aggirano dalla terra, bene, Miguel, ci schiacceranno e ci affogheranno tutti nel fiume che sarà bello bello per le piogge –. E non ci fu obbiezione né riserva, mentre il vento e le acque aumentavano i loro inostacolati rumori.

22
La Città 2

Johnny andava al Comando Piazza, quanto piú lento e svagato possibile. I borghesi circolavano rari, frettolosi e intenti a se stessi. Al contrario, continuava e s'intensificava l'afflusso dei partigiani; Johnny era spesso incrociato da autocarri che scaricavano nelle piazze principali interi reparti. Sulle prime li credette destinati a rinforzare la guarnigione, ma presto capí che si trattava di viaggi-premio: dopo shopping, caffè, cinema e postribolo quegli uomini tornavano coi medesimi mezzi alle crepuscolari colline. E gli uomini non ne apparivano affatto contrariati.

Il Civico Collegio Convitto, ora Comando Piazza, stava, nell'antico quartiere addossato al Vescovado, come una petroliera oceanica ancorata frammezzo una selva di velieri e di barconi da cabotaggio. Il suo fianco era lungo, ellittico e metallizzato, con tutta una serie di avare aperture come oblò ed il propilio ficcava come una prua. Sotto il propilio stavano due sentinelle della Prima Divisione, altissime, armate di Thompson.

Johnny percorse metà del lunghissimo androne vetrato che dava sul cortile. L'occupazione fascista e la partigiana non erano riuscite a cancellare il vecchio, patinoso sentore di cucina e lavanderia e di giovane sudore studentesco, l'avevano semmai esaltato all'acrità propria delle comunità militari.

L'anticamera era piena di fumo, scalpiccio, cigolar di panche. Dalla stanza attigua usciva un volenteroso ma inesperto typewriting. Gli uomini in attesa erano minori capi partigiani, tutti su una fila, di fronte ad una opposta linea di borghesi, fornitori ed imprenditori: questi apparivano traboccanti di buona volontà, ma incontenibilmente ansiosi e ticcanti, elettricamente pronti alle chiamate. I partigiani erano per lo piú rossi, e parevano nervosi e risentiti, quasi che gli azzurri profittassero della loro preponderanza al Comando Piazza per costringerli all'anticamera.

– Che vuoi? – disse dietro a Johnny una voce tramata di burocratica magrezza e cattiva voglia. Johnny ruotò su se stesso e vide il già noto routinier del Comando della Seconda Divisione, sempre in borghese, sempre a tutto suo agio coi partigiani (che forse non erano i suoi principali e nemmeno i suoi fratelli); appariva esausto, irritato ed asmatico.

– Vieni per il capitano Marini?

– E chi è?

– Il Comandante la Piazza, vedi un po', – disse, piú beffardo che scandalizzato.

– Non a tanto livello, – rispose Johnny. – Vengo per il tenente Pierre.

– Regolarmente convocato?

– Sí, per ordini.

La sua spossatezza e cattiva volontà non arrivavano al punto che non si precipitasse a controllare l'operato di una guardia che, apparentemente di propria iniziativa, introduceva due borghesi nel sanctum del comando.

Un'altra guardia, un ragazzo con una chiara faccia leggera, venne ad avvisar Johnny che aspettasse Pierre in cortile e Johnny, sick dell'anticamera, corse a godersi la grigia vastità del cortile del collegio

Ogni ugello dell'immenso porticato era accecato da una vettura dell'autoparco partigiano. Nell'angolo piú lontano Johnny scorse un crocchio di ex ufficiali dell'esercito, inappuntabili nelle loro ben conservate divise, raccoltisi e presentatisi per offrire i loro servigi al comando partigiano. Il gruppo e l'individuo si fissarono reciprocamente per un momento, in puro puzzlement e diffidenza.

Pierre arrivò in pochi minuti, col suo passo solito adolescenziale, ma, per il resto, come appesantito ed invecchiato dalla vita in comando. Soffriva di acuta nostalgia per i suoi uomini e la loro dislocazione, quale che fosse, e s'informò degli uomini e del sergente. – Stiamo ordinando una quantità di giubbetti impermeabili, perché si prevedono grandi piogge. Vedrò che i nostri abbiano il primo lotto. La Prima Divisione e la stessa brigata rossa hanno già i vatro inglesi.

Disse Johnny: – Voi qui seguirete la radio fascista certamente minuto per minuto. Ha finalmente parlato di noi?

– Non una parola. Forse pensano di fare un unico comunicato a città riconquistata. Se ci riusciranno.

– Mi cambi opinione, Pierre?

– Qui dentro vedo certe cose che mi rendono perplesso, a poco dire.

Andarono ad accosciarsi liberamente sul freddo scalino del portale interno, e gli ufficiali laggiú guardarono criticamente ai due, principalmente all'uomo col gallonato berretto di aeronautica. Pierre sospirò: – Io e quelli dovremmo esser fratelli per vocazione. Eppure io non dò un soldo per loro. Essi hanno calcolato tutto e noi niente. Essi cominciano dalla città e noi abbiamo cominciato dalle colline. Se perderemo la città noi torneremo sulle colline senza batter ciglio, nella vena del nostro destino, ma essi non lasceranno la città. Svestiranno precipitosamente la divisa, pregheranno che chi li ha visti non li tradisca, malediranno la loro ingenuità, il loro sentimentalismo, il loro patriottismo, malediranno noi che li abbiamo costretti a rimetter la divisa e che non siamo veri soldati. Credimi, Johnny, io non mi sento di scambiare con loro una sola parola. Buon per me che Marini ha deciso di parlare personalmente con loro.

– Dove sono Nord e Lampus? – domandò Johnny.

– Sono tornati in collina. Non sgranare gli occhi. Le colline sono infinitamente piú importanti della città. Naturalmente torneranno di volata al primo allarme.

Un nugolo di autisti attraversava il cortile per montare sui loro wanted furgoni, la solita ganga di dilettanti eppure scatenati autisti partigiani. Passando davanti all'imbarazzato, rigido gruppo di ufficiali in attesa li sbirciarono con lampante disgusto, con deliberato irrispetto. La chiara faccia di Pierre avvampò, poi si compose nella tristezza. Avviavano ora i motori, sollecitandoli al massimo, come se il rombo fosse un proseguimento del loro irrispetto per gli ufficiali, ora piú nervosi e self-contained che mai.

Pierre distolse gli occhi da quella scena che lo feriva e prese ad estrarre fogli d'ordini e banconote. – Ti invidio, Johnny, – disse: – Vai fuori città, appena fuori, a vigilare un tratto di fiume. Starai fra un distaccamento rosso e una squadra della Brigata C. Farai base alla fattoria Gambadilegno.

Johnny respirò a pieni polmoni e Pierre lo invidiò. – Eccoti il biglietto d'alloggio e cinquantamila lire per le spese d'alloggio. La gente è con noi anima e corpo e ci servirà anche meglio se la paghiamo ragionevolmente per il disturbo. E poi non abbiamo mai avuto tanto denaro.

Johnny intascò il tutto, il denaro componendo una gobba insolita nella tasca del suo giubbotto. – Gli uomini saranno felici, – disse. – Soffocavano in caserma e soffocano in città. La risentono troppo, non se ne fidano e finiscono per odiarla. Questa è forse l'annotazione principale sul comportamento medio partigiano in città.

– Eccellente, – disse una voce alle loro spalle: – Questa è davvero l'osservazione numero uno. Uno dei tuoi, Pierre?

Era il Comandante la Piazza, alto, bruno e staid. Vestiva una divisa da ufficiale dell'esercito, spoglia di ogni grado e fregio e ad accrescere quella puritana sobrietà non calzava stivali, ma semplici calzoni lunghi, coi risvolti immacolatamente spolverati. Aveva un magnifico sorriso ma fisso e mai smorente, il sorriso che può nascere dalla piú alta capacità e fiducia in se stesso come coprire la piú marchiana incompetenza e irresponsabilità. Gli stava al fianco il suo aiutante maggiore, e questi per Johnny era il «queer bird». Una divisa mimetica, molto tenue ed ampia, di foggia legionario-fascista piú che partigiana, avvolgeva il suo corpo fachiresco, sormontato da una testa minuscola e compatta, calettata da cortissimi capelli grigi e occhialuta, la testa del monaco colto. Ciò che immediatamente colpiva in lui, con impudica chiarezza, si era che appariva disperatamente innamorato del capitano Marini, e sarebbe stato sempre e comunque il suo uomo, fosse stato Marini un comandante fascista o partigiano o un qualunque capitano di ventura.

– Cosí vai al fiume, – disse Marini col suo immortale sorriso. – Hai per caso l'attrezzatura da pesca?

– Avrei modo d'impiegarla, capitano?

– Avresti giorni e giorni davanti a te per il puro sport, certamente, – disse Marini e mosse verso gli ufficiali, col suo fisso sorriso ed un bel passo.

Pierre accompagnò Johnny fin nell'atrio, in mezzo alle due sentinelle che li sbirciarono in tralice. – Uno di questi giorni, – disse Pierre, – scovo una moto e vengo a passare un intero pomeriggio con voi. Fammi trovare gli uomini nella buona vecchia forma.

Johnny scivolò in una barbieria. Il padrone stava riposando affannosamente su una delle due deserte poltrone. Sussultò, prese atto del taglio e shampoo e cominciò a tagliare e ciarlare. – Avevo appena finito. Ero letteralmente spossato. Non può immaginare il lavoro di ieri e di stamane, fino a pochi momenti fa. Tutti partigiani, un'invasione.

– Ne avevano tutti un gran bisogno, – growled Johnny.

– Ah sí, un gran bisogno e mai io ho lavorato di miglior voglia. Ma il guaio è che mi son trovato solo. Mi hanno lasciato piatto a terra. Avevo un garzone permanente e un vicegarzone per i giorni di mercato. Bene, tutt'e due si sono arruolati ieri nei partigiani, arruolati a vista. Beninteso, io avrei fatto lo stesso, fossi un giovanotto invece che padre di famiglia. Ma mi hanno lasciato praticamente a terra, e nulla oggi è piú scarso della gioventú lavoratrice.

Un'ora dopo Johnny usciva dalla caserma verso gli argini extracittadini, armi e munizioni stivate su un carriaggio requisito, gli uomini sollevati, respiranti, magnificamente disposti verso la nuova destinazione, su strada campagnola soffice e fondentesi in tiepida autunnalità, verso quel sempre fascinoso obiettivo di argine e fiume, con un dolcissimo senso di tregua nel ferreo quadro della guerra, Johnny in testa e dietro il sergente, completamente rilassato.

La fattoria Gambadilegno stava esattamente a metà strada fra la nitida strada provinciale e le cortine di vapore salienti dal fiume. E si trovava a tanta distanza dalla città che non vi arrivava nessun suo rumore, tranne, e sfocatissima, l'onda sonora delle sirene, ogniqualvolta in città si provava l'allarme generale.

Era una fattoria di medio tipo, ma la stalla ed il fienile ricettarono adeguatamente i trenta uomini. La padrona (preparata a vedersi assegnar partigiani e bendicente il cielo che le avesse assegnato badogliani anziché Stella Rossa) era una vera eroina e s'invaghí di Johnny, arrivando a lodarlo in sua presenza e con molta sua confusione e a ordinare recisamente agli uomini di amarlo, rispettarlo ed obbedirlo, arrivando a superare la sua innata avversione per la meridionalità del sergente Miguel dopo che vide quanto fosse fedele ed indispensabile a Johnny. Inoltre, si dimostrò un vero genio per la preparazione di cibo in grande quantità, semplice e ricco, e sempre lottò per respingere almeno la metà del denaro che Johnny la obbligava a ricevere. Il marito, per il quale essa era moglie e sorella e madre, medichessa, avvocata e ambasciatrice, era un ometto tutto bianco e rugoso, con una parola agra ed infrequente. Sulle prime Johnny si convinse che quel biglietto d'alloggio rappresentasse per il vecchio la piú imprevista ed intollerabile delle disgrazie, ma piú avanti dovette ricredersi, quel suo comportamento monosillabico e sfuggente proveniva oltre che dalla sua naturale acidità dalla sua quasi totale incapacità effusiva. In realtà il vecchio era piú filopartigiano della maggioranza dei simpatizzanti. I loro due figli maschi, tutti in età di leva ed entrambi renitenti, erano del comune tipo di gioventú incatenata alla terra, con tutta la dolcezza e spigolosità del tipo: erano del tutto estranei ai partigiani, al loro mondo, ideali, istanze ed abitudini, ma partecipavano dei loro lavori e giochi con un amaro, indissimulabile senso di inferiorità, come se li vedessero tuffarsi, conoscendo l'ebbrezza del tuffo e la loro propria incapacità a tuffarsi. E, come Johnny notò, essi sempre esercitarono un vigilatissimo sarcasmo oculare su quegli uomini di Johnny che erano di netta estrazione contadina, come se fossero convinti che l'avventura partigiana era l'esclusivo affare di ragazzi della città.

L'argine, sua natura aiutando, venne sistemato in meno di un giorno: si fece una piazzola per la Buffalo ed una postazione per il vecchio Breda, e per il resto i fucilieri grattarono e scavarono secondo il loro gusto o la loro superstizione. Rimaneva il servizio di guardia. Di giorno era un servizio simpatico e fantasioso, avente molto di un gioco puerile; ma di notte era un lavoro duro e pesante, il lavoro estremo di un uomo tutto sviluppato e adulto, nella viscida spira del subdolo freddo fluviale, morboso. Passarono giorni e notti di guardia, e Johnny e Miguel dovettero reagire contro l'assuefazione degli uomini e la loro tendenza ad allentare e sottovalutare la guardia, contro la loro istintiva persuasione che quel loro tratto di fiume fosse proprio quello in cui mai sarebbe accaduto niente, che i fascisti potessero apparire e attraversare in un qualunque altro punto fuorché il loro.

Il fiume e l'altra sponda sembravano incoraggiare, giustificare il rilassamento. La sponda aveva un suo aspetto tanto secluso e mitemente selvatico da far pensare che essa non potesse e non dovesse figurare in nessunissima carta topografica, appena nota, tutt'al piú, a un qualche abbeveratore di bestie o cercatore di detriti di fiume, lontanissima sia a fascisti che a partigiani. L'unico segno di presenza fissa e di attività umana era lo scheletro nerastro di un lontano frantoio di pietre, da tempo abbandonato. Quanto al fiume, esso scorreva con una corrente ampia e liscia, celante, secondo Johnny, una vita subacquea infinitamente piú ricca di quella che sottostava alle scarmigliate, energiche correnti dirimpetto alla città. Il tratto assegnato a loro prospiceva una mezza dozzina di stagni immoti e profondi che fecero rimpiangere agli uomini di non aver occupato la città di piena estate.

Per tutti quei giorni non un uomo né una bestia venne avvistato sull'altra sponda.

Le ore del primo pomeriggio erano ancora tiepide, buone per crogiolarsi, ed era in quelle ore che i caccia inglesi facevano le loro apparizioni nel cielo ancora stabile. Il sole impattava sui loro fianchi come una muta esplosione e quel riverbero era l'unico ed immediato mezzo per riconoscerli nel deserto del cielo. Partigiani e popolo urlavano di gioia a quel loro vertiginoso apparire. Johnny pensava trattarsi del solito pilota in caccia libera, ma c'era davvero qualcosa di amichevole e protettivo nel loro insistito, lento circuire (hovering). I loro occhi avrebbero voluto seguirli fin oltre il limite dell'orizzonte e quando sparivano gli uomini eccitatissimi dibattevano la questione della copertura aerea ed il terribile effetto del mitragliamento radente sulla fanteria in movimento.

In capo a dieci giorni gli uomini ne ebbero del fiume fin sopra i capelli; alcuni presero a gridare mutinously per l'avvicendamento, nella rinascente brama degli appena assaggiati marciapiedi, cinema e caffè; altri, per i quali la città era una posizione come un'altra, si ammalarono di nostalgia per le alte colline, i cui primi contrafforti incombevano proprio alle loro spalle, in maestoso nitore, nelle ore favorevoli, contrapponendosi alla ballonzolante vaporosità che saliva dal fiume. Johnny stesso crebbe sazio del fiume, o meglio di quel tratto di fiume ed avrebbe esultato per un cambio di settore, preferibilmente a valle del ponte cittadino. Ad aguzzargli il desiderio arrivò Ettore, su un calessino requisito, venuto in visita privata appunto dall'altro polo del fiume. Ettore ed il restante degli uomini di Mango montavano la guardia sugli aerei, di per se stessi avventurosi, strapiombi sul fiume di Barbaresco. Là il fiume, ricordava Johnny, era stretto e profondissimo, lento come una colata di piombo, ed al gusto e alla vitalità della guardia concorreva il mistero immanente nelle fittissime pioppete sull'altra sponda vicinissima. C'era poi, vicino e funzionante, un piccolo traghetto, del quale essi si servivano quasi giornalmente per passare il fiume e scorrere le piane, grasse, libere da guerrieri terre dell'oltrefiume, dove dall'inesperta gente venivano applauditi e festeggiati e regalati di frutta e verdura per tutto il reparto.

Fra tutti, soltanto il sergente, nella sua meridionale sradicatezza, stava contento, fermo, impassibile, come un masso erratico.

A risolvere il guaio psicologico pensarono gli stessi fascisti, attaccando la città; attaccandola frontalmente, in mezzo ai suoi due occhi, alle ore 8 spaccate, quasi si trattasse di un turno in fabbrica.

Era un mattino di deliziose, danzerellanti nebbioline sul fiume presto destinate a svanire sotto il sole, l'ultimo irresistibile sole dell'anno. Johnny stava a lavarsi in solitudine in un cantuccio della riva e forse fu lo sgrondare dell'acqua che gli impedí di sentire il fragore degli autocarri e delle autoblinde sulla provinciale oltre il fiume. I fascisti primi smontati e primi appostati sugli argini dirimpetto alla città scambiarono i primi colpi, sopra le acque elettrizzate, con le scolte partigiane ben sveglie sugli argini corrispondenti. E subito gli ululi delle sirene spazzarono il cielo chiaro. Ora i fascisti sparavano massicciamente e dal volume della replica partigiana si capiva che buona parte della guarnigione era già scesa agli argini interessati.

Gli uomini serrarono intorno al seminudo Johnny e gli ordinarono di guidarli al ponte, dov'era la battaglia.

– Nient'affatto, – disse Johnny. – Se quello fosse un diversivo, se il grosso attraversasse proprio qui?

Gli uomini alzarono le spalle, erano visibilmente galvanizzati dal magnifico fragore della battaglia che si sviluppava.

– I fascisti ve l'hanno detto stanotte in sogno dove passavano?

Gli uomini tremavano, in ribellione, per il bisogno fisico di esercizio ed esposizione.

– Io ho i miei ordini. Potrebbero poi fucilarmi.

Uno rispose che non era mai accaduto.

– Desideri che io faccia il primo?

Miguel stava immobile e silenzioso, stranamente, unprecedentedly neutrale, e Johnny si risentí di quella neutralità assai piú di tutta l'altra insubordinazione.

S'irrigidí. – Tutti alla postazione. Proibito anche fumare.

Andarono, depressi e increduli, distogliendo l'udito dall'inebriante fragore che schiacciava l'incomprimibile tratto di fiume lontano. Un uomo minacciò di sparare alla prima pietra un poco sporgente dall'altra riva, Miguel gli tirò uno schiaffo sulla nuca. Ma l'ultimo a passare, un ragazzo con una faccia triste e matura, disse: – Hai ragione tu, Johnny. Facciamo come i ragazzini al football, che corrono tutti dove la palla salta.

Poi un rabido rumore sulla strada di Gallo li fece tutti voltar di colpo e prima che l'autocarro deviasse nella stradina verso la fattoria furono certi che veniva per loro, a portarli all'epicentro della battaglia. Sull'aia saltarono sul camion, con la padrona che li benediceva uno per uno e il vecchio che ora piangeva. Sollecitarono pazzamente l'autista che già era un campione dello spericolato pilotaggio partigiano. Li depositò davanti al filatoio, un monumento-patibolo della rivoluzione industriale, ora sorgente sui nudi argini, scuro e marziale come un alcazar.

Era retrovia immediata, la sponda su cui si frangeva l'onda rovente della battaglia. Ma Johnny fell in abstraction: c'era nel colore della terra e dell'aria una tale tiepida finezza, un'aurea moderazione e maturità che Johnny s'incantò e si perse nella ricerca della fine di una delle sue primissime vacanze estive.

Lo riscosse l'altissimo applauso dei borghesi da un gruppo di case della periferia, fra i quali una donna rovesciò sui partigiani una grembiulata di caramelle. Le raccattarono rapinosamente, poi si rialzarono con lenti, ponderosi gesti di rassicurazione contro i fascisti. Un ufficiale della Prima Divisione sorse come un folletto davanti a Johnny: in perfetta battledress e perfettamente guantato. Gli additò un tratto d'argine e gli impartí l'ordine generico ed estremamente specifico di sparare su ogni fascista che alzasse la testa sull'altro greto.

– Nulla di particolarmente serio, – disse: – Li terremo di là in souplesse.

– Hanno già cominciato coi mortai?

– Non ancora. Forse non li hanno nemmeno portati. Ci hai l'idiosincrazia?

Gli uomini correvano alla posizione, incuranti, ma ben sparsi nel vastissimo prato e subito tinnule, maligne pallottole vennero dal greto opposto, apparentemente deserto, friggendo lungamente nella liquida ricettiva atmosfera. Gli uomini in corsa deviarono verso il riparo dell'argine laterale, ma uno si arrestò netto sull'erba dicendo: – Sono ferito, sono ferito, – estatico nella voce e nel gesto. L'estasi contagiò tutti, li radicò tutti intorno a lui, nell'erba tiepida e crisp. Il sergente prese in braccio il ferito e lo portò nell'ombra lunga dell'argine grande, col pugnale gli lacerò il calzone. Era un ragazzo basso e tarchiato, di quelli che profittano di tutto il cibo, e il foro appariva anche piú minuscolo e leggero sulla vasta glabrità della sua grossa coscia. Due uomini lo sollevarono per scaricarlo al filatoio dove altri, borghesi, l'avrebbero accompagnato e sostenuto fino all'ospedale.

Si distribuirono in lungo sul tiepido piano inclinato dell'ultimo argine, e potevano cogliere il moscio affondare delle pallottole fasciste nel ventre pneumatico dell'argine; le pallottole piú alte, le piú centrate, sorvolavano di buoni due palmi il piú alto ed esposto capello partigiano, e Johnny sentiva il selvaggio rimbalzo delle pallottole fasciste, le piú basse, contro i graniti della piattaforma.

Gli venne una frenesia di sparare, anche sapendo che dopo un primo caricatore si sarebbe trovato sazio alla nausea, ma ora era in una vera e propria frenesia per quel caricatore. Portava lo sten, la piú inutile delle armi in campo, e in quel momento tutto poteva ordinare agli uomini tranne che gli prestassero un fucile. Guardò meglio avanti. Ad onta della costante scarica contro la diga, nessun fascista era discernibile nell'aperto, nudo greto né nella successiva rada sodaglia. Dovevano sparare fittamente da dietro la scarpata ferroviaria, a trecento metri circa. Esplorando meglio, Johnny sorprese un camion fascista, a 500 metri, frenato su un viottolo sotto la ferrovia, e tutto vibrante come se si trovasse davanti a un improvviso ostacolo o come se si disponesse a superare un ingorgo già scioglientesi. Johnny poteva intuire l'orgasmo del pilota, cosí sollecitò Miguel che mirò precipitosamente e sparò. La raffica passò alta e il massiccio veicolo guizzò come una biscia al coperto.

Ora gli uomini apparivano perplessi e distaccati dietro il calcio dei loro oziosi fucili. Al centro, coi fascisti presumibilmente scaglionati ai margini del vasto arenile che fu della Colonia Elioterapica, il fragore era enorme e continuo, come se fosse destinata a perdere quella parte che prima avesse allentato il fuoco, ma per Johnny e i suoi non c'era visuale, impedita dal promontorio della prima piattaforma e dalle due superstiti arcate del ponte bombardato.

Finalmente, verso le 10,30, i fascisti vennero in vista anche dalla parte di Johnny, scivolarono giú dalla scarpata ferroviaria e strisciarono avanti, fra i magri cespugli, verso il greto solcato da carreggiate, verso un casotto rustico, e piscatorio, abbandonato, che si rifletteva nella prima acqua. Allora tutti i fucili di Johnny esplosero dall'argine ed al fuoco improvviso i fascisti guizzarono indietro verso very scanty coperture. Però non si ritirarono fino alla scarpata di partenza, rimasero a sparare, malignamente ma senza efficacia, dal greto argilloso in depressione e dai precari cespugli. Per interdirli dal casotto bastava il fuoco magro ma tempestivo dei fucili.

Stufo e deluso Johnny scivolò di schiena sull'inclinazione dell'argine, dando le spalle ai fascisti, sistemato come su una comoda sdraio. Stava cosí crogiolandosi al sole fuori stagione, prima guardando all'altissimo cielo spiralato, poi alle case della periferia, che impercettibilmente traballavano, come d'estate piena, nell'haze anormale.

Poi sbirciò Miguel, inoperoso sul castello della Buffalo. – Sparacchia un po', Miguel, divertiti –. Scosse la testa: – Farei peccato mortale a sprecar cosí. Qual'è il succo dell'azione? Non hanno nemmeno i mortai. Non arriveranno, parola mia, a intingere il mignolo nella prima acqua, altro che passare il fiume di prepotenza e ripigliarci la città. Tu che dici, Johnny?

– Dico che un pazzo ha studiato questa azione. Mangerei, Miguel.

– Anch'io mangerei. Pensi che per mezzogiorno ci leveranno il disturbo?

– Non si può mai dire, con un pazzo.

Alle 11 ricevettero l'ispezione volante del Comandante la Piazza. Naturalmente sorrideva, e lo seguiva il suo aiutante, la sua ampia mimetica alitante alle brezze del fiume. Era con loro l'ufficiale del filatoio e tutt'e tre portavano le fondine sbottonate.

Disse il capitano Marini: – Vero che mettereste la firma per un combattimento cosí ogni giorno fino alla fine?

Miguel disse: – Mortalmente noioso, capitano, a trovarsi all'ala sinistra.

Il fragore al centro era sempre piú alto e filato, come se tutto dipendesse dalla pressione su un congegno elettrico. Johnny frowned e disse: – C'è vero motivo per sparare cosí tanto al centro? Non per dare ai fascisti il credito del genio, ma se oggi non mirassero ad altro che a dissanguarci di munizioni in vista del piú vero attacco di domani o posdomani?

Marini spense il sorriso come una luce e stalked verso il centro.

Alle 11,30 venne una staffetta a convocare Johnny e i suoi verso il centro, a rimpiazzare una squadra che aveva esaurito le munizioni. Magnificamente protetti dal naturale labirinto degli argini, varcarono il contrafforte della ferrovia e scivolarono al centro, dirimpetto la Colonia Elioterapica. Furono per un po' trattenuti presso un gruppo della Brigata C. Erano piú anziani e robusti del medio tipo ragazzo-partigiano e pertanto molto spesso portati ad abuse them proprio per la loro anzianità e preponderanza di peso, una imponente e faziosa fanteria pesante. Questi uomini stavano in una umida depressione e mettendo in posizione due mortai inglesi che il Comando si era procurato proprio allora ed aveva affidato agli anziani della Brigata C. come ai soli che potessero farne buon uso.

Pierre, comparso d'un tratto, prese il comando degli uomini e li dispose disagiatamente sullo scarso terreno ancora occupabile, un fossato poco profondo immediatamente a monte del traghetto. Miguel, come un amante stanco di aspettare, misurò la distanza con una corta raffica che staffilò lo sporco arenile, poi mitragliò con ferma precisione la cortina arborea dietro la quale i fascisti apparivano e sparivano come in una danza folletta.

Gli uomini della Brigata C. avevano ormai sistemato i mortai e le sorde scopole di partenza presero ad echeggiare dietro di loro. Era impossibile che i fascisti durassero molto sotto quel fuoco. Infatti ridussero sensibilmente il fuoco, altrettanto fecero i partigiani, sicché un vasto ed ambiguo silenzio si stese sulle acque. In quel silenzio [un rumore] emerse fino ad un enorme fragore d'attrito e un carro armato sbucò dal verde e avanzò verso la riva, tritando la rena con monumentale goffaggine. Di là «fece fuoco da tutti i suoi buchi». Il mostro avanzò fino a bagnare i suoi primi cingoli nell'acqua ribollente, Johnny poteva vedere i selvaggi ricochets delle pallottole partigiane contro le lastre d'acciaio, poi tuffò la faccia nella terra sotto la bordata del carro. Una mortaiata l'arrivò giusto sull'avantreno sinistro. In istantaneo trionfo i partigiani emersero allo scoperto fino alla cintola. Le mitragliatrici del carro tacevano, esso rinculava con goffo orgasmo, mentre i partigiani urlavano ai mortaisti di raddoppiare, di finirlo. Essi raddoppiarono i colpi, ma non il centro, cosicché il carro riguadagnò l'arenile e poi il bosco.

I fascisti si ritiravano, nell'acme dei motori dei loro autoveicoli ripartenti. Le sirene ulularono nel cielo svanito la fine dell'allarme e gli spalti della città parvero saltare per via dell'interno boato.

Essi decampavano comodamente, scalciando nei mucchietti di bossoli, verso l'abbracciante applauso della conservata città. Johnny, uneasy e stranito, fu preso nel gorgo di un distaccamento rosso che partiva energicamente verso la città, se ne districò piuttosto a fatica e traballoni. Gli uomini avanzavano agli ordini di Miguel, Pierre aveva ottenuto per loro un buono per pranzo collettivo in un ristorante cittadino, per il pomeriggio proponeva il cinema, a sue spese.

Gli spalti nereggiavano di folla esaltata e gesticolante. Col permesso di Pierre, Miguel cedette al suo istinto militaresco e comandò agli uomini di marciare in parata. Gli uomini insorsero e criticarono beffardamente ma nel gorgo del trionfo finirono con l'assumere e mantenere la cadenza. Le campane rombavano.

Johnny e Pierre s'inoltravano nella città. Gli evviva, per l'usura delle corde vocali, stavano fondendosi in rauche appassionate chiacchiere e commenti, in saluti schioccanti da marciapiede a marciapiede. Le campane continuavano all'impazzata. Un uomo si accostò e disse: – Noi si aspettava gli aeroplani inglesi, tutti se li aspettavano. Perché non sono venuti, come stabilito, a darvi una mano dal cielo? – Ma chi ha mai detto che era stabilito? – disse Pierre.

Dovettero scansarsi davanti a una nera, silenziosa berlina con due uomini armati di parabellum seduti sui parafanghi. Il profilo di Nord lampeggiò ai vetri e la sua mano ondulò, in un cenno di saluto piuttosto pontificale. Nella scia della vettura di Nord due partigiani, un badogliano e un comunista, stavano lottando nella cunetta centrale. Faticosamente Pierre e Johnny li separarono, in mezzo al cerchio rinculante dei borghesi.

– Che t'ha preso? – domandò Johnny al badogliano. Anelava. – Volevo tappargli per sempre la sua sporca bocca rossa. Ha visto la macchina di Nord e ha detto: «Arriva adesso il vostro grande capo?»

23
La Città 3

Il sole non brillò piú, seguí un'era di diluvio. Cadde la piú grande pioggia nella memoria di Johnny: una pioggia nata grossa e pesante, inesauribile, che infradiciò la terra, gonfiò il fiume a un volume pauroso («la gente smise d'aver paura dei fascisti e prese ad aver paura del fiume») e macerò le stesse pietre della città.

Johnny alzò gli occhi al suo flagello sui vetri di una stanza del Collegio. Sedeva dietro una regolare scrivania. Il suo lavoro, implorato da Pierre, consisteva nell'accogliere, vagliare e trasmettere le informazioni e voci del popolo intorno al prossimo attacco fascista. Il giorno dopo lo scacco Radio Torino aveva trattato l'argomento della città. Sorvolando sul fatto d'armi, lo speaker parlò della prossima, immancabile riconquista della città, provvisoriamente lordata dall'occupazione ribelle. A dispetto della marcia rettorica, tutti, partigiani e civili, presero l'avviso interamente sul serio. La gente che traghettava il fiume e frequentava i mercati sull'altra sponda rientrando in città chiedeva d'esser sentita, per informazioni di vitale importanza. Pierre, l'affabile, paziente, selettivo Pierre, fu presto soverchiato dal lavoro e chiamò in suo aiuto Johnny. Gli uomini erano già rientrati alla fattoria di Gambadilegno, agli ordini dell'adeguatissimo Miguel.

Pierre e Johnny ascoltavano di movimenti fascisti, segnali luminosi, concentramenti di flottiglie da sbarco in qualche segregata ansa del fiume, di cannoni di lunga portata già piazzati sulle colline oltrefiume. Ascoltavano, obiettavano, indagavano, approfondivano, scribacchiavano, ringraziavano e congedavano. Poi Johnny fumava e guardava la pioggia battente e Pierre smaniava per un caffè vero. La caffeinomania era l'unico vizio ereditato da Pierre dalla sibaritica Aeronautica. Buona parte degli informatori erano ragazzini, monelli, che per gioco ed avventura scorrevano l'altra sponda del fiume, e Johnny si persuase che, tutto sommato, essi erano i piú attendibili: avevano un occhio tremendamente acuto e selettivo, familiarità con i mezzi e le caratteristiche della guerra moderna e possibilità di accostare impunemente gli eventuali raggruppamenti fascisti. Preti a parte, naturalmente. I preti costituivano la fonte piú cauta e piú precisa, il piccolo clero dei villaggi oltrefiume. Pierre e Johnny sapevano che prima che a loro avevano fatto un'identica e forse piú dettagliata relazione in Curia. Infine Pierre veniva introdotto dal capitano Marini per la relazione finale.

Al crepuscolo, Johnny si avvolgeva in un impermeabile inglese e nel peso e nel disgusto della pioggia andava agli argini dissolti. Alla porta della città lo accoglieva il rombo delle acque. Il fiume aveva annullato gli argini d'ottobre, le sentinelle erano rinculate addirittura contro la scarpata del viale grande. Il fango bulicante appariva anche piú tremendo e letale delle acque impazzite. Gli altissimi flutti, veloci e come gettati in cemento, sfioravano le superstiti arcate del ponte. Nel tuonare del fiume potevi però cogliere i colpi di tosse delle invisibili sentinelle. Il caotico cielo, forgia di quel diluvio, era odioso, si tirava le bestemmie.

Scivolò giú a quel cosmogonico caos d'acqua e fango e si accostò alla sentinella.

– Come va?

– Divento tisico. Hai una sigaretta fatta? Io ho tabacco e cartine, ma questa maledetta pioggia rende impossibile arrotolare. Dammi una sigaretta fatta –. Ma anche fumare era impossibile, la ferocia e l'implacabilità dell'acqua sforzava le dita che a cupola proteggevano la sigaretta ed in un baleno la disintegrava.

Andò dall'altra sentinella, accucciata su una lingua di

terra che resisteva alla corrente rapinosa. Ne aveva abbastanza, disse, dell'acqua e della città. – Sono in città dal giorno della nostra entrata. Non vedo l'ora di uscirne. Vorrei che il Padreterno placasse le acque, i fascisti possano sbarcare e facciamola questa gran battaglia. Sono stufo di vivere cosí male, di sentirmi come un topo in trappola. Questa non è vita, non è la nostra giusta vita. Tu sei del comando? Benissimo, meglio cosí, diglielo al comando quello che penso io sotto quest'acqua.

Johnny risalí sul viale e di lassú scoccò un'ultima occhiata al fiume. Nella fattispecie, la natura stava riportando un eccezionale trionfo: una volta tanto la natura stava prendendosi la rivincita sugli uomini per il primato nell'incussione della paura; per ognuno era infinitamente meglio avanzare solo contro un'armata di SS piuttosto di aver a che fare con uno solo di quei flutti fangosi. Guardò ancora al fiume, quasi si rifornisse di materiale per il suo incubo notturno.

Si riaffrettò al comando, sotto il diluvio e frammezzo le prime ronde serali: gli uomini tossivano, strisciavano i piedi sull'asfalto sommerso, alcuni calzavano sacchi sulla testa.

Johnny ne aveva abbastanza del comando, e del lavoro che vi faceva, abbastanza anche di Pierre. In un paio di giorni si sarebbe fatto rispedire alla fattoria, in mezzo agli uomini ignari, disarticolati ma tonificanti.

Pierre negò, piuttosto burocraticamente, Johnny gli serviva per altri tre e forse quattro giorni. – Il capitano ha deciso di ergere barricate alle quattro porte della città. La nostra manodopera è scarsa.

– Come scarsa? Siamo in duemila in città!

– Firmerei se a difenderla restassimo in metà di quanti la prendemmo.

– So.

– Sicché, per le barricate avremo bisogno di manodopera civile, da estrarre dalla gioventú cittadina. Tu aiuterai a stender le liste. Un paio di giorni, poi tornerai al fiume.

Stavano al Circolo Sociale, in una sala di lettura, affondati in due poltrone il cui rosso peluche glowed agonizingly alla fiammella di candele autarchiche. Avevano di fronte, semicancellato dall'ombra, un partigiano, certamente addormentato. Rumore veniva dalle sale di biliardo, insieme con sbuffi di fumo. Sebbene ora si delineasse scarsità di tabacco, dopo il grande festino consumato sulle sigarette lanciate dagli inglesi.

– Tutti mi dicono che dovrei andare a dare un'occhiata al fiume, – disse Pierre.

– È mostruoso, – disse Johnny ma Pierre non parve sollevato. Il partigiano assopito si smosse come sotto un incubo. Arrivò il barista con una chicchera con due bicchieri d'astragalo e una candela. Prendendo il suo astragalo, Pierre gli domandò se era già in servizio al Circolo al tempo dei fascisti.

– Sissignore. Gli ultimi, quelli che avete cacciato via, erano poveri disgraziati. Ma quelli di prima erano carogne, carognissime. Io ne avevo una paura matta, anche solo a servir loro le consumazioni. Alle volte li servivo mentre loro parlavano di rastrellamenti, di come ammazzavano o torturavano i vostri –. La sua uniforme era lisa e sciammannata, aveva un muso da topo. – Mi son preso anche delle soddisfazioni, però. Sa, io ho imparato il mestiere a Montecarlo e poi in Svizzera, non posso non essere democratico. Una grossa soddisfazione è stata quando la radio ha trasmesso la resa della Finlandia, il maggio scorso. Si guardarono in faccia e scrollarono la testa, senza commenti. E io scappai nel retro per non fargli i gestacci in faccia, ma quanti gliene feci nel retro.

Poi Pierre disse sottovoce a Johnny che il censimento delle munizioni aveva dato non piú di cinque ore di fuoco intenso.

– Lampus, – disse Johnny, – Lampus che è il ricevente e il depositario dei lanci inglesi, non può rifornirci?

– Marini dice che Lampus teme non gliene restino abbastanza dopo.

– Ah, dopo. E gli inglesi non possono favorirci?

– Pare abbiano i guai loro. Per non parlare delle condizioni atmosferiche.

Lo sconosciuto si riscosse, si protese, mettendo in mezzaluce il viso e le mani. Le mani erano grassocce e pallidissime, la faccia rotonda e malsana, segnata da una viziosità precoce e già incarnita. – Ah, cosí stanno le cose? – disse ai due, con una voce raffreddata. Si alzò: una strana, repellente figura, con una semplice blusa abbondante sul suo stretto torace ed all'opposto calzoni di pelle attillatissimi sulle grosse coscie. – Ah, cosí stanno le cose? Allora vado a sfruttare il meglio della città. Mi indicate il postribolo?

– Fattelo dire dal barista, – sibilò Pierre.

Quello assentí e mosse verso l'altra sala, lo sentirono allontanarsi tentoni nel corridoio, bestemmiando al buio.

Il giorno dopo, qualcosa certamente covava. Entrando al comando, Johnny vide le due vetture di rappresentanza di Lampus e Nord, accuratamente rimesse sotto il porticato, con intorno abbondanza di guardie del corpo, tutte splendidamente equipaggiate e armate, che guardavano con ripugnanza la palude in cui la pioggia aveva trasformato il cortile. La pioggia aveva rallentato, per pura necessità fisica, e il cielo cominciava a riprender forma di cielo, dopo giorni e giorni di partoriente distortion. Johnny distolse gli occhi dalle guardie e si rivolse al rugoso, male alzato routinier.

– Che succede? Dov'è Pierre?

Il routinier fu leggermente piú garbato del solito, forse apparentato a Johnny dalla comune ripugnanza delle guardie del corpo. – I fascisti hanno chiesto di parlamentare. C'è di mezzo i preti, naturalmente. Pierre c'è, ma è assolutamente invisibile. È là dentro, con Lampus e Nord e compagnia suprema e il Vicario Generale della diocesi.

Johnny varcò eccitato tutta una fuga di stanze comando, dove sedevano gli addetti, oziosi e ansiosi, come se nessun lavoro meritasse d'esser fatto nell'incertezza se la richiesta veniva accettata o respinta. Nessun suono filtrava dal sanctum del comando. Johnny sedette ed attese, come tutti gli altri, godendo il vacuo conforto del rilassamento ignaro.

I capi uscirono dopo una mezz'ora, circondando, distesi e sorridenti, il Vicario Generale che appariva il piú soddisfatto ed ottimista di tutti. – Se noi sacerdoti abbiamo, come fermamente credo che abbiamo, – disse il prelato con la sua voce robusta e cordiale, – il diritto di rappresentare la popolazione, io sono e sarò testimone della ragionevolezza e della pensosità di questo comando per la sorte della nostra cara città.

Lampus era massiccio e felino come sempre, supremamente elegante e marziale come sempre, squisito come sempre, l'ufficiale effettivo per antonomasia, il comandante di gruppo di divisioni che si rivolgeva col lei al piú piccolo dei ragazzini portaordini. – Non sono certo io, – disse, – il fanatico che respinge un parlamento, ma certo il nostro no è scontato –. Poi produsse una scatola metallica da 50 Craven. – Posso permettermi, monsignore? Per i vostri ospiti e visitatori, naturalmente.

Il Vicario agitò una mano in segno di no, cosí breve e reciso, che tutti pensarono a una gaffe di Lampus. Ma il prete si affrettò a dire: – Sigari non ne avete piuttosto? Per mio proprio uso e consumo? – Tutti risero educatamente, mentre Lampus squisitamente si scusava di non aver sigari.

Johnny si era ritirato nell'androne vetrato, all'agguato di Pierre. Pierre cercava proprio lui, nella confusione delle varie guardie del corpo. L'incontro sarebbe avvenuto nel pomeriggio stesso, naturalmente su questa riva, i fascisti dovevano correre il rischio ed accettare l'implicita inferiorità del passaggio del fiume. – Tu sarai della partita, – concluse. – Nord mi ha ordinato di scegliere uomini di presenza, d'apparenza. – A che serve? – disse Johnny: – Arriveremo al posto come tante statue di fango.

Pierre andò a radersi e Johnny e le guardie aspettarono, in silenzio, guardando, con blasfeme pupille, al cielo che rinforzava la pioggia. Johnny sedeva e fumava al limite della pioggia. Fare il partigiano era tutto qui: sedere, per lo piú su terra o pietra, fumare (ad averne), poi vedere un[o] o [più] fascisti, alzarsi senza spazzolarsi il dietro, e muovere a uccidere o essere uccisi, a infliggere o ricevere una tomba mezzostimata, mezzoamata. La pioggia cadeva con una strapotente continuità, concreta come una materia con cui si possa fabbricarsi. Tornò Pierre sbarbato e appresso a lui il Vicario Generale, con scarpe da montagna e la tonaca accortamente rimboccata.

Il Vicario salí sulla seconda macchina con Lampus e Nord, quest'ultimo indossava la stessa fascinosa uniforme del suo ingresso trionfale in città. Johnny si allogò nell'ultima automobile, con Pierre, l'aiutante del capitano Marini ed il commissario comunista presso il Comando. Ogni vettura aveva sui parafanghi grappoli di armigeri. Cosí uscirono dalla città che era il nocciolo della questione.

Si sarebbe salito fino a metà dell'erta, poi si sarebbe imboccata una strada di campagna verso il fiume, all'altezza del traghetto di Barbaresco. Ad ogni svolta in salita (gli autisti guidavano compassatamente) la città appariva in visione totale eppur non piena, date le molteplici pellicole di pioggia fra essa e le alture. Agli occhi di Johnny aveva una sostanza non petrea, ma carnea, estremamente viva e guizzante come una grossissima bestia incantonata che avanza le sue impari ma ferme zampe contro una giallastra alluvione di pericolo e morte. Tutto il resto era una distesa di lastre d'acqua incredibilmente gonfia e compatta che di un subito si risolvevano paurosamente in enormi vortici, mentre al lato piú lontano l'inondazione seppelliva la campagna sotto una mefitica salsa giallastra sulla quale, per una illusione ottica, le pioppete parevano navigare come enormi zattere dai moltissimi alberi. Tutti guardavano da quella parte e il commissario comunista, un uomo imbronciato e taciturno, ironicamente teso, disse: – Voglio proprio vederli a traversare. Lungi da una divisione, voglio veder passare anche solo la barca dei parlamentari –. E tutti risero nervosamente, alla prospettiva di veder annegare tutta un'imbarcata di grandi capi fascisti.

Il corteo delle vetture sostò a mezza costa, ad una biforcazione della strada di cresta verso una delle tante stradine scendenti al fiume, all'imbocco della quale stava una linea di partigiani, capeggiata da Ettore. Erano infangati dai piedi alla testa e battendo i tacchi ai nuovi arrivati schizzavano fango a distanza di metri. Le guardie del corpo avanti come tracciatori, presero a scendere, sguazzando, il fango staffilato presto chiazzando le divise di tutti come una lebbra salterina, in particolare la tonaca del Vicario e la tuta di gomma nera di Nord. Dalle fattorie, alte sulla collina o sprofondate nelle vallette, i contadini guardavano dalle soglie o da sotto i porticati a quel brancolante ma maestoso pellegrinaggio. Già si sentiva il rombo del fiume pur nello scroscio della pioggia, due guardie del corpo retrocessero a sostenere il Vicario per i gomiti, Ettore cadde, Pierre cadde due volte difilate, letteralmente sfigurandosi.

Da dove sostarono, dalla fattoria designata ad ospitare il parlamento, il fiume era parzialmente visibile, e pareva che la parzialità della visione lo facesse anche piú tremendo. I capi entrarono nella fattoria, le guardie del corpo, Johnny ed Ettore si sparsero sulla riva o in punta ai promontori, tendendo lo sguardo e l'udito all'altra riva, sformata dal fango, scurita dalla pioggia. Il fiume era gonfiato a radere le sue ripe altissime e ertissime, ma con una meravigliosa compattezza e levigatezza di colata minerale, la greve pioggia affondando senza campanelli, come anime di neonati in limbo, nella sua polita, metallica superficie. Di tanto in tanto, in quell'ossessivo ambito di soli rumori d'acqua, lo strido di qualche uccello, spogliato del nido, impazzito dalla pioggia.

Di quando in quando un ufficiale della Prima Divisione – una volta Pierre – usciva dalla fattoria a chiedere se nulla ancora si vedeva o si sentiva.

Johnny si calò allo strapiombante osservatorio di Ettore ed essi videro i primi. Da una golena spuntò una barca piatta e larga, arando con derisoria facilità e sicurezza le acque ultragonfie. Nel mezzo c'era una macchia compressa di nero e grigioverde, tra i due poli di due poderosi rematori. Johnny ed Ettore gaped a quell'ironica specie di prova generale, mentre le guardie del corpo scendevano al presumibile punto di sbarco.

I gerarchi scesero e affondarono immediatamente nel

fango fino al ginocchio, specie uno particolarmente obeso che già aveva attirato le smorfie e i sarcasmi delle guardie del corpo. I gerarchi piú asciutti erano già abbastanza occupati a liberar se stessi, quindi il grassone tese le mani verso le guardie partigiane. Queste fecero catena e rudemente lo strapparono alla morsa del fango, per tutto il tempo dello sforzo emettendo liberi commenti sul lardo del gerarca e sulla lautezza della sua dieta.

Erano tutti sul sodo. Distribuirono i piú larghi sorrisi e i ringraziamenti piú cordiali, osservarono con caricato humour le loro massive addizioni di fango, poi offrirono in giro sigarette tedesche. Infine si raggrupparono, facendo polo istintivo al piú prestante di loro, un quarantenne bruno corvino di tipo sardo, che cercava di dissimulare il suo disprezzo per i partigiani non meno che per i suoi compagni di parlamento. Pierre si fece sull'uscio della fattoria e li introdusse.

– Be', – fece Ettore, – sono contento di averli visti in faccia. Sai, la conoscenza personale è sempre un punto critico. Bene, io riesco a odiarli.

Non restava che ritirarsi sotto il porticato, la pioggia durando feroce e nauseante ormai la vista del fiume. Il porticato era angusto e stipato di antipatiche guardie del corpo, l'ultimo spazio occupabile era la vera sentina del porticato agricolo, con tutti i lezzi della stia esaltati dalla grande umidità. Passò un'ora, la carne rivoltandosi alla deleteria umidità ed allo schifo degli odori. Pareva alle volte di udire oltre i muri voci esagitate e allora correvano assurdi commenti e illazioni lungo tutto il tetro portico.

Mezz'ora dopo tutto era finito. Pierre uscí il primo, per preparare il passaggio, ed era scuro in viso. Johnny ed Ettore lo scortarono alla ripa, ad avvisare i rematori di tener pronto il barcone. – Ce le daremo, – bisbigliò Pierre. Disse Johnny: – Meglio cosí. Dev'esser stata la commedia delle reticenze. Noi a tacere che abbiamo cinque ore di fuoco, loro a tacere che pigliarsi la città con la forza è una grossa seccatura. – Meglio cosí, – disse Ettore: – Preferisco veder la città rasa al suolo. Che diritto ha alla città, per esempio, quel lurido grassone?

I gerarchi si reimbarcavano, abbastanza rischiosamente. Non sorridevano ma le loro facce non erano nemmeno particolarmente tese; l'esito della discussione era scontato. Il piú aitante di loro sedette per ultimo, si rivolse alla ripa in generale e a Pierre in particolare. Disse distintamente: – Ci rivedremo sul campo. – Certissimamente, – rispose Pierre quietamente per tutti.

I rematori puntarono e staccarono. – Aspettiamo, – disse Ettore. – Non è fuor del caso che facciano naufragio –. Ma non accadde, il barcone ripassò ironicamente com'era venuto, e dieci minuti dopo, spariti i gerarchi nella pioppeta, si sentí sulla strada provinciale accendersi una mezza dozzina di motori.

Risalivano alla carrozzabile. Voci sweeping avevano certamente folgorato i dintorni, ad onta del fango, sicché i contadini si assiepavano lungo il sentiero, ossequiando particolarmente il Vicario fra tutti quegli armati, sicché la scena acquistava per Johnny un sapore di vecchio ordine medievale.

La carrozzabile ruscellava di pioggia, le macchine sgrondavano enormemente, nella pianura la città disputata sembrava stemperarsi, piú bassa e piú piatta, come se le fondamenta cedessero lentamente all'erosione alluvionale. L'indifferenza che poteva esser nata dalla routine svaní di colpo ed in quel suo castone di fango la città ritornò preziosa come il primo giorno d'occupazione.

Il giorno dopo Johnny lasciò il comando per ritornare al marooned isolotto della fattoria Gambadilegno. La mattina, mentre la pioggia batteva meno fieramente ai vetri del suo ufficio, aveva visto le guardie del corpo pestare il fango del cortile in attesa degli addetti all'acquedotto, per scortarli in camion a sollevar le chiuse, per rendere piú completa l'inondazione. Piú tardi, sempre da quella finestra, aveva visto partire i guastatori, agli ordini di Franco, partire per deporre le ultime mine.

Partí. La città appariva come assente a se stessa, la circolazione ed il traffico minimi, i negozi aperti ma non per questo meno inaccessibili. Johnny tentò un uscio noto per rifornirsi di sigarette a borsa nera.

– Non sa cosa m'è successo? – disse il borsaro, un uomo vecchio e calvo, inerme e subdolo, quasi in lacrime. – Sono stato derubato delle mie sigarette. Derubato, scusi il termine, trattandosi di suoi compagni. Una sera arriva un partigiano, prende e paga, idem la sera dopo, solo mi consiglia di rifornirmi al massimo perché la sera dopo mi avrebbe condotto, dice, tanti tanti compratori. Io mi rifornisco per buona parte del mio povero capitale – cosí premuroso, come lei sa, di accontentare i partigiani – ebbene arrivano puntualmente, in quattro mi prendono tutto il tabacco, senza pagarmi, mettendo anzi l'alternativa dell'arresto, perché, dicono, la borsa nera è reato tanto per noi che per i fascisti –. Singhiozzò. – Lei sa che io faccio borsa nera per pura necessità. O borsa nera o muoio d'inedia. Io sono violinista, ma di questi tempi non c'è piú richiesta di violinisti. Ricorrere al comando non voglio. È stata grossa, ma pazienza. Cerchi al caffè tale. Non il barista, ma il cameriere ai tavoli.

Johnny tentò e venne soddisfatto dal giovane, vivace, buono a tutte le mani cameriere. Dieci pacchetti di nazionali e il cameriere fu cosí lieto dell'importanza dell'affare e della prontezza del pagamento che credette di non potersi esimere dall'informarsi sul lavoro e sulla destinazione di Johnny. – Sugli argini? Male, molto male. – Nient'affatto, – disse brevemente Johnny e via agli argini, con dieci pacchetti di sigarette, lo sten e tre caricatori e mezzo.

Fuori città, incredibile era la fradicità dei campi: la terra gelatinosa non reggeva piú un uomo ma nemmeno il semplice peso di un treppiede di mitragliatrice. Piú alto dello scroscio della pioggia rumoreggiava il fiume, amplissimo, enfiato e insaccato come una belva dopo la digestione della preda, eppure sembrava aver perso in virulenza quanto acquistato in lutulenta ipertensione. Alla sinistra di Johnny le colline erano già cancellate da multiple cortine di pioggia, appena macchiate dall'ombra delle alture, mentre a destra, le tanto meno alte colline dell'oltrefiume apparivano piú prossime e piú incombenti del naturale sulla pianura allagata; quelle collinette d'oltrefiume, sulle quali già brooded i cannoni fascisti, puntati al cuore della città ribelle.

Nulla di umano si vedeva sulle terre: le pattuglie partigiane, se ce n'erano, nuotavano alla cieca nei vapori rivieraschi, i contadini stavano tappati nelle stalle, legati dal tempo e dalla misteriosa apprensione. Qualche cane latrava, ma ovattato arrivava il suono.

Johnny arrivò, o meglio approdò a Gambadilegno a sera, nel tuonare del fiume e nel mareggiare delle ombre. Le bestie muggivano nella stalla, gli uomini, ancora invisibili, tossivano intorno.

– Benedetto voi, – disse la massaia, la faccia logorata dall'uggia del tempo. Johnny domandò subito come si erano comportati i ragazzi.

– Sono ragazzi, logicamente, – disse lei, scrollando le spalle, – ma proprio non dovevano fare quello che hanno fatto al mio povero uomo.

– Gli hanno messo le mani addosso? – domandò Johnny raggelato.

– Oh no, non quello. Ma quelli che dormono sul fienile hanno liberamente orinato sul foraggio, per pura pigrizia e incompetenza. Cosí mezzo il fieno è fermentato e il nostro danno è grande. Sono ragazzi, naturalmente. Ma in tutti questi giorni il vostro sergente ha dovuto usar le mani, e vi assicuro che ha una mano secca e pesante.

Uscí. Miguel si materializzò come aggirò l'angolo della casa. Pareva invecchiato e quando parlò l'esaurimento gli aveva portato un principio di balbuzie. Tossiva molto spesso e crepitando, ogni volta chiudendo gli occhi per la violenza dell'espettoramento. Indossava il giubbetto impermeabile fornito da Pierre: essendo di stoffa scadente, si era trasformato, sotto l'interminabile pioggia, in qualcosa come una scatola di madido eppur solido cartonaggio. Non c'era stato altro, disse Miguel, che far guardia e pigliarsi pioggia: troppa guardia e troppa pioggia, però. E gli uomini... be', ora non si sentiva piú di biasimarli. – Qualcun altro, – aggiunse Miguel, – sarebbe biasimabile.

Johnny capí e disse in fretta: – Io ero comandato. Sognavo di tornar subito qui, ma mi hanno trattenuto. Stavo malissimo al comando.

Sedevano su pietre, asciutte e al coperto, ma i loro piedi affondavano nel fango. Miguel tamburellò con le dita sul giubbotto, che rese un suono legnoso. – Sono rimasto il solo che lo porti. I ragazzi han fatto presto a buttare il loro nel fiume. Ma io sono della vecchia scuola e mi pareva una cosa... Hai notato, Johnny, la mia tosse? Sentila, questa è tosse. Tutte le volte che tossisco, e tossisco ogni mezzo minuto, mi si serrano gli occhi e nel nero dentro vedo tanti fuochi artificiali. Nulla abbiamo da cambiarci, ci infradiciamo sulla pelle e sulla pelle ci asciughiamo. Finiremo tutti tisici.

– È quasi finita, Miguel. – Come doveva, il parlamento è fallito...

– C'è stato un parlamento? – domandò con negligenza il sergente.

– Sí, ieri, sul fiume basso, ma è abortito, cosí i fascisti attaccheranno in piena regola. Uno di questi giorni.

– Vorrei fosse domani. Ma vorrei anche ci fosse un pezzetto di sole sopra noi che combattiamo, al nome di Cristo.

La battaglia non fu l'indomani, però l'indomani ci fu un pezzetto di sole. Subito dopo mezzogiorno, fece una timida epperò trionfale apparizione nel cielo ancora amorfo, mentre in coincidenza la pioggia scadeva ad acquerugiola. Questa miseria bastò a riequilibrare gli uomini, che risero, cantarono, sgranchirono lo spirito e il corpo. Lo stradale era percorso da un grande traffico, tutta una sequela, nitida nell'aria chiarificata, di autocarri, furgoni e motociclette. Tutto ciò era una severa anticipazione di prossimo impegno, ma finiva con l'essere rallegrante e confortante. Gli uomini fuori servizio andarono col sergente allo stradale come a una fiera, mentre Johnny sostò a guardare gli uomini di Frankie che sotterravano le ultime mine in una striscia di fango e ghiaia, alla sinistra del settore di Johnny. Tutti i guastatori maneggiavano quei neri ninnoli, ma uno solo li deponeva e ricopriva, con lenta dolcezza. Quando ebbe finito, alzò al termine della striscia un cartello con la scritta «Attenti alle mani» per trasparente avviso ai partigiani. Poi Johnny si sentí libero di raggiungere gli altri sull'arressato, eccezionalmente sonoro stradale.

Si diresse dove il sergente lo indirizzava con grande sventolar di mano e si trovò a fianco di un camion carico di uomini, armi e munizioni. Le armi erano preziosi e rari mortai, gli uomini gli alpini veneti che avevano disertato nel maggio. Il miracoloso soleggiamento continuava, e la stessa acquerugiola era piacevole nelle sue gentili, sporadiche ceffate. Piacevole anche sentirsi sotto i piedi il solido fondo stradale dopo tanto di fradici campi e prati.

Un centinaio di azzurri, qualche rosso inframmezzato a loro, circondavano il camion, godendosi il sole, la terra ferma e lo spettacolo dello scarico. In un momento giunse nel cielo dilatato il pulsare, piuttosto burbero e pacifico, di un aeroplano. Poi i due insetti vennero in vista, commuovendo il centro del cielo e puntando alla città. Ma le sirene tacquero ed essi cabrarono, uno saettò verso nord, l'altro risalí, a duecento metri d'altitudine, lo stradale come per una gioiosa, amica ispezione. Era certamente un aereo alleato, e gli uomini giú si sbracciavano a salutarlo.

L'aereo si tuffò e mitragliò agli uomini e al mezzo con catastrofica repentinità. Gli orecchi saturi di urlo umano, urlo di motore e di raffica, Johnny piombò nel fosso fradicio ed un uomo ce lo seguí crashingly. Come si allontanò il rombo dell'aereo, si distinse il subdolo crepitare di un fuoco. Johnny sterrò la faccia dal fango, si inerpicò sul bordo col petto e vide l'aereo virare sulle colline e puntare per il secondo passaggio.

– Idiot and pig! – urlò e riseppellí la faccia nel fango. Si sentiva smisurato e nudo, piú tenero di un neonato, il fosso non un riparo ma guida conduttrice per la immancabile mitragliata. La breve raffica preliminare scortecciò la strada, poi la seconda e grande urtò tremendamente nel metallo e nel legno del camion, che traballò come un orso sotto il cozzo. Poi l'aereo si dileguò.

Gli uomini risuscitavano sulla strada, prima attoniti, quindi imprecanti.

Uno arrischiò che si trattasse di un aereo tedesco. Quasi lo linciarono.

– Dove li hanno ancora gli aerei i tedeschi?

– È un porco alleato! Un inglese, scommetto.

– Solo gli inglesi sanno essere cosí porci, gli americani molto meno.

– Li fanno troppo spesso questi scherzi, e noi abbiamo le tasche piene anche di loro.

– Calma, ragazzi! – gridò un ufficiale della Prima Divisione. – Calma. Corro a riferire al comando.

– Come riderebbero i fascisti!

Infine scoprirono il morto: uno degli alpini che al momento dell'attacco stava sul camion a scaricare. In quel momento le casse delle munizioni cominciarono a sussultare ed esplodere, sul camion parcamente lingueggiante di fuoco. Trasportarono lontano il morto e lo rivoltarono sulla schiena, orribilmente bucata da 2 colpi di mitragliera, i cenci della camicia azzurra ribattuti sui ciglioni di quelle piaghe a cratere.

Le munizioni saltavano meccanicamente, con lenta ma puntuale simpatia, mettendo in moto un ghastly metronomo in quella ghastly sospensione. Sullo stradale sibilavano le automobili del comando che arrivavano per la constatazione. I contadini, rifattisi visibili, guarnivano i greppi dei loro campi, crollando le loro grevi, goffe teste. La pioggia ripigliò.

24
La Città 4

L'indomani – 1° novembre – fu un giorno senza pioggia ma con un vento con una affilatezza già invernale. Gli uomini, ancora fradici, non poterono tollerare la nuova crudeltà del vento e quasi tutti riguadagnarono le stalle lasciate. Pochissimi stavano fuori, sulla riva del fiume, per quel che ne lasciava scorgere la brumosità della giornata, sicché a Johnny la sponda appariva nuda e abbandonata come se la battaglia fosse già stata combattuta e le due armate distrutte, polverizzate dal loro stesso odio.

Accostatosi allo stradale, vide meglio ogni dettaglio delle tre grandi ville scaglionate sulla collina dirimpetto: mitragliere da 20 mm. sporgevano le loro tozze canne dalle ogive delle torricciuole e sulle aie si notava un movimento d'uomini, ma scarso e intirizzito.

Poi il vento decadde e allora tutti gli uomini uscirono all'aperto e fu nel momento del maggior assembramento che arrivarono dalla città, con tutti i mezzi, l'annuncio e la conferma dell'attacco generale fascista per domani. Si apprese che facevano le cose sul serio, con abbondanza di uomini e mezzi, comando di ufficiali generali ecc. L'unica incertezza riguardava, ovviamente, il punto del loro attraversamento.

– Bene, è esattamente quello che tutti volevamo, – disse Johnny agli uomini, ma ora questi sembravano gradire la certezza assai meno di quanto avessero prima scornato l'inutile putrida attesa. – Domani è il due novembre, – disse forte ma come a se stesso un ragazzo. – È il giorno dei morti, domani.

Miguel salí su un rialzo sulla sponda, speculò attentamente il fiume e l'altra sponda, poi smontò dicendo con dura ironia che a dispetto del suo aspetto e ipertensione il fiume ora gli pareva manso come un agnello. Sullo stradale il traffico continuava: staffette motorizzate saettavano in ogni direzione a portare e ribadire notizie, finché gli uomini in linea si irritarono con loro e li invitarono a rientrare al sicuro comando risparmiando loro quelle risapute novità. Gli uomini cominciavano a scontare con duro tremore e funeree riflessioni l'alta ubriacatura del 10 ottobre.

Nel pomeriggio – un pomeriggio spento ma non crudo – tutti gli uomini assegnati alla difesa meridionale convennero sull'immensa aia della fattoria di San Casciano, ubicata nel centro delle posizioni partigiane. Convennero e si contarono, e si trovarono in non piú di duecento. Allora scattarono. – Ma come? Eravamo duemila a prender la città? Saremo in duecento a difenderla? Dove stanno gli altri 1800? e non li placò un ufficiale staccato dal comando che assicurò che in città stavano centinaia di partigiani raccolti come massa di manovra ed altre centinaia stavano in posizione sulla parte bassa del fiume. Il vicino di Johnny, piú che trentenne, con occhi tristi e la voce raffreddata, scrollò le spalle, disse che sarebbero stati battuti ugualmente.

– Noi o loro? – indagò un ragazzo di Johnny.

– Noi, – precisò l'uomo.

Johnny errò per l'aia con una bizzarra soddisfazione, la piacevole energia che egli si ritrovava ogni qualvolta gli altri navigavano in sfiducia e depressione. Passeggiò l'intera lunghezza della fattoria, enorme ed avente in sé qualcosa dell'antichità, imponenza e funzionalità delle antiche costruzioni rurali cistercensi. Poi ritornò presso i suoi minorenni: da buoni ragazzi, avevano tutto scontato e dimenticato ed ora stavano, attenti ed eccitati, ad ammirare il tiro a segno di una coppia di disertori polacchi della Prima Divisione, formidabili tiratori anche se entrambi notevolmente ubriachi. E finito il tirasegno, rimasero eccitati e vivaci: parevano anzi esaltarsi ora dell'essere solo in duecento e presero a scherzare e badiner senza pietà sull'essere l'indomani il giorno dei morti. Infine si aggiunsero ad un generale, possente coro di estrema gaiezza e défiance.

Gli ufficiali vennero invitati nell'interno, il proprietario della fattoria avendo un debole per l'ufficialità. A un ferro stava appeso un calderone di vino caldo, con un mestolo per attingervi. Il proprietario aveva una tale indissimulabile aria di star receptioning la parte perdente. Chi precedeva Johnny nella coda al calderone era un ufficiale di forse quarant'anni, alto e forte e con una faccia straniera. – Capitan Asther, – gli domandò un suo compagno della Prima Divisione, – che cosa ti faranno domani i tuoi fratelli tedeschi?

Asther – un tedesco dunque, con una testa massiccia ed un profilo sfuggente – sorrise e con l'aiuto del mestolo mimò molto sommariamente il taglio della gola. Ma nessuno credeva alla partecipazione dei tedeschi nella faccenda di domani; tutt'al piú sarebbero intervenuti in caso di enorme scacco dei fascisti, la qual cosa pareva potersi legittimamente escludere.

Bevuto che ebbe, Johnny andò a una finestrella orizzontale intagliata nel muro nudo e attraverso essa vide le ombre delle mura della città nei vapori bassi danzanti, le torri e i campanili svanivano nel cielo cinerognolo. Mai come in quel momento capí quanto ci tenesse alla città, quanto pericolo essa corresse e quanto poco egli potesse fare per essa. Alle spalle aveva il ronzio delle anodine conversazioni degli ufficiali, fuori gli uomini continuavano il coro, con un effetto lancinante, le bocche spalancate al cielo spettrale.

Si indirizzò a un gruppo di ufficiali della Prima Divisione, raccolti intorno al calderone scolato ma che ancora emanava effluvio e calore. Uno di essi stava lagnandosi di qualcosa, con un tono salottiero. Era un uomo strano, giovane ma semicalvo, sui venticinque anni, malamente infagottato in una uniforme inglese che egli avrebbe potuto portare con distinzione. La sua voce era estremamente raffreddata.

– Tutti i miei fazzoletti sono finiti. Credetemi, i fazzoletti hanno rappresentato il massimo problema della mia esistenza partigiana. Un tipo da raffreddori a catena come me.

Oh, la battaglia per la città mi troverà nella mia forma peggiore. Il mio unico fazzoletto è fradicio e io sono raffreddato da morire. Come si può aspettarsi che domani io mi batta come un leone per la città? – Sorse un risolino generale di comprensione e giustificazione. Eppure sembrava a Johnny che l'uomo possedesse una sua serietà di base, una malinconica determinazione lucente in fondo ai suoi vivi, intelligenti occhi. Ed egli riprese, frivolmente:

– Confesso che vorrei trovarmi al posto di mio fratello. Mio fratello è stato un genio. Altro che io che son qui ad aspettar di cadere morto nel mio sangue e nel fango alluvionale... e mio fratello caldo e sicuro in un sanatorio svizzero, ed anche di primissimo ordine.

Qualcuno abbozzò di condolersi per quel suo disgraziato fratello, ma egli accelerò: – Per carità, non inteneritevi per mio fratello. È un pezzo di ragazzo, un autentico atleta, con dei polmoni splendidi. Ma subito dopo l'8 settembre mi dice: – Giorgio, siamo dritti, facciamo intelligente uso dei soldi di papà. Qui vanno a succedere cose mai viste ed alla fine resteranno in pochi a raccontarle. Noi due andiamocene diritti in Isvizzera, fin che c'è tempo, e ci chiudiamo in un bel sanatorio. Ci restiamo fino alla fine, questione di mesi, facendo sdraio e passeggiate fino a che tutto è finito in Italia, e all'occasione tirando il roccolo alle infermiere. Bene: io non mi seppi decidere, mio fratello sí. Ed ora consentitemi di invidiarlo con tutte le forze che il raffreddore mi lascia.

Tirò su col naso, caricando il gesto, e riprese: – Voi tutti avete nozione della nostra attuale situazione. Ebbene, permettetemi di illustrarvi la sua situazione attuale, lassú in Svizzera. Ho avuto sue notizie, nei primi tempi, e sono in grado di farvi il quadro. Ha tutto un appartamentino per sé, separato dall'esterno e dal freddo da un cristallo, sottilissimo e purissimo, assolutamente infrangibile, corazzato. In vestaglia e in poltrona, si legge tutte le piú eccitanti e selvagge storie di guerra che si vendono nelle pacifiche librerie svizzere. Quando smette, si contempla attraverso il cristallo lo spettacolo, per noi proibito e dimenticato, delle cittadine svizzere in fondovalle, tutte illuminate, luce a sezioni e grappoli.

– Helvetia felix! – sospirò un ufficiale della Prima, biondissimo, drappeggiato in un vatro da marina.

Giorgio si alzò, polarizzando la luce residua sulla sua pronunciata calvizie. – Un regno per un fazzoletto anche usato! – gridò col naso intasato. Come nessuno offrí, con un sospiro snodò il suo fazzoletto azzurro, il suo emblema di formazione e di battaglia, e dentro ci scaricò il naso.

Alla fattoria la padrona aveva preparato una cena speciale, anche lei appariva non poter mascherare la persuasione di star cucinando per loro per l'ultima volta.

– Signor Johnny, – disse: – che farò io domattina quando voi sarete tutt'intorno a combattere? Come mi riparerò dalle pallottole?

– Se ne stia tranquilla nella stalla, seduta in un angolo, con la porta e le finestre sprangate.

– Statevene quieta e comoda al calore delle bestie, – disse Miguel.

– Sí, e pregherò per voi tutto il tempo.

– Grazie mille.

Pierre arrivò a Gambadilegno nel precipite crepuscolo su un sidecar.

Era stato assegnato alla difesa nord, fra il tunnel della ferrovia e il traghetto di Barbaresco, cosí sarebbero stati separati, domani. Johnny scosse la testa. – È qui che attaccheranno, che passeranno. Lo sento.

Pierre disse: – Guarda caso, tutti sentiamo che passeranno dalla nostra parte.

Entrarono nella casa e Pierre si rivolse agli uomini con una piatta sequela di dati e cifre e date. Piú in particolare, avvisò che gli universitari cittadini in medicina, chirurgia e farmacia avevano volontariamente disposto un servizio sanitario, i feriti li avrebbero trovati al riparo delle massicce e relativamente vicine mura del cimitero. Questo fu un brutto colpo, per quanto necessario. I ragazzi partigiani erano spesso stupendamente pronti per il rischio istantaneo, per la fulminea morte o ferita o mutilazione, ma i piú rinculavano davanti alla previsione, alla programmazione di tutte quelle orrende cose.

Fuori, nella notte nera, il sidecar di Pierre dovette esser scovato con la torcia elettrica. Johnny assistette all'inforcamento, poi disse: – Nella migliore delle ipotesi, ci rivedremo domani sera sulle colline.

Pierre si dimenò sulla sella e, forse allegoricamente, accese il fanale. – Siamo pessimisti, tutti, troppo pessimisti, talmente accesi che, vedrai, le cose andranno benissimo. E a confermar la fiducia schizzò via senza salutare.

Johnny indugiò ancora un poco sull'aia, sebbene ora ripiovesse, una pioggia normale, ma promettente durata e consistenza. Uscí Miguel, fissò con ripugnanza il cielo informe e per domani previde pioggia secca e fango lievitante.

Gli uomini avevano affollato la stalla, rubando spazio alle bestie passive. Apparivano sollevati, spensierati, giocavano a mano calda. Miguel si uní al gioco.

Nel detonare degli schiaffi la padrona prese a piangere sommessamente.

Non aveva niente in particolare, risentiva soltanto la lontananza del marito e dei figli che aveva spedito lontano, sulle sicure colline, lontano dagli arrivanti fascisti. E poi non riusciva a non pensare che domani era il giorno dei morti. – E questa terribile pioggia, che cade come un castigo del Signore, – disse, alzando il mento al tetto flagellato dalla pioggia.

I ragazzi giocavano sempre a mano calda, ma era chiaro che ne avevano abbastanza, e proseguivano per pura mancanza di alternative e per non cadere in preda dell'immobilità pensante. Poi Johnny segnò la overdue fine del gioco e li mandò tutti a dormire, tranne il primo turno di doppia guardia alla riva.

La padrona si avvicinò al suo orecchio. – Non vorrebbe dormire nel letto dei miei figli?

– No, grazie.

– Nemmeno quest'ultima notte? – aggiunse, inconsapevolmente.

– No, signora, grazie lo stesso. Dormirò benissimo nella mangiatoia, come sempre.

– Non ha mai piú avuto occasione di dormire in un letto?

– Qualche volta sí, ma non ho mai voluto riprendere l'abitudine. Dopo è troppo duro.

Si accostò il sergente, con le sue secche mani arrossate dal gioco. Johnny gli disse di andare a coricarsi, ma l'altro rifiutò netto. Non si sentiva di chiudere occhio e d'altra parte non si fidava della guardia; scommetteva Johnny che piú d'una si sarebbe addormentata in servizio?

– Tu credi di poter dormire, Johnny?

– Io sí.

– Beato te. Allora vacci.

– Vado. Svegliami alle quattro.

Andò alla mangiatoia e cominciò a spogliarsi, levarsi cioè giubbetto e scarponi e allentare qualche legaccio. Poi smosse i grevi musi delle bestie e volteggiò dentro la greppia, tirandosi fin sul collo il foraggio. Si voltò con la faccia alla parete, per sottrarsi al fiato e lecco degli animali. Aveva la testa completamente vuota, godeva soltanto di quell'umido calore e della liberazione delle caviglie dal segante peso degli scarponi. La tenebra era assoluta, squadrata, qualcosa di marino nell'alitare dei bovini, e sempre piú sleepily egli tendeva l'orecchio ai suoni: lo sfregamento di un zolfino, il rombo pieno del fiume, il tamburellare (ora cosí piacevole) della pioggia sul tetto e, fuori, le voci rauche di Miguel e delle sentinelle. Fece in tempo a pensare, molto precariamente, a quanta abitudine aveva fatto a Gambadilegno e come lo disagiasse il pensiero di lasciarla. Sedentarietà... partigiana? Poté ancora percepire, già nel pozzo della narcosi, l'ampio, ruvido, caldissimo leccare del bue sul suo braccio abbandonato.

Miguel lo scosse e Johnny ebbe coscienza della grande pioggia battente prima che dell'imminenza e della fatalità della battaglia. Abbassò lo sguardo al polso e lesse 4,30.

– Il tuo orologio marcia benissimo, Johnny. Sono io che ho deciso di svegliarti mezz'ora dopo. A che serve? Ho il preciso sentimento che non verranno. E che? debbono venire solo perché noi li aspettiamo, e ci è stato detto di aspettarli? Non verranno, Johnny. Tutto me lo dice: il fiume, le rive e l'aria.

La notte non aveva aggiunto una grinza alle miriadi sul suo viso, ma la voce del sergente stava affondando nel gorgo dell'afonia.

La padrona, già in piedi, avviluppata in una vestaglia di lana tutta rattoppata, volle assolutamente che prendessero una cucchiaiata di miele stemperata in un bicchiere di acqua bollente. Giovò, combattendo e battendo quel corrugato, rugginoso senso di totale vacuità interna. Ma ora la vecchia piangeva e si torceva le mani. Aveva resistito, resistito, ma ora cedeva. Le fecero indossare il pastrano, l'avvilupparono con sciarpe, la fecero sedere nel posto piú comodo e defilato della stalla, fra le sue affezionate bestie. E Miguel l'inondava di assicurazioni e giuramenti che oggi non ci sarebbe stato battaglia, erano tutte sciocchezze, sciocchezze ed incubi, egli aveva un sesto senso per le battaglie, ed oggi sarebbe stato il piú quieto e noioso giorno dell'anno. Ma la vecchia notò che i cani latravano in un modo che non le piaceva, loro due replicarono che era per via dei loro uomini tutti svegli e in movimento.

– No, i cani latrano in un modo tutto particolare.

Uscirono, sotto la pioggia forte, frammezzo ai loro uomini nervosi ma sani, figgendo gli occhi nella natura ancora indecifrabile. Andarono al loro argine e vi si disposero. Ciò che si lasciava già vedere era a dieci passi, ed in quei dieci passi livide erano le acque e piú livida la sponda. Johnny guardò indietro alle colline, dal caos notturno emergevano bianchicce le torrette con le mitragliere, ma le aie apparivano deserte e stregate. Gli uomini tremavano, l'acqua schiarentesi aveva un fiato gelato, gli uomini smuovevano i piedi contro la morsa del fango. Poi venne in luce la sponda opposta, pudica, verginale nella sua mattutina selvatichezza, sembrante non solo non includere gli uomini, ma escludere addirittura l'idea di un loro avvento.

A dispetto dell'afonia Miguel disse che non ci sarebbe

stata battaglia, gli uomini gli diedero pro e contro e presto scommisero accanitamente, sigarette e il prossimo soldo oppure munizioni. Intanto Johnny guardava dalla parte della città: si destava dal suo incubo fra mattinali vapori, sorgendo soltanto coi fastigi dei suoi edifici ed apparendo senza fondamenta, fiabesca.

Le cinque batterono ai campanili emergenti ed al quinto tocco scoppiò un grande fragore.

– Hai perso, sergente, – disse Johnny freddamente e Miguel annuí con un afono risolino.

La mitragliera della prima villa era già all'opera, con un'inclinazione molto accentuata, e Johnny sgranò gli occhi perché l'arma mirava a questa sponda. Dunque avevano già attraversato, segretamente e senza ostacoli. Dalla città le sirene ululavano frenetiche.

La mitragliera rafficava molto fitto e sempre piú slanting: i suoi traccianti solcavano le cortine di pioggia-ghisa e affondavano nei boschi-ripari, gremiti di fascisti. Questi ora replicavano con fuoco di mortai, nutrito ordinato e paziente fuoco che batteva la collina della prima villa, mettendo su di essa un gradino dopo l'altro di crash, vampa e polvere. Sotto la grande pioggia, che tutto rimpiccioliva, scancellava.

Johnny si sentí bene, come sempre nel fragore e nella complessità della battaglia. Solo gli scottava di essere legato a quell'inutile, stupido argine assolutamente vacuo, quando era fin troppo chiaro che i fascisti attaccavano dall'entroterra, sulla direttrice della provinciale. Ma doveva stare agli ordini ed attendere contrordini, a giungere chissà quando e come, data l'impraticabilità dei campi e l'assurda fede partigiana nell'iniziativa e fantasia individuale. Due ore passarono cosí, in vacuo ed eccitante teatro-seeing fra la mitragliera e i mortai ed il loro grande rumore che pareva non riguardare altri che loro. La lancinante attesa venne magramente ricompensata dalla assolutamente imprevedibile cattura di una barca fascista sviata, che filava sul fiume gonfio ad approdare fortunosamente sull'argine irto di massi e rovi e fucili. A bordo un ufficiale e un soldato. Il barcone era certamente sfuggito, per violenza d'acqua o imperizia degli uomini, alla flottiglia fascista di sbarco. I due scesero con le mani già alte ed a voce Johnny li guidò a non cadere nel campo minato. Gli uomini li spogliarono di pistola e moschetto, senza fargli altro. L'ufficiale era molto giovane, con un generale aspetto di malnutrito e dialettico burocrate innaturalmente infilato in una divisa da battaglia. Ne aveva avuto abbastanza del fiume e ne avrebbe avuto presto abbastanza della battaglia, se il fiume non l'avesse truffato. Non appena su terraferma e disarmato, guardò scomodamente allo scambio focoso tra la collina e la riva e disse con accento meridionale:

– Lei è l'ufficiale comandante. Vedo che lei sta tenendo debito conto della mia disgrazia. Desidero sappia che da parte nostra abbiamo ordine di non torcere capello a partigiani prigionieri.

– Se ne farete, – disse Johnny e staccò un uomo a scortarli alle retrovie, con l'ordine di nemmeno sfiorarli coi pugni e i piedi.

La mitragliera della prima villa rafficava sempre, ma ora breve e pausata, come per surmenage o economia, mentre i fascisti davano dentro coi mortai come prima. L'ultima loro bomba era esplosa in piena aia. D'un tratto la mitragliera emise un'ultima, interminabile, frenetica raffica, tanto inclinata come a battere le falde stesse della sua collina, poi tacque per sempre.

– Non staremo qui un minuto di piú, – disse Johnny, tergendosi dal viso l'acqua ruscellante. – Gli argini non contano piú, l'affare è sullo stradale. Miguel, raduniamo uomini e armi e ci spostiamo perpendicolari allo stradale –. Ma in quel momento comparve dai grandi muri della fattoria di S. Casciano un portaordini che navigava nel fango alto due palmi e appena a portata di voce urlò gli ordini che Johnny stava eseguendo per se stesso.

Fu un lentissimo, penoso spostamento, attraverso campi che apparivano surdimensionati, nel fango trappolante, sotto una pioggia parossistica, sotto di essa le armi arrugginivano a vista d'occhio, gli uomini soffrivano per il peso delle casse di munizioni. Miguel, carico della Buffalo, urgeva dietro loro, con rauche urla di cozzone. La mitragliera della seconda villa stava già potentemente pistonando nella campagna murata dai pioppeti e scariche di fucileria venivano alla ribalta, dalle linee prime investite. Ora le due parti aggiungevano fuoco di mortai, ma piuttosto parsimoniosamente. Pareva anche corressero trilli di fischietto, ma poteva essere un abbaglio dello strained udito di Johnny. Arrivarono sfiatati, addizionati di chili di fango, all'immensa aia di S. Casciano, che apparí, pur sformata dal fango, un approdo celeste.

Johnny andò al portico a scrollarsi il fango via dalle scarpe contro una colonna e allora scorse un partigiano, anziano, chieftainlike, con occhi infossati nella pelle grigiastra, che percorreva come un monaco il portico crepuscolare, conventuale. Sollevò il polsino del suo vatro macerato, lesse l'ora e parlò a se stesso. – 8,15. Miracolo se li fermano fino alle 9.

Johnny gli chiese istruzioni e quello di un cenno lo indirizzò alla torretta centrale.

Entrò e si fermò ai piedi di una scala a chiocciola metallica. Tre ufficiali stavano sui tre ripiani, tutti in vatro nero-blu, tutti col binoccolo. L'ufficiale sul secondo pianerottolo era quello semicalvo col fratello in sanatorio in Svizzera. Data l'eminenza della torretta e l'allagamento delle pianure dirimpetto, tutto arieggiava una battaglia navale da un ponte di comando.

– C'è l'uomo dei minorenni, – disse molto amichevolmente l'ufficiale sull'ultimo ripiano, il biondo della felix Helvetia. – Che armamento?

– Una Buffalo e venti fucili.

– In quali mani è la Buffalo?

– Di un anziano di prim'ordine.

– Bene. Quanti colpi ha la Buffalo?

– Millecinquecento.

– Benissimo. Postati a destra, lungo il canale d'irrigazione.

Johnny si voltò per uscire e il calvo gli disse dietro: – Non farti illusioni, eh? Sfondano come vogliono.

Si infilarono nel canale irriguo e Miguel si piazzò con la mitragliatrice a una giunzione in cemento. L'acquoso fango alto al ginocchio era congelante, e l'immediata tosse degli uomini detonava come spari. Ma esaltati, fortificati dal circonfondente rombo della battaglia, rose excellently to trenchership e fissarono con occhi di stupratori la misteriosa, femminile platitudine davanti a loro. Ma dov'erano i fascisti? Ora la seconda mitragliera, la sua canna inclinandosi sempre piú, rafficava senza risparmio, la moschetteria era totale ed i mortai fascisti lavoravano a tutto volume. I trilli di fischietto ora erano piú udibili e inconfondibili. Ma la campagna davanti a Johnny rimaneva vergine, panica, totemica. Si voltò ma non riuscí a vedere la città, compressa fra i vapori della terra e il cielo che si abbassava, si abbassava. Solo le mura del cimitero apparivano, fantomatiche, al limite della terra. Diede anche un ultimo sguardo agli argini abbandonati e al fiume, scorreva gonfio, del tutto estraneo. Gli uomini erano occupatissimi a smuovere i piedi contro il fango, qualcuno canterellava a bocca chiusa, altri facevano commenti sulla procedente, infenomenizzata battaglia. Di quando in quando Miguel lo guardava di sbieco, da sopra il castello della mitragliatrice, la pioggia trovava un labirinto sul suo grinzosissimo viso, e di continuo assestava le bande fradice delle munizioni

Alle 9,30 la prima linea partigiana si infranse e Johnny vide chiaramente che la mitragliera della seconda villa veniva rimossa dall'ogiva. Anche i fascisti avevano ridotto il fuoco, un portaordini strisciò nel fango ad avvisare di non sparare sui primi uomini in vista, questi essendo quelli della prima linea in ritirata. Ma non si ritirarono dalla parte di Johnny, apparvero presto oltre S. Casciano e sgambavano verso la preferita collina. Erano ingessati di fango e pioggia, dal fango simbiosizzati alle loro armi, si trascinavano verso le falde della collina, schettinando all'impazzata sul fango traditore, in una ridda di scivolate, cadute, equilibrismi. I fascisti ancora invisibili stavano bersagliandoli, ma scarsamente e senza convinzione, essi infatti apparivano assai piú preoccupati del fango che della moschetteria.

Poi cadde e durò un sacro silenzio, come se gli stessi fascisti avessero abbandonato l'aperta campagna e cercato riparo contro l'ira della pioggia. Ma la mitragliera della terza villa, proprio all'altezza di Johnny, stava prendendo il punto, lenta e calma, e dall'inclinazione della tozza opaca canna Johnny calcolò che i primi fascisti si trovavano a 500 metri. I mortaisti alla sinistra e alle spalle di Johnny stavano approntando i tubi, e scarse erano le casse munizioni disposte intorno. Dalla torretta centrale di S. Casciano nulla, soltanto un silenzio come megafonato, e ciò per un quarto d'ora. I ragazzi sforzavano occhi ed orecchi, invano, verso il verde sgrondante, finché uno dei piú giovani si voltò con ansia. Johnny gli domandò secco che cosa guardasse.

– Niente. Solo vedere se per caso non li abbiamo già alle spalle.

– Fammi il piacere, guarda avanti.

In quel momento la terza mitragliera aprí il fuoco, subito denso e sicuro, ad un'inclinazione paurosamente pronunciata, dentro le verdi cortine: sparava senza orgasmo, ma con una sorta di pomposa dignità. Anche i mortai sparavano, ma col contagocce, ma Johnny nulla vedeva all'infuori delle loro magre esplosioni nel fango profondo.

Finché un minorenne di Johnny ne impazzí e sparò una fucilata avanti, all'altezza dei verdi ginocchi di nessuno e qualcun altro lo imitò. Johnny non ebbe il tempo di rimproverare e frenare, perché i fascisti da 200 metri replicarono con una possente, compatta scarica che rase la trincea di Johnny e volò a spiaccicarsi contro le mura del cimitero.

Tutta la linea andò a fuoco, mentre sul fronte fascista dozzine di fischietti trillavano all'impazzata. Ed eccoli, mai visti tanti e mai cosí bene, tutti in abbondante equipaggiamento, con lucidi elmetti, verdi come ramarri, i loro sbalzi avanti grandemente imperigliati ma anche magnificati dalla loro scattante instabilità sul terreno. Miguel ci diede dentro con la Buffalo, niente apparendo al confronto la fucileria di tutti gli altri. Il primo ufficiale fascista, eretto ed atteggiato come una statua di bronzo verde, ricevette quanto bastava per sei uomini e finalmente cadde. Subito echeggiò un unico, secco fischio e i fascisti rincularono aderendo al fango, rincularono fino alle cortine del verde, da dove risposero al fuoco. Gli uomini avevano chinato la testa, piú d'uno non la risollevò, ma bastava la mitragliatrice di Miguel a farli rinculare ancora un po' oltre, a tenerli là. Ora non sparavano piú; ma avevano certamente passato parola ai loro mortai di intervenire. Fecero un fuoco fitto, non troppo esatto per uccidere, non troppo erroneo per infischiarsene. Intanto i mortaisti partigiani si erano rizzati nelle loro buche e stavano imballando, pacati ma inarrestabili, le armi. Accennavano che avevano finito i colpi.

Un'ora passò cosí, Miguel lavorando per tutti, la maggioranza dei ragazzi aveva dilapidato in mezz'ora le cartucce risparmiate per mesi. Un ragazzo sulla destra richiamò l'attenzione di Johnny, pacatamente, educatamente, poi gli mostrò una ferita al braccio sinistro; con molta calma, quasi con gratitudine. Johnny gli accennò indietro con la testa e quello uscí dal canale, strisciava carponi nel fango verso gli argini, là si sarebbe alzato e camminato comodo fino al cimitero.

I fascisti ricominciarono con tutte le armi e sotto quella radente, scottante tettoia di fuoco un altro ragazzo cascò seduto nel fango, e forse sulle sue stesse feci, dando la schiena al ciglione, ai fascisti, per panico tremando e balbettando epiletticamente. Johnny lo scosse, i vicini lo scrollarono, gli ordinarono di uscire e seguire carponi il ferito, ma non si muoveva piú, non roteava la pupilla né emetteva suono, tutti i suoi centri bloccati dal terrore. Johnny e un altro lo afferrarono per la sua lurida stoffa e lo scaricarono nel campo dietro e gli urlarono di andarsene strisciando. Ma là ristette, come una lucertola trafitta, poi si riprese alquanto e cominciò a nuotar via, millimetricamente, nel fango.

Johnny si voltò, col moschetto del ragazzo prese a sparare a quei lampi di verde lacca che erano i fascisti. La terza mitragliera aveva cessato il fuoco, ma i fascisti non guadagnavano un metro, inchiodati dalla linea delle mitragliatrici a terra.

Grattò via il fango dall'orologio e lesse 11,10 ed ancora una volta si astrasse completamente nella brevità e nell'interminabilità del tempo di guerra. Poteva benissimo aver cominciato a sparare un attimo fa e appena intaccato un caricatore, o, indifferentemente, star sparando dal principio del mondo, consumando tutte le munizioni prodotte per lui da tutti gli altri uomini. Un ragazzo gli arrivò accanto e gli parlò quasi con la bocca nel fango. – Da' un'occhiata a Miguel.

Aveva parlato con tale calma e inallusività che Johnny guardò a sinistra quasi distrattamente. Il sergente era prono, la testa all'altezza del treppiede, la canna della Buffalo pareva abbeverarsi nel fango. Un bambino poteva dirlo morto, ma andare a scoprire quel buco fatale, questo raggelò Johnny. Disse al ragazzo dell'avviso che lo seguisse, per occuparsi della mitragliatrice: non un particolare ragazzo prima d'ora, ma ora emergeva, per avergli detto di Miguel con quella calma. Si tuffò nel fango e nuotò verso Miguel. Lo tirò giú per i piedi nel canale, lo rivoltò, era leggero e docile. Lo stese, tenendogli una mano sotto la nuca legnosa. La pallottola gli era entrata in fronte, alta sull'occhio sinistro, un piccolo buco pulito, ma enorme a considerarlo al centro della chiusa sealedness della faccia. Il sangue spicciante aveva, come l'acqua, una difficile e svariata via, acqua e sangue lottavano con alterno successo ad arrossargli e risbianchirgli la faccia. Johnny incombette su lui, freddo e muto, sentendosi come mutilato. Dalle mura di S. Casciano partí il terrificante segnale della ritirata. Il panico afferrò i minorenni in trincea. Johnny spinse il cadavere di Miguel infilandolo dai piedi nel tubo di cemento, che la sua piú nobile parte stesse al riparo dalla pioggia verminosa.

La terza mitragliera aveva ripreso il fuoco, sparava i suoi ultimi colpi per proteggere quanto possibile la ritirata, i ragazzi stavano già strisciando nel fango, a non erigersi prima delle alte mura della S. Casciano, che babiloniche apparivano a vederle da terra. Johnny si era caricata la Buffalo e dovette urlare perché qualcuno prendesse cura delle munizioni. Il fuoco di disturbo fascista era sporadico e spreciso, ma fu un calvario arrivare al coperto della fattoria beffardamente vicina, sfiatati per la fatica e l'orgasmo di sentire il rantolo di uno di loro colpito. La mitragliera taceva definitivamente, nessuna arma collettiva era piú in linea, ora i fascisti potevano fare tutto quel che gli piacesse. Dietro Johnny, i ragazzi lasciarono cadere due, tre bande di munizioni. Dietro lo spigolo delle mura stava un partigiano, vestito e calzato di fango. Vedeva Johnny la grande cascina in cima all'ultimo ciglione prima della città? Quella era l'ultima linea, con abbondanza di rinforzi, uomini freschi, armi intatte e montagne di munizioni. E il Comando Piazza al gran completo.

Nessuno schiocco di palla passante, nessuna lontana detonazione: la campagna ritornava vacua e stregata, sotto la magia della pioggia. Incrociarono nella ritirata quelli di S. Casciano, si ritiravano calmi, qualcuno con le mani in tasca, tutti eretti. L'ufficiale biondissimo si affiancò per un momento a Johnny, il vatro immacolato, armato di sola pistola, trattando il fango con piedi leggeri come fosse una plaything.

– I tuoi minorenni ne hanno piú che sopra i capelli, disse.

– Sí, e l'anziano è morto. Non vedo quello calvo, col fratello in Svizzera.

– Morto. L'ho lasciato dietro, dentro la torretta. Piaceva anche a te? Una pallottola attraverso il finestrino.

Si inchiodarono ritti sul fango, come alcune pallottole, molto sperse ma maligne, ronzarono fra di loro, in traiettoria fra la collina e gli argini. E un ragazzo di Johnny urlando mostrò le sue due braccia trapassate da una singola palla. Dalle colline raddoppiarono il fuoco e tutti si abbatterono con la faccia nel fango. I fascisti li avevano già avanzati sulla destra e dall'alto? Poi il selvaggio urlo di un partigiano verso la collina l'avvisò che chi sparava erano i partigiani postati sulle colline, che li scambiavano per la prima linea fascista avanzante. Uno scoppio di improperi e minacce e quel fuoco cessò, mortificatissimo, e null'altro risuonò piú se non lo scroscio della pioggia.

La squadra era giunta ai piedi dell'ultimo pendio, e Johnny sospirò al calvario che esso comportava, era cosí plasmato di fango lievitante che la superficie ne pulsava tutta. L'argilla bulicante aveva pochissimi, quasi ironici cespi di erba fradicia. Johnny prese ad inerpicarsi sui ginocchi, ancorandosi al fango con la mano libera; s'inerpicò e ricadde. Cosí gli uomini, l'angoscia strappando loro bestemmie ed insulti. In una scivolata si perdeva in un lampo quel che era costato minuti di penosa ascesa. Il ricadente precipitava su quello che saliva speranzoso, ed entrambi crollavano al fondo in un abbraccio di disperazione ed ingiurie. Un altro munizionamento della Buffalo andò perduto e la metà degli uomini, disperando di raggiungere il ciglione, presero ad allontanarsi per la pianura e andarono cosí perduti per l'ultima difesa.

Johnny giaceva a mezza costa, ansante e pazzamente assetato, in quell'orgia d'acqua, attraverso le maniche il fango gli si era insinuato fino alle ascelle. Si voltò a guardare dalla parte del nemico; fra una fascia di vapori vide l'avanguardia fascista a mezzo chilometro, che annusava i muri perimetrali di S. Casciano. La pioggia era cosí greve che ogni goccia ora ammaccava la pelle già troppo battuta. Allora sbatté piú su la mitragliatrice, come un traguardo embedded nel fango, la raggiunse salendo sul ventre, la risbatté piú su ed ancora la raggiunse, finché emerse, una statua di fango, sul ciglione.

Non c'era nessuno, né vista né voce di difensori. Poi uno degli uomini restatigli gli additò l'aia della cascina. Ci stava uno sparuto, perplesso gruppo, molti della categoria minorenni, probabilmente gli erronei tiratori di poco fa. Ecco le centinaia di uomini freschi, le armi intatte e le pile di munizioni alte come alberi. Ma non si rivoltò, e pure nessuno dei suoi uomini, la disperatezza della situazione quasi li lusingava. Arrivarono poi i forti anziani che avevano sgombrato S. Casciano ed anch'essi stettero senza mugugnare, dandosi subito a preparare il necessario per mettere il tetto al grosso edificio della sconfitta.

Johnny abbassò gli occhi sulla città sottostante, segnata: stava, cinta dalle acque, in nuda, tremante carne. Tossí, affidò la Buffalo al nuovo mitragliere e andò alla fattoria per bere. Il capitano Marini stava sull'uscio e da uno spigolo si sporse anche il suo aiutante, che stava tempestando invano un telefono da campo.

– Piacere di rivederti, – disse Marini. – Partita perduta. Non posso biasimare né Lampus né Nord che non intendono buttare in campo altri uomini, altre armi e munizioni. Se i fascisti prendessero per le colline sull'abbrivio di oggi non ci resterebbero che pietre a tirargli. Vediamo di fare del nostro meglio da soli. Vuoi bere? Fa' con calma, penso ci daranno un quarto d'ora di respiro.

Johnny non rispose, trovava l'amarezza troppo grande, troppo eccelsa per sminuirla con recriminazioni. E poi l'aiutante era una cosí devota e compassionevole figura: ancora in tela mimetica, tremava e sgrondava come l'avessero appena estratto da in fondo a un pozzo. Si accaniva, sempre invano, col telefono.

Dentro, la famiglia dei mezzadri, atterrita, incespicante, balbuziente, tirava macchinalmente secchi d'acqua dalla pompa interna e macchinalmente li porgeva. In attesa del suo turno Johnny si affacciò alla finestra e approvò con gli occhi la presa di posizione dei ragazzi rimastigli, fra due olmi sgocciolanti. Dalla finestra accanto Marini chiedeva con voce aspra qualcosa di sotto a proposito di una mitragliera. Uno del reparto che aveva evacuato la terza villa rispose che la mitragliera era inservibile, aveva perso un pezzo essenziale. Johnny chiese una sigaretta a Marini, stranamente godendo di quel cumulo di disgrazie, il capitano gli porse in una convulsa manciata la rovina di un pacchetto di sigarette.

Poco dopo i fascisti, invisibili, ripresero il fuoco coi mortai, molto presto alla massima precisione. Proprio mentre Johnny accostava il mestolo alla bocca, una granata rovinò sul tetto e sopra l'orlo del mestolo egli vide il comignolo disintegrantesi passare in un lampo nel riquadro della finestra, mentre una donna della casa sveniva sull'ammattonato. Scese di corsa a postarsi fra i due olmi, si sdraiò dietro la Buffalo sfigurata dal fango, col mirino accecato, e fissò con occhi gonfi la piana brumosa, oltre dozzine di pellicole di pioggia. Erano rimasti in un centinaio, calcolò, sarebbe stato miracolo arrestare il loro primo sbalzo. Ma passò il tempo e i fascisti non vennero in vista, nemmeno per celia o provocazione. Un uomo della Prima Divisione disse piuttosto morosamente che bisognava smettere di fissarsi sulla pianura, ma badare alla collina dirimpetto; al posto dei fascisti, lui si sarebbe tenuto sulla collina protetta dalla vegetazione e assai meno impantanata della piana. E per esperimento e riprova, avanzò solitario ed eretto nella vigna scheletrita. Aveva anche troppo ragione, perché una grossa raffica crepitò dalla collina dirimpetto e lo stese stecchito nel filare. Spararono con tutte le armi alla cresta, e i fascisti che erano apparsi risparirono. Meno uno, che ora cercava abilmente di ripararsi e occultarsi in un canneto a mezzavia. Johnny lo vide però e con lui un mitragliere della Prima e rafficarono insieme e a lungo nel canneto. Le canne e l'uomo croaked and cracked insieme, le canne torcendoglisi sopra come a vendicarsi del danno loro provocato dall'uomo crivellato.

Ci volle piú d'un'ora ai fascisti, che però combattevano con ogni riguardo e cautela, per sloggiarli da quell'ultima posizione. Dalla casa partí verso il cielo di ghisa un verry rosso che ellissò allegramente in quel cielo di ghisa. Segnale della ritirata generale, e parve che anche i fascisti ne fossero al corrente, perché ridussero quasi del tutto il fuoco. Erano però molto avanzati e progrediti sulla sinistra, con l'accerchiamento a portata di mano. Il capitano Marini stava sgolandosi ad ordinare la immediata, rapida ritirata.

Johnny si alzò in tutta la sua statura fuori del riparo degli olmi, con un intontimento, che era quello della disfatta: una vera, campale disfatta, personalmente lavorata e subita. Per l'ultima volta guardò alla pianura, al campo della sconfitta, dagli argini piú remoti fino a questo greppio fangoso, nella pioggia pomeridiana che già impartiva ombre di crepuscolo. E tutto gli apparve un sogno vorticoso, e nulla veramente reale, la realtà a esser toccata e riconosciuta con dito da a new go at it. Ma non era un sogno, non per i fascisti, non per Miguel, il suo cadavere in qualche posto laggiú sotto i vapori danzanti, mezzosepolto in a very shallow grave.

Gli uomini, i ragazzi, erano intontiti e riluttanti al pari di lui, si muovevano assorti nello sparso fuoco fascista, pigramente ma luminosamente pensando che la città era sí perduta, ma che faceva un mondo di differenza perderla alle 15 anziché alle 14,15. Finché il capitano Marini si infuriò e pistola alla mano li radunò e li spinse a ritirarsi.

Johnny fra gli altri scendeva la pacifica valletta che degradava alle prime case della città, nessun fascista ancora apparendo in cresta. Qualche passo indietro il capitano Marini invitava tutti a tenere a mente i posti dei morti. – Tenete in mente i posti, domani parlamenteremo per i morti, domani stesso –. Gli uomini sentirono ma non diedero risposta, scendevano goffamente, disarticolatamente, la comoda discesa già too much per le loro ginocchia spossate.

Arrivarono in faccia alla prima casa, emblematica di tutte le altre case della città: sigillata, sprangata in ogni punto, a non aprirsi davanti a preghiere né minacce. Proseguirono verso il viale che puntava al vero cuore di pietra della città. Per accorciare, minutizzare la sua agonia, Johnny balzò sull'asfalto e d'un altro balzo passò dall'altra parte, avendo cosí un solo volante glimpse della città perduta.

Molti sospirarono di sollievo posando i piedi sulla prima collina, ma per Johnny essa non appariva protettiva e tanto meno materna; aveva invece un truce, sinistro aspetto, giving token di un successivo ed anche troppo prossimo castigo.

Salendo quel primo gradiente erano a livello dei tetti della città, le tegole crepitando sotto la pioggia come legna al fuoco, apparivano algosi e bubbonici, quei tetti che furono tanto red and mellow. Un ufficiale della Prima disse: – Domandatemi fra cinquant'anni dov'ero e che facevo il 2 novembre... – ma l'interruppe netto il repentino, schiantante, assurdo tuono delle artiglierie dalla pianura lontana. Le granate non volavano dalla loro parte, sulla direttrice della ritirata partigiana, percuotevano quella strada di collina che era loro servita per la calata del 10 ottobre. Essa era ora crammed nei suoi mezzani ed ultimi tornanti di una moltitudine civile, in vesti scure, che penosamente si scampava dalla rioccupazione e rappresaglia dei fascisti. I partigiani bestemmiarono e scossero i pugni verso la pianura, la folla lassú ristette rigida a fiato sospeso sotto l'inatteso diretto cannoneggiamento. I fascisti raddoppiarono e la moltitudine lassú pivoted and squirmed come in trappola, poi si accasciò sulla strada ruscellante, stretta fra impraticabili ertità e scoscendimenti. Fortunatamente le granate erano ill-fused, e dopo un'ultima bordata i cannoni tacquero e la moltitudine senza danno si affrettò a defluire in piú sicure valli e vallette.

I partigiani ripresero a salire, ma Johnny si fermò e si voltò con la Buffalo al piede, lasciando che gli ultimi lo sorpassassero con mille schizzi.

– Perché ti sei fermato? – domandò Marini, che ora aveva un'aria piú da assistente collegiale che da comandante sul campo.

– Voglio veder la fine.

Allora il capitano si fermò, impugnando il binoccolo. Avevano sott'occhio la parte moderna della città, in squallida, rain-battered geometria, le uniche cose in vita apparendo essere le chiome frustate dalla pioggia dei platani del viale.

– Dov'è il suo aiutante? – domandò Johnny.

– L'ho rispedito in città per recuperare certi documenti dimenticati. Non vorrei restasse in trappola.

– Oh, ha tempo a josa, – osservò Johnny. – Entrano maledettamente adagio.

In quella un rumoretto petulante salí alla collina dal lubrico asfalto del secondo viale e dopo un po' apparvero due carri armati, del tipo leggero, zigzaganti sull'acqua, con le loro brave teste con casco fuori tutte. – Toh, avevano anche i carri armati e non li hanno usati. Capitano, il vostro piano di difesa prevedeva anche un attacco di carri armati?

Marini non rispose, lo sbirciò appena con una sorta di disarmata indifferenza.

Poi un gruppo di fanteria venne in vista, disposta in due file sui due orli del viale, i moschetti alti alle finestre sbarrate delle case. Poi due grosse macchine semiblindate procedenti a passo d'uomo. E Marini si disse mortalmente sicuro che trasportavano il comandante in capo e suo staff. – Certo, e in mente scrive riscrive il testo del suo imminente dispaccio a Salò.

La pioggia era furiosa.

Il capitano Marini scosse le spalle, il peso della pioggia e della sconfitta. – Andiamocene. Vieni via. Diciamo addio alla città fino al giorno della vittoria e andiamocene.

Raggiunto il centro, i fascisti andarono personalmente a suonarsi le campane.

25
Preinverno 1

Le notti erano polari, crude le albe e le sere, ma i meriggi ed i pomeriggi avevano il soffice tepore dell'estate indiana, in quel primo novembre, nella pianura di Castagnole. In un simile pomeriggio, in esso una primeva pace e perfezione, Johnny era di guardia al rettifilo Neive-Castagnole, con Ettore che si era staccato dal suo reparto dilaniato in città e si era unito a Pierre. Spiavano il noioso rettilineo fino al suo sipario di nebbietta dorata, ma il principale motivo di guardia era la grossa mina sotterrata all'ultima curva prima del paese. Era stata piazzata molto prima dell'impresa in città, ma nessun fascista ci era ancora capitato, sicché il minamento era stato mantenuto e mantenuta la guardia relativa. Johnny si domandava se le guardie partigiane stavano lí per prevenire i borghesi e salvarne cosí la vita oppure per non permettere ai civili di sprecare quella preziosa mina col saltarci su. Comunque, la gente del luogo ne era perfettamente al corrente, tanto che la loro prudente diversione aveva stampato nel prato attiguo una pista ben definita, ora cosí vistosa ed allettante che gli stessi fascisti, eventualmente passandoci, avrebbero forse istintivamente infilata quella pista anziché la strada minata.

Ettore, col moschetto sulle ginocchia, sedeva sul paracarro piú prossimo alla mina, forse per ravvivare con quella emozionante prossimità la banalità del servizio. Parlò, e la sua voce grattava, entrambi portavano i postumi del grande soaking in città.

– Mi sento moribondo se penso alla guardia di stanotte.

E Johnny alla semplice idea rabbrividí nel sole e sognò la sua antica pelliccia di Mombarcaro, cosí marziale e calda. Senza rimpianto l'aveva buttata su una di quelle creste dimenticate, perché la primavera e l'estate a venire parevangli tanto eterni, cosí sufficienti ad abbattere un paio di fascismi. Inoltre, aveva perso l'abitudine alla guardia: in città egli era un ufficiale e quindi esente dal quotidiano servizio di guardia, ma dopo la sconfitta quasi tutti erano stati riequiparati nel servizio; soltanto Pierre, nel loro ambito, conservava una superficiale e vacua feature di comando. I ragazzi erano innaturalmente cresciuti (immane capacità d'invecchiamento della sconfitta!) in pertinacia e criticismo, e la mancanza di Miguel si faceva amaramente sentire. Pierre aveva sperato che Johnny potesse rimpiazzarlo almeno nello spirito, ma come poteva Johnny, non un sergente nato, rimpiazzare un morto sergente? I turni di guardia poi si erano notevolmente infrequentiti, perché le squadre si erano sensibilmente assottigliate dopo la sconfitta in città. Un nugolo di gente, i giovanissimi, erano tornati in città, alle loro case, i loro famigliari insistendo che la città aveva anche troppo esaurientemente provato che i tempi non erano ancora maturi. Peggio ancora, i partigiani erano usciti di città enormemente depauperati in fatto di munizioni, al punto di non poter impegnare se non un'ombra d'engagement con i fascisti pushing, a meno che gli inglesi non si affrettassero a fare un mastodontico lancio in qualche posto sulle colline.

Ettore agitò un pugno verso quel sipario di nebbietta dorata al termine del rettifilo e si domandò quando essi sarebbero venuti.

– Verranno anche troppo presto, – disse Johnny. – La riconquista della città per loro non è un arrivo, ma una partenza. Verranno anche troppo presto e ci schiacceranno su tutte le colline.

– Ho sentito stamattina da gente al mercato che i fascisti in città stanno comportandosi benissimo. Praticamente non hanno fatto rappresaglie e continuano a non far male. Hanno emesso un bando che promette impunità a tutti i partigiani che si consegnano, assicurando che non li arruoleranno ma li destineranno al servizio del lavoro. Naturalmente solo quelli non imputabili di crimini di guerra. E pare che il bando faccia effetto, la stagione in cui entriamo li aiuta talmente in questo.

– E io so da Pierre, – disse Johnny, – che la nuova guarnigione è in gambissima, tutta di scelti elementi RAP, non piú gli alpini del vecchio tipo guaiolante. They're going to give us a damned bad time.

– Che cosa?

– Ci faranno star maledettamente male.

Il brusio del paese veniva a loro viaggiando sui raggi dorati, ma Ettore scoccò indietro un'occhiata insimpatetica e si domandò perché mai diavolo Nord li avesse destinati di guarnigione a quel paese anziché a Mango oppure ad un altro paese tutto in collina. Ne avevano fin sui capelli della pianura e anelavano alle vecchie colline: deformazione professionale, pensava Johnny. Anch'egli detestava questo paese di Castagnole, paese incongeniale, ambiguo, anfibio, separato in due borghi: quello ferroviario e mercatile in piano e la vecchia parte feudale arroccata su una altura magra e ondulata. Essi erano acquartierati nel borgo piano. E Johnny non amava la sua ubicazione, la sua gente, la distribuzione delle case, la strada e le confluenze, l'avere una stazione ferroviaria e nemmeno il tocco notturno delle sue campane. E sperava di lasciarlo molto presto, magari sotto l'urto dei fascisti.

Ettore segnalò l'arrivo di Pierre. Veniva apparentemente per semplice ispezione, ma piú plausibilmente a godersi il piuttosto malinconico calore della vecchia, collaudata compagnia. Anch'egli era un pesce fuor d'acqua in quel nuovo paese, fra uomini nuovi o semiconosciuti, incollaudati.

– Pierre, perché diavolo Nord ci ha destinati in questo paesaccio?

La precedente guarnigione badogliana si era molto smagrita dopo il disastro in città ed essi erano scesi a rinforzarla, perché i comunisti non si sentissero tentati e incoraggiati a scendere in forze e soffiare il presidio ai badogliani. La linea rossa sul basso Monferrato era profonda e solida, praticamente intatta.

– Ora avete capito? – disse Pierre.

– Capito, – fece Johnny, – ma vedrai che fine faremo con questa strategia dei presidi. E la fine verrà anche troppo presto. Ci batteranno e ci spargeranno separatamente, presidio dietro presidio, col nostro consenso e, bisogna dirlo, col nostro aiuto. Resta solo a vedere chi verrà battuto e sparpagliato per primo, se i badogliani o i comunisti.

– E questi porci alleati che si divertono con le pattuglie! – fece Ettore.

– A proposito, dove stanno al presente?

– Non so, – disse Ettore, – non ascolto piú la loro radio da un'infinità di tempo. Non entro piú nelle case per sentire, non mi va per niente la gente di questo maledetto paese.

Non si trattava soltanto della popolazione di Castagnole. Tutta la gente stava cambiando, gradualmente, dappertutto. La disfatta partigiana in città aveva influito anche su loro, sulla loro speranza di una fine della guerra ragionevolmente vicina. Per mesi e mesi avevano dato ed aiutato e rischiato, unicamente in cambio di assicurazioni di un progresso verso la vittoria, per i loro raccolti e i loro greggi e il loro tranquillo andare a fiere e mercati, questa brutta faccenda di tedeschi e fascisti seppellita una volta per tutte. Ora, dopo la secca lezione della città, dovevano continuare a dare, aiutare e rischiare testa e tetto, nella brumosa lontananza della vittoria e della liberazione. Per mesi avevano dato e aiutato sorridendo, ridendo e facendo un mondo di fiduciose domande, ora dovevano cominciare a dare in silenzio, poi quasi sullenly, infine in muta e poi non piú muta protesta.

– Soltanto ieri mattina, – disse Ettore, – ieri mattina mi alzo dalla maledetta paglia con un vuoto dentro di me, con un dannato bisogno di far colazione e sentir calore di forno. Cosí vado dal pizzicagnolo sulla piazza. Suono e compare la padrona giovane. Chiedo un sandwhich e faccio segno che posso pagare. Mi fa il panino, me lo porge e mentre io avanzo i soldi rifiuta con un sospiro.

– Tutto qui? – disse Pierre, misteriosamente dulled by sadness.

– Tutto qui? Ma avessi visto la stanchezza, la ripugnanza e l'offesa di quel sospiro! Io persi la testa... mi ero alzato male, vidi rosso! Niente in quel momento mi sembrò piú facile, piú naturale e logico che spararla, dietro il suo banco. Non so che cosa mi abbia frenato, non le feci niente, solo dopo un po' sospirai a mia volta. Ma non so che possa fare la prossima volta che mi sento sospirare a quel modo, come se fossi un mendicante armato, che fa paura.

– Calma, ragazzi, calma, – disse Pierre con voce senza calma.

Arrivava il cambio, due ragazzi tetri e decisi, mai visti prima d'allora, che arrivando gettarono improperi alla mina e ai minatori. Essi tre rientrarono in paese, nella piazza grigia e semideserta, con quella sua raggelante provvisorietà di mero punto di tappa infedele e insolidale prima di sconfitta e rotta. Pierre si diresse al centralino telefonico, ma prima di separarsi disse che stasera compiva gli anni, trentuno. I due fecero auguri, Pierre sorrise gaiamente, la reale gaiezza dei tipi di normale fondo malinconico, e disse che in coscienza non poteva recriminare se domani l'ammazzavano, era tanto enormemente, tanto vergognosamente al disopra della media.

Quanto a Ettore, he stalked a concretare il suo maggior piano. Vi aveva posto una determinazione selvaggia, nemmeno sui fascisti i suoi occhi erano tanto feroci e fissi come sulle donne. Molto probabilmente riguardava la donna come una ostile, beffarda materia da conquistare e trafiggere e lasciar trafitta con un grim jeer. Aveva progettato e stava combinando tutto da solo, Johnny essendosi limitato a passargli una specie di procura, cosí irrimediabilmente incapace a lavorare in team in quel settore. Ma prima di lasciarlo, gli domandò, piuttosto ironicamente, a che punto era. Ed Ettore, duramente: – Alla vigilia. È fatale. Le ragazze per questo agonizzano e noi ne stiamo morendo. Non può non esser fatale –. E si diresse, con passo di battaglia, al paese alto, fra scarsa gente imbronciata o indifferente. Andava a combinare definitivamente la serata danzante, privatissima, poiché sembrava impossibile che fosse riservata a loro due soli.

Un'ora dopo era di ritorno, mascherando, al suo stile, il trionfo sotto la piú amara delle maschere. La serata era stabilita per l'indomani sera in una villetta fuori paese, quattro ragazze e quattro partigiani, dischi e liquori. L'ospite riservata a Johnny, doveva essere un'intellettuale. «Deve avere tanti grilli in testa, – disse Ettore, – quanti un prato in una notte d'agosto» e nessuno dei tre uomini si sognava di contendergliela. Graziosa, però, del tipo sottile, serpentino.

– Che referenze hai dato di me?

– Le ho detto che sei un asso a cantar canzoni inglesi e americane, – rispose Ettore e Johnny arrossí per l'enormità del prezzo.

Nel pomeriggio dell'indomani salirono alla collina per far la doccia nelle scuole comunali, avendo Ettore accennato che poteva esserci, a Dio piacendo, un'esposizione di pelle. Tornando, Ettore spiegò che la ragazza di Johnny si chiamava Elda e che lui era disturbato nella sua propria conquista dalla gelosia e interferenza di un partigiano, un tale che si diceva partigiano in borghese. Anche questi era invitato, dietro precisa richiesta della ragazza di Ettore, che pareva temerlo.

La sera bussarono alla villetta, alta sulle sinistre ondulazioni precedenti il sinistro fiume che portava i postumi della grande piena di ottobre. Come bussarono, attigue imposte cigolarono e sbatterono, le ragazze gridarono di salire ed entrare, musica usciva dalle finestre oscurate.

Nel buio corridoio Johnny conobbe Elda dal suo veleggiante fruscio e dal suo strano, amaro profumo, immediatamente distintivo della sua personalità. Scaricarono le armi, «le loro antipatiche armi» disse Elda, e mossero verso la luce il caldo e la musica. Il comfort aggredí Johnny da lasciarlo senza fiato. E cosí l'arredamento di serie del tinello gli apparve di orientale sontuosità, e quanto era completo, dai divani alle ceneriere di cristallo massiccio. Due stufette elettriche, arroventate, irradiavano un calore estuoso e sensuoso, snervante, mentre su ogni mensola, hob and knob giacevano pacchetti di sigarette, col tocco di Elda. Le altre tre ragazze erano ereditiere rurali, che in tempo di pace o di ancora ragionevole guerra usavano andare in città una volta per settimana a comprare nei negozi della via maestra; ora disperatamente e compromisingly aggrappate alla sfollata Elda e intossicate al di là di ogni rimedio e assuefatte alle sue quotidiane lezioni e spettacoli di estro e libertà, fantasia e stile. La piú bella, un esemplare di piacevole animalità, era certamente la ragazza mirata da Ettore e la favorita di Elda. Tea si chiamava. Gli altri due uomini erano già al loro posto. Uno, un partigiano della primiera guarnigione, che stava il piú possibile lontano, d'abitudine, da Pierre e dai suoi, un ragazzo di paese con qualche studio in città, con indosso una nativa indolenza, e l'esperienza cittadina lo aiutava ad esprimerla piú compiutamente. L'altro, il rivale di Ettore, era un ragazzo ben costruito, con capelli quasi albini ed occhi azzurrissimi, una faccia soda e velleitariamente autoritaria e puntigliosa, non certo intonata con tutto quel biondo e blu. Era in borghese, questo, e aveva il nome di battaglia di Paul. Stando alla descrizione di Ettore, nella pregustante insonnia nelle stalle del borgo sottano, era partigiano, ma vestiva in borghese perché apparteneva alla Polizia Segreta partigiana. – L'altra sera, – aveva detto Ettore, – mentre io sparavo tutte le mie cartucce per avere Elda e Tea, ho saputo che ci odia, ci odia. Ha detto alle ragazze che noi siamo sí partigiani, ma del tipo comune, truppaccia lurida, e le ha consigliate, soprattutto Tea, di non lasciarsi innamorare delle nostre divise. Lui sí è un vero partigiano, e di classe, anche se in borghese, perché fa parte della Polizia Segreta e per prova ha mostrato alle ragazze un pistolino che porta alla cintura, dentro i calzoni, a contatto di pelle.

Elda li guidò ai liquori: distillati in casa, ma con ricchezza e competenza, e inondarono con sweeping beneficio i loro stomaci semivuoti. Elda aveva quel profumo amaro e qualcosa di amaro era anche nella sua voce acerba, uccellesca, tenue come tutto di lei.

Tornarono al fonografo. – Si continua coi lenti, o mettiamo qualcosa di vivace?

– Per favore continuiamo coi lenti, – disse Ettore.

Il disco fu messo, Paul si appropriò di Tea ed Ettore ripiegò, impassibilmente, su un'altra ragazza, anche troppo conscia del ripiego.

Elda aderiva, era fantastico che cosí esile fosse tanto accogliente. E profumava cosí bene e conquistantemente, quel profumo non era una artificiale aspersione, Johnny si diceva che era il piú nobile distillato della sua vera e propria composizione chimica.

– Stai bene, Johnny?

Non poté rispondere, ridotto dal comfort a un punto di ebetudine.

– Mi piaci, Johnny. Posso dire che mi piacevi già da prima, e tu sei proprio il tipo da capire il mio pensiero. Mi piaci perché hai gli occhi pazzi. Sai, Johnny, d'avere gli occhi pazzi. Tu sei pazzo, Johnny.

Non si ribellò, troppo grato e legato al profumo ed all'aderenza di lei.

– Tu sei pazzo, Johnny. Non lo sei forse?

– Sí, in misura normale sí.

Poi lei disse che aveva diciotto anni, lasciando Johnny intontito: era la pura verità, ma era anche il piú atroce schiaffo alla verità. Ballavano, l'indolente in poltrona toglieva e rimetteva dischi, un'eterna sigaretta all'angolo della bocca, con un costante sguardo ironico alle tre compaesane con l'uzzolo di conoscere uomini nuovi. Tea faceva un ballo con Ettore e l'altro con Paul, rigorosamente. Ma ballando con Ettore la ragazza era in guardia, non perdeva mai d'occhio Paul. Allora Elda bisbigliò a Johnny che stasera poteva finir male, ne pareva lieta, applaudiva a quell'eventualità con la sua speciale, famelica sincerità.

– Ma non ti pare abbastanza quel che succede intorno di questi tempi? – osservò Johnny.

– Non mi riguarda talmente, – disse lei, con un broncio

infantile. – Vedi, Johnny: le ragazze sono cosí sotto ai ragazzi, di questi tempi. Voi ragazzi avete tanto da fare e tanta ispirazione di questi tempi. E noi ragazze ci sentiamo cosí al disotto di voi, in una sfera talmente inferiore...

– Qualcuno di noi muore, Elda.

– Anche noi si muore, tutte, di noia.

Ondulavano stretti sulla soglia nera del corridoio. – Eri in città, Johnny?

– Sí, – disse Johnny, parendogli di rispondere a chi gli avesse domandato se gli era mai capitato di sognare di combattere in città.

– Siete stati battuti.

– Già, – e avanzò il collo sulla fragile spalla di lei. – Puoi sentire l'ammaccatura della sconfitta qui sul mio collo.

Allora le dita di Elda, il clue della sua galvanica tenuità, errarono sul collo di lui, dolci e spasimose, costringendolo a urlare e nello stesso tempo spogliandolo di ogni forza d'emissione della voce.

– Battuti. Io adoro gli uomini battuti.

Il fonografo venne arrestato, il ballo interrotto, bere e conversazione istituito come tregua, l'iniziativa partendo evidentemente da Paul, cosí autorevole e scoperto, cosí ragazzo e man-shamming.

Era shocking ritrovare Elda in atteggiamento e spirito conversazionale.

Paul si sollevò, come un presidente, ad avviare la conversazione.

– Sappiate, ragazze, che non staremo piú tanto in paese. Questa è sostanzialmente una serata d'addio.

– Oh, non parlate dei fatti vostri! Gli uomini sono pur sempre uomini, anche nella versione irregolare, – squaffed Elda.

– Mi spiace, – insisté, Paul, – ma so che i fascisti compiranno quanto prima un grande movimento...

Johnny distolse lo sguardo da lui, annoiato e scandalizzato, ma Ettore, il suo rivale, gli dava corda e attenzione.

– Che sai di preciso? – domandò Ettore.

– La guarnigione della città si muoverà molto presto e in

forza. Sta già spingendo la cavalleria avanti sulle colline circostanti.

Parlava da vero I.S. uomo.

– Hanno la cavalleria? – si stupí Ettore.

Paul assaporò il suo trionfo e continuò. – Già, fino ad oggi l'hanno impiegata per piccole ricognizioni e rastrellamenti a raggio limitato. Qualche partigiano sorpreso è già caduto sotto gli zoccoli dei cavalli. Una raffica, poi gli galoppano addosso. Prima ancora, gli ufficiali fascisti usavano i cavalli per dar lezioni d'equitazione a certe signore e signorine della città.

– Oh, – fece Elda, – mi piacerebbe tanto ricevere lezioni d'equitazione!

– Elda! – rimproverò Tea.

– Io t'ammazzo, – sussurrò Johnny.

– Fa' pure, ma io non so che farei per aver lezioni d'equitazione, da parte del diavolo medesimo.

In quel punto un'adolescente voce, acerba e appassionata, chiamò Elda dalla strada, due, tre, quattro disperate volte, e le ragazze e i due uomini del paese la sbirciarono e sospirarono il nome del ragazzo. Elda si aggrottò, sorrise e si affrettò alla finestra sulla strada e piano, maternamente called back.

– Sono qui, Chico. Mi vedi, Chico?

Non si sentí altro che l'inarticolato bisbiglio del ragazzino, una implorante iterazione del nome di lei.

– Ma che vuoi, caro, impossibile Chico? Sii ragionevole. Sono qui ed ho ospiti partigiani. Veri partigiani, Chico.

Ancora un bisbiglio lungo, un appena udibile «Elda, Elda» nel coma di una mortale malattia d'amore. Elda si agitò al davanzale, ma poi ripazientò, e la ricuperata pazienza ridonò alla sua voce una alonata perfezione.

– Sii buono e ragionevole, Chico. Ragazzino mio caro. No, non t'esaltare, ti ho detto ragazzino mio caro, cosí per dire. No, Chico, io non sono la tua fidanzata ufficiale. No, Chico, hai sognato. Sí, ti voglio bene, ma non sono la tua fidanzata ufficiale. Ora vai e dormi bene, Chico.

Si ritirò, anche se il ragazzino dalla strada insisté a chiamarla, con acuti e bassi di agonia. Lei rientrò e molto da padrona di casa reimpose il ballo.

Ballavano. – Dimmi, Elda. Il ragazzo ti ha detto che poteva ucciderci? Tutti, me e te, tutti?

Lei alitò di sí.

– Che cosa stai combinando in questo maledetto paese sfortunato, Elda?

– Mi annoio.

– Qualcuno certo maledirà il tuo sfollamento. Tu che vieni da Torino. Ma tu certo vieni da molto piú lontano che Torino, vero, Elda?

– Io mi annoio.

– Ti annoi a far quella cosa?

– No, mai.

– E...

– Quando vorrai. In qualsiasi momento. Quando vorrai. Oh, il brutto discaccio. Ma chi l'ha messo?

– Non ti preoccupare del disco. Non c'è bisogno. C'è una musica dentro di noi, non vedi che balliamo... internamente?

Fuori scoppiò una raffica, poi fucilate, altre raffiche, ancora fucilate. E il vorticante, slittante ruggito di una automobile che pareva tuttavia sempre ferma.

Le ragazze strillarono, Johnny ed Ettore corsero alle loro armi deposte e dimenticate e si appostarono alla finestra, mentre l'indolente paesano pareva a ogni detonazione sempre piú inchiodato alla poltrona, e Paul misurava la stanza, con atterrite occhiate alla finestra.

– Che ne pensi, tu della Segreta? – ironizzò Johnny. La prima scarica gli aveva gelato il sangue, ma ora si era perfettamente ripreso.

– I fascisti, i fascisti, – vomitò dalla sua guasta bocca il paesano, incapace di balzar via dalla poltrona.

Tutta una sequenza di fucile automatico, complessa e ferma e funzionale come il picchiare di un martello pneumatico, scoppiò nell'aria gelata in milioni di cristalli, i partigiani in corsa sul selciato risonante, l'auto continuava a ronzare non lontano, come un calabrone imbottigliato. Un istante dopo una mitraglietta rafficò e i due riconobbero il Mas di Pierre.

Scattarono fuori, nella notte piena, si scaraventarono verso il borgo della stazione, sul selciato iperbolicamente sonoro, nel sopraggiunto silenzio di tutte le armi, quasi aspettassero loro due per ripigliare. Ai margini della piazza, uno sparò verso loro, malignamente, spedendoli piatti sul selciato. Scivolarono indietro, al riparo di uno spigolo. Le selci gelate erano aspre ed affilate. Johnny si sentiva una mano caldamente sanguinante, ma era certo che non si trattava di pallottola, ma di selce. – Che è? Fascisti? ansò Ettore. Johnny finí di leccarsi la mano. – Se non sparano alle ombre. Ma può darsi.

Dall'altra parte, giunse l'ultimo martellio del semiautomatico, la scarica spiaccicantesi contro un qualche legno, e fu la fine, l'auto ronfava già lontana, con un ronfo filato e definitivo.

Poi la voce di Pierre, calma e chiara ma rispettosa dell'ora alta notturna, chiamò all'adunata nel crocevia, sotto la raggelata impassibilità delle finestre borghesi. La cosa venne spiegata e chiarita ad onta della tenebrosità. La sentinella al periferico deposito di carburante aveva aperto il fuoco sulla misteriosa automobile puntante su di lui, l'auto aveva girato in tondo e aveva risposto con fuoco dai finestrini. Il resto era venuto da sé. Non fascisti, ma una qualche odiosa squadra volante comunista venuta a cercar di rubare il prezioso carburante alla stracciata, sgretolantesi squadra badogliana di presidio a Castagnole. Pierre ordinò la guardia generale e fu letale per Johnny ed Ettore dover passare dalla sessuosa caldanza e stemperanza della casa di Elda al doloroso rigore della notte e della guardia. Pierre non aveva fatto parola dell'ingiustificata assenza dei due, ma li aveva guardati knowingly.

Il pomeriggio successivo, Paul era morto. Sedendosi sulla sedia del barbiere la sua pistoletta fuori sicurezza scattò e lo ferí nel ventre a contatto. Johnny ed Ettore accorsero dal loro posto di guardia sulla collina prefluviale quando già l'avevano portato all'ospedale e ci moriva, il medico spendendo le ultime gocce di mefedina per un trapasso indolore.

Il paese si infuriò e tremò per il fatto, estendendone su tutti i partigiani la gratuita crudeltà, il mortale dilettantismo che ne emergeva. E pretesero una sepoltura immediata, per pura necessità di tempo, come da una catena di fatti, uno dei quali la morte di Paul, la popolazione inferendo una generale tragedia sospesa nell'aria. Sicché il funerale, sebbene imponentemente seguito, risultò spietato per frettolosità e condensazione. Mentre al cimitero assistevano al calo della bara, un ragazzino irruppe urlando che la cavalleria fascista era calata dalle colline di Treiso e calava su Neive, a quattro chilometri da Castagnole. Rimasero il prete ed il becchino, sotto l'usbergo delle mansioni, la gente corse ai nascondigli, i partigiani alle postazioni. Ma fu un vano trincerarsi presso la curva minata e nulla accadde, fintantoché un partigiano sconosciuto, della piú fonda e bestiale estrazione contadina, disse che avrebbe ricercato il ragazzo e se lo sarebbe messo sotto fra le ginocchia e col pugnale gli avrebbe tagliato le due orecchie. Alle 17, nell'ostilità del crepuscolo anziché dei fascisti, Pierre ruppe l'allineamento e li rimandò in libertà nell'odiato paese. In tacito accordo, Johnny ed Ettore puntarono alla villetta di Elda, come ad un indispensabile posto di medicazione.

Ma la ragazza si fece attendere e quando si affacciò, disse di no, e poi ruppe in pianti e grida isteriche che li spedirono difilato al piano.

26
Preinverno 2

Verso la metà di novembre stavano comodamente pattugliando la strada a S. Stefano, lontano dal paese di Castagnole, vicino alle prime linee rosse. La strada davanti era deserta ed immota, salvo per i voli e gli atterraggi dei passeri e l'aria, la vicina e la lontanissima, era un pozzo di dorata trasparenza. Il paesaggio era cosí nitido che potevi cogliere il minimo movimento, e lo scopo, del contadino al margine dell'aia piú alta e distante, e la torre sull'ultima collina potevi sognare di toccarle il ventre col dito appena protruso. Quando, viaggiando dalle ultime colline a sud, venne un throb di aerei, smuovendo appena la superficie di quel lago d'aria. Dovevano esser molti, tutto uno squadrone, sebbene il loro consolidato rumore fosse perfettamente fuso. E c'era in quel rombo una strana, intrigante circuitità. Il terzo uomo della pattuglia chiese spiegazioni. Ettore disse, piuttosto imbronciato, che era un semplice passaggio: passavano, senza occhio né pensiero per i poveri partigiani, per andare ad evacuare la loro panciata di bombe chissà dove. Johnny non si dichiarò: era troppo assorto nel pensiero che quell'infuocato basso rombo di apparecchi stava scuotendo la pace e l'erba sulle tombe del Biondo e di Tito. Si riscosse, solo per accarezzare la certezza, heartfelt, che erano inglesi. Però non poteva essere transito, in ogni caso uno smarrimento di rotta, perché quel rombo, ora anche piú condensato, stava abbassandosi e circolarizzandosi sempre piú. E allora la luce si fece nella mente di Johnny.

– Lanciano! – gridò: – Lanciano dritto nella bocca aperta della Prima Divisione!

Ettore e l'altro presero a ballare sulla strada ancor prima di persuasione. Significava materiale di guerra e di caldo per tutto l'inverno, ed ora esso poteva tranquillamente andare ad essere un inverno fascista.

– Lanciano in pieno giorno, sotto il naso di tedeschi e fascisti in Ceva. E non possono farci niente, guardare la nostra manna e niente, Lampus è abbastanza forte per tenerli inchiodati in Ceva.

Nella folle grandezza di quel lancio diurno, ripresero tutti a ballare sull'asfalto sdrucito, hurraying, finché la gente della piú prossima fattoria irruppe sull'aia, rimirò il loro danzare e gridare, salí sul greppo piú vicino per una piú ampia e diretta visione dell'eventful sky. Quando il rombo amichevole svaní, tornarono di volata a Castagnole, intrigando e spaventando i rari passanti con l'impeto della loro corsa.

Pierre si aggrappò al telefono e selvaggiamente reclamò il comando della Seconda Divisione. Vennero in comunicazione dopo dieci minuti: all'apparecchio Nord in persona, che con calma trionfale confermava il lancio; il piú grande della storia, non meno di venti quadrimotori, in bocca a Lampus, sotto il naso della forte guarnigione di Ceva. Aveva già spedito lassú il suo piú abile ufficiale, col mezzo piú celere, per l'inventario e la ripartizione.

La notizia evase, rimbalzò tutt'intorno, ubriacò i partigiani in solitaria guardia in valle o altura, invase il borgo: una tale notizia che fece interrompere il lavoro a quella gente grim, superlavoratrice e isolata, fracassandone la dura maschera di riserbo ed estraneità e portando in luce le lungamente compresse facoltà di entusiasmo e di solidarietà. Intanto i partigiani, esauriti gli evviva per il lancio e gli alleati, cadevano nelle solite apprensioni di essere maltrattati nella ripartizione, se non addirittura dimenticati. – Lampus stavolta dovrà far le parti piú giuste che sinora. – Sta' certo, Nord stavolta si farà rispettare. – Non mi fido troppo, Nord ha troppa soggezione di Lampus, – e davano occhiate d'addio ai loro sprezzati moschetti, ora avrebbero finalmente armi automatiche, l'amore e la malattia dell'epoca.

Ma la gioia si voltò in dolore, ciò che era apparso salvezza causò mortale rovina. Dopo la città, i nazifascisti avevano raccolto una grande forza (per metà tedesca) proprio per schiacciare il troppo potente Lampus e, dopo di lui, i minori. Quel grande lancio diurno sotto il loro naso non fece che avanzare la lancetta sull'ora X del loro attacco generale, e tre ore dopo il lancio l'artigliera tedesca aprí con tutti i pezzi e la fanteria fascista si arrampicò verso le superbe linee di Lampus. Sotto il grande, nuovissimo maglio dei cannoni tutte le colline istantaneamente si popolarono ed un attimo dopo si spopolarono. Gli uomini piú pronti e pavidi dell'ancora disinteressato Castagnole fecero fagotto e furtivamente, in odio ad eventuali seguaci, partirono per certi oscuri posti che avevano da lungo tempo studiati e prescelti.

Grande era la luminosità del giorno e piú grande il tuono dell'artiglieria: era, in ogni modo, un grande giorno, tale da quasi eclissare il giorno della città.

– Che va a succedere, se la guarnigione della città attacca simultaneamente?

Pierre scrollò le spalle e mandò Johnny con tutti gli uomini a sorvegliare il rettifilo di Neive, mentre egli rimaneva al centralino, con un ragazzo per mandare alla linea le eventuali notizie.

Scorrevano con gli occhi e le punte dei fucili l'immoto, dorato, quasi irridente rettilineo, ma il cannoneggiamento sulle alte colline era troppo assorbente, soggiogante. Cosí, pensava Johnny, la mia vita e quella di costoro è di nuovo in ballo, dadi in fondo al bossolo. Bene, egli era nuovamente pronto.

Ore passarono in vacua guardia, ogni mezz'ora arrivava il portaordini di Pierre con le ultimissime notizie: lassú andava magnificamente, fascisti e tedeschi morivano a mucchi, il materiale dell'enorme lancio era stato tutto assicurato e ritratto e veniva già impiegato. Piú tardi, le brigate rosse delle alte colline si erano inserite nella linea azzurra ed ora combattevano fianco a fianco, in un'unione senza precedenti.

Ma se alzavano gli occhi alle colline dirimpetto, le vedevano coronate, a ondate, di contadini in fuga, con equipaggiamenti e riserve da bastare per una lunga fuga ed un imboscamento anche piú lungo. Ogni vallata aveva la sua alluvione, come a fine inverno. Johnny fermava e interrogava gli sfollandi. Si arrestavano a malincuore, rispondevano che no, i loro paesi non erano ancora stati invasi, no, non avevano visto nemmeno una punta di fascisti e tedeschi, ma ripartivano con sollievo e velocità, lontanandosi sempre piú dalle loro case donne e bestie. Ed il benedetto crepuscolo li inghiottiva in un niente. Faceva freddo, a schizzi di gelo, le mani si arricciavano sul metallo delle armi. Al crepuscolo l'artiglieria nemica scemò e poi svaní, lasciando piú atterrito che sollevato il mondo delle colline. Al rientro, Pierre li informò sull'ultima telefonata: tutto bene, vittoria per la giornata e buone speranze per l'indomani. Gli uomini accolsero la notizia con una indifferenza che rasentava l'incredulità. Cenarono in fretta e male, passeggiarono per ricreazione il deserto, sprangato paese, poi nuovamente di guardia, in un freddo ed in un'angoscia almeno pari alle peggiori guardie sul fiume in città. Ma allora avevano ancora le colline per rifugiarsi, ma ora perdendo le colline quale sarebbe stata la loro fine?

La notte ingoiava come bocconcini i profili delle colline piú grandi, ed una pioggia cadde, ad acquate intermittenti, che fece rabbrividire e bestemmiare gli uomini. Continuava l'esodo dei contadini, e le sentinelle erano già rauche per la pioggia e per i troppo frequenti chivalà. Gli uomini si arrestavano netti, angosciosamente si dichiaravano amici, transitavano ammantellati ed ingobbiti, poi risparivano nella tenebra che essi pregavano scevra di altri uomini. Pierre, inutile il telefono, era in linea, triste ma «effettivo». Gli uomini chiesero la sua opinione, tornando sensibili al comando ed alla preminenza, ma che poteva dire Pierre? Allora gli uomini si diedero a rampognare gli inglesi per l'idiozia di quel lancio in pieno giorno.

Ettore arrivando per il suo turno bisbigliò a Johnny che Elda lo aspettava in piazza. Johnny ci andò, il borgo era scarsamente e nel contempo straordinariamente illuminato, le luci barbagliavano rosse come fuochi di fornace ed oscillando sui muri li facevano apparire come garrenti falde di tende di un effimero bivacco di un'armata in rotta. Elda stava all'angolo, sorda agli scherzi ed agli inviti degli uomini che andavano in servizio. Tremava a vista e nel riverbero rossastro del caffè d'angolo era piú pallida che mai, la sua faccia piú che mai divorata dagli occhi. Ma indossava un paltoncino con guarnizioni di pelliccia, cosí delizioso, cosí metropolitano che Johnny dimenticò tutto.

– È in aria qualcosa di terribile, vero, Johnny?

– Sí.

– Terribile come la città?

– Uno scherzo al confronto.

– Questo?

– No, la città.

– Quando pensi d'esserci in mezzo?

– Posdomani al piú tardi. Qualcuno di noi invidierà Paul.

– Che vuoi dire? – gridò, l'isteria riprendendola a quella ripresa del nome di Paul.

– Sí, invidiarlo per la sua unica morte. Ci ammazzeranno a dozzine, ci prenderanno a centinaia, e i presi dovranno invidiare i morti secchi.

Gli si aggrappò al braccio, ma era per trascinarlo nel centro della piazza, nel cuore del buio e della solitudine.

– Johnny, sforzati di parlarmi come se fossi una ragazza seria e ragionevole. Tu non hai gli occhi pazzi, Johnny. Io ero pazza ed ubriaca l'altra sera. Johnny, non vuoi nasconderti? Io posso nasconderti, te e la divisa e le tue armi. Per poco, Johnny, fino a che la tempesta sarà passata.

Lui sorrise e le puntò un duro dito nel collo, lo sprofondò verso la carotide, ed a lei sfuggí un sospiro quasi di deliquio.

– Sei pazza, Elda.

– Tu sei pazzo. E pazzi tutti quelli come te.

– Fila a casa. È buio come in bocca al lupo e gli uomini sono eccitati.

– Johnny, non posso far niente per te, adesso adesso?

– È troppo tardi. Grazie lo stesso. Davvero non mi manca niente, non mi serve niente, – e si voltò verso la postazione.

– Queste almeno ti mancherebbero certo, – lei disse dietro e si allungò a sporgergli tre pacchetti di sigarette. Poi, prima di lui, fuggí via, la sua figuretta un'inezia per le capacità divoranti della notte. Johnny distribuí i pacchetti nelle tasche del giubbotto e ritornò alla postazione. Come poteva sapere che per procurargli quelle sigarette Elda era andata dal ripugnante pizzicagnolo che faceva borsa nera generale e senza parlare si era stesa sul bancone e tirata la sottana sul viso?

La pioggia riprendeva, ma leggera ed estrosa. C'era qualcosa su, un adunarsi e un bisbigliare. Uomini del presidio di Neive erano corsi fin lí unicamente per chiedere a Pierre se, in caso di attacco dalla città, Pierre avrebbe serrato su Neive od essi dovevano ripiegare su Castagnole. Pierre disse che avrebbe serrato lui su Neive e il capopattuglia disse che i suoi uomini diradavano, bastava si voltasse un momento ed un uomo spariva, scivolavano quatti verso il fiume, lo attraversavano rifugiandosi nella sonnacchiosa, pastorale campagna di là. Non erano perdite, convennero tutti, si trattava di minorenni incollaudati ed inesperti, spauriti; meglio non caricarsene la coscienza, se obbligati alla battaglia. Del resto, qualcosa di simile si verificava nella stessa guarnigione di Castagnole, con suprema indifferenza di Pierre e di Johnny.

Verso mezzanotte si essiccò il flusso della gente di campagna, e nessun passaggio pareva doversi piú segnalare, quando una robusta squadra di partigiani, certo proveniente da un'altra valle, si presentò tranquilla davanti alla postazione. Venivano, dissero, da valle Belbo e cercavano il traghetto sul fiume. Erano in solidi ranghi, in pugno al loro comandante, discretamente armati ed equipaggiati.

– Perché cercate di passare il fiume? – indagò Pierre.

– So che di là c'è tranquillità assoluta. Oh, giusto il tempo che qui passi la baraonda, – ed il capo accennò con la mano al tenebroso mondo collinare alle spalle. La spietata luce della torcia elettrica lo rivelava un giovane estremamente tarchiato, con una faccia pesante ed occhi dardeggianti di acuta intelligenza naturale.

Disse Pierre: – E che ti succederà poi con Lampus? E poi con Nord?

Il capo scrollò le spalle, i suoi uomini urgendogli dietro ed intorno per rafforzarlo contro il dubbio ed ogni contraria persuasione.

– Lampus è in pezzi, – disse.

– Nient'affatto. Io so che oggi ha tenuto magnificamente e che molto probabilmente terrà anche domani.

– Pooh, se non oggi, andrà in pezzi domani mattina, al loro primo sbalzo. Niente piú da fare per lui e tanto meno per Nord, al suo turno.

Assunse un tono ed un atteggiamento apologetico ed illuminante:

– Stavolta non scherzano. Sono per metà tedeschi, voi mi capite. Stavolta mettono le sbarre a tutte le colline come a uno zoo e ci faranno fare la parte delle scimmie. E noi le scimmie non le vogliamo fare. Ripasseremo il fiume non appena sarà finita. Se tutti ragionassero, se voi ragionaste...

Pierre disse: – Ripassando, potresti esser trattato come adesso nemmeno immagini.

La faccia gli si slargò in un enorme, muto sorriso. – Capisco, ma non mi spaventa affatto quella tua specie di corte marziale. Non mi ci vorrà niente, tornando su questa sponda, a consegnare me e i miei uomini al primo distaccamento garibaldino. E allora dí ai tuoi Lampus e Nord di venirmi a castigare.

Gli uomini dietro di lui massicciamente brontolarono assenso e concordia. Allora Johnny si avanzò a lato di Pierre e indicò loro la strada al fiume; nell'improvviso silenzio e nella filtrosità della notte il capo credette di sentire il suono delle acque.

– Suona come fosse vicinissimo, – disse gentilmente.

– Pare soltanto, dovrete marciare un'ora buona per arrivarci.

La squadra partí ordinatamente, piú compatta che mai, verso il fiume. E Pierre, prima di spegnere la torcia, guardò Johnny interrogativamente.

– Non potevo sopportarlo un attimo di piú, – disse Johnny, – e sai perché? Perché ha insolentemente, insopportabilmente ragione. Al fiume finiremo tutti. Vedi dunque che è soltanto una questione di giorni. Allora, beninteso, soltanto i piú fortunati di noi arriveranno al fiume. Ma allora, e qui sta la grande differenza, che misure avranno preso i fascisti sulle due sponde?

Fu contagioso, e neanche troppo clandestinamente contagioso. Un'ora dopo, mancavano cinque uomini.

– Dormirei un paio d'ore, – disse Pierre.

– Dormine anche cinque o sei. Resto io, – disse Johnny.

– Ti darò il cambio fra due ore.

– Non preoccuparti. Sento che non potrei chiudere occhio nemmeno per un attimo –. E subito tremò, perché aveva ripetute tal quali le parole del sergente, e presso un campo minato come allora, e per la prima volta in vita sua la superstizione l'afferrò e lo sconvolse.

– Non è il caso di pigliarci la pelle, – disse Pierre. – Abbiamo ancora davanti gli uomini di Neive.

Nello sforzo di liberarsi dalla superstizione Johnny balbettò: – Tu te ne fidi?

– No, confesso che no.

Quella notte fu interminabile, nel fronteggiare essa ed i suoi paurosi misteri gli uomini diedero fondo ad energie preziose per il domani. La tenebra si spostava in largo e lungo come soffiata da qualche enorme bocca nemica, il freddo era sadico, lo sfrego di un fiammifero era un grande rumore. E questo sacrificio per che cosa? per arrivare all'indomani, alla sua prima luce con la strapotente sveglia dell'artiglieria e mattiniere notizie di sconfitta e rotta generale, e poi l'inondazione fascista. Johnny sedeva, fumava le sigarette di Elda e vegliava e pensava, sideralmente lontano dagli uomini accanto a lui. Ogni pelo su lui era ritto per il freddo e la dolorosità di quella costante erezione ed infissione! Solo la maledetta mente non si intirizziva.

Uno dei ragazzi diceva ad un compagno, con un bisbiglio infantile: – Da settimane progettavo di fare una corsa a casa a prendere un paio di mutandoni lunghi di mio padre. Ma come arrivo adesso a casa mia, che è in cima a Valle Belbo?

27
Preinverno 3

I cannoni precedettero il sole; aprirono lassú un grande fuoco, accompagnando e quasi sollecitando la nascita e diffusione della luce, poi a giorno compito tacquero. Ed il giorno rivelò, nella pianura di Castagnole, il riformato flusso dei contadini che fuggivano, fuggivano.

Ettore guardò con fermo occhio quello spettacolo ansioso e deprimente. Quanto a Johnny, dopo il calvario notturno, si sentiva piuttosto bene. La luce del giorno, con la sua realistica misurazione di terre e genti, lo stesso martellio dell'artigliera nemica l'avevano ristabilito. In paese, Pierre viveva aggrappato anima e corpo al telefono, ma le sue chiamate o restavano senza risposta o gli si rispondeva molto genericamente: «Non sappiamo niente. Ne sappiamo quanto te. Speriamo bene. Lampus è forte, a dispetto dell'artiglieria. I loro cannoni non si sentono piú? Questo non significa il peggio. Speriamo bene». Il paese, come Johnny lo vedeva nei suoi periodici rientri per informazioni, appariva pestilenziato e quarantenato, il che era ancora piú impressionante nella morbida carezza di quella interminabile estate indiana. Tutti i maschi erano praticamente spariti, salvo alcuni matusalemmi, seduti fuori a crogiolarsi al sole, al di là di ogni pericolo ed offesa.

Verso mezzogiorno il deflusso dei fuggiaschi s'ispessí, una delle principali correnti sfociando proprio fra le braccia di Johnny. Sbucando dai boschi sraditi e quasi trasparenti, vedevano tutto d'un tratto quegli uomini in linea ed in armi e non riconoscendoli di primo acchito scartavano come puledri e si sparpagliavano spaventati, finché Johnny sventolava le mani verso di loro e muoveva ad incontrarli sui soffici prati. Scendevano dalle colline piú alte e piú a sud, come provava il loro accento zézayant. Alla domanda dove andassero, rispondevano invariabilmente «giú, giú», ad una bassaterra (lowland) senza fascisti né tedeschi. Ne avevano visti? No, grazie a Dio ed alla loro prontezza, erano scappati in tempo ed ora andavano «giú, giú». Moltissimi però erano rimasti sui loro luoghi, uomini di pace, inabili alle armi, ma s'erano nascosti, seppelliti in certe buche e cunicoli predisposti da tempo. Uno disse: – Anch'io l'avevo preparato il mio buco, ma non l'avevo mai provato. La cosa mi spaventò, ho preferito scappar giú, la cosa somigliava troppo a una sepoltura –. E poi non pareva un espediente del tutto sicuro, i tedeschi parevano aver portato con sé mute di infallibili cani da fiuto e da presa. A questa inaudita notizia dei cani lupi gli stessi partigiani tremarono e non seppero chiedere maggiori informazioni su quei maledetti cani. Rispondendo alle domande di Johnny, i fuggitivi non cessavano di sbirciare le creste dietro di loro, quasi un'avanguardia nazifascista potesse incoronarle all'improvviso ed allora l'impegno e la morte sarebbero stati immediati, quasi automatici. «Sí, certamente hanno ammazzato non pochi dei vostri, ed anche qualcuno di noi è stato preso ed impiccato». Grande il numero dei granai e delle case incendiate, lassú il cielo era tutto affumicato, enorme la quantità di bestiame asportato, loro ci avrebbero vissuto su abbondantemente tutto l'inverno. Quanto al grano, avevano ordinato di portarlo tutto sulla piazza del paese, i sacchi vennero sboccati e svuotati nel fango ed i loro pesantissimi treni di artiglieria c'erano passati e ripassati sopra fino a confonderlo, miscelarlo irrimediabilmente al fango. Al meglio che finisse, la carestia e l'inedia attendevano le colline superstiti.

Nel pomeriggio vennero in vista partigiani, non piú in squadre, ma in gruppetti vagolanti, mai piú di quattro. E nemmeno sostavano a chieder notizie o indirizzamenti stradali o a discutere la situazione, ma con sfidante disinteresse sfilavano davanti agli uomini in posizione verso il fiume, come se conoscessero la strada come la loro mano. Invero, dal fiume saliva fin lí per i piatti prati un tale messaggio di pace, quasi di ritiro in clinica, e come piú d'uno del presidio di Castagnole non ci resistesse era constatabile con una semplice occhiata circolare.

A un certo punto i rimasti domandarono a Pierre il suo programma. Non rispose, considerava le colline circostanti, mai cosí chiare e nitide, mai tanto unresponsive e indecifrabili. Senza rispondere ritornò al suo telefono, mentre Ettore notava come tutto ciò rassomigliasse, su piccola scala, al giorno dell'armistizio. – È vero, – disse Johnny, – l'8 settembre fu un fatto di telefoni, o troppo silenziosi o troppo loquaci.

Alle 16 il grande silenzio fu formidabilmente disintegrato da una serie di cannonate, cosí dirette e ficcanti ed assordanti come se Castagnole fosse il loro preciso ed unico obiettivo in tutto il mondo. I partigiani sussultarono, in paese strillarono, ma era chiaro che sparavano ancora in Valle Belbo, e non a valle di Feisoglio. Feisoglio comunque giaceva a 15 km. circa dalla linea maggiore di Lampus. Le donne si erano un po' quetate esteriormente, ma ora si serravano intorno ai partigiani per chieder loro se e quando sgomberavano, lasciando cosí il paese aperto, vuoto ed incastigabile ai fascisti dilaganti. Sembrava potessero e volessero dar tutto per la loro evacuazione, che essi si sarebbero ritirati con doni e benedizioni, purché andassero ad essere il fuoco e il capestro di un altro qualunque paese.

Pierre sbatteva frenetico l'apparecchio. Finalmente la comunicazione venne, all'altro capo del filo un ufficiale non conosciuto, con un debole per il gergo umoristico. Pierre aveva chiesto, abbastanza protocollarmente, di Lampus e del destino della sua Prima Divisione.

– Pompano, – disse l'altro.

– Cosa?

– Smammano.

– Che fanno?

– Scappano.

– Madonna!

– Su tutta la linea.

– Voi che fate?

– Ci apprestiamo a difesa, per puro onor di firma. Possono investirci da un'ora all'altra. Scendono come valanghe.

– E noi quaggiú che dobbiamo fare?

– Booh?

– Sei un maledetto imbecille. Sí, ho detto imbecille. Passami... – ma l'altro riattaccò.

Ma un quarto d'ora dopo Nord era all'apparecchio. La sua voce era profonda e neutra come sempre, salvo quando parlava di amori di donne e scherzi di uomini. – Dà gli ordini, Nord, – disse Pierre, la stessa tensione del sollievo e della preghiera suonando come un comando allo stesso Nord.

Tranquillamente Nord premise che quella era la sua ultima telefonata, subito dopo avrebbe fatto spiantar la linea. – Hai ancora molti uomini intorno, Pierre? Non ne bisognano molti. Quindici, venti bastano. Volete spostarvi a Cascina della Langa ed occupare il ciglione per domattina? Dovete soltanto controllare se attaccano e salgono anche dalla città. No, no, non fate resistenza. Fate soltanto una scarica e poi subito si salvi chi può. Noi da Castino sentiremo la vostra scarica e comprenderemo e agiremo in conseguenza.

Con un sorriso Pierre riattaccò e ordinò l'immediata adunata e partenza. Gli uomini erano tutti d'accordo, si adunarono scostando frenetiche donne, ciò che importava per il morale era una decisione, un programma qualunque. E partirono, lasciando le donne con lacrime di sollievo e di maternità.

Erano forti, allenatissimi marciatori (ognuno avendo nelle giovani gambe il cammino di un'intera vita) e chiacchierando e canticchiando, ma attenti ed all'erta, al crepuscolo passarono Coazzolo e a sera Mango. Entrambi i paesi non rilasciavano un atomo di luce, come in un assurdo tentativo di obliterarsi nella tenebra. E non c'era suono, salvo qua e là un crepitio di rami gelati. Un ragazzo disse di conoscere una scorciatoia e molto scrupolosamente la descrisse e raccomandò. Ma era idiotico, sottolinearono gli altri, prendere una scorciatoia verso scontro, imparità, agonia e morte.

Oltre Mango, stava il vero Sinai delle colline, un vasto deserto con nessuna vita civile in cresta ed appena qualche sventurato casale nelle pieghe di qualche vallone. La notte era completa, il sentiero invisibile sotto i piedi tentanti, e un vento sinistro, come nascente da un cimitero di collina, soffiava a strappi, e nel suo calo l'intera atmosfera crocchiava, come per una frizione dei suoi stessi strati di gelo. Solo i cani da guardia dei casali a mezzacosta, fiutando il loro soprano passaggio, latravano brevi e irosi, coi loro padroni che certo li maledicevano e gli promettevano morte per quel deprecato e forse fatale indizio di vita. Piú avanti, il poderoso versante si inertiva e maestosamente incombeva sulla Valle Belbo. Gli uomini sostarono un minuto e guardarono e rifletterono giú nella valle doomed, doomed for the morrow, un immoto mare d'inchiostro. Poi risollevarono gli occhi e li livellarono alla grande collina dirimpettaia di Castino, la sua cresta rigorosamente spenta semiaffogata dalla notte, e pensarono a Nord ed agli uomini intorno a lui, ai tedeschi e cannoni di domani.

Poiché non avevano pranzato avevano fame e Pierre disse che a Cascina della Langa c'era sempre stato, ed anche stanotte, ricetto e vitto per i partigiani. La padrona era una delle piú forti, ardite e cupide donne della collina, e dava da mangiare alle squadre in transito, alla fine d'ogni mese presentava il conto a Nord che sempre la saldava al centesimo. Li avrebbe ospitati e nutriti anche nell'imminenza dell'attacco generale.

Johnny sbucò il primo nell'aia gelata, aperta per tre lati al cielo, puntando alla finestrella traforata di luce al pianterreno. Sentí la rugginosa vibrazione del fildiferro, il veloce raschio sul ghiaccio e l'infuocato ansito, si scansò appena e lo sfiorò la palla di cannone villosa e latrante. Gli altri presero a chiamare ed ammansire la cagna lupa, mentre la finestrella si spegneva e una donna veleggiò nel buio.

– Chi siete? – domandò con una dura voce mascolina.
– Partigiani.
– Di che specie?
– Azzurri. Di Nord.
– Di che brigata o squadra?
– Di Pierre, della mia.
– Se tu sei Pierre, il mio caro figliolo Pierre, dimmi chi avevi con te l'ultima volta che fosti qui.
– Miguel, che è morto nella battaglia in città.

Bastava, la porta venne spalancata, la luce riaccesa. La cagna era quieta adesso, e sessualmente sottostava alle carezze e frizioni degli uomini.

Defluirono tutti in cucina e la donna disse: – Stanotte cucinerò per voi, e forse siete gli ultimi partigiani per i quali potagio, perché domani cucinerò per fascisti e tedeschi, a meno che non mi ammazzino, venendo a sapere da qualcuno tutto quello che ho fatto per amore di voi partigiani –. Doveva aver ben piú di cinquant'anni, ma appariva molto piú giovane per la stessa diminutività e galvanicità della sua persona; aveva bande oleose di capelli ancora neri ed una incredibile sottana nera incredibilmente puzzante. Propose polenta e crauti, formaggio e nocciole, ma gli uomini gridarono che volevano carne per quella specialissima cena, la donna guardò Pierre e Pierre assentí, allora la donna accennò a un paio di partigiani che uscissero con lei a pigliare e uccidere. E come le brillarono gli occhi quando Pierre le disse che la spesa di stanotte non andava sul conto di Nord (Nord aveva qualche probabilità di restar ucciso domani) ma che lui Pierre pagava contanti e lautamente.

Cosí ebbero pollo e coniglio ed il loro brodo, che mangiarono avidamente, sedendo arressati sull'ammattonato, nel fuso alone del camino e delle lampade a carburo. Tutto il pericolo e l'angoscia, tutto il domani obliato o perlomeno accantonato, con quella gran vecchia che li guardava mangiare seduta a gambe larghe sul suo scranno. Ogni momento le sentinelle venivano a tamburellare ai vetri e con smorfie avvertire che avanzassero ragionevolmente anche per loro. Fuori il vento soffiava continuo e la cagna incrociava col naso a sfiorare il terreno rappreso. Ma dopo la cena, pur nel riparo e al caldo, le loro menti si rivolsero forzatamente al domani, alla stessa notte, alla possibilità di non esistere per svegliarsi e mangiare 24 ore dopo. Cosí tutte le facce si tesero, e cessò ogni discorso e stir.

– Tu ti sei fatta intera l'altra notte, Johnny, – disse Pierre. – Va' a coricarti ed io cercherò di non svegliarti fino a domattina –. Johnny si alzò, si districava dalla ressa accosciata, domandando da che parte la stalla. – E non ti spogliare, Johnny. – Non mi spoglio da quando son partigiano, – rispose.

Fuori, non si diresse subito alla stalla, ma uscí dall'aia per confrontare un'ultima volta la notte. La violenza del vento lo ingobbí definitivamente. Nulla era visibile nella ondulante tenebra, udibile soltanto il sinistro, purgatoriale crocchiare dei rami freddi sotto il vento onnipotente.

La stalla era bassa e stretta, sovrapopolata di bestie, e faceva molto caldo, perché le bestie non si erano ancora addormentate e pertanto ridotto l'alitare. Si fece strada fra le bestie e raggiunse la sua favorita mangiatoia. Vi volteggiò dentro, lunga e stretta come una rustica bara, non si cavò nemmeno le scarpe, le slegò appena.

Il giorno ruppe su quiete, immote, sgombre colline, da un cielo quieto e promettente pace. Quando Ettore era entrato a svegliarlo, la sua divisa crocchiava in ogni grinza e ad ogni movimento. – Vuoi credere che le orecchie non mi servono piú? – disse Ettore. – È stato stanotte, mi sono rovinato l'udito nello sforzo di separare, distinguere ogni altro rumore da quello del vento.

Johnny uscí sul ciglione e guardò a Castino: mai era apparso tanto nitido e vivisezionabile nell'aria cristallina, ma non si scorgeva movimento di uomini. Johnny sospirò e andò a spaccare a tallonate la crosta gelata dello stagno fuori del cancello. Non si lavò, estrasse dal taschino il suo spazzolino e si lavò appena i denti con quell'acqua ustionante. Ettore trattenendo il fiato intinse due dita nell'acqua e li passò sulle sue palpebre gonfie. Niente di piú.

– Dov'è Pierre?

– Cerca di tener lontano la vecchia e la sua simpatia.

La donna era giusto apparsa sull'aia ed accennava proprio a loro due. Volevano una speciale colazione con lardo, uova e acciughe? I tre rifiutarono e come se niente fosse stato detto ella andò a liberare tutta la poultry sull'aia che il sole cominciava a bagnare.

Ettore le disse: – Il destino non cambia, ma io al vostro posto le terrei al chiuso –. Ma la donna finí l'opera di liberazione, sempre seguita e scortata dalla lupa, poi si riavvicinò dicendo che nulla sarebbe accaduto, che sarebbe già cominciato se doveva succedere. – Proprio non volete una colazione speciale. Ve lo dico per la simpatia che ho per voi, non per altro, e voi tre partigiani come io me li son sempre sognati: educati, fioriti, cittadini.

Pierre radunò gli uomini e li dispose sul ciglione dominante le ultime svolte della strada dalla città. Fu bello e riscaldante sedere sulle pietre presto tiepide in mezzo all'erba rielasticizzata, gli occhi vaganti lenti e fiduciosi sulla strada deserta. La cagna errava nel gruppo, ora scansando ora sollecitando le pacche e le frizioni, sempre grata, allegra e cameratesca. Gli ultimi sipari di nebbia stavano sperdendosi in alto nel cielo sulla pianura lontana e marina, ora fantomàtici come pizzo sulle grandi spalle nude delle Alpi. E come i vapori si alzavano, gli uomini contavano le cittadine scoperte nella pianura, con una brama per esse e per i loro agi...

Tutta la Valle Belbo andò a fuoco d'un tratto e migliaia di detonazioni echeggiarono tigresche e a lungo sulle colline. Balzarono in piedi e corsero al ciglione sulla Valle Belbo. Non vedevano nulla per i grandi seni delle colline degradanti, ma Pierre capí che stavano sfondando la chiusa appena dopo il ponte su Belbo, per iniziare il formale attacco a Castino. E nel medesimo momento una quantità di contadini che si erano rifugiati nei boschi alla serena sbucarono da essi e fuggirono, in scampo verso le alte colline a nord. Li sorpassarono torrenzialmente, senza uno sguardo né parola.

Il tumulto cessò presto, come la guardia partigiana al

ponte fu spazzata via, poi il silenzio regnò, molto piú sinistro del fragore. Potevano udire la voce della vecchia, nemmeno troppo concitata, richiamare al chiuso tutte le bestie, frammezzo al breve e tozzo latrare della lupa.

Gettarono lo sguardo sull'intera collina di Castino e ci videro sui primi gradienti tutto uno sciamare pacato di LORO. Strade e viottoli e sentieri ne contenevano, salienti con la superba tranquillità della consapevole strapotenza: uomini e carriaggi. E presto, da depressioni, salirono torrette di fumo, ricco fumo nero, pillarlike e leggerissimamente oscillante nell'aria immota. Da ogni tronco d'albero, da ogni fossato, uomini balzavano via e correvano follemente per ogni dove, trepidi e zigzaganti come conigli.

Pierre si torse le mani. – Poiché è scritto, vorrei fosse già finita per Castino.

Quella loro moltitudine, ancora senza sparare, saliva saliva, lenta e quasi svagata, come godendosi l'avvicinamento. Sulle vaste pendici bestiame liberato compiva selvagge sortite sui prati ancora deserti e fiutando l'aria fumosa ed elettrica prendeva a calciare e caricare all'impazzata. Poi Ettore disse che erano già a tiro di mortaio, ma nulla esplodeva.

Erano cosí ipnotizzati avanti dallo spettacolo dell'attacco che soltanto un casuale volgere di testa di un ragazzo li fece tutti voltarsi verso destra. Sul pianoro di bivio Manera, ora zeppo come per una esatta partorizione della terra, tutta una processione di borghesi prigionieri si trascinava avanti, gobba sotto il peso di casse di munizioni, e tedeschi li guidavano da dietro e sui fianchi. E qualcuno di essi fungeva da cozzone, nel bel mezzo di quella miserabile massa di ostaggi-coolies. Dietro, con un tremendo attrito sulla terra rispondente, procedevano una mezza dozzina di pezzi d'artiglieria. Il rotolio dei treni, il gemito dei prigionieri sotto sforzo o per spavento, le urla di incitamento o terroristiche dei tedeschi – i loro petti balenanti al sole per le incordature di munizioni – tutto componeva una nube sonora che presto annerí l'edenico cielo. – Guardate, – fece segno un ragazzo, – ci sono preti fra quei disgraziati! – Di quando in quando un tedesco sollevava la sua machinepistol e rafficava nell'aria, come una sferzata.

Questo nuovo spettacolo li soggiogò a sua volta, lasciandoli a bocca aperta e un rugiadoso gelo alle tempie, sicché una subdola avanguardia tedesca gli spuntò a sinistra e poté spararGli addosso da cinquanta metri, con micidiale repentinità. Furono centrifugati lontano, tutti con nere bende sugli occhi. Il culmine del ciglione su Belbo fontanellava di colpi, Johnny ci si tuffò a occhi chiusi, quindi Ettore.

Johnny sapeva Ettore salvo, entrambi rotolavano follemente per il pendio, uno ora avanti ora dietro. Ma il pensiero di Pierre li torturava, assai piú che i secchi cozzi a piena velocità contro il terreno ossuto, radicoso e gibboso. In capsule di ovatta li raggiungevano e li sorpassavano gli echi degli spari tedeschi, non ancora sul declivio, ma ancora sul tragico poggio. Pochissimi rotolavano dietro di loro, la maggioranza era fuggita centrifugamente, quasi certamente in bocca ad altri tedeschi. Qualcuno, già atterrato al fondo del pendio, li stava chiamando in un tentativo sussurro, cui lo shock conferiva una non desiderata sonorità.

Johnny atterrò contro il pedale di un albero. Si rizzò nel gemito di tutte le sue particelle e vide che Ettore stava rialzandosi poco piú in là, con la medesima pena.

Il terreno soprastante risuonava di un nuovo rotolamento, alzarono gli occhi a riconoscere la cara forma di Pierre, ma era un altro, uno dei piú giovani, che selvaggiamente gemeva ad ogni rullo e sobbalzo. Quando si fermò e si rizzò, lo videro tremendamente ammaccato sulla bocca, con labbra che sanguinavano di viola. Appena in piedi, si avventò ai due con le braccia tese e li afferrò e li scongiurò di non lasciarlo solo, di condurlo con loro dovunque andassero. Mentre lo consolavano rudemente, nuovi tonfi li fecero guardar su, ed era proprio Pierre, scendeva a piccoli balzi e scarti, indenne, quasi eretto.

– E gli altri?

– Non so, uno è rimasto sull'erba, ma prono e non l'ho riconosciuto.

Il ragazzo con la bocca rovinata tremò a verga e disse che

ora dovevano aspettarsi i cani lupi e... Gridò, dovettero tappargli di forza quella bocca sanguinolenta e trascinarlo di peso alquanto piú a valle, dietro un felceto. Da laggiú, nel silenzio delle armi, sentirono dalla cresta scendere un ridere grasso e profondo, poi un gemito collettivo come per scaricarsi di un peso comune ed il pendio riprese a suonare sotto un nuovo rotolamento. Dopo un minuto approdarono al felceto due morti. Si chinarono e li volsero supini: erano due di Castagnole, non molto definiti, Johnny non poteva nemmeno esser certo del loro nome di battaglia, ma due coi quali essi avevano spartito la guardia sulla strada minata, spartito la carne ieri sera, frizionato insieme la cagna, prestato e chiesto in prestito fiammiferi...

Si risparpagliarono, come i tedeschi riprendevano a moschettare nel bosco, le piú riuscite pallottole mandavano sulle loro teste appena un polverio.

Scivolarono giú, piú vicini al torrente. Su una specie di promontorio, schermato da sufficiente vegetazione, alto sul primo tratto visibile d'acqua, si fermarono, non sapendo che fare e dove orientarsi. Il ragazzo lasciava che il suo sangue violetto spicciasse liberamente e tremava sempre verga a verga. Le labbra stavano enfiandoglisi orribilmente ed a nulla servivano i loro fazzoletti pooled. I tedeschi in cresta sparavano ancora, ma cosí, tanto per sparare.

Johnny si fissò a Castino. Il grande sciame si era arrestato sotto l'ultima gobba della collina prima del paese, e pareva (ma tutti i sensi erano delusivi e non fidabili) che i partigiani avessero aperto il fuoco

Pierre bisbigliò. – Sarà meglio guardarci dietro. Forse i cani non sono una storia.

Ettore non sentiva il minimo verso di cane e lo disse.

– Ma sono cani speciali, che non abbaiano mai, se non quando hanno bloccato l'uomo.

Il ragazzo riandò pazzo e si aggrappò a Pierre, scivolandogli alle ginocchia, lungo il suo breve, asciutto corpo. – Aiutatemi! Nascondetemi, nascondetemi bene in qualche posto! – Dove possiamo nasconderti? – Già, fosse stato un ciottolo o un chicco di grano o un uccello di ramo, ma era un uomo. – Sei un uomo!

In quella, la cresta ebbe come un terremoto, mentre l'immenso cielo soprano era dilaniato dal tuono dei cannoni. Andarono con la faccia a terra, come se avessero ricevuto sulle loro nuche lillipuziane quelle enormi palle di cannone. I tedeschi stavano cannoneggiando Castino e nel medesimo tempo gli attaccanti aprirono il fuoco dei mortai. E sin dai primi colpi un grande polverone macchiò la facciata del paese.

Ettore suggerí di togliersi di lí.

– Per dove? – domandò Pierre: – A quest'ora son già dappertutto. Est, ovest, nord e sud.

– Non ci muoviamo! – implorò il ragazzo.

– Muoversi bisogna, – disse Johnny; – Tu Pierre dacci la direzione e non ce la prenderemo mai con te, nemmeno se ci mandi in bocca a loro.

Pierre si rizzò sulle ginocchia e disse con leggerezza: – Allora vogliamo tentare di camminare lungo Belbo e vedere se ci riesce di arrivare in qualche posto prima di loro?

Scesero a tentoni, fra macchie e per scoscendimenti, verso il tranquillo torrente e la piú tranquilla strada. Le cannonate facevano ponte altissimo sul torrente. Quasi al piano, quasi a portata dell'acqua il ragazzo ebbe un'altra crisi. – Non mi portate piú oltre! Mi state portando proprio in bocca a loro. Nascondetemi, nascondetemi!

Pierre gli sibilò di non gridare, a quel modo li richiamava addosso a loro. – Vuoi proprio nasconderti? – gli fece Ettore. – Ebbene, guarda là, – e gli indicava uno stagno d'acqua abbastanza profondo e tutto immoto. – Ce n'è abbastanza per nasconderti alla perfezione e per l'eternità –. Lo lasciarono lí, guadando nell'acqua gelida alta alla caviglia, su un fondo di muschio traditore. Il cielo era sempre cavalcato dalle cannonate ed il rumore della battaglia a Castino si abbassava a un uniforme livello di sonorità. Ma come misero piede sull'altra riva, tutto il fragore cessò, a parte qualche sporadica moschettata, ed essi arguirono che la difesa era saltata, il paese evacuato di furia.

Appena sull'altra riva, – Muoio di desiderio per Valle Bormida, – disse Ettore; – È là che vorrei essere.

– È perché ti trovi in Valle Belbo, – disse Johnny: – Ti trovassi in Bormida smanieresti per essere in Belbo.

Avanzavano nella magra vegetazione riparia verso il paese di Rocchetta, con un occhio costante alla strada parallela, sempre deserta ma non per ciò meno sinistra. Ora il paese era prossimo, spirava pace e sicurezza nell'aria favorevole, le sue case cominciavano a biancheggiare fra il verde quando una vecchia donna vestita di nero sorse come dal terreno ed allargando le braccia sbarrò loro la strada.

– Dove andate, disgraziati?

– Cerchiamo di passare.

– Il paese è pieno di loro, disgraziati.

– Tedeschi o fascisti?

– Di tutt'e due le razze.

Pierre sussurrò: – Hanno già ammazzato?

La donna annuí con un greve inchino della sua haggard faccia.

– Hanno bruciato?

– Stanno per farlo. Riportatevi subito al di là del torrente, riportatevi in alto, ed io pregherò per voi disgraziati.

Allora il ragazzo si avventò sulla vecchia e l'abbracciò, affondando la faccia nel suo nero petto. Annaspò e rantolò, Johnny corse a liberarla, ed ella fuggí follemente, con la camicia strappata.

Riguadarono, ma cosí alla cieca, che si trovarono di fronte una rupe ampia ed erta, con un solo canalone per la salita. Salendo ebbero la raggelante sensazione di star facendolo sotto i loro occhi ridenti e fucili puntati, procrastinanti apposta la libidine del tiro. Ma salirono senza danno, riuscirono sul primo seno della enorme collina, fra scrub e bush. Il ragazzo era arrivato per primo e si era subito disteso lungo, come per un fulmineo attacco di sonno, prostrato dalla paura. Gli sedettero intorno, occhieggiando a disagio la sua schiena inerme, come offerta. Pierre, senza forza nella voce, come se solo volesse ricollaudarla dopo lo strain, disse che si poteva tentar di vedere se la cresta era sempre occupata.

– Ci sono, sicuro come la morte, – disse Ettore: – Io ho fame, vorrei poter mangiare ancora una volta.

Dal paese di Rocchetta stava spiralandosi una cupa nube di fumo, come di locomotiva.

Johnny si accese una sigaretta.

– Sei pazzo? – fece Pierre.

– Lasciami fare, Pierre, lasciami fare, – e per miglior schermo salí distante da loro. Al suonare dei suoi passi sulla terra il ragazzo si destò di soprassalto, ma Johnny lo ridistese con una pedata leggera. Salí ancora, poi si fermò e rivolse a Castino. E allora cennò agli altri che salissero al suo livello, a vedere.

Diciotto torri di fumo, compatto, inscuotibile anche da vento forte, sorgevano dal paese, senza movimento di uomini intorno agli stakes di quel fuoco gigantesco. E giú per la soleggiata strada della collina già ridiscendeva una parte dei conquistatori, in ordinati reparti, seguiti da una teoria di carriaggi. Ma dalla cresta e dalle prime invisibili balze di Valle Bormida echeggiavano i colpi d'incalzamento.

Sarebbero stati addosso a loro in meno di un'ora, in indefesse, gioiose squadre e pattuglie, senza romper mai la loro grande linea di rastrellamento. Stavano impartendo una vera e propria lezione di rastrellamento, essi avrebbero portato la lezione nella tomba, e qui risiedeva la vera grandezza della lezione. Johnny guardando si sentiva meravigliosamente bene ed orribilmente male. Sentiva tutto il suo corpo felicemente vivo e perfettamente funzionante, come non mai, eppure una pallottola, prima di molto, l'avrebbe bloccato e poi corrotto. Cuore e polmoni, testa e mani. Guardò il sole, con la consapevolezza che stavolta non l'avrebbe visto tramontare. Poteva succedergli dovunque, al margine del bosco o ai piedi di un albero, in zona d'ombra o di luce, poteva cadere mentre risaliva il pendio e chissà fin dove sarebbe rotolato il suo corpo. E come sarebbe rimasto, prono o supino? e quali mani l'avrebbero toccato?

– Johnny? – bisbigliò Pierre: – Sei d'accordo di fare un

tentativo per la cresta? al primo imbrunire? – E Johnny assentí, molto apprezzativamente ed amichevolmente.

In tre quarti d'ora la grande colonna reduce da Castino arrivò al piano, presso il ponte sul torrente. Echeggiò una raffica, poi un'altra, certo uno sparo da fermo a fermo, non vi seguí che un gasp dei prigionieri astanti. Un uomo, forse due, erano stati fucilati, i loro cadaveri a giacere a lungo ed emblematicamente sul grande crocevia.

Il sole si stingeva nel cielo dove il gran fumo restava trucemente imperante e la miseria delle sue carboniose origini si riverberò spettralmente su tutto il mondo delle colline.

Essi s'incamminarono su verso la cresta, senza piú parlare, volendoglici tempo per avvezzarsi al nuovo, speciale silenzio del mondo boschivo, fatto di un concentrato bruire, come l'udire un lontano fuoco cadere sulle sue ceneri.

A metà pendio, si ridistesero, ognuno orientato a un punto cardinale, il ragazzo ora calmo per esaurimento.

– Appena abbuia ripartiamo. Piglieremo per il fiume, – disse Pierre, con quella sua ormai costante implicazione di non-comando, ma suggerimento e consulto.

– Sí, per il fiume, – ribadí Ettore, quasi ferocemente.

E tutt'e quattro tacquero, dipingendosi in mente la sua pacifica riva, nella sua pacifica nudità preinvernale, le sue pacifiche acque nella loro pacifica preinvernale crudezza, pacifico doveva suonar l'angelus dalle sequestrate parrocchie sull'altra pacifica riva, e doveva pur esserci, lontano dalla riva e dalle strade, una pacifica fattoria, con gente pacifica e leggermente ottusa, che gli facesse un cristiano cenno di arrampicarsi sul fienile e lassú avvilupparsi tutti in un pacifico santuario di fieno, con appena un piccolissimo tunnel per il respiro.

– Passeremo al traghetto di Barbaresco o a quello piú a valle di Castagnole? – domandò Ettore.

Pierre e Johnny mossero la testa come ad indicare che era tanto indifferente la scelta quanto terribile l'arrivare al punto di scelta.

28
Preinverno 4

Il sole calò, ed enorme, abissale fu la perdita di esso. Un vento lo rimpiazzò, vesperale, luttuoso e cricchiante. Piú attenuato che nel cielo aperto, dove prese ad attaccare e sfilacciare le maestose colonne di fumo alte sui paesi puniti, soffiava anche nel bosco, moltiplicando la sua vita segreta ed i motivi di sussulto. Il ragazzo riprese a tremare e farneticare, ma adesso in gemiti mormorati, come un bambino sotto incubo.

Si rialzarono e mossero i primi passi verso l'alto. Facevano strada nel cuore del bosco, tra la vallata lacerata da sporadici spari e la cresta perfettamente silenziosa, a metà della grande collina. Camminavano nel bosco, in zone d'ombra sempre piú cupe, nel crescendo del vento, e pareva che ogni altro sentimento ed istinto si annientasse in questa primeva marcia verso il piú piatto della sicurezza attraverso il piú erto del rischio. E – Passiamo, passiamo, – continuava a bisbigliare Ettore, con una specie di voce dell'anima, come per una collettiva suggestione.

Erano di fronte ad una radura, con un ultimo streghesco gioco di luce ed ombra, ed assolutamente esente di quella vita bruente e cigolante di ogni altro punto del bosco. Johnny ci entrò il primo, avendo sotto i piedi una sensazione di piano asfodelico, e ci si era già abbastanza addentrato quando una raffica di mitra e qualche fucilata lacerarono il mondo circostante. La terra fontanellò ed i rami crepitarono sotto i colpi, ed un attimo dopo un uomo, un partigiano, volò abbasso, a capofitto, sfrecciando nella loro direzione, appena sfiorando la terra, del tutto senza peso ed aerizzato. E passando urlò che venissero via, via, e tutti si posero nella sua scia vertiginosa, mentre da sopra il fuoco riprendeva, astioso e tentativo. Johnny si buttò di corsa, ma il ragazzo gli sbarrò la strada. Aveva gettato il fucile e stava cadendo ginocchioni, le mani giunte sul petto, paralizzato e piegato dal terrore. Sicché Johnny gli finí addosso con le ginocchia unite e lo catapultò giú rotoloni, inseguendolo e ricalciandolo nel suo rotolar giú, in momentaneo scampo.

Loro due soli si ritrovarono su uno sperone alto sul torrente che nell'imbrunire dava solo piú suono e non barbaglio. Johnny si sdraiò, coprendo con lo sten la prima balza, mentre il cuore gli si crepava per l'assenza di Pierre ed Ettore. Il ragazzo giaceva riverso e come moribondo, poi prese a lamentarsi. – Mi hai salvato, ma mi hai sfondato il petto. Sicuramente ho tante costole rotte.

– Respira profondamente e senti se ti fa male.

– Mi fa male sí.

– Molto male?

Provò e disse di no.

– Allora non hai costole rotte e ringraziami.

Il ragazzo disse: – Ho perduto il mio fucile...

– Ho visto.

– ... ed ora mi disfaccio delle munizioni, – e Johnny sentí l'atterrar sordo del sacchetto sull'erba. – Ora non sono piú un partigiano, non è vero? Non possono piú uccidermi, per nessuna prova. Possono fermarmi ed interrogarmi e magari imprigionarmi, ma non possono piú uccidermi sul posto. A te che ne pare?

Sospirò: – Hai indosso un giubbotto grigioverde e calzoni mimetici. Ti uccideranno solo perché sei vestito cosí. Cambiarti non hai da cambiarti e nudo non puoi girare, perché essi capiranno e ti uccideranno bell'e nudo.

Il ragazzo era cosí stanco che rivelò solo parziale delusione. Johnny smise di vigilare sulla balza e si rivolse giú al torrente.

La notte precoce pesava dal cielo, ancora distinguibile in essa il galleggiante caos di fumo avvilito e sbaragliato, la strada parallela al torrente era solo piú il fantasma di se stessa. Ettore e Pierre mi cercheranno, pensò, non tenteranno di passare senza di me. Ed un'acuta gelosia lo prese del nuovo partigiano che era il nuovo compagno di quei due. Poi un repentino crepitio lo fece vibrare di paura e poi di gioia, perché erano Pierre ed Ettore e quel terzo che strisciavano intorno in cerca di lui.

Del terzo Johnny poteva soltanto sentire la voce bisbigliante ed oscuramente indovinarne la taglia. Aveva una voce grommosa, reumatica, che tradiva un'età notevolmente superiore alla media partigiana. Si chiamava Jackie. Si fregò cordialmente le mani e disse che era capitato molto bene, in eccellente compagnia, in quella sua fuga a capofitto.

Dovettero rinunciare al fiume, Jackie avendo precisato che esso era assolutamente inaccessibile, la cresta essendo fittamente guarnita di nemici, in maggioranza tedeschi, dal bivio di Manera a Mango. Concordarono allora di passare in Valle Bormida, con la prospettiva di una discreta sistemazione, essendo che Jackie la conosceva benissimo e ci aveva «delle basi». Cosí, a notte compita, l'alone cinerino degli incendi localizzando i paesi e guidandoli fuori e lontano da essi, partirono dirigendosi al torrente per guadarlo. Ma il ragazzo ricadde nel panico e riprese a smaniare e torcersi e stavolta essi lo mollarono senz'altro nel bosco. Li inseguí pazzamente e li raggiunse ancora nel bosco.

Mentre guadavano, Jackie disse che conveniva lasciare indietro il ragazzo, tanto piú che era disarmato. Dicendo questo, la voce di Jackie era piú che mai anziana. Il ragazzo si aggrappò a Pierre, remorandolo nel guado, poi come Pierre non gli dava retta s'incattiví. – Se mi mollate, grido a squarciagola e ve li faccio arrivare addosso. – E noi, disse Ettore, – ti anneghiamo all'istante in questi due palmi d'acqua.

Allora corse avanti ed approdò il primo. Ma davanti a quella solitudine minutaria, davanti al fantasma della strada il ragazzo tornò indietro, in mezzo a loro. Pierre lo afferrò per il collo. – Stai facendo un chiasso d'inferno. Ora basta, cercati da solo la tua vita o la tua morte.

– Dobbiamo sbarazzarcene sul serio, – disse Ettore.

– Io vi seguirò dappertutto, – disse lui con la petulanza della estrema disperazione. – Spararmi non mi sparerete di certo, con loro vicini.

– Non ti spareremo, – disse la calma, grommata voce di Jackie, – ma per spacciarti... – e si sentí lo sfrigolante sfoderarsi di una baionetta.

Il ragazzo corse sulla strada e lí ebbe subito la sua ispirazione. Quando lo raggiunsero sulla strada, egli stava ginocchioni a esaminare una conduttura corrente sotto la strada stretta e sfociante sul pendio verso il torrente. Sollevò appena la testa e bisbigliò che aveva trovato il fatto suo e d'ora innanzi non avrebbe piú avuto bisogno di loro. Si inginocchiarono tutti ad esaminare il tubo. – I fascisti non si sogneranno mai di frugare in questo tubo ed io ci starò benissimo fino alla fine.

Stava prendendo le misure per infilarcisi. Ora che il ragazzo aveva deciso, Johnny relented at him. – Prima d'infilarti, sei sicuro di poterci resistere?

– Ma che c'è da resistere?

– Possono passare notti e giorni, e magari lí dentro ci sono bestiacce schifose.

– Questo è niente, purché non ci siano degli uomini.

– Ti passeranno sopra, con camion e treni d'artiglieria. Il rumore ti farà impazzire e impazzito uscirai fuori ed essi ti stenderanno facile...

Ma era certissimo di resisterci e si infilò per la testa e le spalle e Johnny lo forzò per i piedi tutto dentro.

Balzarono oltre la strada e presero a salire, dirigendosi là dove la loro mentale geografia scansava ed escludeva gli abitati. Salirono al pulito ed in macchia e poi in bosco e qui presero respiro. Una volta che si voltarono indietro videro in valle Rocchetta a fuoco in parte ed in parte punteggiata dalle luci dei loro campi ed alloggi. Altre nuvole rossastre impendevano ebbramente nella completa notte su altri paesi per tutto il resto di Valle Belbo. Ma non c'era vento e tanto meno spari.

Jackie chiese una sosta. – Sono morto di cammino. Sapete, io non ho piú la vostra età.

Sedettero sulla terra rappresa, appoggiandosi a tronchi crocchianti, e dopo un po' Ettore domandò molto torpidamente se il freddo poteva loro nuocere molto se si addormentavano lí. Pierre piuttosto eccitato rispose che non si sarebbero affatto addormentati lí ed allora Ettore disse: – Non parlarmi con quel tono, Pierre, dovresti sapere che razza di giornata abbiamo sulle spalle –. Ciononostante dopo un po' ripresero a salire.

Passarono davanti a un solitario casale miserabile e gli sostarono davanti non piú di un attimo per sentire il morto silenzio all'interno ed intuire la veglia febbrile dei suoi imbavagliati abitanti. Finché il cane di guardia si precipitò al limite della catena, ululando. Enorme, trafiggente era la risonanza dell'abbaio ed essi fuggirono via e lontano, mentre la bestia continuava a latrare allo spettro-suono dei loro passi lontananti. – Bastardo! – ansimò Jackie. – Io amo i cani piú di ogni altra bestia, ma di questi tempi andrebbero sterminati tutti.

Possente ed invalicabile era l'onda della grande collina, marciarono ancora molto prima che Pierre esprimesse la sua convinzione che dovevano ormai trovarsi all'altezza di Castino, quasi in cresta. Cosí entrando in un altro grande bosco, fecero alt nel piú protetto e central suo, accadesse quel che volesse. Si sedettero sulla terra rappresa, appoggiandosi a tronchi crepitanti, senza fiato per il freddo condensantesi, sentendo appieno su e dentro di sé l'integrità dell'umana loro miseria fino ad allora mascherata e narcotizzata dall'eccitazione per la vita. Le teste penzolavano, ma gli occhi non si chiudevano, per tener le mani calde avevano rilasciato le armi a terra, vi aderivano come metallici pesci in secco. La fame li torturava con dita cinesi. Domani, domani al piú tardi, per mangiare avrebbero dovuto sfondare porte sprangate, e puntar le armi contro donne solitarie e mortalmente atterrite. Non era per negar loro cibo, ma non volevano che gli entrassero nemmeno per un attimo sotto il tetto, vi lasciassero il loro odore puro e semplice. Domani.

Jackie parlò e la sua voce era ninnante a dispetto della sua rauchità. – Se arriviamo alla Bormida, se ci passiamo in mezzo, conosco una cascina appena fuori Perletto, messa in un anfratto che certamente non sta nelle loro carte topografiche. Ci sta una vecchia coppia, generosa ed abbastanza coraggiosa. Ci ospiteranno tutt'e quattro e ci daranno da mangiare ed un cantuccio sicuro per dormirci. Dobbiamo soltanto studiare di arrivarci senza esser visti da altra gente e sopratutto dai loro ufficiali che certamente guardano dappertutto coi binoccoli. Poi avremo da mangiare e potremo poi dormire trentasei, quarantotto, settantadue ore filate.

Si alzò e passeggiò in circolo come per un esercizio contro il freddo.

– Questo rastrellamento è grande, ma non durerà in eterno, e noi possiamo arrivare alla fine semplicemente mangiando e dormendo. Fatemi il piacere di pensarci con me. Pane di forno, di quello che in mano ti cricchia e tante tante fette di pancetta, bianchissima, con quella bella venetta rossa circolare...

– Impiccati! – disse Ettore.

Poi sembrò a Johnny che Pierre, dall'abisso della narcosi, dicesse che dovevano far guardia, assolutamente non dovevano addormentarsi tutt'insieme, con una vena di rassegnato orgasmo nella voce calante, quindi stettero tutti immoti e non vivi, particella gelata del bosco crocchiante.

29
Preinverno 5

L'alba fu come un crepuscolo. Miserabilmente Johnny si stirò e snodò e mosse a svegliare gli altri intirizziti. Cosí vide in luce Jackie. Era oltre i quarant'anni, e la leggerezza era la sua principale caratteristica, dalla capigliatura rada ed espansa fino alle scheletriche gambette, la loro magrezza spietatamente sottolineata dall'abbondanza delle brache da cavalleria e dalle fasce dell'esercito. Indossava poi un giubbotto d'incerato, molto abbondante rispetto al suo povero torace, attraversato soltanto da una bandoliera da carabiniere. Erano tutti in piedi e tesero le orecchie. Il silenzio era perfetto, quasi da incantarcisi su, ma finí troppo presto.

Voci e rumori, filtrando nell'aria sterminata ma purissima, salivano ad avvisare che i fascisti erano in piedi e pronti, laggiú in Valle Belbo. Marciarono per uscire dal bosco della notte verso il crinale Belbo-Bormida.

Una squadra disperata scattò da un macchione, diretta al basso e furono a un pelo dal rafficarsi a vicenda. Erano partigiani, tutti in uniforme inglese, certamente uomini della Prima Divisione scaraventati a nord dalla disfatta di Lampus ed ora galleggianti su quelle ignote colline. Uno di essi portava il bren a tracolla, le mani strette alla canna, pronto al fuoco.

Senza fermarsi uno di loro chiese dove andassero.

– In Valle Bormida.

Quello del bren rise strainedly. – Andateci, andateci! – e

passarono via e giú. Ettore si voltò e disse: – E voi andate in Belbo. Andateci, andateci!

Riuscirono sul crinale, vertiginoso sull'enorme vallata, e su di esso stettero proni ed anelanti. Tutte le strade ed i poggi sciamavano di fascisti, ed una grossa colonna stava ascendendo la strada per il crinale, ad ogni svolta apparendo piú grossa e quadrata e tremenda. Guizzarono di fianco a un boschetto di secchi pinastri e si accomodarono ognuno dietro un tronco e riguardarono in Bormida. La colonna in marcia stava consumando un tratto in piano. Laggiú in valle piú d'una casa finiva di andare a fuoco, il fumo condensandosi in alteri pilastri nell'aria unstirred.

Jackie tese una mano tremante e indicò Perletto, inaccessibile e a fuoco.

In quella un tumulto scoppiò a mezzacosta, dalla parte di Belbo. Il bren rafficò improvviso, seguí una fitta fucileria, si infittì ancora, il bren rifece un frullo, ma solo un frullo, poi il martellio della inostacolata fucileria e piú niente. Dunque le colonne da Belbo salivano ad incontrare la colonna da Bormida. Questa stava entrando nella terzultima svolta avanti il crinale. Dovevano sgomberare, scegliersi il posto di morte in Bormida o Belbo. Tutti erano per Belbo, ma in quale parte? Erano dappertutto e serravano, serravano.

– Se la vacca terra si aprisse... – sospirò Jackie.

Allora Johnny vide il grande rittano e l'additò. A sinistra di Castino l'enorme seno della collina si crepacciava in un angusto ma profondo rittano, cupamente orlato di vegetazione intisichita, che scendeva a precipizio fin quasi al piano di Belbo.

– Hanno un sacro terrore dei rittani, – disse Johnny, ma sbrighiamoci prima che ci avvistino coi binoccoli.

Nessuno era convinto, ma tutti corsero al crepaccio, vi scesero come rettili sulla parete erta e dura. E al fondo Jackie mostrò le mani, lacerate e sanguinanti per l'aggrappo a un verde rovoso, per non precipitarsi a testa prima.

Laggiú era molto freddo e buio, con una gelida, sporca acqua che morosamente rivolava fra venefica crescita di un verde eternamente senza sole. Avanzarono di poco verso un verde piú folto e vi si tuffarono, subito dopo tendendo gli orecchi fino allo spasimo. Ma non sentirono niente e niente avrebbero continuato a sentire, a meno che non arrivassero fin sull'orlo del rittano. Ettore fissò una volta Johnny e gli scosse la testa appena percettibilmente.

Passarono ore (i campanili di Castino e Rocchetta le battevano regolarmente) in quella torturante quiete, essi avendo visioni negli occhi e negli orecchi rumori che li facevano spesso scattar la testa e puntar le armi al ciglione con un grande, enorme sfrascare. E gli altri stringevano le labbra e poi gli occhi per non fulminare il colpevole con la parola o lo sguardo.

I fascisti dovevano star trovando niente, perché non echeggiavano spari. Piú tardi, arrivò fin laggiú un loro sommesso e mischiato mormorio, come se le due colonne si fossero incontrate, ed ora stessero fraternizzando e riposando insieme. Pierre chiese a fior di labbra l'ora, ma tutti avevano gli orologi fermi o danneggiati. Poi, le undici batterono ai due campanili, con una tristezza di vespro.

Pierre suggerí di scendere un altro po' per il rittano, restava pur sempre il rittano, e tutti si accennarono d'accordo, quel semplice spostamento parendo dovesse sollevarli un poco. Scesero di un centinaio di passi verso un altro fitto verde, ed un'altra ora passò col ciglione sempre vergine. Allora Jackie pensò di parlare, e bisbigliò sulla guancia di Johnny. – Bravo, avevi ragione. Hanno un sacro terrore dei rittani... – Gli italiani non tanto. I tedeschi sí. Non ci scendono mai. – Speriamo che i nostri siano tedeschi, disse Jackie.

– Non dire speriamo, – disse Ettore, in preda a superstizione.

Detonarono alcuni colpi, né lontani né vicini, ed abbastanza paradossalmente riuscirono di sollievo ai loro orecchi spasimanti. Doveva esser vicino mezzogiorno e dovevano pur far tregua, sedersi per il rancio. Scesero un altro po', di altri cento passi. Il rittano perdeva gradatamente profondità ed anche selvaggità ed essi dovettero pensare se piú avanti esso fosse ancora sufficiente a coprire una persona pur china. La sporca correntuccia aveva acquistato una certa sonorità e la parete si era fatta molto piú lene. Lí udirono per la prima volta le loro voci e richiami, alti ed aspri, ma adolescenti, suonanti fuori servizio, quasi facessero ricreazione.

Scesero ancora e si fermarono perché la ripa si faceva cosí bassa da riuscire quasi a livello di uno spiazzo ghiaiato ed ai campi finitimi. Proprio sopra quello spiazzo era visibile il tetto di una grossa fattoria, dall'aia della quale doveva spandersi il loro indefinibile ronzio. Stettero piatti e senza respiro sui detriti d'acqua e pietrame, cercando di indovinare dove stessero e che facessero. Ma l'unica cosa che poterono appurare era che erano tutti italiani.

Un uomo veniva alla loro volta, tenendo un secchio. Era un ilota, con faccia e movimenti animaleschi, parlava a se stesso con una voce mugghiante e saputa, allegro. Era certamente il servitore ebete di quella grossa fattoria, quale piú d'uno i contadini di quelle parti rilevano dagli ospizi e tengono con sé tutta la vita in servizio. E Johnny tremò al suo avvicinarsi, tremò davanti a quella faccia idiotica, al suo passo ed al suo brontolio incoerente.

Li vide, per quanto si appiattissero ed i suoi bruti occhi lampeggiarono. Buttò il secchio a terra, bofonchiò, poi prese a ballare e gesticolare, mentre loro quattro gli facevano cenni carezzevoli come ad un grosso cane in vena di maldestri. Poi la sua voce bruta salí a una certa chiarezza e comprensibilità.

– Voi siete partigiani. Partigiani. Qui ci sono i partigiani. Ora vado a chiamare i cappelli di ferro. I cappelli di ferro arrivano e vi ammazzano lí dove siete.

Johnny ed Ettore strisciavano verso lo spiazzo per afferrarlo per le gambe e ribaltarlo con loro nel rittano, dove l'avrebbero tramortito o strozzato, ma il folle li vide e ridendo cominciò a ritirarsi. In quella apparve un vecchio contadino, con la fronte aggrottata, vide e capí mettendosi le mani in testa. Corse al suo servitore ebete e l'afferrò, lo chiamava dolcemente per nome e lo scongiurava e nel frattempo mi-

micked ai quattro che i fascisti erano sulla sua aia ed erano tanti, stavano ancora mangiando ed essi dovevano scappar lontano, sempre lungo il rittano. Partirono acquattati, mentre il vecchio afferrava piú stretto l'ebete che ora si rivoltava e muggiva qualcosa intorno ai cappelli di ferro.

Scendevano, ma presto la paura che l'idiota prevalesse sul vecchio o urlasse tanto da far scattare i fascisti li afferrò, li spinse a volare eretti lungo il rittano che ora per fortuna riapprofondiva.

Si accostavano alla foce del rittano, ad ogni passo crescendo in loro il terrore di vederla ostruita da pazienti, miranti fascisti. Ma era perfettamente aperta, quasi sabbatica, nel liquido alitare di una pace silvana. Ripresero fiato e spiarono avanti: la strada in valle era deserta e quieta, il successivo torrente riluceva parcamente al sole dietro il magro schermo del verde di riva. Poi alzarono gli occhi all'enorme, immoto seno della grande collina del giorno prima e ne sentirono una straziante nostalgia.

– Lasciatemi partire il primo, – pregò Jackie, – in considerazione che non ho piú la vostra età –. Già aveva in petto l'oppressione della volata non ancora intrapresa.

– Perché non sei rimasto a casa alla tua maledetta età, disse Ettore, ma Jackie non sentí, correva alla strada, come un cervo sulle sue gambette scheletrite. Ettore lo seguí, poi Johnny, senza guardarsi ai lati, puntando alla depressione in cui erano scomparsi i primi due.

Ultimo partí Pierre, ma subito la strada fu percorsa da spari di semiautomatico. Pierre restò come inchiodato, poi riscattò, arrivò con parecchi scarti alla conchetta. Si slanciarono insieme nell'acqua, cosí impetuosamente che il primo spruzzo scavalcò all'altra riva, mentre il semiautomatico riprendeva il fuoco. Johnny sbirciò a destra e vide una pattuglia sbucare dall'angolo di una casa: erano tre, ma uno solo sparava, col semiautomatico. Si erano riparati dietro un mucchio di ghiaia sulla strada e scrutavano le prime balze della collina, come se già li avessero persi di vista. Infine si ritirarono, temendo forse che i partigiani rispondessero al fuoco da qualche punto ignoto.

Salirono un po', quindi si stesero sull'erba, ognuno orientato a un punto cardinale. Purché il semiautomatico non avesse avvertito e richiamato in basso qualche pattuglia in moto sulla cresta.

– A che pensi, Ettore?

– Penso alla differenza tra il presente e i giorni della città.

– Non ti è mai balenata l'idea di qualcosa di simile laggiú in città? Mai una volta?

– No, mai. Io andavo come ubriaco laggiú in città. Eravamo tutti ubriachi.

Avevano troppa fame, e il meno resistente ed il piú intrattabile era il vecchio Jackie. Infine esplose: – Io non so, e nemmeno me ne curo, quale sia il vostro programma. Per me, appena scurisce punto su Cascina della Langa. A quest'ora i tedeschi dovrebbero già essersene andati. L'artiglieria ha finito il suo lavoro. Vado lassú e la vecchia mi darà da mangiare, oh se me ne darà.

– Fai piani a lunga scadenza, eh? – fece Pierre. – Quando scurisce...

Tuttavia il crepuscolo arrivò, essi tutto quel tempo fissi alla grande collina dirimpetto, sempre meno corsa dalle loro squadre, evidentemente anch'essi sentivano fatica.

Piú tardi, sorse un rombo di camion nelle vicine profondità di valle Belbo e, piú tardi, ancora, forse a Cossano, una serie di raffiche. E fu come se quelle pallottole entrassero nelle loro carni e le sforbiciassero, ed essi si dimenarono supini sull'erba tough per dolore e spavento direttamente sentiti. Perché quelle raffiche suonavano cosí misurate, puntuali, e cosí ufficialmente intervallate che non si poteva nemmeno dubitare che non si trattasse di fucilazioni. Forse a Cossano.

Poi si fissarono al cielo ed agli sconfinati suoi specchi sulle colline, ed ogni sguardo era una preghiera, un'imposizione al mondo di caricarsi di piú cupe tinte, per drenare il cielo e la terra dei colori del giorno. Finché tutto il residuo colore del cielo si ridusse a qualche moribondo tizzone in un letto di fosche ceneri. Allora Jackie si alzò, gigantescamente stirando la sua figurina ragnosa e disse: – Ragazzi, vi rendete conto che siamo vivi e in piedi al finire del secondo giorno? Non faranno mica la Sei Giorni?

Partirono. Per l'oscurità e la cautela impiegarono piú di un'ora ad arrivare a veder la cresta. In repentinità quasi di miraggio, massiva e stregata, apparve la grande cascina solitaria sulla cresta, con lumi alle fessure delle sue impannate scassate. Salirono d'un altro po' ed allora esplose la voce della cagna lupa: breve e rotonda, e probabilmente si era già messa in crociera, ma nessuna piú nera silhouette si stampò fuggevolmente sui neri muri. Tuttavia Jackie maledí la cagna, ma Johnny bisbigliò che faceva lo stesso, tanto i tedeschi erano ancora in casa. Essi tesero l'udito come un arco, ma non gli credettero, ma Johnny aveva sentito, come in una sfera di sogno, le intrecciate voci dei soldati tedeschi. – Ci sono, vi dico, e fanno festa.

Ettore e Pierre non dissero niente, ma Jackie gli diede del «visionario». Idrofobo per la fame, stava tastando il terreno per l'ultimo sbalzo alla cresta. Quando si udí distintamente sul sentiero di cresta lo zampare della cagna invisibile, poi sostare e quasi si udí l'inspirazione d'aria nella sua gola aprentesi al latrato. Latrò, Jackie tese i pugni nel buio e disse: – Ti faccio secca... – poi udirono il violento spalancarsi di un'impannata ed il rullare di piedi ferrati all'angolo della casa e sul viottolo, con iterati allarmi in tedesco. Poi una prima scarica. Rotolarono giú alla cieca, sul nero, ferente nulla, mentre altre scariche detonavano.

Atterrarono, i tedeschi non sparavano piú, la cagna diede ancora un paio d'urli. Appena fermo, Ettore si avventò su Jackie. – Io ti faccio secco a pugni, vecchio cretino, – e colpí ripetutamente il gracile Jackie, che sotto gemeva ed allegava la fame e la sua diversa età. Poi Ettore lo lasciò, ma disse: – Sia chiaro che questo vecchio scemo con noi non ce lo voglio piú, questo vecchio scemo che a momenti fa di noi tanti cadaveri.

I tre marciarono subito avanti quasi a volerlo perder nel bosco, ma Jackie li rincorse, gemendo che ieri aveva loro salvato la vita, magari senza intenzione. Dopo mezzo chilometro di bosco erano nuovamente insieme, in acida, aggrottata cameratità.

Viaggiavano verso destra a mezzacosta, nel piú folto e crocchiante del bosco, sapendo anche troppo bene dove andavano a finire eppure non sapendo a che potesse servire quel loro procedere thither. Avanti a loro giaceva il grande bosco di Madonna della Rovere, a mezzavia tra Mango e Cossano, nel cuore dei cuori dell'occupatissima bassa valle Belbo. Sicché Johnny espose, piú come desiderio che suggerimento, di tagliar dritto alla cresta poco prima di Mango e di là marciare direttamente, scavalcando quattro colline, al mai dimenticato fiume. Ora gli bastava, sembravagli, di vederlo soltanto il fiume, di avere una vista anche fuggevole della sua riva di pace. Ma Pierre osservò brevemente che a quest'ora le due rive dovevano sciamare di loro, a meno che non fossero scemi, e stavano abbondantemente provando di non esserlo affatto. Sarebbe stato atroce, a poco dire, cascargli in bocca proprio posando il piede su quella riva sognata.

– Cos'hai, Pierre? – domandò Johnny, perplesso alla sua voce. La voce di Pierre aveva sempre teso un poco alla querulità, ma ora, ora come mai, raschiava e saltellava.

– Debbo avere qualche linea di febbre.

Johnny andò a tastargli la fronte, ma nulla potevano giudicare le sue dita insensibilizzate dal freddo. Però, – Per tremare tremi, – disse.

Jackie si frappose, premurosissimo. – Hai la febbre, capo? Per tutti i santi, hai la febbre? – ma Johnny gli disse seccamente di non far lagne.

Si fermarono nel cuore del bosco di Madonna della Rovere, l'abbattuto Jackie cercava pateticamente di rendersi utile, voleva far lui tutto il lavoro che c'era da fare, ma non c'era altro da fare che lasciarsi cascar seduti lungo un vitreo tronco sul terreno rappreso. Allora, mentre come in coma vegliavano, dopo essersi trattenuto il piú possibile, ansioso di non addormentarsi in cattivi rapporti, scoppiò.

– Siete ragazzi molto in gamba, tutt'e tre. Davvero, sono stato fortunato a capitare con voi.

– Noi non altrettanto, – fece Ettore.

– Almeno ammettete che vi ho salvato la vita. Stavate andando in bocca ai tedeschi. Potete star certi che non farò piú niente di scemo. La fame, la fame a momenti rovinava me e voi.

– La fame adesso ti tappasse la bocca.

– Per piacere, lasciatemi sfogare. Io vorrei che dopo questo mi teneste con voi. Rifarete certo una bella squadra. Voi non siete i tipi da cedere.

– Vedremo, – gorgogliò Pierre.

– Non vi deluderò e non vi farò arrabbiare, vedrete. Farò tutto quello che mi ordinerete, avendo riguardo e considerazione per la mia dannata età.

– A proposito della tua età, – disse Ettore, – perché diavolo ti sei fatto partigiano a questa tua dannata età? Per parlar chiaro, io propendo a vederci il difetto nei partigiani non troppo giovani. D'istinto non mi fido di loro, per continuare a parlar chiaro, ci vedo... interessi.

– Interessi? Quali interessi? Io non so di altri partigiani all'incirca della mia età, ma io posso dirti che fui e sono partigiano per l'idea. Ed è una vecchia idea, quando voi eravate marmocchi io già avevo grane per l'idea. Ma di questi tempi mi è sembrato troppo poco e cosí mi sono cacciato nei partigiani.

– Quando?

– Solamente ai primi di ottobre, nell'entusiasmo della città, e ammetto che è molto poco. Ma ho scelto la peggior stagione in rapporto alla mia età. Ma l'idea è in me e ci rimane, anche se domattina mi troverò con la faccia contro un muro. Quindi rispettatemi, ragazzi, e fidatevi di me.

– Si direbbe che non hai piú fame, Jackie?

– Già, perché parlo della mia idea.

Pierre era già in fondo al pozzo del sonno, un sacco floscio e singultante ai piedi di un tronco, ed anche il loquace Jackie scivolava, scivolò finché ristette immoto, inamidato. Ettore si sistemò meglio contro il suo di tronco e disse: – Forse avevi ragione tu, Johnny, marciare direttamente al fiume.

– Non cabalizziamo, Ettore. Domani sarà lo stesso, se saremo fortunati.

– Fortunati!?

– E poi Pierre non ce la faceva per quattro colline. Hai freddo?

– Maledetto. I fascisti sono un di piú. Ci ammazza da solo il freddo.

La sua voce calava, insonnoliva, era presso ad abbandonare Johnny alla veglia, cosicché Johnny accorse a salvar se stesso, trattenendo Ettore sulla china della narcosi. Con un impeto infantile gli chiese di parlargli della città.

– Che cosa della città?

– Quello che vuoi, magari dei tempi in cui non ci sognavamo neppure qualcosa di simile...

– La città è laggiú, – disse Ettore dreamily.

– Lo so.

– Ed è piena di loro.

– Sí, impidocchiata di loro.

– Già, impidocchiata di loro. Ma stanno facendo fare a noi la fine dei pidocchi, Johnny. Ci schiacceranno tutti.

Si rannicchiò a ridosso del tronco, le ginocchia gli sorreggevano il mento. – Ora farò un sogno, mi comando di fare un sogno. Io seduto a tavola, a 22 gradi di calore, una sala bella e sicura, che mi mangio il mio menu preferito e mia madre che mi serve personalmente.

Johnny non aveva sonno. Come ultimo esercizio contro il freddo, da fruttare per tutta la notte, errò un poco nei dintorni di quello spento bivacco; poi tornò dai tre, scalcianti, sibilanti e gementi nel loro squallido sonno, che egli però invidiò loro. Ma non veniva, gli aleggiava sulla testa, senza posarcisi mai. Non paura né cautela lo tenevano lontano, perché era sommamente indifferente; sotto l'onnipotente vento il bosco crocchiava e gemeva tanto che il suo suono avrebbe sommerso il trampling di un reggimento. Nemmeno la fame lo teneva lontano; al momento la fame era ancora la piú mite abitatrice di lui. Piú tardi cominciò ad avvertire la graduale ibernazione del suo corpo. Scosse i piedi e gli scarponi e li vide oscillare leggeri come piume staccate, con nessuna incidenza segante sulle caviglie. Si rilasciò contro un tronco, assunse la posizione piú passiva e favorevole al sonno. Prese ad autosuggestionarsi, avrebbe ripetuto magari mille volte l'intercalare di Bunyan: – And, as I slept, I dreamed a dream. And, as I slept...

Al termine della notte, Ettore lo svegliò, disse poi che stava scuotendolo da cinque minuti, ma evidentemente le sue mani assiderate non avevano peso né presa. Jackie stava alzandosi, solo Pierre aderiva ancora alla terra, con febbre negli occhi e sulle labbra.

Johnny andò a speculare sulla Valle Belbo. Il silenzio era perfetto, nessuno si era ancora svegliato laggiú, nemmeno un gallo.

Tornò, chiese: – Per dove prendiamo? – a Pierre che stava sollevandosi.

– Per dove essi sciamano meno, – rispose.

– Resta a sapere dove sciamano meno, – obiettò Johnny.

– Allora aspettiamo il far del giorno, – disse Pierre, riadagiandosi. Per i brividi balbettava.

Dopo un po', Johnny disse che conveniva partire per il crinale di Mango, per avere chiara e diretta indicazione alla temuta e desiderata nascita della luce. Partirono, tentoni nel buio, Pierre tentonando il doppio.

La luce s'insinuava a piccolissime dosi, quasi rimpiangendo il suo notturno emisfero, ed in quella avarizia di luce ascesero per il bosco al fantomatico profilo del crinale. Poi l'occhio di Jackie, aguzzato dalla fame, scorse un casale, solitario, misero ed ostile al margine del grande bosco. Avanzò il primo in punta di piedi sulla piccola aia senza guardia di cane, prima sussurrò, poi gridò il richiamo agli abitanti. L'uscio e le finestrelle rimasero sprangati, ma dallo sbrecciato angolo della casa si fece avanti una donna e alzò la mano alla bocca davanti alle loro armi spianate. Le abbassarono. La sua giovane faccia era devastata dall'insonnia e dall'ansia, per miseria rivestiva una goffa gonnellina infantile sui ginocchi coperti di grossa lana nera.

– Fascisti? – borbottò Jackie.

– Sono passati ieri mattina e ripassati ieri pomeriggio.

– Male non ne hanno fatto, a quanto vedo.

– Mi hanno portato via tutti i polli e conigli, il vitello e il porcellino. E col fucile mi hanno ucciso il cane che di loro non voleva saperne. Mi dissero che portavano via tutto solo per non lasciarne ai tedeschi che dovevano, debbono passare dopo di loro. Cosí son qui fuori ad aspettare i tedeschi. E voi per piacere uscite subito dalla mia aia e lontanatevi.

Disse Jackie: – Non mangiamo da tre giorni. Dateci un po' di pane e formaggio, signora.

Stese le braccia, come volesse lacerare quella sua gonnellina. – Mi hanno portato via proprio tutto e quanto al pane non cuocio da tre giorni. Dentro ho solo piú una crosta.

– Bene, buttatemi questa crosta, – disse Jackie.

– Fategliela piantare, – gemette Pierre e Johnny andò a tirar via Jackie per un braccio. Ma ora la donna voleva un altro po' di conversazione.

– I tedeschi hanno o non hanno i famosi cani da naso?

– È una storia, per quel che so.

– La gente dice che li hanno.

– È una storia, signora.

Sospirò di sollievo, avanzando il seno che era la sua unica ricchezza. – Mio marito e mio suocero sono nascosti sottoterra ed io ho steso sulla buca del letame fresco, cosí i cani se venissero si confonderebbero il naso e non coglierebbero piú l'odore della carne cristiana. Sono sicuri laggiú, mio marito e mio suocero? – Sí, stanno bene dove sono.

Andarono avanti, la luce già inondava ed in essa accelerarono verso il crinale. Su di esso finalmente si stesero, per togliersi ad eventuali binoccoli di qualche mattiniero ufficiale, e guardarono alle quattro direzioni. Il paese di Mango, ravviluppato in se stesso, pareva deserto, ma sparatoria era già in atto e viva nei rittani anteriori ed indicava non l'abbattimento di una difesa qualunque, ma ardente e sviluppatissima caccia all'uomo. E qualcosa di simile era in atto anche sul cocuzzolo di S. Donato alla loro destra, ma senza attori in vista. Si voltarono a considerare avanti il bosco di Madonna della Rovere e le prime balze sciamavano di loro, in gioiosa vitalità. Come la luce incrementava una intera colonna fece fronte al bosco e subito si dispose a ventaglio in una lunghissima linea.

A Mango la sparatoria infittiva, quindi essi non avevano altra scelta che il cocuzzolo di San Donato. Lassú gli spari erano cessati, sebbene non si trattasse, due su tre, che di una semplice tregua. Attaccarono le stinte falde della gigantesca, nuda collina, liscia ed assolutamente incorrugata in ogni suo punto. Johnny guardò indietro a Pierre, l'imminenza e l'impegno del pericolo aveva certo confinato all'ultimo posto quella sua febbricola.

Salivano, in qualche punto carponi, avendo la tetra consapevolezza della loro nudità e ultravisibilità, a mezzacosta sostarono a ripigliar fiato.

Una guancia aderente alla rorida terra Johnny guardò quel paesaggio di vita e di morte. Da quel punto già si poteva scavalcare con gli occhi il crinale di Mango ed oltre la pianura di Neive e Castagnole si poteva scorgere i vapori grigiazzurri che si libravano sul fiume. Sospirò, si disse che almeno era arrivato a vederlo, ma il cuore gli si raggrinzí al pensiero che stavano cercando, a rischio della vita, la strada piú lunga ad esso. Il motivo c'era, perché ora la sparatoria davanti a Mango s'infittiva e la testa serpentina di due colonne di fumo faceva capolino da un ciglione. Non avevano piú visuale sulla valle Belbo, ma sapevano che a quest'ora stavano battendo il bosco di Madonna della Rovere metro per metro, forse avevano già esaminata la radura in cui essi avevano pernottato.

Si rialzarono e risalirono sulla cresta affilata. A cento passi dal villaggio, deserto, tacito, necropolico si arrestarono e fiutarono l'aria. Poi Johnny ed Ettore avanzarono i primi. Corsero in punta di piedi l'ultimo tratto ed insieme aggirarono la prima casupola subito origliando all'interno dei suoi muschiati, salnitrosi muri. Acuto era il sentore delle roride ortiche e del fresco sterco delle galline. Ma l'umanità era assente, sepolta o assunta in cielo, ed il silenzio del borgo strideva. Passarono all'altro angolo della stamberga ed ebbero una miglior prospettiva del borgo: due basse file di sprangate catapecchie d'alta collina e indi, come un fondale, la sporca facciata della chiesa con la porta scardinata. Su tutte quelle mura annerite dall'intemperie brillavano all'alto sole, in ricca, freschissima vernice nera, grosse lettere, inneggianti ai fascisti ed ai camerati germanici, adoranti il Duce, promettenti piombo e corda ai partigiani e mille morti a Nord. Riscivolarono sotto la magra ombra della prima casupola.

Dall'usciolo dell'ovile uscí appena la padrona di casa. Li chiamò disgraziati, disse che non avrebbe voluto essere al posto delle loro madri... sí, erano appena passati, fascisti e tedeschi insieme, venti minuti fa, dovevano essere ancora nel poggetto fra la chiesa e il camposanto, contro il camposanto avevano fucilato due partigiani scovati in chiesa. Stessero attenti a scendere, perché la strada da essi presa per Mango dominava quasi ad ogni svolta l'immenso pendio nudo.

Ritornarono sottoripa al ciglione, da Pierre e Jackie. I due erano nervosissimi, perché avevano visto balenare al margine del bosco le avanguardie della colonna da valle Belbo. Non c'era un minuto da perdere, solo scendere a tutta velocità fino ai piedi del crinale di Mango, per il pendio come il palmo della mano, sperando di non esser visti dalla colonna che scendeva sulla strada.

Questi li videro in fugace visione mentre svoltavano a una curva che si indentava nel pendio. Scendevano con un passo da gita collegiale, gli ufficiali facendo i compagnoni con la truppa. Come sparirono alla curva, si buttarono per il pendio. La loro velocità assunse presto un ritmo vertiginoso, presto sbigottirono di quella volata folle, indirigibile, ogni toccar di piede era un rischio pauroso, Johnny si augurò tutto, tranne che di slogarsi o rompersi una caviglia. Le gambette di Jackie cedettero per prime, con un gasp si tuffò e capottò, poi rotolò giú come un tronco. Il confine alberato della convalle pareva salire a sua volta vertiginosamente, come una diga spinta su meccanicamente, a rendere piú micidiale il cozzo. Johnny chiuse gli occhi e con tutto il corpo si abbandonò di traverso. Sentí il duro cozzo del suo fianco in terra e quasi simultaneamente la breve raffica sfuggita allo sten.

Arrivò tra le gambe del già approdato Jackie, accoccolato in una conchetta listata di verde, Jackie si teneva la testa fra le mani.

– Ci hai perduti, – sibilava, – ti hanno certamente sentito ed ora si dirigono qui –. Arrivarono Ettore e Pierre, si ficcarono anch'essi nella conchetta, Pierre disse soltanto: – Potresti avercela tutta in corpo, se lo sten era rivolto verso te.

Ma i poggetti circostanti non si incoronarono dei loro elmetti, la raffica si era bene incorporata nella fucileria che lacerava gli invisibili rittani a valle di Mango. Allora guardarono indietro all'altissima cresta di S. Donato, ancora deserta. Ai campanili di tutti i paesi intorno batterono le dieci, con una cosí lieve differenza di tempo che risuonarono forse cento tocchi a segnar le dieci.

Allora si inerpicarono sul ciglione verso Mango e si seppellirono nei suoi cespugli.

La plaga di Mango era tutta sotto i loro occhi. Il paese non era stato messo a fuoco, le sue viuzze e spianate tutte deserte e come assoggettate a corrente elettrica. Sul versante in faccia al paese stava bruciando una grossa cascina che nei mesi addietro era servita di mensa ai partigiani. La testa della colonna discesa da S. Donato era appunto arrivata in piano e stava osservando quel fuoco, ammirando e commentando. La famiglia sloggiata stava seduta sul ciglio di un fossato, dando le spalle alla casa in fiamme, tutti con la testa piombata sul petto, ciechi ai fascisti passanti che passando li deridevano e li sermoneggiavano. Il capofamiglia stava su un prato, cercando con tutte le sue forze di dominare due manzi che stampeded wildly al fiuto del fuoco.

Ogni strada e viottolo della valletta aveva il suo gruppo di uomini perlustranti, ma sul punto di rilassarsi, le armi piú pendule che spianate. Non si sparava piú da nessuna parte. Fumo piú nero e denso saliva dai rittani fra Mango e Neive. Piú giú, per quanto si poteva vedere della pianura di Neive, essa letteralmente formicolava di loro, a linee multiple battevano ogni macchia e cespuglio lungo la linea ferroviaria. Johnny prolungò lo sguardo ed oltre la piana di Castagnole rivide il benedetto fiume, brillava discretamente sotto il sole, azzurro come soltanto in primavera. Johnny ne seguí fin che poté, fin dove un grosso sprone orlato di nebbioline ne troncava la vista.

Poi Ettore lo gomitò e seguendo i suoi occhi disorbitati Johnny vide dietro le spalle tutto quanto c'era da vedere. La cresta di S. Donato stava popolandosi di loro, dieci, venti, cinquanta, cento di loro, neri contro il cielo, con gesti e mosse macchinali di marionette su quella eccelsa ribalta. Jackie affondò la faccia nella terra molle e fredda, Pierre tossí. – Se scendono per il pendio... – cominciò Ettore, ma non finí. Tutti e quattro diedero un ultimo squirm per meglio durare la lunga, cadaverica immobilità per chissà quanto. – Scenderanno per il pendio, – disse ancora Ettore.

Ma per il momento non scendevano; evidentemente prendevano fiato e ristoro in quel che restava del saccheggiato villaggio. Ora non c'era altro da sentire che il drone moroso di un insetto di cattivo umore.

– Scendono per il pendio, – disse Ettore dopo un po', senza guardarsi indietro.

Allora Jackie non resisté piú e roteò indietro la testa a verificare. Poi si rigirò e disse con voce piangente: – Non è vero, non è vero. Non c'è un'anima sul pendio e nemmeno sulla cresta. Perché l'hai detto?

In quella una rauca tromba suonò nel cuore di Mango e nei loro cuori. La speranza che fosse il segnale della ritirata li pervase e squassò tanto che si alzarono tutti sui gomiti, impensosi dei fascisti sulla cresta di S. Donato. Sí, avevano finito con Mango, le pattuglie sparse nella campagna stavano riguadagnando il paese, con un passo rapido e sollevato. La tromba ripeté il segnale. Ma prima che la colonna uscisse compatta e pestante da Mango verso Neive, ai campanili erano battute le dodici. E la cresta di S. Donato rimaneva deserta.

Scendevano adagio, gli uomini piú volte voltandosi a rimirare quel che avevano fatto, ma ora già la testa della colonna spariva alla prima curva, in dieci minuti ci sarebbe stata inghiottita anche la retroguardia. Allora Johnny guardò indietro e sulla cresta di S. Donato apparvero distribuite, come per colpo a sorpresa, tutte le centinaia della colonna di Belbo. Si udí un trillo di fischietto ed i primi balzarono nel pendio, tutto occupandolo in largo, un uomo ogni meno di dieci metri.

– Fate come me – bisbigliò Johnny con voce la piú normale. Si mise a strisciare verso destra ed in un niente fu fuori vista della avanguardia di S. Donato e tutto in vista della retroguardia di Mango, che scendeva a duecento metri. Si eresse tutto e si mise a passeggiare comodamente e disinvolto a fianco della retroguardia, con gli occhi misurando la distanza tra cespuglio e cespuglio e con l'altro vedendo se nessuno della retroguardia guardava dalla sua parte. Dietro sentiva l'identico moto degli altri tre.

Il macchione che orlava il grande rittano a est di Mango stava a un centinaio di passi, facendoli Johnny li contava audibilmente uno dopo l'altro. E niente intanto succedeva, né un grido né uno sparo, né il cieco scattare degli altri tre dietro di lui. Al novantesimo passo cominciò a sorridere, al novantacinquesimo a ridere, piombando dentro l'ombra cieca della macchia rantolò di gioia. Allora si voltò e tutti gli altri tre lo abbracciarono per le spalle e insieme chinarono le teste in quel pozzo di braccia, come giocatori di rugby. Jackie piangeva senza rumore. – Arriveremo al fiume, – disse Johnny. – Reincamminiamoci solo fra un po', – disse Ettore. Era ancora presto, letalmente presto, la liquida penombra della macchia li ingannava circa il reale stato e progresso del giorno. Jackie si disse timidamente non d'accordo, perché puntare al fiume quando avevano tutta la destra libera? Lo persuasero che libera non era certamente, andando a destra sarebbero incappati nei fascisti che rastrellavano con provenienza S. Stefano. Al fiume, al fiume, appena scuriva.

Tra le frasche osservarono il grande pendio di S. Donato, i fascisti ne avevano già rastrellati i due terzi, ma erano cosí certi della sua non contenenza di partigiani che ora cercavano di arrivare alla convalle balzelloni e senza meticolosità. Poi sarebbero certamente entrati in Mango.

Allora decisero di portarsi ragionevolmente lontani dal paese, e valicato il rittano, andarono al cimitero del paese. Là stettero al riparo del muricciolo, due rivolti a Belbo e due rivolti al fiume. Qualcosa era in atto nella bassa valle Belbo, sparatoria sporadica e ragged. Intanto la colonna da S. Donato era entrata in Mango, ma cinque minuti dopo già ne usciva, seguendo la strada a Neive dei primi occupanti.

Allora si rilassarono, in attesa del buio. Ora si sentivano tranquilli e pertanto non pregavano per la presta notte, qui era sicurezza, l'imbrunire avrebbe suonato ripresa di exertion e pericolo.

– Siete proprio fissi su questo fiume, proprio persuasi? – insisté Jackie, ma senza forza, ed essi non gli risposero nemmeno una parola. Ettore si era disteso supino e annegava gli occhi nel cielo ingrigente. – Ora posso dirvi come mi sentivo lassú sul ciglione, fra i loro due fuochi. Mi sentivo sí. Il cuore mi batteva come un pistone, ma non avrei potuto dire esattamente dove. Avessi potuto muovermi mi sarei palpato tutto per coglierlo, arrestarlo. Ecco, avrei giocato a guardie e ladri col mio cuore.

Cosí tranquilli e rilassati, videro all'ultimo momento la colonna da S. Stefano che in fila indiana avanzava verso Mango sul piatto ciglione che propagginava in valle Belbo. Venivano silenziosi e svelti, senza bagliori nell'aria incupita. Loro quattro si buttarono per il pendio di S. Ambrogio e lo finirono senza danno e vista, ma irati per se stessi e per la loro incoscienza, con un non piú dominabile cuore, non si fermarono lí, ma in un lampo salirono al bricco di Avene e si abbatterono soltanto su quella cresta, in un filare di vigna, dominando la pianura tra Neive e Castagnole. La pianura fra i due centri sciamava di loro, nei prati e lungo la ferrovia, loro camions venivano e andavano per il rettifilo. Solo dopo che furono tetramente sazi di quella vista si accorsero che Jackie non era piú con loro. – L'abbiamo certamente staccato nella corsa, – disse Pierre, ma voltandosi indietro non lo rintracciarono piú, né sul versante di Avene, né in fondo a Sant'Ambrogio. Lassú la lunga fila fascista procedeva sul pendio già flou per il crepuscolo verso il paese di Mango.

– Ci ritroverà, – disse Ettore di Jackie, con rammarico nella voce.

30
Preinverno 6

Con la sera planante l'alito basso del vento di pianura prese a smuovere tutt'intorno. Essi stavano in una corrugazione di quella pianura, proprio dietro la massicciata ferroviaria, ancora ginocchioni agli dei della tenebra. La sera cresceva, cresceva, camions fascisti incrociavano sul rettilineo da e per Neive e Castagnole, a velocità ridotta, coi fari già accesi che brillavano modicamente nella sera incompleta. Li guidavano piano, come in riposo e per passatempo, dopo un giorno troppo ardente e consumante di non ostacolato trionfo, di libertino despotismo su uomini e terre.

La sera cresceva, presto le alture prima del fiume sprofondarono il loro molle profilo nel cielo prossimissimo, alcuni forti riverberi tra le case di Neive e Castagnole indicavano che s'erano accampati. Sulla strada passava una grossa pattuglia: chiacchieravano, cosí vicini che Johnny poteva dire le regioni dei membri di essa dalle inflessioni. Appena fu passata, corsero quatti, con parecchi tuffi, ad un coperto piú prossimo alla strada, a meno di cinquanta passi. Là la sera si maturò e proporzionalmente albeggiava in essi l'idea della salvezza. La strada, questo termine della zona d'impero dei fascisti, era a portata di piede. Si raccoglievano per l'ultima corsa, quando un autocarro fascista si annunziò burberamente, con ferme, larghe fasce di luce dopo le quali esso transitò fantomaticamente. Scattarono allora in corsa folle, toccarono appena coi piedi l'asfalto sdrucito, esplose dietro di loro il rombo di una vettura lanciatissima; ebbero il tempo esatto di tuffarsi nel fosso, la luce dei fari li mancò per un niente. La macchina sfrecciò oltre Neive, essi corsero pazzamente avanti nell'erba fradicia, ricevendo negli orecchi ronzanti gli echi ragged dei loro canti di bivacco.

Furono in cima all'ultima altura, si voltarono in cordiale sincronismo e gettarono un ultimo sguardo alle paurose colline sulle quali la notte impendeva come un sudario. Poi guardarono avanti al precipite, boscoso scoscendimento, al greto angusto e sinistro che appariva a bocconi, al fiume con la sua anima di piombo e midollo di ghiaccio, all'altra riva. Stava in squallido abbigliamento di notte e d'inverno, ma essi la salutarono come la porta dell'Eden.

Pierre li guidò al traghetto di Neive, come al piú prossimo, ci marciarono, perigliosamente ma con un'invincibile spinta attraverso bosco e forteto, per un sentiero intuitivo, di tratto in tratto direttamente strapiombante sulle acque nere e mute. In marcia sentirono oltre il ciglione un paio di ovattate detonazioni, fascisti di guardia che certo stavano sparando a ombre.

Il natante non era al suo posto. Tendendo gli occhi tra e oltre gli ingannevoli vapori notturni, discersero il vecchio barcone naufragato piú a valle in una insenatura dell'altra riva, guardando meglio scoprirono anche il cavo reciso, tristemente pendulo a scandagliare la profondità dell'acqua di riva.

Questo era uno dei due soli traghetti in tutta la zona, e si doveva pensare che anche l'altro, quello a valle di Castagnole fosse stato sabotato. Se sí, erano rovinati, perduti su quella impossibile, intenibile riva, e proprio in vista dell'altra riva tanto sognata and marched and hoped for. Girarono sui tacchi e marciarono all'altro traghetto, con tutte le loro angosce e speranze taciute e represse. Fu un duro cammino, nella tenebra condensantesi, lungo il fiume sempre piú sinistro, per laberinti di strapiombi e forteti, con le accelerazioni della speranza e i rallentamenti del pessimismo. Gli ci volle piú di un'ora per arrivarci ed ecco l'altro natante, illeso e perfettamente ancorato, il suo lungo e potente cavo alto e teso sulle acque, elettricamente vibrante all'aria della notte.

Applaudirono in silenzio e balzarono sul natante, Pierre usò la pertica e gli altri due si attaccarono al cavo. Il senso di scampo era tale che Johnny poté godere totalmente del lento, pesante progredire dello scafo e l'iroso sciabordare contro di esso delle acque malamente ridestate e tutto l'immenso significato di quella minima navigazione. L'altra riva stava accostandosi e nel buio totale essa era come illuminata dalla sostanza stessa della sua pace e sicurezza. Nulla era visibile o udibile sulla prossima grande strada, ed essi si sentirono, ed erano, finalmente salvi.

Sbarcarono e come ultimo atto di guerra si accostarono cautamente alla strada; poi ne volarono l'asfalto ed in un attimo già strolled nel soffice viottolo di campagna sognato per tre giorni. Ora potevano passeggiare e sostare, accender sigarette e canticchiare. Dal cielo si distillava una minuscola, pulverulenta acquerugiola, deliziosa per levità e freschezza, quasi un delizioso memento del loro esser vivi e salvi, al di fuori del sogno.

Un cane latrò dalla loro parte, ma mitemente, e dalla direzione del suono scoprirono il bianco fantasma di una fattoria piccola, proprio il sognato porto di pace e riposo. Ma Pierre osservò che era ancora troppo vicina alla strada ed essi procedettero oltre allegramente, quasi godendo di quella procrastinazione dell'approdo. Un altro cane guaí verso loro, ed una molto piú grossa fattoria albeggiò a loro con mura abbaziali, ma ancora una volta Pierre accennò di proseguire.

Finalmente, nella piú densa ombra delle incombenti prime alture oltrefiume, una fattoria tagliò loro letteralmente la strada, e questa era la buona. Piccola e netta, con la sua aia piana e pulita che riluceva sotto una minima schiarita del cielo, vi si diressero senza cercare il privato sentiero, attraversando l'erba, fremebondamente fradicia. Si fermarono per avvistare il cane di guardia, ma cane non c'era, avanzarono sull'aia in punta di piedi. Dall'uscio capirono che la famiglia era già salita a dormire. Passarono oltre l'uscio della stalla e misero le mani sulla scaletta del fienile. Sopra, tentarono e tastarono, scopersero che era un fienile chiuso da tre lati, un'autentica camera da letto, con abbondanza di foraggio. Scaricarono armi e munizioni, si cavarono le pesantissime scarpe, poi scavarono nel foraggio, si calarono nella fossa e a piene mani si coprirono di fieno, lasciando appena un filtro per la bocca. Pierre implorò: – Per piacere, non ci addormentiamo subito. Resistiamo e raccontiamoci com'è andata. Facciamo in modo di dormire il piú tardi possibile, – e certamente era grande tenersi desti e godere scientemente di ogni attimo di quel riposo, di ogni atomo di quella sicurezza, ma il sonno in un minuto li schiacciò sotto il suo nero tallone.

Il mattino seguente furono gradatamente svegliati dal rastrellante sgrattare di un arnese metallico, capirono in un baleno e come spettri emersero dalla loro tomba di foraggio e cosí apparirono all'esterrefatto contadino in cima alla scaletta. Era ancora giovane, ma con l'immenso peso della accettata in pieno husbandry maritale e fattoriale, che conferiva alla sua comune giovinezza la grandezza del patriarcato.

– Voi siete partigiani, – disse, – e mi siete arrivati qui stanotte –. Si grattava la testa: – Venite certamente di là dal fiume, come molti hanno fatto, nei primi giorni però, non cosí tardi.

Pierre indagò se c'erano fascisti nella zona.

– Mi credete se vi dico che non ne ho mai visto uno?

– Gente fortunata. Non mangiamo da tre giorni.

– Possibile?

– Siete con noi?

– Certo che sí. I fascisti non mi vanno. Sono sí dalla vostra parte. Se voi permettete, s'intende.

– Che cosa ci date da mangiare?

– La mia donna saprebbe rispondervi meglio di me. Ma vediamo, pane e lardo è sicuro, ed anche formaggio... Vedete, io non sono ricco, vedete da voi la piccolezza della mia casa e della terra.

Pierre si tastò ed infine produsse un foglio di mille lire, stazzonatissimo ma ben valido e glielo porse. – State a vedere, – disse il contadino; – ora scendo, sveglio la mia donna e...

– Ma per piacere non parlatemi intorno coi vicini e chiamateci giú soltanto quando è pronto in tavola.

Scese la scaletta e corse alla cucina, mentre essi si ridistendevano, nell'accresciuto conforto della confermata sicurezza, altra sicurezza attingendo dalla piovosità del giorno. Johnny ed Ettore fumavano, guardando atoni alla grigia atonia del cielo, sentendo blankly lo zampettio ed il cacaramento del pollame in libertà sull'aia. Poi l'uomo chiamò da basso, avvisò che sua moglie era già ai fornelli, approvavano essi che egli girasse da sentinella, arrivasse magari fino alla strada?

Si rilassarono anche piú comodi e sensuali. Come l'uomo si allontanava, potevano senza ergere la testa vederlo marciare sul suo famigliare sentiero verso i ben noti dintorni, un sacco sulla testa contro la pioggia crescente ed il passo concentrato del vero pattugliatore. Poi si schiarí un poco e tra pellicole d'acquerugiola apparvero le alture oltrefiume, ed allora la mente e la lingua di Pierre si reindirizzarono alle Langhe, con una opprimente tristezza domandò a sé e agli altri se sarebbero ancora stati se stessi, le squadre, le brigate e i comandi, tutto ricostituito, la rete tutta ritessuta.

– Non ti preoccupare, Pierre, – disse Johnny: – noi siamo invincibili, indistruttibili, incancellabili, e questa per me è proprio la lezione che i fascisti stanno imparando là oltre il fiume. Dopo tutto, che si sono trovati nel pugno finalmente serrato? Niente o ben poco. In un paio di giorni sarà tutto come prima. Non ti preoccupare, Pierre.

In quel momento un topo occhieggiò tra un dedalo di arnesi e fieno e ristette immoto e stranito, come con tutti i sensi benumbed. Ettore si inarcò avanti, solo producendo un minimo fruscio di foraggio, afferrò un bastone e stava misurando il colpo sul topo incantato, quando fermò il braccio e poi lo riabbassò, mentre i suoi occhi si riempivano di lacrime e Pierre fischiava al topo, che si riscuotesse e salvasse.

Il contadino tornò e riferí che tutto era un lunare paesaggio di niente e nessuno. Si era inoltrato fino alla riviera, il traghetto stava vuoto ed inattivo, l'altra riva del tutto quieta e deserta. Allora discesero ed entrarono in cucina e rapinosamente mangiarono ad una bella tavola, dando le spalle ad un fuoco specialmente attizzato. Li serviva la padrona di casa, una donnetta minuscola ma pronta e abile e linda, avente in tutto un che di garbo e competenza che suggeriva un suo prematrimoniale servizio in casa cittadina. Appariva però un poco impressionata dall'avvenimento e decisamente sgomenta alla silenziosa presenza delle armi. Poi risalirono a dormire.

Piú tardi, nel crepuscolo radunantesi, come il contadino ritornò alla strada e alla riva per una nuova perlustrazione ed eventuale raccolta di notizie, essi, per assiepati, sicuri sentieri salirono alla prima collina, intuendo che di lassú potevano avere un certo panorama dell'oltrefiume. Infatti, rivoltandosi in cima, le videro perfettamente, sebbene come mozzate dall'ombra incombente, molto piú alte delle umili alture fluviali: la considerevole collina di Neive e quelle piú massicce, eccelse e desolate di Mango, grigionere nella distanza e massicce eppure aeree come enormi nubi di tempesta ancorate alla terra. La loro cresta selvaggia stava fondendosi nel tardo cielo e le rade, sinistre piante sul ciglione stavano sghembandosi sotto il forte vento serale. E Johnny ne provò una insopportabile nostalgia, esser lassú a marciare su quei ciglioni, sotto quel vento superiore (in the midst of its strength). Anche agli altri due la visione suggeriva pace ristabilita e svanito l'impero fascista.

Rincasarono e aspettarono il ritorno dell'uomo. Tornò e riferí di aver notato ancora niente e nessuno, ma aveva potuto formarsi una legittima impressione di tranquillità e di «tutto finito». Cenarono ed entrarono in stalla per dormire. L'uomo doveva svegliarli alle cinque ed egli promise di restar su tutta la notte di guardia.

– Noi vi ringraziamo.

– Macché, mi fate sentire giovane ardito e utile come non mi sentivo da secoli.

Furono svegliati puntualmente e nel parto del giorno

marciarono al fiume per la campagna ancora rappresa nel sonno, fiutando l'aria come se essa potesse contenere odori di pace o di tumulto oltrefiume. Varcarono l'asfalto ed esplorarono verso la riva da un macchione. Il natante era ancorato alla sponda opposta ed il barcaiolo era a bordo, lottando contro il freddo da alba ed acqua con decisi passi sulla tolda risonante. Gli fischiarono ed emersero col busto dal cespuglio, che li vedesse e riconoscesse. Li vide e certamente li riconobbe, e si appoggiò al cavo e veniva per fiume. Dunque tutto si era rinormalizzato di là. Egli lo confermò, appena lo scafo toccò la riva. Era un vero e proprio gigante, vestito di pochi ma pesantissimi pezzi di stoffa, e vomitava nell'aria cruda sapori di vino ed aglio. A proposito, che era successo al traghetto di Neive? Vi era arrivata una squadra fascista in tentativa caccia all'uomo e fiutandone l'utilità per i partigiani aveva tagliato il cavo e spinto il barcone a fracassarsi contro l'altra sponda. Non solo, ma aveva anche sparato, senza colpirlo, al traghettatore accorso ad urlare che non dovevano rovinarlo, che serviva soltanto al servizio civile. – Voi ragazzi ci menate la morte addosso prima del tempo, voi ragazzi, – disse, ma la sua voce non era stanca né rancorosa.

Appena scavalcarono il primo ciglione, videro un ragazzo partigiano che correva di lato a tutte gambe, disarmato e con un grande fazzoletto azzurro garrente all'aria. E come li sorpassò, – Attenti ai rossi! – gridò. Che c'era coi rossi? che novità erano queste?

Masticando quell'incertezza, avanzarono fino in vista dei tetti soprani di Castagnole che baluginavano al primo sole. Finalmente incrociarono un ragazzo di Castagnole che nel passato hung about il loro presidio e gli chiesero che storie fossero quelle coi rossi.

– Mascalzoni! – egli gridò. – I porci stanno disarmando gli azzurri sbandati, tutti gli azzurri che tornano dal fiume. Dicono che non si sono battuti a dovere e che gli uomini che tornano dal fiume non sono altro che disertori. E li disarmano.

Lo stupore li paralizzò, la furia li ammutí. L'altro continuava: – Voglio vederli i rossi quando i fascisti li attaccheranno. E la cosa va a capitare, eh? la cosa è in aria. Ma intanto prendono le armi agli azzurri dicendo che essi ne faranno tanto miglior uso. Quelli isolati li spogliano direttamente, quelli in gruppi li invitano educatamente a visitare i loro comandi a Costigliole o a Motta e là vengono rinchiusi e disarmati. Date retta a me, Pierre e voi: se li incontrate, sparate per primi.

Marciarono avanti nella torsione della passione, agognando di incontrare qualcuno di quegli odiosi rossi. E infatti, a trecento metri dal paese, eccoli! un trio appostato sotto ripa emerse sulla strada e fece loro un amichevole cenno e poi amichevolmente mosse loro incontro. Due erano ragazzi della comune leva comunista nelle campagne, entrambi armati di moschetto, il capo era uno spilungone con dei capelli rossi molto vivi nella estrosa luce solare.

– E allora, – disse Johnny molto slackenly.

– Tornate dal fiume, vero? – indagò il loro capo.

– Sí, a te che ne importa? – disse Ettore.

– A me personalmente niente, ma qualcosa potrebbe importare al mio comando. Vedete, il mio comando ha necessità di interrogare tutti quelli che riattraversano il fiume. Una pura formalità, nell'interesse generale.

Ettore studiatamente si rivolse a Johnny e piattamente il piú possibile gli domandò se gliene importava un K. del comando rosso. Ma Johnny non poté rispondergli del pari, perché la bocca gli tremava e tutto il corpo per l'inaudito furore.

– Lascia stare il mio comando, tu coi baffetti, – disse il rosso. Ma poi si riaddolcí: – Una pura formalità, vi dico. Ed è una specie di gita, lungo il fiume e fra gli orti...

Johnny lo coprí d'improvviso con lo sten. – Alza le zampe.

– Sei pazzo! – gridò il capo.

– Sono pazzo quanto tu sei porco.

Pierre teneva i due sotto il suo Mas e Ettore li aveva spogliati dei moschetti e li aveva buttati lontano nell'erba alta. Il capo aveva alla cintura un pistolone, ma le sue braccia erano tese al cielo. Gridava: – O voi siete pazzi o forse io non mi sono spiegato bene...

I due ragazzi erano partiti con uno scatto ed ora correvano via per i prati con infiniti sbalzi e scarti.

– Ragioniamo un momento, – disse Johnny con la lingua secca. – Dunque, voi rossi siete davvero convinti di fronteggiare un uguale attacco fascista un minuto di piú di quanto l'abbiano fronteggiato i nostri? Parla.

– Ma di che stai parlando. Io ho accennato a una pura formalità e tu che mi stai tirando fuori adesso? Ma, compagno, fratello...

Gli diede lo sten nel solar plexus, il rosso rinculò e cadde, Johnny gli fu addosso e lo coperse tutto. Lo picchiava con lucida cecità, esattissimamente sugli occhi e sulla bocca. Mai si era sentito cosí furioso e distruttivo, cosí necessitante dell'odio e del sangue, bisognoso di altro sangue e di altre deformazioni, proprio mentre il sangue spicciava e la deformazione si delineava. Per il prossimo colpo riaggiustava con cura feroce la testa storta. E picchiando urlava che voleva ridurgli la faccia a poltiglia, e lavorava allo scopo con selvaggia lucidità. Gli arrivavano lontanissime le voci di Pierre e Ettore, dicentigli che bastava, l'avrebbe ammazzato con pochi pugni ancora, ora bastava davvero. Ma Johnny colpiva ancora e rispondeva con amichevole premura: – Non lo uccido, state tranquilli, gli faccio solo perdere per sempre i connotati umani.

Allora lo strapparono da sopra quella cieca e cruenta maschera, da quella bocca rantolante, da quel tronco immoto, come trafitto, e Johnny a stento si reggeva sulle gambe, affranto da stanchezza e vergogna mortali. Sicché fu un disarticolato automa ed il piú arrossente dei pellegrini che si trascinò, dietro i muti compagni, verso il pacifico soleggiato paese di Castagnole.

31
Inverno 1

Nord era ancora in sella, come subito seppero da una sua guardia del corpo in motocicletta che li incaricò di riformare i reparti nel triangolo Castagnole, Neive e Mango.

Si posero a questo lavoro, nelle pianure e sulle colline non piú sciamanti, fra borghesi scettici, imbronciati ed avarificati, nella tetra settuagesima dell'estate indiana e per fine mese avevano raccozzato una cinquantina di uomini fra Neive e Castagnole, ma come agonizzanti per mancanza di munizioni e fondi. Fortunatamente la grande guarnigione della città non si mosse su vasta scala, soddisfatta del suo assoluto dominio sulle prime colline, anche se non mancavano segni dei suoi prossimi thrusts. Nel frattempo il comando fascista aveva diramato con ogni mezzo, specie tramite gli onniserventi preti, il suo ultimo bando per una consegna con impunità, facendo leva sulla crudezza dell'entrante inverno, sul generale arresto alleato sulle posizioni autunnali e sulla notoria crescente potenza dell'armata fascista. E raccolsero frutti, perché le valli e le creste apparirono sempre piú spopolate ed il compagno a cui avevi fatta una certa abitudine ti spariva in un qualunque momento, senza una parola né deposito d'arma.

Sciamavano invece i familiari erranti in ogni dove per trovare e ricondurre a casa, sotto le ali di quel bando, i minorenni. E rispondere alle loro domande era forse il principale compito di Pierre e Johnny in quei vacui, tetri giorni nel sempre piú incongeniale paese di Castagnole. Erano, otto su dieci, le loro madri, perché il viaggiare era ora a repentaglio di vita per i maschi. Circolavano ed arrivavano per lo piú a piedi, qualcuna in bicicletta, qualche altra aveva noleggiato un calessino. Ed erano stanche e intrepide, lacrimose e determinate. – Conoscete un ragazzo di Alba, o Bra, o Asti, che si chiama Aldo, Piero, Sergio?

Essi scuotevano la testa. – Il nome di battesimo non serve, signora, se non ci dite il suo nome di battaglia...

– Non l'ho mai saputo il suo nome di battaglia, ma... e qui raggiavano, – questo so, che il suo comandante si chiama Nord.

– Signora, Nord era a capo di migliaia.

Allora giocava la sua ultima carta. – Un ragazzo che non aveva ancora diciotto anni, un bel ragazzo, con gli occhi chiari e i capelli ricci... – Poi le seguivano lungamente con gli occhi nel loro ripreso pellegrinaggio.

Erano senza cambio di biancheria, disperati in fatto di calze e scarpe, mallavati, i capelli lanosi e opachi, la barba lunga, malnutriti e disastrosamente privi di tabacco. E senza scorta di fondi, perché Nord non si era mai piú fatto vivo. Sapevano soltanto dal bisbiglio popolare che non aveva ricostituito un quartier generale ma viaggiava ininterrottamente per valli e colline, circondato da un centinaio di uomini. In breve Johnny ed Ettore si arresero e andarono a bussare alla villetta di Tea, ma era sprangata e vuota. Elda aveva da tempo sgombrato, una grande città come Torino, data la lezione nazifascista di due settimane prima, apparendo molto piú sicura e quieta di quel paesino senza nome. Sul paese trasudava un'influenza di pericolo e come di contagio, di notte e di giorno, ogni notte essi uscivano a dormire fuori paese, in sperduti casali, cambiandoli notte per notte, e Pierre studiava quei cambi e quelle alternanze come un sistema per la roulette. I contadini li ricevevano solo con un cenno ed un sospiro, indicavano il posto e la paglia – non prestavano piú coperte – poi salivano al piano soprano per rincuorare le loro donne prese da attacchi di cuore. Ed uno di orecchio buono poteva cogliere fra le fessure del piancito i loro gemiti e frasi di fuoco e morte e poi il soffocato zittio degli uomini, ché i partigiani non sentissero

e non s'offendessero. Li svegliavano alle quattro ed anche prima, senza piú offerta di pane e nemmeno d'acqua calda per sgelare d'uno scroscio lo stomaco, li mettevano fuori e li lasciavano in quell'impossibile mondo di tenebra e gelo. – Sono stanchi di noi, – sospirò Pierre, come giacevano tremanti sotto il tenue strato di paglia, con le bestie già assopite e pertanto pochissimo calorifere – stanchi, stanchi, stanchi.

Un giorno Pierre ed Ettore partirono in ispezione a Neive e Mango e tornarono a sera, con brutte facce, riferendo a Johnny che il fenomeno era anche piú grave delle piú nere previsioni. Nel vasto distretto che fino a fine ottobre aveva ospitato non meno di cinquecento uomini restavano forse ottanta uomini, e tutti ridotti all'ablativo in fatto di armi, munizioni e fondi. Piú d'un ragazzo tremava all'aperto ancora in shorts e giubbetto estivo, la grande incursione nazifascista aveva asportato un'enorme quantità di bestiame, con un catastrofico abbassamento del tenore di vita: ora ai partigiani erranti si offriva comunemente polenta e cavoli e spesso gli si chiedeva di prestar lavori per guadagnarsi quel vitto.

Ai primissimi di dicembre l'intero fronte fascista sul Monferrato scattò e la linea rossa saltò in mezz'ora.

Erano le sei di mattina, Pierre ed Ettore stavano a scaldarsi dal panettiere con la schiena alla parete del forno, Johnny incrociava nel deserto gelato della piazza, quando scoppiò il nuovo grande fragore. Ad esso il paese si destò e destandosi ricadde come morto. I due uscirono dal loro caldo rifugio e con Johnny andarono alla porta orientale, che era la miglior platea uditiva. – Questa è la volta loro, disse Johnny, ma senza ardenza né rancore. Pierre si domandò se stavolta gli azzurri venivano lasciati in pace, ma Johnny pensava che questo fosse il contropelo, degli azzurri poteva sperare di restare indisturbato solo chi stesse sulle piú alte colline e non già nelle pianure di naturale alluvione. Sino a S. Stefano, a 10 chilometri da Castagnole i fascisti avrebbero certamente dilagato, e stavolta la guarnigione della città non poteva mancare di muoversi.

Grande era il clangore delle armi sulla campagna rattrappita. Taciti, torvi, i loro uomini si erano radunati alle loro spalle da ogni cantuccio del paese ed ora fissavano con loro ad est. Disse Johnny sottovoce: – Sbandali, Pierre, o almeno spediscili a Mango, in alto –. Pierre nicchiava, disse che la cosa non andava, supposto che i fascisti non sfondassero dalla loro parte. – Ci verranno certamente. Se arrivano a S. Stefano, arrivano pure qui. Sono pochi chilometri, e tutti piani e invitanti. Sbandali o spediscili in alto. Semmai dai loro un appuntamento, benché io creda che resteremo sbandati per settimane.

Gli uomini da dietro alitavano radamente e con quello stesso respiro parevano appoggiare le parole di Johnny. Pierre lesse nei loro occhi e li mandò a Mango. Si disposero a partire ed era anche troppo evidente che una volta partiti ognuno avrebbe preso per dove meglio gli garbava. Non si rese necessaria una particolare evacuazione o rimozione di segni dal paese, questo essendo stato il piú provvisorio e monco presidio nella storia partigiana. I tre li seguirono con gli occhi mentre sgambavano nella pianura nebbiosa poi si riposero ad origliare ad est.

Il fuoco crebbe parossisticamente, poi in un minuto declinò e tacque e mezz'ora dopo, nella sospensione di quella insidiosa neutrità un ronzio di camions invase tutte le strade circostanti. Si occultarono dietro gli angoli delle case e stettero in guardia ma si trattava di colonne rosse in ritirata. Cosí riuscirono all'aperto e li aspettarono. I veicoli erano stracarichi di rossi, le teste calettate nei mefisti, taciti e contratti, dalle cabine volavano voci rauche a chieder la strada per il fiume. Essi dovettero cosí agire da movieri e indirizzarli al fiume e al traghetto. Una parte, la minore, dubitava del fiume e preferí indirizzarsi alle alte colline, verso il grande comprensorio comunista imperniato intorno a Monforte. Grandi infuocate diatribe avvampavano sui camions allontanantisi. Seguí un'altra ora di estenuante attesa, poi colonne di civili in rotta segnalarono che i fascisti erano entrati in Canelli senza colpo ferire, e che la sorte della sguarnita S. Stefano era segnata ancora in mattinata. Infatti alle dieci una folta colonna di civili in fuga avvertí che i fascisti stavano volando su S. Stefano per occuparla stabilmente. Fu un duro, per quanto previsto, colpo: era crudele pensare a quella sorte del paese-lunapark. E Johnny, dopo aver deglutito quell'amarezza, disse: «Andiamo». Pierre osservò che avrebbero marciato a lungo ed erano a stomaco vuoto. – Ettore, vai a scovare qualcosa da mangiare in marcia –. Ettore partí, con tutte le sue notevoli doti d'intendente. La bottega era sprangata ed il pizzicagnolo si era già seppellito nel cunicolo predisposto, Ettore lo fece resuscitare e servirlo nel retro. Poi riapparí con tre monumentali sandwichs di pane e acciughe. Addentandoli partirono per Mango. Ma le acciughe erano rancide e non dissalate, li attossicarono col loro acrido gusto. Ma la fame era troppa, buttarono via le acciughe e mangiarono il pane, sebbene sapesse orribilmente delle acciughe andate a male.

Il paesaggio dopo Coazzolo era lunare: la terra appariva vergine dal principio del mondo, i boschi e le macchie alitavano liberamente, quasi tutta l'aria fosse soltanto loro. I cani tacevano, invisibili tutte le bestie da cortile. In quell'ambiente salivano meditabondi ed assorti, poi Ettore accusò mal di ventre per quella venefica ingestione di acciughe... l'ombra lunga del pericolo si abbatté su loro e li fece alzar la testa.

Erano loro, piú di duecento, il piú lontano a 100 passi, fermi, fissi, li miravano con cura, ora sparavano.

– Maledetti noi! – urlò Ettore.

Johnny sentí la lacerazione di una pallottola su una spallina e riguardò su. Restavano fermi, come al banco di un tirasegno, miravano e sparavano agiatamente. Riabbassò gli occhi a terra, giusto per vedere i piedi dei due prillare e scattare in corsa-retro, inseguiti da soffi di terra rafficata, sempre piú lunghi e bassi, come levrieri indomiti. Ora i fascisti, tra gli spari, chiamavano ed ululavano, una voce suprema fra le altre per chiarezza e tremendità. – Arrenditi! – e un manipolo di loro stava scavalcando il greppio, con le armi alte.

Johnny scattò a destra e zigzagando guadò indenne la

fiumana di pallottole dirette a Pierre ed Ettore, arrivò esausto e prono su un argine del torrente. L'avevano visto ed ora le secche nude frasche sopra la sua testa venivano potate dalle loro consapevoli scariche. Ed al suo orecchio un soffice, elastico pedare di inseguimento e ricerca gli suonò come il piú selvaggio e letale galoppo. Il torrente centrale di pallottole si era essiccato, certo Pierre e Ettore giacevano crivellati di colpi sul vasto scoperto, offrendo tutte le loro membra alla soddisfatta ispezione dei fascisti. Johnny ne era tanto certo ed atterrito che nemmeno si voltò a constatarlo nella pianura. Strisciò sulla pancia verso il torrente.

A cinquanta passi venne in vista un soldato, ma esitava, aspettò che cinque o sei compagni lo raggiungessero e l'appoggiassero, Johnny poteva vedere il piccolo elmetto posare sbilenco sulla sua grossa e grezza testa contadina, gli occhi bestiali roteare, il moschetto tremargli nelle mani. Si lasciò scivolare nell'acqua gelata, alta un palmo. Prima il gelo lo intirizzí, poi subito riattivò e revitalizzò lui ed il suo spirito di conservazione. Giacque un attimo a sentire le loro voci discordanti, grossolane voci settentrionali, chi suggeriva qui e chi là, chi eccitava e chi frenava. Poi presero a moschettare a casaccio nei magri cespugli tutt'intorno, uno astenendosi, tenendosi pronto al tiro di stocco.

Non traversò il torrente, decise di risalirlo di qualche metro, fin là dove la vegetazione infittiva un poco e il letto del torrente approfondiva un poco. Cosí guadò in su sui gomiti, morendo ad ogni amplificato sciacquio. C'era un totale silenzio: sigillo di morte o barlume di salvezza? Johnny posò gli occhi a livello della ripa e vide spuntare all'ultima curva moltissimi di loro, come in gita di piacere, ognuno col braccio sinistro occupato a portare il piccolo oggetto del saccheggio individuale, qualcuno aveva sul petto un giro di salsicce oltre il giro della cartuccera. Scendevano a non piú di trenta passi da lui, in un baleno avrebbe avuto addosso uno dei loro sguardi distratti.

Scavalcò la ripa sul ventre, si rizzò e corse nel prato, nudo, sconfinato. Tumulto esplose alle sue spalle, ma era solo tumulto di urli, Johnny correva e si chiedeva quando, quando sarebbe arrivata la prima pallottola. Arrivò, ed altre ancora, infinite altre, ora di lato anche, dai suoi primitivi ricercatori, tutto il mondo si rimpinzò dei loro spari e urli, urli di indicazione, di incoraggiamento, di revisione e di maledizione. Johnny correva, correva, le lontane creste balenanti ai suoi occhi sgranati e quasi ciechi, correva ed il fuoco diminuiva al suo udito, anche il clamore, spari e grida annegavano in una gora fra lui e loro.

Correva, correva, o meglio volava, corpo fatica e movimenti vanificati. Poi, ancora correndo, fra luoghi nuovi, inconoscibili ai suoi occhi appannati, il cervello riprese attività, ma non endogena, puramente ricettiva. I pensieri vi entravano da fuori, colpivano la sua fronte come ciottoli da una fionda. – Pierre ed Ettore sono morti. Ettore aveva il mal di ventre, non poteva correre come doveva. Li hanno uccisi. Io sono vivo. Ma sono vivo? Sono solo, solo, solo e tutto è finito.

Era conscio del silenzio e della solitudine e della sicurezza, ma ancora correva, non finiva di correre, il suo cervello si era riannerito e la sua sensibilità fisica ritornò, ma solo per provare angoscia e sfinimento. Il cuore gli pulsava in posti sempre diversi e tutti assurdi, le ginocchia cedettero, vide nero e crollò.

Quando si risvegliò, si trovò steso a qualche passo dalla cima di una collina. La guadagnò sui gomiti, le gambe rifiutandosi di reggerlo. Il limitato cielo era di un tenero grigio, certo il vespro di un giorno stato sereno, e piú chiaro appariva sulle colline circondanti la città. Aveva corso colline e colline, quella era la collina di Treiso. Il borgo stava a sinistra, non meno sigillato e tacito del suo cimitero, con la linea dei cipressi ronzante alla brezza saliente. La sua testa ora lavorava freneticamente a ripescare, inchiodare un ricordo, un qualche ricordo... che cosa doveva mai ricordare? Ah sí: Pierre ed Ettore morti, uccisi, oggi.

Inconsciamente, quasi per inerzia, stava calando per la pendice. Dove andava? Nelle fratte della vallata di San Rocco, contorte e buie sotto di lui. Ma cosí non si accostava troppo, pericolosamente, alla città? Che cosa gli importava? Non aveva dove andare, e cosí scendeva, scendeva, stranito ma rapido.

– Enough, enough, today I've had enough. Maybe they two were still alive, but they are dead, they both. Enough, enough, I don't want to be shot at any longer, I don't want to have to fly for my life once more. Enough, enough, the proclamation. No, I don't want to consign, to give me up, but I'll hide in any house, in a cellar, I'll have myself maintained, I'll dress in civvy, I'll bury my sten. Enough, I'll surely be patient until the end. I'm alone. Enough.

La valletta si incassava, la vegetazione anneriva, in essa era piú tardi di ore che sulle alte colline, e cosí il viottolo già sfumava, e cosí sfumavano le esterrefatte facciate dei radi cascinali. Cosí solo all'ultimo passo si accorse del fardello che ostruiva la strada.

Johnny sedette a fianco di esso, sull'erba rigida, innaffiata di sangue. La sua faccia era glabra e serena, i suoi capelli bene ravviati ad onta dello scossone della raffica e del tonfo a terra. Il sangue spicciato dai molti buchi nel petto aveva appena spruzzato l'orlo della sua sciarpa di seta azzurra, portata al collo alla cowboy, e che era l'unico capo di una certa quale e shocking lussurità, in quella generale povertà di partigiano apprestantesi all'inverno. Johnny ritrasse gli occhi dalla sua intatta faccia, poi glieli riposò su all'improvviso, quasi a sorprenderlo, nella pazza idea che il ragazzo socchiudesse gli occhi e poi ripiombasse le palpebre alla sua nuova attenzione. Giaceva in sconfinata solitudine, accentuata dalla univocità del rivo vicino. L'avevano spogliato delle scarpe, Johnny esaminò le sue doppie calze di grossa lana bucherellata. E pensò che Ettore e Pierre giacevano esattamente cosí, qualche milione di colline addietro.

Si sentí osservato e puntò lo sten verso una cortina di canne. Vi occhieggiava una faccia, che cercò di eclissarsi, ma ci fu un jerk nel braccio di Johnny che convinse l'uomo a restare, impietrito. Johnny indicò il partigiano ucciso ed alzò il mento.

– Stamattina, – disse l'uomo, – la colonna uscita dalla città.

– Scendi a parlarmi, – ordinò Johnny.

L'uomo implorò di no, aveva il terrore del cadavere e del ritorno subdolo dei fascisti. Si avanzò soltanto quanto bastava ad aggirare il canneto. – Gliel'ho visto fare. Mi ci hanno obbligato, io e la mia famiglia e tutti i vicini. Era riuscito a sfuggire ad una pattuglia ma incappò in un'altra.

– Perché l'avete lasciato qui?

– Dopo la fucilazione l'ufficiale ci disse di non toccarlo assolutamente, disse che sarebbe tornato verso sera a vedere se l'avevamo obbedito. Il nostro prevosto ha avuto l'ordine preciso di seppellirlo soltanto domani sera. Ma noi cercheremo di seppellirlo stanotte, il prevosto io ed i miei vicini.

– Dove lo seppellirete?

– Lassú a Treiso, sebbene sia un brutto affare salire con un morto sulle spalle in una notte come in bocca al lupo. Ma lo faremo volentieri. Siete mal ridotti, voi partigiani. Ora vattene, per carità vattene, perché i fascisti potrebbero tornare a controllare. E noi siamo stanchi di vedervi ammazzare, stanchi di esser chiamati ad assistere, le nostre donne gravide sfrasano tutte. Vattene lontano, per carità. Vuoi che ti butti una pagnotta?

Il crepuscolo nella valletta ispessiva, mentre il cielo sulle colline restava straordinariamente, argenteamente chiaro, quasi una luminosa effusione delle stesse creste. Le desiderò subitamente e marciò su verso di esse. A mezzacosta, quella superiore luminosità già declinava, lasciando il posto ad una cinerea effusione nella quale veleggiava immobile il disco bianco del sole. Si sforzò e raggiunse la cresta. Da una sella ebbe una parziale visione della città, accosciata in una ansa del fiume, sotto la pressura di vapori e destino. Avrebbe ricevuto ancora quella sera stessa la notizia dell'uccisione di Pierre ed Ettore, Johnny s'immaginò il serpere di quel funebre bisbiglio attraverso stanze gelide, disperati nascondigli, per la notte desolata. E pensò che forse un partigiano sarebbe stato come lui ritto sull'ultima collina, guardando la città e pensando lo stesso di lui e della sua notizia, la sera del giorno della sua morte. Ecco l'importante: che ne restasse sempre uno.

Scattò il capo e acuí lo sguardo come a veder piú lontano e piú profondo, la brama della città e la repugnanza delle colline l'afferrarono insieme e insieme lo squassarono, ma era come radicato per i piedi alle colline. – I'll go on to the end, I'll never give up.

Il sole tramontava bianco piú che mai la luna, un uccello stridette e si sfrascò alle sue spalle. Si girò fulmineamente, ma era già sparito, volando mimetico contro l'annerito fianco della collina successiva. Si mosse, camminò, non sapeva dove andasse, i suoi piedi lo portavano a Cascina della Langa. E quando riconobbe contro il cielo nero il suo piú nero sagomo, ne fu lieto e grato ai suoi piedi e si disse che era proprio lí che desiderava arrivare. Grande era il cozzo del vento nei rami dei grandi, vecchi, alberi a prova di tempesta. Non arrivò per il viottolo, ma dall'insolito angolo dell'aia spiò e vide deserta l'aia e calma la casa. Avanzò sull'aia, chiedendosi dove mai fosse la cagna lupa, sentendo sotto le suole le profonde e dure carreggiate lasciate dagli affusti tedeschi.

La porta di casa si aprí e lo sten di Johnny sorse in normale come un pene a una vulva. Ma era la vecchia padrona, la sua puzza svolazzando fino a lui. A distanza lo riconobbe e masticò il suo male imparato nome.

– Non sei morto, Johnny?

– Ettore e Pierre sono morti.

Scattò la testa come in una sorta di civetteria. – Sono morti?

– Loro sono morti.

– Pazienza, – disse lei. – Sarai certo distrutto dal gran correre e camminare. Entra, sali nella mia stessa camera e coricati subito nel mio letto.

Rullando coi piedi sul piancito affogato dalle patate

Johnny arrivò alla scala e salendola sentí un gorgoglio della cagna, subito zittita ed ammansita. Come entrò, qualcuno tenne il respiro, un altro sfregò un fiammifero ed a quella fiamma Johnny vide Pierre ed Ettore seduti sul letto, ridenti in silenzio di lui, con la cagna stesa sulle loro gambe, felice.

32
Inverno 2

Il mattino seguente marciarono a Mango per sete di notizie ed inquadrare la situazione. Marciavano inspirando l'aria che era stata di recente inspirata dai loro mortali nemici, con le suole sentivano la terra che essi avevano cosí a lungo e trionfalmente calpestata. E quel mondo collinare che stavano attraversando gli appariva come non mai provvisorio e fittizio, quasi un teatro sgomberato alle quattro della mattina. I fascisti erano venuti ed avevano tutto scancellato e distrutto. La diserzione, la vacuità delle grandi colline feriva gli occhi tanto era lampante; i fascisti li avevano ridotti da molte migliaia a poche centinaia. Quanto alle migliaia mancanti, pensava Johnny, andando, dove si erano rifugiati e nascosti? La terra doveva averli inghiottiti. Anche Castino, l'antico quartier generale, ora stava spopolato e squallido sul suo ciglione calcinato; tutto rimosso: i quartieri, i posti di blocco, le linee telefoniche, tutto cancellato. Quella vivissima, colorita, blatant vita ribelle letteralmente sradicata come un grande e allegro e tremendo maypole.

Pierre concluse per tutti: – Resteremo uno per collina. I fascisti già l'intuiscono e ci sistemeranno molto presto. Manderanno su una squadra per collina e su ognuna spacceranno uno di noi. Saremo tutti morti prima della primavera.

Ora la strada di cresta s'incassava tra due erte, biancastre e gelate pareti di creta, che escludevano ogni vista e vento all'intorno. Qui incrociarono due partigiani che portavano i segni di una marcia lunga e depressa. La loro divisa però conservava qualcosa della brillantezza dell'estate e del primo autunno. Erano armati di sola pistola ed apparivano della specie piú istruita e intelligente. Alla domanda di Pierre il piú segnato e nervoso dei due rispose che venivano da Canelli dopo un labirinto di strade e andavano non sapevano dove.

– Anche voi avete avuto lo schiaffone.

– Il piú grande immaginabile. Sono forti, eccessivamente. Spadroneggeranno per tutto l'inverno e nessuno di noi si sveglierà in un mattino della prossima primavera.

– È esattamente quel che dicevo io un minuto fa, – disse Pierre.

– Avete da fumare? – indagò Johnny.

– Ho fumato la mia ultima sigaretta prima del loro attacco. Ora ne muoio di voglia.

In quella Johnny scoprí sbottonata la sua fondina e fece la mossa di riabbottonarla, ma una pistola fiorí nel pugno dell'altro, erta contro il cuore di Johnny. – Sei pazzo! – sillabò Johnny.

– Tu che facevi con la pistola? – urlò l'altro distracted.

– Riabbottonavo la fondina.

Il pugno dell'altro si allentò intorno al calcio dell'arma. – Dio, sono stato a un pelo da sparare! – e per l'emozione non gli riusciva di rinfoderare la pistola.

– Ragazzi, ragazzi, teniamo la testa a posto! – gridò Pierre.

Si salutarono e separarono, non senza voltarsi reciprocamente all'ultimo momento, quasi a preservarsi da una finale sorpresa. Johnny disse: – D'ora innanzi, quando ci spostiamo, prendiamo con noi la cagna lupa, – e i due annuirono. Ed Ettore disse che mai prima aveva incontrato un partigiano piú pronto di quello con la pistola. – E non sembrava affatto il tipo con quella faccia d'intellettuale, eh?

Entrarono in Mango nel canuto alto mattino. La vita vi era piuttosto attiva, ma della specie piú hushed e sparente possibile. Al loro ingresso qualche imposta si riaccostò con appena un fruscio, qualche passo allontanantesi suonò secco sul gelido selciato. La gente che non aveva fatto in tempo a ritrarsi, li cennò appena per tutto saluto, con sobrietà e ritenzione.

– Ne son passati di partigiani?

Il vecchio, seduto a filo della sua porta, si schiarí la gola. – Qualcuno è passato, ma nessuno s'è fermato.

– Nord?

– Non l'ho piú visto dai buoni vecchi tempi. Dicono...

– Che dicono, nonno?

– Dicono che viaggia sulle colline piú alte, viaggia giorno e notte, senza fermarsi mai. Ed ha ragione, perché con queste mie orecchie ho sentito ieri dai soldati le cose che gli fanno se lo prendono.

Procedettero al cuore del paese, fra grasse, vivide iscrizioni fasciste in vernice nera, incredibilmente ricca e fresca e moderna sui vecchi muri salnitrosi. Qualche donna da una finestra o da un'altana guardò e scansò il loro risguardo con aria di disgrazia.

Deviarono all'osteria, che era stato il loro locale d'ogni giorno, e la sala di rapporto e di udienza di Nord nei buoni tempi, ed aveva ospitato tanti partigiani quanti nessun similare locale sulle colline. Ora il locale appariva violato e saccheggiato, con il piancito profondamente maculato e solcato, come calpestato da uomini armati con tacchi corrosivi, gli scaffali dei vini ghignavano per la rapina delle bottiglie, la vasta e bassa cucina era muta e gelata in quell'ora prossima al mezzogiorno. Sentirono ciabattare alle loro spalle e si voltarono per vedere l'oste, invecchiato di anni in pochi giorni.

– Ragazzi, ragazzi, – sospirò – che ci fate e che ci volete qui?

Dissero che volevano sentire la radio inglese, avevano un tremendo bisogno di notizie.

– Radio? Allora non sapete che proprio ieri sono stati qui ed hanno saccheggiato. Le radio sono state le prime cose ad essere asportate, la mia la prima delle prime. Non c'è piú radio in paese, salvo quella di Costantino che l'ha salvata per pura fortuna. Andate da Costantino.

Pierre gli si piantò davanti. – Perché siete tanto cambiati?

– Noi non siamo cambiati, Pierre, – rispose l'oste con le lacrime agli occhi. – Sarebbe peccato mortale cambiare con bravi ragazzi come voi. Noi sappiamo che voi siete migliori di loro, lo sappiamo. Ma abbiamo paura, viviamo sempre tremando e per questo la vita ci disgusta, ma anche la amiamo ed è tremendo andare a letto ogni sera senza la certezza di svegliarsi il mattino dopo. E abbiamo moglie e figli e nipoti, lo sai, e tutti i doveri connessi. Se non fosse cosí, io sarei con voi con la mia doppietta, a dispetto dell'età. E poi ci sono le spie, Pierre. Noi sappiamo che hanno lasciato dietro le loro spie e che possono esserci addosso ad un avviso di un'ora.

La scossa e l'incredulità li ammutí, poi Ettore disse: – Se vi accertate di qualche spia, mandateci di corsa il vostro ragazzo e noi voliamo ad ammazzarla. Ve le ammazzeremo tutte.

Fuori, Pierre andò dal dottore a consultarlo sulle sue febbri, Ettore non voglioso di Radio Londra stette a passeggiare sull'allea deserta e ventosa, Johnny andò da Costantino.

Costantino disse: – Scendo a stanare l'apparecchio. Ho quest'unica presa qui. No, non ti scusare, anch'io desidero sentire. La trasmissione precedente l'ho perduta e mia moglie dice che era importante. Viene dall'alto, dice, molto dall'alto.

Costantino risalí con l'apparecchio sul petto, lo piazzò sull'apposita mensola, ma non inserí subito la spina, era ancora presto, conosceva l'orario di Londra a memoria. Intanto mise fuori gli ingredienti e prese ad arrotolarsi una sigaretta. Da essa trasse poi strane, verdastre boccate, con un sapore involuto e medicinale. Fumava con greve repugnanza e con un gusto invincibile, e Johnny tanto era fisso, a lui ed al suo fumo erboso, che Costantino sospirò e ne arrotolò un'altra per Johnny dalla sua magra borsetta del tabacco. Era una miscela di tabacco razionato e d'un'erba di recente invenzione e scuotevano la cenere in una vecchia conchiglia di mare. Poi il rullo del tamburo di Drake suonò nella casa d'alta collina e si espanse in uno dei piú selvaggi e tetri angoli di langa. La cosa era importantissima, ripetevano l'appello del generale Alexander ai partigiani d'Italia: cedere per l'inverno, sbandarsi e ritornare a casa o altrove alla spicciolata, svernarci e riunirsi nei vecchi posti e sotto i vecchi capi per l'ultima spallata nella prossima primavera. Per tutto il tempo il comando alleato avrebbe agito come non fossero piú esistiti partigiani.

– Well done, gen'ral! – fischiò Johnny tra i denti.

– Ha fatto bene, no? – disse Costantino: – ha ragionato a dovere, no?

– Già, tornare a casa. Chi ce l'ha piú una casa, che non sia vigilata dalle spie e circondata dai fascisti? E poi in città come ci rientriamo? Fischiettando una canzone e con le mani in tasca? E chi ci manterrà il riposo invernale in città, se non i fascisti? E con che vestiti rientriamo in città e con che facce? Well done, general!

Fuori ritrovò i due, già liberi ed in cerca di lui. Pierre disse che per ora il suo male non era nulla di serio, suscettibile di serietà col tempo e l'incuria. – Il medico dice che ho bisogno di ricovero.

Disse Johnny: – Allora intrattiene la medesima opinione del generale Alexander, – e ripeté il senso della trasmissione. Lo chiamarono imbecille ed idiota, poi tutto fu sighed and grinned off. Ripartirono per la loro base, tutti gli occhi del paese seguendoli fuori come un te deum. Ma i marmocchi erano ancora a scuola, passando sentirono chiaramente il loro sillabare, Ettore disse che quella era l'ultima occasione per mesi di guardare una donna civile e si accostò a una finestra della scuola spiando poi in direzione della cattedra. Ma vide una povera giovane maestra, tanto brutta quanto una donna non può permettersi, con una spessa pelurie bruna sulle guance e sul labbro superiore. Essa avvertí lo speciale sguardo di Ettore e glielo restituí, offrendogli tutto il suo rossore di speranza ed angoscia, la sua bruttezza e la sua stupenda coscienza di essa. Ed Ettore si ritirò dicendo che veramente la fortuna li aveva abbandonati su tutta la linea.

Tornarono alla cascina e ci passarono un vacuo pomeriggio, prima giocando abbondantemente con la cagna accondiscendente, poi sedendo inani su fredde pietre, le mani in mano, guardando al vuoto cielo, su e giú per il vacuo paesaggio, sentendo il freddo e l'alito dell'inverno, l'assenza lunga del sole, tutti i domani e la passività e la prestezza della loro morte e l'astrale lontananza della primavera. Poi Pierre risentí male e precocemente si ritrasse nella stalla contro il freddo e i brividi.

Al crepuscolo, ad onta del confondente vento nei rami, sentirono un fruscio particolare e urlando a svegliar Pierre corsero con le armi al cancello dell'aia, preceduti dalla cagna balzante, ma era soltanto una avanguardia di Nord che si accertava della strada libera e dopo di essa apparve il resto del suo gruppo: due autocarri, una trentina di guardie e mezza dozzina di donne esauste e lagnose. E fecero un innominabile scempio nella fattoria abbandonata, l'arrogante, volgare, intollerabile guardia del corpo. Ma Nord era comprensivo e sorridente con loro, sebbene soffrisse atrocemente per un'infezione ad una mano ed avesse improcrastinabile necessità del chirurgo. Indossava uno stupendo cappotto da ufficiale inglese con bottoni d'oro e bavero d'astrakan, e lo splendido parabellum cromato che soleva consegnare al piú prossimo armigero ora se lo teneva stretto al braccio. E la padrona gli fece un indescrivibile fluster di ammirazione e servizio, la sua vecchia, vile, frustrata femminilità ridesta alla vicinanza di quell'uomo incredibilmente bello. Nord disse subito che non era piú in grado di pagarle il disturbo, lei disse, con un sorriso appena diminuito, che poteva fargli credito fino a primavera. Nord sorrise e sospirò: – Primavera.

Poi si presentò una guardia, uno dei vecchi disertori veneti e con una inderelinquenda formalità lo salutò e gli riferí che i noti posti erano stati cercati e trovati, andavano bene, anche perché non c'era anima borghese all'intorno. Allora Nord cennò tutti gli uomini al lavoro. Si trattava di sotterrare le grosse armi collettive e le loro munizioni e di imboscare i due grossi camions del comando. Johnny ed Ettore aiutarono, il posto era stato scelto nel grande, aggrovigliato, sinistro bosco a valle della casa. Le armi erano già ingrassate e ravvolte, furono sepolte ed interminabili e patetiche furono le cure dei disertori veneti e le loro fantasiose variazioni per un miglior camuffamento delle tombe. Quanto ai due camions, li calarono a forza di funi nel cuore del bosco e sul radiatore e sulla fiancata affissero grossi cartelli segnalanti che i mezzi erano minati e sarebbero saltati a solo sfiorarli. Questo a prevenire, piú che altro, la scoperta e lo sciacallaggio civile. Durante tutto il lavoro l'aria di liquidazione fu cosí acuta da riuscire eccitante e forse positiva.

La padrona aveva intanto preparato una vasta cena e Nord invitò loro tre coi capi della sua guardia. Nord disse: – Cessiamo di fare gli uomini, ora e per lungo tempo faremo le marmotte. È bestiale, rapidamente logorante, ma necessario.

Ettore si lasciò sfuggir la domanda dove egli personalmente si sarebbe intanato, ma Nord batté velocemente le labbra ed i suoi capi fulminarono con gli occhi Ettore. Allora Johnny disse che loro tre rimanevano nella casa, lí li avrebbe trovati sempre, al necessario. Nord prese atto, ma osservò che la casa non gli garbava troppo, cosí solitaria ed eccelsa fungeva da naturale calamita; dovette confessare che lí lui non si sarebbe sentito tranquillo. Al che la padrona protestò con una certa gaiezza.

Pierre rabbrividiva visibilmente sotto la luce del carburo. Chiese licenza a Nord e si ritirò nella stalla. Questo rammentò a Nord il suo proprio male. – Debbo esser tagliato senza indugio, non voglio rischiar di perdere una mano, proprio quando me ne serviranno piú di due la prossima primavera.

– Noi saremo le tue mani, capo, – disse il capo dei disertori con cieca devozione.

Mezz'ora dopo, al colmo del buio, Nord partí, partí per settimane e forse mesi, tanta era la tenebra che dopo un metro non sapevi piú dire se avesse preso per nord o per sud. E allora Johnny ed Ettore capirono in pieno il significato della parola «sbandamento» e corsero alla stalla per vegliare su Pierre tremante sulla paglia e per restare piú di due.

Seguirono tre giorni, cosí inani e vuoti, mani in mano, guardia spossante, Pierre peggiorava, che Johnny fu grato alla padrona che lo mandasse per pane al forno al bivio. Era una gita deliziosa, riscattante, col brivido della marcia su grande strada esposta alle incursioni fasciste e la deliziosa sosta nel caldo, odoroso forno, frequentato dai partigiani residui – i due sulla collina dirimpetto – lí raccoglientisi per il calore ed il commercio umano. Un mazzo di case d'alta collina pendeva sul bivio e sul forno ed un minimo di relazione umana era assicurato sempre. Ora la gente indulgeva ad un miglior trattamento dei partigiani, forse per la loro rarefazione e la disperatezza della loro situazione. Sicché al forno le conversazioni erano cordiali, il rapporto fluido, e prima di rincasare i contadini lasciavano cadere una loro pagnotta nel sacco dei partigiani. Poi il ritorno con sulle spalle il sacco tiepido e cricchiante, e quella magnifica, pioniera sensazione di portare arma e pane, e infine le accoglienze della donna e della cagna, il sorriso-sorriso di Ettore ed il sorriso-smorfia di Pierre.

Il quarto giorno Pierre stava cosí male da spaventare se stesso e i due. Ettore voleva correre fino a Mango per un medico, ma Pierre glielo impedí, lui sapeva bene che ciò che gli occorreva e bastava era ricovero e speranza. E andava a cercarli a Neive, in casa della sua fidanzata. – Solo ora vi dico che sono fidanzato con una ragazza di Neive. Sanno in casa che loro figlia diventerà mia moglie, e mi accoglieranno come un figlio. Però non mi lasceranno entrare con armi, prenderò soltanto la pistola, bene nascosta su di me. Ora aiutatemi a ingrassare e avviluppare il mio Mas[1].

Nel canuto pomeriggio salirono al bosco, vi si sprofondarono, Johnny sotterrò il fagotto ed Ettore incise un segno

[1] [In realtà, del fidanzamento di Pierre si ha già notizia nel cap. 18, come pure nel suo rifacimento].

sull'albero piú vicino. E al crepuscolo, per arrivare a Neive a notte fonda, Pierre e Johnny partirono con la cagna. Passarono il villaggio di Trezzo, sinistro e sigillato nella sua nera conca, poi si diressero alla breve pianura avanti a Neive. La cagna, ora davanti ora dietro, lavorava meravigliosamente; zampando quietamente nelle sicure diritture, si lanciava arditamente avanti all'accenno di una curva, spiava le diritture successive e poi scuoteva la coda per assicurazione e forwarding. – È fantastica, – disse Pierre: – Da' retta a me, portatevela sempre insieme, quando uscirete.

A notte completa stavano davanti a Neive, riconoscendo il paese al brusio insopprimibile, non certo alla presenza, l'aria era d'inchiostro, non vedevano nemmeno il quadratino di strada su cui posavano i piedi; stavano come sulla fittile sponda di un ampio fiume nero, respirante vastamente e sottotono. Pierre disse che gli spiaceva, ma era per una settimana sola, poi guadò in quel nero fiume, subito annegandovi. Johnny attese dieci minuti, poi vide una porta aprirsi a mezzacosta, liberando una luce straordinariamente gialla, Pierre ci si siluettò per un attimo, poi sparí e con lui la luce. Johnny schioccò il pollice alla cagna e si voltò.

Verso le dieci tastonava nei pressi di Trezzo. Era come percorrere un viale di cimitero a mezzanotte, la bestia cominciò a uggiolare, senza sollevare, abbastanza innaturalmente, il concerto delle dozzine di cani di guardia all'erta nella tenebra della conca. Nel piú fitto delle case, sulla piazzetta, la cagna emise un latrato definito ed allarmato, e da sinistra l'uscio dell'osteria si spalancò e ne uscí luce e tre o quattro uomini armati. Il primo, bufalesco nell'ombra, armò lo sten e disse: – Che ha la maledetta bestia? Ora la faccio star zitta...

Johnny lo coprí con lo sten. – Ti sparo io molto prima. È con me la cagna. Io sono Johnny e la cagna è la bestia della Langa –. E come le armi si abbassarono, domandò dove fosse Geo[1].

[1] [Geo è il nome anche di un partigiano della Stella Rossa (v. i capp. 6 e 7) che muore fucilato dai fascisti (v. cap. 10). L'omonimia sopravvive per il mancato riferimento di quei capitoli].

– Sono qui, – disse una voce calma e coltivata e Geo venne avanti, staccandosi da quel gruppo volgare. – Fa colpo vederti senza gli altri due.

– Ettore mi aspetta a casa e Pierre l'ho appena scortato a nascondersi per malattia.

Il toro di prima sarcasmò nel buio: – Ma è un'epidemia. Però tocca solo i capi.

Johnny caricò su di lui, la cagna caricante dietro, gli uomini e la bestia lottarono un po' in un groviglio perverso, rantolante e sibilante, finché Geo ed alcuni borghesi imploranti pace e quiete li separarono. Il toro ora si scusava e sorrideva, dicendo quant'erano suscettibili i partigiani studenti, suscettibili come vergini. Poi invitò Johnny nell'osteria a bere insieme il vino offerto per pace dai borghesi. Ma Johnny marciò avanti e Geo l'accompagnò fino al limite della piazzetta. – Non mi arrenderò, – disse Geo, – ma ne ho fin sui capelli della compagnia e del posto. Ho bisogno di stare in cresta e da solo. Uno di questi giorni me ne vado, ma per coscienza voglio aspettare di non poterne proprio piú. E ti dico che manca solo una goccia perché il mio bicchiere trabocchi.

Nella notte, dopo un tempo immisurato da quando si era steso sulla paglia accanto ad Ettore ucciso dal sonno, la padrona li svegliò e senza parlare, solo a strattoni e sibili, li condusse fuori, sotto il nerissimo cielo della prealba, poi, non contenta di quel punto, li condusse oltre il sentiero fino al bosco. E al margine del bosco parlò finalmente, disse che il norcino l'aveva svegliata apposta a quell'ora impossibile e l'aveva avvertita che i fascisti, una piccola squadra, erano irrotti all'una di notte in Trezzo, avevano circondato un casotto isolato e ci avevano preso cinque partigiani addormentati. Il loro ospite era stato fucilato sull'aia, un partigiano, certo Geo, era stato ammazzato a metà strada dalla città in un tentativo di fuga, gli altri quattro portati in città per esser fucilati stasera. Tutto ciò a due chilometri in linea d'aria, loro addormentati e inconsci, poteva benissimo succedere a loro ed alla casa. – E sono stati certamente guidati dalle spie, – disse la padrona, – perché non si sono minimamente occupati del paese, ma hanno puntato dritto al casotto e hanno fatto l'affare in un minuto. E si dice che marciavano con le scarpe avvolte in stracci.

Tremava di terrore: – Viviamo tra le spie, le spie sono fra noi gente cristiana come tanti demòni. Ammazzatele, ragazzi, ammazzatele tutte, per amor di Dio! – Johnny non l'aveva mai vista in quello stato, quella vecchia incosciente e indomita. Volle che restassero nel bosco nascosti armati e all'erta, prima di allontanarsi disse: – Tu, Johnny, d'ora in avanti, non prender piú la cagna uscendo, perché è conosciuta da tutti come la cagna di questa casa e... sarebbe una sciocchezza per le spie.

Poi, poco prima di mezzogiorno, confortata dall'assoluta vacuità del paesaggio e dall'allegra chiarità della luce, li richiamò con un fischio a mangiare. I due la ripagarono con opere, Johnny raccogliendo e portando fascine dai rittani intorno ed Ettore attingendo al pozzo una sfilza di secchi d'acqua. Piú avanti, nel pomeriggio, governarono le bestie con le di lei istruzioni. La padrona diede loro da cena, poi essi ripartirono per un diverso dormitorio, dirigendosi a colline piú alte e selvagge, e la padrona, sapendo che avrebbero trovato miserabile accomodamento, imprestò loro una vecchia gualdrappa da bestiame, puzzolente di morchia e di urina. E nella notte gelata ed incredibilmente stellata, andarono in cerca di un dormitorio, Ettore con la gualdrappa stretta intorno alla testa come una cuffia. E diceva: – Le spie. Esistono le spie. Non ci avevo mai creduto, nemmeno nei romanzi e nel cine. Ma esistono. Vorrei scoprirne una e sta certo che qualunque morte le facessi fare non ne sarei soddisfatto. E tu sai che io non sono sanguinario, Johnny. Tu che ne dici, Johnny? M'hai seguito nel mio discorso? – L'aveva seguito, ma non aveva potuto rispondere, tutto posseduto dall'immaginazione di quello che avrebbe fatto a una spia.

Questo casale non andava, troppo esposto, quello troppo vicino alla strada grande, quest'altra casupola nemmeno andava, situata in un rittano del tutto selvaggio, ma troppo presto sfociante nella strada di Valle Belbo. Finché sostarono davanti a una stamberga, la piú piccola e misera di tutte le colline, appena superiore a un ripostiglio di attrezzi. Questa li soddisfò e ci bussarono. Vi abitava un uomo con una donna, la piú miserabile coppia dopo la cacciata dall'Eden, e l'uomo, giovane e frusto, in una medievale condizione di servitú della gleba, li accolse bene nella speranza del tabacco. Ma come dissero che non ne vedevano da tanto, sprezzò e spalancò loro la porta della stalla con una violenza forsennata. Era uno scatolino di stalla, con una grande finestra senza vetri né panno aperta al cielo ghignante tra stellati denti di gelo. E non aveva un filo di paglia né il piú piccolo bovino, solo una coppia di tremule agnelle dal pesticciare delle quali capirono che mezzo lo spazio era occupato da fascine spinose.

Giacquero sul nudo ammattonato, abbandonandosi a lunghi, dettagliati e consci sogni di calore e morbidità, cibo e tabacco, interpuntandoli di gemiti e rantoli. Finché il sonno venne, portando reali, esterni sogni di terrore e di morte.

Nell'ultimo gocciolo della notte, senza bisogno che l'uomo li chiamasse, si alzarono e uscirono, distrutti, eppure marciando con forza verso la Langa che ora gli appariva un castello di re. La padrona diede loro acqua bollente con dentro un cucchiaio di qualcosa di dolciastro, che ruscellò ruthlessly nel loro vacuo interno. Poi nuovamente via e lontano, fra la cresta della collina ed il margine del bosco, spiando tutto quanto della terra emergeva dalla tenebra cosí lentamente battuta e calcolando le innumerevoli ore che mancavano al compimento dell'alto mattino. Ora l'aria era spenta come al vespro, e perfusa di un opaco biancore che prometteva prossima neve, ed il polline ed il profumo della neve era sulle ali del vento che si alzava. Essi mentalmente s'inginocchiarono, pregarono per la discesa della neve, tanta neve da seppellire il mondo, cancellare ogni strada e sentiero, incapsulare ogni uomo vivente in un buco cosy, inaccessibile alla specie umana.

33
Inverno 3

Avevano perduto coscienza e conto del tempo ed approssimativamente li recuperavano per il parlare che faceva la gente del Natale. Una volta tornando da un segregatissimo dormitorio, sul far del giorno, Ettore disse d'un tratto: – Sai, Johnny, che se non ti conoscessi, avrei paura d'incontrarti? – Questa faccia m'è venuta? Non mi specchio da un secolo. Senti per caso la mia puzza, Ettore? – No, sinceramente no. – Nemmeno io la tua.

Poi un serio male grippò la gola di Ettore ed endemizzò di febbre tutto il suo tetragono corpo. Rapidamente diventò quasi afono ed incapace di deglutire. Giaceva a lungo nella stalla, con ansietà e panico della padrona perché le voci dello spionaggio correvano sulle colline sempre piú larghe e intense. Cosí, quando i contadini riferirono che un partigiano giaceva ucciso misteriosamente su un sentiero dei piú privati, Johnny decise di vederlo e studiarlo, ed in assenza di Johnny la padrona voleva che Ettore sgombrasse la stalla e l'aspettasse nel fitto del bosco, gli avrebbe prestato quante coperte desiderava. Ma Ettore rifiutò recisamente, anzi s'incavò anche piú nella paglia, solo pregò Johnny di lasciargli lo sten, che stese allato sulla paglia.

Cosí, con brutti presentimenti sotto un cielo che ne ispirava di peggiori, Johnny andò a S. Elena, nel piú selvaggio degli anfratti, a vedere l'ucciso. Ivan, il partigiano della collina dirimpetto, era già chino su lui, ed esaminava, minutizzava e deduceva tossendo senza tregua. Dietro di lui stava intenta, ma squirming occhi e piedi, una fila di contadini, le orecchie dritte ad ogni buffo del vento nei rami bassi. E tutti scuotevano la testa mentre Ivan interrogava: – Davvero non avete sentito niente? Nemmeno sparare? E nemmeno visto niente? Qualcuno che scappava di gran corsa?

Il ragazzo giaceva prono e sulla schiena, da due buchi, brillava il sangue, già cristallizzato, jaylike. – Hai una sigaretta, Johnny? – disse Ivan scettico. – Fa niente. Questo è il morto piú impressionante che io abbia visto. Questo morto cambia tutta la situazione, capisci, Johnny?

Il ragazzo era una conoscenza di Ivan, svelto e ardito, non facilmente ingannabile, con una perfetta conoscenza del terreno, in grado di scampare all'inseguimento di un battaglione, e non portava nulla che puzzasse inequivocabilmente di partigiano, era vestito tra il contadino e lo sciatore. Una donna invitò Johnny a rivoltare il morto, desse un'occhiata alla sua bellissima faccia, ed era realmente come la donna lo descriveva: il rosato delle guance non era ancora completamente svanito, il giovanile nitore dei lineamenti non ancora affogato nell'età insondabile della morte né troppo affilato dallo strain della disperata vita che aveva cosí precocemente condotta. – Un cosí bel ragazzo, – si lamentò la donna, – che io sarei stata orgogliosa d'essergli madre. Ed ora eccolo lí, ucciso come un coniglio.

Disse Johnny: – Sí, Ivan, questo cambia tutta la situazione. L'uomo che l'ha ammazzato era un tipo che egli non conosceva e del quale assolutamente non sospettava. Un uomo che l'ha incrociato, magari con un sorriso e con un saluto, e dopo due passi ha estratto la pistola e gli ha sparato nella schiena. – È cosí, – disse Ivan, – e poteva esser travestito indifferentemente da contadino, da mendicante, o ambulante. Può benissimo darsi che il morto lo abbia salutato e sorriso.

Lasciarono il ragazzo che aveva loro appreso quella importante lezione, la gente restante promettendo che al cader della notte l'avrebbe portato al cimitero di Rocchetta, con tutto l'occorrente di riguardi e preci.

Ivan fece con Johnny un pezzo di strada. – Com'è che questa è la tua strada, Ivan?

– Stasera non mi fermo a Benevello, vado oltre. C'è in Val Berria una ragazza di buona famiglia e con roba, che si è presa una fantasia di me e mi riscalda e nutrisce. La sua famiglia mi sorride molto acido, ma la ragazza è cosí forte, è la piú forte e... mi tiene al caldo. Non c'è niente di piú caldo, Johnny, che sotto la gonna alle donne. Ma stanotte non le farò far l'amore, stanotte voglio che preghi per la neve.

Stavano per separarsi sulla strada di cresta, il vento tanto forte da far ruscellare la ghiaia, con un rumorino che recideva i fili del cuore. – A proposito, – disse Ivan: – Ho visto Nord qualche giorno fa, tornava da Cortemilia dove gli avevano operato una mano. Aveva intorno i piú duri dei suoi e facemmo un discorsetto sulle spie. Sai, Johnny, i suoi ne hanno già spacciata una, un maestro di scuola. Io domandai se erano perfettamente sicuri di lui e del suo sporco mestiere. Certissimi, mi risposero, e gliel'avrebbero fatto lo stesso anche se fossero stati solo sicuri all'ottanta per cento. «Perché», ha detto Nord, «questa è la nuova legge», d'ora innanzi e fino a nuovo avviso. Nel dubbio uccidete. Non ha proprio detto uccidete ma l'equivalente.

– Nel dubbio sopprimete, – suggerí Johnny.

– Esatto. Nel dubbio sopprimete. Questa è la nuova legge.

Ettore giaceva nella paglia, immerso in un'ombra già notturna, e da giú mimò che il suo maldigola era peggiorato. Johnny gli si inginocchiò accanto, un pugno sullo sten. – Ho visto il morto, Ettore, e ho imparato una lezione grande. Certamente noi due saremo sempre insieme, ma se a me succedesse qualcosa, tu saprai come comportarti. Quello è stato ucciso alle spalle da qualcuno che non conosceva e del quale egli non sospettava. Qualcuno che l'ha incrociato, salutato, sorpassato e poi gli ha sparato alle spalle. Una spia, un fascista, travestito da contadino o da servo di campagna o da mendicante ecc. – Ettore seguiva con gli occhi brucianti e la testa sempre accennante. – Quindi, d'ora innanzi, dai l'altolà a tutti quelli che incontri, e puntali e falli avanzare con le mani intrecciate sulla testa. Soprattutto parlagli in dialetto e pretendi che ti rispondano in dialetto.

E al primo dubbio o al primo movimento falso spara, spara, spara, perché non possiamo permetterci il lusso di crepare in questa disgraziatissima maniera.

Poi Johnny uscí a mangiare, la padrona era stranamente incuriosa e insensibile, poi Johnny andò a lavorare per compenso, legna ed acqua, con tutte le armi indosso, sulla spalla e alla cintura. La cagna era slegata e spese tutto quel tempo di libertà a seguir Johnny e scorrere gli spiazzi e i rittani intorno, senza mai un latrato.

Poi Johnny fece la guardia per tutta l'interminabile notte, con la cagna compagna entusiastica, nella fiumana incessante del vento notturno, in cui panico e sicurezza cosí agevolmente e strettamente si mescolavano. Di tanto in tanto rientrava nella stalla per un'occhiata ad Ettore, l'ultima volta lo trovò sveglio. Penosamente Ettore lo pregò di andare domattina a Mango a prendergli qualcosa contro il maldigola. Johnny annuí e ripartí per un altro tocco di guardia. Ma verso l'alba, proprio nella peggior necessità di destità, si sentí assonnato, proditoriamente narcotizzato, e poté a stento ritrarsi sotto il portico.

Svegliandosi, ebbe un'immediata, socchiusa sensazione di nevicata, ma poi vide la nebbia. Ma tale una nebbia quale aveva mai visto sulle piú favorevoli colline: una nebbia universale, un oceano di latte frappato, che restringeva i confini del mondo a quelli dell'aia, anzi ben piú dentro. L'invisibile cagna stava zampando forse a due passi da lui, e fu un'impresa orizzontarsi e arrivare all'uscio della cucina. La padrona era soddisfattissima di quella nebbiona, ci si sentiva sicurissima e confortevolissima, disse che se Johnny rientrava da Mango a un'ora ragionevole, avrebbe trovato per pranzo qualcosa di meglio delle usuali scarsità. La cagna però non gliela lasciava condurre.

Poi Johnny entrò nella stalla per un'ultima occhiata ad Ettore. Dormiva sodo e beneficamente, ma giaceva con tutto il peso del suo corpo sulla sua pistola. Johnny, piú lievemente che poté ruotò il cinturone finché la pistola gli uscí di sotto e stette a portata della sua mano, senza che Ettore si svegliasse.

Trovò la strada tastando con la mano l'angolo della casa ed avanzò con la rotta della relativa levigatezza del terreno. Là dove la nebbia era meno compatta, poteva a stento vedere i suoi piedi veleggiare sognosamente su un lontano mare di terra ed erbe gelate. Indubbiamente la nebbia era cosí densa dappertutto ed avrebbe capito d'essere arrivato a Mango soltanto udendo i suoi piedi zoccolare sul ben noto selciato. A un certo momento non fu d'altro cosciente che di star marciando, marciando, con la sazietà ma senza la pena del cammino, il sentiero rimaneva sempre liscio e familiare sotto i suoi piedi intuitivi.

Poi, in un tratto in cui pronosticava d'essere almeno a metà strada, si arrestò netto. Il terreno era stranamente scabroso e scoscendente sotto i suoi piedi narcotizzati e la paura di essersi traviato lo colpí seccamente. Perlustrò adagio col piede tutt'intorno, ora anche con la paura dei burroni e fossati, poi la sua straordinaria pratica l'avvertí che aveva smarrito la strada a Mango di qualche accidentato centinaio di metri e che stava errando sulle massicce pendici precipitanti sulla Valle Belbo. Allora pianse: tutto il pianto che aveva dentro per mille tragedie sgorgava ora per questa inezia dello sviamento, pianse sfrenatamente e amaramente, coi piedi immoti sul suolo inaiutante. I solchi umidi delle sue lacrime perdute irritavano pazzamente la sua pelle essiccata, come sottilizzata, il fazzoletto aggrinzito e indurito peggiorò la pelle. Poi volse le spalle al declivio e risalí incontro al sentiero perduto, per riconoscerlo saliva piegato in avanti. Lo ritrovò, con un gasp, e ci marciò sopra lentamente. Dopo un secolo, gli parve, zoccolava sul selciato di Mango, e lo stupefece annusare nelle stradine zeppe di nebbia l'odore del mezzogiorno. Ed erano esattamente le dodici, gli ci erano volute sei ore per un cammino di normali due.

Entrò in farmacia. Gli scaffali erano vuoti per tre quarti e la bottega non sentiva di farmaceutica piú di una qualunque stanza di famiglia. Dal retro veniva il profumo di una ricca minestra e musica leggera alla radio. Il medico sentí la richiesta, scosse la testa e gli porse una scatoletta di pastiglie di potassa, con uno scettico grin. – Naturalmente non posso pagare, – disse Johnny. L'altro sventolò una mano, quel gesto antico ora aveva la fresca intensità della massima comprensione e necessità.

– Grazie. E, dottore, quali sono i sintomi della scabbia?

– Ce l'ha? – sussultò lui.

– No, glielo domando per scienza preventiva.

La sua schiena quasi urlava per la necessità di un massaggio, una sdrumata di schiena gli appariva la vetta della libidine.

Il dottore gli elencò i sintomi.

– Se la prendo posso rivolgermi a lei?

– Bah, non mi resta nemmeno una bottiglia di Helmerick. Ma non c'è da piangerci su. Non sarebbe efficace un corno, col tipo di superscabbia che voi partigiani siete suscettibili di prendervi.

Svoltò fuori del banco e venne a calare una sigaretta in mano a Johnny. Era una splendida sigaretta, corposa e morbida, con la cartina inconsutile e il tabacco di un colore unito e mite. Il farmacista accennò ad accendergliela, ma Johnny si scansò. – Mi scusi, ma non fumo da un'eternità. Questa voglio fumarmela con religione. Mi presti un paio di fiammiferi e mi scusi ancora.

Sorrise, gli diede una manciata di fiammiferi e disse: – Questa è del mio ultimo rifornimento in città.

Johnny stette a bocca aperta: quell'uomo era stato in città di recente; il farmacista abbozzò un gesto di estremo, pauroso disgusto. – Ho giurato di non rimetterci i piedi che a guerra finita. La vita vi è talmente impossibile, e la morte troppo, troppo possibile. Coprifuoco rigorosissimo alle 17, un sacco di ronde dovunque, con le facce tese e le armi spianate. E tutte le notti i loro plotoni lavorano al cimitero, m'hanno detto i miei amici, tutte le notti.

Johnny uscí, cascò seduto sull'ultimo gradino della farmacia ed accese la sigaretta, con cura leziosa, badando ad irrorare di esatto fuoco la prima rondellina della sigaretta. Fumava a lunghe e lente inspirazioni ed il fumo espirato affogava rapidamente nella nebbia. Ma a metà sigaretta era già surfeited del fumo, per troppa vacuità di testa e di intestino. Fu cosí un mozzicone piuttosto lungo quello che gettò, alzandosi per il ritorno.

Sebbene ancora densa e greve fino all'inamovibilità, la nebbia aveva ora in essa qualche mobile ed attiva fessura, e la sua immane massa appariva ora goffamente oscillante sotto la nascente forza del vento che prima di sera l'avrebbe disfatta, dopo tutto un giorno di pesante dominio. La strada appariva di gran lunga piú visibile e seguibile che di mattina, tuttavia pensò che sarebbe rientrato a casa non prima delle quattro.

Verso quell'ora infatti stava camminando, piuttosto languidamente, sulla cresta dell'ultima collina, a meno di un chilometro da casa. Qui la nebbia era in crisi, e vaste porzioni di freddo paesaggio sorgevano e si stendevano alla vista, ma come stupefatte di quella lunga sepoltura ed ancor piú di quella resurrezione. Alcuni uccelli stavano timidamente, raucamente stridendo nei vicini pinastri appena smatassati dalla nebbia. Ed in quel riquadro visibile Johnny scorse un pugno d'uomini, che egli riconobbe subito per abitanti delle cascine vicine: stavano con un piede sul bordo della strada e l'altro sul declivio, come pronti a una fuga, a una sparizione fulminea. Anch'essi lo riconobbero, in un modo che suggeriva che aspettavano proprio lui, ma non gli facevano segni di fretta. C'erano anche donne, che tastavano di continuo le loro rigide gonne come per disperazione e nervi e pienezza di cuore.

– Fermati qui, partigiano, aspetta ad andare a casa.

– Ditemi subito il finale, – disse Johnny.

– Ci sono stati i fascisti stamattina, nel peggio della nebbia.

– L'hanno fucilato sul posto?

– No, l'hanno preso e portato prigioniero in città. Anche la padrona, e la lupa, e tutte le bestie, le grosse e le piccole. Hanno fatto una carrata di tutto e tutti, aggiogandovi le bestie della casa. Che poteva fare il tuo compagno, vedendoli, maledetta nebbia, solo quando gli ficcavano i fucili nella bocca dello stomaco?

Disse Johnny: – Pensare le benedizioni che le abbiamo mandato stamattina alla nebbia.

Si tastò in tasca, estrasse la scatolina e la porse a una donna. – Tenetela per i vostri bambini, per quando prenderanno il mal di gola.

La donna prese e disse: – Cosí resti solo, solo su tutta la collina. Hanno sfasciato tutto in casa, non ci troverai piú nemmeno una crosta di pane. Stasera, a buio fatto, vieni da noi per cena. Ah, farete tutti questa fine, ragazzi. Ma è il lavoro delle spie, lo giuro! che si svolge sotto i santi occhi di Dio!

Johnny passò in mezzo alla strada e ci stette ad aggiustarsi addosso tutte le armi.

– Che vuoi fare?

– Andare a vedere.

– Aspetta. Se ne sono certamente andati da un pezzo ma non si sa mai. E tu sei cosí solo e sviato nella testa.

Johnny domandò se avevano oltrepassato la casa e se erano scesi nel bosco grande. Gli accennarono di no, e si leggeva che sapèvano benissimo dei camions imboscati.

Affondò nel bosco e lo percorse, per arrivare alla casa dal lato meno prevedibile. Avanzava però senza particolare cautela, distratto dal pensiero ottuso e lacerante insieme di Ettore, di quanto fosse ormai inoltrato sul sentiero della cattura e della morte, cercando di immaginare in quale mai chiusa e vigilata stanza fosse ora passato dalla selvaggia libertà delle colline. Arrivò alla sfondata recinzione, l'aia era assolutamente deserta, non si udiva il minimo grattare o squittire di pollo. La morte totale era seguita al tumulto di vita che aveva per obiettivo e corollario la morte. Già dall'esterno si poteva vedere che l'interno era stato tutto saccheggiato e guasto.

Abbassò il filo spinato e saltò nell'aia. Fiutò l'aria, quasi potesse ritenere il demoniaco lezzo degli uomini che avevano ladramente catturato Ettore. Ispezionò la stalla – vuota; il canile – vuoto; il porticato – spoglio di carri e attrezzi. Irruppe in cucina. Essa e tutte le stanze erano state saccheggiate, poi dalla soglia avevano rafficato all'impazzata contro il vecchio, dozzinale mobilio, crivellandolo. E i suoi piedi crocchiavano orribilmente sullo strato di stoviglie fracassate che copriva l'ammattonato.

Riuscí sull'aia, si diresse al forno abbandonato, cacciò una mano nella bocca e tastò le pietre fredde e polverose, finché le sue dita toccarono e gripparono qualcosa di metallico. Era la pistola di Ettore; ecco perché non l'avevano fucilato sul posto. Ma l'avrebbero fatto stanotte o una delle prossime? Ettore non poteva dimostrare che non era partigiano. E non l'avrebbe nemmeno tentato, nemmeno voluto: era orgoglioso e inflessibile, cosí pronto a pagare il grande prezzo, ma nella sua dimessa, sempre minimizzante maniera.

Soppesò la pistola, poi se la cacciò al cinturone. Con la coda dell'occhio sorprese un moto furtivo oltre il filo spinato, ruotò e puntò lo sten, ma erano solo alcuni degli uomini di prima.

Andò verso loro, arma e capo chini.

– Che farai?

– Oh, lasciate fare a lui, – disse un altro.

Johnny prese la corsa, sfrecciò dietro la casa, arrivò sulla cresta e di lassú speculò la quantità di creste e valli, la quantità delle case, già sfumanti nelle lontananze crepuscolari. Nord poteva essere intanato in una di quelle, ma quale? Si buttò per la pendice boscosa, mentre gli intrigati gridi degli uomini si frangevano e smarrivano nella sua scia.

Precipitava in Valle Belbo, per versanti vacui di cristiani, alla ricerca di un fortunoso contatto con qualunque partigiano residuo, possibilmente uno informato e collaborante, per sapere dell'attuale recapito di Nord e se aveva ancora prigionieri fascisti per uno scambio. In mezz'ora di vertiginosa discesa fu in vista del borgo di Campetto, appena di là del torrente, quell'antico formicolante rendez-vous di partigiani, ora sudariato in vacua solitudine e vesperalità, la sera si raccoglieva a soffocare le acque del torrente, esaltandone il gelido bisbiglio. Guadò il torrente, freddo da mozzare il fiato e dare al cuore, e si diresse alla osteria sull'altra riva, flebilmente segnalata da autotimorose lame di luce.

Spalancò la porta e dalla soglia ventosa domandò di partigiani. L'oste e i radi avventori cennarono di no, con l'aria di dire se sarebbero stati cosí tranquilli con partigiani nel locale a quella jellata ora di vespro.

Corse a Rocchetta nei vortici di un vento ora propizio ora contrario, sulla strada ombrata. Il villaggio era spento e sprangato, assolutamente sordo e muto. I partigiani, se ve n'erano, dovevano starsene nei suoi recessi piú segreti ed i loro tremuli ospitanti avrebbero a costo di morire negato la loro presenza anche a lui. Stanchezza e disperazione gli pesavano addosso, mentre percorreva il paese nella sua bilaterale lunghezza. Poi, all'ultimo della ricerca, colse per caso la faccia di un partigiano che gli si rivolgeva dal poco illuminato riquadro di una finestrella quasi a livello del terreno. Johnny si rannicchiò e bussò sul davanzale e sulla grata. L'uomo era una guardia del corpo di Nord e stava facendosi rammendare qualcosa di suo da una ragazzina e teneva le armi intanto pronte sul tavolo.

Al bussare di Johnny l'uomo si aggrottò e la ragazzina trasalí.

– Tu mi conosci, – disse Johnny. – Dimmi dove sta Nord.

– Non lo so, – rispose e tranquillamente accennò alla ragazzina di riprendere.

– Tu lo devi sapere.

– Ti conosco, ma non posso dirlo, pena la testa.

– Ma è una questione di vita o di morte.

– Dev'esserlo anche per Nord, a quanto pare.

– Dimmi almeno se a Nord restano fascisti per un cambio.

– Nemmeno uno. Questo te lo posso dire e assicurare. Ho fatto parte della squadra che è stata davanti alla città per l'ultimo cambio.

– Era per Ettore. L'hanno preso stamattina.

– Ah.

– Non sai dirmi se c'è un partigiano con un prigioniero fascista? Anche a 20, 30, 40 chilometri da qui?

Disse di no, se ne fregava di Ettore, per lui il colloquio era chiuso.

Ma Johnny poteva leggere bene quel che esprimeva la sua dura, sarcastica faccia. – Se non te ne freghi, se gli volevi tanto bene, fa' tu un tentativo diretto. Di fascisti ce n'è a reggimenti a Alba e a Canelli. A Alba o a Canelli, a tua scelta. Va, corri a pescarne uno.

Partí e intanto si rispondeva: – Sí, ci andrò sí, domattina stessa. Proverò a Canelli. Se non trovo, a Alba.

Riguadò il torrente e si mise a salire, la debolezza, l'angoscia e il buio facendone un calvario. Vicino a cresta deviò istintivamente verso la casa dove gli era stato promesso da mangiare, ma poi pensò che il rifocillamento gli sarebbe tornato piú utile domattina, prima di partire per Canelli. Cosí riprese per la Langa, alla quale il fatto del giorno conferiva una piú spiccata hue di spettralità e fatalità. Passò nell'aia, davanti al canile, davanti alla cucina, risentendo orribilmente la loro desertità, ed entrò nella stalla, algente per vacuità di animali. Ciononostante si spogliò piú di quanto non si fosse mai spogliato prima e giacque nella greppia, le sue armi pendule su lui dalla rastrelliera. Sotto il fieno attese il sonno, la sua mente quietamente attiva intorno al programma di domani – che uomo avrebbe incontrato domani alla periferia di Canelli, il suo grado, la sua taglia, il suo armamento... – Poi cadde in un sonno di sasso, in una insalubre ridda di sogni vuoti di Ettore, pieni di cibo e comfort.

34
Inverno 4

Si svegliò nel piú nero del nero. Si armò e andò brancolando nei rittani verso la casa del cibo promesso, già desta per le lamette di luce ed un ricciolo di fumo al comignolo. Il cane di guardia s'infuriò, apparve la donna in sottoveste, quietò la bestia e gli cennò d'entrare. Gli avrebbe dato una scodella di latte e un uovo fritto. Frattanto gli mise davanti il pane, ma Johnny si trovò cosí debole da non riuscire a spezzarlo e allora la donna gliel'affettò col coltello e cosí facendo gli disse: – Ho capito, sa? quel che lei esce a fare. Ma consideri che due morti sono ben peggio di uno e... fra tre giorni è Natale –. Johnny disse soltanto che non aveva piú fazzoletto, se potesse prestargliene uno. La donna non ne aveva, ma andò a tagliare una pezzuola con le forbici da un fine pezzo di lino.

Il cibo speciale l'aveva fortificato ed anche ottimizzato, cosí partí con un passo robusto ed a mente tranquilla. Tagliò in diagonale l'immenso versante, poi in basso su Cossano e procedette su S. Stefano, marciando al coperto della rachitica vegetazione sulla riva del torrente, parallela alla strada di valle.

Il grande paese era muto e chiuso, spenta anche la sua costante caratteristica di traffico mercatile. Sbirciò la grande piazza grigiastra e vuota, battuta da buffi di vento, sotto un cielo biancosporco, gravido di impartoribile neve. Tutti i comignoli fumavano grosso e denso e sodo in quel cielo. Avanzò al coperto delle case, rasentando quelle che prospicevano sul torrente, e si trovò infine a metà paese, a 200 passi dal ponte alla stazione ferroviaria. Si fermò al coperto di un retroscala a decidere. Decise di oltrepassare il ponte, guadare il torrente fra la chiesa e la stazione, poi dirittamente alla periferia di Canelli, per la collina.

L'uomo che ora lo scrutava da una finestrella-retro era il barbiere sulla piazza, ed appariva profondamente preoccupato. – Cosa vuoi? Ma sei pazzo? Non sai che S. Stefano è una trappola per quelli come te? Stanno a Canelli a 4 km. da qui. Pensa che ci mettono ad arrivarci in camion. Senti appena il fruscio e già son qui. Battaglione S. Marco, gente in gamba e senza pietà. Da' retta a me: scappa subito e lontano, perché sento che oggi è giorno di visita –. Al contrario Johnny salí un paio di gradini per elevarsi a livello del barbiere, che fu preso da panico. – E una volta in piazza che cosa sono soliti fare? Si sparpagliano e si muovono separati oppure restano insieme? – Nient'affatto, ed io afferro a volo la tua idea. Ti prenderanno in trappola, perché non si prendono mai la minima libertà o disattenzione: arrivano, cinquanta o cento, smontano e si muovono e lavorano a contatto di gomiti. Se tu sei fuori per pescare, questo è il peggior stagno che potevi scegliere. Noi non vogliamo esser chiamati fuori dai fascisti a vedervi morti, o presi e macellati vivi.

L'uomo spari, ma Johnny sentiva che ancora l'occhieggiava da qualche ignoto spiraglio, a veder che finisse di fare. Allora, con una nuova prima sfiducia, marciò via, accostandosi un po' di piú alla riva del torrente. Scorreva nel piano treeless, in sassosa platitudine occhieggiata da pozze d'acqua algosa e gelida. La collina dirimpetto era enorme e ruinosa, ognuna delle case sparse sul suo seno arricciolava un bianchiccio, carnoso fumo contro il fianco nero della collina e nel cielo opalescente. Sarebbe stato sfiatante, deleterio ai polmoni dover correre per scampo da quella parte. Mosse avanti, i suoi piedi estremamente a disagio e rumorosi sul greto, sentendosi nella schiena piú d'uno sguardo scoccatogli dalle retrofinestre delle case sul torrente.

In quella, dall'altro lato del paese, nacque si tese e volò sulla strada di Canelli un filo fischiante, ed il già minimo brusio del paese colò in perfetto silenzio. Nel quale il rombo dei camions salí al diapason, in due minuti frenarono con immenso stridore nella piazza grande, e Johnny poté ancora cogliere lo sbattersi delle portiere, i tonfi del loro smontare, i primi ordini taglienti, una risata, il loro scalpicciare verso i posti assegnati. Corse a un meschino riparo proprio sul filo dell'acqua, guardando con ripugnanza l'acqua gelata che doveva guadare fra un minuto. A meno di 150 passi da lui, una robusta pattuglia di fascisti entrò sul ponte, per appostarcisi con una mitragliatrice. Allora Johnny guadò e s'enfonça nella vegetazione abbastanza oscura dell'altra sponda. Ma in che stato era? Quella breve corsa l'aveva sconvolto, gli aveva dilaniato cuore e polmoni. Si riprese, si abbassò sulle ginocchia e riguardò al ponte. La mitragliatrice era stata puntata alla collina fumosa, otto dieci uomini dietro di lei. Due, seduti su casse di munizioni, badavano all'arma, i restanti ora passeggiavano il ponte, fumando, chiacchierando, additandosi qualcosa l'un l'altro, a volte urlando qualcosa di provocativo alle piú vicine finestre sprangate. Poco dopo arrivò un camerata con un bidoncino di qualcosa caldo. Piú tardi ancora venne in ispezione al posto un ufficiale, che subito soffocò il loro abbozzo di formale saluto e si mise a guardare intorno con un'aria di stufa sicurezza e ad ascoltare con l'ombra di un sorriso le adulazioni degli uomini. Era giovane, di media statura, piuttosto in carne, con biondi capelli spenti nell'atmosfera spenta. Nulla di piú di un tenentino, pensò Johnny, ma esattamente l'uomo che avrebbe fatto con Ettore peso giusto sulla bilancia.

Attese sempre guardando, poi scosse la testa: apparivano radicati al ponte, nessuno si sarebbe mosso da isolato, facendolo l'avrebbe fatto per un brevissimo tratto, coperto dallo sguardo e dalle armi dei compagni. Allora decise di aggirare dalla collina quella strozzatura del ponte, riguadare il torrente oltre la stazione ferroviaria, indi puntare a Canelli. Cosí per un rittano perpendicolare guadagnò la mezzacosta della piramidale collina e di lassú scoccò un'ultima lunga occhiata ai lillipuziani fascisti insediati sul ponte-giocattolo. Marciando su e per i serpentini sentieri della mezzacosta incontrò alcuni contadini che guardavano giú da dietro tronchi d'albero a quel medesimo sottospettacolo, fissi e odianti. E si scambiavano rauche, soffiate considerazioni di pronostico, speranza ed odio. – Guarda i porci neri. Quando li macelleremo una buona volta? – La primavera prossima. – Cosí come lo dici sembra piú lontana del giorno del giudizio. La prossima primavera. Hai tabacco, partigiano? – Stavo per chiederne a voi. – Perdio, i porci neri. Un po' però mi consola pensare che noi saremo ancora al mondo a fumare quanto ci pare e loro già sotto terra, pieni tutti di vermi.

Camminando oltre, si sentí pieno di una sottile e quieta letizia nel trovare che egli, il nervoso, sottile cittadino era diventato piú paziente dei contadini, pazienti come il piú paziente dei loro buoi. Aveva consumato la mezzacosta ed ora scendeva diretto alla stazione, la cui facciata di stinto rosso pompeiano era la mainfeature di quel neutro paesaggio. Ed era già sazio della giornata, sebbene sapesse che non erano ancora le dieci. Al piano, varcò le rugginose rotaie, poi per vuoti prati andò a guadare il torrente, poi si riappiccicò alla collina per una favorevole ispezione della strada a Canelli. Si appostò dietro il magro, giusto-sufficiente tronco di un pioppo, le gambe gli dolevano per l'effetto dell'acqua. Sullo stradale, appena a monte del ponte metallico, incrociava un buon numero di fascisti, fra due loro autocarri fermi. Ed una linea lunga di loro, giusto allora intervallantesi, stava attaccando le falde della collina vicina. Dunque non c'era niente da fare da quella parte, aveva proprio incocciato il giorno piú vivo ed attivo della guarnigione da quando si era stabilita a Canelli lo scorso dicembre.

Fece dietrofront e marciò via, oltre la stazione, ed infilò, insieme con una gelata nuova brezza, la valle per la stazione di Calosso e Boglietto, una gola artica, sinistra, chiazzata di nero-carbone.

Per mezzogiorno era al grande crocevia di Boglietto. C'era un qualche ventoso movimento di donne per la spesa e la sonora gelidità della pianura che si allargava. Lo sten nascosto al meglio sotto la giacca, entrò nel forno-commestibili, la padrona preoccupata ma muta, e andò in silenzio ad appoggiarsi contro la parete del forno. Ci restò, sentendo fondersi la schiena, nebulosamente pensando che quel tipo di caldo in definitiva gli nuoceva ma godendoselo tutto. Intanto seguiva con occhi velati l'andirivieni delle massaie, silenziose come la padrona per colpa di lui, ordinavano e restavano servite a cenni. Dopo un quarto d'ora, la bottegaia gli chiese se gli facesse bisogno di qualcosa, Johnny scosse la testa contro la parete calda, la donna sospirò e cominciò ad affettare pane e lardo per lui. Si sentí il campanello squillare e la porta socchiudersi, ma nessuno entrava e la bottegaia si lamentò e rimproverò forte per quello spiffero. Allora la cliente entrò e si accostò al banco. Era una contadina molto vecchia, bazzuta e calva, ridotta ad un aspetto quasi maschile. Al banco gracchiò: – Avevamo un mondo di partigiani una volta, e sempre o quasi sempre con le mani in mano, ma ora, nel momento del bisogno, dove trovarne uno? Cosí ti tocca vedere un soldato fascista che passeggia tranquillo per la nostra campagna e non un partigiano che gliela faccia pagare. Un etto di conserva. Il maledetto se ne sta andando tutto solo verso Castagnole, come un monarca.

Johnny, sebbene obnubilato dal calore, aveva inteso bene. Uscí sofficemente e fu sull'asfalto gelato. La strada correva per un breve rettilineo, ma il fascista non c'era piú, marciava oltre la svolta. Passò in corsa, il passo estremamente risonante sull'asfalto e passando davanti a un portone socchiuso un quarto d'uomo si sporse a cennargli accelerazione e cattura. Svoltò e subito vide l'uomo, non era un miraggio, avvantaggiato di poco meno di cento passi. Era altissimo, quanto Johnny, un corto pastrano gli garriva selvaggiamente alle cosce, marciava tremendamente, sempre fisso avanti. Era armato, portava un'arma sottobraccio, ma per la distanza Johnny non poteva riconoscerla.

Poiché l'asfalto stamburava troppo la corsa, si mise in marcia e marciò del suo meglio, ma annullava troppo poco lo svantaggio. Allora saltò nel fosso laterale ed in esso corse rannicchiato, quando riemerse l'uomo gli stava avanti ancora di sessanta passi, sempre sgambante e fisso avanti. Aveva incrociato un viandante e questi ora veniva incontro a Johnny: un vecchio contadino, che riconobbe Johnny d'acchito. Si fermò, posò a terra le due ceste e attese Johnny. – Ci siamo, eh? – disse con un luscious grin. – Che arma ha? – Moschetto. – Sicuro? – Sicuro. Ma attento. Ha una faccia decisa.

Marciò piú forte e gli rosicchiò un trenta passi. Poi il soldato per la prima volta si voltò ed automaticamente Johnny prese l'andatura campagnola, possente ma goffa e disarticolata, guardando con interesse contadino la campagna e le colture. Il soldato non sospettò, marciò avanti e piú forte. Johnny sbirciò indietro a sua volta e vide il vecchio sempre fermo, tra le sue ceste deposte, fisso a loro ed alla gara. Ora Johnny non riusciva a riguadagnare un metro e la periferia di Castagnole appariva già biancheggiante tra il verde nell'aria piú luminosa. Johnny non voleva accadesse in paese e si raccolse per una marcia piú forte. Ora aveva a metà scoperto lo sten e voltandosi il soldato poteva rendersi conto. Cosí passò fuori strada, aggirò la prima fattoria e dallo spigolo si vide davanti al soldato: si nascose dietro una catasta di pertiche e stette attento al suono dei passi dell'altro. E quando il soldato transitò, fisso come sempre, balzò oltre il fosso e gli conficcò la bocca dello sten nella schiena.

L'uomo crollò, Johnny dovette reggerlo per il colletto, poi lo rivolse: tremava con la bocca e i cigli, gli occhi arrovesciati, la faccia rurale bianca e spastica. Gli sfilò il moschetto e gli ordinò di sfilarsi il pastrano, aiutato da Johnny perché da solo non ce la faceva. Johnny lo tastò e nella tasca del pastrano trovò una bomba a mano della quale si caricò malvolentieri. Poi Johnny gli cennò di passare oltre l'asfalto nei campi, ma l'altro non si muoveva. – Dalla strada non esco, tu mi ammazzi appena fuori strada –. Allora Johnny lo spinse oltre il fosso nel prato e gli impedí di mettersi ginocchioni. Non correva rischio di morte, gli disse, sarebbe stato cambiato con un amico e compagno suo che stava nel carcere di Alba in attesa della fucilazione. Non solo non l'avrebbe ammazzato, ma non gli avrebbe torto un capello proprio per amore dell'integrità del suo amico. Intanto l'avrebbe fatto mangiare e riposare. – Hai capito bene e tutto?

Per tutta risposta il soldato piombò seduto su un ciglio, coperto alla vista della strada da magri cespugli già invernali, e scoppiò a piangere con la faccia tra le mani. – Anche se è cosí come dici, sono rovinato lo stesso, sono morto! Per me è finita! – Johnny lo scrollò per bene, gli ripeté se aveva ben compreso il suo discorso.

Ma: – Sono rovinato, sono morto lo stesso! Non da te, ma da loro! Perché sono un disertore, stavo disertando quando mi hai preso! Stanotte sono scappato da Asti, dal bunker sul ponte dov'ero di guardia.

Johnny gli cascò seduto accanto, sopra di loro due passeri ciacolavano, senza paura.

– Cosí eri soldato ad Asti?

– Per forza, mi rastrellarono e mi vestirono in divisa.

– Non mentire.

– Ebbene, mi presentai alla chiamata di leva, per paura. Ma ora stavo disertando, e avevo fatto bene tutto da me, e tu vieni a prendermi a metà strada.

– Perché a metà strada? Di dove sei?

L'uomo nominò il suo paese e Johnny gli ordinò di parlargli in dialetto ed effettivamente aveva l'e strettissima della parlata di quel paese.

– Per carità, rimettimi in libertà e per la mia strada.

Ma Johnny scosse la testa e rudemente, per mascherare il suo proprio accoramento, gli ordinò di alzarsi e camminare. – Ti farò cambiare a Alba il piú rapidamente possibile. Gli ufficiali di Alba non sapranno ancora che sei disertore, perché il comando di Asti non può comunicare né per filo né per tele, e certamente non arrischieranno una missione per un soldato semplice come te. – Vorrei esser qualcosa di meno di un soldato semplice, – pianse il ragazzo. – Mi fucileranno, non appena sapranno che ho disertato.

Salivano la dolce, asciutta salita a Coazzolo. – Vedi il campanile? Sotto sta il prete che parlerà per il tuo cambio agli ufficiali di Alba. – Ma il ragazzo piangeva e camminava senza veder la strada. E per vergogna e miseria Johnny non lo guardava, se non per uno sbircio disagiato alla grossezza e rozzezza del suo corpo nella meschina, avara, manreducing uniforme fascista. Un ragazzino del paese li aveva spiati da una siepe e capita la situazione voleva avanzare per veder meglio e magari interrogare, ma Johnny lo scacciò al riparo irosamente. – Hai una sicurezza di giorni e giorni, – disse poi a quella lunga schiena, – prima che Alba sappia da Asti che hai disertato, in questa situazione. Ed in tutti quei giorni tu diserti di nuovo, e da una base ben piú vicina a casa tua che Asti. Sí, dammi retta: diserta al piú presto e passa il fiume a Roddi e meglio ancora piú a monte. Ma attento, procurati un vestito borghese, a Alba la gente te ne darà, perché se un partigiano ti ripiglia, che non abbia la mia necessità di cambiarti, stavolta resti ammazzato, disertore o no –. Col pulsare della schiena esprimeva via via accordo e riconoscenza, e nera disperazione. Poi si voltò indietro con una repentinità che fece a Johnny rimettere in linea lo sten. – Ma dopo il cambio gli ufficiali mi interrogheranno, – disse, – vorranno sapere dove e quando e come sono stato preso. Ed io che dirò? Essi sanno benissimo che state nascosti e buoni buoni e ridotti all'ablativo in ogni parte. Che cosa risponderò agli ufficiali?

Un furore squassò Johnny, e proprio per stanchezza e pietà. – Mi hai seccato! Ne ho abbastanza di te. Sei un pulcino, un pulcino bagnato, era infinitamente meglio che avessi incontrato per strada il piú ardito degli arditi. Sei tanto pulcino che io stesso mi vergogno di averti attaccato e preso. Che cosa risponderai? Me ne frego. Tocca a te rispondere. Inventa qualcosa. In qualche maniera sei pur infilato in quella sporca divisa. Significa onta e disgrazia e tu ora sopportala questa disgrazia. E d'ora innanzi taci e pensa alle tue giustificazioni. Capito, non fiatare piú. Avanti.

Venne in vista il villaggio, con la sua one-storey aderenza alla cresta nuda e piatta, con il minuscolo, aereo brusio della sua occultata esistenza. Il prigioniero riparlò, ma solo per implorare Johnny di rimanergli buono e comprensivo come prima, di non insultarlo e sconfortarlo di piú... – Tu sei un partigiano con l'idea ed un ragazzo di città, io sono un soldato forzato e soltanto un ragazzo di campagna.

Le due scoccavano al campanile, quando entrarono in paese, uno dietro l'altro. Tutto anche qui era deserto e sprangato ma l'udito esperto di Johnny coglieva oltre i muri sussurri e minime tentazioni di imposte e vibrazioni di vetri. Indirizzò l'uomo all'osteria, la piú bassa casa delle bassissime case a destra. Poi, dallo sconnesso selciato come un miraggio di funesto impedimento, sorse Flip. E vedendolo il soldato tremò e si rifugiò alle spalle di Johnny. E Johnny sospirò e il cuore gli cadde, stremato dalla giornata, dal vagabondaggio, da quella vergognosa cattura e dalla pietà del prigioniero. La mole di Flip ostruiva la viuzza ed i suoi occhi bestiali brillavano di precoce ubriachezza. Non era un cattivo ragazzo né un cattivo partigiano, Flip, perché aveva sempre lietamente erogato la sua notevole forza fisica in ogni fatica partigiana, rallegrandosi e gloriandosi dei suoi sforzi superiori, piú di un autocarro disincagliato da lui e montagne di casse di munizioni portate a schiena. Ma Dio l'aveva fatto con la piú comune argilla e poi il suo soffio d'anima l'aveva colto appena di striscio. Per quanto ubriaco aveva capito a volo il rapporto e la situazione, il grigioverde fascista agendo come la piú efficace ammoniaca per disfumarlo.

Salutò raucamente. – Bravo, Johnny, bravo. Non ti domando come perché son fatti tuoi. Ma ora scostati. È mio quanto tuo, no? Tu hai fatto il piú ed ora io faccio il meno. Scostati che me lo maneggi un po' –. Avanzava, rimboccandosi la manica sul suo grosso braccio.

Il prigioniero oscillava dietro Johnny, che ne sentiva il caldo, orgastico respiro sulla nuca. – Sta lontano, Flip. Questo non si tocca. Questo non è né mio né tuo. Questo è di Ettore. Conosci Ettore, era un tuo compagno di squadra ai bei tempi, no? Be', è stato preso e condannato a morte, ed io ho preso questo per cambiarlo. Dunque stai lontano e tranquillo.

– Sta tranquillo tu, Johnny, non l'uccido mica, – disse

Flip con l'oliata dolcezza dell'ubriaco. – Lo maneggio soltanto. Scansati, ti dico –. Non si scansò e allora Flip si infuriò. – Non avevo mai pensato di metterti le mani addosso, ma nemmeno avevo mai pensato che diventassi tanto porco. Un porco che non vuole lasciarmi castigare un fascista, un porco che già s'è dimenticato che i fascisti mi hanno fucilato un fratello –. I suoi tozzi, nudi avambracci ballavano davanti agli occhi di Johnny. – Non ho scordato che ti hanno fucilato un fratello, voglio solo che non lo tocchi, perché mi serve a evitare a Ettore la fine di tuo fratello. Pensa ad Ettore...

– Me ne frego di Ettore!

Johnny fu coperto dalla sinistra nerezza della sua mole catapultante, chiuse gli occhi e lo calciò secco, cercandogli l'osso, in una gamba e poi lo ricalciò nel ventre. Ora giaceva piatto nella cunetta, rantolando, e Johnny lo picchiava per mandarlo fuori sensi per un po', quando si accorse che altre due mani pistonavano con le sue sul corpaccio. – Tu non lo toccare! – urlò al fascista, ma era Diego, il figlio dell'oste, che colpiva con una faccia concentrata e businesslike. Il prigioniero si era addossato a un muro, le dita in bocca per lo spavento. Diego finiva di tramortire Flip, accompagnando gli ultimi colpi con una voce fischiante ma inrancorosa: – Ti ci voleva, ti ci voleva da un pezzo –. Poi si rizzò e con Johnny, e il soldato docilmente dietro, lo portò nella stalla sulla paglia per un sonno. – Puoi parlargli in dialetto, – disse Johnny a Diego del soldato che teneva aperta la porta per il passaggio: – è delle nostre parti. – Oh, bastardo, – disse Diego, ma con voce leggera, piena piú di amarezza e sorpresa che di ingiuria. Poi Diego andò per mangiare[1].

Era lancinante vedere come il soldato si comportava a tavola, servendo Johnny, aspettandolo, rigorosamente osservando la precedenza e la riverenza, proprio in un rapporto da schiavo a padrone. Johnny gli disse di non esagerare e di prendersi la maggior porzione. – Io ho mangiato benissimo

[1] [Il passaggio al capoverso seguente è rimasto precario. Nella prima redazione: «Johnny pregò Diego di farli mangiare, e Diego disse che aveva purea e salsicciotto bollito»].

stamattina. Piuttosto hai una sigaretta? – Ne aveva un pacchetto intero, della dotazione fascista e glielo regalò tutto. – Io non fumo. Prendevo la razione perché mi spettava e sopratutto per darne ai borghesi di Asti, ci compravo con quelle compagnia e conforto. Avevo tanto bisogno di stare coi borghesi –. Mangiava voracemente. – In caserma mangiavo tre volte la settimana. – Davvero sono cosí scarsi di viveri? – No no, hanno abbondanza di tutto, anche di carne. Ma io non mi sentivo di mangiare. Avevo la gola serrata per la paura e la voglia di casa mia e la vergogna di questa divisa. Ero sempre disperato, mi svegliavo disperato e mi addormentavo disperato –. Ed il pensiero di riaffondare in quella disperazione lo rifece piangere, le lacrime nel piatto.

Diego era stato alla canonica, rientrò scuotendo la testa. – Lo sapevo da prima, ma ho voluto tentare. Il mio parroco si rifiuta. Ha settanta anni e veramente non può andare fino ad Alba senza mezzo. Dice di rivolgersi al curato di Mango, è giovane e sa andare in bicicletta per tanti kilometri.

Si alzarono per prendere la strada di Mango. Diego fronteggiò il soldato con sobria serietà. – Io ti ho salvato dalle botte e ti ho dato da mangiare. Non mi ringraziare, ti chiedo soltanto di dimenticarmi, me e la mia casa e il mio paese. Posso star sicuro che non tornerai guidando una colonna fascista che impicchi me e dia fuoco alla mia casa? – Io no, io no, – balbettò l'uomo. – Lui no, lui no, – disse Johnny. – Che farai con Flip quando rinviene? – Niente, se riga dritto. Ma se fa il toro, con un calcio gli sfondo la pancia.

Marciarono a Mango, il prigioniero chiedendo la direzione ai bivi, per sentieri graditamente deserti, sotto un cielo biancogrigio che inseveriva tutte le colline e piú quella di Mango. Johnny fumava le sigarette della distribuzione fascista, pensando ai partigiani che avrebbe trovato in paese, alla loro responsabilità e volontà d'incaricarsi, col sempre pronto curato, di quel cambio. Considerava quietamente la schiena dell'uomo e si disse che sí, per lui gli avrebbero restituito Ettore.

Il paese apparve piú deserto e sprangato di Coazzolo, ed il punto piú tristo era proprio l'allea d'ingresso, col vento preserale che vi si infuriava, nella vana ricerca di altra polvere da scrostare e turbinare. Si arrestarono presso il casotto del peso e puntarono tutte le finestre e le porte. Poi un uomo occhieggiò dall'arcata, tutta la persona ritratta in nascondiglio. Johnny gli fece cenno, poi un fischio e quello si sboscò, con aperta ripugnanza e passo legato venne da loro. – Tu mi conosci, – disse Johnny. – Ti conosco bene, ma ti osservavo e non capivo se eri tu il preso o il prenditore, – e ridacchiò distressedly. Johnny domandò se giravano partigiani in paese, e quali. Rispose Frankie e Gatto ed era bene, perché erano, specie Franco, ragazzi di fiducia. Johnny spedí l'uomo a cercarli e in attesa sedettero sui tronchi presso il peso. Il soldato ripiombò con la testa fra le mani. – Cosí mi lasci. – Debbo, ma non aver paura, vedrai coi tuoi occhi, ti lascio a bravi ragazzi. Io ti ho trattato bene, no? dopo tutto –. L'uomo annuí affannosamente con la testa sepolta. – Bene, questi tratteranno anche meglio, perché sono migliori di me.

Franco e Gatto scendevano per l'allea, lenti e poco curiosi. Un minuto dopo Gatto correva alla canonica ad avvisare il curato. E Franco considerava freddamente il soldato. – Oh, era un pulcino, – disse Johnny. – Sí, ma mica tu lo sapevi, quando l'hai abbordato –. Franco prese il moschetto, la bomba a mano e il pastrano, da servire per la squadra che avrebbe riformato alla grande riapertura del 31 gennaio. Gatto tornò con il sí del curato, era lieto di giovare a Ettore, aveva ormai una praticaccia di cambi, gli ufficiali fascisti lo riconoscevano a grande distanza e sarebbe sceso in città in bicicletta domani stesso.

Johnny si rivolse per l'ultima volta al soldato. – Sono sicuro che in città risolverai per bene il tuo problema e in un paio di giorni sarai a casa tua. Grazie per le sigarette.

– Vorrei che tu non mi lasciassi, – balbettò il soldato.

– Sta tranquillo, questi sono migliori di me ed io non ti ho trattato male. Sta tranquillo, fatti cena e poi un buon sonno.

Camminava verso la lontanissima Langa, un po' svanito in testa e un po' ondulante, languidamente benvenendo e godendosi i tratti pianeggianti. C'era, all'inizio del cammino, una certa dolcezza nell'aria e nella tinta della terra, anche nel vento, ma Johnny non poteva sentirla appieno. E quando la casa gli apparve nera di contro il cielo incupito, Johnny desiderò i suoi antichi frammenti di luce dalle finestre, tanto visibili a distanza, e poi dubitò neramente che Ettore sarebbe stato riscattato.

35
Inverno 5

Nella notte sussultò orribilmente, nella strangolante sensazione dell'accerchiamento e della cattura. Afferrò il pendulo cinturone con le due pistole e si tuffò a capo primo contro l'uscio della stalla e i fascisti fuori, la loro vista e il loro fuoco, e la vasta morte e l'esilissima salvezza. La porta si spalancò e prima che i suoi occhi la vedessero i suoi piedi nudi affondarono nella neve, già alta un palmo, fresca e soffice. L'aia sotto neve era deserta e amica, tutto il mondo immerso in una pace celeste ed in un tale silenzio da poterci quasi cogliere l'atterramento di ogni singola falda di neve. Il freddo che colonnarmente gli saliva dai piedi aveva immediatamente spento il tumulto della mente e del sangue, ed eccolo lí a sorridere, a lasciar pendere il cinturone delle pistole lungo il suo ventre nudo, a muovere impercettibilmente i piedi nelle fredde ma cosí cosy nicchie di neve. Sorrideva. – You're coming, snow. We needed you and you do come. Please go on coming down our fill and yours, – e si chinò a sfiorarla con le mani, la superficie tenero-dura in atto di cristallizzarsi. Ora i piedi per il freddo gli bollivano, ed egli ne rise e rise anche delle pistole pendule lungo il suo magro, teso ventre. Si ritirò nella stalla, con un assoluto, primissimo senso di pace e sicurezza, quasi gli fosse stato dato un salvacondotto dall'alto. Si inarcò sulla greppia e prese a strofinarsi i piedi sulla paglia, babbling nonsense, complimenti alla neve. – You must have come for Christmas, you are Christmas –. Non voleva riaddormentarsi subito, qualcosa di simile a una celebrazione gli impendeva come un dovere, inoltre stava cosí bene e felice, ad occhi aperti e prono sulla paglia, pensando in ogni senso alla neve. Pensò di dover fumare per celebrazione e festeggiamento, trovò l'ultima sigaretta del soldato ma il necessario fiammifero non voleva saltar fuori. Cercò dappertutto, con un'ansia crescente. Arrivò ad un tal acme di esaurimento e di sensibilità che il semplice non trovar fiammifero poteva farlo uscir pazzo. Finalmente le sue dita l'incontrarono, l'ultimo della manciata del farmacista di Mango, mimetizzato nella cucitura della tasca. Lo cavò e lo sfregò, con dita gelate. Poi fumò quietamente fino in fondo, lasciando la sua mente navigare a diporto in uno stagno di sicurezza ed isolamento.

Si svegliò e si levò nell'alto mattino, mai aveva fatto cosí tardi. Uscí con una grande aspettazione della neve, non intaccata dalla notturna conoscenza, la neve era cresciuta al ginocchio, perfettamente cristallizzata e moderatamente brillante sotto il sole embrionale. Allegramente, sportivamente solcò la neve fino al cancello e riuscí all'angolo per una vista d'insieme. Tutto il mondo collinare candeva di abbondantissima neve che esso reggeva come una piuma. Assolutamente non sopravviveva traccia di strada viottolo e sentiero e gli alberi del bosco sorgevano bianchi a testa e piede, nerissimo il tronco, quasi estrosamente mutilati. E le case tutt'intorno indossavano un funny look, di lieta accettazione del blocco e dell'isolamento. Pareva un giorno del tutto estraneo, stralciato alla guerra, di prima o dopo essa.

Ficcò le mani nella neve indurita: era compatta e cellulosa, durevole, non si sarebbe lasciata metter via da un po' di sole o vento marino. Il debole sole dava un piú robusto riverbero da neve, aggiungendo levità e vivacità alla scena. Si rivolse a fiato mozzo alle Alpi come al dono maggiore di quella straordinaria mattinata, ma fu deluso, esse sfumavano opache dietro una cenciosa, inferiore cortina di spenti vapori.

Un costante fruscio ed un acuto e liberato stridere di bambini punteggiante tutto il volo di quel fruscio, lo fece voltare al pendio piú vicino. I marmocchi dei casali stavano scivolando a volontà sulle rudimentali slitte da fieno. Alcuni stavano esercitandosi su autentici sci, fatti in casa, fatti dai padri, corti e larghi e goffi. Scendevano in un baleno e poi lottavano un buon quarto d'ora per riguadagnare il ciglione, spendendo in grida, ansiti e fatica la loro prodigiosa riserva di fiato. Johnny sedette sulla neve e stette a guardarli, sapendo che non se ne sarebbe stancato presto. Da lassú poteva nettamente vedere il gigantesco anelare dei loro minuscoli toraci, l'esaltata roseità delle guance, la formidabile nervità delle loro gambette in cimento con la neve e l'erta. E li amò come bambini, accettò quel loro esser tanto giovani e cosí fuori della guerra, e sperò che essi dimenticassero poi rapidamente e totalmente quella guerra in cui avevano marginalmente scalpicciato coi loro piedi innocenti, augurò loro bene e fortuna in quel mondo di dopo che egli aveva tanto poche probabilità di dividere con loro. Il giorno era di tanta pace che i contadini avevano pensato di liberare i cani di guardia, ed eccoli incrociare in beata furia i loro padroni marmocchi, con pari inventiva e capacità di divertimento.

Il fumo del pranzo si arricciolava piú sodo e ricco che mai dai comignoli, poi le madri si sporsero a chiamare con voce altissima e imperativa i marmocchi a tavola. Il pendio fu presto sgombro, e scuro come se il sole avesse finito di splenderci.

Rientrò in casa, sfruttando le sue orme di prima, mai gli era apparsa tanto desolata e violata. Partí alla ricerca di un qualsiasi cibo, per il lungo e largo della casa. Non potevano aver asportato e distrutto proprio tutto, qualcosa doveva esser sfuggito. Crocchiando sul deserto delle stoviglie rovistò minuziosamente la cucina, sbattendo aperti i portelli rafficati. La madia era del tutto, raschiatamente vuota. La dispensa, quando aperta, svincolò un orrendo fetore di rancido, come certe bestie in pericolo di vita, Johnny gasped e corse via sulle stoviglie crepitanti. Entrò nella stanza sottoscala, dove solitamente stavano i prodotti della terra: patate e mele e nocciole. Tutto era stato rapito e spazzato, solo in fondo alla stanza, su una piramide di torsi di meliga brillava, come un calice, una mela perfetta di forma e colore. Mosse avanti, felinamente, come se si trattasse di mobile, fuggevole cosa, poi le sue dita artigliarono ed affondarono nel suo pus gelato. La gettò via per la finestra senza vetri e sprizzò contro la parete le gocce di gelido, corrotto succo. In un angolo rinvenne alcune nocciole, meno di sei, erano cosí secche che resistevano ai denti e dovette fiaccarle sotto il tacco, con molta rovina e dispersione.

Il fumo gli avrebbe intontito lo stomaco, si sedette e si rilassò nella posizione piú comoda e calmificante. Poi iniziò la cerca, col piú fino e sensibile delle falangi, di tutti i resti di tabacco in ogni tasca. A lungo estrasse e ammucchiò segmentini ed atomi di tabacco misti a briciole di vecchio pane e fili di stoffa. Aveva ora nel palmo quanto bastava per una sigaretta. Tornò nella stalla a cercare il mozzicone della notte e lo trovò. Con esso sarebbe riuscita una sigaretta robusta e di buon corpo. Poi cercò la carta, merce quasi sconosciuta in casa. Girò e rovistò finché trovò un vecchio opuscolo, grinzato ed ingiallito dal tempo, di agricoltura e masseria. Ne strappò un foglio in un quadratino e cominciò a torchiare. Lavorandoci con infinita cura e sospensione, si rese conto di quanto le sue mani si fossero fatte grossolane ed inadatte per questi lavori di fino. Se la sigaretta gli veniva discretamente modellata ad un capo, restava informe all'altro, ad un certo momento tutto il tabacco scivolò sull'ammattonato. Chiuse gli occhi e strinse i denti. – Non perder la testa. È niente. Del resto non avevi nemmeno un fiammifero.

Uscí, il giorno si era corrotto da mattinale brillantezza in vesperale grigiore, facendo apparire quel mare di neve lebbroso ed arsenicato, proprio come nei vecchi giorni di Mombarcaro. E l'immanente comparazione dei tempi lo fece pensare alla lunghezza della cosa, ed alla stanchezza, e singhiozzò e scalciò nella neve per odio e disprezzo.

Poi marciò su neve vergine al ciglio panoramico, perché voci gli giungevano da basso, viaggiando bene per l'aria immota e spenta. Qualcosa infatti accadeva al bivio di Manera. Una dozzina di contadini, aggruppati intorno a un rudimentale spartineve, stavano discutendo con una coppia di partigiani, Ivan e Luis. Capí che la gente voleva snevare la strada per ragione di vita e per egual ragione di vita Ivan e Luis vi si opponevano. Il contadino portavoce quasi si torceva a livello dello spartineve nell'intensità della dimostrazione oratoria, ma Ivan accennava duramente di no dall'alto della sua statura. Infine i contadini rivoltarono verso casa le loro poderose coppie di buoi, lasciando solo e inoperoso lo spartineve, mentre Ivan e Luis, pareva, li inseguivano con dure parole.

Rincasò, la neve gelidificandosi sotto il neonato già artico vento, gli morsava le ginocchia bollenti. E prima di sera ricevette in casa la delegazione dei contadini della sua collina, tutti anziani. Il parlatore era un uomo di mezza età, che Johnny riconobbe per il mezzadro di Serra dei Pini. Sotto i calzoni di fatica portava fasce grigioverdi portate via dall'esercito chissà quando. Johnny li invitò in casa a riparo del vento, ma non si sentivano di rivedere la spogliazione e la rovina e cosí il colloquio avvenne sull'aia. – Siamo venuti a chiedere l'autorizzazione perché conosciamo il nostro dovere e non ce ne impipiamo della tua pelle.

– Snevate quanto vi pare, fin dove vi pare.

Tutto era già concluso, ma i contadini non possono fare a meno dell'argomento sviscerato e compiuto.

– Certamente, – disse il mezzadro di Serra dei Pini – le strade snevate sono piú facili ed attiranti per i fascisti, ma noi e le nostre famiglie come camperemmo nel blocco? I bambini non possono andare a scuola, e questo sarebbe il meno. Ma quasi tutti abbiamo lasciato perdere il nostro forno privato, e a quello pubblico come ci si arriva? E per legna come facciamo?

– Snevate quanto vi pare.

– Allora possiamo andare ad attaccare alla macchina le bestie?

– Anche tu, – insisté il mezzadro, – come usciresti a cercarti da mangiare? Sappiamo bene che quei ladri non hanno lasciato nulla in casa. Con le strade ripulite puoi muoverti e arrivare alle nostre case e mangiar con noi, un giorno da uno e l'altro dall'altro, eh? – e guardò circolarmente i compagni captandone il consenso.

Scese con loro a un trivio, dove stavano i buoi e lo spartineve sulla cui prora stava seduto un bambino. Cominciarono, nel lavoro uno dei contadini, l'unico giovane, si fermò e si arrotolò una sigaretta di trinciato nero. Poi guardò su e colse il lampo di voglia negli occhi di Johnny e subito ne confezionò un'altra porgendogliela poi con le mani annerite e deformi. Johnny aspirò e la tosse lo squassò furiosamente. L'altro rideva, Johnny era tutto rosso in faccia, stentava a riprendersi. Poi disse: – Credevo di essere un fumatore dei piú grandi –. Il mezzadro di Serra dei Pini gli si accostò e lo scrutò con aria quasi medicale, a bassa voce gli disse che era troppo, troppo vuoto e non doveva saltare i pasti «con cristiani da ogni parte si voltasse». – Io mi sento benissimo e poi non voglio pesare. – Pesare!? Che siamo poveri possiamo urlarlo in cielo senza paura che il Signore ci fulmini o ci castighi nella testa dei nostri figli, ma una pagnotta in piú, un uovo in piú... Scendi a casa mia stasera, per cominciare il giro. Per quell'ora troverai già il sentiero sgomberato. – Quello della sigaretta ridacchiava ancora e Johnny sentí un anziano ammonirlo sottovoce: – Smettila, scemo, può sembrare scherno e provocazione, e non si sa mai come finisce con questa gioventú armata.

Caduta la notte, scese a Serra dei Pini, sul sentiero snevato, armato di una sola pistola alla cintura.

I bambini avevano già cenato ed ora giocavano lontano dalla tavola. I piú piccoli giocavano, con appena un'ombra di litigio di quando in quando, a una specie di tombola, con posta di fagioli e semi di mais (da restituirsi, a gioco finito, agli aperti sacchi a ridosso del muro) mentre i maggiori, maschio e femmina, giocavano a suonar l'organo a bocca, fatto di un vecchio pettinino avvolto in carta velina.

Johnny mangiava adagio e attentamente, quasi eseguendo una prescrizione medica, il cibo grossolano ed abbondante. Il cane di guardia brontolava ogni po', ma forse solo per far noto ai padroni che vigilava come di dovere e non stava a fantasticare o sonnecchiare. Johnny si levò da tavola e si accostò ai bambini per vederli giocare. Lo risguardarono con un risolino timido e Johnny capí che li disturbava gravemente. Tornò alla tavola mentre la donna versava piatti e bicchieri in una tinozza sotto una finestrella con una formidabile grata. L'uomo voleva discorrere ma inutilmente aspettava l'avvio di Johnny ed allora si risolse lui con la greve repugnanza di quel tipo di contadino ad aprire un discorso.

– Tu che sei di una specie speciale di partigiani, senza offesa per gli altri, che ne pensi delle spie?

– Esistono.

– E sarebbero della nostra razza?

– Italiani, sí, se è questo che volete dire.

– Madre di Dio! Sembra impossibile. A me vien piú facile pensare a un parricida che a una spia. E che sono?

– Fascisti.

– Borghesi o...

– Molto spesso sono soldati, travestiti da ambulanti o mendicanti o perfino da partigiani che girano, annotano, riferiscono, quando non fanno il male direttamente.

– Però hanno un bel fegato.

– Ne hanno sí.

– Perché, a parte voi, noi stessi, uomini di pace, gente che non c'entra, se li scoprissimo, strapperemmo loro il cuore e le budelle.

Johnny guardò circolarmente i bambini in gioco e disse: – Qualunque cosa accada, badate a loro. Capito? Pensate prima a loro. E noi lasciateci al nostro destino. Pensate soltanto a loro. Non sentirete rimorso col tempo, sarete tranquilli.

L'uomo ora stava dubbiosamente guardando la moglie, la quale si era voltata dalla tinozza e guardava l'uomo in un antico bisogno di consenso, di autorizzazione ed avviamento. – Glielo debbo dire? – Lui annuí, e stette con gli occhi distolti, alla maniera contadina di lasciar la ribalta ad altri. Ma la donna subito s'imbrogliò, balbutí, e chiamò l'uomo in aiuto, che prese in mano tutta la situazione.

– Il giorno di cui importa parlare, – disse, – io ero via,

ero alla fiera di Cossano, una fiera come son le fiere di questi tempi. Cosí la donna era sola in casa, a parte i bambini, e stava cucinando, perché era l'ora in cui io, secondo l'intesa, stavo ripassando il torrente di ritorno. Lei stava cucinando e di necessità stava di fronte a quella finestrella, – ed indicò l'apertura inferriata. – Alzando a caso gli occhi, vede una faccia, faccia d'uomo, inquadrata esatta nella finestra.

– Io quasi ci rimasi per lo spavento, – interloquí la donna, – e poi dovetti mettermi seduta e non mi riuscí di riprendermi, e lui tornando non trovò pranzo fatto.

L'uomo alla finestra era un negoziante di pelli di coniglio da Alba e chiese se la padrona aveva pelli da vendere, lui poteva offrire un buon prezzo. La donna lí per li mentí che le avevano vendute tutte, sebbene ne avessero una mezza dozzina stese nella stalla. L'uomo si limitò a sorridere e dire che sarebbe stato forse piú fortunato un'altra volta, non c'era rammarico né rancore nella voce. Salutò educatamente e se ne andò via con tutta calma. Il primogenito, ragazzo fidabile, uscí a vederlo di dietro, ma vide solo che aveva la bicicletta ed era ben vestito e scarpato contro il freddo ed il fango.

– La donna, – disse il mezzadro, – in vita sua avrà visto cento di questi negozianti di pelli, ma mai nessuno con quella faccia e quei modi. Ed è persuasa che sia una spia, un loro soldato camuffato. Molto probabilmente un ufficiale, a giudicar dalla faccia. E quello che piú l'ha spaventata è stato il sorriso.

– Che genere di sorriso? – s'informò Johnny ma la donna accennò che non era assolutamente in grado di descriverlo.

Parlò l'uomo: – Le sorrise da farle spavento, da gelarle il sangue, ecco che genere di sorriso. Da allora ne abbiamo parlato per notti e notti nella nostra stanza, nel cuore della notte, coi figli addormentati sodi. Ed era anche un po' strabico, dice la donna, pochissimo però, un vizio dell'occhio che gli era di bellezza anzi che di bruttezza, dice la donna. E sebbene fosse molto giovane, all'incirca della vostra età, partigiano, aveva una striscia bianca di capelli nel mezzo degli altri nerissimi. – Ho potuto vedergliela bene, – disse la donna, – perché per il caldo della salita si era un po' tirato su il passamontagna.

Johnny allora domandò se le aveva parlato in dialetto e l'uomo batté il pugno sul tavolo. – Le parlò in italiano e magari ci fossi stato io a sentire. Perché avrei potuto distinguere all'incirca di che parte era, perché quando feci il soldato mi sono familiarizzato con tutte le specie di italiano. Immaginati un negoziante di pelli dalle nostre parti che parla italiano. Gli unici a parlare italiano, ma questo trent'anni fa, erano gli oleari liguri che giravano per vendere l'olio, ma al secondo passaggio già dicevano nel nostro dialetto olio, il peso ed il prezzo.

Dunque era lui, una spia, pensò Johnny, ed una fredda brama di lui, un gelido programma lo mastered fino al punto di tremito: quello doveva essere il suo uomo, il suo piano e la sua preda specifica di tutta la guerra, via dal mondo lui o Johnny. E Johnny mentalmente lo pregò di tornare, di riaver l'idea di tornare, di cercar lui e la sua precisa rovina, tornare sorridendo e restare ucciso, da lui Johnny.

– Che ne pensi ora, che puoi dircene? – disse l'uomo molto preoccupato.

– Eh? – fece Johnny stranito, – oh sí, dico che è strano. No, non è strano affatto, che dico, è una spia.

Alla parola il mezzadro picchiò il pugno sul tavolo, piú in scandalo che in furore. E Johnny riaffogò in pensare che l'uccidere questo uomo d'inferno avrebbe riscattato tutto quel suo inverno, avrebbe rivestito tutto quell'immenso squallore dei serti della vittoria e del merito.

– E se tornasse? – domandò l'uomo.

– Non tornerà mai piú –. Si levò e ringraziò del cibo e della compagnia.

L'uomo l'accompagnò fino alla foce del suo privato sentiero. – Potevi restare a dormire da me, – articolò l'uomo come poté sotto la [ ] del vento fortissimo, – ci sentiamo sicuri con tutta questa neve intorno.

Disse di no. – Ditemi piuttosto, tutte le strade sono snevate fino a Mango? Voglio andarci per informarmi del mio prigioniero e di Ettore in carcere. Non posso piú vivere senza saperlo.

– Sí, camminerai bene fino a Mango. Tutta la strada dev'essere snevata, perché noi di campagna abbiamo un antico patto e nessuno di noi è tanto poltrone da non rispettarlo.

Percorse lentissimamente tutto il vetrato, vento-ravaged sentiero alla Langa, tutto il tempo pensando con quieta intensità al fascista dal singolare sorriso e dai capelli striati, col suo letale passo e fardello di iniziativa e coraggio e morte, e dovette comandarsi perché la travolgenza di quella sua brama di lui non lo affocasse e non lo estenuasse prima di casa.

36
Inverno 6

Nel naufragio della casa Johnny aveva raccolto un vecchio paio di forbici e per ore si era occupato di liberarsi i piedi dalla pelle morta e conciata che il tanto marciare aveva stratificato sotto e intorno a essi. Si fermò quando la punta s'infilò in un tessuto sensibile che dolorí e sanguinò un poco. Ricalzò il doppio paio di calze che portava dai tempi di Castagnole, quindi le scarpe da montagna, divenute cosi impressionanti alla vista, cosí facenti parte di lui da far senso in rimirarle vuote ed avulse, a terra, perduta tutta la loro apparenza di cuoio, inflessibili, petree.

– What next? What next?

Dopo Natale aveva trascorso quattro miserabili giorni, pieno di voglie come una gestante, con un bisogno pazzo di tabacco, di qualcosa di dolce da succhiar lentissimamente, di bere qualcosa di arancioso, di lavarsi con una vera saponetta, per le piú sciocche canzoni alla radio, sforzandosi di riaddormentarsi avanti, e visioni ed incubi popolavano quei miserabili bocconi di sonno. – What next? What next? – Il cuore gli si fendeva per la brama dell'antica comunità, la faziosa, criticabile, a volte repellente comunità, e dei vecchi campi di battaglia e della compagnia dei vivi, dei morti, dei catturati, di Pierre, di Michele, di Ettore. Anelava al reimbandamento, per esso avrebbe dato metà del suo sangue. Parlò a se stesso ad alta voce, come ora gli succedeva piú che spesso: – Dov'è Nord? Che fa e che pensa? Nord, il 31 gennaio è una data assurda per ritrovarci. Quel mattino ti alzerai e chiamerai ma ti risponderà soltanto il silenzio delle colline.

Oltre le molte colline precipitanti al piano, tutte fieramente avvampanti per l'estensione e lo spessore del ghiaccio, dalla pianura della città echeggiavano scrosci e boati. Anche ieri si erano sentiti, tutta una serie di fragori, fissi e interpuntati. Ora di nuovo: non poteva trattarsi che di mortaiate, pensava Johnny, ma per che cosa, contro chi? Uscí sull'aia e poi sul ciglione, per un miglior ascolto di quel sordo, tetro rullare. Camminando sentí, piuttosto dolorosamente, la nuova sensibilità dei suoi piedi; fino a stamane gli era parso di aver lungamente marciato coi piedi di un altro. Sedette sul davanzale ghiacciato, solo, alto e scuro, e sole e neve gli facevano dietro un intollerabile sfondo, e stette a lungo intento ai boati dalla città. Quando dall'ultima curva spuntò un carro, trainato, con infinita lentezza, da un paio di buoi, e in serpa sedeva una donna nera, con uomini intorno, contadini, in atteggiamento di aiuto e venerazione insieme. Johnny si rizzò sulla punta dei piedi e fece solecchio contro il riverbero. Era la vecchia rilasciata dalle carceri della città. Scendendo a perigliosa velocità si domandò dove mai era la grande cagna. La donna lo riconobbe presto, poi alzò le braccia in paura e deprecazione perché in quel momento Johnny scivolò e tonfò sul ghiaccio. Le mani sanguinavano ferite dagli spigoli e sventolandole per saluto il sangue sprizzava lontano.

– Vi hanno rilasciata? Vi hanno rilasciata!

Gli tese le mani unte, i suoi lineamenti erano arditi ed ottimistici come sempre, solo nei suoi occhi si conosceva una nuova, spaventata, guardinga animalità.

– Come ho detto a questi bravi uomini che mi hanno scortata fin qui, è stata pura malvagità loro non liberarmi per Natale, cosí ho pianto tutto il santo giorno. Ah, sono cattivi, Johnny –. L'uomo che timonava disse che erano sempre stati cattivi e sentendo avvicinarsi la loro fine peggioravano.

– Che ne è di Ettore? – domandò Johnny, saltando sulla predella.

– Ci hanno processati insieme, ti racconterò tutto il processo come in parte già l'ho raccontato a questi bravi uomini della mia collina. Ettore è condannato ma vivo, e non chiediamo di piú al Signore. Ti racconterò tutto, Johnny, ti racconterò tutto il giorno, fino a buio e a buio ne avrò ancora –. Si rivolse agli uomini. – Ora potete andarvene, uomini, ed abbiatevi le grazie di Dio e della povera donna della Langa che fu presa dai fascisti. Potete andarvene ora, ora ho con me il mio partigiano, il mio partigiano personale, che mi accompagna a casa, la mia casa disgraziata. Johnny, va' a metterti al timone.

Gli uomini si erano ritirati, Johnny guidava le bestie con tutte le armi pendule addosso, e domandò della lupa, con una fitta al cuore. I fascisti l'avevano trattenuta, la vollero per loro, per il loro uso malvagio, per i loro rastrellamenti in collina. – Pensa alla lupa che li aiuta a ritrovarti e ucciderti! Sono bastardi, Johnny. Dovevi assistere alla mia partenza col mio carro e coi miei buoi, ed essi a ridermi dietro e a frenare la bestia che naturalmente voleva venirsene via con me. Era legata al collo con una doppia fune, e pianse e gemette alla mia partenza, tanto che io ho pensato che esalasse l'anima. Perché aveva l'anima, Johnny, la nostra cagna. Johnny, guida le bestie piú deciso, piú duro, non aver scrupolo di batterle sul muso, o non piglieremo mai questa curva stretta. Cosí, cosí, cosí.

Si inserirono sull'ultima, angusta erta rampa prima della casa e la donna si preparò alla vista con tutte le sue forze. – Dimmi, casa mia è tutta in pezzi, vero? – Lo sapete, l'avete vista fare a pezzi, no? Pensate alla vostra vita. – Sono completamente rovinata, Johnny: senza piú un chicco di grano né un'oncia di carne e nemmeno un piatto per mangiarci dentro. – Non affannatevi, i vostri vicini, li ho sentiti io, si quotano per aiutarvi al meglio. – Ma io sono rovinata lo stesso. Quanto possono darmi è troppo poco: qualche attrezzo e qualche cosa da mangiare, ma non mi daranno soldi. Io sono rovinata, se Nord non mi paga dei bei soldi. Io gli sono creditrice, ma lui può benissimo negarmeli ed io sarei rovinata, con l'unica soluzione di buttarmi nel pozzo –. Johnny l'assicurò che Nord l'avrebbe senz'altro pagata, e parecchie decine di migliaia di lire, ci pensava lui, i primi giorni di febbraio, a che Nord le pagasse parecchie decine di migliaia di lire.

Sgiogò e stallò i buoi, poi raggiunse la donna in cucina. Stava ancora sulla soglia, ingobbita e tirando su col naso. E Johnny sentí un gran rimorso per non avere, uno qualunque di quei tanti giorni di solitudine e noia, pensato a trovare una scopa e ramazzar via quello strato di cocci. – Johnny? Ti ricorderai sempre di me, anche quando tutto sarà finito e tu sarai diventato un grand'uomo nella tua città?

La notizia si era diffusa a lampo sulla grande collina e Johnny poteva udire le voci avvicinantisi dei visitatori ed il loro grattar sul ghiaccio. Uscí e li vide salire da ogni parte con arnesi e involti e sacchetti, anche con bambini, e fece segno a tutti di entrare. La vecchia aveva tirato su la meno fracassata delle sue sedie ed ora sedeva come in trono, un fazzoletto al naso e gli occhi distolti dall'uscio. La gente entrò, in silenzio mostrò e depose i doni e gli aiuti, poi parlò con voci sedate e sguardi sobrii. – Non è molto, ma sapete i tempi almeno quanto noi. Per piacere, fateci una faccia serena e sollevata, perché a una donna della vostra età ed esperienza non si insegna che è la vita che conta, la roba no, la roba si rifà. E la vostra vita è salva adesso. – Ne ho passate, – sospirò lei, – tutto ho passato, posso dire. Mi hanno processata e hanno osato dire che meritavo la morte. Solo perché davo tetto e da mangiare a tanti bravi ragazzi come questo qui presente. Quante ne ho passate? – Ora ne siete fuori, – disse un vecchio, – e poi vi daranno la medaglia. – La medaglia che fa a una donna completamente rovinata? – Parlò il mezzadro della Serra dei Pini: – Non parlate cosí, padrona, perché andate vicino a bestemmiare. Pensate a tutti quelli che per fare esattamente le stesse vostre cose hanno avuto le case bruciate e le genti uccise.

Poi le donne jerked out gli uomini e presero a scopare, nettare e riassettare. La vecchia aveva accennato di alzarsi e unirsi all'opera, ma le altre la inchiodarono giú. – E state allegra, perché ora tutto è passato. – Non posso, proprio non posso stare allegra. Tutto somiglia cosí tanto a quando fui lasciata vedova.

Finirono e partirono, lasciando tutto ripulito e riassestato, la gaping nudità della stanza depredata pigliando piú triste evidenza. Le donne avevano lasciato anche cibi pronti e di essi mangiarono loro due soli. – Avessi ora la mia cagna! Per piacere, Johnny, prendi le pistole e gira a vedere se tutto è calmo fin dove arrivano i tuoi occhi.

Prese e andò, percorse in circolo tutta la sommità della collina, sprofondando gli occhi in ogni rittano, livellandoli ad ogni cresta: dovunque, da vicino fino alle lontane pianure, nascoste da freddi, densissimi vapori, il silenzio e la pace erano assoluti, quasi sacri. Ritornava adagio, pregustando il lungo racconto della donna e per tutta la via sentí anch'egli grandemente la mancanza della cagna.

Era buio pesto, onnistringente, e già avevano cenato coi resti del mezzogiorno e la donna non aveva ancora vuotato tutto il sacco.

Sí, Ettore si era fatto tanta forza al processo, ma lei che era al suo fianco tutto il tempo poteva vedere che aveva gli occhi fuori dell'orbite e il cuore che gli batteva in gola. No, non era stato picchiato, nelle parti visibili almeno. E faceva tanta fatica a rispondere, per il maldigola aggravato. Chiamarlo processo: erano tutti di loro, giudici, accusatore e difensore, tutti ufficiali, e facevano il processo come per gioco, piú che altro sorridendo e ridendo. Quanto a lei, si era subito trovata nei guai per il loro italiano, disse che ne capiva poco o niente, risposero che fingeva, che era una brutta e perfida strega di campagna, poi s'infuriarono con lei, anche il suo difensore la strapazzò. A lei appiopparono otto anni, Ettore ebbe la pena di morte ma non con esecuzione immediata, poi lei ed Ettore vennero subito separati. Lei fu portata al Seminario Minore («pensa l'uso che fanno di un Seminario, Johnny») dove stette per tutta la prigionia. Le giravano intorno dei semplici soldati, quasi tutti non cattivi, qualcuno buonissimo, ma lei soffriva orribilmente, per il pensiero di casa sua, della sua età e destino, e di Ettore che era stato condannato a morte. Inoltre stava molto a disagio fra tutti quegli uomini perché al momento che l'avevano presa lei non si era ancora infilate le mutande. Le guardie non erano cattive e parlavano volentieri, qualcuno sospirava e la sbirciava con grande incertezza, come se si decidesse ad aprirsi con lei, ma ogni volta taceva e rimandava. Seppe che la truppa era affezionata al colonnello comandante e che trepidava per lui e per essa. Era il colonnello, lo vide una volta in ispezione, un vecchio con bellissimi capelli bianchi, gli occhi tristi e una bocca disperata. Suo figlio era stato ucciso in Lombardia dai compagni lombardi di Johnny, era lui che firmava gli ordini di fucilazione ed i manifesti che avvertivano la cittadinanza dell'avvenuta esecuzione. I soldati però dicevano che era il migliore dei capi e degli uomini, un gentiluomo e un padre di famiglia, ma i suoi giorni erano contati e la truppa di ciò tremava, quando non ne piangeva. Gli ufficiali inferiori, con un capitano e un maggiore, lo giudicavano troppo debole e protocollare, l'avevano in conformità accusato presso l'alto comando e l'avrebbero destituito uno di questi giorni e tutto il comando sarebbe passato nelle mani di quel maggiore e di quel capitano. Due tigri, alla detta dei soldati che non li volevano e tremavano al loro passaggio. – Dovreste cercar di uccidere questo maggiore e questo capitano, Johnny. E un soldato, di Como o dintorni, le si era poi fatto intimo, e la chiamava nonna, del tutto seriamente, e sorvegliava che non venisse maltrattata o disonorata o ciurlata nel rancio, lei lo pregò semplicemente di avvertirla se e quando sarebbe stato fucilato il partigiano Ettore, ed egli promise ma sino all'ultimo giorno non diede alcun avviso, sicché Ettore doveva essere ancora vivo.

Quanto al cibo, era del loro stesso e nella stessa quantità, ma si moriva dal freddo. – Il fuoco non serviva, Johnny, è il palazzo, è la stessa costruzione. Ora capisco che mezzi i chierici finivano tisici prima dei bottoni neri. Tanto freddo ho patito, eppure la legna non era scarsa, pensa che hanno tagliato tutti gli alberi della circonvallazione. Se ora guardassi alla città, Johnny, la vedi brutta e infelice come una ragazza rapata.

– Forse potete dirmi qualcosa di quelle esplosioni che si sentono fin quassú da due giorni.

– Sparano, Johnny.

– Ho capito che sparano, ma a chi?

– Sparano al ghiaccio sul fiume, perché il fiume si è congelato e il traghetto non lavorava piú. Allora si sono messi coi mortai a sparare al ghiaccio. Per piacere, Johnny, da' un'altra occhiata fuori

Pace e sera, e il ghiaccio spegnentesi glowing desgracefully and drearily, ma pace.

Gli ultimi due giorni era stata trasferita al Collegio, Johnny conosceva certo il posto, ed era altrettanto freddo e correntoso che il Seminario, ed ella non era contenta del trasloco, primo perché si scervellava e tremava a capirne il motivo, secondo perché lí stavano alcuni partigiani condannati a morte, ad aspettare ognuno la sua notte particolare. Tutta notte ella non chiudeva occhio, si faceva un boccone di sonno soltanto a giorno pieno, le guardie non la sgridavano per ciò, pregando sempre che lassú in collina Johnny e i suoi non facessero un morto ai fascisti. – Perché altrimenti si partiva tutti. C'era un tuo compagno, Johnny, con un mal di denti bestiale e una mascella cosí gonfia che sentivo male io solo a guardargliela. Ma era cosí concentrato nel pensiero della sua fucilazione che poteva sopportare abbastanza bene quel male tremendo. Di tanto in tanto entrava un loro soldato della sanità e gli dava del piramidone e una pacca sulla spalla. Ma una notte, la mia penultima, venne un sergente a prelevarlo, ed egli si alzò, diede la buona notte a tutti noi che restavamo e sulla porta si voltò a dirci: – Fra mezz'ora il mio dente è bell'e guarito –. E noi tutti a piangere, perché in maggioranza eravamo vecchi, ostaggi della città e gente della campagna colpevole come me di darvi vitto e alloggio. Tutta la notte sentivi gemere e tossire, sotto quella dannata lampada sempre accesa.

L'ombra si era fatta tale che il piatto era solo piú una chiazza biancastra, spaventante, e Johnny si alzò ed accese una delle candele portate dai vicini. Si risedette e la pregò di continuare. Gli occhi di lei si facevano piú fissi, pigliando tutta la luce della candela. – Potrei raccontarti per tutta la notte ed averne ancora fino a mezzogiorno. Ma a che serve raccontare? A te in persona serve solo non lasciarti prendere. Ti dirò questo ancora. Avevo sempre la mente fissa ai miei buoi ed al mio carro e sempre ne domandavo ai soldati. Mi rispondevano che stavano nelle scuderie insieme coi loro propri cavalli e trattati assai meglio di quanto la loro padrona meritasse. Per la cagna non avevo un'ansietà particolare, perché sapevo che n'erano tutti infatuati, ufficiali e soldati, persino quel maggiore e quel capitano, ed all'ora del rancio le davano chili di roba da mangiare. Però mi mancava molto, specie all'ora di buio, e quei bastardi me la portavano sempre fuori per i loro giochi e delitti. Finché arriva stamattina ed un graduato mi sveglia e mi porta in cortile. Ho subito capito tutto, perché scendendo ho visto il mio carro pronto coi buoi attaccati e rivolto all'uscita. Mi fecero cenno di salire in serpa e dare il via alle bestie, ciò che io feci come in sogno e sotto gli occhi dei loro ufficiali ai balconi, e una guardia armata fino ai denti mi aprí la porta carraia. Due soldati mi scortarono fino al posto di blocco: uno, dopo avermi insultata a piú non posso, passò avanti ad accelerare le bestie, e l'altro rimasto alla predella trovò il tempo di bisbigliarmi: – Scolpitevi in mente la mia faccia, signora, e salvatemi dai partigiani e spendete per me una buona parola, e datemi rifugio. Non importa che i partigiani mi pestino da sfigurarmi, se capito dalle vostre parti, purché non mi tolgano la vita. Ne ho abbastanza, specie ora che il colonnello se ne va, e a giorni diserterò –. Io gli accennai appena di sí con la testa e subito dopo passai il posto di blocco, con tutti loro che mi insultavano dietro, compreso quello che mi si era appena raccomandato.

Si levò, ma cosí raggricciata che i suoi capelli quasi presero fuoco alla candela. – Ma allora perché mi hanno dato otto anni!? – Johnny rispose che l'avrebbero rintracciata e glieli avrebbero fatti scontare, se vincevano la guerra. – Madonna mia, e la vinceranno? – Johnny rise di no. – Ora che fai, Johnny? – Esco, vado a dormire da un'altra parte. – Mi spiace, ma conviene veramente, sai? La prossima volta mi fucilerebbero sul serio.

Era sull'uscio scardinato, fronteggiando il freddo micidiale, il grande caos ventoso. – Fa un freddo da morire, disse lei: – Io non sono piú in condizioni di prestarti uno straccio di coperta, e tu non eri nato a queste privazioni. Dove dormirai, Johnny? – Giú verso il torrente. In un casale dove so che il cane di guardia è morto e ancora non l'hanno rimpiazzato. Cosí salgo sul fienile senza chiamare e la gente non si spaventa –. Gli disse di tornare domani per un boccone di pranzo ed un po' di aiuto per lei, soltanto si guardasse intorno ad ogni passo. E Johnny entrò nel ghiaccio e nella tenebra, nella mainstream del vento. L'acciaio delle armi gli ustionava le mani, il vento lo spingeva da dietro con una mano inintermittente, sprezzante e defenestrante, i piedi danzavano perigliosamente sul ghiaccio affilato. Ma egli amò tutto quello, notte e vento, buio e ghiaccio, e la lontananza e la meschinità della sua destinazione, perché tutti erano i vitali e solenni attributi della libertà.

Al mattino si svegliò e le sue braccia congelate non riuscirono al primo colpo a sollevare il monte di fieno sotto il quale era giaciuto tutta la notte. Ripeté lo sforzo e poté vedere la lercia travatura del fienile ed il cielo. Era di un grigio limbale, incredulo a se stesso e alla vita, un giorno da buttarsi nel cestino dal suo stesso Creatore. Poi si sentí in gola un'eccezionale secchezza ed una intollerabile compressione di petto. Cercò di tossire per liberazione, ma non gli venne fatto lo schianto; sentiva dentro il suo petto una viscosa giustapposizione di pur metallici diaframmi: fuori, il petto gli sapeva come gliel'avessero pestato tutta notte. Sono finito, pensò, corro verso la tisi. – Ma sí, vorrei essere tubercoloso e ricoverato –. E immaginò il posto, un sanatorio a metà strada fra la Svizzera e il cielo e di tanto effetto fu la visione che dovette rigiacere sul fieno, premuto da essa con dolce fermezza. Sognò la sua cameretta, deliziosamente tinteggiata di giallino, non piú grande di una cabina di mare e con un'unica apertura affine ad un oblò, tersissimo e a doppia vetratura, temperatura a 24 gradi; il suo pigiama di seta violetta e le babbucce di pellina bianca; un fonografo con dieci dischi e un paio di libri, Malory e Properzio. L'usciolo si apriva silenziosamente e dentro veleggiava l'infermiera bionda, asessuata che gli sorrideva di prepararsi per una deliziosa iniezione, quindi la squisita, company-making febbricciola. I suoi diaframmi interni attritarono orribilmente, la gola gli crocchiò per pura secchezza, poi qualcosa cozzò e sferragliò dentro di lui, come se ormai il suo corpo fosse fatto di tutti ferrivecchi. L'orologio era fermo, ma dovevano esser le sei passate, sebbene il cielo fosse completamente inallusivo. Poi gli giunse all'orecchio un aspro rumore di sega e spiando abbasso a sinistra vide l'uomo che segava legna gelata con una gelata sega nel piú gelato cantuccio della sua aia gelata.

L'uomo si accorse della sua presenza e del suo pernottamento soltanto al suo tonfo a terra. Grinned d'impotenza verso il partigiano, non chiese spiegazioni e si reinarcò sulla sega. Johnny vagò un poco sulle crocchianti falde di ghiaccio, disgustato di esso quanto del cielo e della giornata. – Posso darvi una mano? – domandò poi al contadino. L'uomo si fermò, diffidenza ed avarizia gli tramavano la voce. – Ti aspetti da mangiare in compenso? Capirai, io... – No, no, voglio solo togliermi un po' di freddo. Posso? – Si accostò e a due mani segò con l'uomo una montagnola di legna gelata, quasi mineralizzata. Ogniqualvolta sbirciava alla casupola, poteva cogliere alla finestrella il duro, fisso sguardo di una giovane donna devastata dalla miseria, che teneva alto in braccio un vivo fardelletto di lana.

Erano le nove, il cielo piú grigio, quando Johnny lasciò quell'aia e prese a salire per i boschi verso la Langa, spesso facendo diversioni per procrastinare il suo arrivo. Le labbra splurate, gonfie e sear, lo disturbavano terribilmente, le umettava di continuo, fino alla nausea. Finalmente batterono le undici al campanile di Benevello. Ed egli regolò l'orologio, poi si avviò circospetto verso casa, sul tetto un tenue appena visibile ricciolo di fumo. Non attraversò l'aia ma dalla strada di cresta s'inquadrò nella finestrella della cucina. – Sono io. Tutto bene? – Da' una buona occhiata in giro, Johnny, poi entra. Ho passato una notte orribile. Mi sono risognato tutto quel che ti ho raccontato. Tutto, crederesti? per filo e per segno –. Stava cucinando lautamente, spesse trance di carne arrostivano in abbondante olio di nocciole che i vicini le avevano regalato a bottiglie. – Ho già guardato bene dappertutto e non c'è niente. Debbo tirarvi acqua al pozzo?

Prese ad attingere: aveva girato la carrucola in modo da dar la fronte alla strada e le armi gli pesavano sulla spalla in esercizio. Stava portando alla stalla il quarto secchio quando lo investí un ansimare e un rullar di zampe, e vide giusto la lupa sorpassarlo in tromba, mandando un solo latrato, grosso e istantaneo come un colpo di clakson, poi schettinando sul ghiaccio irruppe nella cucina dalla quale subito si alzò un grido al miracolo. Johnny lasciò perdere il secchio, si avventò in cucina e si tuffò con la vecchia su quel misto di pelo ed orgasmo ed abbracciando la bestia si abbracciavano l'un l'altra e le mani di lui scorrevano indifferentemente sul manto del cane e sui capelli della vecchia. – Gli è scappata! – gridava lei al colmo della felicità e della fede: – Gli è scappata! la mia piccola lupa mica ha sbagliato strada, il vero Dio l'ha guidata! Il cuore me lo diceva, Johnny, ma io non mi sono mai manifestata, per superstizione. Mia piccola lupa, ora ti darò tutta la carne che è ad arrostire, – e abbozzò di alzarsi e servirla, ma poi ripiombò sui ginocchi per non sazietà di abbraccio e festeggiamento. E Johnny s'impadroní delle zampe anteriori, gonfie e scalfite da ore di galoppo e se le applicò sulle guance per amore e gratitudine. – Tutti debbono conoscere il miracolo della mia cagna, – disse la vecchia, – tutti sulle colline, – ma poi rifletté e disse che conveniva lo sapessero solo quelli che per caso l'avessero vista galoppare di ritorno. Poi prese una trancia di carne e gliela depose presso il muso applicato all'ammattonato; ansimava ancora come in coma, ma agonizzava di felicità e vittoria, con occhi socchiusi sbirciando la ricca carne vicina, ma senza protendervi d'un millimetro le labbra. Anche Johnny e la donna restavano in ginocchio esauriti dalla sorpresa e dall'amore, e solo allora si avvidero che la cagna portava un magnifico, nuovissimo collare di cuoio e metallo, certamente comprato per lei da un ufficiale fascista in un negozio della città. E la padrona disse che gliel'avrebbe sempre lasciato al collo, per memoria, come una decorazione, e perché era talmente di lusso che lei mai avrebbe potuto comprarle l'uguale.

Pranzarono tutt'e tre, Johnny alzandosi ogni tanto a sorvegliare i dintorni e la cagna si era già cosí ripresa e riambientata da esser pronta a seguirlo in ogni uscita.

Dopo un regno di caotica nuvolaglia, il sole quanto mai lontano stava compiendo immani sforzi per conferire una goccia di luce a questo disgraziato suo figlio di un giorno, quasi volesse battezzarlo avanti morte. La luce quindi non dardeggiava, ma si traduceva in una diffusione di severa vividità che faceva i ghiacci rilucere di un fermo alone grigiazzurro, duro e piacevole. Dopo il grosso pasto celebrativo la cagna si era accucciata, ma come Johnny uscí sulla collina a guardia e per ammazzatempo, subito sorse e gli si avviò dietro, come per far seguito alla gigantesca libertà di cui aveva goduto per tutto il giorno. E Johnny ottenne il permesso di condurla con sé, a condizione di andare per i posti piú selvaggi e deserti. Johnny s'impegnò, dicendo che sarebbero tornati al primo scuro.

Partirono verso l'altissimo, pastry-looking knoll del Boscaccio e per la strada Johnny fece un mucchio di discorsi e domande alla cagna e l'amò per il suo ritorno e la compagnia e il portamento della testa e della coda. Non salirono al vertice, ma aggirarono la sommità per raggiungere una selletta dalla quale la vista era identica che dalla cima. Johnny si fermò e guardò tutt'intorno, con la bestia che pareva non gradire la sosta. E cosí tutta la scena passò sotto i suoi occhi.

37
Inverno 7

Spuntarono dall'ultima curva della strada da Berria, una ventina di fascisti, nani grigioverdi intabarrati di grigioverde e con passi burattineschi sul fondo ghiacciato. Johnny dall'alto guardò e dopo il primo orgasmo stette intrigato all'esiguità della compagnia ed alla sua insolita direzione. Non potevano essere che un distaccamento del forte presidio che da novembre avevano staccato a Cravanzana per tagliare in due il distretto partigiano e quanto alla destinazione poteva ben essere la città o una gita contro l'invernale intirizzimento d'anima e corpo, a tal punto erano cresciuti signori e padroni delle colline. Johnny fece appena in tempo a schioccar le dita alla cagna perché si coprisse come lui, perché sulla strada perpendicolare a quella dei fascisti, coperta da una duna di neve, vennero in vista due partigiani, certamente Ivan e Luis ed un terzo personaggio, un marmocchio o un nano. Malgrado la distanza Johnny vedeva distintamente i due scherzare col piccolo e incitarlo alla marcia, parendo godersela un mondo di quella straordinaria compagnia. Ivan, dato il suo superiore compasso di gambe, sopravanzava gli altri due di un cinque passi, e a cinque passi stava dal doppiar la duna che copriva i fascisti avanzanti, ignari ma intenti. Non serviva piú rafficare in aria per allarme, e poi Johnny non poteva farlo, tutto congelato dalla tremenda geometricità del fatto. Ivan sostò un attimo per riavere i due alla sua altezza e riformarono l'allegro crocchio, le mani lontane dalle armi, mentre doppiavano la duna.

Il marmocchio stridette, Ivan sparò il primo, di pistola, e uno dei fascisti traballò, come uno scosso burattino dai piedi impiombati. Luis sparò con la pistola, i fascisti spararono tutti insieme, il marmocchio stridette, Ivan e Luis urlarono, urlavano anche i fascisti. Il piccolo era già a squirm sulla neve, Ivan e Luis stavano ancora eretti, le loro ginocchia cedendo solo per gradi. Sempre urlando i fascisti rispararono, restando con le teste protese parallele alle armi spianate, poi sollevandole quando i due partigiani stettero lunghi e immoti sulla neve.

Ora si sparpagliavano all'intorno sulla strada, all'acme del successo e della paura, guardando come ossessi tutt'intorno e alle colline, puntando le armi ovunque, con gesti secchi e folli. Il loro ufficiale considerò frettolosamente Ivan, passò da Luis e gli diede il colpo di grazia, poi andò dal marmocchio che si mise a stridere e a scalciare. Poi i soldati vennero e si chinarono sui due morti, a spogliarli delle armi e di ogni possibile emblema partigiano, poi rifecero un elettrico, epilettico quadrato.

La cagna venne a strisciarsi contro le gambe di Johnny con tanto impulso di impazienza ed affetto che quasi lo ribaltò sulla neve. Il silenzio intervenuto era orribile e fascinoso, la distanza in basso era tale da far apparire i fascisti nulla piú di concreti spettri su un fondo di muschio bianco. Johnny sbatté le palpebre ed i fascisti divennero leggermente piú concreti, e piú concreti Ivan e Luis. Ora il gridio del marmocchio gli giungeva come il breve verso di un fuggente uccellino nero. I fascisti erano sempre ubriachi di successo e di paura, l'ufficiale si era accostato al suo uomo ferito da Ivan, seduto sul greppio nevoso a curarsi un braccio. Poi, sotto le sollecitazioni dell'ufficiale, si incolonnarono, ci fu una specie di consulto, poi retrocedettero verso dove erano venuti; il loro piede solo per un istante accettando il passo di strada, poi tutti insieme si slanciarono in una vera e propria corsa, pazzamente guardandosi dietro e intorno, col marmocchio che gli urlava dietro. Johnny si tuffò nel campo di neve laterale, era dura abbastanza da non affondarci, poi corse di fianco per arrivare a vederli in prospettiva oltre la svolta che li aveva cancellati, ma erano già transitati nel breve tratto sott'occhio. Si tuffò verso la mezzacosta, ma qui affondò nella neve fino al ginocchio, la bestia fino al petto. Riguadagnò la neve piú solida e studiò la via di discesa piú diretta ed agevole. Il silenzio era sovrano, ma le scariche mortali stavano ancora sospese su tutto, come incorporate in ghiaccioli pendenti a mezz'aria. – Va' a casa, lupa, conosci la strada, – e la paccò dietro per avviarla, ma non gli badò e lo seguí nella discesa.

Scendeva a zigzag, puntando al nero coacervo, immoto per due terzi e dimenantesi per il restante sul fondo bianchissimo e quando la discesa si fece piú ripida ed accecante si diresse sui gemiti del piccolo. Il silenzio era piú profondo che mai, ma l'esperto orecchio di Johnny poteva enucleare da esso il lento, furtivo destarsi di tutti i contadini all'intorno. Uno di essi occhieggiò da un graticcio su un'aia.

Saltò sulla strada, la cagna dietro lui. Il bambino cessò di gemere e di scatto voltò la testa verso lui. Aveva poco piú di dieci anni, ma alla faccia ne dava molti di piú, per le lentiggini, le grinze della sofferenza e gli occhi duri e saputi. Una pallottola gli aveva trapassato un polpaccio ed il sangue sbavava sulla calza di lana nera.

– Tu sei un partigiano! – gridò. – Stammi lontano. Questi due mi hanno fatto ferire e tu ora mi farai uccidere. Va' lontano, – e bestemmiò come un adulto. Johnny passò oltre, si inginocchiò a contemplare Ivan e Luis. Il vento lambiva i cespi emergenti dal coltrone di neve con un suono di estrema secchezza. Il piccolo aveva ripreso a gemere, ma Johnny non gli badava, tutto assorbito a contemplare i due, con una crescente capacità di identificarsi con loro. – You've been so clever, – bisbigliò, ed abili erano stati sí, in quei pochi secondi in cui avevano potuto far qualcosa, l'ultimo loro qualche cosa. Il bambino stava chiamando aiuto, ma da un'altra parte che da Johnny, e si sentí avvicinarsi sul ghiaccio un passo legato. Era il contadino uscito dal graticcio. Johnny si rizzò e gli ordinò di portare un carro. – Non ne ho, la mia casa è lontana. – Va' alla piú vicina e fa uscire il carro. Se non vogliono, minacciali a mio nome –. Il contadino partí e Johnny si rivolse al piccolo.

Gridava: – Fascisti e partigiani, vi seccassero le ovaie a tutt'e due! – Si toccò in una tasca ed estrasse la tabacchiera metallica, sformata da una pallottola. – Mi ha salvato, disse con una smorfia. – Ora voglio vedere mio padre sgridarmi perché fumo. Guai se non avevo questo vizio, la tabacchiera mi ha salvato il cuore. Oh, fa' qualcosa per la mia gamba.

Qualcosa crocchiò in alto davanti a lui e Johnny vide sull'ultimo ciglione tre uomini di Benevello, rannicchiati e fissi. Cennò loro di scendere in aiuto, scesero ed il primo arrivato, il mugnaio di Manera chiese per prima cosa se almeno si erano difesi. – Certo, hanno sparato i primi, – disse Johnny seccamente e ordinò loro di attendere il carro. Egli andò a studiare la strada della vittoriosa ritirata dei fascisti. Il suo cuore, davanti alla bianca desertità dell'ultima curva heaved and swelled per il bisogno di sangue. Da quell'ultima curva il vento svicolava come un letale, sibilante serpente. Si ritirò e allora vide il carro salire dal rittano, l'uomo dalla testa scura urgenzava la bestia con una voce rauca e spaurita. Il bambino era già stato sollevato da terra, ora stava nelle capaci braccia del mugnaio. La cagna caracollava tutt'intorno, ora puntava all'arrivante carro. Johnny si rimandò indietro lo sten e abbracciò il lungo, ossuto, pesantissimo corpo di Ivan. Un contadino lo aiutò e Ivan fu steso per primo sul carro, poi Luis, tutto lavorato dal mugnaio, piuttosto grimly trionfante nella sua forza fisica ed esperto maneggio di cadaveri. Ora il bambino smaniava, non voleva esser scaricato sul carro coi morti, bestemmiava e pretendeva che quegli uomini grandi e grossi lo portassero a casa a spalle. Disse il mugnaio: – Sono morti, mica ti mordono, e poi ci siamo noi tutti intorno, – e lo scaricò sul carro, sullo strato di paglia. – Come mai diavolo camminavi con due partigiani di questi tempi e per queste strade pericolose? – Facevamo la stessa strada. Io ero scappato di casa e andavo a Borgomale a giocare a carte coi miei compagni –. Si tastò in tasca ed estrasse un lurido mazzo di carte, il suo mazzo personale. – Sapete che sono terribile a carte, a qualunque gioco di carte, e laggiú a Borgomale ho i miei polli. Oggi avevo bisogno di soldi per il tabacco.

Il carro si sterrò, andando Johnny guardò ai ciglioni e alle creste, erano irti di contadini immobili, duri e scuri e senzienti come pali di vigna. Il mugnaio aveva curato l'avviamento del carro ed ora raggiungeva Johnny alla retroguardia. E disse: – Qualcuno di voi terrà certamente la contabilità. Dunque saprete che siete in un passivo pauroso. Posso farti un discorsetto piú tardi, Johnny? – Potete, – disse Johnny. – Quanto al passivo si capisce bene. Essi possono prenderci ed ammazzarci senza riserve e senza scrupoli. Noi no, il benedetto uno che ci capita di prendere dobbiamo tenerlo vivo e ben curato, per cambiare quelli nostri imprigionati e condannati in città –. Il marmocchio era all'acme dell'impudenza e della vistosità, aggrappato alla fiancata diceva: – Nessuno di voi è capace di aprire la mia tabacchiera sparata e farmi una sigaretta coi mozziconi dentro? – Un uomo ci si provò, ma il coperchio spiaccicato non si sollevò. Johnny fu squassato da un tremendo accesso di tosse, che lo lasciò rosso ed accasciato. – Poi ti faccio quel tale discorsetto, – disse il mugnaio.

Benevello venne in vista, la mole della chiesa tetra nel vespero come un temuto approdo, ed una rigida, nera, immota folla guarniva i parapetti ventosi. Alcuni uomini scesero all'incontro, per essere i primi a vedere e aiutare. Al sentiero di casa sua, il piccolo venne scaricato e portato a spalle, mentre gli uomini della scorta gli facevano applausi ed auguri.

Il carro arrivò sulla piazza, su e per banchi di ghiaccio a prova di bomba, le donne già scendevano dai balconi per un tocco di preficazione. Li scaricarono sotto il porticato municipale e li stesero sugli assi e trespoli lí immagazzinati per i mercati. Il segretario comunale, un giovanotto biondo canapa, occhialuto e balbuziente, disse che sarebbero stati collocati in bara al piú presto possibile. – Questo comune pagherà le bare, s'intende. Una volta incassati, li porteremo in chiesa per le debite onoranze –. Scoccò un'occhiata paurosa ai due corpi che ora sommergeva l'ombra crescente.

Le donne sospiravano, piangevano e litaniavano a fior di labbro. Il mugnaio – cosí grosso, cosí attivo, cosi vicario, disse alle donne: – Qui vi piglierete la morte di freddo, donne. Rientrate in casa, mentre noi li incassiamo. Quando saranno in chiesa vi richiameremo e voi gli farete un po' di pietà un po' piú al riparo, va bene? – Le donne obbedivano, ma lente e indugianti, allora egli le spinse verso casa con l'urgenza delle sue braccia potenti e miti, e cosí facendo gli capitò fra i piedi la cagna lupa. – E questa chi è? Non è la grande lupa della Langa? Può non essere, i fascisti l'hanno trattenuta in città. – Gli è scappata, – disse Johnny. – Fantastico, ma era il tipo di farlo. Ho sempre avuto un debole per questa lupa. Cosí gli sei scappata, eh, lupa? Almeno tu, tu che sei soltanto una bestia.

Il segretario si riaccostò a Johnny, gli si rivolgeva, disse, come all'unico partigiano presente e reperibile. – Penso che i suoi due compagni non abbiano le famiglie qui vicino. Se non vado errato, nessuno qui conosce nemmeno i loro veri nominativi ed indirizzi, ragion per cui non si è in grado di avvisare i famigliari per la sepoltura. Allo stato degli atti io suggerirei, e mi ispira unicamente la sicurezza di questo paese, suggerirei che venissero sepolti stanotte stessa. Naturalmente, non verranno kept short di ogni e qualsiasi formalità e rito –. Johnny assentí e il segretario se ne partí a interpellare, disse, una delle migliori famiglie del paese che li avrebbe certamente accolti entrambi nella sua tomba di famiglia fino a che spuntasse il mattino della vittoria.

Un nuovo passo echeggiò sul ghiaccio. Era Puc, uomo di Nord, mezzo guardia del corpo e mezzo staffetta. Identificò Johnny e gli si avvicinò. – Nord mi manda. Sono proprio morti? Ivan e Luis? – Johnny accennò al portico, Puc andò, guardò da vicino, bestemmiò sottovoce e tornò. – Dí a Nord che io li ho visti uccidere e al caso potrò fargli rapporto alla prima occasione. Dí anche a Nord che il 31 gennaio è una data assurda. – Che vuoi dire? – Non te n'occupare. Nord capirà.

Johnny si appoggiò contro un pilastro del portico e il mugnaio venne a domandargli a che stesse pensando. – A quanto sono fortunato, a quanto sono immeritamente fortunato –. Fino ad allora la fortuna aveva fatto sí che egli non si inserisse in quella geometricità. Era anche lui andato e si era fermato, stato qui e là, dormito e vegliato, inconsciamente scelto quella strada e quell'ora piuttosto che un'altra, tutto come Ivan e Luis, esattamente come tutti gli altri morti dell'inverno e dello sbandamento. Bene, il mortale insetto aveva appena aleggiato sul loro capo e li aveva punglionati a morte... loro.

– Sei davvero fortunato, Johnny, se immeritamente non so. Ma tu sei abbastanza intelligente da capire che anche la fortuna si consuma. Questo è appunto il succo del discorsetto che ti dissi. Ma non qui, per riguardo alla salute dei polmoni. Scendi al mio mulino e chiamati dietro la cagna.

La cucina del mulino era il locale piú caldo in cui Johnny ricordasse d'esser entrato mai, le donne stavano preparando cena, calavano belle, seriche lasagne in un ricco, denso brodo. E subito la cagna si avventò ad insidiare la tavola, con sommo dispetto della mugnaia. Era magra e lagnosa, l'opposto del marito. I due uomini sedettero posando i piedi sulla mensola della stufa, la neve friggendo e sfumando subito via.

– Io sono ignorante, d'accordo, – cominciò il mugnaio, – e poiché abbiamo un po' di tempo cercherò di spiegarti perché e quanto sono ignorante. Io nacqui nell'ignoranza e ci restai allevato fino a bambino. Ma da ragazzo non ci volli rimanere, come ci restano invece tutti quelli nati e vissuti su queste alte colline, ma ci lottai contro, mi rivoltai e ci lottai contro e ancora ci lotto. Mi basti dirti che pur occupato in questo mestieraccio e vivendo in questi posti selvaggi, io non ho mai mancato di leggermi tutti i giorni il giornale, naturalmente fin quando la corriera ha funzionato e il servizio postale. Ogni volta rileggevo tre volte lo stesso foglio, per ricavare idee sugli uomini e sui fatti e sul mondo –. Qui scoccò un'occhiata polemica e provocativa alla moglie. – Per dirti che sono uomo di buon senso nei miei limiti e tu devi pesare e considerare di conseguenza le mie presenti parole che, oltre tutto, vengono proprio dal cuore.

Johnny era in assoluta vacuità mentale, praticamente sordo, tutto stemperato in quell'alta temperatura e nell'aroma di quella ricca minestra. – Andate avanti, – disse sognosamente, mentre schioccava le dita alla cagna per deviarla da eventuali misfatti. Ma il discorso era semplice e tutto intuitivo. Ivan e Luis erano stati ammazzati oggi, ed erano i ... mi della serie. Rimanevano due buoni mesi di quello speciale inverno. – Stanno facendovi cascare come passeri dal ramo. E tu, Johnny, sei l'ultimo passero su questi nostri rami, non è vero? Tu stesso ammetti d'aver avuto fortuna sino ad oggi, ma la fortuna si consuma, e sarà certamente consumata avanti il 31 gennaio. Perché dunque stare ancora in giro, in divisa e con le armi, digiunando e battendo i denti? Sembrerebbe che tu lo voglia, che tu ti ci prepari a quel loro colpo di caccia. – Giunse compostamente le sue potenti mani. – Da' retta a me, Johnny. La tua parte l'hai fatta e la tua coscienza è senz'altro a posto. Dunque smetti tutto e scendi in pianura. Non per consegnarti, Dio vieti, e poi è troppo tardi. Ma scendi e un ragazzo come te avrà certamente parenti e amici che lo nascondano. Un nascondiglio dove stare fino a guerra finita, soltanto mangiare e dormire e godersi il calduccio e... ridacchiò e abbassò la voce: – e ricevere la visita ogni tanto di qualche tua amica di fiducia, l'unica a conoscere il tuo indirizzo.

La moglie, con in mano tutti gli arnesi da cucina, li sorvegliava di sbieco, Johnny e il marito, con un'irosa disapprovazione contenuta, certamente stava dentro sé impropeerando il suo uomo. Johnny le seguiva il pensiero come le si scrivesse in fronte. – Che diavolo sta blaterando quell'idiota di mio marito, senza pesar le parole e senza che nessuno gliel'abbia chiesto e glielo ci inviti. Questi ragazzacci armati non si sa mai come reagiscono. Al diavolo l'idiota di mio marito e l'odioso giovinastro armato che si è tirato in casa –. Johnny le fece l'ombra di un sorriso, perché stesse tranquilla e quieta, ma il sorriso atterrò sul naso del mugnaio che gli restituí il sorriso al suo profilantesi successo e riprese con piú rotonda eloquenza. – Vedo che afferri il punto. A che servirebbe, d'altronde? Lo sai meglio di me, sebbene io non perda una trasmissione di Radio Londra, una che è una. Gli alleati sono fermi in Toscana, con la neve al ginocchio, e questa situazione permette ai fascisti di farvi cascar tutti come passeri dal ramo, come ho detto prima. Al disgelo gli Alleati si muoveranno e allora daranno il gran colpo, quello buono. E vinceranno senza voi. Non ti offendere, ma voi partigiani siete di gran lunga la parte meno importante in tutto il gioco, converrai con me. E allora perché crepare in attesa di una vittoria che verrà lo stesso, senza e all'infuori di voi.

L'uomo parlava col cuore, indubbiamente, e forse voleva risparmiarsi la pena, non già la fatica, di maneggiar lui Johnny come oggi aveva maneggiato Ivan e Luis. E stasera alla sepoltura sarebbe certamente stato dei piú attivi e preziosi. Cosí gli sorrise soltanto e si alzò, chiamando la cagna. L'uomo lo seguí alla porta con massiccio orgasmo. – Che mi dici, Johnny? – Johnny alzò il catenaccio. – Mi sono impegnato a dir di no fino in fondo, e questa sarebbe una maniera di dir sí. – No che non lo è! – gridò il mugnaio. – Lo è, lo è una maniera di dir di sí.

Dietro la porta la gelida notte attendeva come una belva all'agguato e la cagna gli sbatté grevemente fra le gambe. – Fa' almeno un boccone di cena con noi, – disse il mugnaio, ma Johnny era già affogato nella tenebra.

Un vento polare dai rittani di sinistra spazzava la sua strada, obbligandolo a resistere con ogni sua forza per non esser rovesciato nel fosso a destra. Tutto, anche la morsa del freddo, la furia del vento e la voragine della notte, tutto concorse ad affondarlo in un sonoro orgoglio. – Io sono il passero che non cascherà mai. Io sono quell'unico passero! – ma tosto se ne pentí e soberized, come gli parve di vedere in un cerchio di luce diurna le grige, petree guance di Ivan e Luis disserrarsi appena percettibilmente in un mitemente critico, knowing sorrisetto. Allora urlò alla lupa di sbrigarsi, che sportivamente errabondava in quell'inferno notturno, e puntò avanti, quasi piegato in due, agli atomi di luce che costellavano la nera massa della Langa. La padrona sapeva il fatto da ore e guardò tetramente e in silenzio la cagna fumante. – Nessuno l'ha vista, – mentí Johnny. – So quel che rimuginate. Serrano, serrano, e la prossima volta sarà la mia. Non vi affannate, vado a dormire lontano e domani mi terrò al largo per tutto il giorno. Mettete la cagna a catena e cercate di addormentarvi.

38
Inverno 8

Passò una settimana di eterno vagabondaggio e di disastroso malessere. La fronte dolorante e come a osso nudo, il petto contuso, e i suoi colpi di tosse detonavano da cresta a cresta, ai suoi occhi febbricitanti il pur tenue riverbero della luce embrionale sulla neve arrugginita riusciva intollerabile. Tutte le ventiquattr'ore erano tiranneggiate da un freddo intensissimo e tutto ciò che poté procurarsi per una maggior protezione fu un pullover che gli venne regalato da una casa in un rittano, fatto in casa, con lana di capra a bande cosí aspre e tonde come funi da tiro; per di piú, era di misura poco piú che infantile e la prima volta che l'infilò ne stette come ingessato, asfittico. Dalla pianura della città saliva, sordo e puntuale, il boato dei mortai sul fiume congelato: suonava come una marcia a tamburo per un'accessione al patibolo, un gigante doveva esser decapitato. Le ore avevano un'estensione biblica.

Lanciò un'ultima occhiata al camposanto di Benevello, un grigio castrum sorgente da neve altrettanto grigia, là Ivan e Luis dormivano, a non esser destati nemmeno momentaneamente dall'ululo della vittoria in qualche caldo e nitido mattino di primavera. Poi tossí aspramente e mosse verso la Langa, sormontata da un lieve, grigio ricciolo di fumo come un nastro di lutto. Si arrestò al margine del bosco piú vicino e fischiò verso la casa, aspettandosi la caracollante apparita della cagna. Ma non comparve e Johnny fischiò piú forte. Allora uscí la vecchia, visibile da lontano, quanto sfinita e tremebonda, quanto mutata dall'antica, allegra e intrepida vivandiera! – Che vuoi? – gli gridò. – Niente. Passavo quasi per caso. Dov'è la cagna? – La bestia era in calore, disse, e all'alba era andata dal suo amante, un rossigno bastardo oltre il Boscaccio; usciva da lui già da tre giorni, ed ogni volta allungava l'assenza. – Non ti darà retta, ma se capiti avvistarla, cerca di menarmela a casa. Non posso starmene senza di lei di questi giorni.

Molto vagamente ma non meno acerbamente risentiva Johnny la lontananza della cagna, quel suo avere un affare personale tutto e proprio suo, con lui e la vecchia che ne avevano un cosí grande bisogno. Si passò un dito sulle labbra gonfie ma come morte. – Non ho niente da fare e non so dove andare. Salirò oltre il Boscaccio e vedrò di vederla e fermarla –. Lei disse di ripassare a buio e fischiarle e lei sarebbe uscita con qualcosa da mangiare alla mano. – Ti farei entrare adesso, Johnny, sei in brutte condizioni, ma non mi fido della giornata, scusami.

Partí verso la cresta. Le nove batterono crepuscolarmente a un campanile ed egli controllò il suo orologio. Il suo polso stava affinandosi a vista d'occhio: era ora ad un punto di femminea sottigliezza, ma duro come ferro, il cinghietto di cuoio stava cadendo in pezzi. Lo strappò e fece scivolare l'orologio nel taschino sul petto, fra le pieghe del suo fazzoletto azzurro. Quell'orologio aveva marcato tutte le sue ore coscienti: l'aveva sbirciato mentre Chiodi parlava degli stoici, mentre Cocito saltava Oriani per fare il fuoriprogramma Baudelaire, l'aveva al polso quando il capitano Vargiu aveva annunciato il 25 luglio, Johnny l'aveva consultato aspettando il ragazzo romano col vestito borghese qualche giorno dopo l'armistizio. Scosse la testa: passato e presente erano totalmente, parimenti incredibili. E un richiamo gli folgorò la testa: – Johnny? qual'è l'aoristo di lambano?

Andando cercò e cercò, senza piú trovarlo. Allora se ne dimenticò, ora si sentiva grato alla lupa per avergli dato uno scopo e una meta, in quel gelato, caotico mattino. Trovandola, non l'avrebbe certamente strapazzata, l'avrebbe lisciata e le avrebbe fatto quanto piú simpatico possibile il ritorno.

Guardò fortuitamente abbasso e vide il mezzadro della Serra dei Pini che si strascinava per il sentiero sottano, come se avesse appena smesso di correre per la vita o portasse nel petto una pallottola. Lo considerò un altro po', poi sbatté le mani verso di lui. Guardò su, immediatamente nella giusta direzione, e le sue braccia scattarono avanti come in invocazione o in tentativo di attirarlo giú piú presto. Johnny si lanciò di cross nella neve e finí vicino all'uomo. Ansimava e balbettava: – L'ambulante, la spia, quello delle pelli! – Allora il batticuore prese anche Johnny. – È passato minuti fa da noi e si è diretto al Rustichello. Volevo mandarti il mio ragazzo piú vecchio, ma poi ho pensato di tener fuori i ragazzi da questa cosa –. Johnny gli disse di prestargli la mantella. Non capiva, e Johnny gliela strappò dalle spalle. – Non chiedermi niente. Va a casa, non diritto, ma facendo un certo giro –. Si buttò la mantella su una spalla e si mise di corsa per il sentiero, con l'uomo che gli susurrava dietro parole perdute.

Dieci minuti dopo spiava dall'alto sull'aia del Rustichello ed il sentiero che ci portava: tutto deserto e tranquillo, certamente era passato oltre senza bussare. Stava chiedendosi per dove prendere, quando avvistò il suo uomo, usciva appena da una svolta, spingendo a mano la bicicletta verso il sentiero che sfociava sulla strada di cresta. Era tranquillo e fiducioso, saliva ad occhi bassi, senza sforzo.

Il batticuore in Johnny lasciò il posto ad una normale accelerazione, soltanto la lingua gli si era fulmineamente e tutta essiccata. Si ritirò dietro una duna di neve, le spalle al bosco e aspettò. L'uomo sarebbe passato tra cinque minuti. Roteò la testa per inspirare il massimo d'aria e prese coscienza del perfetto silenzio e dell'assoluta desertità tutt'intorno. Estrasse lo sten da sotto la mantella e lo armò con millimetrica lentezza. Ma quando fu armato, il dubbio lo possedé. Non poteva sparare su pura presunzione, dopo tante macchie non poteva scordarsi del fair play: cosí si nasce. Se non fosse una spia, fosse realmente, per quanto scarsamente plausibile, un negoziante di pelli? La donna di Anselmo poteva avere alterato, gonfiato la realtà: tutto può attendersi, in fantasia, da queste donne di collina che passano la vita in feconda seclusione, nell'unica ed esaltante compagnia dell'ingannevole vento. Sentí che la sua anima e il suo destino erano in gioco, in quei pochi minuti cosí lenti e precipiti. Poteva arrestarlo, legarlo, magari cambiarlo con Ettore. Ma no, questo non poteva e non doveva esser cambiato, se era quello che era. Poi credette di cogliere l'accentuato respiro dell'uomo al colmo della salita e perfino il fruscio dei tubolari sul fango raggelato.

Poi l'uomo apparve sulla cresta e sostò in riposo, con un gomito appoggiato alla sella. Il portapacchi metallico, nuovo di zecca, sul manubrio, balenava al massimo della smilza luce solare.

Un groppo di catarro saliva procellosamente per la gola di Johnny e sputando forte balzò sulla strada. L'uomo sussultò, poi lentamente si alzò, lo salutò chiamandolo partigiano, e la sorpresa dava alla sua voce un tono sarcastico. Johnny gli mostrò la sinistra che impugnava lassamente la pistola e gli ordinò di tirarsi sulla nuca il mefisto.

– Perché? – domandò in italiano, con una voce raschiante.

Johnny lo mirò al petto. – Tiratelo indietro.

La striscia bianca brillò nel letto di ricca, splendida chioma corvina.

– Adesso sorridi.

– Che cosa vuoi che faccia?

– Sorridere. Sorridi.

L'uomo sorrise ma insieme parlò, un flusso di parole di cui Johnny non ne colse nemmeno una.

– Sta zitto. Sorridi soltanto.

L'uomo disse che non gli veniva fatto. – Non mi viene fatto. Hai una faccia...

– Sorridi!

Allora sorrise, un largo sorriso che gli denudava tutti i denti, ghiacciato e ghiacciante.

Allora Johnny sorrise a lui, e l'uomo respirò piú liberamente e con tono amichevole gli domandò perché gli facesse tanti esperimenti. – Come vedi, sono un negoziante. Commercio in pelli di coniglio ed anche di scoiattolo, quando ne trovo. Ora ti faccio vedere, – e tese una mano verso il portapacchi, ma Johnny gli gettò un tale sguardo che l'altro subito ritrasse la mano.

– Dimmi piuttosto, per che ora hai lasciato detto che torni in caserma?

Sorrise blankly. – La caserma. Che caserma? A cosa vuoi alludere, partigiano?

– Alla tua caserma.

– Ma che caserma!? Grazie a Dio, io sono fuori e lontano dalle caserme! Che caserma dici?

Johnny ebbe una lievitante sensazione che Anselmo fosse nascosto abbastanza vicino ed un incredibile pudore s'impadroní di lui, gli fece abbassare la voce. – Sappi che non tornerai in caserma.

E con la sinistra rimise fuori la pistola, ma con una tenuta lassa e goffa. E l'uomo sbirciava la bocca oscillante dell'arma e studiava la distanza, 15 passi e la probabilità. – Calcola, calcola e decidi, – lo implorava in cuor suo, poi disse forte: – Tu sei una spia. Prega se ti pare –. La mano dell'uomo si tuffò voracemente nel portapacchi, blowing le pelli, Johnny toccò lo sten sotto la mantella e udí il suo crosciare lunghissimo, fedele. L'uomo si piegò sulla bicicletta, il caricatore si era già esaurito, poi piombò a terra aggrovigliato alla bici, scalciando i suoi ultimi calci nelle ruote.

L'eco della raffica galoppava ancora nelle profondità di Valle Belbo. Johnny corse a quel mucchio, districò l'uomo dalla macchina e lo rotolò al ciglione e poi giú per la scarpata verso il bosco, freneticamente. Il corpo rotolava liscio sulla neve dura, sobbalzò ad un risalto, poi sparí in una depressione.

Johnny tornò dalla bicicletta e affondò le mani nel portapacchi esumandone una P38 e tre caricatori pieni e bene oleati. Si sistemò tutto al cinturone e sospirò di liberazione e sollievo. Poi guardò e origliò intorno, ma nulla era coglibile. Sentiva però Anselmo vicinissimo ma non la necessità di chiamarlo. Allora attraversò la strada per raggiungere il cadavere oltre il pendio, giú nella conchetta. Scendeva, stampando orme esattamente sulle gocce di sangue, confondendole, mischiandole in una indecifrabile sporcizia grigiobruna. Poi stette sull'ultimo risalto, guardò il corpo approdato e si sedette.

Non aveva mai ucciso un uomo a quel modo e ora doveva seppellirlo, altra cosa che mai aveva fatto. La neve crocchiò dietro di lui, ma nemmeno si volse, tanto certo della presenza di Anselmo. Il contadino si inginocchiò sul risalto guardando al cadavere con occhi disorbitati. Con voce calma e grata Johnny disse: – Era proprio quel che voi dicevate. – E che? E tu dubitavi che fosse una spia. E tu eri l'uomo giusto per eliminarlo ed io di questo non avevo mai dubitato. Hai fatto un lavoro pulito. Debbo dirti che stavo male per te, Johnny, ma quando ho sentito la raffica ho capito che tu vincevi e lui moriva. Come stai adesso? – Bene, bene sto. – Stava tranquillo e sudato. – Sai, è il primo uomo che uccido guardandolo in faccia. – Lo credo, Johnny, – disse il contadino. – Ma la bicicletta è rimasta in mezzo alla strada. – Sali a prenderla e ribaltala nel piú folto del bosco. – Johnny, – balbettò Anselmo – non vuoi darla a me? Io la vorrei per darla al mio figlio maggiore, quando sarà cresciuto. – Davvero la vuoi? Quella bicicletta? – Sí, per i miei figli fatti grandi, e da adoperare soltanto quando tutto sarà finito. – Prendila allora, ma ti avviso. Se te la scoprono in casa è tale e quale una condanna a morte. – Sta' tranquillo, la nasconderò che non la scopriranno nemmeno gli angeli. – Si rialzò, si avvolse nella mantella e salí a prender possesso della bicicletta. Da lassú avvertí Johnny che sarebbe tornato fra venti minuti con pala e badile. – Bene, – disse Johnny, – dovremo scavare non poco. Un metro di neve ed altrettanto di terra.

Anselmo si caricò la bicicletta sulle spalle poi partí di corsa per il pendio. E Johnny si rivolse a vegliare quel suo proprio cadavere. Faceva molto freddo, ma gli pareva che l'inverno (e forse anche la sua guerra) fosse passato e finito.

39
La Fine

Il vicino di Johnny scoppiò a ridere: – Sai? sembra che abbiamo tutti passato il piú gran raffreddore della nostra vita –. Ed era vero, tutti apparivano spenti, goccianti e rabbrividenti, i cento uomini che risposero all'appuntamento del 31 gennaio sul poggio di Torretta.

All'arrivo di Johnny dalla Langa c'erano già una cinquantina di uomini, interiti o passeggianti sulla balza mortalmente fredda, sotto un cielo coperto, vicinissimo. Non si scambiavano parole, se non presto inesaudite richieste di tabacco. Passavano accanto alcuni contadini, diretti a lavori mercatili o meniali, e passando lanciavano sobri auguri e qualche grim ma cordiale accenno alla volta buona, alla prossima primavera. Un uomo stava di scolta a speculare sul tratto di Mango ed un altro agiva lo stesso ad oriente, attento alla Valle Belbo e ai suoi arrivi, tra i quali Nord stesso.

Johnny sgambava tra l'una e l'altra sentinella, riallacciandosi coi compagni ma essenzialmente aspettando Pierre e Nord. Intanto cercava di scoprire i segreti invernali di quegli uomini, segreti che aderivano ai loro corpi, vesti ed armi. Uno stava riferendo ad alta voce una sua peculiare avventura invernale e il suo discorso era punteggiato da scoppi di riso miscredente.

Poi un evviva esplose ad occidente, a salutare gli uomini di Mango, Pierre in testa a loro. Si abbracciarono in corsa, poi Pierre se lo distaccò per rimirarselo tutto intero e stette contrito e perplesso, ben capendo che la sua faccia non era come quella di Johnny. – Rieccoci insieme e fino alla fine, –

disse Pierre, con una leggera esitazione. Johnny ne era lieto, felice, ma sentiva che quella marea di gioia lo lasciava intatto e asciutto, lavorato in incancellabile, indilagabile intattità dalla lunga solitudine dell'inverno. Poi Johnny domandò se sapeva di Ettore. Pierre sospirò che sapeva tutto. – Speriamo resti prigioniero fino alla fine. – Ma sarà orrendo per lui. Sento che il primo nostro successo sarà la sua disgrazia. Se noi vinciamo in qualche posto, Ettore cade fucilato. E noi dobbiamo cominciare a vincere in qualche posto –. Nel suo nascondiglio di Neive Pierre aveva appreso una quantità di cose sulla guarnigione della città. – Il vecchio colonnello, non che io senta pietà per lui, è stato scacciato. Ora tutto il comando è nelle mani di un maggiore e di un capitano. Il primo, mi dicono, è una tigre, il secondo una jena. E pare non accettino piú cambi, né dentro né fuori: gli uomini che cadono prigionieri sono abbandonati al loro destino, perduti, sia nostri che loro –. Cadeva cosí l'ultima speranza di riscattare Ettore e da quella luttuosa constatazione li riscosse il boato che salutò l'arrivo di Nord da oriente. Per quel che trapelava dallo stretto cerchio delle guardie del corpo vestiva il prestigioso cappotto da ufficiale inglese impellicciato di persiano, ma quanto frusto e guasto, dicente a prima vista le marce e i nascondimenti, le salite e le discese da stalle e fienili. Sul capo portava, con una certa coquetry, il berretto da ufficiale di marina. Guardò circolarmente l'assembramento – erano ora 150 – e si avviò verso la balza oratoriale.

Lassú si schioccò indietro il berretto e: – Che ve n'è sembrato dell'inverno, ragazzi? – disse: – Non è stata una grande, tremenda cosa? Lo è stata, ve lo dico io, ed è la cosa della quale ci vanteremo maggiormente. Non è cosí? Vi vedo legnosi e intirizziti. Animo, dunque! L'inverno venturo saremo in pace, forse in una bella camera, calda a 22 gradi, forse in vestaglia, forse in pantofole e forse, pensateci! sposati. Pensate che tragedia, che comica! – e tutti gli uomini risero altamente e strainedly. – Scommetto la testa, – proseguí Nord, – che ci assalirà allora una barbara nostalgia di questo terribile inverno e piangeremo, sí piangeremo sulla sua memoria. Quindi, un evviva a questo inverno!

Gli uomini hurraed e nel successivo silenzio un vicino di Johnny disse con buona voce: – Ha ragione. Che diamine faremo il prossimo inverno, senza piú la pelle da salvare, senza piú fascisti con cui avere a che fare? – e nel vacuo interrogativo correva un alto brivido.

Nord continuò: – Noi siamo oggi centocinquanta, i migliori, le colonne della casa, la grande vecchia guardia invernale, – gli uomini si applaudirono, – ... domani saremo 300, entro il mese, ve lo garantisco, saremo 1000. La settimana prima di marzo saremo 2000 e avremo armi ed equipaggiamento per 5000 –. Qui echeggiò un evviva selvaggio, da sentirsi oltre Belbo ed oltre Bormida, e lo seguí un altro applauso, meno eccelso ma altrettanto sentito, e Johnny voltandosi vide la cresta inferiore tutta guarnita di contadini che agitavano le mani. E Johnny benedisse l'inverno che aveva gestato nel suo freddo letale il calore di questo giorno necessario.

Dai ranghi sgusciò un uomo e si appressò a quel podio naturale di Nord: era basso e bruno, ex ufficiale dell'esercito e meridionale degli infimi. – Comandante, – gridò, – tu parli dell'inverno come finito. Ma io ti ricordo che ce ne resta ancora un paio di mesi in questi disgraziatissimi posti settentrionali –. L'assembramento ruggí di risate. – Io parlo, – proseguí, – io ho l'onore di parlare a nome dei paesani miei terroni, di noi che soffriamo atrocemente il freddo e ne soffriremo fino al 21 marzo.

Nord rise. – Leo, che colpa ne ho io, ne abbiamo noi se voi siete sporchi, tremolanti terroni? – E di nuovo ruggirono risate e mai il Nord aveva tanto amato il Sud e viceversa. E sui greppi circostanti i contadini risero in cieca simpatia.

– Lasciatemi dirvi ancora un paio di cose necessarie, perché anch'io sto diventando mortalmente stufo di questo discorso. Dissi che avremo armi ed equipaggiamento per 5000 uomini. Ora mi spiego. Una nuova missione inglese, la piú folta e complessa della storia, è stata paracadutata nel territorio di Lampus. Rimarrà lassú il tempo necessario per rimpannucciarlo con una serie senza precedenti di lanci, poi scenderà da noi. Scenderà da noi e farà di noi una grande unità –. Un boato esplose e in esso miscelato qualche cantare, fuori da gole sforzate. – Avete tutti ben capito? Johnny, parlo a te in particolare. Sai il lavoro che ti aspetta. Avremo migliaia di uomini in uniforme, piazzeremo un bren ogni dieci metri del nostro fronte, cancelleremo dalla faccia della terra le loro guarnigioni di Alba e di Asti. E avremo tutto il resto; sigarette, medicine, cioccolato, biancheria, calze.

Il discorso e l'adunata insieme erano finiti, Nord si apprestava a ricalarsi in Valle Belbo per il suo nuovo quartier generale. Si voltò ancora da Johnny, per schernirlo: – Sei morto, Johnny, se il tuo inglese è un bluff.

Poi Pierre venne da Johnny e informò che si ripristinava il vecchio sistema dei presidi. Johnny scosse appena la testa, opacamente, piú in indifferenza che in critica. – Come prevedibile, – aggiunse Pierre, – io sono stato nuovamente destinato a Mango. A Nord ho chiesto te e Franco, e mi siete stati concessi. Naturalmente ti darò il via appena si presenterà il tuo lavoro con gli inglesi –. Si guardò intorno con imbarazzo e disse: – Dobbiamo avere 25 uomini fra i presenti. Aiutami a sceglierli.

Gli uomini vennero scelti ed inquadrati. Johnny e Franco li marciarono a Mango a sistemarli, mentre Pierre saliva alla Langa a dissotterrare il suo Mas. Dai nuovi ranghi Johnny lo seguí con gli occhi affrettarsi sulle sue gambe brevi e strenue verso il suo regno invernale e si sforzò di amarlo quanto prima. Ma quel patch non sarebbe stato cancellato né sommerso mai.

Johnny non si trovava piú; quel patch, lungi dal scancellarsi, si ampliava. Non sopportava piú comunanza né routine, scapolava la collettività, la perlustrazione e la guardia. Pierre lo lasciava vivere ed oziare, con una sorta di acida comprensione, con una certa qual querula premura e con Franco si accollò tutto il lavoro di risistemazione del presidio. In meno di una settimana esso rassomigliò all'antico presidio, ma con uomini piú collaudati. Qualcun altro si era aggiunto, emergendo per ultimo dal maelstrom invernale, cosicché ora il presidio contava una cinquantina di uomini. Anche i borghesi, sembrava, erano tornati all'antica sodalità e condiscendenza, sicché Johnny era anche piú profondamente ferito dalla constatazione che lui solo fra tutti non marciava piú come prima. In piú, risentiva come forse nessun altro quel normale, troppo normale progredire verso la primavera ed i suoi grossi, anormali fatti.

La situazione munizioni era la peggiore di tutte le scoraggianti registrate nella storia partigiana; in un serio impegno il piú fornito degli uomini sarebbe andato in secco in meno di dieci minuti, personalmente a Johnny restava un caricatore di sten. Quasi ogni giorno, una staffetta partiva da Mango per il quartier generale di Nord a chiedere degli inglesi e dei lanci. Gli inglesi indugiavano ancora presso Lampus e nessuno poteva prevedere l'epoca della loro discesa presso Nord. E quasi ogni notte si poteva sentire sulle alte colline a sud il rombo da bourru bienfaisant dei quadrimotori inglesi ed al mattino qualche sentinella giurava di aver scorto, in un momento particolarmente favorevole, l'alone dei fuochi di terra nelle conche recipienti e, addirittura, il gioco luminoso dei fari di ventre degli aerei. L'attesa era cosí esasperante che alcuni uomini minacciarono di passare ai comunisti. – Sappiamo benissimo, – dicevano, – che la Stella Rossa non riceve lanci. Ma almeno da loro uno ha subito il cuore in pace e non si rode il fegato –. E un altro, senza accenno alla transfuga: – Lampus è certamente un grande capo, ed io mi metterò sempre sull'attenti davanti a lui, ma lasciatemi dire che mi pare un po' troppo buono per se stesso.

Il giorno successivo un allarme sobered e frowned gli uomini e le cose. Borghesi in fuga dalle colline avvisarono che i fascisti della città stavano puntando oltre Trezzo a Neviglie e Mango. Pierre schierò i suoi pochi uomini – alcuni stavano in trincea con pistola pura – e attesero sotto il cielo canuto, nel vento ghiacciato. Un altro stormo di fuggiaschi avvisò che erano già penetrati in Neviglie e stavano mettendola sottosopra con grim, silenziosa minuziosità. Ne presero nota e tennero sotto gli occhi la vaga cresta di Neviglie piantata a cipressi. Non c'era niente da vedere. Tuttavia due notabili di Mango salirono alla loro posizione a domandare se erano in grado di difendere ragionevolmente il paese, se i fascisti thrusted in. Senza guardarli in faccia, Pierre disse che gli uomini avevano sí e no un caricatore a testa. Dissero i notabili: – In questo caso il paese spera che lasciate loro strada senza colpo sparare. Se non sparate, occuperanno il paese ma non dovrebbero farci nulla. Nulla alle vite, intendiamo dire. Quanto alle cose, ci siamo ormai fatti il callo –. Pierre annuí senza parole e i notabili ripartirono, mentre essi rifissavano la cresta di Neviglie. Lunghissima era l'ombra, e tetra, dei cipressi sulla neve grigia e corrotta. Finché su di essa scivolò avanti la loro avanguardia, rannicchiata e elettrica, scrutando ed annusando tutt'intorno come bestie. Ma il grosso non venne in vista e dopo un po' i pattugliatori tornarono indietro, nerastri, antennati animali sulla terra senza luce. Allora Franco si eresse e disse: – Dio santo, doverli evitare ed aver bisogno del ricontatto come e piú dell'ossigeno.

Nel pomeriggio staccarono un uomo da Nord a esporgli il rischio di oggi e a batter cassa per armi e munizioni. Tornò a mani vuote, ma con promesse. La missione inglese aveva pressoché finito con Lampus e Nord nel frattempo stava accumulando un carico per Mango: un bren e disparate munizioni. Nella notte Pierre e Johnny e Franco andarono da Costantino a sentire la radio inglese. Il bollettino non li interessava, erano tutti appuntati ai ripresi messaggi speciali ai partigiani del nord e stanotte spesseggiavano, lasciandoli in una doccia scozzese di ira e speranza e frustrazione.

Il carico tardava, furono piú puntuali i fascisti. Una grossa colonna semimotorizzata salí da Asti e senza soste e senza intralci puntò direttamente su Mango. Gli automezzi erano stati fermati a trecento metri dal paese ed ora gli uomini avanzavano verso l'obiettivo, desolato e spento e passivo in un mattino bianconero, con cenci neri d'inferno di nuvole sparse in un letto bianco latte, il cielo lo specchio perfetto della terra sottostante, con le sue chiazze di neve intatta e di terra scoperta. I partigiani scamparono verso destra, pigramente, con molte fermate, talvolta stando in piena vista, pendule le armi vuote e i pugni ficcati in tasca, senza una dirittura in tutto il loro profilo. Pierre accennò ad un loro possibile fuoco di mortai, ma questo non accelerò nemmeno un po' gli uomini. E come l'avanguardia fascista entrava nell'allea del paese, gli ultimi indugiatori stavano esattamente a metà strada fra gli invasori e il grosso di Pierre. Franco brontolò: – Vi pare davvero che ci siamo rimbandati? Questo è peggio dello sbandamento di dicembre –. Raggiunsero gli altri in una conca, il vero albergo del freddo e del diaccio, e sedettero per ore rabbrividendo al vento e alla terra bagnata. Ore passarono e dal paese occupato non sorgeva colonna di fumo né detonazione né urlio; come uno di loro osservò, essi parevano i parenti nell'anticamera di una sala operatoria mentre il congiunto è sotto i ferri. Poi alcuni uomini, non potendone piú, si levarono, con larghe applicazioni di fango sulle natiche smunte, e nauseatamente guardarono, oltre il parapetto della conca, al paese sotto tortura.

Johnny si coprí gli occhi, per accecarsi alla miseria della giornata. Quanto aveva sognato il reimbandamento nei giorni piú soli di dicembre e gennaio, e questo era quel sognato compire, quel sognato godere? Sognò di essere già con gli inglesi, era già lontanissimo da questi compagni con cui ora era ancora a contatto di gomiti e cosce, a operare per loro e non piú con loro. Si risentí orribilmente a sentirsi gomitare, ma era semplicemente Franco che gli additava la colonna fascista evacuante Mango. Stavano allungandosi serpentinamente sulla strada a Sant'Ambrogio, sculettanti, gli zaini ballonzolanti a tempo di marcetta, poi la curva li ingoiò tutti e riapparirono solo piú tardi sulla strada in cresta. Un uomo bestemmiò e risedette sul fango, quasi ci infisse il sedere. – Non aspettatevi che io rientri in paese. Non ho questa faccia. Per piacere non aspettatevi questo da me –. Franco vide il disagio negli occhi di Pierre e gli gridò di alzarsi e non far lo stupido, tutti gli ripeterono di non far lo stupido. Ma intanto Pierre aveva preso netto dominio e ordinò a Johnny e quattro altri uomini di tenergli dappresso, di accertarsi che decampassero effettivamente, che non si trattasse di un trucco.

Si precipitarono per il pendio verso la strada grande, con le freschissime impronte dei fascisti nettissime sulla patina fangosa. Nel paese la vita civile stava rinascendo, riemergendo, molto cautamente, un uomo piú ardito degli altri uscí primo sulla strada e domandò con avidità e pessimismo che mai andassero a fare ORA e Johnny non rispose, ma vide la faccia di un suo compagno, gelida, quadrata faccia, solcata da lacrime roventi di vergogna e di velleità. Intanto qualcosa doveva esser avvenuto a monte, perché di lassú si gridava a loro e si facevano segnali. Mossero intrigati a metà collina e tutto il grosso del presidio stava scendendo attorno a un carro pieno di munizioni. Pierre disse: – Fino ad ora ci siamo vergognati, ma il pomeriggio sarà diverso. Inseguiamoli, agganciamo la loro retroguardia e facciamone fuori qualcuno. – Possiamo e dobbiamo farlo, – disse Franco. Il grosso degli uomini si era buttato sul carretto ed ora lo saccheggiava con mani rapaci ed occhi ciechi. Anche Johnny ci si buttò, ma in quel momento venne chiamato dall'ufficiale che aveva comandato la scorta al carro. – Tu sei Johnny? Vieni immediatamente al comando con noi.

– Verrò stasera, – disse Johnny.

– Ordine di Nord. Vieni immediatamente su con noi.

– Che c'è di nuovo?

– Sta arrivando la missione inglese. Sarà da noi per le due. Ordine di Nord. A capo sta un certo maggiore Hupp.

– Hupp!?

– Hup, hop, hip, o hap! L'essenziale è che è un maggiore inglese e ha la trasmittente.

Johnny si guardò intorno, gli uomini si erano già tutti rimpannucciati e si eccitavano per l'inseguimento.

– Dí a Nord che verrò infallantemente stasera.

– Stasera Nord ti metterà al palo.

– Stasera, succeda quel che vuole. Mi giustificherò io

con Nord –. E si ributtò al carretto, ma era stato tutto ripulito e Johnny rimase con quel suo unico vecchio caricatore.

Si mischiò alla colonna e Franco lo guardò interrogativamente. Stava annodandosi alla fronte il suo fazzoletto azzurro. – Molto probabilmente finirà in un pasticcio, – disse Johnny, – ma ha da esser fatto. La ruota dev'esser rimessa in moto, anche se i suoi primi denti macineranno proprio noi.

Pierre disse a Johnny: – Passa in testa e tira ai 10 all'ora.

Johnny eseguí e in un minuto le sue gambe già pistonavano freneticamente, con la travolgente sensazione del terreno che gli sfuggiva sotto i piedi come una guida di velluto. Condusse cosí per un paio di chilometri e già era in vista il paese di Valdivilla. Si voltò giusto un attimo e vide dietro di sé Tarzan e Settimo che lo seguivano bene, Pierre che sgambava a mezza corsa e dietro la colonna già tutta sgranata. Penetrarono nel paese e pochi e tremuli individui li avvisarono che i fascisti si erano fermati un po' per sosta e riposo, in uno slargo fangoso si vedevano bene le impronte delle piastre dei mortai riposate. Un uomo piú calmo degli altri scosse la testa al loro piano e profetò che a parer suo non li avrebbero mai raggiunti, a quest'ora gli ultimi fascisti avevano già valicato la cresta di San Maurizio e stavano comodamente scendendosene su S. Stefano

Ma Pierre gridò di marciare avanti e Johnny riprese quel passo omicida, ogni tanto voltandosi a guardar dietro, la colonna sempre piú frazionata, qualcuno fermo ai mucchi di ghiaia, piegato, scoppiato. Pierre galleggiava ancora su quei marosi di frattura e sfinimento. Johnny braced e marciò piú forte ancora.

Dopo un'ultima curva apparve la sommità della collina, idilliaca anche sotto quel cielo severo e nella sua grigia brullità. A sinistra stava un crocchio di vecchie case intemperiate, appoggiate l'una all'altra come per mutuo soccorso contro gli elementi della natura e la stregata solitudine dell'alta collina, a destra della strada, all'altezza delle case stava un povero camion a gasogeno, con barili da vino sul cassone. Johnny rallentò e sospirò, tutto parendogli sigillare la speranza e l'inseguimento, il segnale per il ritorno a mani vuote. Si voltò e vide serrar sotto mozziconi della colonna, tutti sfisonomiati ed apneizzati dalla marcia. Quando una grande, complessa scarica dalle case fulminò la strada e Johnny si tuffò nel fosso a sinistra, nel durare di quella interminabile salva. Atterrò nel fango, illeso, e piantò la faccia nella mota viscosa. Si era appiattito al massimo, era il piú vicino a loro, a non piú di 50 passi, dalle case vomitanti fuoco. Gli arrivò un primo martellare di fucile semiautomatico ed egli urlò facendo bolle nel fango, poi tutt'un'altra serie ranging ed egli scodava come un serpente, moribondo. Poi il semiautomatico ranged altrove ed egli sollevò la faccia e si sdrumò il fango dagli angoli. Set giaceva stecchito sulla strada. Poi fuoco ed urla esplosero alle sue spalle, certo i compagni si erano disposti sulla groppa della collina alla sua sinistra, il bren frullava contro le finestre delle case e l'intonaco saltava come lavoro d'artificio. Tutto quel fuoco e quell'urlio lo ubriacò, mentre stranitamente si apprestava all'azione ad occhi aperti. Si sterrò dal fango e tese le braccia alla proda erta e motosa, per inserirsi nella battaglia, nel mainstream del fuoco. Fece qualche progresso, grazie a cespi d'erba che resistevano al peso e alla trazione, ma l'automatico rivenne su di lui, gli parve di vedere l'ultimo suo colpo insinuarsi nell'erba vischiosa come un serpe grigio, cosí lasciò la presa e ripiombò nel fosso. E allora vide il fascista segregato e furtivo, sorpreso dall'attacco in un prato oltre la strada, con una mano teneva il fucile e con l'altra si reggeva i calzoni, e spiava il momento buono per ripararsi coi suoi nelle case. L'uomo spiava, poi si rannicchiò, si raddrizzò scuotendo la testa alla situazione. Johnny afferrò lo sten, ma appariva malfermo e inconsistente, una banderuola segnavento anziché una foggiata massa di acciaio. Poi l'uomo balzò oltre il fossato e Johnny sparò tutto il caricatore e l'uomo cadde di schianto sulla ghiaia e dietro Johnny altri partigiani gli spararono crocifiggendolo.

Johnny sospirò di stanchezza e pace. La raffica era stata cosí rapinosa che Johnny aveva sentito quasi l'arma involarsi dalle sue mani.

L'urlio piú del fuoco massimo assordava, i fascisti asserragliati urlavano a loro «Porci inglesi!» con voci acutissime, ma quasi esauste e lacrimose, da fuori i partigiani urlavano: «Porci tedeschi! Arrendetevi!»

Poi Johnny riafferrò l'erba fredda, affilata. L'automatico tornò su di lui, ma con un colpo solo, quasi soltanto per interdizione, e Johnny stavolta non ricadde nel fosso, prese altre due pigliate d'erba e si appoggiò col ventre al bordo della ripa. Lí stavano i suoi compagni, a gruppi e in scacchiera, stesi o seduti, Pierre nel centro, che miscelava economiche raffiche del suo Mas nel fuoco generale. Johnny sorrise, a Pierre e a tutti, gli stavano a venti passi ma sentiva che non li avrebbe raggiunti mai, come fossero a chilometri o un puro miraggio. Comunque superò tutto il risalto e fu con tutto il corpo nel grosso della battaglia. Il fuoco del bren lo sorvolava di mezzo metro, il semiautomatico stava di nuovo ranging su lui. Chiuse gli occhi e stette come un grumo, una piega del terreno, tenendo stretto a parte lo sten vuoto. Un urlo di resa gli scrosciò nelle orecchie, balzò a sedere alto nell'aria acciaiata brandendo la pistola verso la strada. Ma erano due partigiani che correvano a ripararsi dietro il camion per di là prender d'infilata certe finestre ignivome e correndo urlavano ai fascisti di arrendersi.

Il fuoco dei suoi compagni gli scottava la nuca e gli lacerava i timpani, come in sogno individuò la voce di Pierre, urlante e vicina all'afonia. Scoccò un'occhiata alle case ma non vide che una finestra a pianterreno, ed un fascista ripiegato sul davanzale, con le braccia già rigide tese come a raccattar qualcosa sull'aia. La voce di Pierre gli tempestava nelle orecchie, incomprensibile. Braced and called up himself: questa era l'ultima, unica possibilità di inserirsi nella battaglia, di sfuggire a quell'incubo personale e inserirsi nella generale realtà. Sgusciando nel fango fece rotta su Pierre, mentre un mitragliatore dalle finestre apriva sulla loro linea e Franco ci incespicò netto, e cadde, con un maroso di sangue erompente dal suo fazzoletto azzurro, e giacque sulla strada di Johnny. Johnny scansò il cadavere, lentamente, faticosamente come una formica che debba scansare un macigno e arrivò stremato da Pierre. – Debbono arrendersi, – gridò Pierre con la bava alla bocca, – ora si arrendono –. E urlò alle case di arrendersi, con disperazione. Johnny urlò a Pierre che era senza munizioni e Pierre se ne inorridí e gli gridò di scappare, di scivolar lontano e via. Ma dov'era il fucile di Franco? Girò sul fango e strisciò a cercarlo.

Ora i fascisti non sparavano piú sulla collina, ma rispondevano quasi tutti al fuoco repentino e maligno che i due partigiani avevano aperto da dietro il camion. I fusti vennero crivellati e il vino spillò come sangue sulla strada. Poi dalla casa l'ufficiale fascista barcollando si fece sulla porta, comprimendosi il petto con ambo le mani, ed ora le spostava vertiginosamente ovunque riceveva una nuova pallottola, gridando barcollò fino al termine dell'aia, in faccia ai partigiani, mentre da dentro gli uomini lo chiamavano angosciati. Poi cadde come un palo.

Ora la montagnola ridava e ririceveva il fuoco generale. Johnny smise di cercare il fucile di Franco e tornò carponi verso Pierre. Gridava ai fascisti di arrendersi e a Johnny di ritirarsi, mentre inseriva nel Mas l'ultimo caricatore. Ma Johnny non si ritirò, stava tutto stranito, inginocchiato nel fango, rivolto alle case, lo sten spallato, le mani guantate di fango con erba infissa. – Arrendetevi! – urlò Pierre con voce di pianto. – Non li avremo, Johnny, non li avremo –. Anche il bren diede l'ultimo frullo, soltanto il semiautomatico pareva inesauribile, it ranged preciso, meticoloso, letale. Pierre si buttò a faccia nel fango e Tarzan lo ricevette in pieno petto, stette fermo per sempre. Johnny si calò tutto giú e sguisciò al suo fucile. Ma in quella scoppiò un fuoco di mortai, lontano e tentativo, solo inteso ad avvertire i fascisti del relief e i partigiani della disfatta. Dalle case i fascisti urlarono in trionfo e vendetta, alla curva ultima del vertice apparve un primo camion, zeppo di fascisti urlanti e gesticolanti.

Pierre bestemmiò per la prima ed ultima volta in vita sua. Si alzò intero e diede il segno della ritirata. Altri camion apparivano in serie dalla curva, ancora qualche colpo sperso di mortaio, i partigiani evacuavano la montagnola lenti e come intontiti, sordi agli urli di Pierre. Dalle case non sparavano piú, tanto erano contenti e soddisfatti della liberazione.

Johnny si alzò col fucile di Tarzan ed il semiautomatico...
Due mesi dopo la guerra era finita.

La lingua del «Partigiano Johnny»

di Dante Isella

Il saggio *La lingua del «Partigiano Johnny»* qui riportato è tratto dal volume B. Fenoglio, *Romanzi e racconti*, «Biblioteca della Pléiade», Einaudi-Gallimard, Torino 1992.

I ventitre giorni della città di Alba: «una trascrizione prettamente esistenziale, non agiografica, di probità flaubertiana (si pensa al referto sugli avvenimenti politici nell'*Éducation sentimentale*)». La *Malora*: un «accostamento, anche linguistico, al regionalismo neorealistico nell'accezione di Pavese». Nel loro solco, i racconti di *Un giorno di fuoco*, preceduti da *Primavera di bellezza*, nella sua «pulizia di scrittura un po' scolastica», e seguiti da *Una questione privata*, «stilisticamente meno distante da Primavera». Sono, con asciuttezza didascalica pari alla sicurezza magistrale, i rapidi, stenografici dati della cartella critica di Fenoglio stilata da Contini nella *Letteratura dell'Italia unita*. In anticipo, quanto basta perché non ve ne sia cenno, sulla divulgazione avvenuta nello stesso anno (1968) del *Partigiano Johnny*: il grande frammento di un romanzo sulla guerra civile nelle Langhe, tra il 1944 e l'inizio del 1945, che lo scrittore (per ragioni che si lasciano penetrare solo in parte) rinunciò a portare a compimento; rimasto quindi nei suoi cassetti, quando sembrava ormai prossimo a pubblicarlo.

Nel diagramma tracciato il *Partigiano* si pone come un'esperienza stilistica nuovamente diversa che ne segna la punta piú alta: una prova di oltranza espressiva concessa soltanto alla piena maturità. Ardua da intendere, va da sé, e dunque difficile da accettare dalla convenzione linguistica; impresentabile innanzi tutto per giudizio dello scrittore stesso, quando alla libertà trasgressiva della sua avventura solitaria davanti al foglio bianco subentra la necessità di presentarsi in pubblico: «Exilé sur le sol au milieu des huées», come l'albatro baudleriano. Dall'estrema audacia, dalla tensione di una scrittura caricata di tutto il senso del proprio vivere, all'obbligata osservanza del galateo delle convenienze sociali, il passaggio comporta (non solo per un *outsider* di provincia) un pedaggio molto pesante. Si pensi alla lingua del *Partigiano* e a quella di *Primavera*, rielaborata un'ennesima volta prima di ottenere l'*exaequatur* editoriale.

«Adesso ti dirò una cosa che tu non crederai: io prima scrivo in inglese e poi traduco in italiano»: confidò Fenoglio a Calvino, in un bar di Alba, nel '56 o '57. E appena qualche anno dopo, parlando delle molte ragioni del suo scrivere («Scrivo per un'infinità di motivi. Per vocazione *ecc.*»), non nascondeva di farci «una fatica nera»: «La piú facile delle mie pagine esce spensierata da una decina di penosi rifacimenti. Scrivo with a deep distrust and a deeper faith». Niente di piú errato, però, che immaginarsi un Fenoglio curvo sul suo scritto per un minuto lavoro di lima, intento a una schifiltosa politura formale. I «penosi rifacimenti», nel caso di *Primavera di bellezza*, prima parte del romanzo del *Partigiano*, sono riscritture radicali, sul piano inclinato di una progressiva compressione della forza dirompente delle stesure precedenti: quelle, fortunatamente per noi, che per la seconda parte non sono andate distrutte, perché utilizzate tra il '59 e il '61 (attraverso il romanzo da noi chiamato *L'imboscata*) per le tre redazioni di *Una questione privata*: un equivalente, all'incirca, della *Primavera*.

«Probabilmente, – dice Calvino, – di tutti gli scritti di Fenoglio che conosciamo ci sono state stesure "alla Partigiano Johnny" che oggi daremmo un occhio per avere, e che probabilmente lui distruggeva, come testimonianze del suo oscuro travaglio». La supposizione è soltanto immaginaria, ma la singolarità del caso nulla toglie al suo valore esemplare.

Piemontese di Alba, vale a dire dell'estrema periferia della nostra carta linguistica, Fenoglio appartiene ancora a una generazione d'italiani per i quali la lingua viva è il dialetto, mentre l'italiano è la lingua appresa sui libri, perlopiú non usata nei rapporti della vita quotidiana. La scelta degli studi classici e l'iscrizione al ginnasio, per chi come lui appartiene al ceto popolare, corrisponde, nel giudizio comune (e nei disegni di sua madre), a una promozione sociale. Nei comportamenti della piccola borghesia di provincia ciò significa anche l'abbandono del dialetto per l'italiano; tanto piú in epoca di politica fascista, contraria ai dialetti in nome dell'unità linguistica della nazione. (Tra parentesi, osserveremo che anche negli oppositori al regime la cultura letteraria dell'*entre deux guerres* tende al monolinguismo). Sicché l'italiano, sempre sentito da un periferico come un mezzo espressivo artificiale e distante (la «grammatica» rispetto alla lingua succhiata col latte della balia), si connota pure come la lingua della falsificazione propagandistica della dittatura e dei suoi riti celebrativi (Fenoglio, classe 1922, è obbligatoriamente balilla fin dall'iscrizione alla prima elementare). L'incontro con l'inglese, sui banchi del primo ginnasio, ha per lui il valore di una rivelazione; è la scoperta, tra i soliti imparaticci scolastici, di una lingua magica, di un «apriti Sesamo» con cui avventurarsi, negli anni dei giochi dell'adolescenza, in un mondo tutto suo, piú affascinante e piú degno della realtà che gli sta intorno. Da una parte la lingua dell'imposizione totalitaria e della piccola promozione borghese, dall'altra la lingua della conquista di una cultura e di una civiltà diverse, un continente sconosciuto e incantatore: è una scelta da cui restare segnati per sempre, con un senso orgoglioso della propria differenza che Fenoglio mantenne gelosamente per tutta la vita; compiacendosi, anche come scrittore, che lo si considerasse un «irregolare» (anzi, «l'irregolare»), o che lo si definisse non un letterato di professione, ma un «gentleman writer». Pietro Chiodi, che gli fu professore di storia e di filosofia nell'ultimo anno di liceo, ha scritto che fin da ragazzo Fenoglio «si era immerso, come un pesce si immerge nell'acqua, nel mondo della letteratura inglese, nella vita, nel costume, nella lingua, particolarmente dell'Inghilterra elisabettiana e rivoluzionaria: viveva in questo mondo, fantasticamente ma fermamente rivissuto, per cercarvi la propria «formazione», in una lontananza metafisica dallo squallido fascismo provinciale che lo circondava». Nessuno avrebbe saputo cogliere meglio il senso vero di quell'esaltazione che in superficie si sarebbe potuta scambiare per altro: «L'immedesimazione di Fenoglio col mondo dell'Inghilterra rivoluzionaria non era per lui un'evasione da ingenuo provinciale, come qualcuno ha creduto. Fenoglio detestava i letterati di mestiere, ma era sufficientemente scaltro e colto per non cadere in ingenuità di questo genere. Fenoglio andava alla ricerca di un modello umano, di una "formazione", di uno stile diverso da quello che il "fascismo" gli offriva». Per sua confidenza diretta, piú volte ripetuta, egli aveva spesso sognato di essere un soldato dell'esercito di Cromwell, «con la bibbia nello zaino e il fucile a tracolla».

Rispetto all'italiano imparato sui libri, mezzo espressivo artificioso, squalificato dalla sanguigna concorrenza del dialetto, l'inglese gode, per l'adolescente Fenoglio, del privilegio di essere una pura esperienza mentale: la lingua degli autori delle sue letture appassionate, del grande teatro, della poesia impervia dei suoi autori piú diletti (Skakespeare, Marlowe, Hopkins, Coleridge, ecc.). La lingua della sua rivincita intellettuale sul proprio ambiente. Piuttosto che l'aspetto comunicativo (scarse o nulle è da credere che siano state per lui, in quei tempi, le occasioni di sperimentarne la semplicità pragmatica), ne può apprezzare essenzialmente i valori espressivi. Gliene resterà, indelebile, soprattutto l'idea, tutta sua, di una lingua non grammaticalizzata, duttile, scomponibile e ricomponibile, nei suoi elementi costitutivi, con estrema mobilità. È questo un punto essenziale per spiegarsi perché mai nel *Partigiano* egli faccia ricorso in prima istanza all'uso dell'inglese: che è il mezzo in cui individua il massimo di libertà espressiva realizzabile in funzione di un'esperienza autobiografica intensamente vitale: la piú alta che avesse mai tentato di fissare sulla carta.

Senonché, in un secondo tempo, il suo sforzo, come scrittore italiano, deve necessariamente tendere a trascrivere quel primo getto, liberissimo e del tutto privato, in lingua italiana; adoperandosi, naturalmente, perché non vadano perse, o il meno possibile, le peculiarità della scrittura originale. In questa fase l'inglese continua ad essere presente in forza del notevole residuo di parole o frasi inglesi che permangono nella pagina, quasi "testimoni" dello stadio iniziale, e dei numerosissimi calchi linguistici; ma è presente soprattutto come modello su cui esemplare l'italiano stesso.

Chi si è occupato competentemente dell'inglese di Fenoglio ne ha messo in evidenza il forte tasso di arbitrarietà o inventività, che lo contrassegna come un privato idioletto; sicché taluno, spiritosamente, lo ha chiamato «fenglese». L'italiano modellato su di esso è altrettanto inventivo e arbitrario. Non però espressionistico, se di espressionismo in senso proprio è lecito discorrere nei casi di urto drammatico tra rigidità dell'istituto linguistico e impulsi espressivi, tra compressione normativa ed espansione trasgressiva. La forza liberatoria della prosa del *Partigiano* si sviluppa, al contrario, da un'idea di lingua plastica, malleabile a proprio talento; e opera sfruttando, al limite estremo, le possibilità implicite nell'italiano, come in diverso grado in ciascun sistema linguistico, i cui meccanismi creativi, anchilosati per lo scarso uso, vengono vitalmente riattivati. Non, dunque, una lingua raggelata, fossile, con cui scontrarsi; ma una lingua magmatica con cui collaborare creativamente. Il risultato è una prosa incessantemente produttiva di neoformazioni lessicali, morfologiche e sintattiche[1].

Si prendano le forme con prefisso negativo. Fenoglio ne sperimenta tutti i tipi, mostrando una sovrana disinvoltura

[1] La descrizione che segue viene, di necessità, a coincidere in molti punti con il quadro delineato da Luigi Beccaria nel suo bel saggio *La guerra e gli asfodeli – Romanzo e vocazione epica di B. F.*, Serra e Riva, Milano 1984; se ne differenzia per l'ambito testuale preso in esame (da noi ristretto al testo del solo *Partigiano* quale si legge in questa edizione), per il suo carattere di sistematicità, anziché di larga campionatura, e per la diversa impostazione che discende dai diversi percorsi critici. I quali, peraltro, finiscono per avere vari punti di stretta concordanza.

nel muoversi tra l'uno e l'altro sistema linguistico, l'italiano o l'inglese (ma anche, per altri aspetti, il francese, il greco, il latino, il dialetto). Troviamo pertanto:

1) serie con il prefisso *in-* (mantenuto talora integro, senza assimilazione alla consonante successiva):
immaneggevole, *impensosa*, *imperseguitata*, *inaiutante* («suolo i.»), *inallusivo* (detto di cielo che non lascia intendere l'ora del giorno), *inallusività*, *inapparire*, *inapprensivo*, *inarrossente* (discorso), *incapente*, *incollaudati*, *incollettivo*, *incommentante* (in PJ2 *laconica*), *incongeniale*, *indilagabile*, *indisquisibile*, *infrenante*, *inintermittente*, *inlavata* (cui corrisponde *unwashed*), *inmascherata*, *inprotetti*, *inrancorosa*, *inreplicante*, *inrichiesta*, *inrinunciabile*, *insimpatetica* (cui corrisponde *asympathetic*), *insolidale*, *insostanzialità*, *intacente*, *irriservata*, *irrispetto*. Parimenti, per l'inglese: *inimpressive*, *insunny* («l'i. del portico»), ecc. ecc.;

2) serie con *non-*:
non-joy, «la n. del suo cammino», *nonridente*; *non sazietà*, «per n. di abbraccio e festeggiamento»;

3) serie con *a-* privativo:
amarziale, *anarrativa*, *apungiglionati*, *aselettiva*, *asimpaminico* , *asolarietà*, «la sua stessa a. sorda anonimizzava il giorno», *atabagico*, 'nemico del fumo'; e persino *agnomi*, 'senza nome';

4) serie con prefisso inglese *un-*:
unentrato, «Mango, ancora u.», 'non penetrato (dai fascisti'), *unintenzionali*, *unrisparmiante*, *unsceglibile*, *unvedenti*. Cfr. ingl. *unquenchable*, *unwashed*, ecc.

Minor tasso di novità, oltre che una minore frequenza presentano altri composti prefissali:

re- (sempre conservato integro): *reimpiantare*, *reincamminiamoci*, *reindirizzarono*, *si reimbarcavano*, *si reindurí*, *reinfilò*, *reinstaurare*, *reuscí*, *revitalizzò*);

s-: *spreciso*, 'impreciso'; (con valore intensivo) *sgrattare*, 'grattare'.

Massima è la libertà nelle formazioni aggettivali, mediante i piú diversi suffissi, tra cui particolarmente produttivi risultano *-ico* e *-oso*:

-ale: *ciboriale* («riflessi ciboriali», da ciborio); *fattoriale* («maritale e f.», 'di marito e fattore'); *lemurale* ('simile a lemure', ingl. *lemurine* o *lemuroid*; v. anche *lemurico*); *medicale* («aria quasi m.», 'di medico'); *pianurale* (esistenza –); *puntale* («un gracchiare nevrotico come p.»);

-are: *giunglare* («vita animale-g.»), *isolare*, 'insulare';

-ario: *minutaria* («solitudine m.», 'di qualche minuto', PJ1 «contingente»), *rivincitaria* («aria r.», fatto su *rinunciataria*, 'da rivincita');

-asco: *rivasco* («boschi-aschi»);

-astico: *orgastica* (bocca);

-atile: *acquatile*;

-ato: *agguatata* (gente), 'appostata in agguato' (cfr. *gli agguatanti*); *alabastrata* (fronte); *arressato* («a. stradale»), («sedendo arressati sull'ammattonato»; cfr. *ibid.* «si districava dalla ressa accosciata»); *bozzata* (fronte; v. anche *bozzosa*); *cespugliato* («altipiano ondulato e c.», cfr. ingl. *busched*); *malesserato* (cfr. ingl. *disease / diseased*; fr. *malaise / malaisé*); *penombrato* («p. vestibolo»; fatto su *ombrato*); *petroleata* («mano p.»), 'sporca di petrolio' (sull'ingl. *petroleum*); *pomiceata* («la pelle stupendamente p. dal sudore»), 'liscia e lucida come tirata a pomice' (cfr. ingl. *pumiced*); *tossicato* («un t. sollievo»); *uggiata* («u. insensibilità del routinier»); *zigomato* ('dagli zigomi pronunciati');

a cui sono da aggiungere i participi aggettivali:

addizionato, 'potenziato', 'accresciuto', 'appesantito'; *aerizzato* («del tutto senza peso e a.»); *affinestrate* («donne a.»); *aggressivizzato*, «un giovane, acceso, a. dalla sicurezza di sé»; *anicizzata* («acqua a.»); *apneizzati* ('sfiatati': «tutti sfisonomiati ed a. dalla marcia»); *avarificati* («borghesi scettici, imbronciati ed a.»); *carreggiata* («aia c.», 'ingombra di carri'); *cellofanato*, campanili «superni, inarrendibili, cellofanati» (cfr. anche *cellofanare*); *culsaccata* (falange), dal fr. *cul-de-sac*; *forcipata*, «la lenta f. nascita della coscienza fiscale in Italia»; *grinzato*, «un vecchio opuscolo, g. ed ingiallito»; *guarnigionata*, «Alba era g.»; *impostate*, 'munite di imposte' (in PJ2 *persianate*; cfr. ingl. *shutter / shuttered*); *inconsistentizzato*, «i. ed insieme appesantito»; *incuriato* («vialetto i.»), 'in stato d'incuria'; *indivisati*, «uomini armati e i.», 'muniti di divisa' (v. anche piú sotto, tra i calchi lessicali, *uniformati*); *infenomenizzata* ('non visibile': «facevano commenti sulla precedente, i. battaglia»); *intemperiate* ('rovinate dalle intemperie': «un crocchio di vecchie case i.», cfr. ingl. *weathered*); *liquidificato* (cervello); *occhieggiata*, «sassosa platitudine o. da pozze d'acqua»; *orbinato*, «il corpo dell'o. giaceva *ecc.*»; *parentato*, 'imparentato'; *pestilenziato*, «Il paese appariva p. e quarantenato»; *piacevolizzata*, «voce p. e rasserenantata dalla dolcedine dell'olio di rabarbaro»; *plumbeizzato*, «verde smorto, p.»; *quarantenato* ('posto in quarantena': v. *pestilenziato*); *rasserenantata* (v. *piacevolizzata*); *sciamato*, lo spiazzo «tra i due versanti, s. di fascisti» (cfr. «un autocarro sotto carico, swarmed about da uomini *ecc.*»; ma anche: «le due rive dovevano sciamare di loro»; «colline non piú sciamanti»; *sepolcrato* («paese s.»), 'ridotto a un sepolcro'; *sfisonomiati* ('sfigurati': v. *apneizzati*); *smorfiato* («smorfiata determinazione»), 'visibile dall'espressione del viso'; *spiralato* (ingl.

spiralled: v. *spiralare*); *sudariato* («quell'antico formicolante rendez-vous di partigiani, ora s. in vacua solitudine e vesperalità»), 'avvolto nel sudario', 'sepolcrale'; *vilificato*, «tutto smorto e v. dalla luce non luce»;

-eo: *achilleo* («cadavere... a.»), *petrea* (configurazione), («[la città] aveva una sostanza non petrea, ma carnea») (scarpa) («le petree guance di Ivan e Luis [morti]»);

-esco: *bufalesco*, «Il primo [uomo], b. nell'ombra, armò lo sten»; *carillonesca*, «puntuale e c., come un semplice avviso fonico, arrivò dentro la prima pallottola» (dal fr. *carillon*); *fachiresco* (corpo); *giocattoleschi*, «i berrettucci, g., dei big-craped soldati tedeschi»; *mannequineschi*, «uomini rigidi e alteri, inevitabilmente m.» (dal fr. *mannequin*); *streghesco* («un ultimo s. gioco di luce ed ombra»); *uccellesca* («voce acerba, u.»); *ziesco* («occhio z.»);

-evole: *tardevole*, «la sua non piú t. chiamata», 'che non può piú tardare molto';

-ico: *acmico*, «L'antagonismo era a.»; *acrocorico*, «la sicurezza dell'a. centro azzurro»; *adrenalinico* («bisogno a.»); *asfodelico* («piano a.»); *asimpaminico*, «un puritano di inibizioni lucide e folli, atabagico, sinalcolico, asimpaminico», 'che si astiene da eccitanti'; *atabagico*, 'non fumatore' (v. la voce preced.); *attimico*, «comparve a. come ai raggi X» (v. anche il fenglese *attimically*); *Ettorico*, «la sua congenita, Ettorica preferenza per la difensiva»; *lazzarico* (il «basso sudario brumoso che avviluppava il l. paese»); *lemurico* ('simile a lemure', ingl. sost. *lemure* / agg. *lemurine* o *lemuroid*; v. anche *lemurale*); *mammutica* (collina); *martirico*; *matusalemmica* (vecchiaia); *metronomica* (voce), 'regolare' (cfr. *metronomia*); *necropolico*, «villaggio, deserto, n.»; *orgasmica* (moto di o. stupefazione); *peanico*, «il suo p., fatidico giorno d'ingresso nei partigiani»; *polifemica*, «p. massa del Seminario»; *profilico*; *radarico* (occhio r.), «piede r. nell'intatta tenebra»; *sfingico*, 'sfingeo'; *sinalcolico* (v. *asimpaminico*);

-ido: *acrido* («lezzo a.»), («nell'acrida presenza degli spettri dell'esercito del re») («gusto a.»);

-ile: (*mercatile* («[borgo] ferroviario e m.») («traffico m.») (lavori mercatili»);

-istico: *bordellistico* («scopo... b.»); *fiorettistico*, ragazze «eleganti, con un sigillo di città, smaliziate, fiorettistiche» (in PJ2 *schermitrici*); *humouristica* («attenzione h. e sbieca»);

-ivo: *tentativa*, 'fatto per puro tentativo, senza un piano preciso': «in t. caccia all'uomo», «il fuoco riprendeva, astioso e t.», «un fuoco di mortai, lontano e t.»;

-izio: *mendicatizia*, «la m. ricerca di legna da ardere»;

-*oso*: *acciaioso* («a. lampo negli occhi»); *annegoso* («fiume a.»); *arancioso*, «bere qualcosa di a.»; *birignaosa*, «voce brillantinata, b.»; *bloccosa* («tenebra b.»); *bozzosa* (fronte), *brividosa* (esperienza) (paura); *caffelattose*, «piazzette c.», 'color caffelatte'; *carbonioso* («i boschi neri, come carboniosi») («atmosfera carboniosa»); *cellulosa*, «neve compatta e c.» (permutato da sost. ad agg.); *coloso* (sentiero); *correntoso*, posto «freddo e c.»; *fatoso*, 'che decide del proprio destino'; *fremitoso*, «giorno vuoto e f.»; *frodosa*, «f. torma di pezzenti»; *guazzosa* («erba g.»); *incubosa* (solitutidine), -*o* (sonno) (atterraggio) (notte), «il respiro i. della città»; *lastroso* («l. specchio d'acqua»; cfr. «una distesa di lastre d'acqua»); *macignosa* («oscurità... m.»); *mammellosa* (collina); *motosa* («erta m.»); *patinoso*, «il vecchio, p. sentore di cucina»; *radicoso* (terreno: 'irto di radici'); *ragnosa*, «la sua figurina r.»; *rovoso* («verde r.»); *sessuosa*, «s. caldanza e stemperanza della casa»; *sognosa*, «un'atmosfera s.», -*o* (donde anche l'avverb. *sognosamente*); *squalloroso* (presente nel sost. astratto *squallorosità*); *stagnoso* («fregio s.»); *sudoroso* («smaniare s.»);

-*uta*: *dentuta* (acrimonia).

Ricchissima è anche la categoria delle neoformazioni nominali mediante suffisso, specie dei sostantivi astratti in -*ezza* e in -*ità* (il cui uso eccezionale, come ha rilevato la Soletti, è una connotazione tipica dei poeti metafisici, e di Melville, dove si rifà a Coleridge):

-*anza*: *caldanza*, *stemperanza*, 'rilassatezza';

-*ata*: *pigliata* (sost. fem.: «prese altre due pigliate d'erba», 'si riafferrò due altre volte all'erba');

-*atore*: *rappresagliatore*;

-*enza*: *rilucenza*, *travolgenza*;

-*ezza*: *affilatezza*, *bassatezza* (v. anche *bassaterra*, ingl. *lowland*), *bilanciatezza*, *brillantezza*, *compositezza*, *dinoccolatezza*, *direttezza*, 'franchezza' (cfr. ingl. *direct*, 'schietto', 'sincero'), *disperatezza*, *frustatezza*, *grezzezza*, *immotezza*, *serratezza*, *sigillatezza* (cfr. *sealedness*), *sradicatezza*, *stufezza*, *tremolantezza*;

-*ia*: *metronomia*, 'regolarità' (da metronomo); *rumoria* 'rumorio';

-*io*: *russio*;

-*ione*: *incussione* («i. della paura», da 'incutere'); *trafissione* («sentendosi esposti e nudi, per t.»);

-*ità*: *aerità*, *asolarietà* 'mancanza di sole', *brullità*, *cameratità*, *casalinghità*, *circuitità* (PJ1 *circlingness*), *deleterietà*, *desertità* (ingl. *desertness*), *destità*, *diminutività* ('piccolezza', ingl. *diminutiveness*); *ertità*, *filtrosità* (della notte), *fortuità*, *fradicità*, *freddità*, *gelidità*, *glabrità*, *inermità*, *inodorità*, *intattità*, *lussurità* ('lusso'), *massiccità*, *minuscoli-*

tà, *nervità*, 'vigore', 'vitalità' («la formidabile n. delle loro gambette»), *neutrità*, *picciolità*, *pronità* ('posizione prona', *rauchità* (ingl. *hoarse*, *-ness*), *roseità* («l'esaltata r. delle guance»), *rossità*, *scarsità* (sost. plur., 'cose che scarseggiano'), *scattità*, *selvaggità* (ingl. *wild*, *-ness*), *sfondità*, *singolità*, *sodalità*, *sospirosità*, *squallorosità*, *tremendità*, *trucità*, *vaghità*, *vesperalità*, *vividità*;

-izione: *partorizione*; *preficazione* («le donne già scendevano... per un tocco di p.»; cfr. *ibid.* «fare un po' di pietà'»); *trafissione*;

-mento; *cacaramento* («lo zampettio e il c. del pollame in libertà sull'aia»: voce onomatopeica del verso dei polli);

-o: *aggrappo*; *incespico*; *lecco*; *risguardo* ('sguardo di rimando', da *risguardare*); *risollievo* (deverb. di *risollevare*, «la neve era femminilmente cedevole all'affondo e maschilmente ostile al r.»); *ronfo*, *sbircio* ('sbirciata'); *sfrego* («lo sfrego di un fiammifero era un grande rumore»); *sollevo* (s.m., 'sollevamento': «s. di ciglia»). Sono invece casi di metaplasmo: *sagomo* (in PJ1 *volume*); *scatolo* («lo scatolo della radio»); *stagnolo* («La cioccolata, svolta dal suo rugginoso s.»).

Nel verbo si segnalano soprattutto due tipi di formazioni suffissali: quello dei verbi in *-are*, *-arsi*, ricavati direttamente da un nome o aggettivo (in corrisponenza spesso con forme dell'inglese in cui si ha identità di nome o aggettivo e verbo); e quello in *-izzare* (ingl. *-ize*; cfr. *soberized*, invece del normale *sobered*):

-are, *-arsi* (talvolta coi prefissi, *dis-*, *in-*, *s-*): *agilitarsi*, 'farsi agile'; *alettare*, 'sventolare' («Némega alettò una mano»); *attritare* («I suoi diaframmi interni attritarono orribilmente»; *balbuziare* (altrove la forma lett. *balbutire*; fatto su *balbuzie*, cfr. ingl. *stammer / to stammer*; *stutter / to stutter*); *botolare* (cfr. ingl. *mongrel / to mongrelize*: «con una cert'aria d'ebreuccio... per via del cappotto d'agnello invernale che gli botolava il suo corpo minuto», 'ingoffire', 'rendere tozzo'); *calmificare* (*-ante*); *camusare*, 'rendere camuso'; *cellofanare* («apparivano cellofanati da una luce crepuscolare»), («una callous insensibilità si stese, cellofanò tutto il suo corpo»); *compietare* («Johnny attraversava la città, compietandola»); *cozzonare* («il contadino cozzonava avanti il fascista», 'sospingere come un cozzone': «qualcuno di essi fungeva da cozzone»); *danzerellare* («-anti nebbioline»); *disfumare* («la piú efficace ammoniaca per disfumarlo»), trans. 'far passare a uno i fumi della sbornia'; *disrivarsi* ('staccarsi dalla riva': «ordinò ai traghettatori di aspettare a d.»); *ellissare* («Dalla casa partí verso il cielo di ghisa un verry rosso che ellissò allegramente»); *enormizzarsi* ('farsi enorme': «la scoperta si enormizzò»); *fontanellare* ('sprizzare come una fontana': «Il culmine del ciglione su Belbo fontanellava di colpi»); *frissonnare* ('rabbrividire', fr. *frissonner*); *fungare* («Ma non fungarono el-

metti», 'spuntare numerosi come funghi'); *gemitare* ('gemitio'); *gramignare* (la «barba gli gramignava le guance»); *gridolinare*; *immassicciarsi*, 'farsi massiccio'; *imperigliare* ('mettere in pericolo': «antico cancello imperigliato dai grandi venti», «i loro sbalzi avanti grandemente imperigliati... dalla loro scattante instabilità sul terreno»); *improperare* ('coprire d'improperi': «stava dentro sé improperando il suo uomo»); *indivisarsi*; *lezzare*, «lezzava di foglie marcite» (cfr. ingl. *stink / to stink*); *mareare* («-ante erba»); *morsare*, «la neve... gli morsava le ginocchia bollenti», 'serrare come una morsa' (ingl. *vice / to vice*); *moschettare* ('tirare col moschetto'); *olocaustare* ('ripagare col proprio sacrificio': «avrebbe dovuto morire mille volte per o. il fascista ucciso»); *paccare* ('trattare amichevolmente a pacche', cfr. ingl. *to slap*: «vennero salutati, paccati, baciati e smorfiati tutto in reciprocation»), («La mula lavorava, paccata e accarezzata dagli uomini inteneriti»), («La paccò dietro [la lupa] per avviarla»); *panicarsi* (cfr. ingl. *to panic*: «B. si sarebbe addirittura panicato»); *pastare* (ingl. *to paste*: «non poteva soffrire quel tabacco inglese, cosí aderente e pastante»); *pavonare* (ingl. *to peacoke*, 'fare il pavone'); *pedare* (inf. sost., 'calpestio'; ingl. *to foot*); *periplare* («attesero che la luna periplasse *ecc.*); *pistonare*, 'lavorare come un pistone': «La mitragliera... stava già potentemente pistonando», «altre due mani pistonavano con le sue sul corpaccio», «le sue gambe già pistonavano freneticamente»; *pungiglionare* ('pungere', «Il mortale insetto... li aveva pungiglionati a morte»); *quartare*, 'dividere in quarti una bestia macellata'; *rafficare*, 'colpire con una raffica' (ingl. *to burst*): «Due preti... di cui uno rafficato tra le fiamme», «soffi di terra rafficata»; *remorare*, 'impacciare', 'attardare': «Il ragazzo si aggrappò a Pierre, remorandolo nel guado»; *rivolare*, 'scorrere', 'ruscellare' (da 'rívolo'): «una gelida, sporca acqua che morosamente rivolava»; *sarcasmare*, 'dire con sarcasmo'; *scafandrarsi* ('chiudersi in se stesso come in uno scafandro': «si scafandrò in un impenetrabile segreto tecnicistico»); *scattinare* ('scivolare', v. anche *schettinare*; cfr. ingl. *skate / to skate*: «gli uomini scattinavano ancora e soltanto sul terreno magnetizzato») («ridicolizzati dal quel loro s. senza meta sulla terra scivolosa»); *schettinare* (lo stesso che il preced., 'scivolare': «schettinando all'impazzata sul fango traditore»); *scodare* ('scodinzolare': «scodava come un serpente»); *sgarrettare* (fatto su *sgambare*, ma trans.: «gli altri sgarrettavano l'ultima salita»); *sgiogare* (l'inverso di 'aggiogare'); *siluettarsi* ('profilarsi come una silhouette': «Pierrre ci si siluettò per un attimo, poi sparí e con lui la luce»); *smenare*, 'smanacciare', forse errore per *smanare* («Essi ammazzano urlando e smenando»); *smorfiare* (tr.: v. *paccare*), (assol., 'fare una smorfia'; cfr. ingl. *to grimace*); *snevare* (la strada); *spallare* ('portare a spalla': «gli uomini spallavano... tutte le cose di casa che tradivano un contatto, un uso partigiano»), *spallarsi* ('aprirsi la strada a spallate', cfr. ingl. *to shoulder*: «J. si spallò dentro», «J. rispallò fuori», «movimento spallante») (di gente che si fa largo a spallate); *spiralarsi* ('avvolgersi o innalzarsi a spirale', v. anche *spiralato*; cfr. ingl. *to spiral*); *stamburare* ('far risuonare come un tamburo': «l'asfalto stamburava troppo la corsa»); *stascare* (tr.: le mani); *sterrare* ('sollevare da terra': «il partigiano calciò nel sedere il primo, il secondo, letteralmente sterrandoli»), *sterrarsi* ('liberarsi da', 'mettersi in moto': «Il carro si sterrò»), «si sterrò dal fango»; *tettare* ('fare da tetto': «nel bosco tettante»); *ticcare* ('avere dei tic': «ansiosi e ticcanti»); *tinnare* ('tintinnare': «ghiaia tinnante». Cfr. «le tinnanti scatole» di Montale, in *Caffè a Rapallo*); *traliciare*, 'guardare in tralice':«muti e tralicianti anche ai compagni»; *urgenzare* ('sollecitare': «L'uomo...urgenzava la bestia con una voce rauca e spaurita»; ingl. *urge / to urge*); *verticare* ('vacillare', 'ondeggiare': «L'ondata [dei partigiani] verticò e si abbatté, travolgendo *ecc.*»; PJ1 *toppled*);

-eggiare: *tonnelleggiare* (ingl. *tonnel*, 'tonnellata': = 'pesare enormemente': «Le scarpe di J. tonnelleggiavano per il fango»);

-fare, *-ificare*: *gelidificarsi*, «la neve gelidificandosi sotto il neonato già artico vento», «dove questa [la neve] non era gelidificata» (cfr. *icefying*, fatto su *terrifying*) *gigantificare* ('ingigantire': «gigantificante uniforme»; v. anche il sg. e *nanizzare*); *nanifare* («Erano enormi... nanifacenti gli uomini», 'rendere piccoli come nani', 'impicciolire', cfr. ingl. *to dwarf*; v. anche *nanizzare*);

-ire, *-irsi*: *approfondire*, 'farsi profondo' («il letto del torrente approfondiva un poco»; cfr. ingl. *to deepen*); *benvenire* (trans.), 'dare il benvenuto' («Camminava verso la lontanissima Langa... benvenendo e godendosi i tratti pianeggianti»; cfr. ingl. *to welcome*); *brividire*; *dolorire*, «un tessuto sensibile che dolorí e sanguinò un poco»; *inertirsi* («il poderoso versante si inertiva»), *infrequentirsi* («I turni di guardia... si erano notevolmente infrequentiti»); *inseverire* («un cielo biancogrigio che inseveriva tutte le colline»);

-izzare: *acrobatizzare* («a. con le probabilità»); *cabalizzare* («Non cabalizziamo»); *circolarizzare* («circolarizzò un benevolo sguardo alle guardie», 'guardare circolarmente'); *endemizzare* («un serio male [...] endemizzò di febbre tutto il suo tetragono corpo»); *microscopizzare*, 'rendere microscopico'; *minutizzare* ('rendere breve': «Per accorciare, m. la sua agonia») ('osservare minutamente': «era già chino su lui, ed esaminava, minutizzava e deduceva»); *miserabilizzare* («l'argine e il greto erano desolati, miserabilizzati dalla stessa miserabile apparenza del reparto fascista»); *ottimizzare* («Il cibo speciale l'aveva fortificato ed anche ottimizzato»); *nanizzare* («fascisti... nanizzati dalla distanza»; v. anche *nanifare* e *nanificare*) («i camions tedeschi, anneriti e nanizzati dalla lontananza»); *simbiosizzare* («Erano ingessati di fango e pioggia, dal fango simbiosizzati alle loro armi»); *superfluizzare*, 'rendere superfluo'; *umoristizzare* («umoristizzato dal cappottone»).

Nell'alto uso degli avverbi in *-mente* («A vista d'occhio, il movimento ed il traffico s'era diradato, epidermicamente, e quel poco s'era sensibilmente accelerato, i passanti quasi apparivano velocitati, comicamente, come personaggi nei films di Ridolini») degni di nota sono:

argenteamente; *colonnarmente*, 'lungo la colonna vertebrale'; *conquistantemente* («profumava... c.»); *fremebondamente* («erba f. fradicia»); *morosamente* ('cupamente', ingl. *morosely*) («una gelida, sporca acqua che m. rivolava *ecc.*»); *niagaricamente* («Il pomeriggio e la sera precipitarono, n.»); *recessionalmente* ('tirandosi indietro', 'retrocedendo': «eluse i ringraziamenti, r.»); *regimisticamente* ('nello stile del regime fascista': «un grosso fabbricato... r. identico a tutti i granai del popolo d'Italia»); *remunerativamente* ('con alto rendimento', ingl. *remunerativly*: «E sulla stradina di cresta si pose a camminare agiatamente, r., sorpassando una casa solitaria che egli vagamente conosceva per nome Cascina di Langa»); *restiamente*; *rovesciatamente* (ingl. *reversely*: «caricavano r. sul camion», 'rovesciavano sul camion riempiendolo'); *sognosamente*; *stranitamente*; *suicidalmente* (ingl. *suicidally*).

Un'analisi esaustiva evidenzia anche vari calchi (in senso tecnico) dell'inglese, siano essi calchi lessicali o sintattici (di cui si dirà piú sotto):

aggettivi: *apologetico* (ingl. *apologetic*, 'di scusa'): «Assunse un tono ed un atteggiamento a.»; *basale* (ingl. *basal*, 'fondamentale'); *conversazionale*, «compagnia c.» «in atteggiamento e spirito c.» (ingl. *conversational* 'di conversazione'); *diminutivo* (ingl. *diminutive*, 'minuscolo', 'minuto': v. anche *diminutività*, ingl. *diminutiveness*); *esperimentale* (ingl. *experimental*); *idiotico* (becchino) (andirivieni) («Era idiotico... prendere una scorciatoia») («faccia i.») (ingl. *idiotic*), 'ebete', 'insensato'; *impressivo* (ingl. *impressive*, 'impressionante'; cfr. *unimpressive*); *meniale* (ingl. *menial*, 'servile', 'che fa lavori servili'); *mimeografata*, 'ciclostilata' (ingl. *mimeographed*); *moroso* (ingl. *morose*, 'cupo', 'imbronciato'; cfr. *moroseness*); *oratoriale*, «guardò circolarmente l'assembramento... e si avviò verso la balza o.» (ingl. *oratorial*); *orgastica*, «fu un altro ufficiale a parlare, un ufficiale sui cinquant'anni, con una faccia dura e la bocca o.» (ingl. *orgastic*, 'in preda ad orgasmo'); *pellicolare*, «scattò in piedi in p. magrezza» (ingl. *pellicular*), 'tutto pelle'; *polluto*, «piazzetta deserta e polluta» (ingl. *polluted*), 'contaminato', 'violato'; *pratico*, «le lasciava scorrere dalle pratiche dita» (ingl. *practical*, 'abili', 'esperte'); *primevale* (ingl. *primeval*, 'primordiale'; cfr. anche *primevo*); *produrre*, «Pierre si tastò e infine produsse un foglio di mille lire» (ingl. *to produce*, 'estrarre'; voce già della prosa di Vittorini e altri); *provocativo*, «urlando qualcosa di p.

alle piú vicine finestre sprangate», «un'occhiata polemica e provocativa» (ingl. *provocative*, 'provocatorio'); *ritentivo*, «capacità ritentiva [della neve]» (ingl. *retentive*), 'frenante'; *sentenziato*, «qualcosa di s. and being chastised», 'condannato' (ingl. *sentenced*); *sentinellata*, «triplicemente s. trasmittente» (ingl. *sentinelled*); *tentativo*, «un t. sussurro» (ingl. *tempting*, 'invitante); *uniformati*, 'in uniforme' (ingl. *uniformed*; cfr. anche *indivisati*); *vicario*, «Il mugnaio – cosí grosso, cosí attivo, cosí v.» (ingl. *vicarious*) 'che svolge funzioni altrui';

nomi: *ammazzatempo* («per –»), 'perditempo' (ingl. *waste of time*, da *to waste*, che significa anche 'ammazzare'); *diserzione* 'abbandono' (ingl. *desertion*); *esecrazione* 'profanazione' (ingl. *esecration*); *estate indiana*, 'estate di S. Martino' (*Indian Summer*); *lavoro d'artificio*, 'fuoco d'artificio (ingl. *firework*); *polluzione*, «le polluzioni [su una divisa] del terriccio, della guazza e degli strappi» (ingl. *pollution*), 'contaminazione', 'guasto'; *seclusione* 'isolamento'(ingl. *seclusion*; cfr. anche *secluso* , ingl. *seclused*);

verbi: *affettare*, «il normale passo di strada di J. affettava notevolmente i suoi polmoni e milza» (ingl. *to affect*), 'far soffrire'; *apparellelarsi*, «il camion s'apparellelò ai depositi» (ingl. *to parallel*); *confrontare*, «uscí dall'aia per c. un'ultima volta la notte» (ingl. *to confront*, 'trovarsi di fronte'); *crescere*, «crebbe sazio del fiume», «a tal punto [i fascisti] erano cresciuti signori e padroni» (ingl. *to grow*), 'diventare'; *fortezzare* (cfr. ingl. *to fortress*: «un perfetto silenzio isolò e fortezzò ancor piú la caserma»); *grippare*, 'stringere' ed anche 'affliggere', 'irritare' (ingl. *to gripe*): «un serio male grippò la gola di Ettore», «le sue dita toccarono e gripparono qualcosa di metallico»; *impattare*, «Il sole impattava sui loro fianchi, come una muta esplosione» (ingl. *to impact*, 'battere', 'colpire'); *reciprocare*, «esprimeva una irresistibile simpatia fisica, e parve a J. che gliela reciprocasse tutta» (ingl. *to reciprocate*), 'contraccambiare'; *trimmersi*, «prese a trimmersi col fuoco della sigaretta quei peli sulle braccia» (ingl. *to trim*), 'potare', 'cimare';

avverbi: *apprezzativamente*, «assentí, molto a. ed amichevolmente» (ingl. *appreciatively*, 'con vivo consenso'); *a testa prima*, 'a capofitto' (ingl. *head first*); *sportivamente*, «[la cagna] sportivamente errabondava in quell'inferno notturno» (ingl. *sportively*, 'giocosamente'; cfr. «il carro scendeva, trainato da una sportive mucca», nel senso di 'giocosa', 'allegra').

Un'altra categoria è costituita dai composti di due o piú elementi nominali, giustificati dall'uso o, comunque, dalla tendenza accentuata dell'inglese (cfr. *average-standing*, *hills-over famous*):

agg.: *amante-mortale calma*; *bassa terra* (ingl. *lowland*); *bassotravata* («la stanzaccia dell'osteria, b., irrespirabile»); *boccaperti* («non labili scie di prezioso bianco dietro le quali i partigiani b. esalavano l'anima»); *bocchisgranati* «arrossí nella tenebra davanti ai suoi b. ma non domandanti uomini»; *boschi-ripari* (v. sotto *pioggia-ghisa*); *fantesco-meretricia* («la curva dello strumento [un mandolino] era scurrile, f. nell'aria chiara»); *giusto-sufficiente* («si appostò dietro il magro, g. tronco di un pioppo»); *lenti-lucenti* («la seguiva con occhi l. nel buio»); *lungo-conduttrice* («non c'era ancora nell'aria immota e l. il rumore partente dei camions»); *maligno-febbrile* («dalle atre case esalava ... qualcosa come una m. e lurida sudorazione»); *occhi-sgranato* («giacquero in un coacervo o. ma passivo») («un ragazzino, stecchito e o.»); *ombra-cancellata* («la sua o. bocca heaved un sospiro lungo e pesante»); *onniprendente* («la depressione dei suoi genitori era abissale, o.») («la sua tristezza era cosí generale e o.») («uno sparo, tremendo e o. nella sua singolità, percorse il lungo del viale»); *onniserventi* (preti), *onnistringente* («buio pesto, o.»); *passo-resistente* («L'erba era fradicia, fittissima e p.»); *polve-oleoso* («La macchina si sistemò in fondo al fosso, mostrava il suo ventre p.»); *silente-espressiva ammirazione*; *splendido-digrignate* («le dentature s.»); *tenero-dura* («la superficie t. [della neve] in atto di cristallizzarsi»);

sost.: *cielo-inferno* (luce); *colpo-di-fulmine* (devozione); *corpo-asta* («sventolò sul suo c. la camicia e i pantaloni»); *corsa-retro* («giusto per vedere i piedi dei due prillare e scattare in c.»); *pioggia-ghisa*, «i suoi traccianti solcavano le cortine di p. e affondavano nei boschi-ripari, gremiti di fascisti» (PJ1 *ghisacea pioggia*); *doporischio-mortale* («stava facendo l'abitudine al d.»); *finestrella-retro*, *forno-commestibili* (sost. m.); *lastro-ghiaccio* («viaggiava dalla mattina a piedi, su neve e l.»); *ostaggi-coolies*; *paese-lunapark* (PJ1 «del paese e della sua lunapark-life»); *ponte-giocattolo*; *pus-eruzione* («tutti gli umori..., non eliminandosi nella p. dell'azione, lo intossicavano tutto»); *retrofinestre*; *sottospettacolo* ('spettacolo di quanto sta sotto'); *spettro-suono* («la bestia continuava a latrare allo s. dei loro passi lontananti»);

avv.: *sotto-alito* («si domandavano l'ora s.»);

oltre a forme meno anomale come: *autotimorose*, *bianconero*, *biancosporco*, *grigiazzurro*, *grigiobruna*, *grigionere*, *mallavati*, *mezzosepolto*, *oltrefluviali*, *surdimensionati*, *tuttosopportante* ecc.; oppure: *cardiopulsare*, *caffeinomania*.

A questi vanno aggiunti i composti in cui un elemento è costituito da una parola inglese: *company-making febbricciattola*; *gore-sangue* («i partigiani stesi nel loro g.»); *nay sigillata* («Passarono davanti alla chiesa, chiusa, n., con un'aria amara ed offesa»); *one-storey aderenza* («venne in vista il villaggio con la sua o. alla cresta nuda e piatta»); *presleep* (cfr. anche *prealba*, *presmalto*, «priva del tutto del p. dell'imminente primavera»); *teatro-seeing* («due ore passarono cosí, in vano ed eccitante t.»); *vento-ravaged*; oltre al tipo *baiaderalike*, *businessli-*

ke, *cittadinalike*, *convalescenziariumlike* (cfr. *chieftainlike*), *flashlike*, *jaylike*, *germanlike*, *pillarlike*, *toadlike*, o al divertente *big-craped*, «s'erano gia calcati in testa i berrettucci, giocattoleschi, dei b. soldati tedeschi», dove il secondo elemento, è fatto sul dialettale *crapa*, 'testa' (cfr. *Primavera di bellezza*: «si erano già appropriati dei berretti minimi, caricaturali, inconcepibili su quei due cranioni»); o addirittura, unendo tedesco e inglese, *deutschless*, «l'aperta campagna d.», 'senza tedeschi'.

Fenoglio lavora, come si è visto, soprattutto sull'inglese, suo costante modello di riferimento; ma gli avviene di ricorrere anche ad altre lingue di sua competenza (francese, latino, piemontese) non però per suscitare attriti espressionistici tra materiali eterogenei, ma per garantirsi la massima libertà espressiva prendendo dovunque gli accada di trovare quel che fa per lui.

Abbastanza alto è il numero di parole francesi che ricorrono nel *Partigiano* (non distinte dal contesto mediante il corsivo), molte delle quali ormai entrate nell'uso dell'italiano piú o meno colto, specie di un piemontese:

affaire («*une petite a. toute serieuse*»), *aplomb*, *badiner*, *bourdillon* («b. delle campane»), *camion* (col plur. *camions*), *chance*, *consommé*, *corvée*, *défaut*, *défiance*, *dehors*, *défilés*, *démodés*, *déraciné*, *dérangé*, *enclaves*, *endroit*, *enfoncer* («guadò e s'enfonça»), *engagement*, *en plein*, *esprit de bataille*, *exploit*, *flou*, *frappé* («buio f.»), *frissonnant*, *gabardine*, *groupage*, *mannequins*, *nonchalant* e *nonchalance*, *nuance*, *ouverture*, *pavé*, *peluche*, *plissés*, *ravines*, *presque*, *rendez-vous*, *roulette*, *routine* e *routinier*, *savoir faire*, *silhouette*, *souple* e *souplesse*, *surmenage* e *surmenagés*, *suspense*, *tête à tête*, *touché*, *touffues*, *touriste* (*en t.*), *tourniquets*, *zézayant* («accento z.»), cui si aggiunga il goldoniano *bourru bien faisant*.

Ma, ai nostri fini, acquistano rilievo soprattutto le neoformazioni (in parte già registrate nei paragrafi precedenti) quali *carillonesca*, *derangeate* («le abitudini erano state d. dopo l'armistizio», fr. *dérangées*), *disengagé* («Sognavi d'esser solo e d.», fr. *désengagé*, ingl. *disengaged*), *floueva* («il sentiero che si floueva nel crepuscolo», 'che sfumava nelle ombre del crepuscolo', fr. *flou*), *frappato* («un oceano di latte f.», fr. *frapper*, 'frullare'; cfr. it. *frappè*, sost. m., 'frullato'), *frissonnare* («Tito frissonnava in eccitazione ed angoscia»), *mannequinesco*, *platitudine*, 'pezzo di terreno piatto', 'pianura' (cfr. fr. *platitude*, dove però significa 'piattitudine', 'banalità'; anche dell'ingl.); oltre a *feerica* («il cielo vaporoso di calore smasiva la colonna di fumo in f. insostanzialità») e *massivo*, entrambi aggettivi registrati dal GDLI, l'uno con esempi tolti da Barilli e Soldati, l'altro senza.

Non diversamente Fenoglio si comporta con il latino, lingua libresca per eccellenza, e pertanto ormai immobile, che egli rivitalizza soprattutto coniugando verbi ormai inconiugabili nei loro continuatori italiani.

Accanto a un piccolo numero (al di sopra però dello standard di uno scrittore novecentesco della sua generazione) di parole e sintagmi latini (cfr. *casus belli*, *foederis arca*, *illico*, *in aeternum*; *in extremis*, *pares inter pares*, *praesente et movente cadavere*, *prima acies*, *una tantum*), troviamo una serie cospicua di voci latineggiNti o culte, quali: *algente* («stalla, a. per vacuità d'animali»); *balbutire*, 'balbettare'; *capire*, 'poter essere contenuto' («non c'era un bovino [nella piccola stalla], né vi avrebbe capito»); *edibile*, 'mangiabile' («il plastico era e., con un grato sapore mandorlato»); *fittile*, 'immaginaria' («non vedevano nemmeno il quadratino di strada su cui posavano i piedi; stavano come sulla f. sponda di un ampio fiume nero»); *fortitudine* («un'aria... di provetta f.»); *jemale* («un'aria nuova, integralmente j.»), («balze jemali») («sul tratto piú derelitto e tristo, piú j., del viale di circonvallazione»); *imbibere* (pres. ind. 3ª sing. *imbibe*, 'imbibisce'): «la granatina che imbibe il ghiaccio pesto»; *ignivome* («finestre i.»; cfr. «case vomitanti fuoco»); *impendere* (coniugato come 'appendere'): «Si voltò di scatto..., all'i. guizzante d'un'ombra», «Altre nuvole rossastre impendevano ebbramente...su altri paesi», «qualcosa di simile a una celebrazione gli impendeva come un dovere»; *inconsutile*, 'fatto di un solo pezzo' («La notte...era un i. velo nero») («una splendida sigaretta, corposa e morbida, con la cartina i.»); *minace* («quasi m. mano»); *obnubilarsi* «verso la lontana, obnubilantesi piana al di là del truce ridge» (cfr. anche *obnubilato*); *perfusa* («aria p. di un opaco biancore»); *periclitare* («Johnny essendo periclitato e poi scampato dalla parte di Belbo», coniugato di norma con l'ausiliare 'avere'); *piscatorio*, 'da pescatore' («un casotto rustico, e p., abbandonato»); *pondo*, 'peso' («La notte... premeva sugli slarghi delle vie, col suo p. di insicurezza e di insidia»); *protruso*, 'spinto in avanti' («dito appena protruso»); *putida* (fiammata); *regalare* (costruito alla latina): «venivano applauditi e festeggiati e regalati di frutta e verdura»; *ripetere*, 'chiedere per riavere' («L'uomo domandò a quale comando doveva r. tutta la sua roba»); *settemplice* («fra le s. maglie tedesche»);

ma anche *amplissimo*; *audibilmente* (col dittongo iniziale conservato); *càndere* (lat. *candeo*, coniugato come 'splendere'): «tutto il mondo collinare candeva di abbondantissima neve»; *crepere* (invece del comune frequentativo 'crepitare'): «le raffiche delle invisibili mitragliatrici crepevano alte nei rami»; *gestare* (normale il part. sost. *gestante*): «Un temporale notturno gestava l'instabile, fosco cielo», «benedisse l'inverno che aveva gestato nel suo freddo letale il calore di questo giorno»; *ingredire* (coniugato come 'aggredire'; normale il part. sost. *ingrediente*): «il buio continuava com'essi ingredirono tutti»; *imminere* 'pendere', 'esser sospeso' (normale il part. *imminente*): «la macchina sbandò... e imminette sul vuoto»; *inderelinquenda*, 'non abbandonabile' («con una i. formalità lo salutò»); *periclitato*, 'messo in pericolo': «campo p. dalle acque» (cfr. sopra *imperigliato*, con lo stesso valore); *proditoriato* «le strade deserte e grige, p.»; *prominere* (normale solo il part. *prominente*); *prospicere*, 'guardare davanti a sé', 'affacciarsi a' (lat. *prospicere*; normale solo il part. *prospiciente*): «il tratto assegnato a loro prospiceva una mezza dozzina di stagni», «quelle [case] che prospicevano sul torrente»; *serpere*, 'strisciare' («morí a scoprire i partigiani uscenti dalla sua stalla, serpenti per la sua aia; part. pres. di *sèrpere*, usato di norma solo nei tempi semplici dell'indicativo) («si immaginò il s. di quel funebre bisbiglio attraverso stanze gelide»); *transfuga*, (-ú-), sost. fem., 'diserzione' (lat. *transfugium*): «senza accenno alla t.». Persino *evoluente*, 'evolvente' (cfr. *L'imboscata*, *evoluivano*; ricavato probabilmente da *evoluzione*, sul modello di *contribuzione* : *contribuente* e sim.) e un incredibile *si assorse* («si assorse nel paesaggio»), ricavato da *assorto*, lat. *absorptus*, part. pass. di *absorbeo*, come se fosse invece un composto di 'sorgere'.

Presente, infine, è anche il dialetto, ma in misura ridottissima, circa una diecina di parole:

allea, 'viale' (piem. *lea*, fr. *allée*); *bealera*, 'roggia', 'canale' (cfr. GDLI, dove mancano attestazioni); *canala*; *fare una figura* 'fare una grande ingiuria (a uno)', 'fargli una mala azione' (cfr. Di Sant'Albino); *graspare*, 'adunghiare', 'ghermire' (it. arc.; piem. *grapè*); *potagiare* 'far da mangiare', 'cucinare' (piem. *putagé*, sost.); *rittano* 'vallone' (piem. *rantán* 'terreno in cui si affonda' e *ritana* ' fogna', connesso con *tana*, cfr. Levi); *sacca* (plur.: «uno strato di s.»); *sfrasare* 'abortire' (piem. *sfrazè*, cfr. Levi: lat. FRAGIUM 'frattura' REW 3472); *smasire* 'stemperare, diluire, sciogliere' (cfr. Levi); *solo piú* (piem. *mac pí*); *splurate* 'spellate' («Le labbra s., gonfie e sear»: dialetto d'Alba *splüra* 'spellatura', cfr. Salvioni-Faré, *Postille italiane al REW* 6377); oltre a forme di altri dialetti o genericamente settentrionali, come *ciacolare* (veneto); *ciurlare*, «ciurlata nel rancio»: non nel senso dell'italiano, «vacillare», «tentennare», ma del lomb. *ciolà*, «imbrogliare», «far fesso»; *mugugnare* (genovese); *pioppeta* "pioppeto"; *scamparsi da*; *sdrumare* 'sfregare, 'grattare' (goriz. *sdrumâ* 'franare', friul. *sdrumà* 'cader giú', 'abbattere'; nel DEI col valore di 'conciare malamente'); *-arsi*; *serena* (*alla s.*), 'a cielo aperto'; *sgraffignare*; *sorte* (*essere s. di*, 'dovere': «gli era sorte di...»); *taroccare*; *tirare il roccolo*, e l'uso di *il* e *un* davanti a *s*- impura e a *z*-: *nel scendere*, *il spondale*, *dal sconquassato*, *dal scancellarsi*, *un zic*, *quel zonale*, *un zolfino*.

Nel campo della morfologia, il fenomeno piú vistoso, che come tale non ha mancato di attirare l'attenzione dei linguisti (cfr. Mancarella 1970), è la rivitalizzazione della funzione verbale (sopravvissuta pallidamente nell'italiano letterario) del participio presente, ormai ridotto a valore di aggettivo e per di piú di uso assai limitato. Nel *Partigiano*, sul modello dell'inglese, la presenza dei participi, verbali e aggettivali, è invece massiccia, esorbitante rispetto allo standard di qualsiasi altro scrittore italiano. Basterebbe, a darne un'idea, un paio di esempi: «Spuntò in piazza il comandante il corpo civico..., sui suoi ciabattanti gambali, tutti i fregi rilucenti nella calante notte» (dove troviamo due participi verbali, l'uno reggente il compl. ogg. *il corpo civico*, l'altro che tiene luogo di una proposizione secondaria indipendente dalla principale, nonché un participio aggettivale, *ciabattanti*); e «Johnny caricò su di lui, la cagna caricante dietro, gli uomini e la bestia lottarono un po' in un groviglio perverso, rantolante e sibilante, finché Geo ed alcuni borghesi imploranti pace e quiete li separarono» (con la stessa varietà tipologica). Ma il fenomeno nel *Partigiano* è di tale ampiezza da richiedere un'adeguata campionatura selettiva:

a) participio = proposizione relativa:
«la fissa visione della terra sfacentesi nell'umido buio»; [un sole autunnale] che traeva barbagli lividi dalla lamina del fiume e indugiante sui pioppi»; «sul quadrante sfacentesi le lancette, l'ombra delle lancette segnava le sei»; «tiratori partigiani, giocanti alla guerra coi tedeschi»; «Una ragnatela di serali vapori avvolgeva, vagolando, le sue case spente, ora impigliandosi al campanile, ora sfumante nel cielo iscurentesi»; «ad ogni tornante spariva e riappariva il paese della base, orribilmente fantomatizzantesi nella notte precipite»; «la gente strisciante, inginocchiata, agguatata, saliente da quell'orizzontalità soltanto per il braccio teso nel saluto romano»; «con una velocità violentante»; «[una bara] del tipo comune servente per i funerali agresti»; «Vide... la aerodinamica chiazza gialla avventante da destra»; «con molta irritazione di René incapente»; «s'accostò agli slavi, facenti clan a sé, muti e tralicianti anche ai compagni»; «salí alla specola, a dominare di lassú il paese desertificantesi; «Li svegliò il primo sparare nel cielo sbiancante»; «quasi morí a scoprire i partigiani uscenti dalla sua stalla, serpenti per la sua aia»; «vecchi cronici, smorfianti al loro passaggio col grin dell'idiozia»; «[una suora] secca e forte, oc-

chialuta, efficiente,..., operante ed incommentante»; «si voltò e fermò sulla strada ingrigente, fuori dell'ombra nascente delle case» (cfr. anche «annegava gli occhi nel cielo ingrigente»); riconsiderava la città fondente nel crepuscolo»; «poté scorgere tutto il suo destinato paese, sfumante le sue case e compattante la sua tetraggine nell'ora del vespro»; «un indizio di scoprentisi fascisti»; «giravano in shorts, le armi appese ai loro nudi toraci brunentisi»; «Il prete waved scoordinatamente una grossa mano negante»; «Nord se ne andava, verso l'abbozzantesi abbraccio della sua aspettante guardia»; «gli aperti, sfuggenti prati, su alcuni dei quali stavano greggi al pascolo, apparentigli cosí alti ed immoti come *ecc.*»; «la stazione ferroviaria, arrugginente e muffente nel lungo disuso»; «trascinava per le gambe il ferito sull'agevolante asfalto»; «l'acqua schiarentesi aveva un fiato gelato»; «vide il comignolo disgregantesi passare in un lampo nel riquadro della finestra»; «Si sedettero sulla terra rappresa, appoggiandosi a tronchi crepitanti, senza fiato per il freddo condensantesi»; «Fu un duro cammino, nella tenebra condensantesi»; «nel crepuscolo radunantesi»; «sui camions allontanantisi»; «la linea dei cipressi ronzante alla brezza saliente»; «qualche passo allontanantesi suonò secco sul gelido selciato»; «ad onta del confondente vento nei rami, sentirono *ecc.*»; «forno frequentato dai partigiani residui... lí raccoglientisi per il calore e il commercio umano»; «stavano come sulla fittile sponda di un ampio fiume nero, respirante vastamente e sottotono»; «Pace e sera, e il ghiaccio spegnentesi growing desgracefully *ecc.*»; «La cagna caracollava tutt'intorno, ora puntava all'arrivante carro»; «il sorriso atterrò sul naso del mugnaio che gli restituí il sorriso al suo profilantesi successo»;

b) participio + complemento oggetto, o altrimenti determinato (caso a sé, emblematico, è quello di un aggettivo, *mordace*, equiparato a questo tipo: «La strada mordeva; essa stessa esausta e mordace l'altissima costa, striata di nerissima tenebra»):

«le sue lunghe calze nere, alte alla coscia,..., suggerentigli Silvio Pellico»; «partigiano, come poeta, è parola assoluta, rigettante ogni gradualità»; «Profonda era l'occhiaia, la pelle già ridotta a pura fremente cartilagine, sentente la brezza»; «I suoi occhi erano azzurri [...], penetranti ma anche leggeri, svelanti come mai Nord prevaricasse col suo intenzionale fisico»; «poté scorgere tutto il suo destinato paese, sfumante le sue case e compattante la sua tetraggine nell'ora del vespro»; «Il fiume, un serpente di marmo nero, dante orribili riflessi»; «[cataste di legna] scivolose e non sgradevolmente sententi d'umidità»; «una corrente ampia e liscia, celante... una vita subacquea»; «Non restava che ritirarsi sotto il porticato, la pioggia durando feroce e nauseante ormai la vista del fiume»; «Poi venne in luce la sponda opposta,..., sembrante non solo non includere gli uomini, ma escludere addirittura l'idea d'un loro avvento»; «Gli arrivavano lontanissime le voci di Pierre e di Ettore, dicentigli che bastava, l'avrebbe ammazzato *ecc.*»; «affissero grossi cartelli segnalanti che i mezzi erano minati»; «vestiva il prestigioso cappotto..., ma quanto frusto e guasto, dicente a prima vista le marce e i nascondimenti, le salite e le discese da stalle e fienili»;

c) participio = proposizione secondaria indipendente dalla principale: «Lo seguí per tutto il tratto scoperto, il cuore liquifacenteglisi per l'amore e la pietà del vecchio»; «vi si stesero a scacchiera, la mitragliatrice nel centro, parente piú un palladio che un'arma»; «giacquero in un coacervo occhisgranato ma passivo, la spossatezza e la miseria pendenti colloidalmente sulle loro facce»; «Pierre spedí il presidio al mammellone, gli uomini spensierati e dilettanti, passeggianti e indugianti al bello scoperto»; «sgorgò il cassiere divisionale,..., il suo contabil grigiore ingrigente la sua variegata mimetica»; «Stavano allungandosi serpentinamente sulla strada a S. Ambrogio, sculettanti, gli zaini ballonzolanti a tempo di marcetta».

d) participi sostantivali:
«L'urtante stava sbirciandolo a sua volta», «ventavano con ala mortale in faccia agli agguatanti»; «le riserve vi si sottomettevano sullenly, dando sulla voce ai reclamanti»; «i loro tremuli ospitanti avrebbero... negato la loro presenza anche a lui»; oltre al tipo «il comandante la Piazza» ecc. o «conche recipienti»;

e) participi aggettivali:
«pareva che le schegge di quello scortecciamento rimbalzassero secche, ferenti, contro la griglia»; «i pioppeti lontani, tetri e come moltiplicantisi»; «nelle immense pianure nebulose e abbrividenti»; «Si coricò sulle lenzuola fredde, immediatamente ma fallacemente placanti»; «riecheggiò il loro rombo, come precipitante al filo delle rocche... Di nuovo l'incresparsi fischiante dei rami»; «dalla sponda destra saliva il coro grillante della stupefazione»; «La coscienza dell'inevitabile azione di forza già li possedeva interamente, fibrosa, rasserenante, indurente»; «dal centro della città filtrava un brusio grillante»; «La voce rimbalzò... piú letale ed atterrente d'una scarica a bruciapelo»; «Le guardie carcerarie, guaienti, scodinzolanti, sudati omini del sud»; «alla luce bianchissima, candente e oscillante di acetilene»; «planò morbidamente sulla ghiaia tinnante»; «nel bruente silenzio» (cfr. anche «conca assolata, bruente come *ecc.*» e «quella vita bruente e cigolante di ogni altro punto del bosco»); «nel bosco tettante i loro elmetti s'erano opacizzati»; «Uno dei tedeschi si riscosse..., proteso infantilmente ora e lamentante con voce in falsetto *ecc.*»; «s'accostò agli slavi, facenti clan a sé, muti e tralicianti anche ai compagni»; «disse, bravi, cosí lavoranti a somministrare morte profumata»; «parve a Johnny che la casa si deformasse all'esterno per lo spallante movimento che vi successe dentro»; «avevano voglia di parlare, una mimetica, smorfiante voglia»; «La calura era massiccia e calettante»; «non poteva soffrire quel tabacco inglese, cosí aderente e pa-

stante»; «Dalla mareante erba passarono sulla terraferma di un viottolo»; «questi apparivano traboccanti di buona volontà, ma incontenibilmente ansiosi e ticcanti»; «un mattino di deliziose, danzerellanti nebbioline»; «tergendosi dal viso l'acqua ruscellante»; «L'acquoso fango alto al ginocchio era congelante... Ma esaltati, fortificati dal circonfondente rombo della battaglia *ecc.*»; «i ragazzi sforzavano occhi ed orecchi, invano, verso il verde sgrondante»; «il sangue spicciante aveva, come l'acqua, una difficile e svariata via»; «svegliati dal rastrellante sgrattare di un arnese metallico»; «fu un disarticolato automa ed il piú arrossente dei pellegrini»; «Ettore seguiva con gli occhi brucianti e la testa sempre accennante»; «Sarebbe stato sfiatante, deleterio ai polmoni dover correre per scampo *ecc.*»; «nella posizione piú comoda e calmificante»; «le scarpe da montagna, divenute cosí impressionanti alla vista, cosí facenti parte di lui»; «il vento lo spingeva da dietro con una mano inintermittente, sprezzante e defenestrante»; «tutti apparivano spenti, goccianti e rabbrividenti, i cento uomini che risposero all'appuntamento». Né si registrano i moltissimi casi di part. agg. + sost. e di sost. + agg. (del tipo, piú frequente, «all'osservante Johnny», «esplodente fiducia», «una splendida, colpente voce di basso», «mareante erba», o del tipo «suono fluente», «brusio letificante», «fango bulicante» ecc.).

Sempre nel campo morfologico, l'energia vitale che rianima la categoria fossile del participio presente agisce vigorosa anche nel permutare verbi intransitivi in transitivi o causativi, con effetto di presa diretta e di sicuro dominio sulla realtà. Si vedano:

accennare, «accennarono gli altri di mettersi al coperto»; *benvenire*, «Camminava..., languidamente benvenendo e godendosi i tratti pianeggianti»; *brontolare*, «Gli uomini dietro di lui... brontolarono assenso e concordia»; *cennare*, «Nord li cennò avanti e si sedette in centro», «La gente... li cennò appena per tutto saluto», «Nord cennò tutti gli uomini al lavoro», «un quarto d'uomo si sporse a cennargli accelerazione e cattura»; *crepare*, «li pregò di non fare eccessivo rumore, per non c. il cuore di sua madre»; *inseverire*, «un cielo biancogrigio che inseveriva tutte le colline»; *marciare*, «Johnny e Franco li marciarono a Mango»; *nauseare*, «la pioggia durando feroce e nauseante ormai la vista del fiume»; *olocaustare*, «avrebbe dovuto morire mille volte per o. il fascista morto»; *oscillare*, «la paura e l'incertezza oscillando la sua voce alla collera piú tremenda»; *paccare*, «vennero salutati, paccati, baciati e smorfiati», «La mula lavorava, paccata e accarezzata», «La paccò dietro per avviarla»; *passeggiare*, «passeggiarono per ricreazione il deserto, sprangato paese»; «i restanti ora passeggiavano il ponte»; *periclitare*, «al lavoro sul suo campo periclitato dalle acque»; *rafficare* «[un prete] rafficato tra le fiamme», «soffi di terra rafficata»; *ridere*, «Johnny rise di no»; *risentire*, trans., 'provare un senso di disagio o di insopportazione per qualcuno o qualcosa', «Stava risentendo sempre piú tutte quelle stelle rosse»; «tutti lo risentirono [l'abbaiare del cane] al limite dell'escandescenza», «gli uomini risentivano la città, il chiuso, la coordinazione», «Nord risentí le parole, con un'ombra immediata», «risentiva soltanto la lontananza del marito e dei figli», «risentendo orribilmente la loro desertità», «risentiva... quel normale, troppo normale progredire verso la primavera»; *scalciare*, «scalciando i suoi ultimi calci»; *scapolare*, «scapolava la collettività, la perlustrazione e la guardia»; *scattare*, «rumori che li facevano spesso scattar la testa e puntar le armi»; *sermoneggiare*, «ciechi ai fascisti passanti che passando li deridevano e li sermoneggiavano»; *sgarrettare*, «gli altri sgarrettavano l'ultima salita»; *singhiozzare*, «scrollò la testa e singhiozzò una risata»; *smorfiare* (v. *paccare*); *sostare*, «Johnny lo sostò al riparo degli ultimi castagni»; *sparare*, «Niente in quel momento mi sembrò piú facile... che spararla» (e passim); *tremare*, «diffidenza ed avarizia gli tremavano la voce»; *volare* «[i fascisti] volavano i tratti scoperti come lucertole muretti», «volarono l'asfalto».

Nel campo sintattico sono da mettere in evidenza soprattutto i diversi calchi dell'inglese:

dal sintagma già visto di 'participio + sostantivo' (ess.: «una corona di stancanti bambini», «sul maleolente torrente», «una lievitante sensazione» ecc.) o di 'articolo + una o piú determinazioni predicative + sostantivo' (ess.: «era un molto volitivo ma alquanto corto di gamba aviatore»; «una maligno-febbre e lurida sudorazione»; «le piane, grasse, libere da guerrieri terre dell'oltrefiume»; «venne soddisfatto dal giovane, vivace, buono a tutte le mani cameriere») alle costruzioni piú ostiche, estranee all'italiano, del tipo: «una vera faccia da esercito, dell'esercito che Johnny desiderava entrare in» (cfr. «salirono alla loro posizione a domandare se erano in grado di difendere ragionevolmente il paese, se i fascisti thrusted in»); «i loro elmetti s'erano opacizzati in un'alustreness lagrimante come»; «si calò per l'altra proda... anche lui come gli altri leggero ed incorporeo, assolutamente noiseless e inoperante come»; «e rise esultante per un'infantile coincidenza come»; «in immediata vista dell'altra [riva del fiume] tanto sognata e marciata per» (PJ2 «and marched and hoped for»).
Ma sarà da considerare come calco dell'inglese (*to* + inf.) anche l'uso di *a* + infinito, là dove l'italiano richiederebbe una proposizione relativa con verbo al condizionale o una tutt'altra costruzione. Si veda, per citare solo qualche esempio (nostro il corsivo): «Ma doveva stare agli ordini e attendere contrordini, *a giungere* chissà quando e come» (= 'che sarebbero giunti'); «una barca fascista sviata, che filava sul fiume gonfio *ad approdare* fortunosamente sull'argine irto di massi rovi e fucili» ('e che avrebbe finito per approdare'); «i ragazzi stavano

già strisciando nel fango, *a non erigersi* prima delle alte mura della [fattoria di] S. Casciano» (= 'e non si sarebbero eretti'); «E tutto gli apparve un sogno vorticoso, e nulla veramente reale, la realtà *a esser toccata e riconosciuta* con dito da a new go at it» (= 'la realtà sarebbe stata toccata *ecc.*'); «Arrivarono in faccia alla prima casa...: sigillata, sprangata in ogni punto, *a non aprirsi* davanti a preghiere e minacce» (= 'tale da non aprirsi', 'che non si sarebbe aperta'); «la cagna incrociava col naso *a sfiorare* il terreno rappreso (= 'sfiorando'); «Un uomo, forse due, erano stati fucilati, i loro cadaveri *a giacere* a lungo ed emblematicamente sul grande crocevia» (= 'sarebbero giaciuti'); «[nel cimitero] Ivan e Luis dormivano, *a non esser destati* nemmeno momentaneamente dall'ululo della vittoria in qualche caldo e nitido mattino di primavera» ('cosí che non si sarebbero destati').

La nostra descrizione si fonda, per i capitoli 1-20, sulla prima redazione, e per i capitoli 21-39 sulla seconda. Per leggerla correttamente occorre pertanto dinamizzarla, recuperando nella sua impostazione sincronica il tracciato interno dall'una all'altra stesura. Ma, dato per acquisito il processo di compressione attuato nei successivi passaggi redazionali, avendo mente da un lato a *Primavera di bellezza*, dall'altro a *L'imboscata* e a *Una questione privata* (i due romanzi brevi in cui sono riprese molte delle pagine del *Partigiano*) emerge vistosamente dall'insieme del quadro l'espandersi di un'invenzione linguistica che investe tutti i livelli della scrittura, nessuno escluso, dietro la quale sta, come si è mostrato, l'idea di una lingua allo stato fluido, liberamente generativa, senza impedimenti di sorta. Neppure, anzi tanto meno, di gusto: è infatti una creatività che non persegue affatto il bello estetico (molte delle forme linguistiche inventate sono francamente brutte; né la scrittura «evita», come ha osservato il Beccaria, «'cacofoniche' ripetizioni, assonanze-consonanze ravvicinate, di anglica eco»), ma che attesta una straordinaria carica di energia vitale, giusto corrispondente stilistico della carica di energia morale che nella tragica guerra civile degli anni 1944-1945 determinò il «puritano» Fenoglio alla sua scelta di campo e fece di lui, studente ventiduenne, un combattente coraggioso; la stessa, immutata, tensione con cui dieci anni piú tardi volle raccontare da scrittore quell'esperienza. Non già, naturalmente, sul piano della cronaca dei fatti, del diario, e tanto meno della celebrazione ideologica (come non ricordare le censure "politiche" che nei tempi dei chierici rossi e neri bollarono, proprio per quella mancata falsificazione, i racconti partigiani del suo primo libro?), ma come un'esperienza assoluta: l'esperienza, sul filo di lama di vita-morte, di chi aveva combattuto alla «ricerca del riacquisto della sua misura di uomo».

«Partí verso le somme colline, la terra ancestrale che l'avrebbe aiutato nel suo immoto possibile, nel vortice del vento nero, sentendo com'è grande un uomo quando è nella sua normale dimensione umana. E nel momento in cui partí si sentí investito – nor death itself would have been divestiture – in nome dell'autentico popolo d'Italia, ad opporsi in ogni modo al fascismo, a giudicare ed eseguire, a decidere militarmente e civilmente. Era inebriante tanta somma di potere, ma infinitamente piú inebriante la coscienza dell'uso legittimo che ne avrebbe fatto».

Il Johnny che scende in campo come il campione dell'offesa dignità dell'uomo è stato il ragazzo che, nei giochi dell'infanzia, traguardando dalla soffitta di casa sui rossi tetti della città, aveva immaginato quella sua segreta postazione «come un congeniale teatro d'avventura, o almeno come un qualsiasi posto al mondo dove non si avesse a far altro che vigilare e combattere». In quel nascondiglio segreto, «vertiginosamente alto sul sagrato, dominante i muri massicci della cattedrale», si era sentito, con l'immaginazione, un «difensore», impegnato a respingere «da luogo vantaggioso un molteplice assalto». Era già la scoperta della «sua congenita, Ettorica preferenza per la difensiva». Ora che, sulla svolta della giovinezza, il nemico ha «rotto le regole del gioco, tutto un codice secolare», violando le leggi della convivenza civile, il suo imperativo morale gli impone di scendere in campo: «a vedere, a protestare, a cancellare l'infrazione».

Johnny è una viva, affascinante reincarnazione dei cavalieri delle leggende antiche (insieme Robin Hood e Don

Chisciotte), campioni dell'ideale "consacrati" al ristabilimento della giustizia: «si sentiva come può sentirsi un prete cattolico in borghese od un militare in borghese: le armi razionalmente celate sotto il vestito, il segno era sempre su lui: partigiano *in aeternum*. I've stood, and fired, and killed». Come Robin Hood e Don Chisciotte ha dato un addio al mondo civile ed è partito all'avventura per assolvere i doveri della sua dura milizia. Coraggioso, spesso sfiorato dall'ala rude della sorte, può anche piangere, ma non conosce compromessi. Ridotto alla solitudine e allo stremo dagli ordini di sbandamento e dal duro inverno, a chi gli consiglia, come il fraterno mugnaio, di tornare a casa per riprendere le armi semmai con la primavera, risponde: «Mi sono impegnato a dir di no fino in fondo, e questa sarebbe una maniera di dir di sí». E se il mugnaio ripete «No che non lo è!», egli ribatte «Lo è, lo è una maniera di dir di sí». Quando non gli resta piú nulla, non il calore degli amici perduti o lontani, né il conforto di un tetto, non si sente affatto uno sconfitto: eccolo avvolto dalla sua miseria avviarsi, «nel ghiaccio e nella tenebra, nella meanstream del vento», a cercare un giaciglio per la notte: «L'acciaio delle armi gli ustionava le mani, il vento lo spingeva da dietro con una mano inintermittente, sprezzante e defenestrante, i piedi danzavano perigliosamente sul ghiaccio affilato. Ma egli amò tutto quello, notte e vento, buio e ghiaccio, e la lontananza e la meschinità della sua destinazione, perché tutti erano i vitali e solenni attributi della libertà».

In questa lotta contro il Male, il nemico è naturalmente crudele, feroce, esecrabile, ma non mai indegno di rispetto. È l'angelo caduto, il Lucifero delle schiere infernali, che riesce spesso ad avere la meglio; ma l'eroe non dubita della vittoria finale. Combatterlo, ha valore in sé e per sé, conta come testimonianza al di là degli esiti contingenti. Molti devono morire («senza i morti, i loro ed i nostri, nulla avrebbe senso»), l'essenziale è che quella testimonianza non venga mai meno. In uno dei momenti di maggiore sconforto (salvo egli stesso per miracolo, i suoi amici piú cari forse uccisi o fatti prigionieri) Johnny contempla la sera che scende sulla sua solitudine ferita: «Il crepuscolo nella valletta ispessiva, mentre il cielo sulle colline restava straordinariamente, argenteamente chiaro, quasi una luminosa effusione delle stesse creste. Le desiderò subitamente e marciò su verso di esse. A mezzacosta, quella superiore luminosità già declinava, lasciando il posto a una cinerea effusione nella quale veleggiava immobile il disco bianco del sole. Si sforzò e raggiunse la cresta. Da una sella ebbe una parziale visione della città, accosciata in una ansa del fiume, sotto la pressura di vapori e destino. Avrebbe ricevuto quella sera stessa la notizia dell'uccisione di Pierre ed Ettore, Johnny s'immaginò il serpere di quel funebre bisbiglio attraverso stanze gelide, disperati nascondigli, per la notte desolata. E pensò che forse un partigiano sarebbe stato come lui ritto sull'ultima collina, guardando la città e pensando lo stesso di lui e della sua notizia, la sera del giorno della sua morte. Ecco l'importante: che ne restasse sempre uno».

Rispetto alla letteratura cosiddetta resistenziale, il romanzo di Fenoglio è come il *Moby Dick* nella letteratura marinara. (Il calzante paragone con il capolavoro di Melville è stato suggerito da piú voci). La sua dimensione epica dilata lo spazio e il tempo dell'azione oltre le loro misure reali. I nomi dei luoghi, chi li cercasse in una carta geografica non li troverebbe neppure; sono tutti raccolti in un piccolo quadratino della topografia delle Langhe, tra Alba, Asti e Canelli. Ma dietro il passo irresistibile di Johnny, stregato di gagliarda mobilità, il lettore è sospinto, di avventura in avventura, in uno sconfinato sistema di colline come sulla tolda malcerta di una baleniera in un ondulato oceano di bonacce e tempeste. Forse anche per suggestione delle frequenti metafore marinare, come questa, che incontriamo sul chiudersi del primo giorno d'iniziazione alla partigianeria: «Dormivano in un grezzo grosso fabbricato fuori paese, una piú nera nave ormeggiata sulla nera cresta del nulla». O queste altre, che ricorrono con significativa insistenza: «E gli restò solo piú un attimo per un ultimo indisturbato sguardo alla sua città: da lassú appariva lunga e compatta, favolosa, come un incrociatore di ferro nero bloccato su un nero mare qua fermo e là apocalitticamente ondoso»; «Il Civico Collegio Convitto, ora Comando Piazza, stava, nell'antico quartiere addossato al Vescovado, come una petroliera oceanica ancorata frammezzo una selva di velieri e di barconi da cabotaggio. Il suo fianco era lungo, ellittico e metallizzato, con tutta una serie di avare aperture come oblò ed il propilio ficcava come una prua. Sotto il propilio stavano due sentinelle della Prima Divisione, altissime, armate di Thompson»; «Ad ogni svolta in salita (gli autisti guidavano compassatamente) la città appariva in visione totale eppur non piena, date le molteplici pellicole di pioggia fra essa e le alture. Agli occhi di Johnny aveva una sostanza non petrea, ma carnea, estremamente viva e guizzante come una grossissima bestia incantonata che avanza le sue impari ma ferme zampe contro una giallastra alluvione di pericolo e morte. Tutto il resto era una distesa di lastre d'acqua incredibilmente gonfia e compatta che di un subito si risolvevano paurosamente in enormi vortici, mentre al lato piú lontano l'inondazione seppelliva la campagna sotto una mefitica salsa giallastra, sulla quale, per una illusione ottica, le pioppete parevano navigare come enormi zattere dai moltissimi alberi».

Non diversamente il tempo (poco piú di un anno sul calendario della storia) è quello, eterno, dello svariare della luce e delle sue ombre, albe e tramonti, sole e luna, nuvole e sereno, pioggia e neve, nel succedersi senza fine dei giorni e delle stagioni. Il tutto con un forte senso primordiale, vitalmente energetico, del rapporto dell'uomo con la natura, di cui si alimenta per tutto il libro una tesa, sommessa, ininterrotta meditazione sul bene e sul male, sulla vita e sulla morte. Fenoglio è un eccezionale osservatore, la sua attenzione indugia su ogni minimo particolare, non lo dice forse egli stesso?: «aveva visto molto paesaggio, come un interno rinfresco, molto paesaggio (talvolta quarti d'ora e piú su un solo dettaglio di esso), tentando di escludervi i segni e gli indizi degli uomini». Il *Partigiano* è tutta una trama di annotazioni di cieli, di venti e di luoghi, boschi, crinali, acque, sentieri e strade, capanni e paesi, e della vita segreta degli animali della terra e dell'aria; non, però, nel taglio del «paesaggio» (con quel tanto di messa in posa e di funzione scenica che il termine comporta), ma come contemplazione assorta dello squadernato libro della natura in cui leggere le cifre misteriose del nostro destino. Da naturalistico il segno si fa visionario, metafisico. L'energia che presiede all'«inventio» linguistica è la stessa che sul piano retorico si espande in un'inesauribile creatività metaforica, attingendo a piene mani al fastoso repertorio della grande letteratura elisabettiana e degli altri autori prediletti, Shakespeare, Marlowe, Bunyan, Coleridge, Hopkins, Browning ecc.: un patrimonio di cultura che lievita il *Partigiano* a livello verbale e retorico distinguendolo nettamente, come si coglie già nei brani appena citati, dalla scrittura degli «angloamericani» del nostro secondo Novecento, maestri Vittorini e Pavese (peraltro fertilmente presenti, non meno che a tutta la sua generazione, anche a Fenoglio, specie nei primi libri, come modelli produttivi di scrittura-azione). Il filone metafisico della letteratura inglese presta ai crudeli riti della guerra civile i gonfi drappeggi di una fantasia luttuosa, nutrita di terribilità biblica e di accensioni surreali:

«La tenebra era sinistra, la romba del vento sinistra, come scoperchiante il buio rifugio ad una lampeggiante irruzione di sentenza e di facilitata strage per giustizia, la tenebra ed il vento contenevano e convogliavano un egual carico di agguato e di rischio attimically prior to just seen death. L'abbandonato sonno degli altri, non lo rassicurava, anzi era come il collasso davanti all'insostenibile show del pericolo, erano altrettanti cadaveri in attesa del protocollare colpo di grazia. Sperò che la spossatezza, quanto legittima e neghittosa, una tale spossatezza da annientarlo negli arti e nel cervello, l'avesse vinta, vinta fino all'alto mattino. Ma la spossatezza, annunciata da tanti araldi, non scese schierata in campo...» «Le case borghesi erano sigillate come sepolcri [...] E fuori, fischiava eternamente un vento nero, come originantesi dalla radice stessa del cuore folle dell'umanità». «La notte precipitava; right sul paese era un inconsutile velo nero, ma giú, dove si poteva supporre sovrastasse esattamente la città rompevano quel velo crepe slabbrate e occhiaie e gorghi di luce spettrale. [...] Certo l'oscuramento era applicato con un rigore estremo, feroce; purtuttavia dalle atre case esalava come uno spirito di luce, qualcosa come una maligno-febbrile e lurida sudorazione della luce interna, che si proiettava verticalmente allo scontro con lo spiovere dal sconquassato cielo di identica, miserabile luce». «Gli uomini presero a pattugliare la sponda nuda, vivaci e leggeri ma serii. Le acque erano nere e quasi mute, da dietro veniva a tratti il respiro incuboso della città sul filo del rasoio. Piú tardi un vento alto, notturno prese e continuò a suonare nel sommo degli innumerevoli pioppi, con un rumore piú continuo e piú liquido di quello della fuggente fiumana». «Con gli occhi fissi alla lontananza madreperlacea, all'alto cielo che doveva sovrastare la battaglia, testimone in omertà, essi ascoltarono a lungo...» «Marciarono fuori, incalzati dall'angoscia e subito affogarono nella rapinosa tristezza del tramonto, un cinereo e procelloso sigillo alla dorata giornata». «Il borgo era scarsamente e nel contempo straordinariamente illuminato, le luci barbagliavano rosse come fuochi di fornace ed oscillando sui muri li facevano apparire come garrenti falde di tende di un effimero bivacco d'un'armata in rotta». «Poi si fissarono al cielo ed agli sconfinati suoi specchi sulle colline, ed ogni sguardo era una preghiera, un'imposizione al mondo di caricarsi di piú cupe tinte, per drenare il cielo e la terra dei colori del giorno. Finché tutto il residuo colore del cielo si ridusse a qualche moribondo tizzone in un letto di fosche ceneri». «Essi, per assiepati, sicuri sentieri salirono alla prima collina, intuendo che di lassú potevano avere un certo panorama dell'oltrefiume. Infatti, rivoltandosi in cima, le videro perfettamente, sebbene come mozzate dall'ombra incombente, molto piú alte delle umili alture fluviali: la considerevole collina di Neive e quelle piú massicce, eccelse e desolate di Mango, grigionere nella distanza e massicce eppure aeree come enormi nubi di tempesta ancorate alla terra. La loro cresta selvaggia stava fondendosi nel tardo cielo e le rade, sinistre piante su ciglione stavano sghembandosi sotto il forte vento serale. E Johnny ne provò una insopportabile nostalgia, esser lassú a marciare su quei ciglioni, sotto quel vento superiore (in the midst of the its strength). Anche agli altri due la visione suggeriva pace ristabilita e svanito l'impero fascista». «Poi nuovamente via e lontano, fra la cresta della collina ed il margine del bosco, spiando tutto quanto della terra emergeva dalla tenebra cosí lentamente battuta e calcolando le innumerevoli ore che mancavano al compimento dell'alto mattino. Ora l'aria era spenta come al vespro, e perfusa di un opaco biancore che prometteva prossima neve, ed il polline e il profumo della neve era sulle ali del vento che si alzava. Essi mentalmente s'inginocchiarono, pregarono per la discesa della neve, tanta neve da seppellire il mondo, cancellare ogni strada e sentiero, incapsulare ogni uomo vivente in un buco cosy, inaccessibile alla specie umana». «Dopo un regno di caotica nuvolaglia, il sole quanto mai lontano stava compiendo immani sforzi per conferire una goccia di luce a questo disgraziato suo figlio di un giorno, quasi volesse battezzarlo avanti morte. La luce quindi non dardeggiava, ma si traduceva in una diffusione di severa vividità che faceva i ghiacci rilucere di un fermo alone grigiazzurro, duro e piacevole».

Il catalogo non è presto esauribile; ma basterà averne dato al lettore una campionatura. Come avergli offerto qualche chiave per accostarsi, da solo, a uno dei libri piú intensi della letteratura dei nostri tempi.

DANTE ISELLA

Appendice biobibliografica

Cronologia.

1922

Giuseppe (Beppe) Fenoglio nasce ad Alba (Cuneo), il 1° marzo, da Amilcare (classe 1882) e da Margherita Faccenda (del 1896), il cui matrimonio è stato celebrato il 16 dicembre 1920. La famiglia abita in corso Langhe. È il primogenito di tre figli (di un solo anno maggiore del fratello Walter, di undici della sorella Marisa). Il padre è originario di Monforte; sceso in città per cercarvi una sorte meno avara, vi ha trovato lavoro come garzone di macelleria. Uomo di animo dolce, portato all'amicizia, lavoratore; solo tendenzialmente, se non altro per estrazione, socialista turatiano; quanto a religione, un *barbèt* (in albese, uno che se la fa poco coi preti). La madre è di Canale d'Alba, nell'Oltretanaro. Il governo della famiglia è tenuto saldamente da lei, donna di educazione cattolica, intelligente, energica e concreta.

1928-29

Verso la fine degli anni Venti Amilcare Fenoglio si mette in proprio, da garzone diventando padrone di una macelleria nell'antico centro di Alba, a fianco del Duomo, in piazza Rossetti 1, angolo via Manzoni. La famiglia si trasferisce in un appartamento sopra la bottega, affittato da Madama Rogé (Roggero). Per qualche tempo i proventi della macelleria sono discreti, cosí da permettersi anche l'acquisto di una Fiat 509 su cui fare, con i bambini, brevi viaggi nel Cuneese. In piazza Rossetti i Fenoglio vivono fino al 1957.

1928-32

Il piccolo Giuseppe supera, in quattro anni, le cinque classi elementari (saltando l'ultima) nella scuola Michele Coppino. È affetto da una lieve balbuzie che si accentua negli stati emozionali. Si distingue presto come scolaro silenzioso, riflessivo e di temperamento fantastico, appassionato alla lettura. Per consiglio del maestro Chiaffredo Cesana la madre, nonostante le ristrettezze della famiglia, lo iscrive al ginnasio.

1932-37

Frequenta il Ginnasio Giuseppe Govone di Alba. Fino al '37 trascorre le vacanze estive sulle colline delle Langhe a San Benedetto o a Murazzano, ospite di parenti paterni. Con lo studio della lingua inglese, iniziato al secondo anno (sotto la guida di Maria Luisa Marchiaro) nasce in lui una passione esaltante per la civiltà e la letteratura anglosassoni, in cui va scoprendo valori e ideali di rigore e di moralità consoni alle sue aspirazioni di vita. È per lui la rivelazione di una realtà piú degna, fatta di positive certezze, sul rovescio dei falsificati modelli della propaganda fascista e dell'angusta mentalità piccolo-borghese. Insieme con le molte letture di libri presi a prestito dalla biblioteca della scuola, sono di questi anni anche le prime traduzioni degli autori amati, inizio di un esercizio durato fin quasi alla morte. Nuotatore spericolato, col fratello e gli amici esplora le anse del Tanaro, il fiume della sua città. Alto, asciutto, ha fisico atletico. Gli piace la vita sportiva, la pallacanestro, il calcio, il tennis; partecipa anche della passione, diffusa ancora nei suoi luoghi, per le partite di pallone elastico, frequentando, come farà anche in séguito, lo sferisterio «Mermet».

1937-40

In prima liceo (sempre al Govone di Alba) ha per professore di filosofia don Natale Bussi, rettore del Seminario diocesano, col quale Fenoglio manterrà cordiali rapporti per tutta la vita; in terza, due insegnanti d'eccezione: per l'italiano, Leonardo Cocito, già suo professore nell'ultima classe del ginnasio (impiccato dai tedeschi il 7 settembre del '44), e, per la storia e la filosofia, Pietro Chiodi, studioso di Kierkegaard e di Heidegger (deportato in Germania, poi partigiano con Cocito), entrambi maestri mai dimenticati di antifascismo.
Nelle estati del '38 e del '39 trascorre le vacanze al mare di Alassio. Ama il cinema, ricorda con facilità i motivi delle colonne sonore, le canzoni ascoltate alla radio o da un disco, che sa subito ricantare con bella voce. È perlopiú timoroso e impacciato nei rapporti con le compagne, sulle quali tuttavia il fascino della sua cultura di *outsider* e certa naturale distinzione non mancano di fare colpo. Fra i difficili amori nati al liceo domina quello per una giovane albese, di piú elevato ceto sociale, che Fenoglio nei suoi scritti chiamerà Fulvia, dedicandole *Primavera di bellezza* e facendo della sua intrigante personalità di adolescente, avida di una vita non qualunque, il tema di *Una questione privata*.

1940-42

Si iscrive alla Facoltà di Lettere dell'Università di Torino, che frequenta saltuariamente, e sostiene nel biennio otto esami, con scarso interesse e risultati non brillanti.

1943

Nel gennaio è chiamato alle armi e frequenta il corso di addestramento Allievi Ufficiali, prima a Ceva (in PdB chiamata Moana), poi a Pietralata (Roma).
Con il proclama di Badoglio dell'8 settembre e lo sfasciarsi dell'esercito regio risale avventurosamente al nord e rientra in famiglia.
In dicembre, Beppe e il fratello partecipano all'assalto della caserma dei carabinieri di Alba che vengono costretti a liberare i padri dei giovani renitenti ai bandi di reclutamento fascisti, incarcerati per costringere i loro figli a presentarsi. In séguito a questo fatto vengono imprigionati vari notabili della città e anche il padre Fenoglio, poi rilasciato.

1944

Nel gennaio si unisce alle prime formazioni partigiane, entrando in un raggruppamento comunista della Brigata Garibaldi (cap.° Zucca), comandato dal tenente Rossi, detto «il Biondo», e operante nella zona tra Murazzano e Mombarcaro. Partecipa allo sfortunato combattimento di Carrú (3 marzo). Il fratello Walter, che in séguito all'arresto del padre si era presentato al distretto di Mondoví, trasferito ad Alessandria diserta nascondendosi a casa. Anche Beppe dopo lo scontro di Carrú e il successivo, massiccio rastrellamento rientra in famiglia. Ma, per una spiata, vengono entrambi arrestati, insieme con il padre, la madre e la sorella. Le donne vengono presto rilasciate, i maschi sono alla fine liberati, per intercessione di mons. Grassi Vescovo d'Alba, mediante uno scambio di prigionieri. In settembre riprende la strada delle colline, verso le Langhe del sud, insieme con Walter, unendosi alle Formazioni Autonome Militari (I e II Divisione Langhe) di Enrico Martini Mauri (Comandante Lampus) e di Piero Balbo (Comandante Nord): fanno parte del presidio di Mango, della II Divisione Langhe, agli ordini di Piero Ghiacci (il Pierre del *Partigiano Johnny*). È con le forze che il 10 ottobre liberano Alba e la tengono sino al 2 novembre. Dopo il proclama del gen. Alexander, che invita i partigiani a disperdersi per riprendere l'azione decisiva in primavera, trascorre da solo l'inverno, in un terribile isolamento, a Cascina della Langa.

1945-46

Con il reimbandamento del febbraio, il 24 combatte la battaglia di Valdivilla in cui muore, fra gli altri, il padre di Nord (Giovanni Balbo, detto Pinin) e cadono, fucilati dopo la cattura, Tarzan (Dario Scaglione) e Set (Settimo Borello). Dal marzo al maggio svolge il compito di ufficiale di collegamento con le missioni alleate, nel Monferrato, nel Vercellese e nella Lomellina. Partecipa al combattimento di Montemagno del 19 aprile (al comando di Tek-tek, nome di battaglia di Luigi Acuto).

Il 2 giugno vota per la Monarchia.

Vive con disagio il ritorno alla vita normale e con essa la ripresa degli studi universitari che decide di abbandonare. Riprende invece, anche con maggior foga, l'abitudine di appartarsi a scrivere, in compagnia dell'eterna sigaretta. Riempie pagine e pagine, interi quaderni. Solo di scrivere gli importa, disinteressato a tutto il resto, dipendente per tutto il resto dagli altri. Aspri, fino allo scontro aperto, i dissensi con la madre, che non gli nasconde la delusione per la sua rinuncia a finire gli studi e la disapprovazione per il suo perdere il tempo a scrivere anziché a studiare; oltre che per il vizio incallito del fumo. A lei che gli rimprovera, con tutti gli sforzi fatti, di non mirare a una laurea come il fratello, «La mia laurea – si dice rispondesse una volta, – me la porteranno a casa, sarà il mio primo libro pubblicato».

1947

In maggio, per la sua conoscenza dell'inglese e del francese, è assunto, come corrispondente con l'estero, in un'azienda vinicola di Alba (l'antica ditta «Figli di Antonio Marengo», di Mussa, nei pressi della stazione), che esporta soprattutto vermut e spumanti. Piú tardi ne sarà nominato procuratore. È un posto che, pur avendo offerte migliori, manterrà sempre, con la stima e l'affetto di tutti; un compito assolto con probità, non troppo impegnativo, salvo in certi periodi dell'anno. Mentre gli consente di contribuire ai bisogni della famiglia (Beppe lascia il suo intiero stipendio alla madre che gli dà, di volta in volta, i soldi per il fumo e poco altro), il modesto impiego gli concede molto tempo per scrivere; persino in ufficio, quando è libero dai suoi doveri. I rari viaggi per lavoro lo portano al massimo a Genova o a Torino; talvolta in Francia.

1949

Con lo pseudonimo di Giovanni Federico Biamonti pubblica in «Pesci rossi» (il bollettino editoriale di Bompiani) il suo primo racconto, *Il trucco*. Presenta all'editore Einaudi i *Racconti della guerra civile*, cui ne fa seguire altri, e *La paga del sabato*. Calvino legge il romanzo e il 2 novembre gli esprime un giudizio molto favorevole.

1950

Il 4 gennaio ha un incontro a Torino con Vittorini, in procinto di varare i «Gettoni», la collana sperimentale di narrativa da lui pensata per poter scegliere nel «mucchio di scrittori giovani che vogliono fargli leggere quello che scrivono per averne giudizi, consigli, ecc.». Nell'occasione conosce di persona anche Calvino, col quale ha intrattenuto cordiali rapporti epistolari, destinati a saldarsi in una duratura

amicizia; e, con lui, Natalia Ginzburg. Sono i suoi primi lettori editoriali. Per suggerimento di Vittorini rimette mano a *La paga del sabato*, di cui attua una nuova stesura.
In settembre, in luogo del romanzo definitivamente lasciato cadere, inizia a mettere a punto una nuova raccolta di dodici racconti, in parte già inclusi nei *Racconti della guerra civile*.

1951

Insieme con Felice Campanello e Gianni Toppino dà vita a un programma di attività culturali presso il Circolo Sociale, luogo d'incontro della borghesia albese. In tre o quattro serate vengono lette sue traduzioni, da Th. S. Eliot, G. M. Hopkins e J. Donne.
Il Circolo e il bar dell'Hotel Savona (nella bella stagione il suo *dehors*) sono i ritrovi abituali, dove far tardi conversando, discutendo e giocando a carte, a ping pong o al biliardo con gli amici. Fra i quali, nel corso degli anni, sono il fotografo Aldo Agnelli, che ha ritratto piú volte Fenoglio, Carlo Prandi, Renzo Levis, Francesco Morra, Ugo Cerrato, Beppe Costa, Eugenio Corsini: compagni con cui dividere i piú diversi interessi, comprese, in gioventú, le partite di calcio e i «balli a palchetto» e sempre la passione per lo sport e le scampagnate in collina: mete preferite Niella, Feisoglio, il paese di origine di don Carlo M. Richelmy (sacerdote del Seminario a lui molto caro), ma soprattutto San Benedetto, con l'osteria di Placido. Frequenti anche le serate in casa del medico di Alba, Michelangelo Masera.

1952

In giugno escono *I ventitre giorni della città di Alba*, n. 11 dei «Gettoni».

1953

Nell'estate termina di scrivere *La malora*.

1954

Agli inizi di agosto esce *La malora* («Gettoni», n. 33) con un singolare risvolto di Vittorini, polemico verso «questi giovani scrittori dal piglio moderno e dalla lingua facile». Fenoglio ne è profondamente contrariato.

1955

Pubblica nella rivista «Itinerari» la traduzione di *The Rime of the Ancient Mariner* (*La ballata del vecchio marinaio*) di S. T. Coleridge. (Ristampata nel 1964 da Einaudi, con una prefazione di C. Gorlier). Altre sue traduzioni e riduzioni dall'inglese saranno pubblicate postume, nel 1974 e 1982.

1957

Il fratello Walter, laureato in Legge, ha intrapreso da anni una brillante carriera che lo porta ora a Ginevra a dirigere la Fiat Suisse. La sorella Marisa, che si è pure laureata in Scienze naturali, si sposa e va a vivere in Germania. I vecchi Fenoglio lasciano la macelleria e si trasferiscono, sempre con Beppe, in corso Langhe, dove già avevano abitato tanti anni prima, poi in corso Coppino.

1958

I suoi rapporti con la casa editrice dello Struzzo, pur restando saldi i vincoli sentimentali grazie soprattutto all'amicizia di Calvino, sono entrati in crisi dall'uscita della *Malora*. Né aiuta a migliorarli l'inconciliabilità delle sue ristrettezze finanziarie con i cronici ritardi nei pagamenti dei non lauti diritti d'autore.
Anche dietro pressione di altri, e per suggerimento di Pietro Chiodi, nell'estate del '58 si mette in relazione con l'editore Garzanti e gli presenta in lettura la prima parte di un grosso romanzo sugli anni 1943-1945, che va scrivendo e riscrivendo da oltre due anni.
Nel settembre accusa condizioni fisiche non buone; tra novembre e dicembre si ammala di pleurite.

1959

Nell'aprile, nella collana «Romanzi Moderni Garzanti» esce *Primavera di bellezza*, non piú legata, come nel progetto iniziale, a una seconda parte, ma romanzo autonomo. A questa risoluzione è giunto anche in séguito alle obbiezioni ricevute da Livio Garzanti. Firma con lui un contratto che contiene una clausola di opzione per cinque anni sui suoi inediti.
Vince il Premio Prato.
Ha iniziato a scrivere un nuovo romanzo di vita partigiana (pubblicato da Einaudi nell'edizione critica del 1978 come *Frammenti di un romanzo* e nel 1992 con il titolo *L'imboscata*).
Nell'inverno si sottopone a un urgente esame medico generale, a Torino. Gli viene riscontrata un'affezione alle coronarie, complicata da «una ormai annosa asma bronchiale».

1960

Il 28 marzo sposa, civilmente (non senza scalpore nell'ambito albese), Luciana Bombardi, una giovane conosciuta e amata già nell'immediato dopoguerra, la cui famiglia ha un noto negozio di pelletterie nella centrale via Maestra. Meta del viaggio di nozze Ginevra, dove può disporre liberamente della casa del fratello.
Abbandonato il progetto dell'*Imboscata*, attende intensamente alla triplice stesura di *Una questione privata*.

1961

Calvino lo stimola a raccogliere i suoi nuovi racconti, in parte letti in rivista, per presentarli al Premio internazionale Formentor. Lavora alla raccolta che vorrebbe intitolare *Racconti del parentado* e che, alla firma del contratto con Einaudi (novembre), accetta si chiami *Un giorno di fuoco*. Il libro è avviato alla stampa; ma l'editore Garzanti rivendica su di esso i propri diritti e, poiché le trattative corse tra i due *staff* editoriali non raggiungono il compromesso cercato, la raccolta è bloccata.
Inizia a comporre gli *Epigrammi*, avvia una nuova serie di "racconti del parentado" (*I penultimi*), collabora, dall'ottobre, al progetto di una sceneggiatura cinematografica di argomento contadino.

1962

Gli nasce (9 gennaio) la figlia Margherita. Per lei, che ripete il nome della nonna, scrive due raccontini, *La favola del nonno* e *Il bambino che rubò uno scudo*.
Su «Paragone», n. 150 (giugno), esce il racconto *Ma il mio amore è Paco* per il quale gli viene assegnato il premio Alpi Apuane. Vincendo la sua estraneità agli ambienti letterari si reca a riceverlo di persona, festeggiato dai molti ammiratori, primi dei quali Anna Banti e Roberto Longhi. Allarmato da un'emottisi abbandona la Versilia. A Bra, dove si reca per una visita medica, gli viene diagnosticata una forma di tubercolosi con complicazioni respiratorie. Per curarla, trascorre il settembre e parte dell'ottobre a Bossolasco, a 800 metri di altitudine, ospite dell'Albergo Bellavista, dove legge, scrive, conversa e fa passeggiate con alcuni pittori torinesi, Menzio, Paulucci, Irene Invrea (abituali frequentatori di quella località), e con gli amici albesi che salgono a trovarlo.
La malattia si aggrava e viene ricoverato prima in una clinica privata di Bra, poi alle Molinette di Torino dove gli viene riconosciuto un cancro ai bronchi.

1963

Con l'aggravarsi del male soffre di spaventose crisi da soffocamento. Negli ultimi giorni, tracheotomizzato, comunica con i suoi familiari e visitatori scrivendo sui foglietti di un taccuino. In uno di questi, per il fratello, chiede un «Funerale civile, di ultimo grado, domenica mattina, senza soste, fiori e discorsi». Il mattino del 17 febbraio entra in coma e muore nella notte del 18.
Viene sepolto nel cimitero di Alba, con poche parole dette sulla tomba da don Bussi.
Otto giorni prima della morte, su «La Gazzetta del Popolo» esce un suo atto unico, scritto negli ultimi tempi (*Solitudine*).
A fine aprile l'editore Garzanti pubblica *Un giorno di fuoco*, titolo sot-

to il quale compaiono i sei racconti già selezionati dall'autore, seguiti da altri sei, ricavati dalle sue carte, e da *Una questione privata*, reperita da Lorenzo Mondo e aggiunta in extremis.

1968

A cura di Lorenzo Mondo esce da Einaudi *Il partigiano Johnny* che conquista a Fenoglio un vasto pubblico di lettori.

1969

Einaudi pubblica, a cura di Maria Corti, *La paga del sabato*, il romanzo giovanile rimasto inedito.

1972

Muore il padre.

1973

Gino Rizzo pubblica da Einaudi una raccolta di inediti, *Un Fenoglio alla prima guerra mondiale*, che comprende le serie incompiute di *Il paese* e *I penultimi*, due racconti (*La licenza* e *Il mortorio Boeri*), e un testo appena avviato, di incerto sviluppo, da cui prende titolo il volume.
Ad Alba si tiene il primo Convegno di Studi Fenogliani.

1974

Esce da Einaudi *La voce nella tempesta*, da *Cime tempestose* di Emily Brontë (una giovanile riduzione teatrale di *Wuthering Heights*), a cura di Francesco De Nicola.

1978

Escono le *Opere* complete (in tre volumi di cui il primo in tre tomi), edizione critica diretta da Maria Corti e pubblicata da Einaudi.

1982

Appare la traduzione di Kenneth Graham, *Il vento nei salici* [*The Wind in the Willows*], pubblicata da John Meddemmen (Einaudi).

1983

All'Università di Lecce ha luogo il secondo Convegno di Studi Fenogliani.

1989

Muore, novantatreenne, la madre.
Nell'ambito delle manifestazioni biennali «Piemonte e Letteratu-

ra» ha luogo a S. Stefano Belbo il «Convegno internazionale Beppe Fenoglio».

1992

Esce nella «Biblioteca della Pléiade» Einaudi-Gallimard il volume *Romanzi e racconti*, a cura di Dante Isella.

Bibliografia essenziale sul «Partigiano Johnny».

1968 Gina Lagorio, *Ipotesi per il «Partigiano Johnny»*, in «Il Ponte», XXV, 2, pp. 267-73.

1969 Maria Corti, *Trittico per F.*, in *Metodi e fantasmi*, Feltrinelli, Milano. Comprende: I (pp. 15-25) *Il partigiano capovolto* (in «una redazione piú sommaria» già in «Strumenti critici», 7 [1968], pp. 413-21); II (pp. 25-32) *Un nuovo anello della catena*; III (pp. 32-39) *Costanti e varianti narrative*. In *Appendice* (pp. 369-72) *La composizione del «Partigiano Johnny» alla luce del Fondo F.*; 2ª ed. 1977, con una *Postilla*.

1971 Maria Corti, *Basteranno dieci anni?*, in «Strumenti critici», 14 (febbraio), pp. 99-102.

Elisabetta Soletti, *Metafore e simboli nel «Partigiano Johnny» di B. F.*, in «Sigma», 31 (settembre), pp. 68-89.

1973 Bianca De Maria, *Le due redazioni del «Partigiano Johnny»: rapporti interni e datazione*, in aa.vv., *Atti del Convegno nazionale di studi fenogliani*, in «Nuovi Argomenti», n.s, 35-36 (settembre-dicembre), pp. 132-67.

Giancarlo Ferretti, *F. – Johnny contro la solitudine*, in ivi, pp. 95-110.

1976 Giovanni Falaschi, *Sulla storia che F. ha dedicato a Johnny*, in *La Resistenza armata nella narrativa italiana*, Einaudi, Torino.

1978 Maria Antonietta Grignani, *Virtualità del testo e ricerca della lingua da una stesura all'altra del «Partigiano Johnny»*, in «Strumenti critici», 36-37 (ottobre), pp. 275-331.

1980 Roberto Bigazzi, *La cronologia dei «Partigiani» di F.*, in «Studi e problemi di critica testuale», 21 (ottobre), pp. 85-122 → Bigazzi. 1983.

Maria Corti, *B. F. – Storia di un «continuum» narrativo*, Liviana, Padova.

Eduardo Saccone, *Tutto F.: Questioni di cronologia, con qualche appunto di critica e filologia, a proposito del «Partigiano Johnny»*, in «Modern Language Notes», 95, 1 (January), pp. 162-204 → Saccone. 1988.

Elisabetta Soletti, *Invenzione e metafora nel «Partigiano Johnny» di B. F.*, in «Quaderni del Circolo filologico linguistico padovano», 11 (Atti del IV Convegno italo-tedesco, Bressanone 1976), Liviana, Padova, pp. 231-237.

1981 Maria Antonietta Grignani, *Ancora sui Partigiani di F.*, in «Studi e problemi di critica testuale», 23, pp. 77-79.

1982 Rossella Bessi, *F. e l'epica classica*, in «Inventario», n.s., xx, 5-6, pp. 169-89.

1983 Roberto Bigazzi, *F.: personaggi e narratori*, Salerno Editrice, Roma.

1984 Gian Luigi Beccaria, *La guerra e gli asfodeli – Romanzo e vocazione epica di B. F.*, Serra e Riva, Milano (cfr. anche *Il tempo grande: B. F.*, cap. IV di *Le forme della lontananza*, Garzanti, Milano 1989, pp. 101-59).

– *Il «grande stile» di B. F.*, in aa.vv., *F. a Lecce*, «Atti dell'Incontro di studio su B. F.» (Lecce 25-26 novembre 1983), a cura di G. Rizzo, Olschki, Firenze, pp. 167-221.

Gino Rizzo, *Gli estremi di una parabola narrativa: «Il partigiano Johnny» di B. F.*, in ivi, pp. 71-118.

– *Bigazzi, F. e il ciclo dei Partigiani*, in «Studi e problemi di critica testuale», 29 (ottobre), pp. 151-65.

Gabriella Fenocchio, *Tempo, natura e simboli nel «Partigiano Johnny»*, in «Filologia e critica», IX, 3, pp. 407-442.

1985 Francesco De Nicola, *Come leggere «Il partigiano Johnny» di B. F.*, Mursia, Milano.

Gabriella Fenocchio, *La scrittura «anfibia» del Partigiano Johnny*, in «Lingua e stile», xx, 1, pp. 89-119.

1986 Eduardo Saccone, *Il partigiano imperfetto*, in «Modern Language Notes», 101, 1 (January), pp. 1-50 → Saccone. 1988.

1988 Mariarosa Bricchi, *Due partigiani due primavere – Un percorso fenogliano*, Longo Editore, Ravenna.

Michele Prandi, *Modificazioni oblique nel «Partigiano Johnny»*, in «Strumenti critici», n.s., 56 (gennaio), pp. 111-64.

Eduardo Saccone, *F. – I testi, l'opera*, Einaudi (collana PBE), Torino.

Indice

Stampato nel febbraio 1997 per conto della Casa editrice Einaudi
presso G. Canale & C., s.p.a., Borgaro (Torino)

C.L. 13470

Einaudi Tascabili

1 Omero, *Odissea*. Versione di Rosa Calzecchi Onesti. Testo a fronte (8ª ed.).
2 Levi (Primo), *Se questo è un uomo. La tregua* (16ª ed.).
3 Least Heat-Moon, *Strade blu. Un viaggio dentro l'America* (6ª ed.).
4 Morante, *Aracoeli. Romanzo* (6ª ed.).
5 Virgilio, *Eneide*. Introduzione e traduzione di Rosa Calzecchi Onesti. Testo a fronte (5ª ed.).
6 *Storia d'Italia. I caratteri originali*. A cura di Ruggiero Romano e Corrado Vivanti (2 volumi).
7 Levi (Carlo), *L'Orologio* (2ª ed.).
8 Bloch (Marc), *I re taumaturghi. Studi sul carattere sovrannaturale attribuito alla potenza dei re particolarmente in Francia e in Inghilterra*.
9 Packard, *I persuasori occulti* (3ª ed.).
10 Amado, *Teresa Batista stanca di guerra* (8ª ed.).
11 Buñuel, *Sette film* (L'età dell'oro. Nazarin. Viridiana. L'angelo sterminatore. Simone del deserto. La via lattea. Il fascino discreto della borghesia) (2ª ed.).
12 *I Vangeli apocrifi*. A cura di Marcello Craveri (5ª ed.).
13 Sciascia, *Il giorno della civetta* (5ª ed.).
14 Sciascia, *Il contesto. Una parodia* (2ª ed.).
15 Sciascia, *Todo modo* (2ª ed.).
16 Fitzgerald, *Tenera è la notte* (7ª ed.).
17 Schulberg, *I disincantati*.
18 Sartre, *La nausea* (6ª ed.).
19 Bataille, *L'azzurro del cielo*.
20 Musil, *I turbamenti del giovane Törless* (4ª ed.).
21 Mann, *La morte a Venezia* (4ª ed.).
22 Shirer, *Storia del Terzo Reich* (2 volumi) (2ª ed.).
23 Frank, *Diario* (10ª ed.).
24 Rigoni Stern, *Il sergente nella neve. Ritorno sul Don* (5ª ed.).
25 Fenoglio, *Una questione privata. I ventitre giorni della città di Alba* (5ª ed.).
26 Deakin, *La brutale amicizia. Mussolini, Hitler e la caduta del fascismo italiano* (2 volumi).
27 Nerval, *Le figlie del fuoco*.
28 Rimbaud, *Opere*. Testo a fronte (2ª ed.).
29 Walser, *L'assistente* (2ª ed.).
30 Vassalli, *La notte della cometa. Il romanzo di Dino Campana* (4ª ed.).
31 Svevo, *La coscienza di Zeno e «continuazioni»*.
32 Pavese, *Il carcere*.
33 Pavese, *Il compagno* (5ª ed.).
34 Pavese, *La casa in collina* (7ª ed.).
35 Omero, *Iliade*. Versione di Rosa Calzecchi Onesti. Testo a fronte (4ª ed.).
36 Tolstoj, *Guerra e pace* (2 volumi) (3ª ed.).
37 Codino, *Introduzione a Omero*.
38 De Roberto, *I Viceré* (3ª ed.).
39 Jovine, *Signora Ava*.
40 Levi (Carlo), *Cristo si è fermato a Eboli* (7ª ed.).
41 Rea, *Gesú, fate luce*.
42 Tornabuoni, *'90 al cinema*.
43 Gino & Michele - Molinari, *Anche le formiche nel loro piccolo s'incazzano* (18ª ed.).
44 Balzac, *Splendori e miserie delle cortigiane*.
45 Proust, *Contro Sainte-Beuve*.
Proust, *Alla ricerca del tempo perduto*:
46 *La strada di Swann* (2 volumi).
47 *All'ombra delle fanciulle in fiore* (3 volumi).
48 *I Guermantes* (3 volumi).
49 *Sodoma e Gomorra* (2 volumi).
50 *La prigioniera* (2 volumi).

51 *Albertine scomparsa.*
52 *Il tempo ritrovato* (2 volumi).
53 *I Vangeli* nella traduzione di Niccolò Tommaseo. A cura di Cesare Angelini.
54 *Atti degli Apostoli.* A cura di Cesare Angelini.
55 Holl, *Gesú in cattiva compagnia.*
56 Volponi, *Memoriale* (2ª ed.).
57 Levi (Primo), *La chiave a stella* (4ª ed.).
58 Volponi, *Le mosche del capitale* (2ª ed.).
59 Levi (Primo), *I sommersi e i salvati* (5ª ed.).
60 *I padri fondatori. Da Jahvè a Voltaire.*
61 Poe, *Auguste Dupin investigatore e altre storie.*
62 Soriano, *Triste, solitario y final* (3ª ed.).
63 Dürrenmatt, *Un requiem per il romanzo giallo. La promessa. La panne* (3ª ed.).
64 Biasion, *Sagapò* (3ª ed.).
65 Fenoglio, *Primavera di bellezza* (2ª ed.).
66 Rimanelli, *Tiro al piccione.*
67 Soavi, *Un banco di nebbia.*
68 Conte, *Gli Slavi* (3ª ed.).
69 Schulz, *Le botteghe color cannella.*
70 Serge, *L'Anno primo della rivoluzione russa.*
71 Ripellino, *Praga magica* (6ª ed.).
72 Vasari, *Le vite de' piú eccellenti architetti, pittori, et scultori italiani, da Cimabue insino a' tempi nostri.* A cura di Luciano Bellosi e Aldo Rossi (2 volumi) (2ª ed.).
73 Amado, *Gabriella garofano e cannella* (7ª ed.).
74 Lane, *Storia di Venezia* (3ª ed.).
75 *Tirature '91.* A cura di Vittorio Spinazzola.
76 Tornabuoni, *'91 al cinema.*
77 Ramondino-Müller, *Dadapolis.*
78 De Filippo, *Tre commedie* (2ª ed.).
79 Milano, *Storia degli ebrei in Italia* (4ª ed.).
80 Todorov, *La conquista dell'America* (5ª ed.).
81 Melville, *Billy Budd e altri racconti.* (2ª ed.).
82 Yourcenar, *Care memorie* (6ª ed.).
83 Murasaki, *Storia di Genji. Il principe splendente* (2 volumi) (2ª ed.).
84 Jullian, *Oscar Wilde.*
85 Brontë, *Cime tempestose* (4ª ed.).
86 Andersen, *Fiabe* (3ª ed.).
87 Harris, *Buono da mangiare* (3ª ed.).
88 Mann, *I Buddenbrook* (4ª ed.).
89 Yourcenar, *Archivi del Nord* (6ª ed.).
90 Prescott, *La Conquista del Messico* (2ª ed.).
91 *Beowulf* (3ª ed.).
92 Stajano, *Il sovversivo. L'Italia nichilista.*
93 Vassalli, *La chimera* (8ª ed.).
94 *Le meraviglie del possibile. Antologia della fantascienza* (4ª ed.).
95 Vargas Llosa, *La guerra della fine del mondo* (2ª ed.).
96 Levi (Primo), *Se non ora, quando?* (3ª ed.).
97 Vaillant, *La civiltà azteca* (3ª ed.).
98 Amado, *Jubiabá* (3ª ed.).
99 Boccaccio, *Decameron* (2 volumi) (3ª ed.).
100 Ghirelli, *Storia di Napoli.*
101 Volponi, *La strada per Roma* (3ª ed.).
102 McEwan, *Bambini nel tempo* (3ª ed.).
103 Cooper, *L'ultimo dei Mohicani* (2ª ed.).
104 Petrarca, *Canzoniere* (2ª ed.).
105 Yourcenar, *Quoi? L'Éternité* (3ª ed.).
106 Brecht, *Poesie* (2ª ed.).
107 Ben Jelloun, *Creatura di sabbia* (3ª ed.).
108 Pevsner, Fleming, Honour, *Dizionario di architettura* (3ª ed.).
109 James, *Racconti di fantasmi* (4ª ed.).
110 Grimm, *Fiabe* (4ª ed.).
111 *L'arte della cucina in Italia.* A cura di Emilio Faccioli.
112 Keller, *Enrico il Verde.*
113 Maltese, *Storia dell'arte in Italia 1785-1943.*
114 Ben Jelloun, *Notte fatale* (2ª ed.).
115 Fruttero-Lucentini, *Il quarto libro della fantascienza* (2ª ed.).
116 Ariosto, *Orlando furioso* (2 volumi) (2ª ed.).

117 Boff, *La teologia, la Chiesa, i poveri*.
118 Pirandello, *Sei personaggi in cerca d'autore* (2ª ed.).
119 James, *Ritratto di signora* (5ª ed.).
120 Abulafia, *Federico II* (6ª ed.).
121 Dostoevskij, *Delitto e castigo* (7ª ed.).
122 Masters, *Antologia di Spoon River* (5ª ed.).
123 Verga, *Mastro-don Gesualdo* (2ª ed.).
124 Ostrogorsky, *Storia dell'impero bizantino* (4ª ed.).
125 Beauvoir (de), *I Mandarini* (3ª ed.).
126 Yourcenar, *Come l'acqua che scorre* (5ª ed.).
127 Tasso, *Gerusalemme liberata* (4ª ed.).
128 Dostoevskij, *I fratelli Karamazov* (5ª ed.).
129 Honour, *Neoclassicismo* (2ª ed.).
130 De Felice, *Storia degli ebrei italiani* (3ª ed.).
131 Goldoni, *Memorie* (2ª ed.).
132 Stendhal, *Il rosso e il nero* (3ª ed.).
133 Runciman, *Storia delle crociate* (2 volumi) (3ª ed.).
134 Balzac (de), *La Fille aux yeux d'or* (Serie bilingue).
135 Mann, *Tonio Kröger* (Serie bilingue) (3ª ed.).
136 Joyce, *The Dead* (Serie bilingue) (2ª ed.).
137 *Poesia italiana del Novecento*. A cura di Edoardo Sanguineti (2 volumi) (2ª ed.).
138 Ellison, *Uomo invisibile*.
139 Rabelais, *Gargantua e Pantagruele* (4ª ed.).
140 Savigneau, *Marguerite Yourcenar* (2ª ed.).
141 Scholem, *Le grandi correnti della mistica ebraica* (3ª ed.).
142 Wittkower, *Arte e architettura in Italia, 1600-1750* (5ª ed.).
143 Revelli, *La guerra dei poveri* (2ª ed.).
144 Tolstoj, *Anna Karenina* (4ª ed.).
145 *Storie di fantasmi*. A cura di Fruttero e Lucentini (3ª ed.).
146 Foucault, *Sorvegliare e punire* (4ª ed.).
147 Truffaut, *Autoritratto* (2ª ed.).
148 Maupassant (de), *Racconti dell'incubo* (3ª ed.).
149 Dickens, *David Copperfield* (2ª ed.).
150 Pirandello, *Il fu Mattia Pascal* (4ª ed.).
151 Isherwood, *Mr Norris se ne va* (2ª ed.).
152 Zevi, *Saper vedere l'architettura* (3ª ed.).
153 Yourcenar, *Pellegrina e straniera* (2ª ed.).
154 Soriano, *Mai piú pene né oblio. Quartieri d'inverno* (2ª ed.).
155 Yates, *L'arte della memoria* (3ª ed.).
156 Pasolini, *Petrolio* (4ª ed.).
157 Conrad, *The Shadow-Line* (Serie bilingue) (3ª ed.).
158 Stendhal, *L'Abbesse de Castro* (Serie bilingue) (2ª ed.).
159 Monelli, *Roma 1943* (2ª ed.).
160 Mila, *Breve storia della musica* (3ª ed.).
161 Whitman, *Foglie d'erba* (5ª ed.).
162 Rigoni Stern, *Storia di Tönle. L'anno della vittoria* (2ª ed.).
163 Partner, *I Templari* (6ª ed.).
164 Kawabata, *Bellezza e tristezza* (2ª ed.).
165 Carpi, *Diario di Gusen* (2ª ed.).
166 Perodi, *Fiabe fantastiche* (2ª ed.).
167 *La scultura raccontata da Rudolf Wittkower* (2ª ed.).
168 N. Ginzburg, *Cinque romanzi brevi* (4ª ed.).
169 Leopardi, *Canti* (3ª ed.).
170 Fellini, *Fare un film*;
171 Pirandello, *Novelle* (2ª ed.).
172 Publio Ovidio Nasone, *Metamorfosi* (4ª ed.).
173 *Il sogno della Camera Rossa. Romanzo cinese del secolo* XVIII (2ª ed.).
174 Dostoevskij, *I demoni* (4ª ed.).
175 Yourcenar, *Il Tempo, grande scultore* (2ª ed.).
176 Vassalli, *Marco e Mattio* (3ª ed.).
177 Barthes, *Miti d'oggi* (2ª ed.).
178 Hoffmann, *Racconti notturni* (2ª ed.).
179 Fenoglio, *Il partigiano Johnny* (5ª ed.).

180 Ishiguro, *Quel che resta del giorno* (7ª ed.).
181 Cervantes, *Don Chisciotte della Mancia* (2ª ed.).
182 O'Connor, *Il cielo è dei violenti*.
183 Gambetta, *La mafia siciliana*.
184 Brecht, *Leben des Galilei* (Serie bilingue) (2 ª ed.).
185 Melville, *Bartleby, the Scrivener* (Serie bilingue) (2ª ed.).
186 Vercors, *Le silence de la mer* (Serie bilingue).
187 *«Una frase, un rigo appena». Racconti brevi e brevissimi*.
188 Queneau, *Zazie nel metró* (2ª ed.).
189 Tournier, *Venerdí o il limbo del Pacifico*.
190 Viganò, *L'Agnese va a morire*.
191 Dostoevskij, *L'idiota* (3ª ed.).
192 Shakespeare, *I capolavori*. Volume primo.
193 Shakespeare, *I capolavori*. Volume secondo.
194 Allen, *Come si diventa nazisti* (2ª ed.).
195 Gramsci, *Vita attraverso le lettere* (2ª ed.).
196 Gogol', *Le anime morte* (2ª ed.).
197 Wright, *Ragazzo negro* (2ª ed.).
198 Maupassant, *Racconti del crimine*.
199 *Lettere di condannati a morte della Resistenza italiana* (2ª ed.).
200 Mila, *Brahms e Wagner*.
201 Renard, *Pel di Carota* (2ª ed.).
202 Beccaria, *Dei delitti e delle pene*.
203 Levi (Primo), *Il sistema periodico*.
204 Ginzburg (Natalia), *La famiglia Manzoni* (2ª ed.).
205 Paumgartner, *Mozart*.
206 Adorno, *Minima moralia*.
207 Zola, *Germinale*.
208 Kieślowski-Piesiewicz, *Decalogo*.
209 Beauvoir (de), *Memorie d'una ragazza perbene*.
210 Leopardi, *Memorie e pensieri d'amore*.
211 McEwan, *Il giardino di cemento* (3ª ed.).
212 Pavese, *Racconti* (2ª ed.).
213 Sanvitale, *Madre e figlia* (2ª ed.).
214 Jovine, *Le terre del Sacramento* (2ª ed.).
215 Ben Jelloun, *Giorno di silenzio a Tangeri* (2ª ed.).
216 Volponi, *Il pianeta irritabile*.
217 Hayes, *La ragazza della Via Flaminia*.
218 Malamud, *Il commesso*.
219 Defoe, *Fortune e sfortune della famosa Moll Flanders*.
220 Böll, *Foto di gruppo con signora*.
221 Biamonti, *Vento largo*.
222 Lovecraft, *L'orrendo richiamo*.
223 Malerba, *Storiette e Storiette tascabili*.
224 Mainardi, *Lo zoo aperto*.
225 Verne, *Il giro del mondo in ottanta giorni* (2ª ed.).
226 Mastronardi, *Il maestro di Vigevano* (2ª ed.).
227 Vargas Llosa, *La zia Julia e lo scribacchino* (2ª ed.).
228 Rousseau, *Il contratto sociale*.
229 Mark Twain, *Le avventure di Tom Sawyer*.
230 Jung, *Il problema dell'inconscio nella psicologia moderna*.
231 Mancinelli, *Il fantasma di Mozart e altri racconti*.
232 West, *Il giorno della locusta* (2ª ed.).
233 Mark Twain, *Le avventure di Huckleberry Finn*.
234 Lodoli, *I principianti*.
235 Voltaire, *Il secolo di Luigi XIV*.
236 Thompson, *La civiltà Maja*.
237 Tolstoj, *I quattro libri di lettura*.
238 Morante, *Menzogna e sortilegio* (2ª ed.).
239 Wittkower, *Principi architettonici nell'età dell'Umanesimo*.
240 Somerset Maugham, *Storie di spionaggio e di finzioni*.
241 *Fiabe africane*.
242 Pasolini, *Vita attraverso le lettere*.
243 Romano, *La penombra che abbiamo attraversato*.
244 Della Casa, *Galateo*.
245 Byatt, *Possessione. Una storia romantica*.
246 Strassburg, *Tristano*.
247 Ben Jelloun, *A occhi bassi*.
248 Morante, *Lo scialle andaluso*.

249 Pirandello, *Uno, nessuno e centomila*.
250 Soriano, *Un'ombra ben presto sarai* (2ª ed.).
251 McEwan, *Cani neri* (3ª ed.).
252 Cerami, *Un borghese piccolo piccolo* (2ª ed.).
253 Morante, *Il mondo salvato dai ragazzini e altri poemi*.
254 Fallada, *Ognuno muore solo* (2ª ed.).
255 Beauvoir (de), *L'età forte*.
256 Alighieri, *Rime*.
257 Macchia, *Il mito di Parigi. Saggi e motivi francesi*.
258 De Filippo, *Cantata dei giorni dispari I*.
259 Ben Jelloun, *L'amicizia* (2ª ed.).
260 Burgess, *Un'arancia a orologeria*.
261 Stajano, *Un eroe borghese* (3ª ed.).
262 Spinella, *Memoria della Resistenza* (2ª ed.).
263 Foscolo, *Ultime lettere di Jacopo Ortis*.
264 Schliemann, *La scoperta di Troia*.
265 Dostoevskij, *Umiliati e offesi*.
266 Ishiguro, *Un pallido orizzonte di colline* (2ª ed.).
267 Morante, *La Storia*.
268 Romano (Lalla), *Maria*.
269 Levi Pisetzky, *Il costume e la moda nella società italiana*.
270 Salmon, *Il Sannio e i Sanniti*.
271 Benjamin, *Angelus Novus. Saggi e frammenti*.
272 Bolis, *Il mio granello di sabbia* (2ª ed.).
273 Matthiae, *Ebla. Un impero ritrovato*.
274 Sanvitale, *Il figlio dell'Impero*.
275 Maupassant, *Racconti d'amore*.
276 Céline, *Casse-pipe* (Serie bilingue).
277 *Racconti del sabato sera*.
278 Boiardo, *Orlando innamorato* (2 vol.).
279 Woolf, *A Room of One's Own* (Serie bilingue).
280 Hoffmann, *Il vaso d'oro*.
281 Bobbio, *Il futuro della democrazia* (2ª ed.).
282 Mancinelli, *I dodici abati di Challant. Il miracolo di santa Odilia. Gli occhi dell'imperatore*.
283 Soriano, *La resa del leone*.
284 De Filippo, *Cantata dei giorni dispari II*.
285 Gobetti, *La Rivoluzione Liberale* (2ª ed.).
286 Wittkower, *Palladio e il palladianesimo*.
287 Sartre, *Il muro*.
288 D'Annunzio, *Versi d'amore*.
289 D'Annunzio, *Alcione*.
290 Caldwell, *La via del tabacco*.
291 Tadini, *La tempesta*.
292 Morante, *L'isola di Arturo*.
293 Pirandello, *L'esclusa*.
294 Voltaire, *Dizionario filosofico*.
295 Fenoglio, *Diciotto racconti*.
296 Hardy, *Tess dei d'Urberville*.
297 N. Ginzburg, *Famiglia*.
298 Stendhal, *La Certosa di Parma*.
299 Yehoshua, *L'amante*.
300 Beauvoir, *La forza delle cose*.
301 Ceram, *Civiltà sepolte*.
302 Loy, *Le strade di polvere*.
303 Piumini, *Lo stralisco*.
304 Rigoni, *Amore di confine*.
305 Rodinson, *Maometto*.
306 Biamonti, *L'angelo di Avrigue*.
307 Antonioni, *Quel bowling sul Tevere*.
308 Lodi, *Il paese sbagliato. Diario di un'esperienza didattica*.
309 Machiavelli, *Il Principe*.
310 Seneca, *Dialoghi morali*.
311 Dickens, *Casa Desolata*.
312 Saba, *Ernesto*.
313 Lawrence, *Donne innamorate*.
314 Pirro, *Celluloide*.
315 Ramondino, *Althénopis*.
316 Rodari, *I cinque libri*.
317 *I Nibelunghi*.
318 Bobbio, *Stato, governo, società*.
319 La Fontaine, *Favole*.
320 Artusi, *La scienza in cucina e l'arte di mangiar bene*.
321 Romano (Lalla), *Una giovinezza inventata*.

322 De Filippo, *Cantata dei giorni dispari III*.

323 Hilberg, *La distruzione degli Ebrei d'Europa* (2 vol.).

324 Kafka, *Il processo* (Serie Scrittori tradotti da scrittori).

325 Queneau, *I fiori blu* (Serie Scrittori tradotti da scrittori).

326 Gogol', *Racconti di Pietroburgo* (Serie Scrittori tradotti da scrittori).

327 James, *Giro di vite* (Serie Scrittori tradotti da scrittori).

328 Borges, *Finzioni* (1935-1944) (Serie Scrittori tradotti da scrittori).

329 Radiguet, *Il diavolo in corpo* (Serie Scrittori tradotti da scrittori).

330 De Felice, *Mussolini il rivoluzionario 1883-1920*.

331 De Felice, *Mussolini il fascista*. I. *La conquista del potere 1921-1925*.

332 De Felice, *Mussolini il fascista* II. *L'organizzazione dello stato fascista 1925-1929*.

333 Hawthorne, *La lettera scarlatta*.

334 Orengo, *Dogana d'amore*.

335 Vassalli, *Il Cigno*.

336 Böll, *Vai troppo spesso a Heidelberg*.

337 Maiello, *Storia del calendario*.

338 Cesare, *La guerra gallica*.

339 McEwan, *Lettera a Berlino*.

340 Schneider, *Le voci del mondo*.